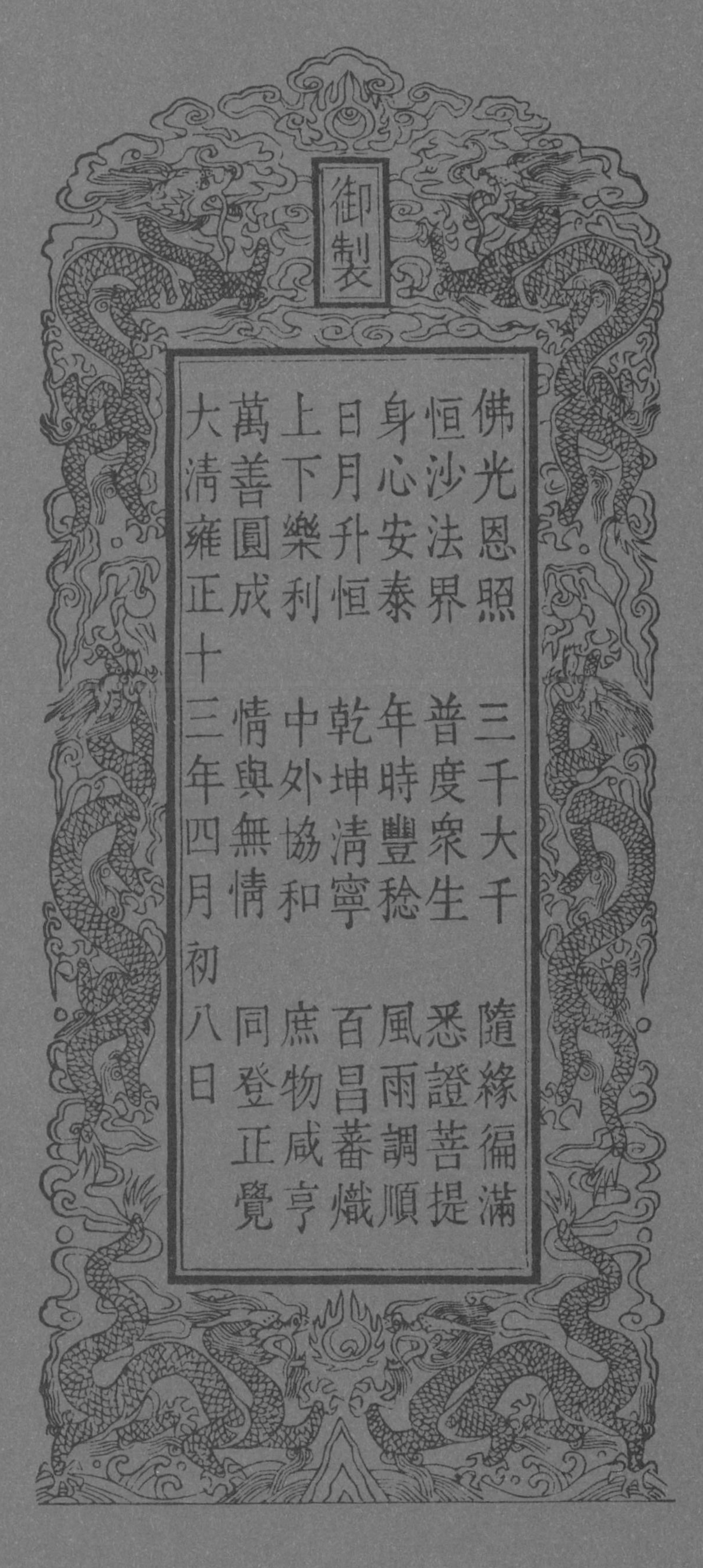
御製
佛光恩照　三千大千　隨緣偏滿
恒沙法界　普度衆生　悉證菩提
身心安泰　年時豐稔　風雨調順
日月升恒　乾坤清寧　百昌蕃熾
上下樂利　中外協和　庶物咸亨
萬善圓成　情與無情　同登正覺
大清雍正十三年四月初八日

第九八册 小乘論(一〇)

舍利弗阿毗曇論
姚秦天竺三藏曇摩崛多共曇摩耶舍譯

清刻龍藏佛説法變相圖

舍利弗阿毗曇論卷第十一

姚秦天竺三藏曇摩崛多共曇摩耶舍譯

非問分念處品第六

行一道衆生清淨遠離憂悲滅盡苦惱得證涅槃斷除五蓋修四念處何謂一道獨處閑靜樂於精勤不樂諸業不樂非業不行無義語不樂無義語不睡眠不樂睡眠不行集語不樂集語不行依止不樂依止不行放逸不樂放逸不行親近不樂親近如是道生正生起正起觸證是名一道復次獨遠離捨惡遠離不雜垢穢離諸欲惡如是道生正生起正起觸證是名一道復次不共貪欲瞋恚愚癡煩惱不共障礙覆蓋繫縛惡行如是道生正生起正起觸證是名一道復次獨不放逸精進念知修遠離行如是道生正生起正起觸

證是名一道復次獨處閑靜親近隨坐或曠野空處山谷崖窟露處草座樂在林藪塚間水側遠離聚落如是道生正生起正起觸證是名一道復次心獨住正住正止一入定是名一道復次一向未輭調伏清淨是名一道復次貪欲瞋恚愚癡煩惱障礙覆蓋繫縛惡行盡是名一道復次離欲寂靜修正覺滅惡得涅槃是名一道何謂道一支道乃至十一支道是名道是道是橋是因是門是根是趣是勝是緒是辨生正生起正起出正出善法和合成就是名道何謂衆生清淨衆生謂五道生也爲人天衆生故説親近四念處修行多學得戒清淨心清淨見清淨授記度疑清淨知見道非道清淨趣道知見清淨得知見清淨如是令不清淨衆生清淨令垢穢衆生無垢穢是謂衆生清淨

何謂遠離憂悲云何憂衆生觸若干苦法若憂重憂内焦熱内心熱是名憂云何悲謂衆生憂纏逼迫憂箭具足憂惱心亂窮歎啼哭追憶並語或自推撲口出亂語是名悲四念處親近修學遠離憂悲是名遠離憂悲

何謂滅盡苦惱苦謂若身覺苦眼觸苦受乃至身觸苦受是名苦云何惱若心覺苦意觸苦受是名惱四念處親近修學苦惱滅是謂滅苦惱何謂得涅槃涅槃謂四沙門果四念處親近修學得四沙門果是謂得涅槃何謂斷五蓋若滅五蓋是謂斷五蓋何謂修四念處謂内身觀身行勤精進應正智念除世間貪憂外身觀身行勤精進應正智念除世間貪憂内外身觀身行勤精進應正智念除世

間貪憂受心法亦如是云何身觀身行身謂四大色身父母因緣飲食長養衣服調適塗油潤身無常破壞變異之法是名身復次名身色身是名身復次地身水火風身是名身復次象衆馬衆車衆步衆是名身復次六識身六觸身六受身六想身六思身六愛身六覺身六觀身是名身云何內身觀身行若比丘一切內四大色身所攝法若內一處四大色身所攝法思惟無常知無常解無常受無常如是不放逸觀得定心住正住是名內身觀身行復次比丘一切內身四大色身所攝法若內一處四大色身所攝法思惟苦患癰箭貪味病緣依壞法不定不滿可壞苦空無我思惟緣知緣解緣受緣即無明緣行乃至名色緣六入乃至是名內身觀身行復次比丘一切內身四大色身所攝法若內一處四大色身所攝法思惟滅知滅解滅受滅即無明滅則行滅乃至名色滅則六入滅乃至是名內身觀身行復次比丘行樂知行樂乃至卧樂知卧樂身住樂如實知乃至是名內身觀身行復次比丘去來屈伸迴轉正知行乃至眠覺語默正知行乃至是名內身觀身行復次比丘出息長知長入息長知長出息短知短入息短知短如旋師挽繩繩長知長繩短知短乃至是名內身觀身行復次比丘從頂至足從足至頂見諸不淨觀身中有髮毛爪齒薄皮厚皮血肉筋脉脾腎心肺大小腸藏便利涕唾膿血脂肪腦膜淚汗髓骨如淨眼人於二門倉觀見諸穀胡麻米豆小豆蜱豆大麥小麥如是比丘觀身中從頂至足從

足至頂具諸不淨乃至是名內身觀身行復次比丘觀身諸大此身中唯有地水火風大如巧屠牛師屠牛師弟子屠牛爲四分若坐立行住但見四分如是比丘觀此諸大此身唯有地大水火風大然此諸大但依水火性各相違飲食長養贏劣無力不堅無強念念不住乃至是名內身觀身行復次比丘觀身食住食集緣食得住無食無住如火緣薪得然無薪則滅如是比丘觀身食住食集緣食得住無食不住如佛說

觀身所集苦　一切皆緣食　若能除滅食
則無是諸苦　如是知過患　食是成就苦
比丘滅食已　必定得涅槃

是名內身觀身行復次比丘觀身盡空俱空以念徧知解行乃至是名內身觀身行復次比丘觀身是癰瘡此身有九瘡津漏門若所出津漏皆是不淨乃至如摩訶迦葉說四大身是衰耗相違津漏乃至壽命短促乃至是名內身觀身行及餘諸行一切內四大色身所攝法一處內四大色身所攝法思惟得定心住正住是名內身觀身行云何內身身若受謂若內緣生自性已分是名內云何觀謂如實人微觀正覺緣觀解是名觀云何行如是微觀成就不違法護持行微行是名行

云何勤精進謂如實人若順法多行精進是名勤精進復次若身心發起顯出越度不退是名勤精進云何正智謂如實人知見解射方便是名正智云何念謂如實人憶念微念緣念住不忘相續念不失不奪是名念云何世間有二種世間衆生世間行世間五道受

生是名衆生世間五受陰是名行世間云何貪貪不善根是名貪云何憂意觸苦受是名憂云何除覆背解斷吐出是名除

云何外身觀身行若比丘外一切四大色身攝法若外一處四大色身攝法思惟無常知無常解無常受無常如是不放逸觀行定心住正住是名外身觀身行復次比丘一切外四大色身所攝法若一處外四大色身所攝法若觀苦痛癰箭著味病依緣壞法不定不滿可壞苦空無我思惟緣知緣解緣受緣即無明緣行乃至名色緣六入乃至是名外身觀身行復次比丘外一切四大色身所攝法外一處四大色身所攝法思惟滅知滅解滅受滅無明滅則行滅乃至名色滅則六入滅乃至是名外身觀身行及餘諸行外一切四大色身所攝法若外一處色身所攝法思惟得定心住正住是名外身觀身行云何外身謂身非受非内非緣生非自性非巳分是名外餘義如上說

云何内外身觀身行如比丘一切内外四大色身攝法若一處内外四大色身攝法觀無常知無常解無常受無常如是不放逸觀得定心住正住是名内外身觀身行復次比丘一切内外四大色身攝法若一處内外四大色身攝法若觀苦痛癰箭著味病依緣壞法不定不滿可壞苦空無我思惟緣知緣解緣受緣無明緣行乃至觸緣受乃至是名内外身觀身行復次比丘一切内外四大色身攝法若一處内外四大色身攝法思惟滅知滅解滅受滅無明滅則行滅乃至名色滅則六

入滅乃至是名內外身觀身行復次比丘若見死屍棄在冢間若一日至三日乃至是名內外身觀身行復次比丘若見死屍棄在冢間若一日至三日膖脹青瘀乃至是名內外身觀身行復次比丘若見死屍棄在冢間若一日至三日為烏鳥虎狼野干諸獸之所食噉乃至是名內外身觀身行復次比丘若見死屍骨節相連青赤爛壞膿血不淨臭穢可惡乃至是名內外身觀身行復次比丘若見死屍骨節相連餘血皮所覆筋脉未斷乃至是名內外身觀身行復次比丘若見死屍骨節相連血肉已離筋脉未斷乃至是名內外身觀身行復次比丘若見死屍骨節已壞未離本處乃至是名內外身觀身行復次比丘若見死屍骨節斷壞遠離本處脚脛髀髖脊脇肋手足肩臂項髑髏諸骨各自異處乃至是名內外身觀身行復次比丘若見死屍骨節久故色白如貝色青如鴿朽敗碎壞乃至是名內外身觀身行復次比丘若見死屍在火聚上燒髮毛皮膚血肉筋脉骨髓一切髮毛乃至骨髓漸漸消盡觀此法不至東方南西北方四維上下處住此法本無而生已生還滅乃至是名內外身觀身行及餘一切諸行四大色身攝法若一處內外四大色身攝法思惟得定心住正住是名內外身觀身行云何內外身若受若非受是名內外身餘義如上說比丘觀身法緣起行觀身法緣滅行比丘如是觀身法緣起緣滅行有身起內念以智以明識不依身無所依行不受於世如是比丘內身觀身行勤精進正智念除世

貪憂外身內外身亦如是

云何受觀受行受謂六受眼觸受乃至意觸受是名受云何內受觀受行如比丘一切內受若一處內受思惟無常知無常解無常受無常如是不放逸觀得定心住正住是名內受觀受行復次比丘一切內受若一處內受思惟苦患癰箭味病依緣壞法不定不滿可壞苦空無我思惟緣知緣解緣受緣即無明緣行乃至觸緣受乃至是名內受觀受行復次比丘若一切內受若一處內受思惟滅知滅觸滅受滅即無明滅則行滅乃至觸滅則受滅乃至是名內受觀受行及餘諸行一切內受一處內受思惟得定心住正住是名內受觀受行何謂內受謂內是內是緣是自性是已分是名內餘義如上說

云何比丘外受觀受行如比丘一切外受若一處外受思惟無常知無常解無常受無常如是不放逸觀得定心住正住是名外受觀受行復次比丘一切外受若一處外受思惟苦患癰箭味病依緣壞法不定不滿可壞苦空無我思惟緣知緣解緣受緣無明緣行乃至觸緣受乃至是名外受觀受行復次比丘一切外受若一處外受思惟滅知滅解滅受滅即無明滅則行滅乃至觸滅則受滅是名外受觀受行及餘諸行一切外受若一處外受思惟得定心住正住是名外受觀受行云何外受受非受謂外非內非緣非自性非已分是名外餘義如上說

云何內外受觀受行如比丘一切內外受若一處受思惟無常苦無常觸無常受無常如

是不放逸觀得定心住正住是名內外受觀受行復次比丘若一切內外受若一處內外受思惟苦患癰箭著味病依緣壞法不定不滿可壞苦空無我思惟緣知緣解緣受緣即無明緣行乃至觸緣受乃至是名內外受觀受行復次比丘一切內外受若一處內外受思惟滅知滅解滅受滅即無明滅乃至觸滅則受滅乃至是名內外受觀受行復次比丘若受樂受知我樂受苦受不苦不樂受亦如是若受有染樂受知我有染樂受若受無染樂受知我無染樂受苦受不苦不樂受亦如是是名內外受觀受行及餘諸行一切內外受若一處內外受思惟得定心住正住是名內外受觀受行云何內外受受若非受是名內外餘義如上說如是比丘觀受法緣起行觀受法緣滅行如是比丘觀受法起滅行有受念內以智以明識不依受無所依行不受一切世如是比丘內受觀受行勤精進正智念除世貪憂外受內外受亦如是

云何心觀心行云何心若心意識六識身七識界是名心云何內心觀心行如比丘一切內心若一處內心思惟無常知無常解無常受無常如是不放逸觀得定心住正住是名內心觀心行復次一切內心若一處內心思惟苦患癰箭味病依緣壞法不定不滿可壞苦空無我思惟緣知緣解緣受緣即無明緣行行緣識乃至是名內心觀心行復次比丘一切內心若一處內心思惟滅知滅解滅受滅即無明滅則行滅行滅則識滅是名比丘內心觀心行及餘法行一切內心若一處內

心思惟得定心住正住如是比丘內心觀心行云何內心若心受謂內是內是緣是自性是已分是名內餘義如上說

云何比丘外心觀心行如比丘一切外心一處外心思惟無常知無常解無常受無常如是不放逸觀得定心住正住是名外心觀心行復次比丘一切外心一處外心思惟苦患癰箭味病依緣壞法不定不滿可壞苦空無我思惟緣知緣解緣受緣即無明緣行行緣識乃至是名外心觀心行復次比丘一切外心一處外心思惟滅知滅解滅受滅即無明滅行滅行滅則識滅乃至是名外心觀心行及餘心行一切外心一處外心思惟得定心住正住是名外心觀心行云何外心心非受謂外非內非緣非自性非已分是名外餘義如上說

云何比丘內外心觀心行如比丘一切內外心一處內外心思惟無常知無常解無常受無常如是不放逸觀得定心住正住是名內外心觀心行復次比丘若一切內外心一處內外心觀苦患癰箭味病依緣壞法不定不滿可壞苦空無我思惟緣知緣解緣受緣即無明緣行行緣識乃至是名內外心觀心行復次比丘一切內外心一處內外心思惟滅知滅解滅受滅無明滅則行滅行滅則識滅乃至是名內外心觀心行復次比丘有欲心如實知有欲心無欲心如實知無欲心乃至有勝心如實知有勝心無勝心如實知無勝心如是不放逸觀得定心住正住是名內外心觀心行及餘諸行一切內外心一處內外

心思惟得定心住正住是名内外心觀心行云何内外心心若受非受餘義如上說如是比丘觀心法緣起行如是緣滅心行比丘緣起滅心行有心起内念以智以明識不依心無所依行不受於世如是比丘内心觀心行勤精進正智正念除世貪憂外心内外心亦如是云何法觀法行法謂除四大色身攝法受心及餘若色非色可見不可見有對無對聖非聖是謂法云何比丘内法觀法行若比丘除四大色身攝法受心若餘一切内法若一處内法思惟無常知無常解無常受無常如是不放逸觀得定心住正住是名内法觀法行復次比丘除四大色身攝法受心若餘一切内法若一處内法思惟苦憂患癰箭味病依緣壞法不定不滿可壞苦空無我思惟

緣知緣解緣受緣即無明緣行乃至生緣老死憂悲苦惱衆苦聚集乃至是名内法觀法行復次比丘除四大色身攝法受心及餘一切内法若一處内法思惟滅知滅解滅受滅即無明滅則行滅乃至生滅老死憂悲苦惱衆苦聚滅乃至是名内法觀法行及餘諸行除四大色身所攝法受心若一切内法若一處内法思惟得定心住正住是名内法觀法行云何内法法受謂内是内是緣是自性是已分是名内餘義如上說

云何比丘外法觀法行如比丘除四大色身攝法受心若外一切法若外一處法如事思惟無常知無常解無常受無常如是不放逸觀得定心住正住是名外法觀法行復次比丘除四大色身攝法受心餘外一切法若一

處外法如事思惟苦惱癰箭味患依緣壞法不定不滿可壞苦空無我思惟緣知緣解緣受緣即無明緣行乃至生緣老死憂悲苦惱衆苦聚集乃至是名外法觀法行復次比丘除四大色身攝法受心及餘外一切法若一處外法如事思惟滅知滅解滅受滅即無明滅則行滅乃至生滅則老死憂悲苦惱衆苦聚集滅乃至是名外法觀法行及餘諸行除四大色身攝法受心餘一切外法若一處外法如事思惟得定心住正住是名外法觀法行云何外法法非受謂外非内非緣非自性非巳分是名外餘義如上說

云何比丘内外法觀法行如比丘除四大色身攝法受心餘一切内外法若一處内外法如事思惟無常知無常解無常受無常如是不放逸觀得定心住正住是名内外法觀法行復次比丘除四大色身攝法受心餘一切内外法若一處内外法如事思惟苦惱癰箭味患依緣壞緣法不定不滿可壞苦空無我思惟緣知緣解緣受緣即無明緣行乃至生緣老死憂悲苦惱衆苦聚集乃至是名内外法觀法行復次比丘除四大色身攝法受心及餘一切内外法若一處内外法如事思惟滅知滅解滅受滅即無明滅則行滅乃至生滅則老死憂悲苦惱衆苦聚集滅乃至是名内外法觀法行復次比丘我内有欲如實知我内有欲我内無欲如實知我内無欲如欲未生如實知欲未生如欲未生如實知欲當生如欲現生如實知欲當斷如欲斷巳如實知不復生瞋恚愚癡睡眠掉悔疑亦如是乃

至是名内外法觀法行復次比丘我内有眼識色欲恚如實知我内有眼識色欲恚我内無眼識色欲恚如實知我内無眼識色欲恚如眼識色未生欲恚如實知未生如眼識色未生欲恚如實知當生如眼識色現在生欲恚如實知當斷如眼識色已斷欲恚如實知不復生耳鼻舌身意亦如是乃至是名内外法觀法行

復次比丘我内有念覺如實知我内有念覺我内無念覺如實知我内無念覺如念覺未生如實知未生如念覺未生如實知當生如念覺生已如實知有具足修餘六覺亦如是乃至是名内外法觀法行復次比丘如實知苦苦集苦滅苦滅道如實知漏漏集漏滅漏滅道乃至是名内外法觀法行復次比丘猒離一切行入甘露界是寂靜此勝滅一切行愛滅涅槃乃至是名内外法觀法行及餘諸行除四大色身攝法受心及餘一切内外法若一處内外法如事思惟定心住正住是名内外法觀法行云何内外法法若受若不受是名内外法餘義如上說如是比丘觀法緣起法行觀法緣滅法行如是比丘觀起滅法行有法起内念以智以明識不依法無所依行不受於世如是比丘内法觀法行勤精進正智正念除世貪憂外法内外法亦如是如實修學四念處當有是怖於一切世常無我行心不高不下亦無住處若有我想衆生想命想人想無有是處常應第一空行若得此後心不作無益不受不著色聲香味觸於三世無礙於欲界解脫色界無色界解脫滅不

復生此是苦際如春末月極盛熱時無有雲霧少水在瓦器便速煎滅如是比丘若得後心不作無益不受不著色聲香味觸乃至滅不復生此是苦際

如風吹猛焰　滅時不移處　以覺扇名色
盡亦無所至　如巧鍛熱鐵　流星滅無像
陶冶漸歸無　求相信難得　如雨投海中
本滴豈復存　解脫亦何有　空故湛然樂
捨身離於想　諸受無所覺　所行盡寂靜
識亦自然滅

非問分正勤品第七

問曰幾正勤答曰四何謂四若比丘惡不善法未生欲令不生起欲自勉勝進攝心正斷惡不善法已生必當斷起欲自勉勝進攝心正斷善法未生欲令生起欲自勉勝進攝心正斷善法已生欲令住具足修不忘增廣起欲自勉勝進攝心正斷云何惡法未生欲令不生身意惡行是名惡不善法復次十不善業道是名惡不善法復次不善根不善根相應不善根所起非緣非受是名惡不善法復次貪欲瞋恚愚癡忿怒怨嫌妄瞋嫉妬慳惜諛諂欺偽匿惡無慚無愧自高諍訟強毅放逸我慢增上慢等是名惡不善法復次十邪法是名惡不善法如是惡不善法未生未起未和合令我不生不起不和合是名惡不善法未生欲令不生何謂起欲若欲重欲欲作欲起欲顯出欲起度欲得欲觸欲證是名起欲何謂自勉堪忍仂勵未得欲得未解欲解未證欲證是名自勉何謂勝進身心發起顯出越度堪忍不退勤力修進是名進此進起

正起正生觸證是名勝進何謂攝心心意識六識身七識界是名心是心攝正攝緣攝勸勵正勸勉踊躍歡喜是名攝心何謂正正因正思惟正方便是名正何謂斷捨惡法生善法清白法現世樂行知見慧分別斷漏盡一切苦際是名斷惡不善法已生必當斷起欲自勉勝進攝心正斷亦如是說但已生爲異何謂善法未生欲令生身口意善行是名善法乃至何謂斷捨惡法生善法清白法現世樂行知見慧分別斷漏盡一切苦際是名斷何謂善法生已欲令住身口意行善是名善法乃至復次十正法正見乃至正智及餘隨正法是名善法如此善法生和合令我住不失不忘令我究竟是名善法生已住何謂具足戒衆未具足欲令具足乃至解脫知見衆未具足欲令具足是名具足何謂修若善法親近正親近依正依勤行修學是名修何謂不忘欲令善法不失不奪相續念不忘是名不忘何謂增廣欲令善法增長廣進是名增廣乃至何謂斷捨惡法生善法清白法現世樂行知見慧分別斷諸漏盡一切苦際是謂斷

非問分神足品第八

問曰幾神足答曰四謂欲定斷行成就修神足精進定心定慧定斷行成就修神足

云何欲謂欲重欲作欲發起欲顯出欲越度欲得欲觸欲解欲證是名欲

云何定若心住正住是名定如是欲如是定是名欲定復次貴欲向欲依欲趣欲增上欲以欲爲主得定心住正住是名欲定復次善

欲發起得定心住正住不善欲發起得定心住正住無記欲發起得定心住正住是名欲定復次不欲行善即自思惟此非我所善非所好非所應非所行非我行時我何故不欲行善便以欲爲尊上得定心住正住是名欲定復次欲行善法即自思惟是我所善是所好是所應是所行是我行時我欲行善以欲爲尊上得定心住正住是名欲定復次善欲不生善欲不生已不善欲生共貪欲瞋恚愚癡行即自思惟此非我所善非所好非所應非非所行非我行時我何故不欲行善乃共貪欲瞋恚愚癡行尊上善欲得定心住正住是名欲定復次不善欲不生不善欲不生已善欲生不共貪欲瞋恚愚癡行即自思惟是我所善是所好是所應是所行是我行時我欲行善不共貪欲瞋恚愚癡行以善欲爲尊上得定心住正住是名欲定

云何斷以善法引心引正引調正調止正止不失不移是名斷復次身心發起顯出越度堪忍勤力進不退是名斷復次修四正斷是名斷復次捨惡不善法生善法現世樂行知見慧分別斷諸漏盡一切苦際是名斷

云何斷行悅喜信捨念正智是名斷行復次欲定斷行成就修神足除欲精進心慧餘所隨法受想思觸思惟覺觀解脫順悅善心除信不放逸念心捨除身進及餘所隨色是名斷行

云何成就欲定斷及斷行共起正共起受正受生正生具足是名成就

云何修此欲定斷行成就神足親近正親近

依正依懃行修學是謂修

云何神如意通如意化如意自在作種種變是名神復次如比丘有大神力能無量變化震動大地以一爲多以多爲一若近物遠物若墻壁高山徹過無礙如行虛空陵虛如鳥入地中如出沒水履水如地身出烟焰如大火聚日月威德以手捫摸乃至梵天身得自在是名神

何謂足如欲定斷行是足是齋是因是門是用是道是主是緣是緒是熱神生正生起正起出正出如意正如意是謂足

若比丘欲定斷行成就修神足令我欲不高不下不沒不散前後常想行前如後後如前晝如夜夜如晝共心開悟無有覆蓋修行明了以身定心以心定身樂想輕想舉身行云何下欲若欲共懈怠相應不勤進不自勉廢善退法是名下欲云何懈怠窳情瞢懵於善法廢退是名懈怠若欲共懈怠相應不勤進不自勉廢退善法是名下欲

云何高欲若欲共掉相應不共寂靜相應成就亂行是名高欲云何掉若心亂不寂靜是名掉若欲共掉相應不共寂靜相應成就亂行是名高欲

云何沒欲若欲共睡眠相應不共滅念慧不成就不別善法是名沒欲云何睡煩惱未斷身不樂不調不輕不輭不除是名睡云何眠煩惱未斷心瞢懵覆蔽是名眠若欲共睡眠相應滅念不相應慧不成就不別善法是名沒欲

云何散欲起欲染共欲染相應多欲見淨不

觀過患於外五欲心散著色聲香味觸是名散欲云何欲染若欲欲膩欲受欲喜欲拔欲罔欲忍欲得欲燋欲希望是名欲染若欲向欲染共欲染欲染相應多欲見淨不觀過患於外五欲心散著色聲香味觸是名散欲云何前後常想行若比丘旦行如事思惟入善法出世間入涅槃離欲定相應旦行已日中行日中行已晡行晡行已上經行上經行已下經行下經行已入室入室已初夜行初夜行已後夜行後夜行已如事思惟入善法出世間入涅槃離欲定相應是名前後常想行云何前如後後如前如比丘如事根力覺禪解脫定入定前後如事根力覺禪解脫定入定後行如事根力覺禪解脫定入定後行已如事根力覺禪解脫定入定前後行是謂前如後後如前

云何晝如夜夜如晝如比丘若取明想善受晝想後如晝思惟明想夜亦如是如夜晝亦如是是名晝如夜夜如晝

云何其心開悟無有覆蓋若貪欲瞋恚愚癡垢煩惱垢障礙覆蓋繫縛不善行垢是障礙心不開心覆蓋心是蔽心是起向縛不淨心是不白不明了心是覆蓋心若心無貪欲瞋恚愚癡垢乃至明了心是謂其心開悟無有覆蓋

云何修有明心若比丘修共慧光明心修有明心修共明想心修有明心云何共慧光明若心三慧照明謂聞思修慧是名共慧光明若心親近正親近勤行修學是謂修共慧光明心修有明心云何共明想心若比丘取諸

明相若火光日月光珠光星宿光取諸光明相已若樹下露處思惟光明知光明解光明受光明如實人若想憶想知想是名光明想心若共想生共住共滅是名共明想心若親近正親近勤行修學是名修共明想心修有明心復次比丘若於樹下露處以清淨心遍解行有明心勝如實人若想憶想知想是名明想心若共想生共住共滅是名共明想心若親近正親近勤行修學是名修共明想心修有明心復次比丘若一樹下若二若三乃至十樹以清淨心遍解行有明心勝乃至是名修共明想心修有明心復次比丘若於一園以清淨心遍解行乃至是名修共明想心修有明心復次比丘於一園若二若三乃至十園以清淨心遍解行乃至是名修共明想心修有明心復次比丘一聚落若二若三乃至十聚落以清淨心遍解行乃至是名修共明想心修有明心復次比丘乃至水陸周遍以清淨心遍解行乃至是名修共明想心修有明心

云何以身定心以心定身若比丘以心身上正上舉正舉如人持鉢乞食以絡盛鉢盛正盛舉正舉如是比丘以心身上正上舉正舉云何比丘以身定心若比丘思惟身無常知無常解無常受無常如是不放逸觀得定心住正住身樂身調身輕身輭身除是名以身定心復次比丘身苦惱癰箭味患依緣壞法不定不滿可壞苦空無我思惟緣知緣解緣受緣即無明緣行乃至名色緣六入如是不放逸觀得定心住正住身樂身調身輕身輭

身除是名以身定心復次比丘思惟身滅知滅解滅受滅即無明滅則行滅乃至名色滅則六入滅如是不放逸觀得定心住正住身樂身調身輕身輭身除是名以身定心復次比丘行知行樂住知住樂坐知坐樂取知取樂如是身住樂如實知住樂如是不放逸觀得定心住正住身樂身調身輕身輭身除是名以身定心乃至復次比丘若見死屍在火聚上燒髮毛皮膚血肉筋脉骨髓漸漸消盡觀此法不至東西南北四維上下不至餘處住此法本無而生已有還滅觀身如是法不放逸觀得定心住正住得身樂身調身輕身輭身除是名以身定心此章乃有二十四科復次釋以身定心不異一支道說故略

云何以心定身如比丘思惟心無常知心無常解心無常受心無常如是不放逸觀得定心住正住得心樂心調心輕心輭心除是名以心定身復次比丘觀心苦惱癰箭味患依緣壞法不定不足可壞苦空無我思惟緣知緣解緣受緣即無明緣行行緣識如是不放逸觀得定心住正住得心樂心調心輕心輭心除是名以心定身復次比丘思惟心滅知滅解滅受滅即無明滅則行滅行滅則識滅如是不放逸觀得定心住正住得心樂心調心輕心輭心除是名以心定身復次比丘有欲心如實知有欲心無欲心如實知無欲心乃至有勝心無勝心如實知如是不放逸觀得定心住正住得心樂心調心輕心輭心除是名以心定身

云何樂想憶想上身行云何樂想若比丘離

欲惡不善法有覺有觀離生喜樂成就初禪行若身離生喜樂津液遍滿此身盡離生喜樂津液遍滿無有減少如善澡浴師善澡浴師弟子以細澡豆盛著器中以水灑已調適作摶摶此摶津液遍滿不乾不濕内外和潤如是比丘身離生喜樂津液遍滿身盡離生喜樂津液遍滿無有減少如實人若想憶想知想是名樂想此想身微受正微受緣微受以何身受意身受是名樂想上身行復次比丘滅覺觀内淨信心無覺無觀定生喜樂成就二禪行若此身定生喜樂津液遍滿身盡定生喜樂津液遍滿無有減少如大陂湖以山圍繞水從底涌出水不從東西南北方來陂水自從底涌而出此陂津液遍滿無有減少如是比丘此身定生喜樂津液遍滿此身盡定生喜樂津液遍滿無有減少如實人若想憶想是名樂想此想身微受正微受緣微受以何身受意身受是謂樂想上身行復次比丘離喜樂捨行念正智身受樂如諸聖人解捨樂行成就三禪行若此身無苦喜樂津液遍滿此身無喜樂盡津液遍滿無有減少如優鉢羅池波頭摩池拘牟頭池分陀利池若優鉢羅華乃至分陀利華從泥涌出未能出水此華若根若頭水津液遍滿從根至頭從頭至根津液遍滿無有減少如是比丘若此身無喜樂津液遍滿此身盡津液遍滿無有減少如實人若想憶想知想是名樂想若想身微受正微受緣微受以何身受意身受是名樂想上身行復次比丘斷苦樂先滅憂喜不苦不樂捨念淨成就四禪行若此身以

清淨心遍解行此身清淨無不遍處如男子女子著白淨衣上下具足從頭至足從足至頭無不覆處如比丘若此身以清淨心遍解行此身清淨無不遍處如實人若想憶想知想是名樂想此想身微受正微受緣微受以何身受意身受是名樂想上身行

云何輕想若比丘思惟身輕知輕解輕受輕如兜羅綿輕如劫鉢輕布著平地微風來吹便得離地如是比丘思惟身輕知輕解輕受輕如是不放逸觀得定心住正住即得定已離地四寸上行如實人若想憶想知想是輕想此想身微受正微受緣微受以何身受以意身是名輕想上身行若比丘此定親近多修學若離地一尺上行若二尺上行如實人若想憶想知想是名輕想此想身微受正微受緣微受以何身受意身受是謂輕想上身行若比丘若此定親近多修學離地半人身上行若一人身二人身乃至七人身上行如實人若想憶想知想是名輕想若此想身微受正微受緣微受以何身受意身受謂輕想上身行若比丘此定親近多修學若離地半多羅樹上行若一多羅樹乃至七多羅樹上行如實人若想憶想知想是名輕想此想身微受正微受緣微受以何身受意身受是謂輕想上身行若比丘此定親近多修學如意所欲離地上行無有限量近遠盡能往至如實人若想憶想知想是名輕想若此想身微受正微受緣微受以何身受意身受是謂輕想上身行

若比丘彼樂想輕想親近正親近多修學欲

令我心調伏寂靜由力自在如意所欲成就種種神足若彼樂輕想親近正親近多修學已心調寂靜由力自在如意所欲得成就種種神足彼受種種無量神足能動大地以一爲多以多爲一若近若遠高出墻壁徹過無礙如行虛空結跏趺坐遊空如鳥於地出没猶出入水履水如地身出烟焰如大火聚日月有大威德手能捫摸乃至梵天身得自在如定品廣說是名欲定斷行成就修神足精進定心定慧定斷行成就修神足亦如是廣說

舍利弗阿毗曇論卷第十一

音釋

窟苦骨切穴也　藪蘇后切　塚知隴切高墳也　挽無遠切引也　筋舉欣切骨絡也　脉莫白切幕絡也　脾頻彌切土藏也　腎時忍切水藏也　肺放吠切金藏也　涕他計切　唾湯卧切　膿奴各切　脂章移切膏也　肪府良切脂也　腦奴皓切頭髓也　膜慕冬切肢膜也　髓息委切骨中脂也　蹕邊迷切豆名　羸力追切瘦也　劣力輟切弱也　膖脹膖匹絳切脹知亮切　瘀依倨切血積瘀也　脛胡究切足骨也　腨市兖切腓腸也　髀部禮切股也　髖苦官切兩股間也　脊資昔切背呂也　脇虚業切腋下也　肋魯得切脇骨也　髑髏髑徒木切髏洛侯切髑髏首骨也　鍛丁貫切冶金日鍛　冶羊者切鎔也　匿女力切藏也　毅魚旣切剛也　仂六翼切與力同　勵力制切勉也　窳惰窳勇主切嬾也惰徒果切色也　臺懜臺都亙切懜莫亙切臺懜不明也　絡盧各切　液羊益切　陂波爲切澤也

舍利弗阿毗曇論卷第十二

姚秦天竺三藏曇摩崛多共曇摩耶舍譯

非問分禪定品第九

因緣具足則能得定因緣不具不能得定修定有如此因緣謂比丘愛護解脱戒成就威儀行已行處愛護微戒懼如金剛受持於戒斷邪命行正命善知識善親厚善衆攝諸根門飲食知足勤行精進初不睡眠離障礙法如此比丘知斷五蓋心垢損智慧法離欲惡不善法有覺有觀離生喜樂成就初禪行乃至斷苦樂先滅憂喜不苦不樂捨念淨成就第四禪行

云何愛護解脱戒若隨順戒不行放逸以戒爲門爲足爲因能生善法具足成就以此戒故名爲持戒以此順不放逸名持戒護持威儀行是謂愛護解脱戒

云何成就威儀行一切身不善行一切口不善行一切意不善行是名非威儀行身一切善行口一切善行意一切善行是名成就威儀行復次恭敬和尚及和尚同學恭敬阿闍黎及阿闍黎同學恭敬上下座是名威儀行

云何已行處有六非已行處若婬女處寡婦處大童女處不能男處比丘尼處沽酒處是名六非已行處又如佛說比丘莫至他國非已行處若至他國非已行處魔得其便比丘何謂他國非已行處謂五欲也是名至五欲非已行處云何已行處若彼非威儀行此非已行處捨離正捨離緣捨離不親近正不親近緣不親近是名已行處又如佛說行於自國已行處若比丘自國已行處魔不得便比

丘何謂自國已行處謂四念處也是自國已行處若以此威儀行起正起受起受是謂威儀已行處成就

云何愛護微戒懼如金剛若微細戒若今作起意作欲和合作若於彼多起恐畏相令我莫犯是謂懼微戒如金剛

何謂受持於戒若比丘不離一切戒常持一切戒常住一切戒親近於戒持戒不瑕不穢不垢不懈不缺受持一切戒是謂受持於戒

云何捨邪命行正命云何邪命若沙門婆羅門邪命自活謂諛諂詐稱占相吉凶爲他使命現相激動以利求利以此非法得衣鉢醫藥卧具所須受用食噉以此繫染貪著凌蔑他人堪忍非法不見過患不知出世若比丘離如是等邪命如法得衣鉢醫藥卧具所須受用食噉不以此繫染貪著不陵蔑他人不堪忍非法染見過患知出世是謂斷邪命行正行

云何善知識謂沙門婆羅門持戒賢善斷貢高放逸忍辱成就自調自滅自入涅槃欲離欲欲盡乃至欲離癡癡盡應染處不染乃至應癡處不癡應止處不止應受處不受身口意業清淨正命清淨信信慙愧多聞精進念慧修行八道具足戒定慧解脫解脫知見衣食知足是謂善知何謂識若識善識知共行慈重行慈究竟行慈常敬不離是名善知識

云何善親厚凡夫持戒人是凡夫持戒人善親厚堅信人是堅信人善親厚堅法人是堅法人善親厚乃至阿羅漢是阿羅漢善親厚如是等自共親厚是名善親厚若善知識若

善親厚隨順不離相親近是謂善知識善親厚云何善衆若依持戒人學持戒心向彼尊上彼傾向彼解彼若依定人學定乃至彼解脫知見人學解脫知見心向彼尊上依傾向彼解彼是謂善衆

云何攝諸根門若比丘眼見色不取色相能起眼根者攝令不放逸斷惡不善法及希望世憂順持戒守護眼根得眼根戒乃至意識法不取法相能起意根者攝令不放逸斷惡不善法及希望世憂順持戒守護意根如此六觸入護微念解射念善成就行見欲過患常自護意是謂攝諸根門

云何飲食知足知量而食不掉不生不貢高不爲養身不爲嚴飾身唯欲安身不起瞋恚欲修梵行斷故受不生新受爲活命故捨憎愛金剛常處中行不求利勤力樂行如人患瘡以藥塗之爲欲令愈比丘亦爾知量而食不起掉不生貢高乃至不求利勤力樂行

云何掉食若作是念我食此食已當作身口意掉是名掉食

云何貢高食若作是念我食此食已當增長放逸是名貢高食

云何養身食若作是念我食此食已當益於身是名養身食

云何不爲嚴飾身食若作是念我食此食當端正姝好妙相成就是名嚴飾身食若比丘不作是念我食此食當作身口意掉當作貢高當養身當嚴飾身是謂不掉食不貢高不養身不嚴身食

云何但欲令身住應作是念我食此食但欲

令身住不終不没是名但欲令身住

云何不起瞋恚若飢緣飢故生身心苦受若食過度緣過度故生身心苦受若比丘知足而食善思量食則瞋恚滅不生不起是名不起瞋恚

云何欲修梵行梵行謂八聖道也應作是念我食此食已能修梵行念梵行久住爲盡苦際是名欲修梵行

云何斷故受不生新受若飢緣飢故生身心苦受是名故受何謂新受若食過度緣過度故生身心苦受是名新受若比丘知足而食善思量食是名斷故受不生新受

云何爲活命故食應作是念我食此食爲住命根護持戒行故是名爲活命故食

云何捨憎愛金剛若飢緣飢故生愛煩惱金剛我憶念憎如是飲食若食過量緣過量故生憎煩惱金剛我不憶念如是過度飲食若比丘知足善思量食捨離憎愛煩惱金剛是名捨離憎愛金剛

云何不求利若不以麤食爲足多食嗜味貪味勤求希望飲食是名求利若比丘以麤食爲足量食不嗜味不貪味不勤求不希望飲食是名不求利

云何勤力若作是念我食此食欲身勤進自勉是謂勤力

云何樂行若飢緣飢故生身心苦受若食過度緣過度故生身心苦受是名不樂行若比丘知足善思量食無有不樂是名樂行

云何勤精進不睡眠若比丘於晝或結跏趺坐思惟或經行心離障礙法初夜若經行若

思惟心離障礙法中夜右脇著牀疊脚而眠思惟起覺想後夜若思惟經行心離障礙法是名勤精進不睡眠

云何離障礙法障礙法謂五蓋也如佛說五蓋是心煩惱損智慧法又如佛次說若在家出家人有五蓋覆心若自知義若他知義若知自他義若過人法若離欲知見增進若知若見無有是處五蓋遮礙善法纏縛污染生起結使故名障礙若修行清淨法障礙法清白明了是名離障礙法

云何斷五蓋離滅沒除是謂斷五蓋何謂心垢五蓋是心煩惱垢膩不明是名心垢

云何損智慧法五蓋覆心慧力羸劣是名損智慧法

云何離欲惡不善法欲謂五欲復次塵非欲聖法中謂是求那若憶想染著此是欲如是佛說

種種色非欲　衆生想欲染　世間色常住

健者離欲染

若此五欲中貪重貪堪忍繫著是名欲云何惡不善法身口意惡行是名惡不善法復次十不善業道是名惡不善法復次不善根相應法不善根所起無緣非受法是名惡不善法復次貪欲瞋恚愚癡忿怒怨嫌妄瞋嫉妬慳惜諛諂欺僞匿惡無慙無愧貢高諍訟及我慢等是名惡不善法復次邪見邪覺邪語邪業邪命邪進邪念邪定邪解脫邪智及餘隨邪法是名惡不善法如是欲惡不善法若遠離不近不離純淨別處是名離欲惡不善法云何有覺有觀若行覺觀是謂有覺有觀

云何離生喜樂若離欲惡不善法生喜樂是名離生喜樂云何成就初禪行初禪有五支覺觀喜樂一心云何覺重覺究竟覺諸所憶念法明來至思惟心是名覺云何觀心行順行微行津液微觀心微轉是名觀云何喜歡喜踊躍是名喜云何樂心忍受樂意觸樂受是名樂云何一心心住正住是名一心此五支是名初禪何謂初若此四禪以次順不逆以次入定行此是始此是初此是一是名初何謂禪謂捨心垢正捨緣捨是謂名禪復次煩惱未斷能斷是名禪復次煩惱斷已得現世樂行是名禪復次如是善法成就入禪明了熾盛清淨是名禪復次如是定住甚深妙義專著智慧是名禪復次行人行覺觀意喜心定如行人若受想思惟覺觀見慧解脫無

癡順信悦喜心進心除信欲不放逸念心捨意界意識界及餘隨色是名禪復次隨法非禪是隨禪法若心住正住此名禪得如定已護持威儀住行微行是名成就初禪行若比丘身離生喜樂津液遍滿此身盡離生喜樂津液遍滿無有減少如善洗浴師善洗浴師弟子以細澡豆盛著器中以水灑已調適作搏此搏津液遍滿不乾不濕内外和潤如是比丘此身離生喜樂津液遍滿無有減少云何津云何液云何遍云何滿如比丘住禪時離生喜樂初生正生起正起觸證身離生喜樂爾時名津住禪時離生喜樂漸開微行未能增廣身離生喜樂爾時名液住禪時離生喜樂能增廣未至彼岸身離生喜樂爾時名遍住禪時離生喜樂能到彼岸齊是謂身離

生喜樂爾時名滿如農夫初以水漑田地始津潤名津潤已水漸開徹行未能增廣名液液已水漸增廣未到彼岸名遍遍已水到彼岸一切高下盡滿滿時水還瀼水口名滿比丘亦如是住禪時離生喜樂初生正生起正起觸證身離生喜樂爾時名津離生喜樂漸開徹行未能增廣身離生喜樂爾時名液離生喜樂能增廣未到彼岸身離生喜樂爾時名遍離生喜樂能至彼岸齊是謂離生喜樂爾時名身滿復次津液遍滿如是諸句義一名異如佛說何謂覺若覺重覺究竟覺諸所憶念法明來至思惟心語是名覺諸比丘此義不應如是說覺異重覺異究竟覺異諸所憶念異法明來至異思惟心語異如覺諸句義一名異津液遍滿亦如是義一名異如比丘修慈心遍解東方南西北方四維上下慈心普廣無異無量無怨無恚遍解一切世間行爾時以衆生爲境界如是比丘身離生喜樂津液遍滿時以身爲境界不應如是說如比丘應思惟無常行離欲不善法有覺有觀離生喜樂成就初禪行便離生喜樂遍滿身得離生喜樂已除身炙心炙身煖心煖身熱心熱身燃心燃身燋心燋身惡心惡身不樂心不樂身不調心不調身不輕心不輕身不煖心不煖身不除心不除如比丘除身炙心炙乃至身不除心不除已得身不炙不煖不熱不燃不燋得樂則無煩惱金剛不求利勤力樂行齊是謂離生喜樂遍滿身云何滅覺觀若覺觀寂靜正寂靜滅沒除是名滅覺觀云何内淨信内有信正勝信生具

足成就是名内淨信云何一心心獨住正住正獨處入定是名一心云何無覺無觀若除覺觀已定心喜樂具足成就是名無覺無觀云何定生喜樂成就二禪行云何二禪二禪有四支内淨信喜樂一心云何内淨信若比丘離欲惡不善法有覺有觀離生喜樂成就初禪行如比丘思惟覺觀麤我覺觀麤内淨信寂靜勝比丘思惟覺觀麤已覺觀寂靜正寂靜捨滅沒除盡覺觀寂靜正寂靜捨滅沒除盡已内淨信具足成就是名内淨信如比丘若以行若受教若法相若方便若專心若思惟若觸離欲惡不善法有覺有觀離生喜樂成就初禪行如比丘行若受教乃至親近多修學已心向寂靜尊上寂靜傾向寂靜心向寂靜尊上寂靜傾向寂靜已覺觀寂靜正寂靜滅沒除盡覺觀寂靜正寂靜滅沒除盡已内淨信生具足成就是名内淨信復次比丘思惟覺觀是麤法滅麤法心清淨清淨心是名内淨信復次比丘思惟覺觀是麤法離麤法心清白清白心是名内淨信復次比丘思惟覺觀是麤法除麤法心明了明了心是名内淨信復次比丘思惟覺觀是麤法無覺無觀地寂靜勝妙是名内淨信復次比丘思惟有覺觀其心不輭不調不清淨不清白不明了無覺觀其心輭調清淨清白明了其心輭乃至明了是名内淨信復次比丘思惟無覺無觀心喜心定如行人若信入信究竟入信勝信淳信心信是名内淨信何謂喜如行人歡喜踊躍是名喜何謂樂如行人心忍受樂信觸樂受是名樂何謂一心如行人心信

正信是名一心如是四支若二禪何謂二如四禪次順不逆以次入定行二與初無有中間是謂二何謂禪禪謂捨心垢正捨緣捨是名禪乃至復次無覺觀行意喜心定如行人若受想思觸思惟乃至及餘所隨色是名禪復次隨法非禪是隨禪法若心住正住是名禪得是定已護持威儀住行微行是名成就二禪行若比丘定生喜樂津液遍滿此身盡定生喜樂津液遍滿無有減少如大陂湖以山園繞水從底涌出不從東方南西北方來自從底涌出此陂津液遍滿無有減少如是比丘身定生喜樂津液遍滿無有減少云何津云何液云何遍云何滿如比丘住禪時身定生喜樂生正生起正起觸證身定生喜樂爾時名津住禪時定生喜樂漸開微行未能增廣身定生喜樂爾時名液住禪時身定生喜樂能增廣未到彼岸定生喜樂爾時名遍住禪時定生喜樂能至彼岸齊是謂定生喜樂爾時名身滿如農夫初以水漑田始津潤爾時名津津潤已水漸開微行未能增廣爾時名液液已水遂增廣未到彼岸爾時名遍遍已水到彼岸地一切高下盡滿滿時水還瀼水口爾時名滿比丘亦如是住禪時身定生喜樂生正生起正起觸證禪定生喜樂爾時名津乃至住禪時定生喜樂能至彼岸齊是謂定生喜樂爾時名身滿復次津液遍滿如是諸句義一名異如佛說云何觸緣明緣色生眼識三法和合觸眼非觸色非觸若此法共和合聚集是謂觸諸比丘此義不應如是說共異和合異集異聚異如此諸句義一

名異津液遍滿亦復如是義一名異如比丘修悲遍解東方南西北方四維上下悲心普廣無異無量無怨無恚遍解一切世間行爾時以衆生爲境界比丘住禪時身定生喜樂津液遍滿以身爲境界不應如是說如比丘應思惟苦行滅覺觀内淨信心獨無覺觀定生喜樂成就二禪行便定生喜樂身遍滿得定生喜樂已除身炙心炙乃至身不除心不除得身不炙不暖不熱不燃不燋得樂則無煩惱金則不求利勤力樂行齊是謂定生喜樂遍滿身

云何離喜滅沒除盡是謂離云何捨行謂共捨定得正得護持威儀住行微行是名捨行云何念正智念正智成就是名念正智云何身受樂樂謂忍樂意觸樂受是名樂此樂身受正受微受緣受以何身受意身受是名身受樂云何如諸聖人解聖人謂佛及聲聞知自地善法現世樂行入定出定已顯示教化流布開解演說分别顯現是名如諸聖人解捨念樂行云何成就三禪行三禪有五支共味捨念正智無喜樂一心云何共味捨如比丘滅覺觀内淨信心觸無覺無觀定生喜樂成就二禪行如比丘觀喜麤我喜麤心踊躍共味捨勝寂靜如比丘觀喜麤喜寂靜正寂靜滅沒除盡喜寂靜正寂靜滅沒除盡已共味捨生正生起正起具足成就是名共味捨如比丘若行乃至觸滅覺觀内淨信心觸無覺觀定生喜樂成就二禪行如比丘行乃至觸親近正親近多修學如比丘行乃至觸親近正親近多修學已心向寂靜心向寂靜尊

上寂靜尊上寂靜傾向寂靜傾向寂靜已喜寂靜證寂靜滅没除盡喜寂靜正寂靜滅没除盡已共味捨生正生起正起具足成就是名共味捨復次比丘離喜樂修無喜共味定如行人捨勝捨心調正觀調心無作非受是名共味捨云何念行人念憶念是名念云何正智如行人智見解射方便是名正智云何無喜樂如行人心不忍受苦樂意觸不苦不樂受是名無喜樂云何一心如行人心住正住是名一心如是五支是名三禪何謂三如四禪次順不逆以次入定行三與三無有中間是名三云何禪謂捨心垢正捨緣捨是名禪乃至復次離喜樂修無喜共味定如行人受想思觸思惟乃至及餘隨色是名禪復次隨法非禪是隨禪法若心住正住是名禪如是定護持戒威儀住行微行是名成就三禪行如比丘身無喜樂津液遍滿無有減少如優鉢羅池波頭摩池拘勿頭池分陀利池華從泥涌出未能出水此華若根若頭水津液遍滿無有減少如是比丘身無喜樂津液遍滿無有減少云何津云何液云何遍云何滿如比丘住禪時無喜樂初生正生起正起觸證如比丘住禪時身無喜樂爾時名津乃至住禪時無喜樂能到彼岸齊是名無喜樂爾時名身滿如農夫初以水溉田地始津潤爾時名津潤已水漸開微行未能增廣爾時名液已水遂增廣未到彼岸爾時名遍遍已水廣到彼岸地一切高下盡滿滿時水還瀼水口如農夫放水處齊是名滿比丘亦如是住禪時身無喜樂生正生起正起觸證身無喜

樂爾時名津乃至住禪時無喜樂能到彼岸齊是謂名無喜樂爾時名身滿復次津液遍滿如是諸句義一名異如佛說此苦聖諦法未曾聞自思惟生智生眼生覺生明生通生慧生解諸比丘此不應如是說謂智異眼異覺異明異通異慧異解異如此諸句義一名異津液遍滿亦復如是義一名異如比丘修喜心遍解東方南西北方四維上下喜心普廣無異無量無怨無恚遍解一切世間行爾時以眾生爲境界比丘住禪時身無喜樂津液遍滿以身爲境界不應如是說如比丘應思惟無我法離喜捨行念正智身樂如諸聖人解捨念樂行成就三禪行便無喜樂滿身得無喜樂已除身炙心炙乃至身不除心不除如比丘除身炙心炙乃至身不除心不除已得身不炙乃至不燋得心不炙乃至不燋得樂則無煩惱金剛不求利勤力樂行齊是名無喜樂遍滿身云何斷苦樂如比丘斷苦樂是名斷云何先滅憂如比丘憂喜已滅寂靜正寂靜是名先滅憂喜云何不苦不樂捨如佛告舍利弗如聖人離欲惡不善法成就喜行爾時無有五法謂共欲染相續憂樂共欲染相續憂苦共不善喜樂共不善憂苦共善憂苦舍利弗如聖人離欲惡不善法成就喜行如是五法盡無如聖人離欲惡不善法得成就喜行共欲染相續喜樂乃至共善憂苦爾時已滅及餘共善憂樂亦滅是謂入第四禪云何第四禪第四禪有四支不苦不樂捨念淨一心云何不苦不樂捨如比丘離喜捨行念正智身受樂如諸聖人解捨念樂行

成就三禪行如比丘觀無喜樂麤心猶有作若不苦不樂捨勝寂靜觀無喜樂麤無喜樂寂靜正寂靜滅没除盡已不苦不樂捨生正生起正起具足成就是名不苦不樂捨如比丘若行乃至觸離喜捨行念正智身受樂如諸聖人解捨念樂行成就三禪行如比丘行乃至觸親近多修學已向寂靜已向寂靜尊上寂靜尊上寂靜傾向寂靜傾向寂靜已無喜樂寂靜無喜樂寂靜滅没除盡已不苦不樂捨生正生起正起具足成就是名不苦不樂捨復次比丘離無喜樂修不苦不樂捨定如行人身心不忍受苦樂眼觸不苦不樂受乃至意觸不苦不樂受是名不苦不樂捨云何念如行人念憶念是名念云何淨如行人念離欲染清淨離惡不善法清淨離覺清淨離觀清淨離喜清淨離樂清淨離苦清淨離愛清淨及離餘煩惱法清淨是名淨云何一心如行人若心住正住是名一心此四支是名第四禪何謂四禪次順不逆以次入定行四與三無有中間是名四何謂禪捨心垢正捨緣捨是名禪乃至復次離無喜樂修不苦不樂捨定如行人受想思觸思惟乃至及餘隨色是名禪復次隨法非禪是修禪法若心住正住是名禪得如是定護持威儀住行微行是名成就四禪行如比丘修清淨染心身遍解行無不遍處如男子女人著白淨衣上下具足從頭至足從足至頭無不遍處比丘亦爾修清淨心身遍解行無不遍處

比丘入第四禪心不高不下不憎不愛定住不動猶如靜室泥治内外戸牖俱閉無有風

塵於其室内然以油燈若人非人若風若鳥無有觸者然焰不高不下不傾不曲定住不動比丘入第四禪亦復如是心不高不下乃至定住不動云何高心共掉相應心是名高心云何下心共懈怠相應心是名下心復次共七慢相應心是名高心共我相應心是名下心云何愛心共染相應心是名愛心云何憎心共瞋恚相應心是名憎心此四禪中心不共掉不掉相應乃至不共瞋恚相應是名不高不下不憎不愛云何住若心住正住獨處定是名住云何不動處不動謂第四禪如佛語憂陀夷若比丘離欲惡不善法有覺有觀離生喜樂成就初禪行我說是動此有何動謂覺觀不滅若比丘滅覺觀内淨信一心無覺無觀定生喜樂成就二禪行我說是動此有何動謂喜未滅若比丘離喜捨行念正智身受樂如諸聖人解捨念樂行成就三禪行我說是動此有何動謂捨樂未滅若比丘斷苦樂先滅憂喜不苦不樂捨心淨成就四禪行我說是不動若比丘離欲惡不善法入初禪從初禪起入二禪從二禪起入三禪從三禪起入四禪是謂到不動處

比丘如是修學四禪欲證通法隨心所欲即能得證自在無礙如四衢平處有善調駕四有善御者隨意自在如是比丘親近四禪多修學已欲證通法隨心即得自在無礙如盛水瓶堅牢不漏盛以淨水平滿爲飲隨人取用如意自在如是比丘親近四禪多修學已欲證通法隨心所欲自在無礙如陂泉遮水平滿爲飲隨人決用如意自在如是比丘親

近四禪多修學已欲證通法隨心所欲即能得證自在無礙若比丘欲以神足動地能以一爲多以多爲一乃至梵天身得自在隨所欲入若欲受天耳清淨過人能聞二聲人非人聲隨所能入若欲知他衆生能知有欲心如實知有欲心無欲心如實知無欲心隨所能入若欲憶念無量宿命能憶一生乃至成就此行隨所能入若欲受天眼清淨過人能見衆生生死乃至如所造業隨所能入若欲盡有漏成無漏得心解脱慧解脱現世自知證成就行我生已盡梵行已立所作已辦不受後有隨所能入如是四禪親近多修學得如是果報

舍利弗阿毗曇論卷第十二

音釋

瑕胡加切玷也　蔑莫結切輕易也　壘力軌切猶疊也　炙之石切燔炙也　瀼乃朗切水流貌

舍利弗阿毗曇論卷第十三 上

姚秦天竺三藏曇摩崛多共曇摩耶舍譯

非問分道品第十

有人出世如來無所著等正覺說種種因種種門種種道種種向道今當集諸道門有一支道二支道三支道四支道五支道六支道七支道八支道九支道十支道十一支道云何一支道身念處是名一支道云何二支道定慧是名二支道云何三支道有覺有觀定無覺有觀定無覺無觀定空定無相定無願定是名三支道云何四支道四念處四正斷四神足四禪四無量四無色定四向道四修定四斷是名四支道云何五支道五根五力五解脫入五出界五觀定五生解脫法是名五支道云何六支道六念六向六出界六明分法六悅因法六無喜正覺是名六支道云何七支道七覺七想七定因緣法是名七支道云何八支道八聖道八解脫八勝入是名八支道云何九支道九滅九次第定九想是名九支道云何十支道十想十直法十一切入是名十支道云何十一支道十一解脫入是名十一支道

何謂身念處一支向涅槃道謂念至身依身以身始觀是名身念處此念親近多修學得須陀洹果乃至阿羅漢果是名身念處一支向涅槃道復次比丘思惟身無常知無常解無常受無常如實人念憶念是名身念處此念親近多修學得須陀洹果乃至阿羅漢果是名身念處一支向涅槃道復次比丘身苦惱癰箭味患依緣壞法不定不滿可壞苦空

無我思惟緣知緣受緣即無明緣行行緣識識緣名色名色緣六入如實人念憶念是名身念處此念親近多修學得須陀洹果乃至阿羅漢果是名身念處一支向涅槃道復次比丘思惟身滅知滅解滅受滅即無明滅無明滅則行滅行滅則識滅識滅則名色滅名色滅則六入滅如實人念憶念是名身念處此念親近多修學得須陀洹果乃至阿羅漢果是名身念處一支向涅槃道復次比丘行知行樂住知住樂坐知坐樂卧知卧樂如是身住樂如實人念憶念是名身念處此念親近多修學得須陀洹果乃至阿羅漢果是名身念處一支向涅槃道復次比丘去來屈伸應正智行執持衣鉢如法飲食病瘦醫藥除疲極睡眠及大小便利於行住坐卧覺寤說法默然應正智行如實人念憶念是名身念處此念親近多修學得須陀洹果乃至阿羅漢果是名身念處一支向涅槃道復次比丘出息長知出息長入息長知入息長出息短知出息短入息短知入息短如旋師旋師弟子繩長知長繩短知短如是比丘出息長知長入息長知長出息短知短入息短知短如實人念憶念是名身念處此念親近多修學得須陀洹果乃至阿羅漢果是名身念處一支向涅槃道復次比丘從頂至足皆是不淨此身中有爪齒髮毛薄皮厚皮肌肉筋脉脾腎心肺大小腸處涕唾膿血脂肪腦膜淚汗骨髓如淨眼人於一門倉觀見諸穀胡麻米豆小豆䜣豆大麥小麥如是比丘觀此身中從頂至足皆是不淨此身中但有爪齒乃至

骨髓如實人念憶念是名身念處此念親近多修學得須陀洹果乃至阿羅漢果是名身念處一支向涅槃道復次比丘觀四大此身有地大水大火大風大如屠牛師屠師弟子屠牛爲四分若坐若立觀此四分如是比丘觀此身地大水大火大風大觀此諸大各各相違有此諸大依於外大飲食長養羸劣不堅念念磨滅暫住不久如實人念憶念是名身念處此念親近多修學得須陀洹果乃至阿羅漢果是名身念處一支向涅槃道復次比丘如是觀此身依食住依食長養緣食住無食不住如火依薪得然無薪則滅如是比丘觀此身依食住依食長養緣食住無食不住如世尊說

觀身所集苦　一切皆緣食　若能除滅食　則無是諸苦　如是知過患　食是成就苦　比丘滅食已　決定得涅槃

如是人念憶念是名身念處此念親近多修學得須陀洹果乃至阿羅漢果是名身念處一支向涅槃道復次比丘觀身盡空俱空以念遍知解行如竹葦盡空俱空如是比丘觀身盡空俱空以念遍知解行如實人念憶念是名身念處此念親近多修學得須陀洹果乃至阿羅漢果是名身念處一支向涅槃道復次比丘觀身是癰瘡身中有九瘡津漏門所出津漏皆是不淨津漏是胎始膜是腐敗是臰穢是可惡津漏眼出眵淚膿血津漏耳出結聹膿血津漏鼻出涕痰膿血津漏口出涕唾膿血津漏二處出便利膿血津漏如人癰瘡乾痂久住如是九瘡津漏門所出皆是

不淨津漏是胎始膜是腐敗是臰穢是可惡津漏比丘如是觀身是癰瘡此身九入九瘡九津九漏眼耳鼻口一一處所出津漏皆是不淨津漏是胎始膜是腐敗是臰穢是可惡津漏眼出眵淚膿血津漏耳出結聹膿血津漏鼻出涕痰膿血津漏口出涕唾膿血津漏二處出便利膿血津漏如摩訶迦葉所說四大身是衰耗相違津漏衆病所居處衆苦所依處愛護身者如愛護死屍壽命短促如實人念憶念是名身念處此念親近多修學得須陀洹果乃至阿羅漢果是名身念處一支向涅槃道復次比丘觀三根集業貪根集業恚根集業癡根集業若貪作業貪共貪緒貪集貪因貪緣身口意是非聖業是有漏業是集業非滅垢業瞋恚愚癡亦復如是若成就此業父母具足有漏心向陰欲受生彼陰滅處母胎生初識有色共彼識四大所造色謂色由意生受想思觸謂名如是名色共生共起彼不從東南西北方四維上下來不從父母出不從業出亦非餘處出因衆緣和合因集因業因父母出如春後月無有雲霧日中時有人持火珠以乾牛糞坌上便有火生有光出如是觀火不從東方乃至牛糞中出如是衆緣和合有火生光出比丘如是觀名色不從東方乃至不從業出衆緣和合因集因父母生便有名色七日時是胎始膜後七日如雲復七日初肉復七日始堅乃至四十九日身肢節具足帝釋問世尊諸佛不以色爲我云何身有覺云何水中生骨復云何能住胎問已有答世尊爲決疑一切行生滅世尊

如實知一切行生滅帝釋諦聽我今當說初有胎始膜因胎始膜便有如雲因如雲便有初肉因初肉便有始堅因始堅便有支節諸入爪髮因母飲食便住帝釋復問

衆生不知何法　衆生不覺何法
衆生何法染貪　衆生何法繫縛

世尊答

衆生不知生法　衆生不覺滅法
衆生身法染貪　衆生愛法繫縛
帝釋宜實諦聽　知因法則能離
慧者能度死流　度已終不復還

若母懷妊或九月或十月身重自愛護若九月若十月愛護重身已便生子生已母以血養聖法中以母乳爲血後便能食能食已諸根增長諸根增長已諸根具足後則衰變骨節離解皮緩面皺氣力微弱齒落髮白身體傴曲拄杖羸步氣息轉少不耐苦痛壯時已過血肉漸消多諸苦患死命迫促如尸婆羅所說

人命法不還　日夜常衰損　如魚處熱中
生苦死復逼

以如是方便知法無常有爲緣生盡法變法離法滅法我所非我有我非我所有我我所皆無有我如是慧者正觀不放逸勤念正知寂靜行若依貪妄想斷斷已內心正住正止獨處得定如實人念憶念是名身念處此念親近多修學得須陀洹果乃至阿羅漢果是名身念處一支向涅槃道復次比丘如是思惟人有眼耳鼻舌身意假名爲人眼耳鼻舌身意非人離眼耳鼻舌身意亦非人若如是

法正生正成就正出假名爲人如舍有梁椽墻壁假名爲舍梁椽墻壁非舍離梁椽墻壁亦非舍若如是法正生正成就正出假名爲舍比丘如是思惟人有眼耳鼻舌身意假名爲人眼耳鼻舌身意非人離眼耳鼻舌身意亦非人比丘若如是法正生正成就正出假名爲人如象經所說比丘緣木緣竹緣繩索緣泥圍繞虛空假名爲舍比丘如是緣骨緣筋緣血肉緣皮膚圍繞虛空假名爲我以如是方便知此法無常有爲緣生盡法變法離法滅法我所非我有我非我所有我我所皆無有我如是正慧見如是不放逸勤念正智寂靜行依貪妄想斷斷已內心正住正止獨處如實人念憶念是名身念處此念親近多修學得須陀洹果乃至阿羅漢果是名身念處一支向涅槃道復次比丘如是思惟緣有眼假名爲我無眼亦不假名爲我眼非我離眼若是我眼應當有異以眼非我故眼無有異若無眼亦不假名爲我以眼非我離眼亦非我以是故緣眼假名爲我無眼亦不假名爲我耳鼻舌身心緣心假名爲我無心亦不假名爲我心非我離心非我心若是我心應當有異以心非我故心無有異若無心亦不假名爲我以心非我離心亦非我以是故緣心假名爲我無心亦不假名爲我如世尊說若說眼爲我者非也眼有生滅若生滅者我亦應生滅則有此負是故非也若說眼爲我者此事不然耳鼻舌身心亦復如是如是方便知此法無常有爲緣生盡法變法離法滅法我所非我有我非我所有我所我皆無有

我如是正慧見如是不放逸勤念正智寂靜行依貪妄想斷斷已內心正住正止獨處定如實人念憶念是名身念處此念親近多修學得須陀洹果乃至阿羅漢果是名身念處一支向涅槃道復次比丘如是思惟若見色是我受想行識是我此見共欲共瞋恚共愚癡共取共忍住共苦共虛妄共衆惱共燋熱不解射不離欲不滅不寂靜不正學不得沙門果不得涅槃若此見成就於生老病死苦本則聚集和合若見色無我受想行識無我此見不共瞋恚不共愚癡不共取不共忍住不共苦不共虛妄不共衆惱不共燋熱解射離欲滅寂靜正覺得沙門果得涅槃若此見成就於生老病死苦本則不聚集和合如世尊說諸比丘有人如是見緣有我有我所緣有我所有我言有我有我所若實若有盡不可得諸比丘此非鈍愚法也世尊是也諸比丘如愚者計有常不異不異物不變法常定住有是也世尊有也諸比丘若計有常不異不異物不變法常當定住也世尊無也若愚者計有我若我常不異不異物不變法常定住有是也世尊有也諸比丘計有我若當不異不異物不變法常當定住也世尊無也諸比丘若愚者依止若依常見不異不異物不變法常當定住也世尊有也諸比丘若依止若依常見不異不異物不變法常當定住也世尊無也以是故諸比丘若一切色過去未來現在內外麤細卑勝遠近如是一切色我非我所有我所非我有我我所皆無有我是謂正慧觀受想行識觀亦如是復次比丘若

作是見我樂世樂當樂常不異不異物不變法常定住但我所非我有我非我所有我我所皆無有我是謂正慧觀若作是見我斷滅但我所非我有我非我所有我我所皆無有我是謂正慧觀若作是見我能見聞覺知思惟分別但我所非我有我非我所有我我所皆無有我是謂正慧觀聖人若如是見如是聞有我有我所終無驚恐復次如世尊說色非我若色是我色不應受苦患色應得自在如是有如是非有以色非我故色受苦患色不得自在如是有如是非有受想行識非我我非識若識是我識不應受苦患識應得自在如是有如是非有以識非我故識受苦患識不得自在如是有如是非有是故當知此法無常有爲緣生盡法變法離法滅法我所非我有我非我所有我我所皆無有我是謂正慧觀如是不放逸勤念正智寂靜行依貪妄想斷斷已內心正住正止獨處定如實人念憶念是名身念處此念親近多修學得須陀洹果乃至阿羅漢果是名身念處一支向涅槃道復次比丘如是思惟世間種種苦此苦何因何緣何集何生何尊上如是思惟世間種種苦陰因陰緒陰集陰生陰尊上緣陰有喪父母兄弟姊妹妻子親屬苦有衰耗衆病苦有諸不適意觸若手捲觸鞭杖觸瓦石觸刀杖觸寒熱觸飢渴觸風日觸蚊蝱觸有國王大臣枷鎖繫閉連縛肉斷骨出如貝騎利木刀以石錘脚五車挓裂以繩拘結火鬘燒身身爲火熥以刀削身以鉤鉤肉剥皮蜜塗令蟲唼食草裹火燒扇車吹身令破鐵鍱

身纏斷手足耳鼻軀上樹頭以箭射殺最後斬殺有如是等苦如世尊說

無有如欲火　無有如恚毒　無有如癡網
無有如陰苦　如實知此已　涅槃第一樂

是故當知此法無常有爲緣生盡法變法離法滅法我所非我有我非我所有我我所皆無有我是謂正慧觀如是不放逸勤念正智寂靜行依貪妄想斷斷已心正住正止獨處定如實人念憶念是名身念處念親近多修學得須陀洹果乃至阿羅漢果是名身念處一支向涅槃道復次比丘如是思惟身多苦多失多惱多悲多衆苦觀身生正生起正起出正出成就具足生種種病若因熱生病因陰生病因風生病因自力生病因他惱生病因時變生病因諸大相違生病因食不消生病因業報生病因集生病眼病耳鼻舌身病頭痛肩痛牙齒咽項肚痛蛇肌氣逆呼嗐咽塞謦嗽嘔吐下利絞痛熱病腹痛瘡癬疥瘙皮膚瘤瘤是蟲行侵淫瘡癩瘡癰瘡白癩枯燥顛狂病痔赤病腫病外爲種種蟲嗽蚤虱壁虱蚊蝱蟆子内乃至一毛處無不有蟲如世尊說色生住出生病居苦出老死若受想行識生住出生病居苦出老死復次如世尊說三苦行苦苦苦變苦是故當知此法無常有爲緣生盡法變法離法滅法我所非我有我非我所有我我所皆無有我是謂正慧觀如是不放逸勤念正智寂靜行依貪妄想斷斷已内心正住正止獨處定如實人念憶念是名身念處念親近多修學得須陀洹果乃至阿羅漢是名身念處一支向涅槃道復次

比丘如是思惟何因何住何非因何非住如是思惟因脚骨住腨骨因腨骨住髀骨因髀骨住髖骨因髖骨住脊骨因脊骨住肋骨因手骨住臂骨因臂骨住肩骨因肩骨住項骨因項骨住頭骨因髓住骨因骨住筋因筋住肉因肉住血因血住皮因皮住薄皮因薄皮住毛如因空住風因風住水因水住地因地住諸作業及種子聚落衆生聚落藥草叢林比丘如是思惟因脚骨住腨骨因腨骨乃至頭骨因髓住骨因骨乃至住毛若無脚骨腨骨不住無腨骨髀骨不住無髀骨髖骨不住無髖骨脊骨不住無脊骨肋骨不住無手骨臂骨不住無臂骨肩骨不住無肩骨項骨不住無項骨頭骨不住無髓骨不住無筋骨不住無筋肉不住無肉血不住無血皮不住無皮薄皮不住無薄皮毛不住如無虛空風不住如無風水不住若無水地不住如無地諸作業及種子疇類衆生聚落藥草叢林不住比丘如是思惟若無脚骨腨骨不住無腨骨乃至頭骨不住無髓骨不住無骨乃至毛不住以骨盛髓筋纏骨肉覆筋血塗肉皮裹血薄皮膜厚皮毛衣薄皮如世尊說若法生滅因行住行是故當知此法無常有爲緣生盡法變法離法滅法我所非我有我非我所有我我所皆無有我是謂正慧觀如是不放逸勤念正智寂靜行依貪妄想斷斷已內心正住正止獨處定如實人念憶念是名身念處念親近多修學得須陀洹果乃至阿羅漢果是名身念處一支向涅槃道復次比丘如是思惟何因何假何非因何非假如是思

身有假身業無身無假身業因口有假口業無口無假口業因意有假意業無意無假意業若身作業若口說業業觸身去來屈伸迴轉身教集聲音句言語口教若因意作業無意無作業如巧匠巧匠弟子刻作木人動作機關能令去來坐卧如是若身作業若口說業業觸身去來屈伸迴轉身教集聲音句言說口教若因意作業無意無作業如世尊說

心爲法本　心尊心使　中心念惡　即言即行
罪苦自追　車轢于轍

心爲法本　心尊心使　中心念善　即言即行
福樂自追　如影隨形

是故當知此法無常有爲緣生盡法變法離法滅法我所非我有我非我所有我我所皆無有我是謂正慧觀如是不放逸勤念正智寂靜行依貪妄想斷斷已内心正住正止獨處定如實人念憶念是名身念處念親近多修學得須陀洹果乃至阿羅漢果是名身念處一支向涅槃道復次比丘如是思惟若最後行未知而滅若無間行滅已識續餘道生彼行緣彼識名無間緣若因行彼識續餘道生彼行緣彼識名因緣若思惟行識續餘道生彼行緣彼識名緣緣若依行識續餘道生彼行緣彼識名依緣若報行識續餘道生彼行緣彼識名報緣若行起識續餘道生彼行緣彼識名起緣若相應行識續餘道生彼行緣彼識名興緣若增上趣彼識增上續餘道生彼行緣彼識名增上緣此最後識滅初識續餘道生最後識滅已初識即生無有中間如影移日續日移影續影與日無有中間如

是此最後識滅初識續餘道生後識滅已即生初識無有中間如此最後識若最後識相應法不至初識若初識初識相應法不至後識如眼識滅已生耳識耳識滅已生眼識眼識相應法不至耳識耳識相應法不至眼識如是後識後識相應法不至初識初識相應法不至後識若後識滅已即生初識謂此時過謂此滅彼生謂此終彼始非命是身非身是命非命異身非身異命非命非斷非生非住非有變非無因非天所作非此作此受非異作異受知有去來知有生死知有業相續知有說法知有緣無有從此至彼者無有從彼至此者但行相續生以業緣故如世尊說我所空我於我所不應疑我我所不應說於一切法不應疑是故當知此法無常有爲緣生盡法變法滅法離法我所非我有我非我所有我我所皆無有我是謂正慧觀如是不放逸勤念正智寂靜行依貪妄想斷斷已內心正住正止獨處定如實人念憶念是名身念處念親近多修學得須陀洹果乃至阿羅漢果是名身念處一支向涅槃道復次比丘若見嬰兒心愚癡無識眠卧穢處如是思惟我亦如是法如是相未離是法我身亦是有生法有生過患如實人念憶念是名身念處念親近修學得須陀洹果乃至阿羅漢果是名身念處一支向涅槃道復次比丘若見男子女人年老衰熟髮白齒落皮緩面皺身體僂曲拄杖羸步氣息不調如是思惟我身亦如是法如是相未離是法我身亦是有老法有老過患如實人念憶念是名身念處念親

近多修學得須陀洹果乃至阿羅漢果是名身念處一支向涅槃道復次比丘若見男子女人身患苦有眠卧穢處羸劣無力動止須人如是思惟我身亦如是法如是相未離是法我身亦有病有病過患如實人念憶念是名身念處念親近多修學得須陀洹果乃至阿羅漢果是名身念處一支向涅槃道復次比丘若見男子女人身壞時過若是親屬若非親屬棄其死屍如草糞土如是思惟我身如是法如是相未離是法我身亦壞法有死過患如實人念憶念是名身念處念親近多修學得須陀洹果乃至阿羅漢果是名身念處一支向涅槃道復次比丘見死屍棄在塚間一日至三日觀自身如是法如是相未離是法如實人念憶念是名身念處念親近多修學得須陀洹果乃至阿羅漢果是名身念處一支向涅槃道復次比丘見死屍棄在塚間一日至三日膖脹青瘀觀自身如是法如是相未離是法如實人念憶念是名身念處念親近多修學得須陀洹果乃至阿羅漢果是名身念處一支向涅槃道復次比丘見死屍棄在塚間一日至三日若烏鳥虎狼爲若干諸獸所食噉觀自身如是法如是相未離是法如實人念憶念是名身念處念親近多修學得須陀洹果乃至阿羅漢果是名身念處一支向涅槃道復次比丘見死屍骨節相連青赤爛壞膿血不淨臰穢可惡觀自身如是法如是相未離是法如實人念憶念是名身念處念親近多修學得須陀洹果乃至阿羅漢果是名身念處一支向涅槃道復次比

丘見死屍骨節相連血肉所覆筋脉未斷觀自身如是法如是相未離是法如實人念憶念是名身念處念親近多修學得須陀洹果乃至阿羅漢果是名身念處一支向涅槃道復次比丘見死屍骨節相連血肉已離筋脉未斷觀自身如是法如是相未離是法如實人念憶念是名身念處念親近多修學得須陀洹果乃至阿羅漢果是名身念處一支向涅槃道復次比丘見死屍骨節已壞未離本處觀自身如是法如是相未離是法如實人念憶念是名身念處念親近多修學得須陀洹果乃至阿羅漢果是名身念處一支向涅槃道復次比丘見死屍骨節已壞遠離本處脚髀腨髖脊脇肋手足肩臂項髑髏各自異處觀自身如是法如是相未離是法如實人念憶念是名身念處念親近多修學得須陀洹果乃至阿羅漢果是名身念處一支向涅槃道復次比丘見死屍骨節久故色白如貝色青如鴿朽敗碎壞觀自身如是法如是相未離是法如實人念憶念是名身念處念親近多修學得須陀洹果乃至阿羅漢果是名身念處一支向涅槃道復次比丘見死屍在火念處一支毛皮膚血肉筋脉骨髓一切髮毛乃至骨髓漸漸消盡觀此身法不至東方南西北方四維上下住此身法本無而生已有還滅如實人念憶念是名身念處念親近多修學得須陀洹果乃至阿羅漢果是名身念處一支向涅槃道何謂身念身發起生是名身念思惟身生是名身念身境界生是名身念依身生是名身念身分别生是名身念

處何謂定慧二支向涅槃道何謂定心住正住是名定何謂慧智分別是名慧如是定如是慧是名定慧定慧親近多修學已得須陀洹果斯陀含果阿那含果阿羅漢果是名定慧二支向涅槃道復次比丘若一切有爲法若一處有爲法思惟無常知無常解無常受無常如是不放逸觀得定心住正住是名定如實人若智分別是名慧如是定如是慧是名定慧定慧親近多修學得須陀洹果乃至阿羅漢果是名定慧二支向涅槃道復次比丘若一切有爲法若一處有爲法思惟苦患癰箭著味依緣壞法不定不滿變滅可壞苦空無我思惟緣知緣解緣受緣即無明緣行行緣識識緣名色名色緣六入六入緣觸觸緣受受緣愛愛緣取取緣有有緣生生緣老死憂悲苦惱純苦聚集如是不放逸觀得定心住正住是名定如實人若智分別是名慧如是定如是慧是名定慧定慧親近多修學得須陀洹果乃至阿羅漢果是名定慧二支向涅槃道復次比丘若一切有爲法一處有爲法思惟滅知滅解滅受滅即無明滅無明滅則行滅乃至純苦聚集滅如是不放逸觀得定心住正住是名定如實人若智分別是名慧如是定如是慧是名定慧定慧親近多修學得須陀洹果乃至阿羅漢果是名定慧二支向涅槃道復次比丘行知行樂住知住樂坐知坐樂卧知卧樂如身行住坐卧樂如實知不放逸觀得定心住正住是名定如實人若智分別是名慧如是定如是慧是名定慧定慧親近多修學得須陀洹果乃至阿羅

漢果是名定慧二支向涅槃道乃至若見死屍在火聚上亦如上說復次比丘如是思惟我內有欲染如實知內有欲染若內無欲染如實知內無欲染如欲染未生如實知未生如欲染生如實知生如欲染生已斷如實知斷如欲染斷已如實知更不復生內有瞋恚睡眠掉悔疑亦如是如是不放逸觀得定心住正住是名定如實人若智分別是名慧如是定如是慧是名定慧定慧親近多修學得須陀洹果乃至阿羅漢果是名定慧二支向涅槃道復次比丘如是思惟我內眼識色有欲染瞋恚如實知內眼識色有欲染瞋恚內眼識色無欲染瞋恚如實知內眼識色無欲染瞋恚如未生眼識色欲染瞋恚如實知未生如未生眼識色欲染瞋恚生如實知生如生眼識色欲染瞋恚已斷如實知斷如眼識色欲染瞋恚斷已如實知更不復生耳識聲鼻識香舌識味身識觸意識法亦如是不放逸觀得定心住正住是名定如實人若智分別是名慧如是定如是慧是名定慧定慧親近多修學得須陀洹果乃至阿羅漢果是名定慧二支向涅槃道復次比丘如是思惟我內有念正覺如實知內有念正覺內無念正覺如實知內無念正覺如念正覺未生如實知未生如念正覺未生生如實知生如念正覺已生具足修如實知具足修擇法正覺精進正覺除正覺定正覺捨正覺亦如是如是不放逸觀得定心住正住是名定如實人若智分別是名慧如是定如是慧是名定慧定慧親近多修學得須陀洹果乃至阿羅漢果

是名定慧二支向涅槃道復次比丘如實知苦苦集苦滅苦滅道如實知漏漏集漏滅漏滅道如是不放逸觀得定心住正住是名定如實人若智分別是名慧如是定如是慧是名定慧定慧親近多修學得須陀洹果乃至阿羅漢果是名定慧二支向涅槃道復次比丘心畏怖故出一切有爲入甘露界此寂靜勝離一切有爲愛盡涅槃如是不放逸觀得定心住正住是名定如實人若智分別是名慧如是定如是慧是名定慧定慧親近多修學得須陀洹果乃至阿羅漢果是名定慧二支向涅槃道何謂定煩惱未斷者欲染斷正斷寂靜瞋恚愚癡煩惱障礙覆蓋諸縛惡行滅正滅寂靜如秋時多起塵土雲霧即時雨墮滅塵土雲霧滅正寂靜如是定如煩惱未斷者欲染斷正滅寂靜瞋恚愚癡障礙覆蓋諸縛惡行滅正滅寂靜是名定何謂慧如實人若智分別色如實分別色受想行識亦如是如明眼人上高山頂若觀東方如實分別若南西北方如實分別如是慧如實分別色受想行識是名慧

舍利弗阿毗曇論卷第十三　上

音釋

寤五故切　皃尺救切與臭同　眵赤脂切目汁凝也　聹乃挺切耳中垢也　痰徒合切病液也　痂古牙切乾瘍也　坌蒲悶切塵坋也　妊汝鴆切孕也　皺側救切　蝱莫耕切　錘直追切與椎同　挓陟格切張申也　煿補各切火乾也　喓子合切齧也　鍱與涉切　嗐胡戛胡蓋二切大開口也　謦嗽謦棄挺切嗽蘇奏切　癬息淺切乾瘍也　疥瘙疥古隘切瘙先到切疥瘙小痒瘡也　㿇私習切小痛也　痔池爾切後病也　蚤子皓切　蝨所櫛切　蟆末各切如蚊而小蟲也　轢郎擊切踐也　僂力矩切俯也

舍利弗阿毗曇論卷第十三下

姚秦天竺三藏曇摩崛多共曇摩耶舍譯

非問分道品第十之餘

云何有覺有觀定若定覺觀相應覺觀共生共住共滅是名有覺有觀定復次有覺有觀定若定覺觀得正得緣得是名有覺有觀定復次有覺有觀定比丘離欲惡不善法有覺有觀離生喜樂成就初禪行比丘有覺有觀喜樂一心若入此定者得五支正得緣得覺觀喜樂一心是名初禪有覺有觀定復次比丘若得有覺有觀定有喜共味定比丘觀喜麤心有悲無喜樂勝寂靜比丘觀喜麤已喜寂靜正寂靜滅沒除喜寂靜正寂靜滅沒除已故有覺觀無喜樂一心若入此定者得四支正得緣得覺觀無喜樂一心是名非禪非禪間有覺有觀定如比丘若行若受教若法相若方便若專心若思惟若觸得有覺有觀有喜共味定如比丘行受教法相方便專心思惟觸親近多修學如比丘行乃至觸親近多修學已心向寂靜心向寂靜已尊上寂靜尊上寂靜已傾向寂靜傾向寂靜已喜寂靜喜寂靜正寂靜滅沒除滅沒除已有覺觀無喜樂一心若入此定者得四支正得緣得覺觀無喜樂一心是名非禪非禪間有覺有觀定復次比丘若得有覺有觀無喜樂共味定此比丘觀無喜樂麤心有作不苦不樂捨寂靜勝此比丘觀無喜樂麤已無喜樂寂靜寂靜正寂靜正寂靜滅沒除滅沒除已故有覺有觀不苦不樂捨一心若入此定者得四支正得緣得覺觀不苦不樂捨一心是

名非禪非禪間有覺有觀定如比丘善行若受教若法相若方便若專心若思惟若觸得有覺有觀無喜樂共味定如比丘行乃至觸親近多修學已心向寂靜心向寂靜尊上寂靜尊上寂靜傾向寂靜傾向寂靜已無喜樂寂靜寂靜正寂靜正寂靜滅沒除滅沒除已有覺有觀不苦不樂捨一心若入此定者得四支正得緣得覺觀不苦不樂捨一心是名非禪非禪間有覺有觀定云何無覺有觀定若定離覺觀相應不共覺生不共住不共滅觀共生共住共滅是名無覺有觀定復次無覺有觀定若定不得覺不正得不緣得觀得正得緣得是名無覺有觀定復次無覺有觀定若比丘得有覺有觀有喜共味定此比丘觀覺麤無覺有觀定寂靜勝此比丘觀覺麤已覺寂靜覺寂靜正寂靜正寂靜滅沒除滅沒除已故有觀喜樂一心若入此定者得四支正得緣得觀喜樂一心是名禪間無覺有觀定如比丘若行若受教若法相若方便若專心用意若思惟若觸得有覺有觀有喜共味定此比丘彼行乃至觸親近多修學如比丘行乃至觸親近多修學已心向寂靜尊上寂靜傾向寂靜心向寂靜尊上寂靜傾向寂靜已覺寂靜正寂靜滅沒除覺寂靜正寂靜滅沒除已故有觀喜樂一心若入此定得四支正得緣得觀喜樂一心是名禪間無覺有觀定何謂禪間是初禪二禪間從初禪趣二禪時復次比丘得無覺有觀有喜共味定比丘觀喜麤喜心猶有悲無喜樂寂靜勝比丘觀喜麤已喜寂靜正寂靜滅沒除喜寂靜正

寂靜滅没除已故有觀無喜樂一心若入此定者得三支正得緣得觀無喜樂一心是名非禪非禪間無覺有觀定如比丘若行若受教若法相方便若專心若思惟若觸得無覺有觀有喜共味定如比丘行乃至觸親近多修學親近多修學已心向寂靜心向寂靜尊上寂靜尊上寂靜傾向寂靜傾向寂靜已喜寂靜滅没除已故有觀無喜樂一心若入此定者得三支正得緣得觀無喜樂一心是名非禪非禪間無覺有觀定復次比丘得無覺有觀無喜共味定比丘觀無喜樂麤無喜樂心猶有作不苦不樂捨寂靜時比丘觀無喜樂麤已無喜樂寂靜寂靜正寂靜正寂靜滅没除滅没除已故有觀不苦不樂捨一心若入此定者得三支正得緣得不苦不樂捨一

心是名非禪非禪間無覺有觀定如比丘若行若受教若法相若方便若專心若思惟若觸得無覺有觀無喜樂共味定如比丘行乃至觸親近多修學行乃至觸親近多修學已心向寂靜尊上寂靜傾向寂靜傾向寂靜已無喜樂寂靜正寂靜滅没除滅没除已故有觀不苦不樂捨一心若入此定者得三支正得緣得觀不苦不樂捨一心是名非禪非禪間無覺有觀定是名無覺有觀定何謂無覺無觀定若定離覺觀覺觀不共生不共住不共滅是名無覺無觀定復次無覺無觀定若定於覺觀不得不正得不緣得是名無覺無觀定復次無覺無觀定如比丘滅覺觀内淨信一心無覺無觀定生喜樂成就二禪行此比丘故有内淨信喜樂一心若入此定者得

四支正得緣得内淨信喜樂一心是名第二禪無覺無觀定復次比丘得有覺有觀有喜共味定如比丘觀覺觀麤無覺無觀定寂靜勝比丘觀覺觀麤已覺觀寂靜正寂靜滅沒除滅沒除已故有内淨信喜樂一心若入此定者得四支正得緣得内淨信喜樂一心是名第二禪無覺無觀定如比丘若行若受教若法相若方便若專心若思惟若觸得有覺有觀有喜共味定如比丘行乃至觸親近多修學修學已心向寂靜尊上寂靜傾向寂靜傾向寂靜已覺觀寂靜正寂靜滅沒除滅沒除已有内淨信喜樂一心若入此定者得四支正得緣得内淨信喜樂一心是名第二禪無覺無觀定復次比丘得無覺無觀有喜共味定比丘觀喜麤喜心猶有悲無喜樂寂靜勝比丘觀喜麤已喜寂靜正寂滅沒除滅沒除已故有内淨信無喜樂一心比入初禪捨心不及入第三禪定捨心若入此定者得三支正得緣得内淨信無喜樂一心是名禪間無覺無觀定第二第三禪間從二禪趣三禪復次比丘得無覺無觀無喜樂共味定比丘觀無喜樂麤無喜樂心猶有作不苦不樂捨寂靜勝比丘觀無喜樂麤已無喜樂寂靜正寂靜滅沒除滅沒除已故有内淨信不苦不樂捨一心若入此定者得三支正得緣得内淨信不苦不樂捨一心是名非禪非禪間無覺無觀定如比丘若行若受教若法相若方便若專心若思惟若觸得無覺無觀無喜樂共味定如比丘行乃至觸親近多修學多修學已心向寂靜心向寂靜尊上寂靜尊上寂

靜傾向寂靜傾向寂靜已喜樂寂靜正寂靜滅沒除滅沒除已故有内淨信不苦不樂捨一心是名非禪非禪間無覺無觀定復次比丘離喜捨行念正智身受樂如諸聖人解捨念樂行成就三禪行比丘故有共味定捨念正智無喜樂一心若入此定者得五支正得緣得共味捨念正智無喜樂一心是名第三禪無覺無觀定如比丘若行若受教若法相若方便若專心若思惟若觸得無覺無觀有喜共味定如比丘行乃至觸親近多修學多修學已心向寂靜尊上寂靜傾向寂靜傾向寂靜已喜寂靜正寂靜滅沒除滅沒除已故有共味捨念正智無喜樂一心若入此定者得五支正得緣得共味捨念正智無喜樂一心是名第三禪無覺無觀定復次比丘得無

覺無觀無喜共味定如比丘觀無喜樂麤無喜樂心猶有作不苦不樂捨寂靜勝比丘觀無喜樂麤已無喜樂寂靜正寂靜滅沒除滅沒除已捨念正智一心此人出息入息滅不及入第四禪者若入此定者得四支正得緣得不苦不樂捨念正智一心是名禪間無覺無觀定第三第四禪間從三禪趣第四禪如比丘若行若受教若法相若方便若專心若思惟若觸得無覺無觀無喜樂共味定比丘行乃至觸親近多修學多修學已心向寂靜尊上寂靜傾向寂靜傾向寂靜已無喜樂寂靜正寂靜滅沒除滅沒除已有不苦不樂捨念正智一心此人出息入息滅不及入第四禪者若入此定者得四支正得緣得不苦不樂捨念正智一心是名禪間無覺無觀定第

三第四禪間從第三禪趣第四禪復次比丘斷苦斷樂先滅憂喜不苦不樂捨念淨成就四禪行如比丘憂喜不苦不樂捨念淨一心若入此定者得四支正得緣得不苦不樂捨念淨一心是名第四禪無覺無觀定復次比丘得無覺無觀無喜樂共味定比丘觀無喜樂麤無喜樂心猶有作不苦不樂捨寂靜勝比丘觀無喜樂麤已無喜樂寂靜正寂靜滅没除滅没除已故有不苦不樂捨念淨一心若入此定者得四支正得緣得不苦不樂捨念淨一心是名第四禪無覺無觀定如比丘若行若受教若法相若方便若專心若思惟若觸得無覺無觀無喜樂共味定如比丘行乃至觸親近多修學多修學已心向寂靜尊上寂靜傾向寂靜傾向寂靜已無喜樂寂靜正寂靜滅没除滅没除已有不苦不樂捨念淨一心若入此定者得四支正得緣得不苦不樂捨念淨一心是名第四禪無覺無觀定復次比丘離一切色想滅瞋恚想不思惟若干想成就無邊空處行如比丘有空處想不苦不樂捨一心若入此定者得三支正得緣得空處想不苦不樂捨一心是名空處無覺無觀定復次比丘離一切空處想成就無邊識處行如比丘有識處想不苦不樂捨一心若入此定者得三支正得緣得識處想不苦不樂捨一心是名識處無覺無觀定復次比丘離一切識處想成就無所有處行如比丘有無所有處想不苦不樂捨一心若入此定者得三支正得緣得無所有處想不苦不樂捨一心是名不用處無覺無觀定復次比丘

離一切不用處成就非想非非想處行如比丘有非想非非想處想不苦不樂捨一心若入此定者得三支正得緣得非想非非想處想不苦不樂捨一心是名非想非非想處無覺無觀定何謂空定如比丘一切法若一處法思惟空知空解空受空以何義空以我空我所亦空如是不放逸觀得定心住正住是名空定復次空定六空內空外空內外空空空大空第一義空何謂內空如比丘一切內法若一處內法思惟空知空解空受空以何義空以我空我所亦空常空不變易空如是不放逸觀得定心住正住是名內空何謂外空如比丘一切外法若一處外法思惟空知空解空受空以何義空以我空我所亦空常空不變易空如是不放逸觀得定心住正住是名外空云何內外空如比丘一切內外法若一處內外法思惟空知空解空受空以何義空以我空我所亦空常空不變易空如是不放逸觀得定心住正住是名內外空何謂空空如比丘成就空定行比丘思惟空知空解空受空以何義空以我空我所亦空常空不變易空如是不放逸觀得定心住正住是名空空何謂大空如比丘一切法思惟空知空解空受空以何義空以我空我所亦空如是不放逸觀得定心住正住是名大空何謂第一義空第一謂涅槃如比丘思惟涅槃空知空解空受空以何義空以我空我所亦空常空不變易空如是不放逸觀得定心住正住是名第一義空如是六空是名空定何謂無相定除空定若餘定以聖涅槃爲境界是

名無相定復次無相定行有相涅槃無相行有三相生住滅涅槃無三相不生不住不滅如是行有相涅槃無相涅槃是寂滅是舍宅是救護是燈明是依止是不終没是歸趣是無燋熱是無憂惱是無憂悲苦惱及餘諸行思惟涅槃得定心住正住是名無相定何謂無願定除空定若餘定以聖有爲爲境界是名無願定復次無願定願有二種愛著見著比丘思惟行苦患癰箭著味依緣壞法不定不足可壞衆苦不思惟空無我得定心住正住比丘愛斷見斷此定能斷愛見是無願定何謂四念處如比丘内身觀身行勤念正智謂希望世愛外身觀身行勤念正智謂希望世愛内外身觀身行勤念正智謂希望世愛受心法亦如是是名四念處何謂四正斷如比丘惡不善法未生欲令不生起欲自勉勝進攝心正斷惡法已生欲令斷起欲自勉勝進攝心正斷善法未生欲令生起欲自勉勝進攝心正斷善法已生欲令住具足修不忘廣大增長起欲自勉勝進攝心正斷是名四正斷何謂四神足如比丘斷行成就修神足精進定心定念定慧定斷行成就修神足是名四神足四神如禪品所說何謂四無量慈悲喜捨何謂慈如比丘思惟衆生樂知樂解樂受樂或有衆生曾侵惱比丘比丘於是衆生心障礙不清淨不親近不解比丘如是思惟衆生已侵惱我衆生雖侵損我我法不應報我若瞋惱衆生則爲自損他已侵惱我若我還報自損甚彼比丘如是思惟已於衆生堪忍除滅瞋惱心思惟欲令衆生樂知樂解

樂受樂或有衆生先未曾侵惱比丘今侵惱比丘於衆生心障礙不清淨不親近不解比丘如是思惟衆生先未曾侵惱我今現侵惱衆生雖現侵惱我或是我宿業報非我能遮我若瞋惱衆生則爲自損他已侵我若我還報自損甚彼比丘如是思惟已於衆生堪忍除滅瞋惱心思惟欲令衆生樂知樂解樂受樂或有衆生先未曾侵惱比丘今不侵惱當欲侵惱比丘於衆生心障礙不清淨不親近不解比丘如是思惟衆生先未曾侵惱我今不侵惱當欲侵惱我衆生雖當欲侵惱或不作或因緣不集我若瞋惱衆生則爲自損他雖欲侵惱我若我還報自損甚彼比丘如是思惟已於衆生堪忍除滅瞋惱心思惟欲令衆生樂知樂解樂受樂或有衆生先未曾侵惱比丘今不侵惱當不侵惱先未曾侵惱我愛喜適意者今現侵惱我愛喜適意者比丘於衆生心障礙不清淨不親近不解比丘如是思惟衆生先未曾侵惱我今不侵惱當不侵惱我所愛喜適意者曾侵惱衆生雖侵惱我愛喜適意者我不應侵惱彼我若瞋惱衆生則爲自損他已侵惱若我還報自損甚彼比丘如是思惟已於衆生堪忍除滅瞋惱心思惟欲令衆生樂知樂解樂受樂或有衆生先未曾侵惱比丘今不侵惱當不侵惱先未曾侵惱我愛喜適意者今現侵惱我愛喜適意者比丘於衆生心障礙不清淨不親近不解比丘如是思惟衆生先未曾侵我今不侵當不侵我愛喜適意者先未曾侵我愛喜適意者今現侵惱衆生雖侵我愛喜適意者或

是宿業報非我能遮他宿業我若瞋惱衆生則爲自損他以侵我我若還報自損甚於彼比丘如是思惟已於衆生堪忍除滅瞋惱心思惟欲令衆生樂知樂解樂受樂或有衆生先未曾侵惱比丘今不侵惱當不侵惱若我愛喜適意者先未曾侵惱今不侵惱若我愛喜適意者當欲侵惱比丘於衆生心障礙不清淨不親近不解比丘如是思惟衆生先不曾侵惱我今不侵惱當不侵惱若我愛喜適意者當先未曾侵惱今不侵惱若我愛喜適意者當欲侵惱衆生雖欲侵惱我愛喜適意者或不作或因緣不集我若瞋惱衆生則爲自損他已侵惱我我若還報自損甚彼比丘如是思惟已於衆生堪忍除滅瞋惱心思惟欲令衆生樂知樂解樂受樂或有衆生先未

曾侵惱比丘今不侵惱當不侵惱若我愛喜適意者先未曾侵惱今不曾侵惱當不曾侵惱若我不愛喜適意者已曾利益比丘於衆生心障礙不清淨不親近不解比丘如是思惟衆生先未曾侵惱我今不侵惱當不侵惱若我不愛喜適意者先未曾侵惱今不侵惱當不侵惱若我不愛喜適意者已曾利益若衆生雖已利益我不愛喜適意者我不應侵惱彼我若瞋惱衆生則爲自損他已損我我若還報自損甚彼比丘如是思惟已於衆生堪忍除滅瞋惱心思惟欲令衆生樂知樂解樂受樂或有衆生先未曾侵惱比丘今不侵惱當不侵惱若我愛喜適意者先未曾侵惱今不侵惱當不侵惱若我不愛喜適意者先未曾利益若我不愛喜適意者今利益比丘

於衆生心障礙不清淨不親近不解比丘如是思惟衆生先未曾侵惱我今不侵惱當不侵惱若我愛喜適意者先未曾侵惱今不侵惱當不侵惱若我不愛喜適意者先未曾利益若我不愛喜適意者今利益衆生雖利益我不愛喜適意者或是宿業報非我能遮他宿業報我若瞋惱衆生則爲自損他已損我我若還報自損甚彼比丘如是思惟已於衆生堪忍除滅瞋惱心思惟欲令衆生樂知樂解樂受樂或有衆生先未曾侵惱比丘今不侵惱當不侵惱若我愛喜適意者先未曾侵惱今不侵惱當不侵惱若我不愛喜適意者先未曾利益今不利益若我不愛喜適意者當欲利益比丘於衆生心障礙不清淨不親近不解比丘如是思惟衆生先未曾侵惱我今不侵惱當不侵惱若我愛喜適意者先未曾侵惱當不侵惱若我不愛喜適意者先未曾利益今不利益當欲利益若我不愛喜適意者當欲利益衆生雖欲利益我不愛喜適意者或不作或因緣不集我若瞋惱衆生則爲自損他已損我我若還報自損甚彼比丘如是思惟已於衆生堪忍除滅瞋惱心思惟欲令衆生樂知樂解樂受樂或有衆生先未曾侵惱比丘今不侵惱當不侵惱若我愛喜適意者先未曾侵惱今不侵惱當不侵惱若我不愛喜適意者先未曾利益今不利益當不利益如是比丘無因緣便横瞋衆生比丘於衆生心障礙不清淨不親近不解比丘如是思惟衆生先未曾侵惱今不侵惱當不侵惱若我愛喜適意者先未曾侵惱今不侵惱

當不侵惱若我不愛喜適意者先未曾利益令不利益當不利益我無因緣便橫瞋衆生我於衆生心障礙不清淨不親近不解我若瞋惱衆生則爲自損他已損我我若還報自損甚彼比丘如是思惟已於衆生堪忍除瞋惱心思惟欲令衆生樂知樂解樂受樂如比丘若於東方衆生滅瞋惱心思惟欲令衆生樂知樂解樂受樂南西北方於衆生滅瞋惱心思惟欲令衆生樂知樂解樂受樂如比丘以慈心遍解一方行第二第三第四四維上下一切以慈心廣大尊勝無二無量無恐無恚遍解諸世間行是名慈何謂悲如比丘不思惟衆生樂不知樂不解樂不受樂比丘見衆生苦受苦若父母若兄弟姊妹妻子親屬知識大臣地獄畜生餓鬼若人中貧賤鬼神中貧賤憐彼衆生起悲心或有衆生已侵惱比丘比丘於衆生心障礙不清淨不親近不解比丘如是思惟衆生曾侵惱我衆生雖侵惱我我不應侵惱彼我若瞋惱衆生則是自損他已損我若我還報自損甚彼比丘如是思惟已於衆生堪忍除滅瞋惱心於衆生憐愍起悲心或有衆生先未曾侵惱比丘乃至無因緣橫瞋如上所說如比丘若於東方衆生滅瞋惱心於衆生憐愍起悲心南西北方衆生滅瞋惱心於衆生憐愍起悲心比丘以悲心遍解一方行第二第三第四四維上下一切以悲心廣大尊勝無二無量無怨無恚遍解諸世間行是名悲何謂喜如比丘不思惟衆生樂不知樂不解樂不受樂比丘於衆生不得憐愍不起悲心如比丘若見衆生快

樂受樂若父毋兄弟姊妹妻子親屬知識大臣若諸天若諸天子若佛若佛弟子於彼衆生得悦喜不依欲染想或有衆生巳曾侵惱比丘比丘於衆生心障礙不清淨不解比丘如是思惟衆生巳曾侵惱我衆生雖侵惱我我不應侵惱彼我若侵惱衆生則爲自損他巳損我若我還報自損甚彼比丘如是思惟巳於衆生堪忍除滅瞋惱心於衆生得悦喜不依欲染想或有衆生先未曾侵惱比丘乃至無因緣橫瞋如上所說比丘若於東方衆生除滅瞋惱心於衆生得悦喜心不依欲染想於南西北方衆生滅瞋惱心於衆生得悦喜心不依欲染想比丘以喜心遍解一方行第二第三第四四維上下一切以喜心廣大尊勝無二無量無怨無恚遍解諸世間行是名喜何謂捨如比丘不思惟衆生樂不知樂不解樂不受樂不得憐愍不起悲心不得悦喜不依欲染想如比丘但緣衆生故得捨如人入叢林中不分別此是鉢多樹尼俱陁樹毗梨叉樹憂頭拔羅樹家枝樹加毗耶樹若毗耶羅樹家尼柯羅樹彌陁樹伊陁伽樹但見叢林不分別言諸樹如是比丘不思惟衆生樂不知樂不解樂不受樂不得憐愍不起悲心不得悦喜不依欲染想但緣衆生故得捨或有衆生巳曾侵惱比丘比丘於衆生心障礙不清淨不親近不解比丘如是思惟衆生巳曾侵惱我衆生雖侵惱我我不應侵惱彼我若瞋惱衆生則爲自損他巳損我若我還報自損甚於彼比丘如是思惟巳於衆生堪忍除滅瞋惱心但緣衆生故得捨或有衆

生先未曾侵惱比丘乃至無因緣橫瞋如上所說如比丘若於東方衆生滅瞋惱心但緣衆生故得捨於南西北方衆生除滅瞋惱心但緣衆生故得捨如比丘以捨心遍解一方行第二第三第四四維上下一切但以捨心廣大尊勝無二無量無怨無恚遍解諸世間行是名捨是名四無量何謂四無色定如比丘離一切色想滅瞋恚想不思惟若干想成就無邊空處行離一切空處成就識處行離一切識處成就不用處行離一切不用處成就非想非非想處行是名四無色定何謂四向道向苦道難行向苦道速行向樂道難行向樂道速行何謂向苦道難行如比丘性多貪欲性多瞋恚性多愚癡是比丘行道防欲染故數受憂苦防瞋恚故數受憂苦防愚癡故數受憂苦是比丘聖五根鈍行何等五信根精進念定慧根比丘五根鈍行故證無間定盡諸漏是名向苦道難行何謂向苦道速行如比丘性多貪欲性多瞋恚性多愚癡是比丘行道防欲染故數受憂苦防瞋恚故數受憂苦防愚癡故數受憂苦是比丘聖五根利行何等五信根精進念定慧根比丘五根利行速證無間定盡諸漏是名向苦道速行何謂向樂道難行如比丘性欲染少性瞋恚少性愚癡少是比丘緣欲染少故不數受憂苦緣瞋恚少故不數受憂苦緣愚癡少故不數受憂苦是比丘聖五根鈍行何等五信根精進念定慧根比丘五根鈍行證無間定盡諸漏是名向樂道難行何謂向樂道速行如比丘性少貪欲性少瞋恚性少愚癡是比丘

行道緣欲染少故不數受憂苦緣瞋恚少故不數受憂苦緣愚癡少故不數受憂苦是比丘聖五根最利行何等五信根精進念定慧根比丘五根利行證無間定盡諸漏是名向樂道速行是名四向道何謂四修定如世尊說四修定何等四修定親近多修學得現世樂行有修定親近多修學得知見有修定親近多修學得慧分別有修定親近多修學得漏盡何謂修定親近多修學得現世樂行如比丘離欲惡不善法離生喜樂成就初禪行滅覺觀内淨信一心無覺無觀定生喜樂成就二禪行離喜捨行念正智身受樂如諸聖人解捨念樂行成就三禪行斷苦樂先滅憂喜不苦不樂捨念淨成就四禪行如是修定親近多修學得現世樂行何謂修定親近多

修學得知見如比丘善取明想善持晝想比丘如晝修明想夜亦如是如夜修明想晝亦如是以心開悟不覆蓋心心修有明此定親近多修學得知見何謂修定親近多修學得慧分別如比丘知受生知受住知受滅知想生知想住知想滅知覺生知覺住知覺滅此定親近多修學得慧分別何謂修定親近多修學得漏盡如比丘知五受陰生滅知色知色集知色滅知受想行識知識集知識滅此定親近多修學得漏盡如波羅延經所問斷一切欲想滅憂惱捨睡眠遮掉悔捨念淨先滅覺知覺解脱斷無明是名四修定何謂四斷戒斷微護斷修斷智緣斷何謂戒斷如比丘眼見色不應取想不分別令發眼根常自攝行莫依希望世憂惡不善法慎護眼根戒

耳鼻舌身意意知法不取相分別令起意根常自攝行莫依希望世憂惡不善法慎護意根得意根戒是名戒斷何謂微護斷如比丘取善相生微護若骨節若腫胞若膖脹若青瘀若赤黑若爛壞離散如是觀善相生微護是名微護斷何謂修斷如比丘修念正覺依離欲依無染依滅愛擇法正覺進正覺喜正覺除正覺定正覺修捨正覺依離欲依無染依滅愛是名修斷何謂智緣斷如比丘或在樹下露處如是思惟身不善惡行報今世及後世如比丘堪忍斷身惡行修身善行口不善惡行報今世及後世如比丘堪忍斷口惡行修口善行意不善惡行報今世及後世如比丘堪忍斷意不善行修意善行是名智緣斷

戒護緣修斷　自性如來說　比丘行是法
盡一切苦際　是名四斷智

舍利弗阿毗曇論卷第十三下

音釋

胞匹交切氣疱也

舍利弗阿毗曇論卷第十四

姚秦天竺三藏曇摩崛多共曇摩耶舍譯

非問分道品第十之餘

何謂五根信根進根念根定根慧根是名五根五力亦如是何謂五解脫處謂比丘不放逸勤念正智寂靜行心未解脫得解脫諸漏未盡得漏盡未得無上安隱得安隱何謂五若世尊爲比丘說法若師說若慧梵淨行者說隨順如來說若師若慧梵淨行者說聽已受法受義受法受義已生悅悅已生喜喜已得身除身除已受樂受樂已心定心定已如實知見如比丘不放逸勤念正智寂靜行心未解脫得解脫諸漏未盡得漏盡未得無上安隱得安隱是名初解脫處復次比丘非世尊非師非慧梵淨行者說時如先所聞法廣讀誦通利如比丘先所聞法廣讀誦通利受法受義如比丘受法受義已生悅悅已生喜喜已得身除身除已受樂受樂已心定心定已如實知見比丘如是不放逸勤念正智寂靜行心未解脫得解脫諸漏未盡得漏盡未得無上安隱得安隱是名第二解脫處復次比丘非世尊非師非慧梵淨行者說時非先所聞法廣讀誦通利時如比丘先所聞法通利廣爲他說如比丘隨彼所聞法通利廣爲他說受法受義比丘受法受義已生悅悅已生喜喜已得身除身除已受樂受樂已心定心定已如實知見比丘如是不放逸勤念正智寂靜行心未解脫得解脫諸漏未盡得漏盡未得無上安隱得安隱是名第三解脫處復次如比丘非世尊非師非慧梵淨行者說

時非先所聞法廣讀誦通利時非先所聞法通利廣爲他分別時如比丘先所聞法通利自心分別如比丘隨所聞法通利自心分別受法受義比丘受法受義已生悅悅已生喜喜已得身除身除已受樂受樂已心定心定已如實知見比丘如是不放逸勤念正智寂靜行心未解脫得解脫諸漏未盡得漏盡未得無上安隱得安隱是名第四解脫處復次比丘非世尊非師非慧梵淨行者說時非先所聞法廣讀誦通利時非先所聞法通利廣爲他分別時非先所聞法通利自心分別時如比丘善取定相善思惟善解射比丘善取定想善思惟善解射已受法受義受法受義已生悅悅已生喜喜已得身除身除已受樂受樂已心定心定已如實知見比丘如是不放逸勤念正智寂靜行心未解脫得解脫諸漏未盡得漏盡未得無上安隱得安隱是名第五解脫處是名五解脫處五出界如界品說云何五觀定如正信經舍利弗白佛言世尊復有無勝法如世尊說法入定觀世尊有此入定觀或有沙門婆羅門勤精進勇猛正思惟多學行心如法思惟入定入定已觀身從頂至足從足至頂乃至薄皮皆是不淨是名初入定觀復次或有沙門婆羅門勤精進勇猛正思惟多學行心如法思惟入定入定已不觀皮血肉但觀人骨此身中有骨齒爪是名第二入定觀復次或有沙門婆羅門勤精進勇猛正思惟多學行心如法思惟入定入定已不觀皮血肉骨但觀人識識住此世住他世識未斷不離二世是名第三入定觀

復次或有沙門婆羅門勤進勇猛正思惟多學行心如法思惟入定入定已不觀皮血肉骨復觀人識識不住此世住他世識斷離此世未斷離他世是名第四入定觀復次或有沙門婆羅門勤進勇猛正思惟多學行心如法思惟入定入定已不觀皮血肉骨復觀人識識不住此世不住他世識善斷離二世是名第五入定觀如是無勝入定觀世尊善知無勝世尊善通達無有能過者如我意所知或有沙門婆羅門能勝出世尊知者無有是處是名第五入定觀何謂五起解脫法如世尊說五法親近多修學已得解脫何謂五如比丘觀身不淨想觀食不淨想觀諸行無常想觀世不樂想觀身死想如是五法親近多修學能得解脫是名五起解脫法

云何六念念佛乃至念天何謂念佛以佛爲境界念善順不逆是名念佛何謂念法以法爲境界念善順不逆是名念法何謂念僧以僧爲境界念善順不逆是名念僧何謂念戒戒謂身口戒以戒爲境界念善順不逆是名念戒何謂念施施有二種財施法施以施爲境界念善順不逆是名念施何謂念天名過摶食化生天彼天不觀宿業不分别宿業以天爲境界念善順不逆是名念天是名六念六空如空三昧說六出界如界品說何謂六明分法如世尊說六法親近多修學生明得明分能令明廣大何謂六無常想無常苦想苦無我想食不淨想一切世間不樂想無想何謂無常明分想如比丘或樹下露處作是思惟色無常受想行識無常若如是五受陰

觀無常行如世尊說有爲法三相生住滅如是比丘思惟生住滅調心修令柔輭柔輭已思惟色無常受想行識無常行人若想憶想是名無常想親近多修學親近多修學已生明得明得明分能令明廣大是名無常想明分法何謂無常苦想明分如比丘或在樹下露處如是思惟色無常苦無常則是苦受想行識無常苦無常則是苦若是五受陰觀苦行如世尊說若色生住即是生苦有病有老死苦受想行識生住即是生苦有病有老死復次如世尊說三苦行苦苦苦變易苦何謂行苦五受陰行自性苦形或苦自相苦是名行苦何謂苦苦五受陰行自性苦生等生起等起出等出具足成就生種種病因熱生病因痰陰因風因過力因力因他惱因時變因諸大相違因食飲不消因宿業報因諸大不調生病生眼病耳鼻舌身病生頭痛面痛口齒痛痛胷痛病生蛇身病呼呷痛謦嗽病嘔吐病生疨病身熱腹痛病生癬胞疥瘙微風癖婬瘡癰疽白癩乾枯顛狂病生痔病癖下赤腫蠱食病等蚤蝨蚊蝱蟻子此身乃至一毛處無不有蠱如人癰瘇上生毒腫五受陰行性苦亦如是生等生起等起出等出具足成就生種種病因熱生病乃至一毛處無不有蠱是名苦苦何謂變易苦如五受陰行轉變衰熟壞敗盡滅終沒離滅是名變易苦如比丘於彼行苦苦變易苦調心修令柔輭柔輭已思惟色苦思惟受想行識苦如行人若想憶想是名無常苦想親近多修學生明得明得明分能令明廣大是名無常苦想

明分法何謂苦無我想明分法如比丘在樹下露處如是思惟色無常若無常即是苦若苦即無我受想行識無常若無常即是苦若苦即是無我若於此想五受陰觀無我行如世尊說色無我色若是我色應不受苦患色應得自在如是有如是非有以色非我故色受苦患色不得自在如是有如是非有受想行識無我受想行識若是我識不應受苦患識應得自在如是有如是非有如比丘如是調心修令柔輭柔輭已思惟色無我受想行識無我如行人若想憶想是名苦無我想親近多修學生明得明得明分能令明廣大是名苦無我想明分法何謂食不淨想明分法何等食食有四種謂摶食觸食思食識食如世尊說衆生有四種食食此食能令衆生住能令陰和合能有利益何等四一謂摶食二觸食三思食四識食何等謂摶食摶食有二種麤細何謂麤除天淨食天香食除衣服澡浴調身食若餘摶食是名麤摶食何謂細摶食天淨食天香食衣服澡浴調身食是名細摶食復次麤摶食除天香食除衣服澡浴食若餘摶食是名麤摶食復次細摶食天香食衣服澡浴調身食是名細摶食何謂觸食六觸眼觸耳鼻舌身意觸是名觸食何謂思食六思身色思聲香味觸法思是名六思身是名思食何謂識食六識身眼識耳鼻舌身意識是名六識身是名識食摶食或是食或非食觸思識食或是食或非食何謂摶食是食若緣摶食得諸根增長不損壞不減壽是名摶食是食云何摶食非食若緣摶食諸根不

增長損壞減壽是名摶食非食何謂觸思識食是食若緣識食諸根增長不損壞不減壽是名識食是食何謂識食非食若緣識食諸根不增長損壞減壽是名識食非食比丘受摶食如食子肉觀不淨想觸思識食有解射想思惟滅依離欲染如行人若想憶想是名食不淨想親近多修學已生明得明得明分能令明廣大是名食不淨想明分法何謂一切世間不樂想明分法如比丘於一切世間猒離不樂地獄世畜生世餓鬼世人世天世衆生世行世猒離不樂如比丘於此世間有取心者必執所見如比丘斷離不受如是諸見如行人若想憶想是名一切世間不樂想親近多修學已生明得明得明分能令明廣大是名一切世間不樂想明分法何謂死想明分法如比丘或在樹下露處如是思惟我是死法有死過患若餘衆生亦有死法有死過患若地獄畜生餓鬼人天及一切衆生往來生死得名衆生者皆有死法有死過患比丘思惟陰壞捨身憶念死比丘思惟死知死解死覺死如行人若想憶想是名死想親近多修學已生明得明得明分能令明廣大是謂死想明分法是名六明分法何謂六悅因法如比丘悅已生喜喜已得身除身除已受樂受樂已心定心定已如實知見是名六悅因法何謂無喜六正覺念正覺乃至捨正覺是名無喜六正覺何謂七正覺念正覺乃至捨正覺是名七正覺何謂七想如世尊說七想親近多修學得大功德得至甘露何謂七不淨想食猒想一切世間不樂想死想無常

想無常苦想苦無我想謂不淨想親近多修學多修學已得大果報得大功德得至甘露以何緣故作是說如比丘心知分別不淨想令欲心退沒不展當漸漸除盡背捨猒離已正住如筋如鳥羽如頭羅草投於火中燋捲不展後便消盡比丘如是心知分別不淨想令欲心退沒不展後便消盡背捨猒離已正住如比丘或有心知分別不淨想心於欲想猶生津漏如本無異心不背捨不猒離不正住比丘如實自知我便爲未修不淨想我未增益異名色我未得修果報如是比丘有正智如比丘心知分別不淨想於欲想心不生津漏於本有異背捨猒離正住比丘如實正知我已修不淨想我有增益異名色我得修果報此比丘有正智行不淨想親近多修學已得大果報得大功德得至甘露以是因緣故說如食不淨想親近多修學已得大果報得大功德得至甘露以何因故作是說如比丘心知分別食不淨想於摶食心退沒不進漸當除盡背捨猒離已正住如筋如鳥羽如頭羅草投於火中燋捲不展後便消滅比丘如是心知分別摶食不淨想令摶食淨想退沒不進漸當除盡背捨猒離已正住如比丘或有心知分別摶食不淨想心於摶食猶生津漏如本無異心不背捨不猒離不正住比丘如實自知我便爲未修摶食不淨想我未增益異名色我未得修果報如是比丘有正智如比丘心知分別摶食不淨想於摶食心不生津漏於本有異背捨猒離正住比丘如實正知我已修摶食不淨想我有增益於異

名色我得修果報此比丘有正知摶食不淨想親近多修學已得大果報得大功德得至甘露以是因緣故說如一切世間不樂想親近多修學已得大果報得大功德得至甘露以何因緣故作是說如比丘心知分別一切世間不樂想世間種種想心退没不進漸當除盡背捨猒離已正住如筋如鳥羽如頭羅草投於火中燋捲不展後便消滅比丘如是心知分別一切世間不樂想令世間種種想退没不進漸當除盡背捨猒離已正住如比丘或有心知分別一切世間不樂想世間種種想心猶生津漏如本無異不背捨不猒離不正住比丘如實自知我便爲未修一切世間不樂想我未增益異名色我未得修果報如是比丘有正智如比丘心知分別一切世間不樂想於世間種種想心不生津漏於本有異背捨猒離正住比丘如實正知我已修一切世間不樂想我有增益異名色我得修果報此比丘有正智一切世間不樂想親近多修學多修學已得大果報得大功德得至甘露以是因緣故說如死想親近多修學已得大果報得大功德得至甘露以何因緣故作是說如比丘心知分別死想倚恃命根而自貢高以命根決定堪忍常住心貪著命根如是盡斷無餘如比丘或有心知分別死想倚恃命根而自貢高以命根決定堪忍常住心貪著命根如是未斷比丘如實自知我便爲未修死想我未增益異名色我未修果報如是比丘有正智如比丘心知分別死想倚恃命根而自貢高以命根決定堪忍常住心

貪著命根如是盡斷無餘如比丘如實自知我已修死想增益異名色我得果報如是比丘有正智死想親近多修學已得大果報得大功德得至甘露以是因緣故說如無常想親近多修學已得大果報得大功德得至甘露以何因緣故作是說如比丘心知分別無常想於利養名譽恭敬心退沒不進漸當除盡背捨猒離已正住 如筋如鳥羽如頭羅草投於火中燋捲不展後便消盡比丘如是心知分別無常想於利養名譽恭敬心退沒不進漸當除盡背捨猒離已正住如比丘或有心知分別無常想於利養名譽恭敬心猶生津漏如本無異不背捨不猒離不正住比丘如實自知我便爲未修無常想我未增益異名色我未得修果報如是比丘如實自知如比丘心知分別無常想於利養名譽恭敬心不生津漏於本有異背捨猒離正住比丘如實正知我已修無常想我有增益異名色我得修果報比丘有正智無常想親近多修學多修學已得大果報得大功德得至甘露以是因緣故說如無常苦想親近多修學已得大果報得大功德得至甘露以何因緣故作是說如比丘心知分別無常苦想於懈怠嬾墮不信放逸不懃不觀等生恐怖大畏切逼想如臨死舉力觀無常苦想比丘或有心知分別無常苦想於嬾惰懈怠不信放逸不懃不觀等不生恐怖大畏切逼想非如臨死舉力如比丘如實自知我便爲未修無常苦想我未增益異名色我未得修果報如是比丘如實自知如比丘心知分別無常苦想於嬾

憒懈怠不信放逸不懃不觀等生恐怖大畏切逼想如臨死舉力觀無常苦想如比丘如實正知我已修無常苦想我增益異名色我得修果報此比丘有正智無常苦想親近多修學已得大果報得大功德得至甘露以是因緣故說如苦無我想親近多修學已得大果報得大功德得至甘露以何緣故作是說如比丘心知分別苦無我想於諸有識身及諸外物計我我所生憍慢等俱離寂靜正解脫如比丘或有心分別若無我想於諸有識身及諸外物計我我所生憍慢等心猶不離不寂靜不解脫如比丘如實自知我便爲未修苦無我想未增益異名色無我未得修果報如是比丘如實自知如比丘心知分別苦無我想於諸有識身及諸外物識我我所生

憍慢等心俱離寂靜正解脫如是比丘如實知我已修苦無我想我增益異名色得修果報此比丘有正智苦無我想親近多修學已得大果報得大功德得至甘露以是因緣故說是名七想何謂七定因緣法正見正覺正語正業正命正進正念是名七定因緣法何謂八聖道正見乃至正定是名八聖道何謂八解脫色觀色解脫是名初解脫內無色想觀外色是名第二解脫淨解脫是名第三解脫離一切色想滅瞋恚想不思惟若干想成就無邊空處是名第四解脫離一切空處成就無邊識處行是名第五解脫離一切識處成就無所有處是名第六解脫離一切無所有處成就非想非非想處是名第七解脫離一切非想非非想處成就滅受想行是名

第八解脫何謂色觀色初解脫如比丘不滅內色想取外色想比丘以外色調心修令柔輭修令柔輭已得色解脫如比丘心知分別外色想心向彼尊上彼傾向彼以彼解脫何謂色如比丘未分別內色未滅不沒不除是名色何謂觀若外色以眼識曾見如實見微見緣見以意識分別如實分別微分別緣分別是名觀何謂初八解脫次順不逆以次入定行是初是始是前是名初何謂得解脫心向彼尊上彼傾向彼以彼得解是名解脫何謂內無色想觀外色第二解脫如比丘滅內色想已取外色想以外色調心修令柔輭修令柔輭已得解脫如比丘心知分別外色想心向彼尊上彼傾向彼以彼解脫何謂內無色想如比丘內色想分別滅沒除已是名內無色想何謂觀若外色以眼識曽見如實見微見緣見以意識分別如實分別微分別緣分別是名觀何謂第二八解脫以次順不逆以次入定行第二與初無有中間是名第二何謂解脫心向彼尊上彼傾向彼以彼得解脫是名解脫何謂第三淨解脫如比丘取一淨色想若火相日月星宿摩尼珠七寶宫殿綵色衣被華果金銀銅環瑠璃真珠珂貝珊瑚玉石及餘寶性比丘取是諸淨色相已得淨解脫比丘心如分別淨色想心向彼尊上彼傾向彼以彼爲解脫何謂淨諸色好展轉相照適意觀無猒是名淨何謂解心向彼是名解何謂第三八解脫以次順不逆以次入定行第三與二無有中間是名第三何謂解脫心向彼尊上彼傾向彼以彼解脫是名解

脱何謂離一切色想滅瞋恚想不思惟若干想成就無邊空處行第四解脱何謂色想若眼識相應想是名色想何謂瞋恚想若忿怒相應想是名瞋恚想何謂若干想若外穢濁非善分想是名若干想復次色想若不離色界想及眼識相應是名色想復次瞋恚想若五識身相應想及忿怒相應想是名瞋恚想復次若干想若諸衆生諸物諸境界諸清淨諸煩惱是名若干想如比丘離一切色想滅瞋恚想不思惟若干想如比丘身中孔若耳孔鼻孔口門飲食入處飲食住處飲食出處思惟空知空解空受空如比丘知身有猶如蒜皮思惟漸令薄知薄解薄受薄思惟漸令破散知破散解破散受破散如是比丘知內色想已若外物中孔若地中孔穴井竉坑谷坎窟思惟空知空解空受空如比丘分別內外色想已觀空處寂靜思惟無邊空知無邊空解無邊空受無邊空如行人若想憶想是名空處想此想與定共生共住共滅是名入空處定復次比丘大地及須彌山作火聚想思惟烟知烟解烟受烟思惟然知然解然受然思惟燒知燒解燒受燒已比丘思惟無邊空處寂靜勝思惟無邊空處知解受無邊空處寂靜勝如行人若想憶想是名空處想此想與定共生共住共滅是名入空處定復次比丘如是思惟若現世欲想未來欲想現世色想未來色想此想麤空處想寂靜勝微細善淨比丘思惟無邊空處寂靜勝處知解受無邊空處寂靜勝如行人若想憶想是名空處想此想與定共生共住共滅是名入空

處定復次比丘如是思惟現世欲想未來欲想現在色想未來色想此想麤但無邊空處永滅無餘寂靜勝比丘思惟無邊空處寂靜知解受無邊空處如行人若想憶想是名空處想此想與定共生共住共滅是名入空處定何謂第四八解脫以次順不逆以次入定行第四與三無有中間是名第四何謂解脫心向彼尊上彼傾向彼以彼解脫是名解脫何謂離一切空處成就無邊識處行是第五解脫如比丘如是思惟我已成就無邊空處行頗有法勝無邊空處不比丘便作是念唯有空處行如人以大器覆小器如是思惟此器勝彼器此器以何因故勝我以此器覆彼器故如比丘如是思惟我已遍解無邊空處行頗有法勝無邊空處不比丘便作是念唯有識勝無邊空處行識以何因故勝我以識遍解無邊空處故如比丘思惟無邊識處寂靜知解受無邊識處空寂靜如行人若想憶想是名識處想此想與定共生共住共滅是名入識處定復次比丘如是思惟若現在欲想未來欲想現在色想未來色想空處想等麤識處想寂靜勝比丘思惟無邊識處寂靜勝知解受無邊識處寂靜勝如行人若想憶想是名識處想此想與定共生共住共滅是名入識處定復次比丘如是思惟若現在欲想未來欲想現在色想未來色想空處想等但識處永滅無餘唯識處寂靜勝比丘思惟無邊識處寂靜勝知解受無邊識處寂靜勝如行人若想憶想是名識處想此想與定共生共住共滅是名入識處定復次比丘如是

思惟無邊空處入麤無邊識處入寂靜勝微細善淨如比丘思惟無邊識處寂靜勝知解受無邊識處寂靜勝如行人若想憶想是名識處想此想與定共生共住共滅是名入識處定復次比丘如是思惟若入空處定麤若入識處定寂靜勝微細善淨如比丘思惟無邊識處寂靜勝知解受無邊識處寂靜勝如行人若想憶想是名識處想此想與定共生共住共滅是名入識處定何謂第五八解脫以次順不逆以次入定行第五與四無有中間是名五何謂解脫心向彼尊上彼傾向彼以彼解脫是名解脫何謂離一切識處成就無所有處行是第六解脫如比丘如是思惟我已遍解無邊識處行頗有法勝無邊識處不比丘便作是念唯有識無所有處勝如比丘思惟無所有處寂靜勝知解受無所有處寂靜勝如行人若想憶想是名無所有處想此想與定共生共住共滅是名入無所有處定復次比丘如是思惟我非我所有我所非我有如比丘思惟無所有處寂靜勝知解受無所有處寂靜勝如行人若想憶想是名無所有想處此想與定共生共住共滅是名入無所有處定復次比丘觀一切世間空世間空已想無依止處如比丘思惟無所有處寂靜勝知解受無所有處寂靜勝如行人若想憶想是名無所有處想此想與定共生共住共滅是名入無所有處定復次比丘以大地須彌山作火聚想思惟煙知解受煙思惟然知解受然思惟燒知解受燒燒已比丘思惟無所有處寂靜勝知解受無所有處想寂靜

勝如行人若想憶想是名無所有處想此想與定共生共住共滅是名入無所有處定復次比丘如是思惟若現在欲想未來欲想現在色想未來色想空處想識處想此想麤無所有處想寂靜勝微細善淨如比丘思惟無所有處寂靜勝知解受無所有處想此想與定共生共住共滅是名入無所有處定復次比丘如是思惟若現在欲想未來欲想現在色想未來色想空處想識處想無餘寂靜勝如比丘思惟無所有處寂靜勝知解受無所有處寂靜勝如行人若想憶想此想與定共生共住共滅是名入無所有處定復次比丘如是思惟無邊空處入麤識處入麤無所有處入寂靜勝微細善淨如比丘思惟無所有處寂靜勝知解受無所有處寂靜勝如行人若想憶想是名無所有處想此想與定共生共住共滅是名入無所有處定復次比丘如是思惟若入空處定識處定麤若入無所有處定寂靜勝微細善淨如比丘思惟無所有處寂靜勝知解受無所有處寂靜勝如行人若想憶想是名無所有處想此想與定共生共住共滅是名入無所有處定何謂第六八解脫以次順不逆以次入定行第六與五無有中間是名六何謂解脫心向彼尊上彼傾向彼以彼解脫是名解脫何謂離一切無所有處成就非想非非想處行是第七解脫如比丘如是思惟想是我過患想是癰瘡想是我箭非想非非想處寂靜勝比丘思惟非想非非想處寂靜勝知解受非想非非想處寂靜勝如行人若想憶想是名非想非非想處

想此想與定共生共住共滅是名入非想非非想處定復次比丘如是思惟若現在欲想未來欲想現在色想未來色想空處想識處想無所有處想等麤非想非非想處寂靜勝微細善淨比丘思惟非想非非想處寂靜勝知解受非想非非想處寂靜勝如行人若想憶想是名非想非非想處想此想與定共生共住共滅是名入非想非非想處定復次比丘如是思惟若現在欲想未來欲想現在色想未來色想空處想識處想無所有處想但非想非非想處永滅無餘寂靜勝比丘思惟非想非非想處寂靜勝知解受非想非非想處寂靜勝如行人若想憶想是名非想非非想處想此想與定共生共住共滅是名入非想非非想處定復次比丘如是思惟若無邊空處入無邊識處入無所有處入麤非想非非想處入寂靜勝微細善淨比丘思惟非想非非想寂靜勝知解受非想非非想處寂靜勝如行人若想憶想是名非想非非想處想此想與定共生共住共滅是名入非想非非想處定復次比丘如是思惟若入無邊空處定若入識處定若入無所有處定麤若非想非非想處寂靜勝微細善淨比丘思惟非想非非想處寂靜勝知解受非想非非想處寂靜勝如行人若想憶想是名非想非非想處想此想與定共生共住共滅是名入非想非非想處定何謂第七八解脱以次順不逆以次入定行第七與六無有中間是名七何謂解脱心向彼尊上彼傾向彼以彼解脱是名解脱何謂離一切非想非非想處成就滅

受想定是第八解脫如比丘依戒住戒增修二法定慧依定慧滅受想若滅受想是名滅盡定復次比丘住觸證勝想住觸證勝想時如是思惟我有思猶惡無思便善我有思則有作有作則爲有樂想有樂想則有餘地麤想生比丘如是思惟若我無思無作無作已則樂想不生樂想不生餘地麤想亦不生如比丘無思惟無作無作已則樂想滅樂想滅餘地麤想亦滅得觸證滅盡定何謂第八解脫次順不逆以次入定行第八與七無有中間是名八何謂解脫心向彼尊上彼傾向彼以彼解脫是名解脫是名八解脫云何八勝處非八解入內色想觀外色少好色非好色勝知勝見有如是想內色想觀外色無量好色非好色勝知勝見有如是想內無色想觀外色少好色非好色勝知勝見有如是想內無色想觀外色無量好色非好色勝知勝見有如是想內無色想觀外色青青色青光如優摩華青青色青光如波羅捺衣善染青青色青光觀如是妙色青青色青光勝知勝見有如是想內無色想觀外色黃黃色黃光如迦尼伽羅華黃黃色黃光如波羅捺善染衣黃黃色黃光觀如是妙色黃黃色黃光勝知勝見有如是想內無色想觀外色赤赤色赤光如槃頭華赤赤色赤光如波羅捺善染衣赤赤色赤光觀如是妙色赤赤色赤光勝知勝見有如是想內無色想觀外色白白色白光如鹵土星白白色白光如波羅捺善浣衣白白色白光觀如是妙色白白色白光勝知勝見有如是想何謂內色想觀外色少好色

非好色勝知勝見有如是想謂比丘未滅内色想取外少色好色非好色適意不適意可惡不可惡比丘以外少色調心修令柔輭修令柔輭已得色勝解脱比丘知見分別外少色心向彼尊上彼傾向彼以彼勝解何謂内色想比丘未滅内色想不滅不没不除是名内色想何謂觀外色若外少色眼識曾見如實見緣見意識分別如實分別緣分別是名觀外色何謂少若可計數量非無邊無量非阿僧祇非無邊無際是謂少何謂好色非好色淨不淨是名好色非好色何謂勝知勝見彼勝解是名勝知勝見何謂有如是想若有不分散不相離一向少色想是名有如是想何謂内色想觀外色無量好色非好色勝知勝見有如是想謂比丘不滅少色想取外無

量色想好色非好色適意非適意可惡不可惡比丘以彼外無量色調心修令柔輭修令柔輭已得勝色解比丘知見分別外無量色心向彼尊上彼於彼勝解何謂内色想比丘未滅内色想未没未除是名内色想何謂觀外色若外無量色眼識曾見如實見緣見意識分別緣分別是名觀外色何謂無量非少非可稱量無邊無量阿僧祇無邊無際是名無量何謂好色非好色若淨不淨是名好色非好色何謂勝知勝見若於彼法勝受已知見分別是名勝知勝見何謂有如是想若想不分散不相離一定無量色想是名有如是想何謂内無色想觀外色青青色青光若於是色勝知見有如是想如比丘滅内色想已取外青色想比丘以外青色調心修令柔輭

柔輭已得色勝解比丘知見分別外青色心向彼尊上彼傾向彼於彼勝解何謂內無色想內色想滅沒除是名內無色想何謂觀外色若外青色眼識曾見如實見緣見意識分別如實分別緣分別是名觀外色何謂青青有二種有性青染青是名青何謂勝知見若於彼色受已知見分別心向彼尊上彼傾向彼於彼勝解是謂勝知見何謂有如是想若有想不分散不相離一定青想是名有如是想何謂內無色想觀外色黃黃光於是色勝知見有如是想如比丘滅內色想取外黃色想比丘以外黃色調心修令柔輭柔輭已得黃勝解比丘知見分別外黃色心向彼尊上彼傾向彼於彼勝解何謂內無色想比丘內色想滅沒除是名內無色想何謂觀外色若

外黃色眼識曾見如實見緣見意識分別如實分別緣分別是名觀外色何謂黃黃有二種有性黃染黃是謂黃何謂勝知見若於彼色勝受已知見分別心向彼尊上彼傾向彼於彼勝解是名勝知見何謂有如是想若有想不分散不相離想一定黃是謂有如是想何謂內無色想觀外色赤赤光若於是色勝知見有如是想如比丘滅內色想已取外赤色想比丘以外赤色調心修令柔輭柔輭已比丘得赤勝解比丘知見分別赤色心向彼尊上彼傾向彼於彼勝解何謂內無色想比丘內色想滅沒除是謂內無色想何謂觀外色若外赤色眼識曾見如實見緣見意識分別如實分別緣分別是謂觀外色何謂赤赤有二種有性赤有染赤是名赤何謂勝知見

若於彼色勝受已知見分別心向彼尊上彼傾向彼於彼勝解是謂勝知見何謂有如是想若有想不分散不相離一定赤是名有如是想何謂内無色想觀外色白白光若於是色勝知見有如是想如比丘滅内色想取外白色想比丘取外白色調心修令柔輭柔輭已得白勝解比丘知見分別白色心向彼尊上彼傾向彼於彼勝解何謂内無色想比丘内色想滅沒除是謂内無色想何謂觀外色若外白色眼識曾見如實見緣見意識分別如實分別緣分別是名觀外色何謂白白有二種有性白染白是名白何謂勝知見若於彼色勝受已知見分別心向彼尊上彼傾向彼於彼勝解是名勝知見何謂有如是想若有想不分散不相離一定白色是謂有如是想是名八勝處

何謂九滅若入初禪定言語刺滅若入二禪定覺觀刺滅若入三禪定喜刺滅若入四禪定出息入息刺滅若入空處定色想刺滅若入識處定空處刺滅若入無所有處定識處刺滅若入非想非非想定無所有處刺滅若入滅盡定受想刺滅是名九滅何謂九次第定如比丘離欲惡不善法有覺有觀離生喜樂成就初禪行乃至離非想非非想處成就滅受想定是名九次第定何謂九想不淨想食猒想一切世間不樂想死想無常想無常苦想苦無我想斷想離欲想是名九想何謂十想不淨想食猒想一切世間不樂想死想無常想無常苦想苦無我想斷想離欲想滅想是名十想何謂十直正見正覺正語正業

正命正進正念正定正解脫正智是名十直
何謂十一切入地一切入以一想上下縱廣
無二無量水一切入火一切入風一切入青
一切入黃一切入赤一切入白一切入空一
切入識一切入以一想上下縱廣無二無量
何謂地一切入以一切上下縱廣無二無量
何謂地地謂地界地大是名地何謂一切若
盡無餘方便是名一切何謂一若獨非餘界
如人入地一切入是名一何謂想若想不分
散不相離一向地想是名想何謂上下縱廣
上謂虛空下謂地縱廣謂四方如人若上下
縱廣皆思惟地知解受地是名上下縱廣何
謂無二無量上無二下無二縱廣無二上無
量下無量縱廣無量無二想唯有地想無量
無邊阿僧祇無邊無際於地無異想是名無
二無量何謂水一切入一想上下縱廣無二
無量何謂水水界水大是名水何謂一切若
盡無餘方便是名一切何謂一若獨非餘界
如人入水一切入是名一何謂想若想不分
散不相離一向水想是謂想何謂上下縱廣
上謂虛空下謂地縱廣謂四方如人若上下
縱廣皆思惟水知解受水是名上下縱廣何
謂無二無量上無二下無二縱廣無二上無
量下無量縱廣無量無二想唯有水想無量
無邊阿僧祇無邊無際於水無異想是名無
二無量何謂火一切入一想上下縱廣無二
無量何謂火火界火大是名火何謂一切若
盡無餘方便是名一切何謂一若獨非餘界
如人入火一切入是名一何謂想若想不分
散不相離一向火想是名想何謂上下縱廣

上謂虛空下謂地縱廣謂四方如人上下縱廣何謂無二無量上無二下無二縱廣無二上無量下無量縱廣無量無二想唯有火想無量無邊阿僧祇無邊無際於火無異想是名無二無量何謂風一切入一想上下縱廣無二無量何謂風風界風大是名風何謂一切若盡無餘方便是名一切何謂一若獨非餘界如人入風一切入是名一何謂想若想不分散不相離一向風想是名想何謂上下縱廣上謂虛空下謂地縱廣謂四方如人上下縱廣皆思惟風知解受風是謂上下縱廣何謂無二無量上無二下無二縱廣無二上無量下無量縱廣無量無二想唯有風想無量無邊阿僧祇無邊無際於風無異想是名無二無量何謂青一切入一想上下縱廣無二無量何謂青青有二種性青染青是名青何謂一切若盡無餘方便是名一切何謂一若獨非餘如人入青一切入是名一何謂想若想不分散不相離一向青想是名想何謂上下縱廣上謂虛空下謂地縱廣謂四方如人上下縱廣皆思惟青知解受青是謂上下縱廣何謂無二無量上無二下無二縱廣無二上無量下無量縱廣無量無二想唯有青想無量無邊阿僧祇無邊無際於青無異想是名無二無量何謂黃一切入一想上下縱廣無二無量何謂黃黃有二種性黃染黃是名黃何謂一切若盡無餘方便是名一切何謂一若獨非餘如人入黃一切入是名一何謂想若想不分散不相離一向黃想是名想何謂上下縱廣上謂虛空下謂地縱廣謂四

方如人上下縱廣皆思惟黃知解受黃是名上下縱廣何謂無二無量上無二下無二縱廣無二上無量下無量縱廣無量無二想唯有黃想無量無邊阿僧祇無邊無際於黃無異想是名無二無量何謂赤一切入一想上下縱廣無二無量何謂赤赤有二種性赤染赤是名赤何謂一切若盡無餘方便是名一切何謂一若獨非餘如人入赤一切入是名一何謂想若想不分散不相離一向赤想是名想何謂上下縱廣上謂虛空下謂地縱廣謂四方如人上下縱廣皆思惟赤知解受赤是名上下縱廣何謂無二無量上無二下無二縱廣無二上無量下無量縱廣無量無二想唯有赤想無量無邊阿僧祇無邊無際於赤無異想是名無二無量何謂白一切入一想上下縱廣無二無量何謂白白有二種性白染白是名白何謂一切若盡無餘方便是名一切何謂一若獨非餘如人入白一切入是名一何謂想若想不分散不相離一向白想是名想何謂上下縱廣上謂虛空下謂地縱廣謂四方如人上下縱廣皆思惟白知解受白是名上下縱廣何謂無二無量上無二下無二縱廣無二上無量下無量縱廣無量無二想唯有白想無量無邊阿僧祇無邊無際於白無異想是名無二無量何謂空一切入一想上下縱廣無二無量何謂空空有二種內空界外空界是名空何謂一切若盡無餘方便是名一切何謂一若獨非餘如人入空一切入是名一何謂想若想不分散不相離一向空想是名想何謂上下縱廣上謂虛

空下謂地縱廣謂四方如人上下縱廣皆思惟空知解受空是名上下縱廣何謂無二無量上無二下無二縱廣無二上無量下無量縱廣無量無二想唯有空想無量無邊阿僧祇無邊無際於空無異想是名無二無量何謂識一切入一想上下縱廣無二無量何謂識六識身眼識身耳鼻舌身意識身是名識何謂一切若盡無餘方便是名一切何謂一若獨非餘如人入識一切入是名一何謂想若想不分散不相離一向識想是名想何謂上下縱廣上謂虛空下謂地縱廣謂四方如人上下縱廣思惟識知解受識是名上下縱廣何謂無二無量上無二下無二縱廣無二上無量下無量縱廣無量無二想唯有識想無量無邊阿僧祇無邊無際於識無異想是

名無二無量是名十一切入

何謂十一解脫入如陀舍長者詣阿難所稽首畢却坐一面問尊者阿難言頗有一法如比丘不放逸勤念正智寂靜行心未解脫得解脫諸漏未盡得漏盡未得無上安隱得安隱不尊者阿難答陀舍長者言有也長者問言何者是阿難謂長者言如比丘離欲惡不善法有覺有觀離生喜樂成就初禪行比丘如是思惟此定正學正生若一切正學正生已盡知是無常滅法比丘如實知見斷一切諸漏心得解脫雖未斷諸漏比丘以法欲法樂故斷五下分煩惱於彼化生而般涅槃不還此世長者此是一法如比丘不放逸勤念正智寂靜行心未解脫得解脫諸漏未盡得漏盡未得無上安隱得安隱復次長者如比

丘滅覺觀內正信一心無覺無觀定生喜樂成就二禪行比丘如是思惟此定正學正生若一切正學正生已盡知是無常滅法比丘如實知見斷一切諸漏心得解脫雖未斷諸漏比丘以法欲法樂故斷五下分煩惱於彼化生而般涅槃不還此世長者此是一法如比丘不放逸勤念正智寂靜行心未解脫得解脫諸漏未盡得漏盡未得無上安隱得安隱復次長者如比丘離喜捨行念正智身受樂如諸聖人解捨念樂行成就三禪行比丘如是思惟此定正學正生若一切正學正生已盡知是無常滅法比丘如實知見斷一切諸漏心得解脫雖未斷諸漏比丘以法欲法樂故斷五下分煩惱於彼化生而般涅槃不還此世長者此是一法如比丘不放逸勤念正智寂靜行心未得解脫得解脫諸漏未盡得漏盡未得無上安隱得安隱復次長者如比丘斷苦樂先滅憂喜不苦不樂捨念淨成就四禪行比丘如是思惟此定正學正生若一切正學正生已盡知是無常滅法比丘如實知見斷一切諸漏心得解脫雖未斷諸漏比丘以法欲法樂故斷五下分煩惱於彼化生而般涅槃不還此世長者此是一法如比丘不放逸勤念正智寂靜行心未得解脫得解脫諸漏未盡得漏盡未得無上安隱得安隱復次長者如比丘慈解心遍解一方行南西北方四維上下一切慈解心廣大尊勝無二無量無怨無恚遍解諸世間行比丘如是思惟此慈解心正學正生若一切正學正生巳盡知是無常滅法比丘如實知見斷一切

諸漏心得解脫雖未斷諸漏比丘以法欲法樂故斷五下分煩惱於彼化生而般涅槃不還此世長者此是一法如比丘不放逸勤念正智寂靜行心未得解脫得解脫諸漏未盡得漏盡未得無上安隱得安隱復次長者如比丘悲心遍解一方行南西北方四維上下一切悲心廣大尊勝無二無量無怨無恚遍解諸世間行比丘如是思惟此悲解心正學正生若一切正學正生已盡知是無常滅法比丘如實知見斷一切諸漏心得解脫雖未斷諸漏比丘以法欲法樂故斷五下分煩惱於彼化生而般涅槃不還此世長者此是一法比丘不放逸勤念正智寂靜行心未得解脫得解脫諸漏未盡得漏盡未得無上安隱得安隱復次長者如比丘喜心遍解一方行南西北方四維上下一切喜心廣大尊勝無二無量無怨無恚遍解世間行比丘如是思惟此喜解心正學正生若一切正學正生已盡知是無常滅法比丘如實知見斷一切諸漏心得解脫雖未斷諸漏比丘以法欲法樂故斷五下分煩惱於彼化生而般涅槃不還此世長者此是一法如比丘不放逸勤念正智寂靜行心未得解脫得解脫諸漏未盡得漏盡未得無上安隱得安隱復次長者如比丘捨心遍解一方行南西北方四維上下一切捨心廣大尊勝無二無量無怨無恚遍解世間行比丘如是思惟捨解心正學正生若一切正學正生已盡知是無常滅法比丘如實知見斷一切諸漏心得解脫雖未斷諸漏以法欲法樂故斷五下分煩惱於彼化生而

般涅槃不還此世長者此是一法如比丘不放逸勤念正智寂靜行心未得解脫得解脫諸漏未盡得漏盡未得無上安隱得安隱復次長者如比丘離一切色想滅瞋恚想不思惟若干想成就無邊空處行比丘如是思惟入此定正學正生若一切正學正生已盡知是無常滅法比丘如實知見斷一切諸漏心得解脫雖未斷諸漏比丘以法欲法樂故斷五下分煩惱於彼化生而般涅槃不還此世長者此是一法如比丘不放逸勤念正智寂靜行心未得解脫得解脫諸漏未盡得漏盡未得無上安隱得安隱復次長者如比丘離一切空處成就無邊識處行比丘如是思惟入此定正學正生若一切正學正生已盡知是無常滅法比丘如實知見斷一切諸漏心得解脫雖未斷諸漏比丘以法欲法樂故斷五下分煩惱於彼化生而般涅槃不還此世長者此是一法如比丘不放逸勤念正智寂靜行心未解脫得解脫諸漏未盡得漏盡未得無上安隱得安隱復次長者如比丘離一切識處成就無所有處行比丘如是思惟入此定正學正生若一切正學正生已盡知是無常滅法比丘如實知見斷一切諸漏心得解脫雖未斷諸漏比丘以法欲法樂故斷五下分煩惱於彼化生而般涅槃不還此世長者此是一法如比丘不放逸勤念正智寂靜行心未得解脫得解脫諸漏未盡得漏盡未得無上安隱得安隱復次長者如比丘離一切無所有處成就非想非非想處行比丘如是思惟入此定正學正生若一切正學正生

已盡知是無常滅法比丘如實知見斷一切諸漏心得解脱雖未斷諸漏比丘以法欲法樂故斷五下分煩惱於彼化生而般涅槃不還此世長者此是一法如比丘不放逸勤念正智寂靜行心未得解脱得解脱諸漏未盡得漏盡未得無上安隱得安隱阿難説已陀舍長者言如人求一寶藏得十一寶藏尊者阿難我亦如是求一解脱入得十一解脱入尊者阿難如長者子舍有十一門爲火所燒猛焰熾盛長者長者子意欲出時於諸門中自在得出尊者阿難我亦如是於十一法門中所欲出處隨意得出尊者阿難如邪見婆羅門猶爲師求財供養師況聞正見而不供養時陀舍長者請毗耶離衆僧波多離衆僧請已作種種餚饍以飯衆僧食充足已或以履屣或以白氎萬張以施衆僧别以三衣及好房舍奉上阿難是名十一解脱入

舍利弗阿毗曇論卷第十四

音釋

呷 迄甲切 疞 古巧切腹中急痛也 疽 七余切癰疽也 ⿸疒帶 當蓋切下病也 瘇 時冗切腫病也 ⿱艹秝 蘇貫切與蒜同 餚饍 餚胡交切凡非穀而食曰餚饍時戰切具食也 屣 所綺切華屨也 氎 徒協切細毛布也

舍利弗阿毗曇論卷第十五

姚秦天竺三藏曇摩耶舍共曇摩崛多譯

非問分煩惱品第十一

有一人出世如來無所著等正覺斷惡不善法生諸善法斷苦法得樂法寂靜諸漏滅諸漏除諸所作業能得寂靜第一義清涼究竟盡究竟梵行究竟安樂究竟苦際得涅槃以是因緣故今當集諸不善法門

恃生恃姓恃色恃財恃貴恃尊勝恃豪族恃無病恃年壯恃命恃工巧恃多聞恃辯才恃得利養恃得恭敬恃尊重恃備足恃師範恃戒恃徒衆恃黨侶恃長宿恃力恃神足恃禪恃無求恃知足恃獨處恃阿蘭若恃乞食恃糞掃衣恃我能離荒食恃一受食恃塚間恃露處恃樹下恃常端坐恃隨敷坐恃但三衣諛諂邪敬現相求利依使歎索以利求利我勝嗜味不護戒瞋相變忿尊教違尊教戾尊教欺陵捶打斛斗欺秤欺財物欺傷害繫閉批摸侵奪故作長語橫語輕謗迫憎詐善隱藏共畜好說官事世間事兵鉀事鬬戰事大臣事車乘事婦女事華鬘事酒肉事婬欲事牀卧事衣服事飲食事沽酒處事親里事若干語思惟世間事說海事不知法不知義不知時不知足不知自身不知衆生不知人不知勝劣人如邪見邊見倒見求覓見求覓戒求覓戒道身見掉動自讚無信不覺慳惜面譽遮惜不信業報毀施毀學自歎譽怨虛歎不自在屬他事他不怨憎怨憎沒沉心悲不猒定不勤進不忍辱非威儀不受教近惡知識惡親厚取惡行惡行親近怯弱者受怯弱

法知怯弱持怯弱法不順思惟親近怯弱道
劣心亂心喜諍寬禁戒敬邪法退善法掉嚴
身險耐恥狂言不記外念隨憂喜自高毀他
不敬不自卑不實敬難滿難養麁憒懈怠中
退後善欲勤勤苦貪貪勤纏惱悲苦憂念衆
苦恐怖弱顏强顏疑惑無親善障礙不相可
善妨邊實不親近離卑下自强耐辱隨貪自
舉自放無恃離禪不悔舍忿恪惜邪教諍訟
非遜敬失災喜求失非行來禪無益禪不知
恩不知巳恩輕毀瞋恚性惡剛强斷修學諫
呵退憒呵巳亂説横生瞋恚所可不成呵不
自明取身見餓舉身見憧憂身見求身見親
近身見身慢見遊戲惜身見我身見欲染共
欲染悲不親憎樂欲希望不退重希望究竟
希望不足不滿礙著灑散如水津流沉没愛

枝網能生苦本欲得嗜著燋渴居宅堪忍塵
瘡愛法失念不正智不護諸根門食不知足
無明有愛有見非有見欲漏有漏欲求有求
害戒害見戒衰見衰戒衰命衰儀衰行作惡
不作善親近在家親近出家以二緣生欲染
以二緣生邪見瞋恚伺怨懷恨燋熱嫉妬慳
惜句變多奸欺無慚無愧矜高諍訟貢高放
逸慢增上慢二法内和合外和合内外合希
望大希望惡希望貪惡貪非法欲染三不善
根三難伏三闇三荒三纏三動内三垢内三
競内三惡内三網力内三害内三憎三毒三
勝三闇聚三刀復有三刀三愛三不攝三惡
行身三惡行意三惡行三不淨三不覺三不
直三瘷陰三欲三想三覺三求三火三温三
暖三炙三熱三燋三惡三有三漏三不輕三

不轗三不除三法四流四軛四取四染口四惡行四結四箭四識住處四緣生愛四愛和合四惡道行四業煩惱四顛倒四怖復有四怖復有四怖復有四退轉竟四法五欲五蓋五下分煩惱五上分煩惱五道五心荒五心縛五怖五恐五無間五犯戒五非法語五不樂五相憎五瞋恨法五憂根法五嫉妬五緣生睡眠犯戒五過患緣犯戒故復有五過患不敬父毋不敬沙門婆羅門不敬親長五法六依貪喜六依貪憂六依貪捨六染六樂復有六愛六恚六鉤六防護六諍根七共染七共欲染七識住處七慢七不敬七漏七怯弱法七動七自恃七求七摸七作七生八世間法八非聖語八懈怠事八難處八妨修梵行九若干法九愛根法九衆生居九犯戒過患十煩惱使十煩惱結十想十覺十邪十惱事十不善業道十法成就墮地獄速如擴鉾十一心垢二十種身見二十法成就墮地獄速如擴鉾二十一心垢三十法成就墮地獄速如擴鉾三十六愛行三十法成就墮地獄速如擴鉾六十二見

何謂恃生衆生貴生以生自高以生爲境界若心憶念謂生妙好而以自高是名恃生復次恃生我生勝彼中生彼生卑世間諸生中我生最勝衆生重於生常敬於生若心憶念諸生妙好而以自高是名恃生恃姓恃色恃財貴恃尊勝恃豪族恃無病恃年壯恃命壯恃工巧恃多聞恃辯才恃得利養恃得恭敬恃尊重恃備足恃師範恃徒衆恃黨侶恃長宿恃力恃神足恃禪恃無求恃知足恃獨處

恃阿蘭若恃乞食恃糞掃衣恃我能離荒食恃一受食恃塚間恃露處恃樹下恃常端坐恃隨敷坐恃但三衣亦如上廣說何謂諛諂若依他求利改變儀式現攝諸根是名諛諂何謂邪敬若依他求利飾辭美言將順他意詐現巧便以是行敬恭敬是名邪敬何謂現相求利若依他求利見有衣食卧具醫藥諸物心希欲得現相稱好是名現相求利何謂依使爲人役使雖復輕賤以利故隨逐不息是名依使何謂歎索若依他求利見有衣服飲食卧具湯藥諸物心希欲得先歎其善復言我須是名歎索何謂以利求利心希欲得若從彼人得利以示此人若從此人得利以示彼人此所得利向彼歎譽此施主彼所得利向此歎譽彼施主若如是得利是名以利

求利何謂我勝若以慢自高謂身勝是名我勝何謂嗜味貪食多求種種味是名嗜味何謂不護戒若捨出家威儀是名不護戒何謂瞋相變若起不善心令諸根變異若以十惱一一發起令諸根變異是名瞋相變何謂忿尊教尊謂佛佛弟子若教授便拒違瞋忿或多語或顰蹙現瞋若教令慎護重禁便拒逆瞋忿或多說或復顰蹙現瞋是名忿尊教何謂違尊教尊謂佛佛弟子若教授令慎護重禁違返是名違尊教何謂戾尊教若世尊所制莫作是說莫作是作莫作是言莫作是分別彼不作是說故說不應作是作故作不應作是言故言不應作是分別故分別是名戾尊教何謂欺陵若於衆生觸惱輕懱不欲斷害其命是名欺陵何謂捶打若輕易手捲捶

打是名捶打何謂斗斛欺若不等心受出多少是名斗斛欺何謂秤欺若不等心受出輕重是名秤欺何謂財物欺若好物中雜惡物若分種種物若以繩界定移本處是名財物欺何謂傷若侵破他人身是名傷何謂侵害若輕慢衆生瞋恚希害欲斷其命是名侵害何謂繫閉若衆生爲生死纒縛常處幽闇是名繫閉何謂批摸若起不善心以手求覓是名批摸何謂侵奪若起不善心於他財物侵欺劫奪是名侵奪何謂故作若心起不寂靜行心知而造是名故作何謂長語若横言輕謗是名長語何謂横言若無義語是名横言何謂輕謗若無實誑他是名輕謗何謂迫愶若國王國王臣吏若蹴蹹因苦取他財物是名迫愶何謂詐善若欲欺誑若取財物而現親附是名詐善何謂隱藏若人共物未分私取好者覆匿是名隱藏何謂共畜若人已行籌分物以物不善强擇取好者是名共畜何謂好説官事常以官法言首或言籌筭或言長短染樂是事是名好説官事世間事兵甲事鬪戰事車乘婦女事華鬘事酒肉事婬欲事牀卧事衣服事飲食事沽酒事親里事亦復如是若染樂其事何謂若干語除上樂説事若餘事衆生異物異境界異自然異是名若干語何謂思惟世間事若憶念爲首思惟世間成壞是名思惟世間事何謂説海事若以海爲言首或説諸寳或説真僞染樂其事是名説海事何謂不知法若於善不善無記法不知自相不觀相不分别相是名不知法何謂不知義若於諸法今世後世義不知自

相不觀相不分別相是名不知義何謂不知時若不知時節應入聚落應出聚落應誦讀應受學應思惟於此時不知自相不觀相不分別相是名不知時何謂不知足食不知足言不知足不知自相不觀相不分別相是名不知足何謂不知自身不知我應有如是信如是戒如是學問如是施如是慧如是應答若於此法不知自相不觀相不分別相是名不知自身何謂不知衆若剎利衆婆羅門衆居士沙門衆應如是往反應如是坐起應如是言默若於衆中不知自相不觀相不知分別相是名不知衆何謂不知人若持戒毀戒人若可觀人若於此人不知自相不觀相不分別相是名不知人何謂不知勝劣人若尊卑人不知自相不觀相不分別相是名不知勝劣人何謂邪見或有人起如是見無施無與無祠無善惡業報無今世後世無父母無天無化生衆生無世間沙門婆羅門正趣正至若今世後世自知證分別說是名邪見何謂邊見若見一切有見一切無見一切一見一切異若見一切種種是名邊見何謂倒見若見正覺謂非正覺若非正覺謂是正覺若見善法謂非善法若見不善法謂是善法若見正趣沙門婆羅門謂非正趣若非正趣沙門婆羅門謂是正趣若有作是見我樂世樂後生當樂恒常不斷不變易法常當定住是名倒見何謂求覓見若於諸見中選擇選擇已是名求覓見何謂求覓戒若以戒爲淨若貪求批摸是名求覓戒何謂求覓道若以道爲淨貪求批摸是名求覓道何謂求覓戒道

若俱以爲淨若貪求批摸是名求覓戒道何謂身見若我見何謂我見或有人謂色是我色中有我色是我有我是色有見受想行識亦如是是名身見何謂躁若動止輕速疾是名躁何謂自稱若歎美過能是名自稱何謂無信若不信不入信不勝信不眞信若心不信是名無信何謂不覺若無慧是名不覺何謂慳惜若貪不捨是名慳惜復次慳惜憎他施與利養所須是名慳惜何謂面譽不求他財利隨順他意對稱其善是名面譽何謂遮惜若慳悋財物令人防護門戸恐沙門婆羅門得入乞求是名遮惜何謂不信業若於善不善無記業中不解重不解究竟不解是名不信業何謂不信業報善不善業有報若於此報不解重不解究竟不解是名不信業報何謂毀施若非法行施者是名毀施何謂毀學若非學者是名毀學何謂自勝若自高我有信戒施聞智慧辯才是名自勝何謂譽怨若人有怨家欲現其惡反稱其善有信戒施聞慧辯才是名譽怨何謂虛歎心有邪悔若無信戒施聞慧辯才歎說言有是名虛歎何謂不自在若煩惱心起所作衆善不得隨意是名不自在何謂屬他若業不淨若欲現親或作奴僕侍從是名屬他何謂事他若與貴勝遨遊戲笑恃爲形勢是名事他何謂不怨憎若愛喜是名不怨憎何謂怨憎若瞋忿是名怨憎何謂沉没若善法發退是名沉没何謂心悲若心不善悲是名心悲何謂無厭若於生活具多欲不止是名無厭何謂不勤進若於善法意不專樂是名不勤進何謂不忍

辱若於善法不能堪忍受是名不忍辱復次不忍辱或有不耐飢渴寒熱風雨蚊䖟蝡子不適意語若身心苦痛酸楚終時刀風解形不能堪忍受是名不忍辱何謂非威儀若毀佛結戒是名非威儀何謂不受教若如法教授心不敬順是名不受教何謂近惡知識若殺生盜竊邪婬妄語飲酒放逸處若近此人作知識重知識究竟知識相敬念是名近惡知識何謂惡親厚若殺生盜竊邪婬妄語飲酒放逸處若共此人親厚重親厚究竟親厚相敬不離是名惡親厚何謂取惡行依殺生者學殺生心向彼尊上彼傾向彼以彼爲解依盜竊者學盜竊依邪婬者學邪婬依妄語者學妄語依飲酒放逸處者學飲酒放逸處心向彼尊上彼傾向彼以彼爲解是名取惡

行何謂惡行若不善境界行是名惡行何謂親近怯弱者若不信者無慙無愧者不學問者懈怠者失念者無慧者若親近此人恭敬承事是名親近怯弱何謂受怯弱法若怯弱者所說法恭敬受行是名受怯弱法何謂知怯弱若怯弱者所說法惡法善聽受心能分別是名知怯弱法何謂持怯弱法若怯弱者所說法若持此法正持住不忘相續念不失是名持怯弱法何謂不順思惟若不順善思惟是名不順思惟何謂親近怯道謂邪見乃至邪定若親近多修學是名親近於怯道何謂劣心若心懈怠是名劣心何謂亂心若心散在五欲色聲香味觸是名亂心何謂喜諍若諍訟若繫閉常相違返是名喜諍何謂寬禁戒若缺若荒若垢離禁戒是名寬禁戒何

謂敬邪法若惡不善法以此爲尊能得定是名敬邪法何謂退善法若出世間法於此法發退是名退善法何謂掉若掉動心亂不寂靜不正寂靜是名掉何謂嚴身若自抈飾是名嚴身何謂險若身意業起動不順是名險何謂耐恥若在衆不問妄說是名耐恥何謂狂言若縱語不攝是名狂言何謂不記若失念善是名心不記何謂外念若念在五欲色聲香味觸是名外念復次外念若念外道若敬念外道心在彼法是名外念何謂隨憂喜若俗間有種種喜樂種種憂苦心有希求隨順和同是名隨憂喜何謂自高若歎身相好名能是名自高何謂毀他若說他長短是名毀他何謂不敬若輕慢尊長無有敬畏是名不敬何謂不自卑若不下人是名不自卑何謂不實敬若於淨行者種種稱美虛僞不眞是名不實敬何謂難滿若飲食無厭是名難滿何謂難養求美味是名難養何謂窳墮若懈怠是名窳墮何謂懈怠若窳墮是名懈怠何謂中止若求上利則易緣懈怠故便息是名中止何謂後善若於善法中失滅沒是名後善何謂欲勤若樂著於欲是名欲勤何謂勤苦若種種苦身但非聖法無儀無益無義是名勤苦何謂貪若愛廣大極於彼岸是名貪何謂貪纏若愛廣大極於彼岸是謂貪纏何謂惱若衆生若干苦所逼若惱重惱究竟惱內燋熱內心甍懵是名惱何謂悲心若衆生爲苦惱所逼惱箭入心若哭泣口說追憶不捨是名悲心何謂苦若身不忍受眼觸苦受耳鼻舌身觸苦受是名苦何謂憂若心不

忍受苦是名憂何謂衆苦若爲種種苦所逼心無停息是名衆苦何謂恐怖若心驚動是名恐怖何謂弱顏若作善法耻鬧喜著是名弱顏何謂强顏如小兒言無忌難是名强顏何謂疑惑二心猶豫不能斷結是名疑惑何謂無親若遠離善法是名無親何謂善障礙若背善法是名善障礙何謂不相可若喜鬪諍繫纏共相言訟是名不相可何謂善妨若作善法因生自高是名善妨何謂邊實若邊見者執所見爲堅實是名邊實何謂不親近若不親近佛佛弟子不供養恭敬禮拜是名不親近何謂近離若曾親近佛佛弟子供養恭敬禮拜後便廢退不復親近供養恭敬禮拜是名近離何謂卑下身口意業作欺詭不實卑劣法是名卑下何謂自强若起不善心現身口意是名自强何謂耐辱若貪著世俗法希求往來不息是名耐辱何謂隨貪若貪建利養不自不失善人相是名隨貪何謂自舉若身口意業共掉是名自舉何謂自放若心涌散不攝是名自放何謂無恃若手足煩擾無有定操縱横畫地是名無恃復次無恃若好行來是名無恃何謂離禪若不親近寂靜處是名離禪何謂不悔若起不善心歡喜踊躍無有變失是名不悔何謂舍忿若有不可常使不息因增煩惱是名舍忿何謂悋惜若於財法護念不捨是名心悋惜何謂邪教若說邪法是名邪教若邪見者集聲音句言語口教是名邪教何謂諍訟若求他長短不生和順是名諍訟何謂非遜若所業心高無有敬順是名非遜何謂敬失若敬自下非法

是名敬失何謂災喜若見他衰失反生喜悏是名災喜何謂求失若有惡嫌常伺鈌漏是名求失何謂非行若比丘犯失威儀作非威儀行是名非行何謂來禪若人聚集處心求名利便現坐禪相是名來禪何謂無益禪若人坐禪無儀是名無益禪何謂不知恩若從他得財施法施不知分別正分別不緣分別是名不知恩何謂不知已恩若曾從他得財物施法施不受恩是名不知已恩何謂輕毀若說他過失心不忌難是名輕毀何謂瞋恚若忿怒不護他意是名瞋恚何謂性惡若身口意本暴是名性惡何謂剛硬若無有忍辱行是名剛硬何謂斷修學若遮他作善是名斷修學何謂呵諫反生譏責若人作惡善諫不受是名呵諫反生譏責何謂呵諫亂語生恚何謂呵諫不成何謂呵諫不明皆如上說何謂取身見緣身見故取身見身見惡故取身見如險難道有草木叢林覆上趣彼道者不知高下深淺如是取身見者不識是非好惡是名取身見何謂身見餓緣身見故身見餓身見惡故身見餓令衆生處諸苦難如道中河餓禽獸惡蟲餓人非人餓如是趣彼道者受無量種種苦如是趣身見受諸苦痛不至彼岸是名身見餓何謂立身見幢若樂起身見是名立身見幢何謂憂身見若緣身見故生憂惱重生究竟生憂惱是名憂身見何謂求身見若緣身見故邪求色受想行識是名求身見何謂親近身見若緣身見故親近色受想行識是名親近身見若緣身慢見若緣身見故身慢嚴飾已身是名身慢見何謂

遊戲身見若緣身見若緣身見欲取愛色受想行識是名惜身見若緣身見故取我色受想行識是名我身見何謂欲若欲界欲色無色界欲是名欲染共欲染悲不憎樂欲亦如是何謂希望若愛初觸是名希望何謂重希望愛若廣大未極彼岸是名重希望何謂究竟希望愛若廣大以極彼岸是名究竟希望何謂難足若欲界不足色無色界不足是名難足難滿著灑津流沒枝網生本希嗜燋渴宅忍塵瘡愛亦如上說一法竟

何謂失念若捨善念是名失念何謂不正知或有比丘不以正知去來屈伸回轉服僧伽黎執衣持鉢飲食便利解息睡眠行住坐卧眠時覺時默時不自護行是名不正知何謂不護根門若見色取是名不護根何謂食不知足若不量食是名食不知足何謂無明若癡不善根是名無明何謂有愛若色無色界愛是名有愛何謂有見若常見是名有見何謂非有見若斷見是名非有見何謂欲漏若貪著欲界法是名欲漏何謂有漏若貪著色無色界法是名有漏何謂欲求若欲界求度欲界未知欲界未斷欲界陰界入色聲香味觸法若求覓聚集是名欲求何謂有求若色界無色界未度色無色界未知色無色界未斷色無色界陰界入禪解脫定入定若求覓聚集是名有求何謂不持戒若破戒若不持戒是名不持戒何謂害見若六十二見及邪見是名害見何謂戒衰若毀戒不護持是名戒衰何謂見衰若六十二見及邪見是名見衰何謂衰命若邪命是名衰命何謂衰儀若

非威儀行是名衰儀何謂衰行若比丘非自境界行是名衰行何謂作惡不善法成就是名作惡何謂不作善出世間善法若不作不成就是名不作善何謂親近在家若順世間違於正行是名親近在家何謂親近出家若不順在家違於世行是名親近出家何謂二緣生欲染若緣淨色緣不順思惟生欲染是名二緣生欲染何謂二緣生瞋恚緣怨憎緣不順思惟是名二緣生瞋恚纏如烟荒何謂二緣生緣見緣他邪說緣不順思順生邪見是名二緣生邪見何謂瞋恚若忿怒重忿怒是名瞋恚何謂伺怨若欲報仇纏究竟纏心行癡業究竟忿怒若瞋恚是名伺怨何謂懷恨若心垢穢煩惱所汙是名懷恨何謂燋熱若不適意而生憂惱是名燋熱何謂嫉妬若他得利養尊重恭敬禮拜而生嫉妬重嫉妬究竟嫉妬是名嫉妬何謂慳惜若財施法施貪恪不捨聚集樂著是名慳惜何謂句變若於尊勝及餘人前爲名聞虛譽故自覆過失詭諂他人是名句變何謂姧欺若心邪曲不正是名姧欺何謂無慚若自作惡内心不悔是名無慚復次無慚若人無慚於可恥法不恥於惡不善法不恥是名無慚何謂無愧若自作惡不羞他人是名無愧復次無愧若人不愧於可羞法不羞於惡不善不羞是名無愧何謂矜高慢他自譽是名矜高何謂諍訟若起身口意不善掉動麤言忿惱是名諍訟何謂貢高若起不善心嚴飾已身稱歎已善是名貢高何謂放逸若不攝亂念意不開解是名放逸何謂慢若言我勝是名慢何謂增

上慢言我與勝等是名增上慢二法竟

何謂内集若於内法中欲染共欲染悲不增樂欲希望重希望究竟希望難足難滿貪瀝津漏没枝網生本希嗜著燋渴宅忍塵瘡愛是名内集何謂外集若於法欲染共欲染乃至塵瘡愛是名外集何謂内外集若於内外法欲染共欲染乃至塵瘡愛是名内外集何謂希望若自有善法希望故欲令他知是名希望何謂大希望若多希望是名大希望何謂惡希望若自無善法希望欲令他知有善是名惡希望何謂貪若於自物財賂妻子等貪欲染貪著是名貪何謂惡貪若於他物財賂妻子等欲令我有貪欲染貪著是名惡貪何謂非法欲染若毋師妻等作欲染行是名非欲染何謂三不善根貪不善根恚不善根癡不善根是名三不善根何謂三難伏欲難伏恚難伏癡難伏是名三難伏何謂三闇貪闇恚闇癡闇是名三闇何謂三荒欲荒恚荒癡荒是名三荒何謂三纏欲纏恚纏癡纏是名三纏何謂三動欲動恚動癡動是名三動何謂内三垢欲垢恚垢癡垢是名内三垢何謂内三競欲競恚競癡競是名内三競何謂内三怨欲怨恚怨癡怨是名内三怨何謂内三網欲網恚網癡網是名内三網何謂内三害欲害恚害癡害是名内三害何謂内三憎欲憎恚憎癡憎是名内三憎何謂内三毒欲毒恚毒癡毒是名内三毒何謂三勝我慢不如慢增上慢是名三勝何謂三闇聚疑惑我過去有我過去無何姓過去有何因過去有疑惑我當來有我當來無何姓當來有何因

當來有疑惑我現在有現在無何姓現在有何因現在有是名三闇聚何謂三刀欲刀恚刀癡刀是名三刀何謂復有三刀身刀口刀意刀是名復有三刀何謂三愛欲愛有愛非有愛是名三愛何謂三不攝身不攝口不攝意不攝是名三不攝何謂三惡行身惡行口惡行意惡行是名三惡行何謂身三惡行殺盜邪婬是名身三惡行何謂意三惡行貪恚邪見是名意三惡行何謂三不淨身口意不淨是名三不淨何謂三不覺身口意不覺是名三不覺何謂三曲身口意不直是名三曲何謂三痰陰欲痰陰恚痰陰癡痰陰是名三痰陰何謂三欲欲欲恚欲害欲是名三欲何謂三想欲想恚想癡想是名三想何謂三覺欲覺恚覺害覺是名三覺何謂三求身求口求意求是名三求何謂三火欲火恚火癡火是名三火何謂三熅欲熅恚熅癡熅是名三熅何謂三煖欲煖恚煖癡煖是名三煖何謂三炙欲炙恚炙癡炙是名三炙何謂三熱欲熱恚熱癡熱是名三熱何謂三燋欲燋恚燋癡燋是名三燋何謂三惡身惡口惡意惡是名三惡何謂三有欲有色有無色有是名三有何謂三漏欲漏有漏無明漏是名三漏何謂三濁身口意濁是名三濁何謂三不輭身不輭口不輭意不輭是名三不輭何謂三不除身不除口不除意不除是名三不除三法竟

何謂四流欲流有流見流無明流是名四流何謂四軛欲軛有軛見軛無明軛是名四軛何謂四取欲取有取戒取我取是名四取何謂四染欲染色染無色染見染是名四染何

謂口四惡行妄言綺語兩舌惡口是名口四惡行何謂四結希望身結瞋恚身結戒盜取結見實身結是名四結何謂四箭欲箭瞋箭慢箭見箭是名四箭何謂四識住處比丘識依色住色爲境界色中止愛相續得增長廣大受想行住處亦如是是名四識住處何謂四緣生愛若比丘緣衣生愛緣食生愛緣卧具生愛緣醫藥生愛是名四緣生愛何謂四愛相緣若緣愛生愛緣愛生憎緣憎生憎是名四愛相緣何謂四惡道行欲惡道行恚惡道行畏惡道行癡惡道行是名四惡道行何謂四業煩惱殺生業煩惱竊盜業煩惱邪婬業煩惱妄語業煩惱是名四業煩惱何謂四顛倒無常謂常想顛倒心顛倒見顛倒苦謂樂想顛倒心顛倒見顛倒無我謂我想顛倒心顛倒見顛倒不淨謂淨想顛倒心顛倒見顛倒是名四顛倒何謂四怖王法怖賊盜怖火怖水怖是名四怖何謂復有四怖老怖病怖死怖惡趣怖何謂復有四怖波怖洮涌怖洄澓怖失收摩羅怖秦言鱷魚何謂復有四怖自衰怖誹謗怖孤遺怖無子怖是名復有四怖何謂四退轉法如世尊說四退轉法何謂四比丘尊重瞋恚不尊重正法尊重憎嫉不尊重正法尊重利養不尊重正法尊重恭敬不尊重正法

瞋恚憎嫉　利養恭敬　如是尊重　比丘失道
良田敗種　善法不生

是名四退轉法四法竟

何謂五欲眼識色愛喜適意愛色欲染相續耳鼻舌身識觸亦如是說是名五欲何謂五

蓋欲染蓋瞋恚睡眠掉悔疑蓋是名五蓋何謂五下分煩惱身見疑戒盜欲染恚是名五下分煩惱何謂五上分煩惱色染無色染無明慢掉是名五上分煩惱何謂五道地獄畜生餓鬼人天是名五道何謂五心荒如比丘疑惑世尊不信不度不解比丘心疑惑世尊心不信不度不解已比丘心不向世尊不信不親近不解已此謂初心荒法僧亦如是復次比丘戒有缺行荒行垢行比丘戒缺行荒行垢行已比丘心不向戒不信不親近不解比丘不向戒不信不親近不解已是名四心荒復次比丘心惱害諸淨梵行者心荒不信毀罵惡言輕謗諸梵淨行者比丘惱害諸梵淨行諸惱害心荒於不信毀罵惡言誣謗諸梵淨行者已比丘心不向諸梵淨行者不信不親近不解比丘心不向諸梵淨行者不信不親近不解已是名五心荒何謂五心纒如比丘身不離染不離欲不離愛不離渴不離燋熱比丘不離染不離欲不離愛不離渴不離燋熱已比丘心不向勤進信寂靜斷結比丘不向勤進信寂靜斷結已此謂初心纒復次比丘勤行色欲等樂勤行卧具睡眠樂比丘勤行色欲等樂勤行卧具睡眠樂已比丘心不向勤精進正信寂靜行斷結比丘心不向勤精進正信寂靜行斷結已是名第二第三心纒復次比丘得少進便住不上求未得欲得未解欲解未證欲證比丘得少進便住不上求未得欲得未解欲解未證欲證已比丘不向勤精進正信寂靜行斷結比丘心不向勤精進正信寂靜行斷結已是名第四心

纏復次比丘希望生種種天上故行梵淨行我以此戒道苦行梵淨行令我作天王或作輔臣比丘希望生種種天上故行梵淨行我以此戒道苦行梵淨行令我作天王我作輔臣已比丘心不向勤精進正信寂靜行斷結比丘心不向勤精進正信寂靜行斷結已是名五心纏何謂五怖若殺生緣殺生故於現世怖未來世怖竊盜邪婬妄語飲酒放逸處怖亦如是名五怖五恐亦如是何謂五無間殺父無間殺母無間殺阿羅漢無間破衆僧無間惡心出佛身血無間是名五無間何謂五犯戒殺生盜竊邪婬妄語飲酒放逸是名五犯戒何謂五非法語非時語無實語無義語非法語不調順語是名五非法語何謂五不樂不樂獨處不樂出世不樂寂靜不樂

梵行不樂諸善法是名五不樂何謂五憎惡不親自親不應呵擯呵數到白衣家常喜多語好行乞求是名五憎惡何謂五瞋恚本法作礙觸惱瞋恚諍訟專熱是名五瞋本法何謂五憂本法憂悲苦惱衆苦是名五憂本法何謂五嫉妬舍宅嫉妬豪族嫉妬利養嫉妬名聞嫉妬恭敬嫉妬是名五嫉妬何謂五緣生睡眠欠呿甍懵不樂身重心沉没是名五緣生睡眠何謂犯戒五過患自招衰損爲他呵責惡名流布死時有悔後墮惡道是名犯戒五過患何謂復有犯戒五過患緣犯戒故未得財物不得已得財物欺奪若至刹利衆婆羅門衆居士衆沙門衆中心懷恐懼爲沙門婆羅門遠稱過惡身壞命終便墮惡道是名犯戒五過患何謂五不敬順不敬順父母

沙門婆羅門尊長不敬順五法竟

舍利弗阿毗曇論卷第十五

舍利弗阿毗曇論卷第十六

姚秦天竺三藏曇摩耶舍共曇摩崛多譯

非問分煩惱品第十一之餘

何謂六依貪喜眼識色愛喜適意愛色欲染相續現得希望當得曾得憶念過去變滅生喜此謂初依貪喜耳鼻舌身意亦如是是名六依貪喜何謂六依貪憂眼識色愛喜適意愛色欲染相續現在不得恐未來不得曾得憶念過去變滅生憂是名六依貪憂耳鼻舌身意亦如是是名六依貪憂何謂六依貪捨凡夫人眼見色生捨癡如小兒不觀過患不知果報如是不知不分別色便捨是名六依貪捨耳鼻舌身意亦如是是名六依貪捨何謂六染於色中染聲香味觸法中染是名六染何謂六樂於色中樂聲香味觸法中樂是名六樂何謂復有六樂樂諸業樂語樂睡眠樂聚集樂居宅樂調戲是名復有六樂何謂六愛色聲香味觸法中愛是名六愛何謂六恚色聲香味觸法中恚是名六恚何謂六鉤色聲香味觸法中鉤是名六鉤何謂六不護於色聲香味觸法中不護是名六不護何謂六諍根如世尊説諸比丘有六諍根應當解解已勤修令斷何謂六比丘瞋恚常念怨嫌於世尊不恭敬尊重讚歎不以華香供養法僧亦如是於戒缺行荒行垢行告諸比丘若比丘瞋恚常念怨嫌於衆僧中起瞋恚共諍緣諍令多衆生損減使多衆生受苦天人衰耗告諸比丘如是不善諍根觀自他未斷當共和合勤精進勇猛應斷不善諍根告諸比丘如是不善諍根觀自他斷已自心專念令

不復生如是便知得斷不善諍根復次比丘若懷恨燋熱若嫉妬慳惜若詭欺奸非若求諸見他人說謗常憶不捨若邪見邊見亦如是是名六諍根六法竟

何謂七共染若女人自思惟女身女形女相女服飾女欲女音聲女瓔珞女人樂染此物樂染此物已思惟外男身男形男相男服飾男欲男音聲男瓔珞女人樂染此物樂染此物已思惟和合緣和合故生喜樂貪著愛樂女身樂和合已以如是故常不欲轉女身男子自思惟若男身乃至常不欲轉男身亦如是是名七共染何謂七共欲染有一好種姓婆羅門往至如來所到已問訊却坐一面問世尊曰瞿曇沙門自是梵淨行不世尊答婆羅門若言正梵淨行者我是也以何緣故婆羅門我梵淨行不缺不荒不垢穢婆羅門復問瞿曇沙門梵淨行荒缺垢穢也世尊答曰梵淨行有荒缺垢穢婆羅門復問云何梵淨行有荒缺垢穢世尊答或有人言我是梵淨行者雖不與女人交通然受女人澡浴衣服案摩調身以爲喜樂以爲氣味告婆羅門言是謂共欲染非清淨梵行有荒缺垢穢未脫生老病死憂悲苦惱衆苦聚集我謂此未脫於苦復次婆羅門或有人言我是梵淨行者不與女人交通不受女人澡浴衣服案摩調身然親近女人言說戲笑調弄以爲喜樂以爲氣味告婆羅門言是謂共欲染淸淨梵行有荒缺垢穢未脫於生老病死憂悲苦惱衆苦聚集我謂此未脫於苦復次婆羅門或有人言我是梵淨行者不與女人交通不受女

人澡浴衣服案摩調身不親近女人言説戲笑調弄然與女人對目相視以爲喜樂以爲氣味告婆羅門言是謂共欲染非清淨梵行者有荒缺垢穢未脱於生老病死憂悲苦惱衆苦聚集我謂此未脱於苦復次婆羅門或有人言我是梵淨行者不與女人交通不受女人澡浴衣服案摩調身不親近女人言説戲笑調弄不與女人對目相視然障外聞女人音聲歌舞語笑啼哭以爲喜樂以爲氣味告婆羅門言是謂共欲染非清淨梵行有荒缺垢穢未脱於生老病死憂悲苦惱衆苦聚集我謂此未脱於苦復次婆羅門或有人言我是梵淨行者不與女人交通不受女人澡浴衣服案摩調身不親近女人言説戲笑調弄不與女人對目相視不於障外聞女人音

聲歌舞語笑啼哭然憶念女人曾共從事戲笑言語相娛樂時以爲喜樂以爲氣味告婆羅門言是名共欲染非清淨梵行者有荒缺垢穢未脱於生老病死憂悲苦惱衆苦聚集我謂此未脱於苦復次婆羅門或有人言我是梵淨行者不與女人交通不受女人澡浴衣服案摩調身不親近女人言説戲笑調弄不與女人對目相視不於障外聞音聲歌舞語笑啼哭不憶念女人曾共從事戲笑言語相娛樂時然見長者或長者子以五欲具足相娛樂時以爲喜樂以爲氣味告婆羅門言是名共欲樂非梵淨行者有荒缺垢穢未脱於生老病死憂悲苦惱衆苦聚集我謂此未脱於苦復次婆羅門或有人言我是梵淨行者不與女人交通不受女人澡浴衣服案摩

調身亦不親近女人言說戲笑調弄不與女人對目相視不於障外聞女人音聲歌舞啼哭不憶念女人曾共從事戲笑言語相娛樂時不見長者及長者子以五欲具足相娛樂時然願生天上故行梵淨行我以此戒以此道以此苦梵淨行令我作天王或作輔臣以爲喜樂以爲氣味告婆羅門言是謂共欲染非清淨梵行者有荒缺垢穢未脫生老病死憂悲苦惱衆苦聚集我謂此未脫於苦復次婆羅門此七共欲染我觀於內心設當七共欲染未斷我亦不自說有正梵淨行婆羅門以我七共欲染斷故說有正梵淨行得無所畏是名七共欲染何謂七識住處或有衆生若干身若干想欲界人或天此謂初識住處若有衆生若干身一想若初生梵天是名第二識住處若有衆生一身若干想光音天是名第三識住處或有衆生一身一想遍淨天是名第四識住處若有衆生無邊空處此名第五識住處若有衆生無邊識處此謂第六識住處若有衆生無所有處此謂第七識住處是名七識住處何謂七慢慢不如慢勝慢增上慢我慢邪慢慢中慢何謂慢若我勝心於彼貢高是名慢何謂不如慢彼不如我心於彼貢高是名不如慢何謂勝慢我與勝者等心於彼貢高勝是名勝慢何謂增上慢未得起得想心於彼貢高是名增上慢何謂我慢我有善法心於彼貢高是名我慢何謂邪慢若無善法心於彼貢高是名邪慢何謂慢中慢若無他慢生慢心於彼貢高是名慢中慢復次我慢若有身見者心於彼生貢高是

名我慢復次邪慢若有邪見者心於彼生貢高名邪慢復次慢中慢我於勝中勝貴中貴心於彼生貢高是名慢中慢是名七慢何謂七不敬若不恭敬佛不恭敬法不恭敬僧不恭敬戒不恭敬定不恭敬慧不恭敬善法是名七不恭敬何謂七漏見斷漏忍辱斷漏親近斷漏離斷漏調伏斷漏戒斷漏思惟斷漏是名七漏何謂七怯弱法殺生竊盜邪婬妄語兩舌惡口綺語是七怯弱法何謂七動我當有我當無我色當有我色當無我想當有我想當無我非有想非無想當有是名七動七自恃七求七模七作七生亦如是七法竟

何謂世間八法利衰毀譽稱譏苦樂是名八法何謂八非聖語若不見言見見言不見不聞言聞聞言不聞不覺言覺覺言不覺不識言識識言不識是名八非聖語何謂八懈怠事若有懈怠比丘如是思惟我今日入聚落乞食已我得麤細食不充足以不足故令我羸瘦不樂經行坐禪我欲眠臥懈怠比丘即便眠臥不能勤進爲未得欲得未解欲解未證欲證是名初懈怠事復次比丘如是思惟我今日入聚落中乞食得麤細食充足身體重妨如肉囊盛錢不樂經行坐禪我欲眠臥懈怠比丘即便眠臥不能勤進爲未得欲得未解欲解未證欲證此謂第二懈怠事復次懈怠比丘如是思惟我今日有作務疲懈不樂經行坐禪我欲眠臥懈怠比丘即便眠臥不能勤進爲未得欲得未解欲解未證欲證此謂第三懈怠事復次懈怠比丘如是思惟我明日當作務事當疲懈便不樂經行坐禪

我今務眠卧懈怠比丘即便眠卧不能勤進爲未得欲得未解欲解未證欲證此謂第四懈怠事復次懈怠比丘如是思惟我今日行來身體疲極不樂經行坐禪我欲眠卧懈怠比丘即便眠卧不能勤進爲未得欲得未解欲解未證欲證此謂第五懈怠事復次懈怠比丘如是思惟我明日當行身必疲極便不樂經行坐禪我欲眠卧懈怠比丘即便眠卧不能勤進爲未得欲得未解欲解未證欲證此謂第六懈怠事復次懈怠比丘如是思惟我今患苦不樂經行坐禪我欲眠卧懈怠比丘即便眠卧不能勤進爲未得欲得未解欲解未證欲證此謂第七懈怠事復次懈怠比丘如是思惟我患瘥未久我身羸弱不樂經行坐禪我欲眠卧懈怠比丘即便眠卧不能勤進爲未得欲得未解欲解未證欲證是名八懈怠事何謂八難處妨修梵行有佛出世如來無所著等正覺明行足爲善逝世間解無上士調御丈夫天人師佛世尊說寂靜滅盡離欲法正趣至涅槃道或有衆生在地獄處是名初難處妨修梵行復次佛出世如來無所著乃至佛世尊說寂靜滅盡離欲法正趣至涅槃道或有衆生在畜生處餓鬼處長壽天處若邊地愚癡人若比丘比丘尼優婆塞優婆夷所不至處是名乃至第五難處妨修梵行復次佛出世如來無所著乃至佛世尊說寂靜離欲法正趣至涅槃道或有衆生共生國中然邪見倒見邪見倒見果報純熟故必生地獄是名第六難處妨修梵行復次佛出世如來無所著乃至佛世尊說寂靜滅

盡離欲法正趣至涅槃道或有衆生共生國中然聾盲瘖瘂如羊手現語相不知説善惡業報是名第七難處妨修梵行復次佛不出世不名如來乃至佛世尊不説寂靜滅盡離欲法正趣至涅槃道或有衆生在國中不聾盲瘖瘂亦能分別善惡業報然不值佛世是名八難處妨修梵行八法竟

何謂九若干法緣若干界故生若干觸緣若干觸故生若干受緣若干受故生若干想緣若干想故生若干覺緣若干覺故生若干欲緣若干欲故生若干利養緣若干利養故生若干求緣若干求故生若干燋熱是名九若干法何謂九愛本法緣愛故生求緣求故生利養緣利養故生所作緣所作故生欲染緣欲染故生堪忍緣堪忍故生慳惜緣慳惜故生積聚緣積聚故生愛護傷害捶打相繫閉共鬭諍是名九愛本法何謂九衆生居或有衆生若干身若干想欲界人天此謂初衆生居或有衆生若干身一想謂初生梵天此謂第二衆生居處或有衆生一身若干想謂光音天此謂第三衆生居處或有衆生一身一想謂遍淨天此謂第四衆生居處或有衆生無受無想謂無想此謂第五衆生居處或有衆生無邊空處此謂第六衆生居處或有衆生無邊識處此謂第七衆生居處或有衆生無所有處此謂第八衆生居處或有衆生非想非非想處是名九衆生居何謂犯戒九過患悔恱不喜不除心苦散亂不如實知見不解射不方便是名犯戒九過患九法竟

何謂十煩惱使見煩惱使疑煩惱使戒盜煩

惱使愛煩惱使瞋恚煩惱使嫉妬煩惱使慳惜煩惱使無明煩惱使憍慢煩惱使掉煩惱使是名十煩惱使何謂十煩惱結見煩惱結疑煩惱結戒盜煩惱結欲染煩惱結瞋恚煩惱結色染煩惱結無色染煩惱結無明煩惱結慢煩惱結掉煩惱結是名十煩惱結何謂十想欲想瞋恚想害想貪想議論想此外想國土想甲想不善想若干想依貪想是名十想何謂十覺瞋恚覺害覺親里覺國土覺不死覺他不覺識相應覺無慈相應覺依利養覺依貪覺是名十覺何謂十邪法邪見邪覺邪語邪業邪命邪進邪定邪解脫邪智是名十邪法何謂十惱若已侵生惱心今侵生惱心當欲侵生惱心若我不愛喜適意者已利益生惱心今利益生惱心當欲利益生惱心橫瞋生惱心是名十惱何謂十不善業道殺生竊盜邪婬妄言惡口兩舌綺語貪恚邪見是名十不善業道何謂十法成就墮地獄速如攢鉾殺生乃至邪見此十法成就墮地獄速如攢鉾十法竟

何謂十一心垢疑是心垢不思惟是心垢怖是心垢悲是心垢惡是心垢睡眠是心垢過精進是心垢輭精進是心垢無能是心垢若干想是心垢著色是心垢何謂疑是心垢或有人緣過去疑惑我過去有我過去非有何性我過去有何因我過去有若緣未來疑惑我未來有我未來非有何性我未來有何因我未來有若緣現在疑惑我現在有我現在非有何性若現在有何因現在有諸眾生從何處來去至何處若彼於世尊疑惑是佛世

尊非佛世尊善説法世尊非善説法世尊聲聞衆善趣世尊聲聞衆非善趣行常行非常行苦行非苦無我法非無我法寂滅涅槃非寂滅涅槃有與無與有施無施有作無作有善惡業果報無善惡業果報有今世無今世有後世無後世有父母無父母有天無天衆生有化生衆生非化生世有沙門婆羅門正趣正至若今世後世自證知説若於羅門正趣正至若今世後世自證知説世無沙門婆彼法疑惑重疑惑究竟疑惑心不決定猶豫二心疑不了無量疑不盡非解脱猶豫重猶豫究竟猶豫是名疑是心垢何謂不思惟是心垢若色聲香味觸法若衆生及法不正計校分别籌量憶念是名不思惟是心垢何謂怖是心垢色聲香味觸法若衆生及法縁此

畏怖究竟畏怖驚愕毛竪色變是名怖是心垢何謂悲是心垢若不善心起悲是名悲是心垢何謂惡是心垢身口意惡是名惡是心垢何謂睡眠是心垢若煩惱未斷沉没在睡身不樂身不調身不輕身不輭身不除是名睡若睡若煩惱未斷沉没在睡若欲眠瞢憒眠鎮心是名眠如是睡是名睡眠是心垢何謂過精進是心垢若精進掉是名過精進是心垢何謂輭精進是心垢若精進没是名輭精進是心垢何謂無能是心垢若心怯弱是名無能是心垢何謂若干想是心垢若衆生異事異境界異初生異是名若干想是心垢何謂著色是心垢若見色專著是名著色是心垢是名十一心垢

何謂二十種身見或有人謂色是名我色中

我我是色有色是我有受想行識亦如是是名二十種身見

何謂二十法成就墮地獄速如擲鉾自殺生教他殺生乃至邪見教他邪見此二十法成就墮地獄速如擲鉾

何謂二十一心垢希望是心垢瞋恚睡眠掉悔疑惱害常念怨嫌懷恨燋熱嫉妬慳惜詭詐奸欺無慙無愧矜高諍訟自高放逸慢增上慢是名二十一心垢

何謂三十法成就墮地獄速如擲鉾自殺生教他殺生讚歎殺生乃至自邪見教他邪見讚歎邪見是名三十法成就墮地獄速如擲鉾

何謂三十六愛行内生十八愛行外生十八愛行何謂内生十八愛行如世尊說因此有此因彼而有如是因有是因有常因有不常因有我當有彼我當有如是我當有異我當有因得彼得如是得異得希望當有希望彼當有希望如是當有希望異當有是名内生十八愛行何謂外生十八愛行如世尊說是因此有此是因彼而有是如是因有是異因有是當因有是不當因有是我當有是彼我當有是如是我當有是異我當有是因得是如得是如是得是異得是希望當有是希望彼當有是希望如是當有是希望異當有是名外生十八愛行如是内生十八愛行如是外生十八愛行是名三十六愛行

何謂四十法成就墮地獄速如擲鉾自殺生教他殺生讚歎殺生見他殺隨其歡喜乃至自邪見教他邪見讚歎邪見見他邪見隨其

歡喜是四十法成就墮地獄速如擲鉾
何謂六十二見如梵網經說佛告諸比丘更有餘法甚深微妙大法光明唯有賢聖弟子能以此法讚歎如來何等是甚深微妙大法光明賢聖弟子能以此法讚歎如來諸沙門婆羅門於本劫本見末劫末見種種無數隨意所說盡入六十二見本劫本見末劫末見種種無數隨意所說盡不能出過六十二見彼沙門婆羅門以何等緣於本劫本見末劫末見種種無數各隨意說盡入此六十二見無有能過諸沙門婆羅門於本劫本見種種無數各隨意說盡入十八見中本劫本見種種無數各隨意說盡皆不能過十八見中諸沙門婆羅門以何等緣於本劫本見種種無數各隨意說盡入十八見中無有能過諸沙門婆羅門於本劫本見起常論言我及世間常存此盡入四見中於本劫本見言我及世間常存盡入四見中無有能過諸沙門婆羅門以何等緣於本劫本見起常論言我及世間常存此盡入四見中無有能過或有沙門婆羅門種種方便入定意三昧以三昧心憶二十成劫敗劫彼作是說我及世間是常此實餘虛妄所以者何我以種種方便入定意三昧以三昧心憶二十成劫敗劫其中衆生不增不減常聚不散我以此知我及世間是常此實餘虛妄此是初見諸沙門婆羅門因此於本劫本見計我及世間是常於四見中無有能過或有沙門婆羅門種種方便入定意三昧心以三昧心憶四十成劫敗劫彼作是說我及世間是常此實餘虛妄所以者何

我以種種方便定意三昧以三昧心憶四十成刼敗刼其中衆生不增不減常聚不散我以此智我及世間是常此實餘虚妄此是二見諸沙門婆羅門因此於本刼本見計我及世間是常於四見中無有能過或有沙門婆羅門以種種方便入定意三昧以三昧心憶八十成刼敗刼彼作是言我及世間是常此實餘虚妄所以者何我以種種方便入定意三昧以三昧心憶八十成刼敗刼其中衆生不增不減常聚不散我以此智我及世間是常此實餘虚妄此是三見諸沙門婆羅門因此於本刼本見計我及世間是常於四見中無有能過或有沙門婆羅門有捷疾相智善能觀察以捷疾相智方便觀察謂爲審諦以己所見以己辯才作是説言我及世間是常此實餘虚妄此是四見諸沙門婆羅門因此於本刼本見計我及世間是常於四見中無有能過此沙門婆羅門於本刼本見計我及世間是常如是一切盡入四見中我及世間是常於此四見中無有能過唯有如來知是見處如是持如是執亦知報應如來所知又復過是雖知不著以不著則得寂滅知愛集滅味過出要以平等觀無餘解脱故名如來是名餘甚深微妙大法光明使賢聖弟子眞實平等讃歎如來

復有餘甚深微妙大法光明使賢聖弟子眞實平等讃歎如來何等法是諸沙門婆羅門於本刼本見起論言我及世間亦常亦無常諸沙門婆羅門因此於本刼本見計我及世間半常半無常於四見中無有能過或有過

時此劫始成有餘衆生福盡命盡行盡從光音命終生空梵宮中便於彼處生愛著心復願餘衆生共生此處此衆生既生愛著願已復有餘衆生命行福盡於光音命終來生此空梵宮中其先生衆生便作是念我於此處是梵大梵我自然有無能造我者我盡知諸義典千世界於中自在最爲尊貴能爲變化微妙第一爲衆生父我獨先有餘衆生後來後來衆生我所化成其後衆生復作是念彼是大梵彼能自造無造彼者盡知諸義典千世界於中自在最爲尊貴能爲變化微妙第一爲衆生父彼獨先有後有我等我等衆生彼所化成彼梵衆生命行盡已來生此間漸已長大剃除鬚髮出家被法服修梵志行入定意三昧隨三昧心自識本生便作是言彼大梵者能自造作無造彼者盡知諸義典千世界於中自在最爲尊貴能爲變化微妙第一爲衆生父常住不變而彼梵化作我等我等無常變易不得久住是故當知我及世間亦常亦無常此實餘虛妄是謂初見諸沙門婆羅門因本劫本見起論亦常亦無常於此四見中無有能過或有衆生喜戲笑懈怠數數戲笑以自娛樂戲笑娛樂時身體疲極便自失意以失意故便命終來生此間漸已長大剃除鬚髮出家被法服修梵志行入定意三昧以三昧力自識本生便作是言彼餘衆生不數數戲笑娛樂常在彼處常住不變由我數數戲笑故致此無常變易法是故知我及世間亦常亦無常此實餘虛妄是名第二見諸沙門婆羅門因本劫本見起論我及世

間亦常亦無常於此四見中無有能過或有衆生展轉相視相視已便自失意由此命終來生此間漸已長大剃除鬚髮出家被法服修梵志行入定意三昧以三昧力識本所生便作是言如彼衆生以不展轉相視不失意故常住不變由我等數數相視故便失意致此無常變易法我以是知我及世間亦常亦無常此實餘虛妄是名第三見諸沙門婆羅門因本劫本見起論我及世間亦常亦無常於此四見中無有能過或有沙門婆羅門捷疾相智善能觀察以捷疾相智觀察已言我及世間亦常亦無常此實餘虛妄是名第四見諸沙門婆羅門因本劫本見起論我及世間亦常亦無常於此四見中無有能過諸沙門婆羅門於本劫本見起論我及世間亦常亦無常盡入四見中無有能過唯佛能知此見處如是持如是執亦知報應如來所知復過於是雖知不著以不著則得寂滅知受集滅味過出要以平等觀無餘解脫故名如來是名餘甚深微妙大法光明使賢聖弟子讚歎如來

復有餘甚深微妙大法光明使賢聖弟子真實平等讚歎如來何等是法諸沙門婆羅門於本劫本見起論我及世間有邊無邊諸沙門婆羅門因本劫本見起論我及世間有邊無邊於此四見中無有能過或有沙門婆羅門種種方便入定意三昧以三昧力觀世間起邊想彼作是說此世間有邊是實餘虛妄所以者何我以種種方便入定意三昧以三昧力觀世間有邊是故知世間有邊此實餘

虛妄是名初見諸沙門婆羅門因本劫本見起論我及世間有邊於四見中無有能過或有沙門婆羅門種種方便入定意三昧以三昧力觀世間起無邊想彼作是言世間無邊此實餘虛妄所以者何我以種種方便入定意三昧以三昧力觀世間無邊是故知世間無邊此實餘虛妄是名第二見諸沙門婆羅門因本劫本見起論我及世間無邊於此四見中無有能過或有沙門婆羅門種種方便入定意三昧以三昧力觀世間觀上方有邊四方無邊彼作是言世間有邊無邊此實餘虛妄所以者何我以種種方便入定意三昧以三昧力觀上方有邊四方無邊是故我知世間有邊無邊此實餘虛妄是名第三見諸沙門婆羅門因本劫本見起論我及世間有邊無邊於此四見中無有能過或有沙門婆羅門有捷疾相智善能觀察彼以捷疾相智觀察已言我及世間非有邊非無邊此實餘虛妄是名第四見諸沙門婆羅門因本劫本見起論我及世間非有邊非無邊此實餘虛妄於此四見中無有能過諸沙門婆羅門於本劫本見起論我及世間有邊無邊盡入四見中無有能過唯佛能知此見處如是持如是執亦知報應如來所知又復過是雖知不著以不著則得寂滅知受集滅味過出要以平等觀無餘解脫故名如來是名餘甚深微妙大法光明使賢聖弟子眞實平等讚歎如來

復有餘甚深微妙大法光明使賢聖弟子眞實平等讚歎如來何等是餘甚深微妙大法

光明使賢聖弟子眞實平等讃歎如來諸沙門婆羅門於本劫本見異問異答諸沙門婆羅門因本劫本見異問異答於此四見中無有能過或有沙門婆羅門作如是論作如是見我不知有善惡業報耶無善惡業報耶我不見不知故若言有善惡業報若言無善惡業報者世有沙門婆羅門廣博多聞聰明智慧常樂閑靜機辯精微世所尊重能以智慧善分别諸見設當問我諸見深妙義者我不能答則有慙愧我心懷恐怖當以是答以爲歸依爲洲爲舍爲究竟道若彼問者當以是答此事如是非也此事實非也此事異非也此事非異非不異非也是名初見諸沙門婆羅門因此問異答異於此四見中無有能過或有沙門婆羅門作如是論作如是見我不見不知爲有他世耶無他世耶世間有諸沙門婆羅門以天眼及他心智在遠處能見我我若近猶不能見如是人能知有他世無他世我不知不見有他世無他世若我説者則爲妄語我畏妄語故以爲歸依爲洲爲舍爲究竟道彼設問者當以是答此事如是非也此事實非也此事異非也此事非異非不異非也是名第二見諸沙門婆羅門因此問異答異於此四見中無有能過或有沙門婆羅門作如是見作如是論我不知不見何者善何者不善我不知不見故若言是善是不善我則生愛從愛生恚有愛有恚則有受生我欲滅受惡畏受故以爲歸依以爲洲爲舍爲究竟道彼設問者當以是答此事如是非也此事實非也此事異非也此事非異非不異

非也是名第三見諸沙門婆羅門因此問異答異於此四見中無有能過或有沙門婆羅門愚冥闇鈍愚冥闇鈍故他有問者便隨他言答此事如是非也此事實非也此事異非也此事非異非不異非也是名四見諸沙門婆羅門因此異問異答於此四見中無有能過諸有沙門婆羅門於本劫本見異問異答盡入四見中無有能過唯佛能知此見處如是持如是執亦知報應如來所知復過於是雖知不著以不著則得寂滅知受集滅味過出要以平等觀無餘解脫故名如來是爲甚深微妙大法光明使賢聖弟子眞實平等讃歎如來

復有餘甚深微妙大法光明使賢聖弟子眞實平等讃歎如來何等是餘甚深微妙大法光明使賢聖弟子眞實平等讃歎如來諸沙門婆羅門於本劫本見謂無因而有此世間彼盡入二見中諸沙門婆羅門因本劫本見無因而有此世間於此二見中無有能過彼諸沙門婆羅門以何因緣於本劫本見謂無因而有於此二見中無有能過或有衆生無想無受若彼衆生起想則便命終來生世間漸以長大剃除鬚髮出家被法服修梵志行入定意三昧以三昧力見本想生便作是念我本無有想自然有此是無因而有世間此實餘虛妄是名初見諸沙門婆羅門因本劫本見謂無因而有於此二見中無有能過或有沙門婆羅門有捷疾相智善能觀察彼以捷疾相智觀察已如是說此世間無因而有此實餘虛妄是名第二見諸沙門婆羅門因

本劫本見無因而有此世間於此二見中無有能過諸沙門婆羅門於本劫本見無因而有盡入二見中無有能過唯佛能知此見處乃至無餘解脫故名如來亦如上所說諸沙門婆羅門於本劫本見中無數種種隨意所說彼盡入十八見中諸沙門婆羅門因本劫本見無數種種隨意所說於此十八見無有能過唯佛能知此見處乃至無餘解脫故名如來亦如上所說

復有餘甚深微妙大法光明唯有賢聖弟子能以此法讚歎如來何等是甚深微妙大法光明賢聖弟子能以此法讚歎如來諸沙門婆羅門於末劫末見無數種種隨意所說彼盡入四十四見中末劫末見種種無數隨意所說於四十四見無有能過諸沙門婆羅門以何因緣於末劫末見種種無數隨意所說於四十四見無有能過諸有沙門婆羅門於末劫末見有想論謂想是我是世盡入十六見中於末劫末見有想論謂是我是世於十六見中無有能過諸沙門婆羅門以何因緣於末劫末見有想論謂想是我是世盡入十六見中無有能過或有沙門婆羅門作如是論色是我想是世命終已我不復有此實餘虛妄是名初見諸沙門婆羅門因末劫末見有想論謂想是我是世於十六見中無有能過復有言非色是我想是世命終已我不復有此實餘虛妄是名二見復有言有色無色是我想是世命終已我不復有此實餘虛妄是名三見復有言非有色非無色是我想是世命終已我不復有此實餘虛妄是名四見

復有言我是有邊想是世命終已我不復有此實餘虛妄是名五見復有言我是無邊想是世命終已我不復有此實餘虛妄是名六見復有言我有邊無邊想是世命終已我不復有此實餘虛妄是名七見復有言我非有邊非無邊想是世命終已我不復有此實餘虛妄是名八見復有言我一向樂想是世命終已我不復有此實餘虛妄是名九見復有言我一向苦想是世命終已我不復有此實餘虛妄是名十見復有言苦樂是我想是世命終已我不復有此實餘虛妄是名十一見復有言不苦不樂是我想是世命終已我不復有此實餘虛妄是名十二見復有言一想是我想是世命終已我不復有此實餘虛妄是名十三見復有言若干想是我想是世命終已我不復有此實餘虛妄是名十四見復有言少想是我想是世命終已我不復有此實餘虛妄是名十五見復有言無量想是我想是世命終已我不復有此實餘虛妄是名十六見諸沙門婆羅門於末劫末見有想論謂是我想是世於此十六見中無有能過唯佛能知此見處乃至無餘解脱故名如來亦如上所說

復有餘甚深微妙大法光明唯有賢聖弟子能以此法讃歎如來何等是甚深微妙大法光明賢聖弟子能以此法讃歎如來諸沙門婆羅門於末劫末見有無想論謂無想是我是世彼盡入八見中於末劫末見有無想論謂無想是我是世彼盡入八見中無有能過或有沙門婆羅門作如是論色是我無想是

世命終已我不復有此實餘虛妄是名初見諸沙門婆羅門因末劫末見有無想論謂無想是我是世於此八見中無有能過復有言非色是我無想是世命終已我不復有此實餘虛妄是名二見復有言有色無色是我無想是世命終已我不復有此實餘虛妄是名三見復有言非有色非無色是我無想是世命終已我不復有此實餘虛妄是名四見復有言我是有邊無想是世命終已我不復有此實餘虛妄是名五見復有言我非是有邊無想是世命終已我不復有此實餘虛妄是名六見復有言我有邊無邊無想是世命終已我不復有此實餘虛妄是名七見復有言我非有邊非無邊無想是世命終已我不復有此實餘虛妄是名八見諸沙門婆羅門因末劫末見有無想論謂無想是我是世彼盡入八見中唯佛能知此見處乃至無餘解脫故名如來亦如上所說

復有餘甚深微妙大法光明唯有賢聖弟子能以此法讚歎如來何等是甚深微妙大法光明賢聖弟子能以此法讚歎如來諸沙門婆羅門因末劫末見有非想非無想論謂非想非無想是我是世彼盡入八見中因末劫末見有非想非無想論謂非想非無想是我是世彼盡入八見中無有能過或有沙門婆羅門作如是論色是我非想非無想是世命終已我不復有此實餘虛妄是名初見諸沙門婆羅門因末劫末見有非想非無想論謂非想非無想是我是世於八見中無有能過復有言非色是我非想非無想是世命終已

我不復有此實餘虛妄是名二見復有言有色無色是我非想非無想是世命終已我不復有此實餘虛妄是名三見復有言非有色非無色是我非想非無想是世命終已我不復有此實餘虛妄是名四見復有言非有色非無色是我非想非無想是世命終已我不復有此實餘虛妄是名五見復有言我非是有邊非想非無想是世命終已我不復有此實餘虛妄是名六見復有言我有邊無邊非想非無想是世命終已我不復有此實餘虛妄是名七見復有言我非有邊非無邊非想非無想是世命終已我不復有此實餘虛妄是名八見諸沙門婆羅門因末劫末見有非想非無想論謂非想非無想是我是世彼盡入八見中無有能過唯佛能知此見處乃至無餘解脫故名如來亦如上所說

復有餘甚深微妙大法光明唯有賢聖弟子能以此法讚歎如來何等是甚深微妙大法光明賢聖弟子能以此法讚歎如來諸沙門婆羅門因末劫末見有斷滅論說眾生斷滅無餘彼盡入七見中因末劫末見有斷滅論說眾生盡無餘於七見中無有能過諸沙門婆羅門以何因緣於末劫末見有斷滅論說眾生斷滅無餘於七見中無有能過或有沙門婆羅門作如是論作如是見我身四大入從父母生乳哺衣食長養摩捫擁護然是無常必歸摩滅齊是我斷滅是名初見諸沙門婆羅門因末劫末見有斷滅論說眾生斷滅於七見中無有能過或有沙門婆羅門作是論此不得名斷滅我欲界天斷滅無餘滅齊

是我斷滅是名二見復有沙門婆羅門作是論此不名斷滅色界化身諸根具足斷滅齊是謂我斷滅無餘是名三見復有言此不名斷滅無色空處斷滅齊是謂我斷滅無餘是名四見復有言此不名斷滅無色識處斷滅齊是謂我斷滅無餘是名五見復有言此不名斷滅無色不用處斷滅齊是謂我斷滅無餘是名六見復有言此不名斷滅無色非有想非無想處斷滅齊是謂我斷滅無餘是名七見諸沙門婆羅門因此於末劫末見言此衆生類斷滅無餘於此七見中無有能過唯佛能知此見處乃至無餘解脱故名如來亦如上說

復有餘甚深微妙大法光明唯賢聖弟子能以此法讃歎如來何等是甚深微妙大法光明賢聖弟子能以此法讃歎如來諸沙門婆羅門因末劫末見現在有泥洹論說衆生現在有泥洹彼盡入五見中因末劫末見說現在有泥洹於五見中無有能過諸沙門婆羅門何因緣於末劫末見說衆生現在有泥洹於五見中無有能過或有沙門婆羅門作是見作是論我盡現在五欲自恣齊是我得現在涅槃是名初見諸沙門婆羅門因末劫末見謂我現世得涅槃謂衆生現在有涅槃論於五見中無有能過復有諸沙門婆羅門作是說此不名現在涅槃復有現在涅槃微妙第一汝所不知獨我能知如離欲惡不善法有覺有觀離生喜樂成就初禪行齊是謂我得現在涅槃是名二見復有沙門婆羅門作如是說此不名現在涅槃復有現在涅槃微

妙第一汝所不知獨我能知如滅有覺觀內淨信一心無覺無觀定生喜樂成就二禪行齊是謂我現在得涅槃是名三見復有沙門婆羅門作是說此不名現在涅槃復有現在涅槃微妙第一汝所不知獨我能知如離喜捨行念正智身受樂如諸聖人解捨念樂行成就三禪行齊是現在得涅槃是名四見復有沙門婆羅門作是說此不名現在涅槃復有現在涅槃微妙第一汝所不知獨我能知如能斷樂斷苦先滅憂喜不苦不樂捨念淨成就四禪行齊是謂我現在得涅槃是名五見諸沙門婆羅門因末劫末見有現在涅槃論於此五見中無有能過唯佛能知此見處乃至無餘解脱故名如來亦如上說是諸沙門婆羅門因末劫末見種種起見隨意所說於此四十四見中無有能過唯佛能知此見處乃至無餘解脱故名如來亦如上說諸沙門婆羅門因本劫本見末劫末見種種起見隨意所說盡入此六十二見中因本劫本見末劫末見種種起見隨意所說於六十二見中無有能過唯佛能知此見處乃至無餘解脱故名如來亦如上說諸沙門婆羅門因於本劫本見有常論說我世間是常諸沙門婆羅門於此生智謂異信異欲異聞異緣異覺異見異定異忍因此生智彼以布施則名受乃至現在涅槃亦復如是諸沙門婆羅門生常論世間是常彼因受緣愛生愛而不自覺知染著於愛爲愛所伏乃至現在涅槃亦復如是諸沙門婆羅門因本劫本見言世間是常彼緣觸故若離觸緣而立論者無有是處

乃至現在涅槃亦復如是諸沙門婆羅門因本劫本見末劫末見各隨意所見說盡入六十二見中各隨所見說盡依在中無有能過如捕魚師以細網覆小池上當知池中水性之類皆入網中無有避處諸沙門婆羅門亦如是因本劫本見末劫末見種種所說盡入六十二見中無有能過是名六十二見此是煩惱結使繫縛衆生取於生老病死憂悲苦惱衆苦聚集法不得解脫

舍利弗阿毗曇論卷第十六

舍利弗阿毗曇論卷第十七上

姚秦天竺三藏曇摩耶舍共曇摩崛多譯

攝相應分攝品第一

一切攝非攝法當知若立攝門便知陰界入攝一切法陰界入不攝一切法陰界入如事攝一切法少非陰界入不攝一切法少分自生自性攝自性非他性攝自性繫於自性自性非他性繫亦攝非攝亦非攝非不攝

攝門者謂苦諦繫法非苦諦繫法乃至道諦繫法非道諦繫法諸聖諦繫法非諸聖諦繫法根法非根法苦諦繫根法非苦諦繫根法乃至道諦繫根法非道諦繫根法諸聖諦繫根法非諸聖諦繫根法苦諦繫非根法非苦諦繫非根法乃至道諦繫非根法非道諦繫非根法諸聖諦繫非根法非諸聖諦繫非根法眼入法非眼入法乃至意入法非意入法色入法非色入法乃至法入法非法入法受法非受法想法非想法思法非思法觸法非觸法思惟法非思惟法覺法非覺法觀法非觀法見法非見法慧法非慧法解脫法非解脫法無貪法非無貪法無瞋法非無瞋法無癡法非無癡法順信法非順信法悔法非悔法無悔法非無悔法悅法非悅法喜法非喜法心進法非心進法心除法非心除法信法非信法欲法非欲法不放逸法非不放逸法念法非念法定法非定法心捨法非心捨法疑法非疑法怖法非怖法煩惱使法非煩惱使法見使法非見使法疑使法非疑使法戒道使法非戒道使法愛使法非愛使法瞋恚使法非瞋恚使法嫉妬使法非嫉妬使法慳

悋使法非慳悋使法無明使法非無明使法憍慢使法非憍慢使法掉使法非掉使法生法非生法老法非老法死法非死法命法非命法煩惱法非煩惱法無想定法非無想定法滅盡定法非滅盡定法得果法非得果法非戒法無非戒法戒法無戒法有漏身進法非有漏身進法有漏身除法非有漏身除法正語法非正語法正業法非正業法正命法非正命法正身進法非正身進法正身除法非正身除法智緣盡法非智緣盡法非非智緣盡法非非非智緣盡法決定法非決定法法住法非法住法緣法非緣法空處法非空處法乃至非想非非想法非非想非非想法眼界法非眼界法乃至法界法非法界法色陰法非色陰法乃至識陰法非識陰法苦聖諦法非苦聖諦法乃至道聖諦法非道聖諦法眼根法非眼根法乃至已知根法非已知根法念覺法非念覺法乃至捨覺法非捨覺法貪不善根法非貪不善根法乃至癡不善根法非癡不善根法無貪善根法非無貪善根法乃至無癡善根法非無癡善根法地大法非地大法乃至風大法非風大法不殺生戒法非不殺生戒法乃至不飲酒放逸處法非不飲酒放逸處法非色法非不色法乃至過去未來現在法非過去未來現在法

何謂苦諦繫法除愛餘非聖有爲法是名苦諦繫法何謂非苦諦繫法愛及聖非聖無爲法是名非苦諦繫法何謂集諦繫法愛是名集諦繫法何謂非集諦繫法除愛若餘法是名非集諦繫法何謂滅諦繫法智緣盡是名

滅諦繫法何謂非滅諦繫法除智緣盡若餘法是名非滅諦繫法何謂道諦繫法八聖道是名道諦繫法何謂非道諦繫法除八聖道若餘法是名非道諦繫法何謂諸聖諦繫法非聖有為法苦集滅道是名諸聖諦繫法何謂非諸聖諦繫法除苦集滅道若餘聖法及非聖無爲是名非諸聖諦繫法何謂根法非聖根及聖有爲法是名根法何謂非根法非聖非根及聖無爲法是名非根法何謂苦諦繫根法若根非聖是名苦諦繫根法何謂非苦諦繫根法若根聖是名非苦諦繫根法何謂集諦繫根法無集諦繫根法也何謂非集諦繫根法一切根是名非集諦繫根法何謂滅諦繫根法無滅諦繫根法也何謂非滅諦繫根法一切根是名非滅諦繫根法何謂道諦繫根法八聖道是名道諦繫根法何謂非道諦繫根法除八聖道若餘根是名非道諦繫根法何謂諸聖諦繫根法若非聖根及餘八聖道是名諸聖諦繫根法何謂非諸聖諦繫根法除八聖道若餘聖根是名非諸聖諦繫根法何謂苦諦繫非根法除愛若餘非根法非根有爲是名苦諦繫非根法何謂非苦諦繫非根法愛及一切無爲是名非苦諦繫非根法何謂集諦繫非根法愛是名集諦繫非根法何謂非集諦繫非根法除愛若餘非根是名非集諦繫非根法何謂滅諦繫非根法智緣盡是名滅諦繫非根法何謂非滅諦繫非根法除智緣盡若餘非根是名非滅諦繫非根法何謂道諦繫非根法無道諦繫非根法也何謂非道諦繫非根法一切非根是

名非道諦繫非根法何謂諸聖諦繫非根法若非聖非根苦集滅是名諸聖諦繫非根法何謂非諸聖諦繫非根法除苦集滅若餘非根是名非諸聖諦繫非根法何謂眼入法眼入是名眼入法何謂非眼入法除眼根若餘法是名非眼入法耳鼻舌身意亦如是何謂色入法色界是名色入法何謂非色入法除色界若餘法是名非色入法聲香味觸法入亦如是何謂受法若意所受是名受法何謂非受法除受若餘法是名非受法何謂想法若想憶想是名想法何謂非想法除想若餘法是名非想法何謂思法若思正思是名思法何謂非思法除思若餘法是名非思法何謂觸法六觸是名觸法何謂非觸法除觸若餘法是名非觸法何謂思惟法若計校分別籌量憶念是名思惟法何謂非思惟法除思惟若餘法是名非思惟法何謂覺法若覺憶想是名覺法何謂非覺法除覺若餘法是名非覺法何謂觀法若心行微行順行是名觀法何謂非觀法除觀若餘法是名非觀法何謂見法見慧無癡見使戒盜使是名見法何謂非見法除見若餘法是名非見法慧法亦如是何謂解脱法若解脱重解脱究竟解脱是名解脱法何謂非解脱法除解脱法若餘法是名非解脱法何謂無貪法若法不希望是名無貪法何謂非無貪法除無貪若餘法是名非無貪法何謂無恚法若無惱是名無恚法何謂非無恚法除無恚若餘法是名非無恚法何謂無癡法善見善慧無癡是名無癡法何謂非無癡法除無癡若餘法是名非

無癡法何謂順信非善信信根順信是名順信法何謂非順信法除順信若餘法是名非順信法何謂悔法於作非作處作非作已若悔心燋熱是名悔法何謂非悔法除悔若餘法是名非悔法何謂無悔法於作非作處作非作已若不悔心不燋熱是名無悔法何謂非無悔法除非悔若餘法是名非無悔法何謂悅法若心悅豫是名悅法何謂非悅法除悅法若餘法是名非悅法何謂喜法若喜踊躍重踊躍寂靜心歡是名喜法何謂非喜法除喜法若餘法是名非喜法何謂心進法若心發起顯出越度是名心進法何謂非心進法除心進若餘法是名非心進法何謂心除法若心樂心調心輕心輭是名心除法何謂非心除法除心除若餘法是名非心除法何

謂信法若信入信是名信法何謂非信法除信法若餘法是名非信法何謂欲法若希望欲作是名欲法何謂非欲法除欲若餘法是名非欲法何謂不放逸法若護心是名不放逸法何謂非不放逸法除不放逸若餘法是名非不放逸法何謂念法若念憶念是名念法何謂非念法除念若餘法是名非念法何謂定法若一心是名定法何謂非定法除定若餘法是名非定法何謂心捨法若捨勝捨順捨心無作非受是名心捨法何謂非心捨法除心捨若餘法是名非心捨法何謂疑法若不到所斷煩惱處是名疑法何謂非疑法除疑若餘法是名非疑法何謂怖法若驚畏是名怖法何謂非怖法除怖若餘法是名非怖法何謂煩惱使法若十使是名煩惱使法

何謂非煩惱使法除十使若餘法是名非煩惱使法何謂見使法不善見不善慧若見使分見使是名見使法何謂非見使法除見使若餘法是名非見使法何謂疑使法如上說何謂非疑使法除疑使若餘法是名非疑使法何謂戒盜使法不善見不善慧若戒盜分戒盜是名戒盜使法何謂非戒盜使法除戒盜使若餘法是名非戒盜使法何謂愛使法欲染是名愛使法何謂非愛使法除愛使若餘法是名非愛使法何謂瞋恚使法惱害是名瞋恚使法何謂非瞋恚使法除瞋恚使若餘法是名非瞋恚使法何謂嫉妬使法若他得利養尊重恭敬若於彼憎嫉重憎嫉究竟憎嫉是名嫉妬使法何謂非嫉妬使法除嫉妬使若餘法是名非嫉妬使法何謂慳惜使法若於財物不施不與心悋不捨是名慳惜使法何謂非慳惜使法除慳惜使若餘法是名非慳惜使法何謂無明使法癡不善根是名無明使法何謂非無明使法除無明使法若餘法是名非無明使法何謂憍慢使法若以憍慢自高是名憍慢使法何謂非憍慢使法除憍慢使若餘法是名非憍慢使法何謂掉使法若掉重掉究竟掉動不定奔逸心不寂靜是名掉使法何謂非掉使法除掉使若餘法是名非掉使法何謂生法若陰起是名生法何謂非生法除生若餘法是名非生法何謂老法若陰衰是名老法何謂非老法除老若餘法是名非老法何謂死法若陰壞是名死法何謂非死法除死若餘法是名非死法何謂命法若衆生住是名命法何謂非命

法除命若餘法是名非命法何謂煩惱結法十結是名煩惱結法何謂非煩惱結法除結若餘法是名非煩惱結法何謂無想定法若離果實天若心心數法寂靜入定是名無想定法何謂非無想定法除無想定若餘法是名非無想定法何謂得果法若證果是名得果法何謂非得果法除得果若餘法是名非得果法何謂滅盡定法若離非想非非想處若心心數法寂靜出世法是名滅盡定法何謂非滅盡定法除滅盡定若餘法是名非滅盡定法何謂非戒法七種非戒是名非戒法何謂無戒法除非戒法若餘法是名無戒法何謂戒法七種戒是名戒法何謂無戒法除戒若餘法是名無戒法何謂有漏身進法若以有漏身發起顯出越度是名有漏身進法

何謂非有漏身進法除有漏身進若餘法是名非有漏身進法何謂有漏身除法若有漏身樂身調身輕身輭身除是名有漏身除法何謂非有漏身除法除有漏身除若餘法是名非有漏身除法何謂正語法若於口四過遠離不樂守護攝行是名正語法何謂非正語法除正語若餘法是名非正語法何謂正業法若身三惡遠離不樂守護攝行是名正業法何謂非正業法除正業若餘法是名非正業法何謂正命法除身口惡行若餘邪命不作不樂守護攝行是名正命法何謂非正命法除正命若餘法是名非正命法何謂正身進法若無漏身發起顯出越度是名正身進法何謂非正身進法除正身進若餘法是名非正身進法何謂正身除法無漏身樂身

調身輕身輭身除是名正身除法何謂非正身除法除正身除若餘法是名非正身除法何謂智緣盡法若諸因盡無餘是名智緣盡法何謂無智緣盡法除智緣盡若餘法是名無智緣盡法何謂非智緣盡法若有爲法衆緣不會是名非智緣盡法何謂非非智緣盡法除非智緣盡若餘法是名非非智緣盡法何謂決定法若法畢定是名決定法何謂非決定法除決定若餘法是名非決定法何謂法住法除緣如爾若餘法如爾不變不異非異物常法實法法住法定非緣是名法住法何謂非法住法除法住法若餘法是名非法住法何謂緣法若緣如爾是名緣法何謂非緣法除緣若餘法是名非緣法何謂空處法空處二種或有爲或無爲何謂有爲空處若空處定空處生何謂空處定若比丘離一切色想滅瞋恚想不思惟若干想成就無邊空處行是名空處定何謂空處生若定親近多修學已空處天上受四種我分受想行識是名空處生如是空處定空處生是名有爲空處何謂無爲空處若以智斷空處是名無爲空處識處不用處非想非非想處亦如是何謂眼界法眼入是名眼界法何謂非眼界法除眼界若餘法是名非眼界法乃至意識界亦如是何謂色陰法若十色入及法入色是名色陰法何謂非色陰法除色陰若餘法是名非色陰法何謂受陰法若六受是名受陰法何謂非受陰法除受陰法若餘法是名非受陰法何謂想陰法若六想是名想陰法何謂非想陰法除想陰法若餘法是名非想陰

法何謂行陰法六思是名行陰法何謂非行陰法除行陰若餘法是名非行陰法何謂識陰法六識是名識陰法何謂非識陰法除識陰若餘法是名非識陰法何謂苦聖諦法八苦是名苦聖諦法何謂非苦聖諦法除苦聖諦若餘法是名非苦聖諦法何謂集聖諦法謂愛復有欲染喜樂是名集聖諦法何謂非集聖諦法除集聖諦若餘法是名非集聖諦法何謂滅聖諦法愛離捨出解脱滅盡無餘是名滅聖諦法何謂非滅聖諦法除滅聖諦若餘法是名非滅聖諦法何謂道聖諦法八聖道是名道聖諦法何謂非道聖諦法除八聖道若餘法是名非道聖諦法何謂眼根法眼入是名眼根法何謂非眼根法除眼根若餘法是名非眼根法耳鼻舌身根亦如是何

謂女根法女身女性女相女形是名女根法何謂非女根法除女根若餘法是名非女根法何謂男根法男身男性男相男形是名男根法何謂非男根法除男根若餘法是名非男根法何謂命根法若壽是名命根法何謂非命根法除命根若餘法是名非命根法何謂樂根法受陰中樂根是名樂根法何謂非樂根法除樂根若餘法是名非樂根法苦根憂根喜根捨根亦如是何謂意根法意入是名意根法何謂非意根法除意根若餘法是名非意根法何謂信根法聖信聖順信順根是名信根法何謂非信根法除信根若餘法是名非信根法何謂進根法聖心進正身進進根是名進根法何謂非進根法除進根若餘法是名非進根法何謂念根法聖念念根

是名念根法何謂非念根法除念根若餘法是名非念根法何謂定根法聖定根法是名定根法何謂非定根法除定根若餘法是名非定根法何謂慧根法聖見聖慧聖無癡慧根是名慧根法何謂非慧根法除慧根若餘法是名非慧根法何謂未知欲知根法根信堅法人聖無漏法非根得名根謂想思等分是名未知欲知根法何謂非未知欲知根法除未知欲知根法若餘法是名非未知欲知根法知根知已根亦如是何謂念覺法聖念覺是名念覺法何謂非念覺法除念覺若餘法是名非念覺法何謂擇法覺法聖見聖慧聖無癡擇法覺是名擇法覺法何謂非擇法覺法除擇法覺若餘法是名非擇法覺法何謂進覺法聖心進聖身進覺是名進覺法何謂非進覺法除進覺若餘法是名非進覺法何謂喜覺法聖喜喜覺是名喜覺法何謂非喜覺法除喜覺若餘法是名非喜覺法何謂除覺法聖心除除覺是名除覺法何謂非除覺法除除覺若餘法是名非除覺法何謂定覺法聖定定覺是名定覺法何謂非定覺法除定覺若餘法是名非定覺法何謂捨覺法聖心捨捨覺是名捨覺法何謂非捨覺法除捨覺若餘法是名非捨覺法何謂貪不善根法若希望是名貪不善根法何謂非貪不善根法除貪不善根若餘法是名非貪不善根法恚癡亦如是何謂無貪善根法若不希望是名無貪善根法何謂非無貪善根法除無貪善根若餘法是名非無貪善根法無恚無癡亦如是何謂地大法觸入中地大是名地

大法何謂非地大法除地大若餘法是名非地大法水火風大亦如是何謂不殺生戒法不殺戒是名不殺生戒法何謂非不殺生戒法除不殺生戒若餘法是名非不殺生戒法乃至不飲酒放逸處法非不飲酒放逸處法亦如是何謂色法若法色是名色法何謂非色法除色若餘法是名非色法何謂可見法色入是名可見法何謂不可見法除色入若餘法是名不可見法何謂有對法十色入是名有對法何謂無對法意入法入是名無對法何謂聖法若法無漏是名聖法何謂非聖法若法有漏是名非聖法有漏無漏有染無染有求無求當取非當取有取無取有勝無勝亦如是何謂受法若法內是名受法何謂非受法若法外是名非受法何謂內法若法受是名內法何謂外法若法非受是名外法何謂有報法若法報法是名有報法何謂無報法若法報若非報非報法是名無報法何謂心法意入是名心法何謂非心法除心若餘法是名非心法何謂心相應法若法心數是名心相應法何謂無心相應法若法非心數及心是名無心相應法何謂非心相應法若法非心數是名非心相應法何謂非不心相應法若法心數是名非不心相應法何謂非心相應非心不相應法意入是名非心相應非心不相應法何謂非非心相應非非不心相應法若法心數非心數是名非非心相應非非不心相應法何謂心數法除心若餘有緣法是名心數法何謂非心數法若法無緣及心是名非心數法何謂有緣法若法心

數及心是名有緣法何謂無緣法除心若餘非心數法是名無緣法何謂共心法若法隨心轉共心生共住共滅是名共心法何謂不共心法若法不隨心轉不共心生不共住不共滅是名不共心法隨心轉亦如是何謂業法身口意業是名業法何謂非業法除身口意業若餘法是名非業法何謂業相應法若法思相應是名業相應法何謂無業相應法若非思相應及思是名無業相應法何謂非業相應法若法非思相應是名非業相應法何謂非無業相應法若法思相應是名非無業相應法何謂非業相應非不業相應法思是名非業相應非不業相應法何謂非非業相應非非不業相應法若思相應若非思相應是名非非業相應非非不業相應法何謂

共業法若法隨業轉共業生共住共滅是名共業法何謂非共業法若法不隨業轉不共生不共住不共滅是名不共業法隨業轉不隨業轉亦如是何謂因法若法有緣若無緣有報除得果若法無緣善報及四大是名因法何謂無因法若法無緣無報不共業得果是名無因法何謂有因法若法有緒是名有因法何謂無因法若法無緒是名無因法有緒無緒有緣無緣有爲無爲亦如是何謂知法一切法知如相知見是名知法何謂非知法無非知法

復次一切法不如相知見是名非知法識非識了非了解非解亦如是何謂斷智知法若法不善是名斷智知法何謂非斷智知法若法善無記是名非斷智知法斷非斷亦如是

何謂修法若法善是名修法何謂非修法若法不善無記是名非修法何謂證法一切法證如相知見是名證法何謂非證法無非證法復次一切法非證不如相知見是名非證法何謂善法若善法修是名善法何謂無善法若法不善無記是名無善法何謂不善法若法斷是名不善法何謂無不善法若法善無記是名無不善法何謂無記法若法受若非非報非報法是名無記法何謂無無記法若法善不善是名無無記法何謂學法若法聖非無學是名學法何謂非學法若法非聖若無學是名非學法何謂無學法若法聖非學是名無學法何謂非無學法若法非聖若學是名非無學法何謂非學非無學法若法非聖是名非學非無學法何謂非非學非非無學法若法聖是名非非學非非無學法何謂報法若受若善報是名報法何謂非報法若不善若善有報若非報非報法是名非報法何謂報法法若法有報是名報法法何謂非報法法若報法若非報非報法是名非報法法何謂非報非報法法若法無記非我分攝聖無爲是名非報非報法法何謂非非報非非報法法若報若報法是名非非報非非報法法何謂見斷法若法不善非思惟斷是名見斷法何謂非見斷法若法善無記若思惟斷是名非見斷法何謂思惟斷法若法不善非見斷是名思惟斷法何謂非思惟斷法若法善若無記見斷是名非思惟斷法何謂非見斷非思惟斷法若法善無記是名非見斷非思惟斷法何謂非非見斷非非思惟斷

法若法不善是名非非見斷非非思惟斷法何謂見斷因法若法見斷若見斷法報是名見斷因法何謂非見斷因法若[illegible]報若思惟斷若思惟斷法報若非報非報法是名非見斷因法何謂思惟斷因法若法思惟斷若思惟斷法報是名思惟斷因法何謂非思惟斷因法若法善若善法報若見斷法報若非報非報法是名非思惟斷因法何謂非見斷非思惟斷因法若法善若善法報若非報非報法是名非見斷非思惟斷因法何謂非非見斷非非思惟斷因法若法不善若不善法報是名非非見斷非非思惟斷因法何謂欲界繫法若法欲漏有漏是名欲界繫法何謂非欲界繫法若法色無色界繫若不繫是名非欲界繫法何謂色界繫法若法色漏有漏是名色界繫法何謂非色界繫法若欲界無色界繫若不繫是名非色界繫法何謂無色界繫法若法無色漏有漏是名無色界繫法何謂非無色界繫法若法欲界若色界繫若不繫是名非無色界繫法何謂不繫法若聖無漏無爲是名不繫法何謂非不繫法若三界繫是名非不繫法何謂過去法若法生已滅是名過去法何謂非過去法若未來現在非過去非未來非現在是名非過去法何謂未來法若法未生未出是名未來法何謂非未來法若過去現在若非過去非未來非現在是名非未來法何謂現在法若法生未滅是名現在法何謂非現在法若法過去未來非過去非未來非現在是名非現在法何謂非過去非未來非現在法若法無爲

是名非過去非未來非現在法何謂非非過去未來現在法若法過去未來現在是名非非過去未來現在法性門意

舍利弗阿毗曇論卷第十七上

舍利弗阿毗曇論卷第十七下

姚秦天竺三藏曇摩耶舍共曇摩崛多譯

攝相應分攝品第一之餘

苦諦繫法幾陰界入攝問何等法問苦諦繫法除餘法除何等法除非苦諦繫法非苦諦繫法幾陰界入攝問何等法問非苦諦繫法除餘法除何等法除苦諦繫法集諦繫法幾陰界入攝問何等法問集諦繫法除餘法除何等法除非集諦繫法非集諦繫法幾陰界入攝問何等法問非集諦繫法除餘法除何等法除集諦繫法滅諦繫法幾陰界入攝問何等法問滅諦繫法除餘法除何等法除非滅諦繫法非滅諦繫法幾陰界入攝問何等法問非滅諦繫法除餘法除何等法除滅諦繫法道諦繫法幾陰界入攝問何等法問道諦繫法除餘法除何等法除非道諦繫法非道諦繫法幾陰界入攝問何等法問非道諦繫法除餘法除何等法除道諦繫法諸聖諦繫法幾陰界入攝問何等法問諸聖諦繫法除餘法除何等法除非諸聖諦繫法非諸聖諦繫法幾陰界入攝問何等法問非諸聖諦繫法除餘法除何等法除諸聖諦繫法根法幾陰界入攝問何等法問根法除餘法除何等法除非根法非根法幾陰界入攝問何等法問非根法除餘法除何等法除根法苦諦繫法根幾陰界入攝問何等法問苦諦繫根法除餘法除何等法除非苦諦繫法除苦諦繫非根法非苦諦繫根法幾陰界入攝問何等法問非苦諦繫根法除餘法除何等法除苦諦繫法除非苦諦繫非根法集諦繫根法

幾陰界入攝問何等法問集諦繫根法無集諦繫根法非集諦繫根法幾陰界入攝問何等法問非集諦繫根法除餘法除何等法除集諦繫法除非集諦繫非根法滅諦繫根法幾陰界入攝問何等法問滅諦繫根法無滅諦繫根法非滅諦繫根法幾陰界入攝問何等法問非滅諦繫根法除餘法除何等法除滅諦繫法除非滅諦繫非根法道諦繫根法幾陰界入攝問何等法問道諦繫根法除餘法除何等法除非道諦繫法除道諦繫非根法無非道諦繫非根法非道諦繫根法幾陰界入攝問何等法問非道諦繫根法除餘法除何等法除道諦繫根法除非道諦繫非根法諸聖諦繫根法幾陰界入攝問何等法問諸聖諦繫根法除餘法除何等法除非諸聖諦繫根法除諸聖諦繫非根法非諸聖諦繫根法幾陰界入攝問何等法問非諸聖諦繫根法除餘法除何等法除諸聖諦繫法除非諸聖諦繫非根法苦諦繫非根法幾陰界入攝問何等法問苦諦繫非根法除餘法除何等法除非苦諦繫法除苦諦繫根法非苦諦繫非根法幾陰界入攝問何等法問非苦諦繫非根法除餘法除何等法除苦諦繫法除非苦諦繫根法集諦繫非根法幾陰界入攝問何等法問集諦繫非根法除餘法除何等法除非集諦繫法除集諦繫根法無也非集諦繫非根法幾陰界入攝問何等法問非集諦繫非根法除餘法除何等法除集諦繫法除非集諦繫根法滅諦繫非根法幾陰界入攝問何等法問滅諦繫非根法除餘法除何

等法除非滅諦繫法除滅非繫根法無也非滅諦繫非根法幾陰界入攝問何等法問非滅諦繫非根法除餘法除何等法除滅諦繫法除非滅諦繫根法道諦繫非根法幾陰界入攝問何等法問道諦繫非根法除餘法除何等法除非道諦繫法除道諦繫根法無也非道諦繫非根法幾陰界入攝問何等法問非道諦繫非根法除餘法除何等法除道諦繫法除非道諦繫根法諸聖諦繫非根法幾陰界入攝問何等法問諸聖諦繫非根法除餘法除何等法除非諸聖諦繫法除諸聖諦繫根法非諸聖諦繫非根法幾陰界入攝問何等法問非諸聖諦繫非根法除餘法除何等法除諸聖諦繫法除非諸聖諦繫根法眼入法幾陰界入攝問何等法問眼入法除餘

法除何等法非眼入法非眼入法幾陰界入攝問何等法問非眼入法除餘法除何等法除眼入法乃至法入亦如是眼界法幾陰界入攝問何等法問眼界法除餘法除何等法除非眼界法非眼界法幾陰界入攝問何等法問非眼界法除餘法除何等法除眼界法乃至法界亦如是色陰法幾陰界入攝問何等法問色陰法除餘法除何等法除非色陰法非色陰法幾陰界入攝問何等法問非色陰法除餘法除何等法除色陰法乃至識陰亦如是苦聖諦法幾陰界入攝問何等法問苦聖諦法除餘法除何等法除非苦聖諦非苦聖諦法幾陰界入攝問何等法問非苦聖諦法除餘法除何等法除苦聖諦法乃至道聖諦法亦如是眼根法幾陰界入攝問何等

法問眼根法除餘法除何等法除非眼根法非眼根法幾陰界入攝問何等法問非眼根法除餘法除何等法除眼根法乃至知已根法亦如是念覺法幾陰界入攝問何等法問念覺法除餘法除何等法除非念覺法非念覺法幾陰界入攝問何等法問非念覺法除餘法除何等法除念覺法乃至捨覺法亦如是貪不善根法幾陰界入攝問何等法問貪不善根法除餘法除何等法除非貪不善根法非貪不善根法幾陰界入攝問何等法問非貪不善根法除餘法除何等法除貪不善根法恚癡亦如是無貪善根法幾陰界入攝問何等法問無貪善根法除餘法除何等法除非無貪善根法非無貪善根法幾陰界入攝問何等法問非無貪善根法除餘法除何等法除無貪善根法無恚無癡亦如是地大法幾陰界入攝問何等法問地大法除餘法除何等法除非地大法非地大法幾陰界入攝問何等法問非地大法除餘法除何等法除地大法水火風大亦如是不殺生戒法幾陰界入攝問何等法問不殺生戒法除餘法除何等法除非不殺生戒法非不殺生戒法幾陰界入攝問何等法問非不殺生戒法除餘法除何等法除不殺生戒法乃至不飲酒不放逸處亦如是色法幾陰界入攝問何等法問色法除餘法除何等法除非色法非色法幾陰界入攝問何等法問非色法除餘法除何等法除色法乃至過去未來現在法亦如是單門竟

色苦諦繫法幾陰界入攝問何等法問色苦

諦繫法除餘法除何等法除非色法除色非苦諦繫法色非苦諦繫法幾陰界入攝問何等法問色非苦諦繫法除餘法除何等法除非色法除色苦諦繫法色集諦繫法幾陰界入攝問何等法問色集諦繫法無也色非集諦繫法幾陰界入攝問何等法問色非集諦繫法除餘法除何等法除非色法除色集諦繫法無也色滅諦繫法幾陰界入攝問何等法問色滅諦繫法無也色非滅諦繫法幾陰界入攝問何等法問色非滅諦繫法除餘法除何等法除非色法除色滅諦繫法無也色道諦繫法幾陰界入攝問何等法問色道諦繫法除餘法除何等法除非色法除色非道諦繫法色非道諦繫法幾陰界入攝問何等法問色非道諦繫法除餘法除何等法除非色法除色道諦繫法色諸聖諦繫法幾陰界入攝問何等法問色諸聖諦繫法除餘法除何等法除非色法除色非諸聖諦繫法非諸聖諦繫法幾陰界入攝問何等法問色非諸聖諦繫法除餘法除何等法除非色法除色諸聖諦繫法色根法幾陰界入攝問何等法問色根法除餘法除何等法除非色法除色非根法色非根法幾陰界入攝問何等法問色非根法除餘法除何等法除非色法除色根法色苦諦繫根法幾陰界入攝問何等法問色苦諦繫根法除餘法除何等法除非色法除色非苦諦繫法除色苦諦繫非根法色非苦諦繫根法幾陰界入攝問何等法問色非苦諦繫根法除餘法除何等法除非色法除色苦諦繫法除色非苦諦繫非根法無也

色集諦繫根法幾陰界入攝問何等法問色集諦繫根法無也色非集諦繫根法幾陰界入攝問何等法問色非集諦繫根法除餘法除何等法除非色法除色集諦繫法無也除色非集諦繫非根法色滅諦繫根法幾陰界入攝問何等法問色滅諦繫根法無也色非滅諦繫根法幾陰界入攝問何等法問色非滅諦繫根法除餘法除何等法除非色法除色滅諦繫法無也除色非滅諦繫非根法色道諦繫根法幾陰界入攝問何等法問色道諦繫根法除餘法除何等法除非色法除色非道諦繫法除色道諦繫非根法無也色非道諦繫根法幾陰界入攝問何等法問色非道諦繫根法除餘法除何等法除非色法除道諦繫法除色非道諦繫非根法色諸聖諦繫根法幾陰界入攝問何等法問色諸聖諦繫根法除餘法除何等法除非色法除色非諸聖諦繫法除色非諸聖諦繫非根法色非諸聖諦繫根法幾陰界入攝問何等法問色非諸聖諦繫根法除餘法除何等法除非色法除色諸聖諦繫法除色非諸聖諦繫非根法無也色苦諦繫非根法幾陰界入攝問何等法問色苦諦繫非根法除餘法除何等法除非色法除色非苦諦繫法除色苦諦繫根法色非苦諦繫非根法幾陰界入攝問何等法問色非苦諦繫非根法無也色集諦繫非根法幾陰界入攝問何等法問色集諦繫非根法幾陰界入攝問何等法問色非集諦繫非根法除餘法除何等法除非色法除色集諦繫法無也除色

非集諦繫根法色滅諦繫非根法幾陰界入攝問何等法問色滅諦繫非根法無也色非滅諦繫非根法幾陰界入攝問何等法問色非滅諦繫非根法除餘法除何等法除非色法除色滅諦繫法無也除色非滅諦繫根法色道諦繫非根法幾陰界入攝問何等法問色道諦繫非根法無也色非道諦繫非根法幾陰界入攝問何等法問色非道諦繫非根法除餘法除何等法除非色法除色道諦繫法除色非道諦繫根法色諸聖諦繫非根法幾陰界入攝問何等法問色諸聖諦繫非根法除餘法除何等法除非色法除色非諸聖諦繫法除色諸聖諦繫根法色非諸聖諦繫非根法幾陰界入攝問何等法問色非諸聖諦繫非根法無也非色法如色法說乃至過去未來現在法亦如是二重竟

善色苦諦繫法幾陰界入攝問何等法問善色苦諦繫法除餘法除何等法除無善法除善非色法除善色非苦諦繫法善色非苦諦繫法幾陰界入攝問何等法問善色非苦諦繫法除餘法除何等法除無善法除善非色法除善色苦諦繫法善色集諦繫法幾陰界入攝問何等法問善色集諦繫法無也善色非集諦繫法幾陰界入攝問何等法問善色非集諦繫法除餘法除何等法除無善法除善非色法除善色集諦繫法問善色滅諦繫法幾陰界入攝問何等法問善色滅諦繫法無也善色非滅諦繫法幾陰界入攝問何等法問善色非滅諦繫法除餘法除何等法除無善法除善非色法除善色滅諦繫法無也

善色道諦繫法幾陰界入攝問何等法問善色道諦繫法除餘法除何等法除無善法除善非色法除善色非道諦繫法善色非道諦繫法幾陰界入攝問何等法問善色非道諦繫法除餘法除何等法除無善法除善非色法除善色道諦繫法善色諸聖諦繫法幾陰界入攝問何等法問善色諸聖諦繫法除餘法除何等法除無善法除善非色法除善色非諸聖諦繫法善色非諸聖諦繫法幾陰界入攝問何等法問善色非諸聖諦繫法除餘法除何等法除無善法除善非色法除善色諸聖諦繫法善色根法幾陰界入攝問何等法問善色根法除餘法除何等法除無善法除善非色法除善色非根法善色非根法幾陰界入攝問何等法問善色非根法除餘法

除何等法除無善法除善非色法除善色根法善色苦諦繫根法幾陰界入攝問何等法問善色苦諦繫根法無也善色非苦諦繫根法幾陰界入攝問何等法問善色非苦諦繫根法除餘法除何等法除無善法除善非色法除善色苦諦繫法除善色非苦諦繫非根法無也善色集諦繫根法幾陰界入攝問何等法問善色集諦繫根法無也善色非集諦繫根法幾陰界入攝問何等法問善色非集諦繫根法除餘法除何等法除無善法除善非色法除善色集諦繫法無也除善色非集諦繫非根法善色滅諦繫根法幾陰界入攝問何等法問善色滅諦繫根法無也善色非滅諦繫根法幾陰界入攝問何等法問善色非滅諦繫根法除餘法除何等法除無善法

除善非色法除善色滅諦繫法無也除善色非滅諦繫根法善色道諦繫根法幾陰界入攝問何等法問善色道諦繫根法除餘法除何等法除無善法除善非色法除善色非道諦繫法除善色道諦繫非根法無也善色非道諦繫根法幾陰界入攝問何等法問善色非道諦繫根法除餘法除何等法除無善法除善非色法除善色道諦繫法除善色非道諦繫非根法善色諸聖諦繫根法幾陰界入攝問何等法問善色諸聖諦繫根法除餘法除何等法除無善法除善非色法除善色非諸聖諦繫法除善色諸聖諦繫非根法善色非諸聖諦繫根法幾陰界入攝問何等法問善色非諸聖諦繫根法除餘法除何等法除無善法除善非色法除善色諸聖諦繫法除

善色非諸聖諦繫非根法無也善色苦諦繫非根法幾陰界入攝問何等法問善色苦諦繫非根法除餘法除何等法除無善法除善非色法除善色非苦諦繫法除善色苦諦繫根法無也善色非苦諦繫非根法幾陰界入攝問何等法問善色非苦諦繫非根法無也善色集諦繫非根法幾陰界入攝問何等法問善色集諦繫非根法無也善色非集諦繫非根法幾陰界入攝問何等法問善色非集諦繫非根法除餘法除何等法除無善法除善非色法除善色集諦繫法無也除善色非集諦繫根法善色滅諦繫非根法幾陰界入攝問何等法問善色滅諦繫非根法無也善色非滅諦繫非根法幾陰界入攝問何等法問善色非滅諦繫非根法除餘法除何等法

除無善法除善非色法除善色滅諦繫法無也除善色非滅諦繫根法善色道諦繫非根法幾陰界入攝問何等法問善色道諦繫非根法無也善色非道諦繫非根法幾陰界入攝問何等法問善色非道諦繫非根法除餘法除何等法除無善法除善非色法除善色道諦繫法除善色非道諦繫根法善色諸聖諦繫非根法幾陰界入攝問何等法問善色諸聖諦繫非根法除餘法除何等法除無善法除善非色法除善色非諸聖諦繫根法除善色諸聖諦繫根法善色非諸聖諦繫非根法幾陰界入攝問何等法問善色非諸聖諦繫非根法無也善非色亦如是乃至過去未來現在法亦如是三重竟

善學色苦諦繫法幾陰界入攝問何等法問善學色苦諦繫法無也善學色非苦諦繫法幾陰界入攝問何等法問善學色非苦諦繫法除餘法除何等法除無善法除善非無學法除善學非色法除善學色苦諦繫法無也善學色集諦繫法幾陰界入攝問何等法問善學色集諦繫法無也善學色非集諦繫法幾陰界入攝問何等法問善學色非集諦繫法除餘法除何等法除無善法除善非無學法除善學非色法除善學色集諦繫法無也善學色滅諦繫法幾陰界入攝問何等法問善學色滅諦繫法無也善學色非滅諦繫法幾陰界入攝問何等法問善學色非滅諦繫法除餘法除何等法除無善法除善非無學法除善學非色法除善學色滅諦繫法無也善學色道諦繫法幾陰界入攝問何等法問

善學色道諦繫法除餘法除何等法除無善法除善非無學法除善學非色法除善學色非道諦繫法善學色非道諦繫法幾陰界入攝問何等法問善學色非道諦繫法除餘法除何等法除無善法除善非無學法除善學非色法除善學色道諦繫法善學色諸聖諦繫法幾陰界入攝問何等法問善學色諸聖諦繫法除餘法除何等法除無善法除善非無學法除善學非色法除善學色非諸聖諦繫法善學色非諸聖諦繫法幾陰界入攝問何等法問善學色非諸聖諦繫法除餘法除何等法除無善法除善非無學法除善學非色法除善學色諸聖諦繫法善學色根法幾陰界入攝問何等法問善學色根法除餘法除何等法除無善法除善非無學法除善學非色法除善學色非根法無也善學色非根法幾陰界入攝問何等法問善學色非根法無也善學色苦諦繫根法幾陰界入攝問何等法問善學色苦諦繫根法無也善學色非苦諦繫根法幾陰界入攝問何等法問善學色非苦諦繫根法除餘法除何等法除無善法除善非無學法除善學非色法除善學色苦諦繫法無也除善學色非苦諦繫非根法無也善學色集諦繫根法幾陰界入攝問何繫法問善學色集諦繫根法無色善學色非集諦繫根法幾陰界入攝問何等法問善學色非集諦繫根法除餘法除何等法除無善法除善非無學法除善學非色法除善學色集諦繫法無色除善學色非集諦繫非根法無也善學色滅諦繫非根法無也善學色滅

諦繫根法幾陰界入攝問何等法問善學色滅諦繫根法無也善學色非滅諦繫根法幾陰界入攝問何等法問善學色非滅諦繫根法除餘法除何等法除無善法除善非無學法除善學非色法除善學色滅諦繫法無也除善學色非滅諦繫非根法無也善學色道諦繫根法幾陰界入攝問何等法問善學色道諦繫根法除餘法除何等法除無善法除善非無學法除善學非色法除善學色非道諦繫法除善學色道諦繫非根法無也善學色非道諦繫根法幾陰界入攝問何等法問善學色非道諦繫根法除餘法除何等法除無善法除善非無學法除善學非色法除善學色道諦繫法除善學色非道諦繫非根法無也善學色諸聖諦繫根法幾陰界入攝問何等法問善學色諸聖諦繫根法除餘法除何等法除無善法除善非無學法除善學非色法除善色非諸聖諦繫法除善學色諸聖諦繫非根法無也善學色非諸聖諦繫根法幾陰界入攝問何等法問善學色非諸聖諦繫根法除餘法除何等法除無善法除善非無善法除善非無學法除善學非色法除善學色諸聖諦繫法除善學色非諸聖諦繫非根法無也善學色苦諦繫非根法幾陰界入攝問何等法問善學色苦諦繫非根法盡無也善非色亦如上色法說乃至過去未來現在法亦如是四重攝事竟

苦諦繫法幾非陰界入攝問何等法問非苦諦繫法除餘法除何等法除苦諦繫法非苦諦繫法幾非陰界入攝問何等法問苦諦繫

法除餘法除何等法除非苦諦繫法集諦繫法幾非陰界入攝問何等法問非集諦繫法除餘法除何等法除集諦繫法非集諦繫法非集諦繫法幾非陰界入攝問何等法問集諦繫法除餘法除何等法除非集諦繫法滅諦繫法幾非陰界入攝問何等法問非滅諦繫法除餘法除何等法除滅諦繫法非滅諦繫法非滅諦繫法幾非陰界入攝問何等法問滅諦繫法除餘法除何等法除非滅諦繫法道諦繫法幾非陰界入攝問何等法問非道諦繫法除餘法除何等法除道諦繫法非道諦繫法幾非陰界入攝問何等法問道諦繫法除餘法除何等法除非道諦繫法諸聖諦繫法幾非陰界入攝問何等法問非諸聖諦繫法除餘法除何等法除諸聖諦繫法非

諸聖諦繫法幾非陰界入攝問何等法問諸聖諦繫法除餘法除何等法除非諸聖諦繫法根法幾非陰界入攝問何等法問非根法除餘法除何等法除根法非根法幾非陰界入攝問何等法問根法除餘法除何等法除非根法苦諦繫根法幾非陰界入攝問何等法問非苦諦繫法問苦諦繫非根法除餘法除何等法除苦諦繫根法非苦諦繫根法幾非陰界入攝問何等法問苦諦繫法問非苦諦繫非根法除餘法除何等法除非苦諦繫根法集諦繫根法幾非陰界入攝無也非集諦繫根法幾非陰界入攝問何等法問集諦繫法問非集諦繫非根法除餘法除何等法除非集諦繫根法滅諦繫根法幾非陰界入攝無也非滅諦繫根法幾非陰界入攝問何

等法問滅諦繫法問非滅諦繫非根法除餘法除何等法除非滅諦繫根法道諦繫根法幾非陰界入攝問何等法問非道諦繫法問道諦繫非根法無也除餘法除何等法除道諦繫根法非道諦繫根法幾非陰界入攝問何等法問道諦繫法問非道諦繫非根法除餘法除何等法除非道諦繫根法諸聖諦繫根法幾非陰界入攝問何等法問非諸聖諦繫法問諸聖諦繫非根法除餘法除何等法除諸聖諦繫根法非諸聖諦繫根法幾非陰界入攝問何等法問諸聖諦繫法問非諸聖諦繫非根法除餘法除何等法除非諸聖諦繫根法苦諦繫非根法幾非陰界入攝問何等法問非苦諦繫法問苦諦繫根法除餘法除何等法除苦諦繫非根法非苦諦繫非根

法幾非陰界入攝問何等法問苦諦繫法問非苦諦繫根法除餘法除何等法除非苦諦繫非根法集諦繫非根法幾非陰界入攝問何等法問非集諦繫法問集諦繫根法無也除餘法除何等法除集諦繫非根法非集諦繫非根法幾非陰界入攝問何等法問集諦繫法問非集諦繫根法除餘法除何等法除非集諦繫非根法滅諦繫非根法幾非陰界入攝問何等法問非滅諦繫法問滅諦繫根法無也除餘法除何等法除滅諦繫非根法非滅諦繫非根法幾非陰界入攝問何等法問滅諦繫法問非滅諦繫根法除餘法除何等法除非滅諦繫非根法道諦繫非根法幾非陰界入攝無也非道諦繫非根法幾非陰界入攝問何等法問道諦繫法問非道諦繫

根法除餘法除何等法除非道諦繫非根法諸聖諦繫非根法幾非陰界入攝問何等法問非諸聖諦繫法問諸聖諦繫根法除餘法除何等法除諸聖諦繫非根法非諸聖諦繫非根法幾非陰界入攝問何等法問諸聖諦繫法問非諸聖諦繫根法除餘法除何等法除非諸聖諦繫非根法眼入法幾非陰界入攝問何等法問非眼入法除餘法除何等法除眼入法乃至法入亦如是眼界法幾非陰界入攝問何等法問非眼界法除餘法除何等法除眼界法非眼界法幾非陰界入攝問何等法問眼界法除餘法除何等法除非眼界法乃至法界亦如是色陰法幾非陰界入攝問何等法問非色陰法除餘法除何等法除色陰法非色陰法幾非陰界入攝問何等

法問色陰法除餘法除何等法除非色法乃至識陰亦如是苦聖諦法幾非陰界入攝問何等法問非苦聖諦法除餘法除何等法除苦聖諦法非苦聖諦法幾非陰界入攝問何等法問苦聖諦法除餘法除何等法除非苦聖諦法乃至道聖諦亦如是眼根法幾非陰界入攝問何等法問非眼根法除餘法除何等法除眼根法非眼根法幾非陰界入攝問何等法問眼根法除餘法除何等法除非眼根法乃至知已根亦如是念覺法幾非陰界入攝問何等法問非念覺法除餘法除何等法除念覺法非念覺法幾非陰界入攝問何等法問念覺法除餘法除何等法除非念覺法乃至捨覺法亦如是貪不善根法幾非陰界入攝問何等法問非貪不善根法除餘法

除何等法除貪不善根非貪不善根法幾非陰界入攝問何等法問貪不善根法除餘法除何等法除非貪不善根法恚癡不善根法亦如是無貪善根法幾非陰界入攝問何等法問非無貪善根法除餘法除何等法除無貪善根法非無貪善根法幾非陰界入攝問何等法問無貪善根法除餘法除何等法除非無貪善根法無恚無癡亦如是地大法幾非陰界入攝問何等法問非地大法除餘法除何等法除地大法非地大法幾非陰界入攝問何等法問地大法除餘法除何等法除非地大法水火風大亦如是不殺生戒法幾非陰界入攝問何等法問非不殺生戒法除餘法除何等法除不殺生戒法非不殺生戒法幾非陰界入攝問何等法問不殺生戒法

除餘法除何等法除非不殺生戒法乃至不飲酒不放逸處亦如是色法幾非陰界入攝問何等法問非色法除餘法除何等法除色法非色法幾非陰界入攝問何等法問色法除餘法除何等法除非色法乃至過去未來現在法亦如是

舍利弗阿毗曇論卷第十七下

舍利弗阿毗曇論卷第十八

姚秦天竺三藏曇摩耶舍共曇摩崛多譯

攝相應分相應品第二

心心數法當知相應當知不相應當知無相應當知非無相應相應當知亦有相應不相應無相應非無相應不相應當知亦有相應不相應無相應非無相應無相應當知亦有相應不相應無相應非無相應無相應當知亦有相應不相應無相應非無相應相應者謂心與數法相應數法與心相應數法數法與數法相應除自性自性不自性不相應非無相應心心數法相應正問今當說眼識界乃至意界意識界身觸心觸名觸對觸愛觸憎觸明觸無明觸明分觸無明分觸樂根苦根喜根憂根捨根受想思觸思惟覺觀忍見智解脫無貪無恚無癡順信悔不悔悅喜心進心除信欲不放逸念捨怖煩惱使見使疑使戒盜使愛使恚使嫉妬使慳惜使無明使慢使掉使有覺有觀定無覺有觀定無覺無觀定空定無相定無願定信根乃至慧根是名相應門

何謂眼識界若識眼根因色境界已生今生當生不定是名眼識界耳鼻舌身識界亦如是何謂意界若意知法念法若初心已生今生當生不定是名意界何謂意識界不離彼境界若餘心似彼已生今生當生不定是名意識界何謂身觸若觸身識相應是名身觸意識界何謂心觸若觸意識相應是名心觸復次身觸若觸五識身相應眼識耳鼻舌身識是名身觸何謂名觸若心觸是名名觸何謂對觸

若身觸是名對觸何謂愛觸若觸欲染相應是名愛觸何謂恚觸若觸瞋恚相應是名恚觸何謂明觸若觸聖智相應是名明觸何謂無明觸若觸不善非智相應是名無明觸何謂明分觸若觸明分生明得明能令明廣大是名明分觸何謂無明分觸若觸生無明得無明能令無明廣大是名無明分觸復次明分觸若觸聖忍相應是名明分觸復次無明分觸若觸非聖非煩惱相應是名無明分觸復次明分觸若觸聖能得智果是名明分觸復次無明分觸若觸非聖若善無記是名無明分觸何謂樂根若身忍受樂根觸樂受耳鼻舌身觸樂受樂界是名樂根何謂苦根若身不忍受苦眼觸苦受耳鼻舌身觸苦受苦界是名苦根何謂喜根若心忍受樂意觸樂受喜界是名喜根何謂憂根若心不忍受苦意觸苦受憂界是名憂根何謂捨根若身心不忍受苦樂眼觸不苦不樂耳鼻舌身意觸不苦不樂受捨界是名捨根何謂受若心受是名受復次受六受眼觸受耳鼻舌身意觸受何謂眼觸受若受眼識相應是名眼觸受乃至意受亦如是復次眼觸受緣眼緣色生眼識三法和合觸緣受是名眼觸受乃至意受亦如是何謂想若想憶想勝想是名想復次想六想色想聲香味觸法想何謂色想若想眼識相應是名色想聲香味觸法亦如是復次色想色境界思惟色若想憶想勝想是名色想聲香味觸法想亦如是何謂思若思正思緣思若心有作是名思復次思六思色思聲香味觸法思何謂色思若思眼識相應

是名色思聲香味觸法思亦如是復次色思色境界思惟色若思正思緣思若心有作是名色思聲香味觸法思亦如是何謂觸若觸正觸是名觸復次觸六觸眼觸耳鼻舌身意觸何謂眼觸若觸眼識相應是名眼觸耳鼻舌身意觸亦如是復次眼觸緣眼緣色生眼識三法和合觸是名眼觸耳鼻舌身意觸亦如是何謂思惟若心分別計校籌量憶念是名思惟復次思惟六思惟色聲香味觸法思惟何謂色思惟若思惟眼識相應是名色思惟聲香味觸法思惟亦如是復次色思惟色境界思惟色若心分別計校籌量憶念是名色思惟聲香味觸法思惟亦如是何謂覺若覺重覺憶想緣境界心語是名覺復次六覺色覺聲香味觸法覺云何色覺若以色境界思惟色覺重覺憶想緣境界心語是名色覺聲香味觸法覺亦如是何謂觀若心行微行微津微分別心隨微轉是名觀復次六觀色觀聲香味觸法觀何謂色觀若以色境界思惟色若心行微行微津微分別心隨微轉是名色觀聲香味觸法觀亦如是何謂忍貪嗜欲得若於順不順法堪任忍辱是名忍何謂見見有二種或見忍或見智何謂見忍若貪嗜欲得若於順不順法堪任忍辱是名見忍何謂見智若必執於法是名見智何謂智若必執於善法是名智復次智有四智法智比智世智他心智是名智何謂解脫若解重解究竟解心向彼尊上彼願向彼以彼解脫是名解脫復次解脫六解脫色解脫聲香味觸法解脫云何色解脫若解脫眼識相應是名

色解脫聲香味觸法解脫亦如是復次色解脫若以色境界思惟色若解重解究竟解心向彼尊上彼願向彼以彼解脫是名色解脫聲香味觸法解脫亦如是何謂無貪若不希望是名無貪復次若堪忍離貪心是名無貪復次若於五欲中愛喜適意愛色欲染相續眼識色愛喜適意愛色欲染相續耳鼻舌身識觸愛喜適意愛色欲染相續若於他欲他財他所須他婦女不欲貪取若不貪重不貪究竟不貪心不著不希望不愛著不欲染及餘可貪法若不貪重不貪究竟不貪心不貪著不希望不愛著不欲染是名無貪何謂無恚若無諍訟是名無恚復次若堪忍離恚心是名無恚復次若於少衆生若多衆生欲令此衆生不繫不閉不傷害莫令爲若干苦加若無恚重無恚究竟無恚心離恚無諍訟不憎害無惱緣心不怨憎慈重慈究竟慈矜愍欲利益衆生及餘可恚法若不恚重不恚究竟不恚心離恚無諍訟不憎害無惱緣心不怨憎慈重慈究竟慈矜愍欲利益法是名無恚何謂無癡若明是名無癡復次無癡若堪忍離癡心是名無癡復次若知苦集滅道知前際後際知前後際知內知外知六觸入集滅大過患出要知因緣知業報知緣生善不善無記黑白有緣無緣有明無明可作不可作可親近不可親近若於彼法無癡無闇無妄無失正念無障礙無覆蓋無闇蔽無荒無纏無濁明炎術光炤知見解射方便慧眼慧根慧力擇法覺正見及餘癡法中無癡無闇無妄無失正念無障礙無覆蓋無闇蔽無荒

無纏無濁明炎術光炤知見解射方便慧眼慧根慧力擇法覺正見是名無癡何謂順信若信善順不逆是名順信何謂悔若可作不可作處若作不作已若於彼心燋熱重燋熱究竟燋熱是名悔何謂不悔若可作不可作處若可作不可作已若於彼不燋不熱重不燋不熱究竟不燋熱是名不悔何謂悅若心悅豫歡樂受樂味喜是名悅何謂喜若歡喜踊躍正踊躍離恚寂靜是名喜何謂心進若心發起顯出越度是名心進何謂心除若心樂心調心輕心輭是名心除何謂信若信入信勝信是名信何謂欲若欲重欲希望欲作欲發起欲顯出欲度欲得欲觸欲解射欲證是名欲何謂不放逸若覆護心念欲令我心不染於染法不恚於恚法不癡於癡法不著垢穢法不順於色欲法不貢高於貢高法不放逸於放逸法是名不放逸何謂念若念憶念是名念何謂心捨若捨勝捨心等心均心清淨心無作非愛是名捨何謂怖若於色聲香味觸法若衆生若希望怖望怖究竟怖心驚毛竪是名怖何謂煩惱使十使見使疑使戒盜使愛使恚使嫉妬使慳惜使無明使憍使掉使是名煩惱使何謂見使除戒盜見若餘見是名見使復次見使六十二見及邪見是名見使何謂疑使若有人緣過去疑惑我過去有我非過去有以何性過去有因何過去有緣未來疑惑我未來有我非未來有以何性未來有因何未來有緣現在疑惑於我現在有我現在非有以何性我現在有因何現在有謂我生處此衆生從何處來去至何

處若世尊疑惑是佛世尊非佛世尊世尊善說法世尊非善說法世尊聲聞衆善趣世尊聲聞衆非善趣行常行非常行苦行非苦無我法非無我法寂靜涅槃非寂靜涅槃有與無與有施無施有祀無祀有善惡業果報無善惡業果報有今世無今世有後世無後世有父母無父母有天無天衆生有化生衆生無化生世有沙門婆羅門正趣正至若今世後世自證知說世無沙門婆羅門正趣正至若今世後世身證知說若於彼法疑惑重疑惑究竟疑惑心不決定猶豫二心疑心不了了無量疑不盡不解脫猶豫重猶豫究竟猶豫是名疑惑使何謂戒盜使若戒盜見是名戒盜使復次以戒爲淨以戒盜爲淨解脫無依盡一切苦際善忍欲覺觸證戒謂護身口

道謂邪吉養髮敬事水火日月持牛鹿狗黑然等戒求爲力士報人天中尊如是勤行苦行邪行此謂道若戒若道求覓求覓已以是爲淨爲淨已爲解脫爲解脫已以是爲聖人爲羅漢爲涅槃若於彼忍欲堪任樂著是名戒盜使何謂愛使若欲染名愛使何謂瞋恚使若憎恚是名瞋恚使何謂嫉妬使若他得利養恭敬尊重讃歎禮拜憎嫉瞋恚忿怒心嫉是名嫉妬使何謂慳惜使若財物悋惜不捨心貪是名慳惜使何謂無明使癡不善根是名無明使何謂憍慢使若以慢自高是名憍慢使何謂掉使若掉動不定發奔逸不寂靜不正寂靜心不息是名掉使有覩有覺定無覺有覩定無覺無覩定空無相無願定如道品三支道中廣說何謂信根學人離煩惱

聖心趣聖道若堅信堅法及餘趣人見行過患觀涅槃寂滅如實觀苦集滅道未得欲得未解欲解未證欲證修道離煩惱見學人若須陀洹斯陀含阿那含觀行具足若智地若觀解脫心即得沙門果須陀洹果斯陀含果阿那含果無學人阿羅漢未得聖法欲得修道觀行具足若智地若觀解脫心即得阿羅漢果如實人如趣人若信入信勝信眞信心淨是名信根進念定慧根亦如是

七十一相應門分今當說五識界各十二二識界各六十身觸十三心觸名觸各五十三對觸亦十三身觸愛觸二十五恚觸二十三明觸三十五無明觸三十四明分觸三十五無明分觸四十樂根十三苦根亦如是喜根五十一憂根三十七捨根五十六受六十五想思觸思惟各除自性餘數覺五十九觀六十忍五十三見五十四智三十五解脫六十九無貪二十九無恚亦如是無癡四十二順信四十四悔三十四不悔三十六悅五十二喜亦如是心進六十心除四十一信五十八欲六十一不放逸四十六念五十九心捨四十一怖二十七煩惱使四十九見使二十八疑使十九戒盜二十八愛使二十九恚使二十七嫉妬二十四慳惜使亦如是無明使三十九慢掉使亦如是有覺有觀定三十五無覺有觀定三十四無覺無觀定三十三空定三十四無相無願亦如是信根三十八進根三十九念根亦如是定根三十四慧根三十六何謂眼識界分若法眼識界相應謂身觸對觸無明分觸樂根苦根捨根受想思觸思

惟解脫是名眼識界分耳鼻舌身識界分亦如是何謂意界分若法意界相應謂心觸名觸愛觸憎觸明觸無明觸明分觸無明分觸喜根乃至慧根是名意界分意識界分亦如是何謂身觸分若法身觸相應謂眼識界耳識界鼻識界舌識界身識界樂根苦根捨根受想思惟解脫是名身觸分

何謂心觸分若法心觸相應謂意界意識界除觸喜根乃至慧根是名心觸分名觸分亦如是

何謂對觸分若法對觸相應謂眼識界耳鼻舌身識界樂根苦根捨根受想思思惟解脫是名對觸分

何謂愛觸分若法愛觸相應謂意界意識界喜根捨根受想思思惟覺觀忍見解脫不悔悅喜心進信欲念煩惱使愛使無明慢掉使是名愛觸分

何謂恚觸分若法恚觸相應謂意界意識界憂根受想思思惟覺觀忍見解脫悔心進信欲念怖煩惱使恚使無明慢掉使是名恚觸分何謂明觸分若法明觸相應謂意界意識界喜根捨根受想思思惟覺觀見智解脫無癡順信悅喜心進心除信欲不放逸念心捨有覺有觀定無覺有觀定無覺無觀定空定無相定無願定信根乃至慧根是名明觸分

何謂無明觸分若法無明觸相應謂意界意識界喜根憂根捨根受想思思惟覺觀忍見解脫悔不悔悅喜心進信欲念怖煩惱使及十煩惱使是名無明觸分

何謂明分觸若法明分觸相應謂意界意識

界喜根捨根受想思思惟覺觀忍見解脫無癡順信悅喜心進心除信欲不放逸念心捨有覺有觀定乃至慧根是名明分觸

何謂無明分觸若法無明分觸相應謂眼耳鼻舌身識界意界意識界樂根苦根喜根憂根捨根受想思思惟覺觀忍見解脫無貪無恚無癡順信悔不悔悅喜心進信欲不放逸念心除怖有覺有觀定無覺有觀定無覺無觀定是名無明分觸

何謂樂根分若法樂根相應謂眼識界耳鼻舌身識界身觸對觸無明分觸想思觸思惟解脫是名樂根

何謂苦根分若法苦根相應謂眼識界耳鼻舌身識界身觸對觸無明分觸想思觸思惟解脫是名苦根分

何謂喜根分若法喜根相應謂意界意識界心觸名觸意觸愛觸明觸無明觸明分觸無明分觸想思觸思惟覺觀忍見智解脫無貪無恚無癡順信不悔悅喜心進心除信欲不放逸念心捨煩惱使見使戒盜使愛使無明慢掉使有覺有觀定乃至慧根是名善根分

何謂憂根分若法憂根相應謂意界意識界心觸名觸恚觸無明觸無明分觸想思觸思惟覺觀忍見解脫無貪無恚無癡順信悔心進信欲不放逸念怖煩惱使見使疑使戒盜使恚使嫉妬慳惜使無明慢掉使是名憂根分

何謂捨根分若法捨根相應謂眼識界耳鼻舌身識界意界意識界眼耳鼻舌身觸心觸名觸對觸愛觸明觸無明觸明分觸無明分觸想思觸思惟覺忍見智解脫無貪無恚

無癡順信心除信欲不放逸念捨煩惱使見使疑使戒盜使愛使無明慢掉使有覺有觀定乃至慧根是名捨根分

何謂受分若法受相應何謂非分謂諸自性是名非受分

何謂想分若法想相應何謂非分謂諸自性是名非想分

何謂觸分若法觸相應何謂非分謂諸自性是名非觸分思惟分如想說

何謂覺分若法覺相應何謂非分謂五識界身觸對觸樂根苦根自性無覺有觀定無覺無觀定是名非覺分

何謂觀分若法觀相應何謂非分謂五識界身觸對觸樂根苦根自性無覺無觀定是名非觀分

何謂忍分若法忍相應何謂非分謂身無明觸十五自性忍見智無癡慧根見逝三煩惱身見疑戒盜是名非忍分

何謂見分若法見相應何謂非分九一向身五自性忍智無癡慧根見逝三煩惱身見疑戒盜是名非見分

何謂智分若法智相應謂意界意識界心觸名觸明觸喜根捨根受想思觸思惟覺觀解脫順信悅喜心進心除信欲不放逸念心捨有覺有觀定乃至定根是名智分何謂解脫分若法解脫相應何謂非分謂自性疑使是名非解脫分

何謂無貪分若法無貪相應謂意界意識界心觸名觸無明分觸喜根憂根捨根受想思觸思惟覺觀忍見解脫無癡順信悔不悔悅

喜心進信欲不放逸念是名無貪分

何謂無恚分若法無恚相應謂意界意識界心觸名觸無明分觸喜根憂根捨根受想思觸思惟覺觀忍見解脫無癡順信悔不悔悅喜心進信欲不放逸念是名無恚分

何謂無癡分若法無癡相應謂意界意識界心觸名觸明觸明分觸無明分觸喜根憂根捨根受想思觸思惟覺觀解脫無貪無恚順信悔不悔悅喜心進心除信欲不放逸念心捨有覺有觀定乃至定根是名無癡分

何謂順信分若法順信相應謂意界意識界心觸名觸明觸明分觸無明分觸喜根憂根捨根受想思觸思惟覺觀忍見智解脫無貪無恚無癡悔不悔悅喜心進心除欲不放逸念心捨除信根有覺有觀定乃至慧根是名順信分

何謂悔分若法悔相應謂意界意識界心觸名觸恚觸無明觸無明分觸憂根受想思觸思惟覺觀忍見解脫無貪無恚無癡順信心進信欲不放逸念煩惱使見使戒盜使恚使無明憍慢掉使是名悔分何謂非分若法非悔相應謂意界意識界心觸名觸愛觸無明觸無明分觸喜根受想思觸思惟覺觀忍見解脫無貪無恚無癡順信悅喜心進信欲不放逸念煩惱使見使戒盜使愛無明慢掉使是名非悔分

何謂悅分若法悅相應何謂非分謂身九恚觸憂根捨根悔自性怖疑恚嫉妬慳惜是名非悅分

何謂喜分若法喜相應何謂非分謂身九恚

觸憂根捨根悔自性喜怖疑恚嫉妬慳惜是名非喜分

何謂心進分若法心進相應何謂非分謂身九自性進根是名非心進分

何謂心除分若法心除相應謂意界意識界心觸名觸明觸明分觸無明分觸喜根捨根受想思觸思惟覺觀忍見智解脫無癡順信悅喜心進信欲不放逸念心捨有覺有觀定乃至慧根是名心除分

何謂信分若法信相應何謂非分謂身九順信信根疑是名非信分

何謂欲分若法欲相應何謂非分謂身九自性疑是名非欲分

何謂不放逸分若法不放逸相應謂意界意識界心觸名觸明觸明分觸無明分觸喜根憂根捨根受想思觸思惟覺觀忍見智解脫無貪無恚無癡順信悔不悔悅喜心進心除信欲念捨有覺有觀定乃至慧根是名不放逸分

何謂念分若法念相應何謂非分謂身九自性念根疑是名非念分

何謂心捨分若法心捨相應謂意界意識界心觸名觸明觸明分觸無明分觸喜根捨根受想思觸思惟覺觀忍見智解脫無癡順信悅喜心進心除信欲不放逸念有覺有觀定乃至慧根是名心捨分

何謂怖分若法怖相應謂意界意識界心觸名觸恚觸無明觸無明分觸憂根受想思觸思惟覺觀忍見解脫心進信欲念煩惱使恚使無明慢掉使是名怖分

何謂煩惱使分若法煩惱使相應謂意界意識界心觸名觸愛觸恚觸無明觸喜根憂根捨根受想思觸思惟覺觀思見解脫悔不悔悅喜心進信欲念怖見使乃至掉使是名煩惱使分

何謂見使分若法見使相應謂意界意識界心觸名觸無明觸喜根憂根捨根受想思觸思惟覺觀解脫悔不悔悅喜心進信欲念煩惱使無明慢掉使是名見使分

何謂疑使分若法疑使相應謂意界意識界心觸名觸無明觸憂根捨根受想思觸思惟覺觀心進煩惱使無明慢掉使是名疑使分

何謂戒盜使分若法戒盜使相應謂意界意識界心觸無明觸喜根憂根捨根受想思觸思惟覺觀解脫悔不悔悅喜心進信欲念煩惱使無明慢掉是名戒盜使分

何謂愛使分若法愛使相應謂意界意識界心觸名觸愛觸無明觸喜根捨根受想思觸思惟覺觀忍見解脫不悔悅喜心進信欲念煩惱使無明慢掉使是名愛使分

何謂恚使分若法恚使相應謂意界意識界心觸名觸恚觸無明觸憂根受想思觸思惟覺觀忍見解脫悔心進信欲念怖煩惱使無明慢掉使是名恚使分

何謂嫉妬使分若法嫉妬使相應謂意界意識界心觸名觸無明觸憂根受想思觸思惟覺觀忍見解脫心進信欲念煩惱使無明慢掉使是名嫉妬使分

何謂慳惜使分若法慳惜使相應謂意界意識界心觸名觸無明觸憂根受想思觸思惟

覺觀忍見解脫心進信欲念煩惱使無明慢
掉使是名慳惜使分
何謂無明使分若法無明使相應謂意界意
識界心觸名觸愛觸恚觸無明觸喜根憂根
捨根受想思觸思惟覺觀忍見解脫悔不悔
悅喜心進信欲念悕煩惱使見使疑使戒盜
使愛使恚使嫉妬使慳惜使慢使掉使是名
無明使分
何謂慢使分若法慢使相應謂意界意識界
心觸名觸愛觸恚觸無明觸喜根憂根捨根
受想思觸思惟覺觀忍見解脫悔不悔悅喜
心進信欲念悕煩惱使見使疑使戒盜使愛
使恚使嫉妬使慳惜使無明使掉使是名慢
使分
何謂掉使分若法掉使相應謂意界意識界
心觸名觸愛觸恚觸無明觸喜根憂根捨根
受想思觸思惟覺觀忍見解脫悔不悔悅喜
心進信欲念悕煩惱使見使疑使戒盜使愛
使恚使嫉妬使慳惜使無明慢使是名掉使
分何謂有覺有觀定分若法有覺有觀定相
應謂意界意識界心觸名觸明觸明分觸無
明分觸喜根捨根受想思觸思惟覺觀忍見
智解脫無癡順信悅喜心進心除信欲不放
逸念心捨信根進根念根慧根是名有覺有
觀定分
何謂無覺有觀定分若法無覺有觀定相應
謂意界意識界心觸名觸明觸明分觸無明
分觸喜根憂根捨根受想思觸思惟覺忍見
智解脫無癡順信悅喜心進心除信欲不放
逸念心捨信根進根念根慧根是名無覺有

觀定分

何謂無覺無觀定分若法無覺無觀定相應謂意界意識界心觸名觸明觸明分觸無明分觸喜根捨根受想思觸思惟忍見智解脫無癡順信悅喜心進心除信欲不放逸念心捨信根念根慧根是名無覺無觀定分

何謂空定分若法空定相應謂意界意識界心觸名觸明觸明分觸喜根捨根受想思觸思惟覺觀忍見智解脫無癡順信悅喜心進心除信欲不放逸念心捨信根進根念根慧根是名空定分

何謂無相定分若法無相定相應謂意界意識界心觸名觸明分觸喜根捨根受想思觸思惟覺觀忍見智解脫無癡順信悅喜心進心除信欲不放逸念心捨信根進根念根慧根是名無相定分

何謂無願定分若法無願定相應謂意界意識界心觸名觸明觸明分觸喜根捨根受想思觸思惟覺觀忍見智解脫無癡順信悅喜心進心除信欲不放逸念心捨信根進根念根慧根是名無願定分

何謂信根分若法信根相應謂意界意識界心觸名觸明觸明分觸喜根捨根受想思觸思惟覺觀忍見智解脫無癡悅喜心進心除欲不放逸念心捨除信根從有覺有觀定乃至慧根是名信根分

何謂進根分若法進根相應謂意界意識界心觸名觸明分觸喜根捨根受想思觸思惟覺觀忍見智解脫無癡順信悅喜心除信欲不放逸念心捨除進根從有覺有觀定乃至

慧根是名進根分
何謂念根分若法念根相應謂意界意識界心觸名觸明觸明分觸喜根捨根受想思觸思惟覺觀忍見智解脫無癡順信悅喜心進心除信欲不放逸心捨除念根從有覺有觀定乃至慧根是名念根分
何謂定根分若法定根相應謂意界意識界心觸名觸明觸明分觸喜根捨根受想思觸思惟覺觀忍見智解脫無癡順信悅喜心進心除信欲不放逸念心捨信根進根念根慧根是名定根分
何謂慧根分若法慧根相應謂意界意識界心觸名觸明觸明分觸喜根捨根受想思觸思惟覺觀解脫順信悅喜心進心除信欲不放逸念心捨從有覺有觀定乃至定根是名慧根分
眼識界幾法相應問何等法問眼識界相應法除餘法除何等法除非眼識界相應法眼識界謂無緣法意識分身四識界耳鼻舌身識界亦如是意界幾法相應問何等法問意界相應法除餘法除何等法除非意界相應法意界謂無緣法身分意界意識界幾法相應問何等法問意識界相應法除餘法除何等法除非意識界相應法意識界謂無緣法身分身觸幾法相應問何等法問身觸相應法除餘法除何等法除非身觸相應法身觸謂無緣法意識分心觸幾法相應問何等法問心觸相應法除餘法除何等法除非心觸相應法心觸謂無緣法身分名觸幾法相應問何等法問名觸相應法除餘法除何等法

除非名觸相應法名觸謂無緣法身分對觸幾法相應問何等法問對觸相應法除餘法除何等法除非對觸相應法對觸謂無緣法意識分愛觸幾法相應問何等法問愛觸相應法除餘法除何等法除非愛觸相應法愛觸謂無緣法身分意識善無記分不善非愛觸相應諸煩惱相應分恚觸幾法相應問何等法問恚觸相應法除餘法除何等法除非恚觸相應法恚觸謂無緣法身分意識善無記分若不善非恚觸相應諸煩惱相應分明觸幾法相應問何等法問明分觸相應法除餘法除何等法除非明觸相應法明觸分謂無緣法身分意識非聖分聖智分無明觸幾法相應問何等法問無明觸相應法除餘法除何等法除非無明觸相應法無明觸謂無緣法身分意識善無記分明分觸幾法相應問何等法問明分觸相應法除餘法除何等法除非明分觸相應法明分觸謂無緣法身分意識非聖分聖智分無明分觸幾法相應問何等法問無明分觸相應法除餘法除何等法除非無明分觸相應法無明分謂無緣法意識善無記分聖分樂根幾法相應問何等法問樂根相應法除餘法除何等法除非樂根相應法樂根謂無緣法意識分身苦根捨根分苦根幾法相應問何等法問苦根相應法除餘法除何等法除非苦根相應法苦根謂無緣法意識分身樂根捨根分喜根幾法相應問何等法問喜根相應法除餘法除何等法除非喜根相應法喜根謂無緣法身分意識憂根捨根分憂根幾法相應問何等

法問憂根相應法除餘法除何等法除非憂根相應法憂根謂無緣法身分意識喜根捨根分捨根幾法相應問何等法問捨根相應法除餘法除何等法除非捨根相應法捨根謂無緣法身分樂根苦根分意識喜根憂根分受幾法相應問何等法問受相應法除餘法除何等法除非受相應法受謂無緣法相思觸思惟亦如是覺幾法相應問何等法問覺相應法除餘法除何等法除非覺相應法覺謂無緣法身分意識無覺有觀分觀幾法相應問何等法問觀相應法除餘法除何等法除非觀相應法觀謂無緣法身分意識無覺無觀分忍幾法相應問何等法問忍相應法除餘法除何等法除非忍相應法忍謂無緣法身分意識智疑分見幾法相應問何等法問見相應法除餘法除何等法除非見相應法見謂無緣法身分意識疑分智幾法相應問何等法問智相應法除餘法除何等法除非智相應法智謂無緣法身分意識非聖分聖忍分解脱幾法相應問何等法問解脱相應法除餘法除何等法除非解脱相應法解脱謂無緣法意識疑分無貪幾法相應問何等法問無貪相應法除餘法除何等法除非無貪相應法無貪謂無緣法身分意識不善無記分善非欲界分苦欲界無恚分復有欲界非無貪相應無恚無癡相應分無恚幾法相應問何等法問無恚相應法除餘法除何等法除非無恚相應法無恚謂無緣法身分意識不善無記分善非欲界分欲界無貪分復有欲界非無恚相應無貪無癡相應分

無癡幾法相應問何等法問無癡相應法除餘法除何等法除非無癡相應法無癡謂無緣法身分意識不善無記分順信幾法相應問何等法問順信相應法除餘法除何等法除非順信相應法順信謂無緣法身分意識不善若無記分悔幾法相應問何等法問悔相應法除餘法除何等法除非悔相應法悔謂無緣法身分意識喜根捨根分非悔相應憂根相應分不悔幾法相應問何等法問不悔相應法除餘法除何等法除非不悔相應法不悔謂無緣法身分意識憂根捨根分非不悔相應喜根相應分悅幾法相應問何等法問悅相應法除餘法除何等法除非悅相應法悅謂無緣法身分意識憂根捨根分非悅相應喜根相應分喜幾法相應問何等法問喜相應法除餘法除何等法除非喜相應法喜謂無緣法身分意識憂根捨根分非喜相應悅相應分心進幾法相應問何等法問心進相應法除餘法除何等法除非心進相應法心進謂無緣法身分心除幾法相應問何等法問心除相應法除餘法除何等法除非心除相應法心除謂無緣法身分意識不定分信幾法相應問何等法問信相應法除餘法除何等法除非信相應法信謂無緣法身分意識疑分欲幾法相應問何等法問欲相應法除餘法除何等法除非欲相應法欲謂無緣法身分意識疑分不放逸幾法相應問何等法問不放逸相應法除餘法除何等法除非不放逸相應法不放逸謂無緣法身分意識不善無記分念幾法相應問何等法

問念相應法除餘法除何等法除非念相應法念謂無緣法身分意識疑分心捨幾法相應問何等法問心捨相應法除餘法除何等法除非心捨相應法心捨謂無緣法身分意識不定分怖幾法相應問何等法問怖相應法除餘法除何等法除非怖相應法怖謂無緣法身分意識喜根捨根分非怖相應憂根相應分煩惱使幾法相應問何等法問煩惱使相應法除餘法除何等法除非煩惱使相應法煩惱使謂無緣法身分意識善無記分見使幾法相應問何等法問見使相應法除餘法除何等法除非見使相應法見使謂無緣法身分意識善無記分不善非見使相應諸煩惱相應分疑使幾法相應問何等法問疑使相應法除餘法除何等法除非疑使相應法疑使謂無緣法身分意識善無記分不善非疑使相應諸煩惱相應分戒盜使幾法相應問何等法問戒盜使相應法除餘法除何等法除非戒盜使相應法戒盜使謂無緣法身分意識善無記分不善非戒盜使相應諸煩惱相應分愛使幾法相應問何等法問愛使相應法除餘法除何等法除非愛使相應法愛使謂無緣法身分意識無記分不善非愛使相應諸煩惱相應分恚使幾法相應問何等法問恚使相應法除餘法除何等法除非恚使相應法恚使謂無緣法身分意識善無記分不善非恚使相應諸煩惱相應分嫉妬使幾法相應問何等法問嫉妬使相應法除餘法除何等法除非嫉妬使相應法嫉妬使謂無緣法身分意識善無記分不善非

嫉妬使相應諸煩惱相應分慳惜使幾法相應問何等法問慳惜使相應法除餘法除何等法除非慳惜使相應法慳惜使謂無緣法身分意識善無記分不善非慳惜使相應諸煩惱使相應分無明使幾法相應問何等法問無明使相應法除餘法除何等法除非無明使相應法無明使謂無緣法身分意識善無記分慢掉亦如是有覺有觀定幾法相應問何等法問有覺有觀定相應法除餘法除何等法除非有覺有觀定相應法有覺有觀定謂無緣法身分意識不定分二定相應分無覺有觀定幾法相應問何等法問無覺有觀定相應法除餘法除何等法除非無覺有觀定相應法無覺有觀定謂無緣法身分意識不定二定相應分無覺無觀定幾法相應問何等法問無覺無觀定相應法除餘法除何等法除非無覺無觀定相應法無覺無觀定謂無緣法身分意識不定分二定相應分空定幾法相應問何等法何空定相應法除餘法除何等法除非空定相應法空定謂無緣法身分意識非聖分無相無願相應分無相定幾法相應問何等法問無相定相應法除餘法除何等法除非無相定相應法無相定謂無緣法身分意識非聖分聖空無願相應分無願定幾法相應問何等法問無願定相應法除餘法除何等法除非無願定相應法無願定謂無緣法身分意識非聖分聖空無相相應分信根幾法相應問何等法問信根相應法除餘法除何等法除非信根相應法信根謂無緣法身分意識非聖分進根念

根定根慧根亦如是

舍利弗阿毗曇論卷第十八

音釋

憎作滕切惡也 矜居陵切憐也 闇烏紺切與暗同 豎臣庾切立也

嘿莫北切與默同 悋良刃切靳惜也

舍利弗阿毗曇論卷第十九

姚秦天竺三藏曇摩耶舍共曇摩崛多譯

緒分遍品第一

十緣法正門遍緒七轉十行解一切法等入十緣謂因緣無間緣境界緣依緣業緣報緣起緣異緣相續緣增上緣

何謂因緣若法因是名因緣復次因緣若法共非共有報是名因緣復次因緣若法有緣若法無緣有報除得果若餘法無緣善報及四大是名因緣

何謂無間緣若法生滅是名無間緣復次無間緣若法已滅若未滅若陰界入法各自性即生若先已滅於現在是名無間緣

何謂境界緣一切法境界緣如相生心心數法是名境界緣

何謂依緣若法有猗是名依緣復次依緣若法依法生此法於彼法依緣依身有身業依口有口業依意有意業依四大有身口意業依地有稼穡業種子聚落衆生聚落藥草叢林依惡知識便生惡不善法依善知識便生善法依眼依色生眼識及眼識相應法耳鼻舌身意亦如是依內大生內大依內大生外大依內大生內外大依外大生內大依外大生外大依外大生內外大依內外大生內大依內外大生外大依內外大生內外大滅亦如是是名依緣

何謂業緣業是業緣若非業是業緣若業異業因生業是名業緣

何謂報緣若法有報是名報緣

何謂起緣若法能起所起是名起緣復次起

緣若法自起能起他流津增長謂專殺結善根不善根意識想思覺四大是名起緣

何謂異緣若法共有是名異緣

何謂相續緣若法增益不斷是名相續緣復次相續緣若法初生輭次生中後生上輭法於上法是相續緣是名相續緣

何謂增上緣若法勝是名增上緣復次增上緣若法所增上所向所歸所傾向而生若以欲增上以精進增上以心增上以思惟增上以貪增上以瞋恚增上以愚癡增上以無貪增上以無恚增上以無癡增上以戒增上以定增上以慧增上以我增上以世間增上以法增上以眼根增上以耳鼻舌身意根增上以增上爲增上以境界增上以依增上何謂以欲增上若法以欲勝而生彼欲於法爲增上緣精進增上心增上思惟貪瞋恚愚癡無貪無恚無癡戒定慧增上亦如是何謂我增上如佛經說三增上何謂三我增上世間增上法增上何謂我增上如比丘或在樹下露處心生惡不善法想比丘如是思惟我設在屏處作惡不善業作惡不善業已心自退毀比丘如是思惟我欲護持禁戒成就威儀若犯微戒畏如金剛順學戒行是名我增上比丘爲我增上故斷惡不善法修行善法是故名我增上何謂世間增上如比丘或在樹下露處心生惡不善法想比丘如是思惟世間一切處居止有天天眼見知他心天遠見我我近不見天自相謂言觀此善男子以信出家離行惡不善法復有諸沙門婆羅門天眼見知他心遠見我我近不見諸沙門婆羅門

自相謂言觀此善男子以信出家離行惡不善法比丘如是思惟我欲護持禁戒成就威儀若犯微戒畏如金剛順學戒行是名世間增上比丘爲世間增上故斷惡不善法修行善法是故名世間增上何謂法增上如比丘或在樹下露處如是思惟世尊善隨時說法有慧者能受趣向涅槃此法非希望者瞋恚者睡眠者掉悔者疑惑者能受比丘如是思惟我欲護持禁戒成就威儀若犯微戒畏如金剛順學戒行是名法增上比丘爲法增上故斷惡不善法修行善法是故名法增上如偈說

世間無屏處　可以作惡業　唯人自證知
若虛若是實　言無虛者勝　是則不自毀
若已有違犯　知而不覆藏　賢者及與天
見世作惡時　以此我勝行　世間勝比丘
法勝者順行　不退於實法　降魔威力勝
自證勝寂滅　遠離捨六情　滅苦不受有
已沒不復還　永離於生死

是名三增上何謂眼根增上眼見色思惟色眼根主色境界若生心數此法眼根勝是名眼根增上耳鼻舌身根增上亦如是何謂意根增上意知法思惟法意根主法以爲境界若法生心數此法意根勝是名意根增上何謂增上爲增上若法初起主後法隨用是名增上爲增上何謂境界增上若一切境界如事中勝是名境界增上何謂依增上若一切法依如事依勝是名依增上

因有幾緣四何等四共起增長報是名因有四緣謂因生義如母子無間謂補處義如代

坐境界謂的義如箭射的依謂物義如舍宅業謂作義如使作報謂津漏義如樹生果起謂生義如種芽異謂不相離義如眷屬相續謂增長義如長財增上謂自在義如人王

因緣無間緣或因緣即無間緣或因緣非無間緣何謂因緣即無間緣若法因生滅是名因緣即無間緣何謂因緣非無間緣若法因非生滅若未滅是名因緣非無間緣非因緣無間緣或非因緣即無間緣或非因緣非無間緣何謂非因緣即無間緣若法非因生滅是名非因緣即無間緣何謂非因緣非無間緣若法非因非生滅若未滅是名非因緣非無間緣

因緣境界緣或因緣即境界緣或因緣非境界緣何謂因緣即境界緣若法因有境界是名因緣即境界緣何謂因緣非境界緣若法因無境界是名因緣非境界緣非因緣境界緣或非因緣即境界緣或非因緣非境界緣何謂非因緣即境界緣若法非因有境界是名非因緣即境界緣何謂非因緣非境界緣若法非因無境界是名非因緣非境界緣因緣依緣一切因緣是依緣非因緣是依緣無也因緣業緣或因緣即業緣或因緣非業緣何謂因緣即業緣若法因是業能生業是名因緣即業緣何謂因緣非業緣若法因非業若業不能生業是名因緣非業緣非因緣是業緣無也

因緣報緣或因緣即報緣或因緣非報緣何謂因緣即報緣若法因此有報是名因緣即報緣何謂因緣非報緣若法因無報是名因

緣非報緣非因緣是報緣無也

因緣起緣或因緣即起緣或因緣非起緣何謂因緣即起緣若法因是起是名因緣即起緣何謂因緣非起緣若法因非起是名因緣非起緣非因緣是起緣無也

因緣異緣或因緣即異緣或因緣非異緣何謂因緣即異緣若法因是共是名因緣即異緣何謂因緣非異緣若法因非共是名因緣非異緣非因緣是異緣無也

因緣相續緣或因緣即相續緣或因緣非相續緣何謂因緣即相續緣若因有增長乃至生第三是因緣即相續緣何謂因緣非相續緣若因無緣增長設增長不能乃至生第三是名因緣非相續緣非因緣是相續緣無也

因緣增上緣或因緣即增上緣或因緣非增上緣何謂因緣即增上緣若法因是增上是因緣是增上緣何謂因緣非增上緣若法因非增上是名因緣非增上緣非因緣增上緣或非因緣是增上緣或非因緣非增上緣何謂非因緣是增上緣若法非因是增上是名非因緣即增上緣何謂非因緣非增上緣若法非因非增上是名非因緣非增上緣

無間緣境界緣或無間緣即境界緣或無間緣非境界緣何謂無間緣是境界緣若法生滅有境界是名無間緣是境界緣何謂無間緣非境界緣若法生滅無境界是名無間緣非境界緣非無間緣境界緣或非無間緣即境界緣或非無間緣非境界緣何謂非無間緣是境界緣若法非生滅若未滅有境界是名非無間緣是境界緣何謂非無間緣非境

界緣若法非生滅若未滅彼無境界緣是名非無間緣非境界緣

無間緣依緣無間緣是依緣非無間緣是依緣無也

無間緣業緣或無間緣即業緣或無間緣非業緣何謂無間緣即業緣若法生滅是業若業能生業是名無間緣即業緣何謂無間緣非業緣若法生滅彼非業若業不能生業是名無間緣非業緣非無間緣業緣或非無間緣即業緣或非無間緣非業緣何謂非無間緣是業緣若法非生滅若未滅是業能生業是名非無間緣是業緣何謂非無間緣非業緣若法非生滅若未滅彼非業若業不能生業是名非無間緣非業緣

無間緣報緣或無間緣是報緣或無間緣非報緣何謂無間緣是報緣若法生滅有報是名無間緣即報緣何謂無間緣非報緣若法生滅彼無報是名無間緣非報緣非無間緣報緣或非無間緣即報緣或非無間緣非報緣何謂非無間緣是報緣若法非生滅若未滅有報是名非無間緣是報緣何謂非無間緣非報緣若法非生滅若未滅彼無報是名非無間緣非報緣

無間緣是起緣無也非無間緣起緣或非無間緣是起緣或非無間緣非起緣何謂非無間緣是起緣若法非生滅未滅而能起是名非無間緣是起緣何謂非無間緣非起緣若法非生滅若未滅非起是名非無間緣非起緣無間緣是異緣無也非無間緣異緣或非無間緣是異緣或非無間緣非異緣何謂非

無間緣是異緣若法非生滅若未滅此共是名非無間緣是異緣何謂非無間緣非異緣若法非生滅若未滅彼非共是名非無間緣非異緣

無間緣是相續緣無也非無間緣相續緣或非無間緣是相續緣或非無間緣非相續緣何謂非無間緣是相續緣若法非生滅若未滅此增長乃至能生第三是名非無間緣是相續緣何謂非無間緣非相續緣若法非生滅若未滅彼非增長若增長不能乃至生第三是名非無間緣非相續緣

無間緣是增上緣無也非無間緣增上緣或非無間緣是增上緣或非無間緣非增上緣何謂非無間緣是增上緣若法非生滅若未滅是增上是名非無間緣是增上緣何謂非無間緣非增上緣若法非生滅若未滅彼非增上是名非無間緣非增上緣

無間緣因緣或無間緣是因緣或無間緣非因緣何謂無間緣是因緣若法生滅是因是名無間緣是因緣何謂無間緣非因緣若法生滅彼非因是名無間緣非因緣非無間緣因緣或非無間緣是因緣或非無間緣非因緣何謂非無間緣是因緣若法非生滅若未滅是名非無間緣是因緣何謂非無間緣非因緣若法非生滅若未滅彼非因是名非無間緣非因緣

境界緣依緣境界緣是依緣也非境界緣是依緣無也

境界緣業緣或境界緣是業緣或境界緣非業緣何謂境界緣是業緣若法有境界是業

若業能生業是名境界緣是業緣何謂境界緣非業緣若法有境界彼非業若業不能生業是名境界緣非業緣非境界緣業緣或非境界緣是業緣或非境界緣非業緣何謂非境界緣是業緣若法無境界是業若業能生業是名非境界緣是業緣何謂非境界緣非業緣若法無境界彼非業若業不能生業是名非境界緣非業緣

境界緣報緣或境界緣是報緣或境界緣非報緣何謂境界緣是報緣若法有境界有報是名境界緣是報緣何謂境界緣非報緣若法有境界彼無報是名境界緣非報緣非境界緣報緣或非境界緣是報緣或非境界緣非報緣何謂非境界緣是報緣若法無境界有報是名非境界緣是報緣何謂非境界緣非報緣若法無境界彼無報是名非境界緣非報緣

境界緣起緣或境界緣是起緣或境界緣非起緣何謂境界緣是起緣若法有境界是起是名境界緣是起緣何謂境界緣非起緣若法有境界彼非起是名境界緣非起緣非境界緣起緣或非境界緣是起緣或非境界緣非起緣何謂非境界緣是起緣若法無境界是起是名非境界緣是起緣何謂非境界緣非起緣若法無境界彼非起是名非境界緣非起緣

境界緣異緣或境界緣是異緣或境界緣非異緣何謂境界緣是異緣若法有境界是共是名境界緣是異緣何謂境界緣非異緣若法有境界彼非共是名境界緣非異緣非境

界緣異緣或非境界緣是異緣或非境界緣非異緣何謂非境界緣是異緣若法無境界是共是名非境界緣是異緣何謂非境界緣非異緣若法無境界彼非共是名非境界緣非異緣

境界緣相續緣或境界緣是相續緣或境界緣非相續緣何謂境界緣是相續緣若法有境界是增長乃至能生第三是名境界緣是相續緣何謂境界緣非相續緣若法有境界彼不增長若增長不能乃至生第三是名境界緣非相續緣非境界緣相續緣或非境界緣是相續緣或非境界緣非相續緣何謂非境界緣是相續緣若法無境界是增長乃至能生第三是名非境界緣是相續緣何謂非境界緣非相續緣若法無境界彼不增長若增長不能乃至生第三是名非境界緣非相續緣

境界緣增上緣或境界緣是增上緣或境界緣非增上緣何謂境界緣是增上緣若法有境界是增上是名境界緣是增上緣何謂境界緣非增上緣若法有境界彼非增上是名境界緣非增上緣非境界緣增上緣或非境界緣是增上緣或非境界緣非增上緣何謂非境界緣是增上緣若法無境界是增上是名非境界緣是增上緣何謂非境界緣非增上緣若法無境界彼非增上是名非境界緣非增上緣

境界緣因緣或境界緣是因緣或境界緣非因緣何謂境界緣是因緣若法有境界是因是名境界緣是因緣何謂境界緣非因緣若

法有境界彼非因是名境界緣非因緣非境界緣因緣或非境界緣是因緣或非境界緣非因緣何謂非境界緣是因緣若法無境界是名非境界緣是因緣何謂非境界緣非因緣若法無境界彼非因是名非境界緣非因緣境界緣無間緣或境界緣是無間緣或境界緣非無間緣何謂境界緣是無間緣若法有境界是生滅是名境界緣是無間緣何謂境界緣非無間緣若法有境界彼非生滅若未滅是名境界緣非無間緣非境界緣無間緣或非境界緣是無間緣或非境界緣非無間緣何謂非境界緣是無間緣若法無境界是生滅是名非境界緣是無間緣何謂非境界緣非無間緣若法無境界彼非生滅若未滅是名非境界緣非無間緣

依緣業緣或依緣是業緣或依緣非業緣何謂依緣是業緣若法依是業若業能生業是名依緣是業緣何謂依緣非業緣若法依彼非業若業不能生業是名依緣非業緣非依緣是業緣無也

依緣報緣或依緣是報緣或依緣非報緣何謂依緣是報緣若法依有報是名依緣是報緣何謂依緣非報緣若法依非報是名依緣非報緣非依緣是報緣無也

依緣起緣或依緣是起緣或依緣非起緣何謂依緣是起緣若法依是起是名依緣是起緣何謂依緣非起緣若法依非起是名依緣非起緣非依緣是起緣無也

依緣異緣或依緣是異緣或依緣非異緣何謂依緣是異緣若法依是共是名依緣是異

緣何謂依緣非異緣若法依彼非共是名依緣非異緣非依緣是異緣無也

依緣相續緣或依緣是相續緣或依緣非相續緣何謂依緣是相續緣若法依增長乃至能生第三是名依緣是相續緣何謂依緣非相續緣若法依彼生非增長若增長不能乃至生第三是名依緣非相續緣非依緣是相續緣無也

依緣增上緣或依緣是增上緣或依緣非增上緣何謂依緣是增上緣若法依是增上是名依緣是增上緣何謂依緣非增上緣若法依彼非增上是名依緣非增上緣非依緣是增上緣無也

依緣因緣或依緣是因緣或依緣非因緣何謂依緣是因緣若法依是因是名依緣是因緣何謂依緣非因緣若法依非因是名依緣非因緣非依緣是因緣無也

依緣無間緣或依緣是無間緣或依緣非無間緣何謂依緣是無間緣若法依是生滅是名依緣是無間緣何謂依緣非無間緣若法依彼非生滅若未滅是名依緣非無間緣非依緣是無間緣無也

依緣境界緣或依緣是境界緣或依緣非境界緣何謂依緣是境界緣若法依有境界是名依緣是境界緣何謂依緣非境界緣若法依無境界是名依緣非境界緣非依緣是境界緣無也

業緣報緣或業緣是報緣或業緣非報緣何謂業緣是報緣若法業能生業有報是名業緣是報緣何謂業緣非報緣若法業能生業

無報是名業緣非報緣非業緣報緣或非業緣是報緣或非業緣非報緣何謂非業緣是報緣若非業若業不能生業有報是名非業緣是報緣何謂非業緣非報緣若法非業若業不能生業無報是名非業緣非報緣

業緣起緣或業緣是起緣或業緣非起緣何謂業緣是起緣若業能生業是名業緣是起緣何謂業緣非起緣若業不能生業彼非起是名業緣非起緣非業緣起緣或非業緣是起緣或非業緣非起緣何謂非業緣是起緣若法非業若業不能生業是名非業緣是起緣何謂非業緣非起緣若法非業若業不能生業非起是名非業緣非起緣

業緣異緣或業緣是異緣或業緣非異緣何謂業緣是異緣若法業能生業是共是名業緣是異緣何謂業緣非異緣若法業能生業非共是名業緣非異緣非業緣異緣或非業緣是異緣或非業緣非異緣何謂非業緣是異緣若法非業若業不能生業是名非業緣是異緣何謂非業緣非異緣若法非業若業不能生業非共是名非業緣非異緣

業緣相續緣或業緣是相續緣或業緣非相續緣何謂業緣是相續緣若法業能生業是謂增長乃至能生第三是名業緣是相續緣何謂業緣非相續緣若法業生業非增長若增長不至生第三是名業緣非相續緣非業緣相續緣或非業緣是相續緣或非業緣非相續緣何謂非業緣是相續緣若法非業若業生非業是增長至生第三是名非業緣是相續緣何謂非業緣非相續緣若法非業若

生業非增長若增長不至生第三是名非業緣非相續緣

業緣增上緣或業緣是增上緣或業緣非增上緣何謂業緣是增上緣若法業生業是增上是名業緣是增上緣何謂業緣非增上緣若法業生業非增上是名業緣非增上緣非業緣增上緣或非業緣是增上緣或非業緣非增上緣何謂非業緣是增上緣若法非業若業生非業是增上是名非業緣是增上緣何謂非業緣非增上緣若法業若業生非業非增上是名非業緣非增上緣

業緣因緣業緣是因緣非業緣因緣或非業緣是因緣或非業緣非因緣何謂非業緣是因緣若法非業若業生非業是因是名非業緣是因緣何謂非業緣非因緣若法非業若業生非業非因是名非業緣非因緣

業緣無間緣或業緣是無間緣或業緣非無間緣何謂業緣是無間緣若法業生業是生滅是名業緣是無間緣何謂業緣非無間緣若法業生業非生滅若未滅是名業緣非無間緣非業緣是無間緣或非業緣是無間緣或非業緣非無間緣何謂非業緣是無間緣若法非業若業生非業是生滅是名非業緣是無間緣何謂非業緣非無間緣若法非業若業生非業非生滅若未滅是名非業緣非無間緣

業緣境界緣或業緣是境界緣或業緣非境界緣何謂業緣是境界緣若法業生業有境界是名業緣是境界緣何謂業緣非境界緣若法業生業無境界是名業緣非境界緣非業緣境界緣或非業緣是境界緣或

非業緣非境界緣何謂非業緣是境界緣若法非業若業生非業有境界是名非業緣是境界緣何謂非業緣非境界緣若法非業若業生非業無境界是名非業緣非境界緣業緣依緣業緣是依緣非業緣是依緣報緣是起緣無也非報緣起緣或非報緣是起緣或非報緣非起緣何謂非報緣是起緣若法非報是起是名非報緣是起緣何謂非報緣非起緣若法非報非起是名非報緣非起緣

報緣是異緣無也非報緣異緣或非報緣是異緣或非報緣非異緣何謂非報緣是異緣若法非報是共是名非報緣是異緣何謂非報緣非異緣若法非報非共是名非報緣非異緣報緣是相續緣無也非報緣相續緣或非報緣是相續緣或非報緣非相續緣何謂非報緣是相續緣若法非報是增長至生第三是名非報緣是相續緣何謂非報緣非相續緣若法非報非增長若增長不至生第三是名非報緣非相續緣

報緣是增上緣無也非報緣增上緣或非報緣是增上緣或非報緣非增上緣何謂非報緣是增上緣若法非報是增上是名非報緣是增上緣何謂非報緣非增上緣若法非報非增上是名非報緣非增上緣

報緣因緣報緣是因緣非報緣因緣或非報緣是因緣或非報緣非因緣何謂非報緣是因緣若法非報是因是名非報緣是因緣何謂非報緣非因緣若法非報非因是名非報緣非因緣

報緣無間緣或報緣是無間緣或報緣非無

間緣何謂報緣是無間緣若法有報是生滅是名報緣是無間緣何謂報緣非無間緣若法有報非生滅若未滅是名報緣非無間緣非報緣無間緣或非報緣是無間緣或非報緣非無間緣何謂非報緣是無間緣若法非報是生滅是名非報緣是無間緣何謂非報緣非無間緣若法非報非生滅若未滅是名非報緣非無間緣

報緣境界緣或報緣是境界緣或報緣非境界緣何謂報緣是境界緣若法有報有境界是名報緣是境界緣何謂報緣非境界緣若法有報無境界是名報緣非境界緣非報緣境界緣或非報緣是境界緣或非報緣非境界緣何謂非報緣是境界緣若法非報有境界是名非報緣是境界緣何謂非報緣非境界緣若法非報無境界是名非報緣非境界緣報緣依緣報緣是依緣非報緣是依緣無也報緣業緣或報緣是業緣或報緣非業緣何謂報緣是業緣若法有報是業若業生是名報緣是業緣何謂報緣非業緣若法有報非業若業生非業是名報緣非業緣非報緣業緣或非報緣是業緣或非報緣非業緣何謂非報緣是業緣若法非報是業若業生業是名非報緣是業緣何謂非報緣非業緣若法非報非業若業生非業是名非報緣非業緣起緣異緣或起緣是異緣或起緣非異緣何謂起緣是異緣若法起是共是名起緣是異緣何謂起緣非異緣若法起非共是名起緣非異緣或非起緣異緣或非起緣是異緣或非起緣非異緣何謂非起緣是異緣若法

非起是共是名非起緣是異緣何謂非起緣非異緣若法非起非共是名非起緣非異緣

起緣是相續緣無也非起緣相續緣或非起緣是相續緣或非起緣非相續緣何謂非起緣是相續緣若非起是增長至生第三是名非起緣是相續緣何謂非起緣非相續緣若法非增長若增長不至生第三是名非起緣非相續緣

起緣增上緣或起緣是增上緣或起緣非增上緣何謂起緣是增上緣若法起是增上是名起緣是增上緣何謂起緣非增上緣若法起非增上是名起緣非增上緣非起緣增上緣或非起緣是增上緣或非起緣非增上緣何謂非起緣是增上緣若法起是增上是名非起緣是增上緣何謂非起緣非增上緣若法非起非增上是名非起緣非增上緣

起緣因緣起緣是因緣非起緣因緣或非起緣是因緣或非起緣非因緣何謂非起緣是因緣若法非起是因是名非起緣是因緣何謂非起緣非因緣若法非起非因是名非起緣非因緣

起緣是無間緣無也非起緣無間緣或非起緣是無間緣或非起緣非無間緣何謂非起緣是無間緣若法非起滅是生滅是名非起緣是無間緣何謂非起緣非無間緣若法非起非生滅若未滅是名非起緣非無間緣若

起緣境界緣或起緣是境界緣或起緣非境界緣何謂起緣是境界緣若法起有境界是名起緣是境界緣何謂起緣非境界緣若法起無境界是名起緣非境界緣非起緣境界

緣或非起緣是境界緣或非起緣非境界緣何謂非起緣是境界緣若法非起有境界是名非起緣是境界緣何謂非起緣非境界緣若法非起無境界是名非起緣非境界緣起緣是依緣非起緣是依緣無也

起緣業緣或起緣是業緣或起緣非業緣何謂起緣是業緣若法起是業生業是名起緣是業緣何謂起緣非業緣若法起非業若業生非業是名起緣非業緣非起緣業緣或非起緣是業緣或非起緣非業緣何謂非起緣是業緣若法非起是業生業是名非起緣是業緣何謂非起緣非業緣若法非起非業若業生非業是名非起緣非業緣

起緣是報緣無也非起緣報緣或非起緣是報緣或非起緣非報緣何謂非起緣是報緣若法非起有報是名非起緣是報緣何謂非起緣非報緣若法非起非報是名非起緣非報緣

異緣是相續緣無也非異緣相續緣或非異緣是相續緣或非異緣非相續緣何謂非異緣是相續緣若法非共是增長至生第三是名非異緣是相續緣何謂非異緣非相續緣若法非共非增長若增長不至生第三是名非異緣非相續緣

異緣增上緣或異緣是增上緣或異緣非增上緣何謂異緣是增上緣若法共是增上是名異緣是增上緣何謂異緣非增上緣若法共非增上是名異緣非增上緣非異緣增上緣或非異緣是增上緣或非異緣非增上緣何謂非異緣是增上緣若法非共是增上是

名非異緣是增上緣何謂非異緣非增上緣若法非共非增上是名非異緣非增上緣

異緣因緣異緣是因緣非異緣因緣或非異緣是因緣或非異緣非因緣何謂非異緣是因緣若法非共是因是名非異緣是因緣何謂非異緣非因緣若法非共非因是名非異緣非因緣

異緣是無間緣無也非異緣無間緣或非異緣是無間緣或非異緣非無間緣何謂非異緣是無間緣若法非共是生滅是名非異緣是無間緣何謂非異緣非無間緣若法非共非生滅若未滅是名非異緣非無間緣異緣境界緣或異緣是境界緣或異緣非境界緣何謂異緣是境界緣若法共有境界是名異緣是境界緣何謂異緣非境界緣若法共無境界是名異緣非境界緣非異緣境界緣或非異緣是境界緣或非異緣非境界緣何謂非異緣是境界緣若法非共有境界是名非異緣是境界何謂非異緣非境界緣若法非共無境界是名非異緣非境界緣

異緣依緣異緣即是依緣非異緣是依緣異緣業緣或異緣是業緣或異緣非業緣何謂異緣是業緣若法共是業生業是名異緣是業緣何謂異緣非業緣若法共非業若業生非業是名異緣非業緣非異緣業緣或非異緣是業緣或非異緣非業緣何謂非異緣是業緣若法非共是業生業是名非異緣是業緣何謂非異緣非業緣若法非共非業若業生非業是名非異緣非業緣

異緣是報緣無也非異緣報緣或非異緣是

報緣或非異緣非報緣何謂非異緣是報緣若法非共有報是名非異緣是報緣何謂非異緣非報緣若法非共非報是名非異緣非報緣

異緣起緣或異緣是起緣或異緣非起緣何謂異緣是起緣若法共是起是名異緣是起緣何謂異緣非起緣若法共非起是名異緣非起緣

非起緣非異緣起緣或非異緣是起緣或非異緣非起緣何謂非異緣是起緣若法非共是起是名非異緣是起緣何謂非異緣非起緣若法非共非起是名非異緣非起緣

相續緣是增上緣無也非相續緣增上緣或非相續緣是增上緣或非相續緣非增上緣何謂非相續緣是增上緣若法非增長若增長不至生第三是增上是名非相續緣是增上緣何謂非相續緣非增上緣若法非增長若增長不至生第三非增上是名非相續緣非增上緣

相續緣因緣相續緣因緣無也非相續緣因緣或非相續緣是因緣或非相續緣非因緣何謂非相續緣是因緣若法非增長若增長不至生第三是因是名非相續緣是因緣何謂非相續緣非因緣若法非增長若增長不至生第三非因是名非相續緣非因緣

相續緣是無間緣無也非相續緣無間緣或非相續緣是無間緣或非相續緣非無間緣何謂非相續緣是無間緣若法非增長若增長不至生第三是生滅是名非相續緣是無間緣何謂非相續緣非無間緣若法非增長若增長不至生第三非生滅若未滅是名非

相續緣非無間緣
相續緣境界緣或相續緣是境界緣或相續
緣非境界緣何謂相續緣是境界緣若法非
增長不至生第三有境界是名相續緣是境
界緣何謂相續緣非境界緣若法增長至生
第三無境界是名相續緣非境界緣非相續
緣境界緣或非相續緣是境界緣或非相續
緣非境界緣何謂非相續緣是境界緣若法
非增長若增長不至生第三有境界是名非
相續緣是境界緣何謂非相續緣非境界緣
若法非增長若增長不至生第三無境界是
名非相續緣非境界緣
相續緣是依緣非相續緣是依緣
相續緣業緣或相續緣是業緣或相續緣非
業緣何謂相續緣是業緣若法增長至生第
三是業生業是名相續緣是業緣何謂相續
緣非業緣若法增長至生第三非業若業生
非業是名相續緣非業緣非相續緣業緣或
非相續緣是業緣或非相續緣非業緣何謂
非相續緣是業緣若法非增長若增長不至
生第三是業若業生業是名非相續緣是業
緣何謂非相續緣非業緣若法非增長若增
長不至生第三非業若業生非業是名非相
續緣非業緣
相續緣是報緣無也非相續緣報緣或非相
續緣是報緣或非相續緣非報緣何謂非相
續緣是報緣若法非增長若增長不至生第
三有報是名非相續緣是報緣何謂非相續
緣非報緣若法非增長若增長不至生第三
非報是名非相續緣非報緣

相續緣是起緣無也非相續緣起緣或非相續緣是起緣或非相續緣非起緣何謂非相續緣是起緣若法非增長若增長不至生第三是起是名非相續緣是起緣何謂非相續緣非起緣若法非增長若增長若不至生第三非起是名非相續緣非起緣

相續緣是異緣無也非相續緣異緣或非相續緣是異緣或非相續緣非異緣何謂非相續緣是異緣若法不增長若增長不至生第三是共是名非相續緣是異緣云何非相續緣非異緣若法非增長若增長不至生第三非共是名非相續緣非異緣

增上緣因緣或增上緣是因緣或增上緣非因緣何謂增上緣是因緣若法勝是因是名增上緣是因緣何謂增上緣非因緣若法勝非因是名增上緣非因緣非增上緣是因緣或非增上緣非因緣何謂非增上緣是因緣若法非勝是因是名非增上緣是因緣何謂非增上緣非因緣若法非勝非因是名非增上緣非因緣

增上緣是無間緣無也非增上緣無間緣或非增上緣是無間緣或非增上緣非無間緣何謂非增上緣是無間緣若法勝是生滅是名非增上緣是無間緣何謂非增上緣非無間緣若法非勝非生滅若未滅是名非增上緣非無間緣

增上緣境界緣或增上緣是境界緣或增上緣非境界緣何謂增上緣是境界緣若法勝有境界是名增上緣是境界緣何謂增上緣非境界緣若法勝無境界是名增上緣非境

界縁非增上縁境界縁或非增上縁是境界縁或非增上縁非境界縁何謂非增上縁是境界縁若法非勝有境界是名非增上縁是境界縁何謂非增上縁非境界縁若法非勝無境界是名非增上縁非境界縁

增上縁依縁增上縁是依縁非增上縁是依縁增上縁業縁或增上縁是業縁或增上縁非業縁何謂增上縁是業縁若法勝是業生業是名增上縁是業縁何謂增上縁非業縁若法勝非業若業生非業是名增上縁非業縁非增上縁業縁或非增上縁是業縁或非增上縁非業縁何謂非增上縁是業縁若法非勝是業生業是名非增上縁是業縁何謂非增上縁非業縁若法非勝非業若業生非業是名非增上縁非業縁

增上縁是報縁無也非增上縁報縁或非增上縁是報縁或非增上縁非報縁何謂非增上縁是報縁若法非勝有報是名非增上縁是報縁何謂非增上縁非報縁若法非勝無報是名非增上縁非報縁

增上縁起縁或增上縁是起縁或增上縁非起縁何謂增上縁是起縁若法勝是起是名增上縁是起縁何謂增上縁非起縁若法勝非起是名增上縁非起縁非增上縁起縁或非增上縁是起縁或非增上縁非起縁何謂非增上縁是起縁若法勝是起是名非增上縁是起縁何謂非增上縁非起縁若法非勝非起是名非增上縁非起縁

增上縁異縁或增上縁是異縁或增上縁非異縁何謂增上縁是異縁若法勝是共是名

增上緣是異緣何謂增上緣非異緣若法勝非共是名增上緣非異緣非增上緣異緣或非增上緣是異緣或非增上緣非異緣何謂非增上緣是異緣若法非緣是共是非增上緣是異緣何謂非增上緣非異緣若法非勝非共是名非增上緣非異緣

增上緣是相續緣無也非增上緣相續緣或非增上緣是相續緣或非增上緣非相續緣何謂非增上緣是相續緣若法非勝是增長至生第三是名非增上緣是相續緣何謂非增上緣非相續緣若法非勝非增長若增長不生至第三是名非增上緣非相續緣

善法不善法無記法善不善法善無記法不善無記法善不善無記法

緣善法生善法生不善法生無記法生善不善法生善無記法生不善無記法生善不善無記法緣不善法生善法生不善法生無記法生善不善法生善無記法生不善無記法生善不善無記法緣無記法生善法生不善法生無記法生善不善法生善無記法生不善無記法生善不善無記法緣善不善法生善法生不善法生無記法生善不善法生善無記法生不善無記法生善不善無記法緣善無記法生善法生不善法生無記法生善不善法生善無記法生不善無記法生善不善無記法緣不善無記法生善法生不善法生無記法生善不善法生善無記法生不善無記法生善不善無記法緣善不善無記法生善法生不善法生無記法生善不善法生善無記法生不善無記法生善不善無記法

舍利弗阿毗曇論卷第十九

音釋

猗（於羈切輕安也）稼穡（稼古訝切種也穡所力切斂也）恚（於避切恨怒也）

屛處（屛必郢切蔽也）

舍利弗阿毗曇論卷第二十上

姚秦天竺三藏曇摩耶舍共曇摩崛多譯

緒分因品第二

因有因由因生法謂因義因有四事當知一切有爲法有因義緒集諸因正門

因因無間因境界因依因業因報因起因異因相續因增上因名因色因無明因行因識因名色因六入因觸因受因愛因取因有因生因老因死因憂因悲因苦因惱因衆苦因食因漏因復有因

非因因非無間因非境界因非依因非業因非報因非起因非異因非相續因非增上因非名因非色因非無明因非行因非識因非名色因非六入因非觸因非受因非愛因非取因非有因非生因非老因非死因非憂因非悲因非苦因非惱因非衆苦因非食因非漏因非復有因

何謂因因若法因是法因是名因因何謂無間因若法過去現在因是名無間因何謂境界因一切法境界如事因若有因法因是名境界因何謂依因一切法是因若有爲法因是名依因何謂業因若法身口意業因是名業因何謂報因若法受及善報因是名報因何謂起因若法起因是名起因何謂異因若法共因是名異因何謂相續因若法增長因是名相續因何謂增上因若法勝因是名增上因何謂名因一切憶想假稱制名是謂名因復次由憶想假稱生受想思觸思惟是謂名因復次若觸首五法受想思觸思惟是謂名因復次若法非色有爲是謂名若如是法

因是名名因云何色因若法色是謂色復次十色入及法入色是謂色復次四大及四大造色是謂色復次色有三種可見有對不可見有對不可見無對是謂色若如是法因是名色因云何無明因若癡不善根法因是名無明因云何行因身行口行意行此謂行復次福行非福行不動行此謂行復次五受陰此謂行復次行陰此謂行若如是法因是名行因云何識因眼識身耳鼻舌身意識身因是名識因云何名色因若憶想假稱制名此謂名若法色此謂色復次若由憶想假稱制名生受想思觸思惟此謂名十色入及法入色此謂色復次觸首五法此謂名四大及四大造色此謂色復次若法非色有爲此謂名色有三種可見有對不可見有對不可見無對若如是名色法是謂名色因云何六入因若眼入耳鼻舌身意入法因是名六入因云何觸因若眼觸耳鼻舌身意身觸觸法因是名觸因云何受因若苦受樂受不苦不樂受法因是名受因云何愛因若欲愛有愛斷愛法因是名愛因云何取因若欲取見取戒取我取法因是名取因云何有因若欲有色有無色有法因是名有因云何生因若諸衆生中生正生入胎出陰成就陰入法因是名生因云何老因若諸衆生中頭白齒落皮皺身體戰掉諸根衰熟行朽命促法因是名老因云何死因若諸衆生中終沒死喪時過陰捨身於彼變異離本身衆法因是名死因云何憂因若衆生爲種種苦逼若憂重憂究竟憂若內燋熱憂悴此法因是名憂因云何悲因

若衆生憂爲憂所逼憂箭入心若追憶啼哭狂言口教法因是名悲因云何苦因若身不忍受苦眼觸苦受耳鼻舌身觸苦受法因是名苦因云何惱因若心不忍受苦意觸苦受法因是名惱因云何衆苦因若身心苦重苦究竟苦心惱亂法因是名衆苦因云何食因有四種食摶食麤細觸食意思食識食如是法因是名食因云何漏因欲漏有漏無明漏法因是名漏因云何復有因若法初陰界入法因是名復有因云何非因因若法非因是名非因因云何非無間因若法非無間因是名非無間因云何非境界因無非境界因無名非業因云何非業因若法非業因是名非業因云何非報因若法非報因是名非報因云何非起因若法非起因是名非起因云何非異因若法非共因是名非異因云何非相續因若法非增長因是名非相續因云何非增上因若法非勝因是名非增上因云何非名因若法非名因是名非名因云何非色因若法非色因是名非色因云何非無明因若法非無明因是名非無明因云何非行因若法非行因是名非行因云何非識因若法非識因是名非識因云何非名色因若法非名色因是名非名色因云何非六入因若法非六入因是名非六入因云何非觸因若法非觸因是名非觸因云何非受因若法非受因是名非受因云何非愛因若法非愛因是名非愛因云何非取因若法非取因是名非取因云何非有因若法非有因是名非有因云何非生因若法非生因是名非生因云何非老

因若法非老因是名非老因云何非死因若法非死因是名非死因云何非憂因若法非憂因是名非憂因云何非悲因若法非悲因是名非悲因云何非苦因若法非苦因是名非苦因云何非惱因若法非惱因是名非惱因云何非衆苦因若法非衆苦因是名非衆苦因云何非食因若法非食因是名非食因云何非漏因若法非漏因是名非漏因云何非復有因若法非初陰界入因是名非復有因因法非有因有因法非有因有因法非因非有因法因法非和合因和合因法非因因和合法非因亦非和合因法

云何因法非有因因法無非因復次善根不善根專敬結是名因法非有因

云何有因法非因若法非因有爲是名有因法非因

云何因有因法除善根不善根專敬結若餘法是名因有因法

云何非因非有因法除因有因法若餘法是名非因非有因法因法非和合因和合因法

非因因和合法非因亦非和合因法亦如是

前因法非共因共因法非前因前因共因法

亦非前因非共因法前因法非後因後因法

非前因前因後因法亦非前因非後因法共

因法非後因後因法非共因共因後因法亦

非共因非後因法

云何前因法非共因若法生是前因非共因

是名前因法非共因

云何共因法非前因若法生是共因非前因

名共因法非前因

云何前因共因法若法生是前因共因是名前因共因法

云何非前因非共因法除前因共因法若餘法是名非前因非共因法復次前因法非共因若法初生非報是名前因法非共因

云何共因法非前因若法非因有爲是名共因法非前因

云何前因共因法除初生非報若餘共法是名前因共因法

云何非前因非共因法除前因共因法若餘法是名非前因非共因法前因法非後因後因法非前因前因後因法非前因非後因法亦如是

云何共因法非後因若法生是共因非後因是名共因法非後因

云何後因法非共因後因生法即是共因復次得初禪已得第二禪得後因初禪清淨遊力尊自在得第二禪已得第三禪得後因二禪清淨遊力尊自在得第三禪已得第四禪得後因三禪清淨遊力尊自在若菩薩得通明已當覺彼通明時便生後因觀達無邊得神足住壽便生後因若住一劫若劫餘是名後因法非共因

云何共因後因法若法生是共因後因是名共因後因法

云何非共因非後因法除共因後因法若餘法是名非共非後因法因非因解各三十二句此最後二四句

緒分名色品第三

有人出世名如來無所著等正覺說名色解射名色斷名色云何名色若憶想假稱製名

此謂名何謂色若法色此謂色復次由憶想假稱生受想思觸思惟此謂名十色入及法入色此謂色復次觸首五法此謂名四大及四大造此謂色復次若非色有爲此謂名色有三種可見有對不可見有對不可見無對此謂色如是名色是謂名色何故說名色欲令此名色應正說開解分别顯現假稱是故說名色云何解射名色若於名色知見解射方便是名解射名色云何斷名色若於名色調伏欲染斷欲染是名斷名色今當集名色

正門

因起報共增上依食長養持微攝所依所須始胎住住處生道所向津液遍滿不調不堅不護不攝不修調堅護攝修不解不證不斷不盡不滅解證斷盡滅喜處憂處捨處善不善無記學無學非學非無學報報法非報非報法見斷思惟斷非見斷非思惟斷見斷因思惟斷因非見斷因非思惟斷因欲界繫色界繫無色界繫不繫過去未來現在此謂色

正門因謂因緣起謂因緣報謂因緣共謂因緣增上謂依緣依謂因緣食謂依緣長養持微攝所依所須亦如是始胎謂因緣住處謂依緣生謂因緣道謂因緣所向謂因緣津謂依緣液遍滿亦如是不調謂不知世間不斷世間不堅不護不攝不修亦如是調謂知世間斷世間堅護攝修亦如是不解謂未智知未以斷智知不證謂未證知見不斷謂未繫斷不盡謂未究竟盡不滅謂未智緣滅非智緣滅解謂智知斷智知證謂知見斷斷謂暫斷盡謂究竟盡滅謂智緣滅非智緣滅盡喜

處謂喜起因及受報憂處謂憂起因及受報捨處謂捨起因及受報善謂所修名色不善謂所斷名色無記謂所受名色及非報法學謂聖名色非無學無學謂聖名色非學非學非無學謂非聖名色報謂受名色及善報報法謂有報名色非報非報法謂名色無記非我分攝見斷謂名色不善非思惟斷思惟斷謂名色不善非見斷非見斷非思惟斷謂名色若善若無記見斷因謂名色若見斷若見斷法善報思惟斷因謂名色若思惟斷若思惟斷法報非見斷非思惟斷因謂名色若善法若善法報若非報非報法欲界繫謂名色若欲漏有漏色界繫謂名色若色漏有漏無色界繫謂名色若無色漏有漏不繫謂名色若聖無漏過去謂名色已生已滅未來謂名色未生未出現在謂名色生未滅

名名因名色因名名色因色名因色色因色名色因名色名因名色色因名色名色因名

起名名起色名起名色色起名色起色色起名色名色起名名色起色名色起名色名名

報名色報名名色報色名報色色報色名色報名色名報名色色報名色名色報名共名名共色名共名色色共名色共色色共名色名色共名名色共色名色共名色

名名增上名色增上名名色增上色名增上色色增上色名色增上名色名增上名色色增上名色名色增上

名依名名依色名依名色色依名色依色色依名色名色依名名色依色名色依名色

名名食名色食名名色食色名食色色食色

名色食名色名食名色色食名色名色食長養持微攝所依所須亦如是

名名始胎名色始胎名名色始胎色名始胎色色始胎色名色始胎名色名始胎名色色始胎名色名色始胎住處亦如是

名生名名生色名生名色色生名色生色色生名色名色生名名色生色名色生名色

名名道名色道名名色道色名道色色道色名色道名色名道名色色道名色名色道所向亦如是

名名津名色津名名色津色名津色色津色名色津名色名津名色色津名色名色津液遍滿亦如是

名不調名不調名不調色不調名不調名色不調色不調名不調色不調色不調色不調名色不調名色不調名不調名色不調色不調名色不調名色不調不堅不護不攝不修亦如是名調名調名調色調名調名色調色調名調色調色調名色調名色調名調名色調色調名色調名色調堅護攝修亦如是

名未解名未解名未解色未解名未解名色未解色未解名未解色未解色未解色未解名色未解名色未解名未解名色未解色未解名爲未解名色未解未證未斷未盡未滅亦如是

名解名解名解色解名解名色解色解名解色解色解色解名色解名色解名解名色解色解名色解名色解證斷盡滅亦如是

緣喜處名生喜處名生喜處色喜處色名緣

喜處色生喜處名喜處色喜處名色緣喜處名色生喜處名喜處色喜處名色憂處捨處亦如是

緒分假結品第四

結諸使根諸煩惱行習微氣行結未滅未盡轉受生老死衆苦聚集今當集假結正門十結十二入十八界五陰四諦二十二根五道三界法人人法

云何十結見結疑結戒道結欲染結瞋恚結色染結無色染結無明結慢結掉結云何見結若見煩惱非心相應不共心生不共住不共滅由是因緣故生見使是名見結使乃至若掉煩惱非心相應不共心生不共住不共滅由是因緣故生掉使是名掉結復次於在所處眠没微細堅著由是因緣故生見使是名見結乃至於在所處眠没微細堅著由是因緣故生掉使是名掉結十二入十八界五陰四諦二十二根三界如上說云何五道地獄畜生餓鬼人天云何地獄無間有間是名地獄云何畜生水陸空行是名畜生云何餓鬼少食無食等是名餓鬼云何人四天下人是名人云何天欲色無色天是名天云何法色法非色法乃至過去法未來法現在法非過去非未來非現在法是謂法云何人未生智人欲界未竟色界未竟無色界未竟已生智人欲界未竟色界無色界未竟復次已生智人欲界已竟色界無色界未竟是謂人如是法如是人是謂法人人法

十結幾見斷幾思惟斷三見斷七二分或見斷或思惟斷云何三見斷見疑戒盜是名三

見斷云何七二分或見斷或思惟斷欲染瞋恚色染無色染無明慢掉是名七二分或見斷或思惟斷

十結幾見斷一切見斷幾思惟斷七思惟斷除見疑戒盜

十結幾欲界繫幾色界繫幾無色界繫二欲界繫一色界繫一無色界繫一二分或欲界繫或色界繫五三分或欲界繫或色界繫或無色界繫何等二欲界繫欲染瞋恚此二欲界繫何等一色界繫色染此一色界繫何等一無色界繫無色染此一無色界繫何等一二分或欲界繫或色界繫戒盜此一二分或欲界繫或色界繫何等五三分或欲界繫或色界繫或無色界繫見疑無明慢掉此五三分或欲界繫或色界繫或無色界繫

十結幾欲界繫八除色染無色染十結幾色界繫七除欲染瞋恚無色染十結幾無色界繫六謂見疑無色染無明慢掉

欲界繫結幾見斷幾思惟斷三見斷五二分或見斷或思惟斷何等三見斷見疑戒盜此三見斷何等五二分或見斷或思惟斷欲染瞋恚無明慢掉此五二分或見斷或思惟斷

八欲界繫結幾見斷一切見斷幾思惟斷五思惟斷除見疑戒盜七色界繫結幾見斷幾思惟斷三見斷四二分或見斷或思惟斷何等三見斷見疑戒盜此三見斷何等四二分或見斷或思惟斷色染無明慢掉此四二分或見斷或思惟斷七色界繫結幾見斷一切見斷幾思惟斷四思惟斷除見疑戒盜六無色界繫結幾見斷幾思惟斷二見斷四二分

或見斷或思惟斷何等二見斷見疑此二見斷何等四二分或見斷或思惟斷無色染無明慢掉此四二分或見斷或思惟斷六無色界繫結幾見斷一切見斷幾思惟斷四思惟斷謂無色染無明慢掉

見結眠没幾結中眠没八結中除自性及疑九結中眠没除自性及見戒盜結不眠没諸結欲染結眠没五結中見戒盜無明慢掉瞋恚結眠没六結中見疑戒盜無明慢掉色染結眠没五結中見戒盜無明慢掉無色染結眠没四結中見無明慢掉無明結眠没九結中除自性慢掉結亦眠没九結除自性

幾結眠没見結中八除自性及戒道四結眠没疑結中瞋恚無明慢掉八結眠没戒道中除自性及無色染五結眠没欲染結中見疑無明慢掉五結眠没瞋恚結中見結疑無明慢掉五結眠没色染結中見結疑無明慢掉八結眠没無色染結中見結疑無明慢掉八結眠没無明結中除自性及戒盜八結亦眠没慢掉結中除自性及戒盜

八結眠没眼入耳入除戒盜及無色染七結眠没鼻入舌入除戒盜色染無色染八結眠没身入除戒盜無色染九結眠没意入中除戒盜九結眠没色入聲入除無色染七結眠没香味入除戒盜色染無色染八結眠没於觸入除戒盜無染色十結眠没法入八結眠没眼界耳界除戒盜無色染七結眠没鼻界舌界除戒盜色染無色染八結眠没於身界除戒盜無色染九結眠没色界聲界除無色染七結眠没香界味界除戒盜色染

無色染八結眠沒觸界除戒盜無色染八結眠沒眼識界耳識界除戒盜無色染七結眠沒鼻識舌識界除戒盜色染無色染八結眠沒身界除戒盜無色染九結眠沒意界意識界除戒盜十結眠沒法界十結眠沒色陰九結眠沒受想行識陰除戒盜十結眠沒苦諦五結眠沒集諦見疑無明慢掉滅道諦無也八結眠沒眼耳根除戒盜無色染七結眠沒鼻根舌根除戒盜色染無色染八結眠沒身根除戒盜無色染七結眠沒男根女根除戒盜色染無色染九結眠沒命根除戒盜七結眠沒樂根除戒盜瞋恚無色染六結眠沒苦根見疑瞋恚無明慢掉七結眠沒喜根除戒盜瞋恚無色染六結眠沒憂根疑瞋恚無明慢掉八結眠沒捨根除戒盜瞋恚九結眠沒意根除戒盜諸聖根無也地獄或六或七六結眠沒無間地獄見疑瞋恚無明慢掉七結眠沒無間地獄見疑欲染瞋恚無明慢掉八結眠沒畜生除色染無色染八結眠沒餓鬼除色染無色染八結眠沒人除色染無色染十結眠沒諸天八結眠沒欲界天除色染無色染七結眠沒色界天除欲染瞋恚無色染六結眠沒無色界天見疑無色染無明慢掉八結眠沒欲界除色染無色染七結眠沒色界除欲染瞋恚無色染六結眠沒無色界見疑無色染無明慢掉

十結眠沒色法九結眠沒非色法除戒盜九結眠沒可見法除無色染十結眠沒不可見法九結眠沒有對法除無色染十結眠沒無對法聖法無也十結眠沒非聖法十結眠沒

有漏法無漏法無也有染法十無染法無有求法十無求法無當取法十非當取法無有取法十無取法無有勝法十無勝法無戒結眠沒受法除戒盜十結眠沒非受法九結眠沒内法除戒盜十結眠沒外法十結眠沒有報法十結眠沒無報法九結眠沒心法除戒盜十結眠沒非心法九結眠沒心相應法除戒盜十結眠沒非心相應法九結眠沒心數法除戒盜十結眠沒非心數法九結眠沒有緣法除戒盜十結眠沒無緣法十結眠沒共心法十結眠沒不共心法隨心轉法不隨心轉法亦如是十結眠沒業法非業法亦如是九結眠沒業相應法除戒盜十結眠沒非業相應法十結眠沒共業法十結眠沒非共業法隨業轉法不隨業轉法亦如是十結眠沒因法十結眠沒非因法十結眠沒有因法無因法無也有緒法無緒法有緣法無緣法有爲法無爲法亦如是十結眠沒知法十結眠沒非知法識法非識法解法非解法了法非了法亦如是九結眠沒斷智知法除戒盜十結眠沒非斷智知法斷法非斷法亦如是十結眠沒修法十結眠沒非修法十結眠沒證法十結眠沒非證法十結眠沒善法九結眠沒不善法除戒盜十結眠沒無記法學法無學法無也十結眠沒非學非無學法十結眠沒報法十結眠沒非報法十結眠沒非報非報法法九結眠沒見斷法除戒盜九結眠沒思惟斷法除戒盜十結眠沒非見斷非思惟斷法九結眠沒見斷因法除戒盜九結眠沒思惟斷因法除戒盜十結眠沒非見斷非思

惟斷因法八結眠沒欲界繫法除色染無色染七結眠沒色界繫法除欲染瞋恚無色染六結眠沒無色界繫法見疑無色染無明慢掉不繫法無也十結眠沒過去法十結眠沒未來法十結眠沒現在法非過去非未來非現在法無也

未生智人欲界未竟色界未竟無色界未竟幾結眠沒十欲界八除色染無色染色界七除欲染瞋恚無色染無色界六見疑無色染無明慢掉

已生智人欲界未竟色界未竟無色界未竟幾結眠沒七欲界五除色染無色染色界四色染無明慢掉無色界四無色染無明慢掉

復有生智人欲界已竟色界未竟無色界未竟幾結眠沒五欲界疑色界四色染無明慢掉無色界四無色染無明慢掉

未生智人欲界未竟色界未竟無色界未竟幾結眠沒見結中八除自性及戒四結眠沒疑中瞋恚無明慢掉八結眠沒戒盜自性及無色染五結眠沒欲染結見疑無明慢掉五結眠沒瞋恚結中見疑無明慢掉五結眠沒色染結中見疑無明慢掉五結眠沒無色染結中見疑無明慢掉八結眠沒無明結中除自性及戒盜八結亦眠沒慢掉結中除自性及戒盜八結眠沒眼入耳入中除戒盜及無色染從鼻入舌入乃至過去未來現在亦如上說非過去非未來非現在無也

生智人欲界未竟色界未竟無色界未竟幾結眠沒見結中無也疑戒盜亦無三結眠沒欲染結中無明慢掉三結眠沒瞋恚結中無

明慢掉三結眼沒色染結中無明慢掉三結眼沒無色染結中無明慢掉六結眼沒無明結中除自性六結眼沒慢掉結除自性六結眼沒眼入耳入除無色染五結眼沒鼻入舌入除色染無色染六結眼沒身入除無色染七結眼沒意入六結眼沒色入聲入除無色染五結眼沒香入味入除色染無色染六結眼沒觸入除無色染七結眼沒法入六結眼沒眼界耳界除無色染五結眼沒鼻界舌界除色染無色染六結眼沒身界除無色染六結眼沒色界聲界除無色染五結眼沒香界味界除色染無色染六結眼沒觸界除無色染六結眼沒眼識界耳識界除無色染五結眼沒鼻識界舌識界除色染無色染六結眼沒身識界除無色染七結眼沒意界意識界

法界七結眼沒色陰受想行識陰亦如是七結眼沒苦諦三結眼沒集諦無明慢掉滅諦道諦無也六結眼沒眼根耳根除無色染五結眼沒鼻根舌根除色染無色染六結眼沒身根除無色染五結眼沒男根女根除色染無色染七結眼沒命根五結眼沒樂根除瞋恚結無色染四結眼沒苦根瞋恚無明慢掉五結眼沒喜根除瞋無色染四結眼沒憂根瞋恚無明慢掉六結眼沒捨根除瞋恚七結眼沒意根聖根無也地獄畜生餓鬼無也五結眼沒人中除色染無色染天上通七結五結眼沒欲界天除色染無色染四結眼沒色界天色染無明慢掉四結眼沒無色界天無色染無明慢掉五結眼沒欲界除色染無色染四結眼沒色界色染無明慢掉四結眼沒

無色界無色染無明慢掉七結眠没色法非
色法亦如是六結眠没可見法除無色染七
結眠没不可見法六結眠没有對法除無色
染七結眠没無對法聖法無七結眠没非聖
法有漏法七無漏法無有染法七無染法無
有求法七無求法無當取法七非當取法無
有取法七無取法無有勝法七無勝法無受
法七非受法七内法七外法七有報法七無
報法七心法七非心法七心相應法七非心
相應法七心數法七非心數法七有緣法七
無緣法七共心法七非共心法七隨心轉法
七不隨心轉法七業法七非業法七業相應
法七非業相應法七共業法七不共業法七
隨業轉法七不隨業轉法七因法七非因法
七有因法七無因法七有緒法七無緒法七
有緣法七無緣法七有爲法七無爲法七知
法七非知法七識法七非識法七解法七非
解法七了法七非了法七斷智知法七非斷
智知法七斷法非斷法亦如是七修法七不
修法七證法七非證法七善法七不善法七
無記法七學法無學法無非學非無學法七
報法七報法法七非報非報法法七見斷法
無思惟斷法七非見斷非思惟斷法七見斷
因法無思惟斷因法七非見斷非思惟斷因
法七欲界繫法八除色染無色染色界繫法
四色染無明慢掉無色界繫法四無色染無
明慢掉不繫法無過去法七未來法七現在
法七非過去非未來非現在無也
生智人欲界已竟色界未竟無色界未竟幾
結眠没見結中無也疑戒盜欲染瞋恚無也

三結眠没色染結中無明慢掉三結眠没無色染無明慢掉四結眠没無明結除自性四結眠没慢掉結除自性四結眠没眼入耳入除無色染鼻入舌入無四結眠没身入除無色染五結眠没意入四結眠没色入聲入除無色染香入味入無四結眠没觸入除無色染五結眠没法入四結眠没眼界耳界除無色染鼻界舌界無四結眠没身界除無色染四結眠没色界聲界除無色染鼻界舌界無四結眠没觸界除無色染四結眠没眼識界耳識界除無色染鼻識界舌識界無四結眠没身識界除無色染五結眠没意界意識界法界五結眠没色陰受想行識陰亦如是五結眠没苦諦三結眠没集諦無明慢掉滅諦道諦無四結眠没眼根耳根除無色染鼻根舌根無四結眠没身根除無色染男女根無五結眠没命根四結眠没樂根喜根除無色染苦根憂根無五結眠没捨根喜根諸無漏根無地獄畜生餓鬼人中無五結眠没通天上欲界天無四結眠没色天上除無色染四結眠没無色天上除色染欲界無四結眠没色界除無色染四結眠没無色界除色染四結眠没色法無色法亦如是四結眠没可見法除無色染五結眠没不可見法四結眠没有對法除無色染五結眠没無對法中聖法無非聖法有漏法五無漏法無有染法五無染法無有求法五無求法無當取法五非當取法無有取法五無取法無有勝法五無勝法無受法五非受法五內法五外法五有報法五無報法五心法五非心法五心相應法

五心不相應法五心數法五非心數法五有緣法五無緣法五共心法五不共心法五隨心轉法五不隨心轉法五業法五非業法五業相應法五非業相應法五共業法五非共業法五隨業轉法五不隨業轉因法五非因法五有因法五無因法五有緒法五無緒法五有緣法五無緣法五有爲法五無爲法五知法五非知法無識法非識法解法非解法了法不了法亦如是斷智知法五非斷智知法五斷法非斷法亦如是修法五非修法五證法五非證法五善法不善法五學法無學法五非學非無學法五報法五報法法五非報非報法法五見斷法無思惟斷法五非見斷非思惟斷法見斷因法無思惟斷因法五非見斷非思惟因法五欲界繫法無色界繫法四除無色染色界繫法四除色染不繫法無過去法五未來法五現在法五非過去非未來非現在法無若人眠沒見疑戒盜結中此人有幾結有十若人眠沒欲染瞋恚結中此人有幾結或十或七若人眠沒色染無色染無明慢掉結中此人有幾結或十或五若見結疑結眠沒法中此法中有幾結或十或九或八或七或六或五若戒盜結眠沒法中此法中有幾結或十或九或八或七若欲染結眠沒法中此法中有幾結或十或九或八或七或六若瞋恚結眠沒法中此法中有幾結或十或九或八或七或六或五若色染無色染結眠沒法中此法中有幾結或十或九或八或七或六若無明慢掉結眠沒法中此法中有幾結或十或九或八或七或六或五

或四法竟人若見結疑眠没人法中此人法有幾結或十或九或八或七或六或五若戒盜結眠没人法中此人法有幾結或十或九或八或七若欲染結眠没人法中此人法有幾結或十或九或八或七或六若瞋恚結眠没人法中此人法有幾結或十或九或八或七或六或五或四若色染無色染結眠没人法中此人法有幾結或十或九或八或七或六若無明結慢掉結眠没人法中此人有幾結或十或九或八或七或六或五或四

若欲終非欲終終非終始生非始生生非生欲終謂最後心非欲終謂除最後心終謂最後心非終謂在此陰始生謂初心非始生謂除初心生謂在此陰非生謂未在此陰如是地獄畜生餓鬼人中天上欲界色界無色界

若衆生於地獄中欲終眠没幾結中若衆生於地獄中非欲終眠没幾結中若衆生於地獄中終眠没幾結中若衆生於地獄中非終眠没幾結中若衆生於地獄中始生眠没於幾結若衆生於地獄中非始生眠没幾結若衆生於地獄中生眠没幾結若衆生於地獄中非生眠没幾結畜生餓鬼人中天上欲界色界無色界亦如是

若衆生於地獄中欲終始生畜生中眠没幾結若衆生於地獄中欲終非始生畜生中眠没幾結若衆生於地獄中欲終生畜生中眠没幾結若衆生於地獄中欲終非生畜生中眠没幾結若衆生於地獄中非欲終始生畜生時眠没幾結若衆生於地獄中非欲終非始生畜生中眠没幾結若衆生於地獄中非

欲終生畜生中眠没幾結若衆生於地獄中非欲終非生畜生眠没幾結若衆生於地獄中終始生畜生中眠没幾結若衆生於地獄中終非始生畜生中眠没幾結若衆生於地獄中於終生畜生中眠没幾結若衆生於地獄中終非生畜生中眠没幾結若衆生於地獄中非終始生畜生中眠没幾結若衆生於地獄中非終非始生畜生中眠没幾結若衆生於地獄中非終生畜生中眠没幾結若衆生於地獄中非終非生畜生中眠没幾結中從地獄至餓鬼從地獄至人中從地獄至天上亦如是從畜生至餓鬼從畜生至人中從畜生至天上從畜生至地獄從餓鬼至人中從餓鬼至天上從餓鬼至地獄從餓鬼至畜生從人中至天上從人中至地獄從人中至畜生從人中至餓鬼從天上至地獄從天上至畜生從天上至餓鬼從天上至人中從欲界至色界從欲界至無色界從色界至無色界從色界至欲界從無色界至欲界從無色界至色界亦如是

舍利弗阿毗曇論卷第二十上

音釋

皺（側救切皮細起也）燋（茲消切與焦同）悴（秦醉切憔悴也）津液（津將鄰切液羊益切）

舍利弗阿毗曇論卷第二十下

姚秦天竺三藏曇摩耶舍共曇摩崛多譯

緒分行品第五

身行口行意行地云何身行謂出入息是名身行云何口行謂覺觀是名口行云何意行謂想思是名意行身行地從有出入息身乃至第四禪是名身行地云何非身行地從非出入息身第四禪若過是名非身行地云何口行地欲界意識若色界不定若初禪及初禪間是名口行地云何非口行地五識身若二禪若過是名非口行地云何意行地除二定及一生若餘處是名意行地云何非意行地二定及一生是名非意行地身行於何處生不滅從非出入息身至有出入息身若於第四禪起於此處身行生不滅身行於何處滅不生從出入息身至非出入息身若入第四禪於此處身行滅不生身行於何處生滅若有出入息處於此處身行生滅身行於何處行不生不滅於非出入息身中若第四禪若過是名身行不生不滅口行於何處生不滅從離五識身至意識從第二禪起於此處口行生不滅口行於何處滅不生從離意識至五識身若入第二禪於此處口行滅不生口行於何處生滅若有覺觀處於此處口行生滅口行於何處不生不滅於五識身中若入第二禪若過於此處口行不生不滅意行於何處生不滅於二定起若一生處命終於此處意行生不滅意行於何處滅不生若入二定及一生處於此處意行滅不生意行於何處生滅若意行於此處意行生滅意行於

何處不生不滅若於二定至一生處是於此處意行不生不滅

緒分觸品第六

愚者無明覆愛煩惱和合由是法故聚集成身彼名色緣二法生觸今當集假觸正門身觸心觸乃至十八觸是名觸法

云何身觸若觸身識相應是名身觸云何心觸若觸意識相應是名心觸復次若五識身相應眼耳鼻舌身識是名身觸若心意識身相應是名心觸

云何名觸若觸心觸是名名觸云何對觸若觸身觸是名對觸

云何愛觸若觸欲染相應是名愛觸云何恚觸若觸惱相應是名恚觸云何明觸若觸聖智相應是名明觸云何無明觸若觸不善非智相應是名無明觸云何明分觸若觸明分生明能令廣大是名明分觸云何無明分觸若觸無明分生無明能令廣大是名無明分觸復次若觸聖忍相應是名明分觸若觸非聖非煩惱相應是名無明分觸復次若觸聖得智果是名明分觸若觸非聖若善無記是名無明分觸

云何聖觸若觸無漏是名聖觸云何非聖觸若觸有漏是名非聖觸

云何有漏觸若觸有染是名有漏觸云何無漏觸若觸無染是名無漏觸

云何有染觸若觸有求是名有染觸云何無染觸若觸無求是名無染觸

云何有求觸若觸當取是名有求觸云何無求觸若觸非當取是名無求觸

云何當取觸若觸有取是名當取觸云何非當取觸若觸無取是名非當取觸云何有取觸若觸有勝是名有取觸云何無取觸若觸無勝是名無取觸云何有勝觸若觸有取是名有勝觸云何無勝觸若觸無取是名無勝觸復次若此觸有餘觸餘勝妙是名有勝觸若此觸更無餘勝妙是名無勝觸復次若如來所生觸於一切法無礙知見乃至自在成就除此觸若餘觸是名有勝觸若上所除觸是名無勝觸云何受觸若觸內是名受觸云何非受觸若觸外是名非受觸云何內觸若受是名內觸云何外觸若觸非受是名外觸云何有報觸觸報法是名有報觸云何無報觸若觸報若非報非報法是名無報觸云何凡夫共觸若觸非凡夫生得凡夫亦生得是名凡夫共觸云何凡夫不共觸若觸非凡夫生得凡夫不能生得是名凡夫不共觸云何非凡夫共觸若觸凡夫生得非凡夫亦生得是名非凡夫共觸云何非凡夫不共觸若觸凡夫生得非凡夫不生不得是名非凡夫不共觸云何聲聞共觸若觸非聲聞生得聲聞亦生得是名聲聞共觸云何聲聞不共觸若觸非聲聞生得聲聞不生不得是名聲聞不共觸云何非聲聞共觸若觸聲聞生得非聲聞亦生得是名非聲聞共觸云何非聲聞不共觸若觸聲聞生得非聲聞不生不得是名非聲聞不共觸

云何如電觸若觸少少住少時住如電少少住少時住觸亦如是是名如電觸云何如金剛觸若觸無量住無量時住如金剛無量住無量時住觸亦如是是名如金剛觸復次若觸生已斷少煩惱分如電從雲中出照少闇分速滅觸亦如是是名如電觸若觸生已斷一切煩惱無餘煩惱若麤若微無不斷滅如金剛投於珠石破壞摧折無不自在觸亦如是是名如金剛觸復次若觸生已得須陀洹乃至阿那含果是名如電觸若觸生已得阿羅漢是名如金剛觸復次若觸生已得須陀洹乃至阿那含得聲聞辟支佛阿羅漢果是名如電觸若觸生已若如來所生觸於一切法無礙知見乃至自在成就是名如金剛觸

云何不定得觸若觸得不定得難得難持是名不定得觸云何定得觸若得定得決定得不難得易持是名定得觸

云何有行難持觸若觸得不定得難得難持無由力尊自在不如所欲不隨所欲不盡所欲有行難生難得如船逆水難行觸亦如是是名有行難持觸云何無行易持觸若觸得決定得不難得易得乃至如船順水易行觸亦如是是名無行易持觸

云何一分修觸若觸生已想有光明然未見色若見色不想有光明是名一分修觸云何二分修觸若觸生已想有光明亦見色是名二分修觸復次若觸生已生智然不斷煩惱若斷煩惱非生智是名一分修觸若觸生已智生能斷煩惱是名二分修觸復次若觸生已盡智生非無生智是名一分修觸若觸生

已盡智生及無生智是名二分修觸

云何有欲觸若觸有欲人欲染相應是名有欲觸云何無欲觸若觸離欲人非欲染相應是名無欲觸云何恚觸若觸有恚人恚相應是名有恚觸云何無恚觸若觸離恚人非恚相應是名無恚觸云何有癡觸若觸有癡人癡相應是名有癡觸云何無癡觸若觸離癡人非癡相應是名無癡觸

云何没觸若觸睡眠相應不共内滅念相應慧未成就不能分別善法是名没觸云何散觸若觸想欲染共欲染欲染相應多欲見淨於外五欲中彼染著是名散觸

云何少觸若觸不定是名少觸云何多觸若觸定是名多觸

云何不定觸若觸不定人非定相應是名不定觸云何定觸若觸定人定相應是名定觸

云何不解脱觸若觸不解脱人非解脱相應是名不解脱觸云何解脱觸若觸解脱人解脱相應是名解脱觸

云何有勝觸若觸有勝人有勝法相應是名有勝觸云何無勝觸若觸無勝人無勝法相應是名無勝觸

云何有覺觸若觸有覺相應覺共生共住共滅是名有覺觸云何無覺觸若觸非覺相應不共覺生不共住不共滅是名無覺觸云何有觀觸若觸觀相應共觀生共住共滅是名有觀觸云何無觀觸若觸非觀相應不與觀共生不共觀住不共滅是名無觀觸

云何有喜觸若觸喜相應共喜生共住共滅是名有喜觸云何無喜觸若觸非喜相應不

共喜生不共喜住不共滅是名無喜觸云何共味觸若觸樂受相應是名共味觸云何共捨觸若觸不苦不樂受相應是名共捨觸

云何忍相應觸若觸忍共生共住共滅是名忍相應觸云何非忍相應觸若觸非忍共生共住共滅是名非忍相應觸云何智相應觸若觸共智生共住共滅是名智相應觸云何非智相應觸若觸非智共生共住共滅是名非智相應觸云何初忍觸若觸聖無漏堅信堅法人所修是名初忍觸云何初智觸若觸聖無漏是道人所修是名初智觸

云何欲終觸若觸最後識相應是名欲終觸

云何始生觸若觸初識相應是名始生觸

云何善觸若觸修是名善觸云何不善觸若觸斷是名不善觸云何無記觸若觸受若非報非報法是名無記觸

云何學觸若觸聖非無學是名學觸云何無學觸若觸聖非學是名無學觸云何非學非無學觸若觸非聖是名非學非無學觸

云何報觸若觸受善報是名報觸云何報法觸若觸有報是名報法觸云何非報非報法觸若觸無記非我分攝是名非報非報法觸

云何見斷觸若觸不善非思惟斷是名見斷觸云何思惟斷觸若觸不善非見斷是名思惟斷觸云何非見斷非思惟斷觸若觸善無記是名非見斷非思惟斷觸

云何見斷因觸若觸見斷若見斷法報是名見斷因觸云何思惟斷因觸若觸思惟斷若思惟斷法報是名思惟斷因觸云何非見斷因非思惟斷因觸若觸善若善法報若非報

非報法是名非見斷非思惟斷因觸云何輭觸若觸不善是名輭觸云何中觸若觸無記是名中觸云何上觸若觸善是名上觸復次若觸不善若無記是名輭觸若觸非聖善是名中觸若觸聖無漏是名上觸

云何麤觸若觸欲界繫是名麤觸云何細觸若觸色界繫若不繫是名細觸云何微觸若觸無色界繫是名微觸復次若欲界繫若色界繫是名麤觸若空處繫識處繫不用處繫若不繫是名細觸若非想非非想處繫是名微觸復次若觸欲界繫色界繫空處繫識處繫不用處繫是名麤觸若觸不繫是名細觸若觸非想非非想處繫是名微觸

云何樂受觸若觸樂受相應是名樂受觸云何苦受觸若觸苦受相應是名苦受觸云何不苦不樂受觸若觸不苦不樂受相應是名不苦不樂受觸復次若觸受樂報是名樂受觸若觸受苦報是名苦受觸若觸受不苦不樂報是名不苦不樂受觸復次除不苦不樂受觸若餘觸善有報是名樂受觸若觸不善是名苦受觸除樂受觸若餘觸善有報是名不苦不樂受觸復次若觸善有報是名樂受觸若觸不善是名苦受觸除樂受苦受觸若餘觸是名非苦非樂受觸

云何喜處觸若觸始起已生喜是名喜處觸云何憂處觸始起已生憂是名憂處觸云何捨處觸若觸始起已生捨是名捨處觸復次除捨處觸若餘觸善有報是名喜處觸若觸不善是名憂處觸除喜處觸若餘觸善有報是名捨處觸復次若觸善有報是名喜

處觸若觸不善是名憂處觸除喜處憂處觸若餘觸是名非喜處非憂處觸

云何有覺有觀觸若觸有覺有觀定相應是名有覺有觀觸云何無覺有觀觸若觸無覺有觀定相應是名無覺有觀觸云何無覺無觀觸若觸無覺無觀定相應是名無覺無觀觸云何空相應觸若觸空定共生共住共滅是名空相應觸云何無相相應觸若觸無相定共生共住共滅是名無相相應觸云何無願相應觸若觸無願定共生共住共滅是名無願相應觸

云何現報觸若觸即生我分攝若觸所起作成就即生我分攝受報是名現報觸云何生報觸若觸生我分攝若觸所起作成就無間生受報是名生報觸云何後報觸若觸生我分攝若觸所起作成就第三第四生受報或過是名後報觸

云何與樂觸若觸樂果是名與樂觸云何與苦觸若觸苦果是名與苦觸云何不與樂不與苦觸除與樂與苦觸若餘觸是名不與樂不與苦觸復次若觸善有報是名與樂觸若觸不善是名與苦觸除與樂與苦觸若餘觸是名非與樂非與苦觸

云何樂果觸若觸樂報是名樂果觸云何苦果觸若觸苦報是名苦果觸云何非樂果非苦果觸除樂果苦果觸若餘觸是名非樂果非苦果觸復次若觸善有報是名樂果觸若觸不善有報是名苦果觸除樂果苦果觸若餘觸是名非樂果苦果觸樂報觸苦報觸非樂報非苦報觸亦如是

云何過去觸若觸生已滅是名過去觸云何未來觸若觸未生未起是名未來觸云何現在觸若觸生未滅是名現在觸

云何過去境界觸思惟過去法若生觸是名過去境界觸云何未來境界觸思惟未來法若生觸是名未來境界觸云何現在境界觸思惟現在法若生觸是名現在境界觸云何非過去非未來非現在境界觸思惟非過去非未來非現在法若生觸是名非過去未來現在境界觸

云何欲界繫觸若觸欲漏有漏是名欲界繫觸云何色界繫觸若觸色漏有漏是名色界繫觸云何無色界繫觸若觸無色漏有漏是名無色界繫觸云何不繫觸若觸聖無漏是名不繫觸

云何共慈觸若慈觸解心共生共住共滅是名共慈觸共悲觸共喜觸共捨觸亦如是

云何樂根相應觸樂根共生共住共滅是名樂根相應觸苦根喜根憂根捨根相應觸亦如是

云何眼觸若觸眼識相應是名眼觸耳鼻舌身意亦如是復次緣色生眼識三法和合生觸是名眼觸耳鼻舌身意亦如是

云何眼識界相應觸若觸眼識界共生共住共滅是名眼識界相應觸耳鼻舌身識界亦如是云何意界相應觸若觸意識共生共住共滅是名意界相應觸意識界相應觸亦如是云何十八觸眼觸樂受眼觸苦受眼觸不苦不樂受耳鼻舌身意亦如是是名十八觸

緒分假心品第七

心性清淨爲客塵染凡夫未聞故不能如實知見亦無修心聖人聞故如實知見亦有修心心性清淨離客塵垢凡夫未聞故不能如實知見亦無修心聖人聞故能如實知見亦有修心今當集假心正門

聖心非聖心乃至六識界七識界心

云何聖心若心無漏是名聖心云何非聖心若心有漏是名非聖心

云何有漏心若心有染是名有漏心云何無漏心若心無染是名無漏心

云何有染心若心有求是名有染心云何無染心若心無求是名無染心

云何有求心若心當取是名有求心云何無求心若心非當取是名無求心

云何當取心若心有取是名當取心云何非當取心若心無取是名非當取心

云何有取心若心有勝是名有取心云何無取心若心無勝是名無取心

云何有勝心若心有取是名有勝心云何無勝心若心無取是名無勝心復次若於此心有餘心過勝妙是名有勝心若於此心更無餘心過勝妙是名無勝妙心復次若如來所生心於一切法無礙知見乃至自在成就除此心若餘心是名有勝心若無所除心是名無勝心

云何受心若心內是名受心云何非受心若心外是名非受心

云何內心若心受是名內心云何外心若心非受是名外心

云何有報心若心報法是名有報心云何無

報心若心報若非報非報法是名無報心

云何凡夫共心若心凡夫生得凡夫亦生得是名凡夫共心云何凡夫不共心若心非凡夫生得凡夫不能生得是名凡夫不共心云何非凡夫共心若心凡夫生得非凡夫亦生得是名凡夫共心云何非凡夫不共心若心凡夫生得非凡夫不生不得是名非凡夫不共心

云何聲聞共心若心聲聞生得聲聞亦生得是名聲聞共心云何聲聞不共心若心非聲聞生得聲聞不生不得是名聲聞不共心云何非聲聞共心若心聲聞生得非聲聞亦生得是名非聲聞共心云何非聲聞不共心若心聲聞生得非聲聞不生不得是名非聲聞不共心

云何如電心若心少少住少時住如電少少住少時住是名如電心云何如金剛心若心無量住無量時住如金剛無量住無量時住是名如金剛心復次若心生已斷少煩惱分如電從雲中出照少闇分速滅心亦如是是名如電心若心生已斷一切煩惱無餘煩惱若麤若微無有斷滅如金剛投於珠石無不破壞摧折是名如金剛心復次若心生已得須陀洹果乃至阿那含果是名如電心若心生已得阿羅漢果是名如金剛心復次若心生已得須陀洹果乃至阿那含果得聲聞辟支佛阿羅漢果是名如電心若心生已若如來所生心於一切法無礙知見乃至自在成就是名如金剛心

云何不定得心若心得不定得難得難持是

名不定得心云何定得心與上相違是名定得心

云何有行難持心若心得不定得難得難持無由力尊自在不如所欲不隨所欲不盡所欲有行難生難得如船逆水難行心亦如是是名有行難持心云何無行易持心與上相違是名無行易持心

云何一分修心若心生已想有光明然不見色若見色不想有光明是名一分修心云何二分修心若心生已想有光明亦見色是名二分修心復次若心生已生智然不斷煩惱若斷煩惱不生智是名一分修心若心生已智生能斷煩惱是名二分修心復次若心生已盡智非無生智是名一分修心若心生已盡智生及無生智是名二分修心

云何有欲心若心有欲人欲染相應是名有欲心云何無欲心若心離欲人非欲染相應是名無欲心云何有恚心若心有恚人恚相應是名有恚心云何無恚心若心離恚人非恚相應是名無恚心云何有癡心若心有癡人癡相應是名有癡心云何無癡心若心離癡人非癡相應是名無癡心

云何沒心若心睡眠相應不共内滅念相應慧未成就不能分别善法是名沒心云何散心若心欲染共欲染欲染相應多欲見淨於外五欲中彼彼染著是名散心

云何少心若心不定是名少心云何多心若心定是名多心

云何不定心若心不定人非定相應是名不定心云何定心若心定人定相應是名定心

云何不解脱心若心不解脱人非解脱相應是名不解脱心云何解脱心若心解脱人解脱相應是名解脱心

云何有勝心若心有勝人有勝法相應是名有勝心云何無勝心若心無勝人無勝法相應是名無勝心

云何有覺心若心覺相應共覺生共住共滅是名有覺心云何無覺心若心非覺相應不共覺生不共住不共滅是名無覺心云何有觀心若心觀相應共觀生共住共滅是名有觀心云何無觀心若心非觀相應不共觀生不共住不共滅是名無觀心

云何有喜心若心喜相應共喜生共住共滅是名有喜心云何無喜心若心非喜相應不共喜生不共住不共滅是名無喜心云何共味心若心樂受相應是名共味心云何共捨心若心不苦不樂受相應是名共捨心

云何忍相應心若心忍共生共住共滅是名忍相應心云何非忍相應心若心非忍共生共住共滅是名非忍相應心云何智相應心若心共智生共生共住共滅是名智相應心云何非智相應心若心非智共生共住共滅是名非智相應心

云何忍爲始心若心聖無漏堅信堅法所修是名忍爲始心云何智爲始心若心聖無漏見道人所修是爲智爲始心

云何欲終心若最後識是名欲終心云何始生心若心初識是名始生心

云何善心非心修是名善心云何不善心若心斷是名不善心云何無記心若心受若心

非報非報法是名無記心
云何學心若心聖非無學是名學心云何無
學心若心聖非學是名無學心云何非學非
無學心若心非聖是名非學非無學心
云何報心若心受若善報是名報心云何報
法心若心有報是名報法心云何非報非報
法心若心無記非我分攝是名非報非報法
心云何見斷心若心不善非思惟斷是名見
斷心云何思惟斷心若心不善非見斷是名
思惟斷心云何非見斷非思惟斷心若心善
若無記是名非見斷非思惟斷心
云何見斷因心若心見斷若見斷法報是名
見斷因心云何思惟斷因心若心思惟斷若
思惟斷法報是名思惟斷因心云何非見斷
非思惟斷因心若心善法報若心非報非報
法是名非見斷非思惟斷因心
云何輭心若心不善是名輭心云何中心若
心無記是名中心云何上心若心善是名上
心復次若心不善若無記是名輭心若心非
聖善是名中心若心聖無漏是名上心
云何麤心若心欲界繫是名麤心云何細心
若心色界繫若不繫是名細心云何微心若
心無色界繫是名微心復次若心欲界繫若
色界繫是名麤心若心空處繫識處繫不用
處繫若不繫是名細心若心非想非非想處
繫是名微心復次若心欲界繫若色界繫若
空處繫識處繫不用處繫是名麤心若心不
繫是名細心若心非想非非想處繫是名微
心云何樂受心若心樂受相應是名樂受心
云何苦受心若心苦受相應是名苦受心

云何不苦不樂受心若心不苦不樂受相應是名不苦不樂受心復次若心受樂報是名樂受心若心受苦報是名苦受心若心受不苦不樂報是名不苦不樂受心復次除不苦不樂受心若餘心善有報是名樂受心若心不善是名苦受心除樂受心若餘心善有報是名不苦不樂受心復次若心善有報是名樂受心若心不善是名苦受心除苦受樂受心若餘心是名非苦非樂受心

云何喜處心若心始起生喜是名喜處心云何憂處心若心始起生憂是名憂處心云何捨處心若心始起生捨是名捨處心復次除捨處心若餘心善有報是名喜處心若心不善是名憂處心除喜處心若餘心善有報是名捨處心復次若心善有報是名喜處心若心不善是名憂處心除喜處憂處若餘心是名非喜處非憂處心

云何有覺有觀心若心有覺有觀定相應是名有覺有觀心云何無覺有觀心若心無覺有觀定相應是名無覺有觀心云何無覺無觀心若心無覺無觀定相應是名無覺無觀心云何空相應心若心空定共生共住共滅是名空相應心云何無相相應心若心無相定共生共住共滅是名無相相應心云何無願相應心若心無願定共生共住共滅是名無願相應心

云何現報心若心即生我分攝若心起作成就即生我分攝此所起作受報是名現報心云何生報心若心生報我分攝若所起作成就無間生受報是名生報心云何後報心若

心生我分攝若所起作成就第一生乃至第四生受報或過是名後報心

云何與樂心若心樂果是名與樂心云何與苦心若心苦果是名與苦心云何不與樂不與苦心除與樂與苦心若餘心是名不與樂不與苦

不與樂心復次若心善有報是名與樂心若心不善有報是名與苦心除與苦樂若餘心是名不與樂心

云何樂果心若心樂報是名樂果心云何苦果心若心苦報是名苦果心云何非樂果非苦果心除苦果樂果心若餘心是名非樂果非苦果心復次若心善有報是名樂果心若心不善有報是名苦果心除樂果苦果心若餘心是名非樂果非苦果心樂報心苦報心非樂非苦報心亦如是

云何過去心若心生已滅是名過去心云何未來心若心未生未起是名未來心云何現在心若心生未滅是名現在心

云何過去境界心思惟過去法若生心是名過去境界心云何未來境界心思惟未來法若心生是名未來境界心云何現在境界心思惟現在法若生心是名現在境界心云何非過去非未來非現在境界心思惟非過去非未來非現在法若生心是名非過去非未來非現在境界心

云何欲界繫心若心欲漏有漏是名欲界繫心云何色界繫心若心色漏有漏是名色界繫心云何無色界繫心若心無色漏有漏是名無色界繫心云何不繫心若心聖無漏是名不繫心

云何共慈心若心慈解心共生共住共滅是名共慈解心共悲心共喜心共捨心亦如是云何樂根相應心若心樂根共生共住共滅是名樂根相應心苦根喜根憂根捨根相應心亦如是

云何六識身眼識身乃至意識身云何眼識緣眼緣色緣明緣思惟以此四緣和合識已生今生當生不定是名眼識身耳鼻舌身意識身亦如是是名六識身

云何七識界眼識界乃至意識界云何眼識界若識眼根生色境界已生今生當生不定是名眼識界耳鼻舌身識界亦如是云何意界意生法思惟法若初心已生今生當生不定是名意界云何意識界不離彼境界若餘心似彼已生今生當生不定是名意識界

緒分十不善業道品第八

問曰幾不善業道答曰十殺生乃至邪見云何殺生若人以惡心殺生無有慈愍專在殺害是名殺生云何盜竊若人於聚落中及山野間疑他財物是名盜竊云何邪婬若女人爲父母護兄弟姊妹護自護法護王護親里及諸知識乃至受華鬘護若犯此等是名邪婬云何妄語若人不知言知知言不知不見言見見言不見或爲己身或爲他人或爲財物故作妄語是名妄語云何兩舌若人在此聞至彼說欲壞此人故在彼聞至此說欲壞彼人故未破者令破已破者欲使盡散樂別離他是名兩舌云何惡口若人出言麤獷苦切他人聞已不喜不悅是名惡口云何綺語若人出非時語無義語非法語非調伏語不

寂靜語是名綺語云何貪欲若人於他村邑他財物生希望心欲令他物作已有是名貪欲云何瞋恚若人瞋恚欲令前衆生得繫閉傷害爲種種苦加是名瞋恚云何邪見若人邪見言無施無祠祀無善惡業報無此世他世無父母無天無化生衆生無沙門婆羅門是名邪見

殺生以何因殺生爲誰因殺生以貪因以瞋因以癡因以心心數法因殺生是地獄畜生餓鬼因是鬼神人中貧賤因若餘報生人中短壽竊盜以何因竊盜爲誰因竊盜以貪因乃至以心心數法因盜竊是地獄畜生餓鬼因是鬼神人中貧賤因若餘報生人中財物消耗邪婬以何因邪婬爲誰因邪婬以貪因乃至以心心數法因邪婬是地獄畜生餓鬼因是鬼神人中貧賤因若餘報生人中諍競妄語以何因妄語爲誰因妄語以貪因乃至以心心數法因妄語是地獄畜生餓鬼因是鬼神人中貧賤因若餘報生人中常被誹謗兩舌以何因兩舌以貪因乃至以心心數法因兩舌爲誰因是地獄畜生餓鬼因是鬼神人中貧賤因若餘報生人中眷屬親厚相憎嫉破壞惡口以何因惡口爲誰因惡口以貪因乃至以心心數法因惡口爲誰因惡口是地獄畜生餓鬼因是鬼神人中貧賤因若餘報生人中聞不適意聲綺語以何因綺語爲誰因綺語以貪因乃至以心心數法因綺語爲誰因是地獄畜生餓鬼因是鬼神人中貧賤因若餘報生人中言不貴重貪欲以何因貪欲爲誰因貪欲以結因以使因以心心數

法因貪欲爲誰因是地獄畜生餓鬼因是鬼神人中貧賤因若餘報生人中多諸緣事瞋恚以何因瞋恚爲誰因瞋恚以結因以使因以心心數法因瞋恚爲誰因是地獄畜生餓鬼因是鬼神人中貧賤因若餘報生人中多有怨憎邪見以何因邪見爲誰因邪見以結因以使因以心心數法因邪見爲誰因是地獄畜生餓鬼因鬼神人中貧賤因若餘報生人中以邪爲吉

緒分十善業道品第九

問曰幾善業道答曰十何等十不殺生乃至正見云何不殺生若人離殺生棄捨刀杖慙愧慈悲愍一切衆生是名不殺生云何不盜竊若人離竊盜不盜他物是名不盜竊云何不邪婬若人離邪婬他所護女終不婬犯是名不邪婬云何不妄語若人離妄語不知言不知知言知不見言不見見言見不爲己身不爲他人不爲財物而作妄語是名不妄語云何不兩舌若人離兩舌在此聞不至彼說不欲壞此在彼聞不至此說不欲壞彼若破壞者欲令和合已和合者欲令增歡喜共相娛樂是名不兩舌云何不惡口若人離惡口離麤獷言語言柔輭衆人愛喜是名不惡口云何不綺語若人應時語眞實語有義語調伏語寂靜語順時善語是名不綺語云何無貪若人離貪不希望他村邑財物疑是我有是名無貪云何無瞋若人離瞋恚心不欲令此衆生傷害繫閉受種種苦是名無瞋云何正見若人正見信有施有祠祀乃至世有沙門婆羅門正見正趣有證知今世後世者是

名正見
不殺生以何因不殺生爲誰因不殺生以無貪因以無恚因以無癡因心心數法因不殺生爲誰因是天上人中受樂因若餘報生人中長壽不竊盜以何因不竊盜爲誰因不竊盜以無貪因乃至以心心數法因不竊盜是天上人中受樂因若餘報生人中財物不消耗不邪婬以何因不邪婬爲誰因不邪婬以無貪因乃至以心心數法因不邪婬是天上人中受樂因若餘報生人中不諍競不妄語以何因不妄語爲誰因不妄語以無貪因乃至以心心數法因不妄語是天上人中受樂因若餘報生人中不被誹謗不兩舌以何因不兩舌爲誰因不兩舌以無貪因乃至以心心數法因不兩舌是天上人中受樂因若餘報生人中眷屬親厚不相憎嫉破壞不惡口以何因不惡口爲誰因不惡口以無貪因乃至以心心數法因不惡口是天上人中受樂因若餘報生人中聞適意聲不綺語以何因不綺語爲誰因不綺語以無貪因乃至以心心數法因不綺語是天上人中受樂因若餘報生人中言爲貴重無貪以何因無貪爲誰因無貪以專敬因專敬以善根因以心心數法因無貪是天上人中受樂因若餘報生人中無諸緣事無恚以何因無恚爲誰因無恚以專敬因乃至以心心數法因無恚是天上人中受樂因若餘報生人中無多怨憎正見以何因正見爲誰因正見以專敬因乃至以心心數法因正見是天上人中受樂因若餘報生人中不以邪爲吉

舍利弗阿毗曇論卷第二十下

音釋

鬘莫班切花鬘也　獷古猛切麤惡也　綺去倚切文繒也　誹府尾切非議也

舍利弗阿毗曇論卷第二十一

姚秦天竺三藏曇摩耶舍共曇摩崛多譯

緒分定品第十

五支定五智定共念出息入息定共不淨想定入火定共證知神足定共證知天耳定共證知他心定共證知宿命定共明想定無間定根定力定正覺定正定邪定聖定非聖定有漏定無漏定有染定無染定有求定無求定當取定非當取定有取定無取定有勝定無勝定有受定無受定內定外定有報定無報定凡夫共定凡夫不共定非凡夫共定非凡夫不共定聲聞共定聲聞不共定非聲聞共定非聲聞不共定如電定如金剛定不定得定定得定有行難持定無行易持定一分修定二分修定有想定無想定如事定憶想定離色想定不離色想定勝入定遍入定有覺定無覺定有觀定無觀定有喜定無喜定共味定共捨定忍相應定非忍相應定智相應定非智相應定忍爲始定智爲始定欲終定始生定善定不善定無記定學定無學定非學非無學定報定報法定非報非報法定見斷定思惟斷定非見斷非思惟斷定見斷因定思惟斷因定非見斷非思惟斷因定下定中定上定麤定細定微定有覺有觀定無覺有觀定無覺無觀定空定無相定無願定三願得定非三願得定內身觀內身定外身觀外身定內外身觀內外身定內受觀內受定外受觀外受定內外受觀內外受定內心觀內心定外心觀外心定內外心觀內外心定內法觀內法定外法觀外法定內外法觀

内外法定内境界定外境界定内外境界定内定境界定外定境界定衆生境界定色境界定無色境界定衆生境界定有爲境界定無爲境界定衆生境界定法境界定無境界定衆生境界定少定中定無量定少境界定中境界定無量境界定少定少境界少定中境界少定無量境界中定少境界中定中境界中定無量境界無量定少境界無量定中境界無量定無量境界少住定中住定無量住定少定少住少定中住少定無量住中定少住中定中住中定無量住無量定少住無量定中住無量定無量住過去定未來定現在定過去境界定未來境界定現在境界定非過去非未來非現在境界定欲界繫定色界繫定無色界繫定不繫定作定非離離定

非作作離定亦非作離定取定非出出定非取取出定亦非取非出定有染定非離染離染定非有染有染離染定亦非有染非離染定有軛定非離軛離軛定非有軛有軛離軛定亦非有軛非離軛定智果定非斷果斷果定非智果斷果定亦非智果非斷果定智果定非得果得果定非智果智果得果定亦非智果非得果定盡定非覺覺定非盡盡覺定亦非盡非覺定射定非解解定非射射解定亦非射非解定退分定住分定智增長分定射分定退分定非住分住分定非退分退分住分定亦非退分非住分定退分定非增長分增長分定非退分退分增長分定亦非退分非增長分定退分定非射分射分定非退分退分射分定亦非退分非射分定住分定

非增長分增長分定非住分住分增長分定亦非住分非增長分定住分定非射分射分定非住分住分射分定亦非住分非射分定增長分定非射分射分定非增長分增長分射分定亦非增長分非射分定四念處四正斷四神足四禪四無量四無色定四向道四果四修定四斷五根五力五解脫入五出界五觀定五生解脫法六念六空六出界六明分法六悅根法六無喜正覺七覺七想七定所須八聖道八解脫八勝入九滅九次第滅定九想十正法十遍入十一解脫入

云何五支定如佛告諸比丘諦聽諦聽善思念之吾當爲汝說聖五支定諸比丘言唯然受敎云何得修聖五支正定如比丘離欲惡不善有覺有觀離生喜樂成就初禪行此身離生喜樂津液遍滿此身盡離生喜樂津液遍滿無有減少如善澡浴師若善澡浴師弟子以細澡豆盛著器中以水灑之調適作摶此摶津液遍滿不乾不濕内外和調如是比丘身離生喜樂津液遍滿無有減少是名修聖五支初支定復次比丘滅覺觀内正信一心無覺無觀定生喜樂成就二禪行此身定生喜樂津液遍滿此身盡定生喜樂津液遍滿無有減少如陂湖水底涌出不從東方南西北方來此水從底涌出能令池津液遍滿無有減少如是比丘此身定生喜樂津液遍滿無有減少是謂修聖五支第二支定復次比丘離喜捨行念正智身受樂如諸聖人解捨念樂行成就三禪行此身無喜樂津液遍滿此身無喜樂津液遍滿無有減少如優鉢

羅華池波頭摩華池鳩頭摩華池分陀利華池從泥中出未能出水此華從根至頭從頭至根皆津液遍滿無有減少如是比丘此身無量喜樂津液遍滿此身津液遍滿無有減少是謂聖五支第三支定復次比丘斷苦樂先滅憂喜不苦不樂捨念淨成就四禪行此身以清淨心遍解行此身以清淨心遍解行無有減少如男子女人著白淨衣從頭至足從足至頭無不覆處如是比丘以清淨心遍解行此身以清淨遍解行無有減少是謂修聖五支第四支定復次比丘善取觀相善思惟善解如立人觀坐者如坐人觀卧者如是比丘善取觀相善思惟善解是謂修聖五支第五支定如是比丘修聖五支定親近多修學已欲證通法希望欲證隨心所欲即能得證自知無礙如四衢處有善調馬善駕已有善御乘者乘已隨意自在如是比丘親近聖五支定多修學已欲證通法希望欲證隨心所欲即能得證自在無礙如盛水瓶堅牢不漏盛以淨水平滿爲欲隨人傾用如意自在如是比丘親近聖五支定多修學已欲證通法希望欲證隨心所欲自在無礙如比丘如陂泉遍水平滿爲飲如人決用如意自在隨所決即出如是比丘親近聖五支定多修學已欲證通法希望欲證隨心所欲即能得證自在無礙如比丘欲受無量若干神足動地能以一爲多以多爲一乃至梵天身得自在隨所能入如智品說如比丘欲受天耳清淨過人能聞人非人聲聞所能入如比丘欲受知他衆生心能知有欲心如實知有欲心無

欲心如實知無欲心乃至無勝心如實知無勝心隨所能入如智品說如比丘欲受憶念無量宿命能憶一生二生三生四生五生乃至成就此行隨所能入如智品說如賢比丘欲受天眼清淨過人能見衆生生死乃至如所業報隨所能入如智品說如賢比丘欲受盡有漏成無漏得心解脫慧解脫現世自智證成就行我生已盡梵行已立所作已辦更不受有隨所能入如是修聖五支定親近多修學已得如是果報云何比丘離欲惡不善法有覺有觀離生喜樂成就初禪行如比丘一切有爲法若一處有爲法思惟無常知無常解無常受無常如是不放逸觀離欲惡不善法有覺有觀離生喜樂成就初禪行如是比丘離欲惡不善法有覺有觀離生喜樂成就初禪行如是乃至見死屍在火聚上觀如道品一支定廣說復次比丘如是思惟我內有欲染如實知內有欲染若內無欲染如實知內無欲染如實知欲染未生如實知未生如欲染未生生如實知生如欲染生已斷如實知斷如欲染斷已如實知更不復生內有瞋恚睡眠掉悔疑亦如是如是不放逸觀離欲惡不善法有覺有觀離生喜樂成就初禪行比丘如是離欲惡不善法有覺有觀離生喜樂成就初禪行復次比丘如是思惟我內眼識色有欲染瞋恚如實知內眼識色有欲染瞋恚內眼識色無欲染瞋恚如未生眼識色欲染瞋恚如實知未生如未生眼識色欲染瞋恚生如實知生如生眼識色欲染瞋恚斷已如實知斷如眼識色欲染瞋恚斷已如

實知更不復生耳識聲鼻識香舌識味身識觸意識法亦如是不放逸觀離欲惡不善法有覺有觀離生喜樂成就初禪行比丘如是離欲惡不善法有覺有觀離生喜樂成就初禪行復次比丘如是思惟我內有念正覺如實知內有念正覺內無念正覺如實知內無念正覺如念正覺未生生如實知未生如念正覺未生生如實知生如念正覺生已具足修如實知具足修擇法正覺精進正覺喜正覺除正覺定正覺捨正覺亦如是如是不放逸觀離欲惡不善法有覺有觀離生喜樂成就初禪行比丘如是離欲惡不善法有覺有觀離生喜樂成就初禪行復次比丘如實知苦苦集苦滅苦滅道如實知漏漏集漏滅漏滅道如是不放逸觀離欲惡不善法有覺有觀離生喜樂成就初禪行比丘如是謂離欲惡不善法有覺有觀離生喜樂成就初禪行復次比丘心畏怖故出一切有爲入甘露界此寂靜妙勝離一切有爲愛盡涅槃如是不放逸觀離欲惡不善法有覺有觀離生喜樂成就初禪行比丘如是離欲惡不善法有覺有觀離生喜樂成就初禪行第二禪第三禪第四禪亦如是說云何比丘善取觀相善思惟善解如比丘一切有爲法若一處有爲法思惟無常知無常解無常受無常如是不放逸觀離欲惡不善法有覺有觀離生喜樂成就初禪行如比丘若行若法相離欲惡不善法有覺有觀離生喜樂成就初禪行若法相善取相善思惟善解善識順識緣識分別順分別緣分別比丘如是善取觀相善思惟善解

復次比丘若一處有爲法思惟是苦患癰箭味過依緣壞法不定不滿可壞苦空無我思惟緣知緣受緣即無明緣行行緣識識緣名色名色緣六入六入緣觸觸緣受受緣愛愛緣取取緣有有緣生生緣老死憂悲苦惱衆苦聚集如是不放逸觀離欲惡不善法有覺有觀離生喜樂成就初禪行如比丘若法相離欲惡不善法有覺有觀離生喜樂成就初禪行若行若法相善取相善思惟善解善識順識緣識分別順分別緣分別比丘如是善取觀相善思惟善解復次比丘一切有爲法若一處有爲法思惟法滅知滅解滅受滅無明滅則行滅行滅則識滅識滅則名色滅名色滅則六入滅六入滅則觸滅觸滅則受滅受滅則愛滅愛滅則取滅取滅則有滅有滅則生滅生滅則老死憂悲苦惱衆苦聚集滅如是不放逸觀離欲惡不善法有覺有觀離生喜樂成就初禪行如比丘若行法相離欲惡不善法有覺有觀離生喜樂成就初禪行若行若法相善取相善思惟善解善識順識緣識分別順分別緣分別比丘如是善取觀相善思惟善解復次比丘行知行樂住知住樂坐知坐樂卧知卧樂如是身住樂如實知住樂如是不放逸觀離欲惡不善法有覺有觀離生喜樂成就初禪行如比丘若行若法相離欲惡不善法有覺有觀離生喜樂成就初禪行若行善法相善取相善思惟善解善識順識緣識分別順分別緣分別比丘如是善取觀相善思惟善解復次比丘從去來屈伸乃至心怖畏故出一切有爲入甘露界亦

如是說第二禪第三禪第四禪亦如是說何謂善取觀相善思惟善解如比丘一切有爲法若一處有爲法思惟無常知無常解無常受無常如是不放逸觀離欲惡不善法有覺有觀離生喜樂成就初禪行如比丘若有色受想行識善取法相善思惟善解善識順識緣識分別順分別緣分別比丘如是善取相善思惟善解復次比丘一切有爲法若一處有爲法從思惟是苦患癰箭乃至心畏怖故出一切有爲入甘露界此寂靜此妙勝離一切有爲愛盡涅槃如是不放逸觀離欲惡不善法有覺有觀離生喜樂成就初禪行如比丘若有色受想行識善取法相善思惟善解善識順識緣識分別順分別緣分別比丘如是善取觀相善思惟善解第二禪第三禪第四禪亦如上說如是五支是名五支定云何五智定如世尊說諸比丘修定無量明了諸比丘若修定無量明了已緣生五種智何等五若有定現樂後樂報緣此生智若有定聖無染緣此生智若有定不怯弱者能親近緣此生智若有定寂靜勝妙獨修除得緣此生智若有定正念入正念起緣此生智云何定現樂後樂報緣此生智云何現樂定如比丘離欲惡不善法有覺有觀離生喜樂成就初禪行若身離生喜樂津液遍滿此身盡離生喜樂津液遍滿無有減少如善澡浴師若善澡浴師弟子以細澡豆盛著器中以水灑已調適作摶此摶津液遍滿不燥不濕内外和潤如是比丘身離生喜樂津液遍滿身盡離生喜樂津液遍滿無有減少如比丘增

益受離生喜樂出世樂寂靜樂滅樂正覺樂沙門果樂涅槃樂此定如是謂現樂復次比丘滅覺觀内淨信一心無覺無觀定生喜樂成就二禪行若身定生喜樂津液遍滿此身盡定生喜樂津液遍滿無有減少如大陂湖以山圍繞水從底涌出不從東方南西北方來此陂水津液遍滿此陂盡津液遍滿無有減少如是比丘身定生喜樂津液遍滿此身盡津液遍滿無有減少如比丘增益受無喜樂出世樂寂靜樂滅樂正覺樂沙門果樂涅槃樂此定如是謂現樂復次比丘離喜捨行念正智身受樂如諸聖人解捨念樂行成就三禪行若身無喜樂津液遍滿身無喜樂津液遍滿無有減少如優鉢羅華池波頭摩華池鳩頭摩華池分陀利華池從泥稍出未能出水此華若根若頭水津液遍滿從根至頭從頭至根津液遍滿無有減少如是比丘若身無喜樂津液遍滿此身盡津液遍滿無有減少如比丘增益受無喜樂出世樂寂靜樂滅樂正覺樂沙門果樂涅槃樂此定如是謂現樂復次比丘斷苦斷樂先滅憂喜不苦不樂捨念淨成就四禪行若身以清淨心遍解行此身清淨無不遍處如男子女人身著白淨衣上下具足從頭至足從足至頭無不覆處如是比丘若身以清淨心遍解行此身清淨無不遍處如比丘增益受寂靜妙樂出世樂寂靜樂滅樂正覺樂沙門果樂涅槃樂如是定謂現樂云何定後樂報如比丘思惟無常苦空無我思惟涅槃寂靜得定心住正住如比丘得定已即得初聖五根得初聖五根

已上正決定捨凡夫地若不得須陀洹果而中命終無有是處不得須陀洹果作惡作惡業已命終墮三塗無有是處如比丘親近此定多修學多修學已見斷三煩惱得須陀洹果觸證觸證已斷地獄畜生餓鬼苦受七生人天報斷餘生天人中苦如是定謂後樂報如比丘親近此定多修學多修學已思惟斷欲染瞋恚煩惱分斷欲染瞋恚煩惱分已得斯陀舍果觸證觸證已斷地獄畜生餓鬼苦受天上人中生斷餘生天上人中苦如是定謂後樂報如比丘親近此定多修學多修學已思惟斷欲染瞋恚盡無餘無餘已得阿那含果觸證觸證已斷地獄畜生餓鬼人中苦若受一天生若五生餘天上苦皆斷如是定謂後樂報如比丘親近此定多修學多修學已思惟斷色界無色界煩惱盡無餘無餘已得阿羅漢果觸證觸證已斷地獄畜生餓鬼人中天上苦一切有一切道一切生一切繫縛一切結使煩惱苦皆斷無餘如是定謂後樂報何謂緣此生智若内分別若外分別知見覺證此謂緣此生智何謂有聖定無染緣此生智何謂非聖定若定有漏此謂非聖定復次非聖定若定非學非無學此謂非聖定復次非聖定除空無相無願定若餘定謂非聖定何謂聖定若定無漏是名聖定復次聖定若定學無學此謂聖定復次聖定空無相無願定此謂聖定以何義謂聖以斷離貪欲瞋恚愚癡諸結煩惱故謂聖云何有染定若定有求此謂有染定復次有染定若定非學非無學此謂有染定復次有染定除空無相

無願定若餘定此謂有染定以何義有染染謂愛愛於此定中得正得緣得定亦於愛中得正得緣得是謂有染定云何無染定若定無求此謂無染定復次無染定若定學無學此謂無染定復次無染定空無相無願定此謂無染定以何義無染染謂愛愛定中不得不正得不緣得定愛中不得不正得不緣得是謂無染定何謂緣此生智若内分別若外分別知見覺證此謂緣此生智云何有定不怯弱者親近緣此生智云何怯弱者若無信心無慙無愧不學問懈怠失念無慧此謂怯弱者復次怯弱是凡夫以何義故名怯弱以未知身見未斷身見以是義謂怯弱者云何非怯弱者不怯弱謂有信慙愧多聞勤進專念多慧此謂不怯弱者復次不怯弱若佛及佛聲聞弟子以何義故名不怯弱以知身見以斷身見以是義謂不怯弱者如是不怯弱者得定親近多修學以是義故謂非怯弱者親近何謂緣此生智若内分別若外分別知見覺證是謂緣此生智何謂有定寂靜勝妙獨修除得緣此生智云何寂靜若定共果報是名寂靜云何勝妙定若定聖有報能斷煩惱是名勝妙定復次寂靜定若定聖有報能斷煩惱是名寂靜定復次勝妙定若定共果報是名勝妙定復次寂靜即勝妙勝妙即是寂靜是謂寂靜勝妙何謂獨修若心一向定住正止獨處定是謂獨修何謂除得云何不除得定若定得不定得難得是名不除得定云何除得定若定得決定得不難得是謂除得定何謂緣此生智若内分別若外分別知

見覺證是謂緣此生智何謂有定正念入正念起緣此生智若正智入正智起正智入正智起已是故謂正念入正念起專身念入專身念起專身念入專身念起已是謂正念入正念起何謂緣此生智若內分別若外分別知見覺證是謂緣此生智如是五智是五智定何謂共念出息入息定如世尊說諸比丘修出息入息念親近多修學多修學已得大果報乃至得甘露云何修出息入息念親近多修學得大果報乃至得甘露如比丘住寂靜處林中樹下或在空處在山窟中露處敷草或在塚間巖岸如比丘朝詣村乞食食已日過中舉衣鉢洗足洗足已比丘結跏趺坐端身繫念思惟斷希望心無希望貪著行於希望貪著得清淨斷瞋恚行慈心心離瞋恚得清淨斷睡眠無睡眠正知明想心離睡眠得清淨斷掉悔無掉悔行內心寂靜離掉悔得清淨斷疑無疑行一定善法心離疑得清淨如比丘斷五蓋是心垢損智慧正念出息正念入息如比丘出息長知出息長入息長知入息長出息短知出息短入息短知入息短學一切身覺知入息學一切身覺知出息學除身行出息學除身行入息學喜出息覺知學喜入息覺知學樂出息覺知學樂入息覺知學心行出息覺知學心行入息覺知學除心行出息覺知學除心行入息覺知學心出息覺知學心入息覺知學悅心出息學悅心入息學定心出息學定心入息學解脫心出息學解脫心入息學無常觀出息學無常觀入息學離欲觀出息學離欲觀入息學滅

觀出息學滅觀入息學出世觀出息學出世觀入息

何謂正念出息正念入息若正知出息正知入息正知出息正知入息已是謂正念出息正念入息專念身出息專念身入息專念身出息專念身入息已是謂正念出息正念入息何謂比丘出息長知出息長入息長知入息長如比丘思惟法生長出息入息善取法相善思惟善解若思惟法不生長出息入息善取法相善思惟善解若法勝非勝能生長出息入息善取法相善思惟善解比丘思惟法生長出息入息覺知善取法相善思惟善解若思惟法不生長出息入息覺知善取法相善思惟善解若法勝非勝能生長出息入息覺知善取法相善思惟善解如比丘思惟法生長出息入息思惟法若不生不思惟彼法親近勝法不親近不勝法比丘思惟法生長出息入息覺知思惟法若不生不思惟彼法親近勝法不親近不勝法比丘思惟應所修法親近勝法不親近不勝法長出息入息及長出息入息覺知得悅喜心是謂比丘出息長知出息長入息長知入息長何謂出息入息長若無量出息無量入息無量出息無量入息已是故謂出息長入息長不疾出息不疾入息不疾出息不疾入息已是故謂出息長入息長不連速出息入息不連速出息入息已是故謂出息入息長不力勵身出息不力勵身入息不力勵身出息不力勵身入息已是故謂出息入息長不續出息入息不續出息入息已是故謂出息入息長是名出

息入息長一事竟
何謂出息短知出息短入息短知入息短如比丘思惟法生短出息入息善取法相善思惟善解若思惟法不生短出息入息善取法相善思惟善解若法勝非勝能生短出息入息善取法相善思惟善解比丘思惟法生短出息入息覺知善取法相善思惟善解若思惟法不生短出息入息覺知善取法相善思惟善解若法勝非勝能生短出息入息覺知善取法相善思惟善解比丘思惟法生短出息入息思惟法若不生不思惟法親近勝法不親近不勝法如比丘思惟法生短出息入息覺知思惟法若不生不思惟法親近勝法不親近不勝法比丘不思惟不應所修法思惟應所修法親近勝法不親近不勝法短出息入息及短出息入息覺知得悅喜是謂出息短知出息短入息短知入息短何謂出息入息短有量出息有量入息有量出息有量入息已是故謂出息入息短疾出息疾入息疾出息疾入息已是故謂出息入息短連速出息連速入息連速出息連速入息已以是故謂出息入息短力勵身出息入息力勵身出息入息已是故謂出息入息短續出息入息續出息入息已是故謂出息入息短不身除出息入息不身除出息入息已是故謂出息入息短是名出息入息短二事竟
何謂學一切身出息覺知學一切身入息覺知如比丘以息滿一切身已出息若一切身內空已入息如巧韛師韛師弟子令韛囊滿已按使氣出若韛囊空已還開其口使氣得

滿比丘如是令一切身中息滿已出息若一切身内空已入息若思惟法一切身生出息入息善取法相善思惟善解若思惟法一切身中不生出息入息善取法相善思惟善解若法勝非勝一切身中能生出息入息善取法相善思惟善解如比丘思惟法生一切身中出息入息覺知善取法相善思惟善解若思惟法一切身中不生出息入息覺知善取法相善思惟善解若法勝非勝能生一切身中出息入息覺知善取法相善思惟善解如比丘思惟法生一切身中出息入息思惟法若不生不思惟法親近勝法不親近不勝法比丘思惟法生一切身中出息入息覺知思惟法若不生不思惟法親近勝法不親近不勝法比丘思惟應所修法不思惟不應所修法親近勝法不親近不勝法一切身中出息入息及一切身中出息入息覺知得悅喜是謂學一切身出息覺知學一切身入息覺知三事竟

何謂學除身行出息學除身行入息身行謂出息入息有麤細云何麤身行若掉動是名麤身行云何細身行若寂靜是名細身行如比丘以細身行調伏麤身行降勝除出如巧匠巧匠弟子以小棩出大棩如是比丘以細身行調伏麤身行如人馳走自思惟我以何故走我當安徐行便安詳行此人復如是思惟我當以安詳行我應當住便住此人復思惟我何故住我當坐便坐此人復如是思惟我何故坐我當卧便卧此人如是除麤身行親近細身行比丘如是除麤身行親近細身

行比丘思惟法生麤身行善取彼法相善思惟善解若思惟法不生麤身行善取法相善思惟善解若法勝非勝能生麤身行善取法相善思惟善解比丘思惟法生細身行善取法相善思惟善解若思惟法不生細身行善取法相善思惟善解若法勝非勝能生細身行善取法相善思惟善解比丘若思惟法除麤身行善取法相善思惟善解若思惟法不除麤身行善取法善思惟善解若法勝非勝能除麤身行善取法相善思惟善解比丘思惟法生除身行出息入息善取法相善思惟善解若思惟法不生除身行出息入息善取法相善思惟善解若法勝非勝能生除身行出息入息善取法相善思惟善解比丘思惟法生除身行出息入息覺知善取法相善思惟善解若思惟法不生除身行出息入息覺知善取法相善思惟善解若法勝非勝能生除身行出息入息覺知善取法相善思惟善解比丘思惟法生麤身行不思惟法若不生思惟法親近勝法不親近不勝法比丘思惟法生細身行思惟彼法若不生不思惟彼法親近勝法不親近不勝法比丘思惟法除麤身行思惟法若不除不思惟法親近勝法不親近不勝法比丘思惟法生除身行出息入息思惟法若不生不思惟法親近勝法不親近不勝法比丘思惟法生除身行出息入息覺知思惟法若不生不思惟法親近勝法不親近不勝法比丘不思惟不應所修法思惟應所修法親近勝法不親近不勝法除身行出息入息及除身行出息入息覺知得悅喜

是謂學除身行出息入息四事竟
何謂學喜出息覺知學喜入息覺知云何喜若心歡喜踊躍是名喜比丘思惟法生喜善取法相善思惟善解若思惟法不生喜善取法相善思惟善解若法勝非勝能生喜善取法相善思惟善解比丘思惟法生喜出息入息善取法相善思惟善解若思惟法不生喜出息入息善取法相善思惟善解若法勝非勝能生喜出息入息善取法相善思惟善解比丘思惟法生喜出息入息覺知善取法相善思惟善解若思惟法不生喜出息入息覺知善取法相善思惟善解若法勝非勝能生喜出息入息覺知善取法相善思惟善解比丘思惟法生喜思惟法若不生不思惟法親近勝法不親近不勝法比丘思惟法生喜出息入息思惟法若不生不思惟法親近勝法不親近不勝法比丘思惟法生喜出息入息覺知思惟法若不生不思惟法親近勝法不親近不勝法比丘思惟應所修法不思惟不應所修法親近勝法不親近不勝法喜出息入息及喜出息入息覺知得悅喜是謂學喜出息覺知學喜入息覺知五事竟
何謂學樂出息覺知學樂入息覺知云何樂若心忍受樂意觸樂受是名樂如比丘思惟法生樂善取法相善思惟善解若思惟不生樂善取法相善思惟善解若法勝非勝能生樂善取法相善思惟善解比丘思惟法生樂出息入息善取法相善思惟善解若思惟法不生樂出息入息善取法相善思惟善解若法勝非勝能生樂出息入息善取法相善思

惟善解比丘思惟法生樂出息入息覺知善取法相善思惟善解若思惟法不生樂出息入息覺知善取法相善思惟善解若法勝非勝能生樂出息入息覺知善取法相善思惟善解比丘思惟法生樂出息入息思惟法若不生不思惟法親近勝法不親近不勝法比丘思惟法生樂出息入息思惟法若不生不思惟法親近勝法不親近不勝法比丘思惟法生樂出息入息覺知思惟彼法若不生不思惟法親近勝法不親近不勝法比丘思惟應所修法不思惟不應所修法親近勝法不親近不勝法樂出息入息及樂出息入息覺知得悅喜是謂學樂出息覺知學樂入息覺知六事竟

何謂學心行出息覺知學心行入息覺知心行謂想思有麤細云何麤心行若心行掉動是名麤心行云何細心行若心行寂靜是名細心行如比丘細心行麤心行以細心行調伏麤心行降勝除出如巧匠巧匠弟子以小榍出大榍如是比丘以細心行調伏麤心行比丘思惟法生麤心行善取法相善思惟善解若思惟法不生麤心行善取法相善思惟善解若法勝非勝能生麤心行善取法相善思惟善解比丘思惟法生細心行善取法相善思惟善解善思惟法不生細心行善取法相善思惟善解若法勝非勝能生細心行善取法相善思惟善解比丘思惟法生心行出息入息善取法相善思惟善解若思惟法不生心行出息入息善取法相善思惟善解若法勝非勝能生心行出息入息善取法相善

思惟善解比丘思惟法生心行出息入息覺知善取彼法相善思惟善解若思惟法不生心行出息入息覺知善取法相善思惟善解若法勝非勝能生心行出息入息覺知善取法相善思惟善解比丘思惟法生麤心行不思惟法若不生思惟親近勝法不親近不勝法比丘思惟法生細心行思惟法若不生不思惟法親近勝法不親近不勝法比丘思惟法生心行出息入息覺知思惟法若不生不思惟法親近勝法不親近不勝法比丘不思惟不應所修法思惟應所修法親近勝法不親近不勝法心行出息入息及心行出息入息覺知得悅喜是謂學心行出息覺知學心行入息覺知七事竟

何謂學除心行出息學除心行入息心行謂想思有麤細云何麤心行若掉動是名麤心行若心行寂靜是名細心行如比丘以細心行調伏麤心行降勝除出如巧匠巧匠弟子以小榍出大榍如是比丘以細心行調伏麤心行如人馳走自思惟我何故走我當安徐行便安徐行自思惟我何故安徐行我當住便住自思惟我何故住我當坐便坐自思惟我何故坐我當卧便卧如是除麤心行親近細心行比丘如是除麤心行親近細心行比丘思惟法生麤心行善取法相善思惟善解若思惟法不生麤心行善取法相善思惟善解若法勝非勝能生麤心行善取法相善思惟善解比丘思惟法生細心行善取法相善思惟善解若思惟法不生細心行善取法相思惟善解若法勝非勝能生細心行善取法

相善思惟善解比丘思惟法除麤心行善取法相善思惟善解若思惟法不除麤心行善取法相善思惟善解若法勝非勝能除麤心行善取法相善思惟善解比丘思惟法生知除心行出息入息善取法相善思惟善解若思惟法不生除心行出息入息善取法相善思惟善解若法勝非勝能生除心行出息入息善取法相善思惟善解比丘思惟法生除心行出息入息覺知善取法相善思惟善解若思惟法不生除心行出息入息覺知善取法相善思惟善解若法勝非勝能生除心行出息入息覺知善行取法相善思惟善解比丘思惟法生麤心行不思惟法若不生思惟法親近勝法不親近不勝法比丘思惟法生細心行思惟法若不生不思惟法親近勝法不親近不勝法比丘思惟法除麤心行思惟法若不除不思惟法親近勝法不親近不勝法比丘思惟法生除心行出息入息思惟法若不生不思惟法親近勝法不親近不勝法比丘思惟法生除心行出息入息覺知思惟法若不生思惟法親近勝法不親近不勝法比丘不思惟不應所修法思惟應所修法親近勝法不親近不勝法除心行出息入息及除心行出息入息覺知得悅喜是謂學除心行出息學除心行入息（八事竟）

何謂學心出息覺知學心入息覺知心謂心意識六識身七識界是名心彼心有善不善如比丘思惟法生不善心善取法相善思惟善解若思惟法不生不善心善取法相善思惟善解若法勝非勝能生不善心善取法相

善思惟善解比丘思惟法生善心善取法相善思惟善解若思惟法不生善心善取法相善思惟善解若法勝非勝能生善心善取法相善思惟善解比丘思惟法生心出息入息善取法相善思惟善解若思惟法不生心出息入息善取法相善思惟善解若法勝非勝能生心出息入息善取法相善思惟善解比丘思惟法生心出息入息覺知善取法相善思惟善解若思惟法不生心出息入息覺知善取法相善思惟善解若法勝非勝能生心出息入息覺知善取法相善思惟善解比丘思惟法生不善心不思惟法若不生不思惟法親近勝法不親近不勝法比丘思惟法生善心思惟法若不生不思惟法親近勝法不親近不勝法比丘思惟法生心出息入息思惟法若不生不思惟法親近勝法不親近不勝法比丘思惟法生心出息入息覺知思惟法若不生不思惟法親近勝法不親近不勝法比丘不思惟不應所修法思惟應所修法親近勝法不親近不勝法心出息入息及心出息入息覺知得悅喜是謂學心出息覺知學心入息覺知九事竟

何謂學悅心出息學悅心入息悅心謂悅豫重悅豫究竟悅豫但非喜是名悅比丘思惟法生悅善取法相善思惟善解若思惟法不生悅善取法相善思惟善解若法勝非勝能生悅善取法相善思惟善解比丘思惟法生悅心善取法相善思惟善解若思惟法不生悅心善取法相善思惟善解若法勝非勝能生悅心善取法相善思惟善解比丘思惟生

悅心出息入息善取法相善思惟善解若思惟不生悅心出息入息善取法相善思惟善解若法勝非勝能生悅心出息入息善取法相善思惟善解此比丘若思惟法生悅心出息入息覺知善取法相善思惟善解若思惟法不生悅心出息入息覺知善取法相善思惟善解若法勝非勝能生悅心出息入息覺知善取法相善思惟善解比丘思惟法生悅心思惟法若不生不思惟法親近勝法不親近不勝法比丘思惟法生悅心思惟決若不生不思惟法親近勝法不親近不勝法比丘思惟法親近勝法不親近不勝法比丘思惟法生悅心出息入息覺知思惟法若不生不思惟法親近勝法不親近不勝法比丘思惟應所修法不思惟不應所修法親近勝法不親近不勝法悅心出息入息及悅心出息入息覺知得悅喜是謂學悅心出息悅心入息

十事竟

何謂學定心出息學定心入息定謂心住正住是名定如比丘思惟法生定心善取法相善思惟善解若思惟法不生定心善取法相善思惟善解若法勝非勝能生定心善取法相善思惟善解比丘思惟法生定心出息入息善取法相善思惟善解若思惟法不生定心出息入息善取法相善思惟善解若法勝非勝能生定心出息入息善取法相善思惟善解比丘思惟法生定心出息入息覺知善取法相善思惟善解若思惟法不生定心出息入息覺知善取法相善思惟善解若法勝非勝能生定心出息入息覺知善取法相善

思惟善解比丘思惟法生定心思惟法若不生不思惟法親近勝法不親近不勝法比丘思惟生定心思惟法若不生不思惟法親近勝法不親近不勝法比丘思惟法生定心出息入息思惟法若不生不思惟法親近勝法不親近不勝法比丘思惟法生定心出息入息覺知思惟法若不生不思惟法親近勝法不親近不勝法比丘思惟應所修法不思惟不應所修法親近勝法不親近不勝法定心出息入息及定心出息入息覺知得悅喜是謂學定心出息學定心入息十一事竟

何謂學解脫心出息學解脫心入息解脫謂心向彼尊上彼傾向彼以彼解脫是名解脫如比丘思惟法生解脫善取法相善思惟善解若思惟法不生解脫善取法相善思惟善解若法勝非勝能生解脫善取法相善思惟善解比丘思惟生解脫心善取法相善思惟善解若思惟法不生解脫心善取法相善思惟善解若法勝非勝能生解脫心善取法相善思惟善解比丘思惟法生解脫心出息入息善取法相善思惟善解若思惟法不生解脫心出息入息善取法相善思惟善解若法勝非勝能生解脫心出息入息善取法相善思惟善解比丘思惟法生解脫心出息入息覺知善取法相善思惟善解若思惟法不生解脫心出息入息覺知善取法相善思惟善解若法勝非勝能生解脫心出息入息覺知善取法相善思惟善解比丘思惟法生解脫心思惟法若不生不思惟親近勝法不親近不勝法比丘思惟法生解脫心出息入息思

惟法若不生不思惟法親近勝法不親近不勝法比丘思惟法生解脱心出息入息覺知思惟法若不生不思惟法親近勝法不親近不勝法比丘思惟應所修法不思惟不應所修法親近勝法不親近不勝法解脱心出息入息及解脱心出息入息覺知得悦喜是謂學解脱心出息學解脱心入息竟十二事何謂學無常觀出息學無常觀入息何謂無常想如比丘或在樹下露處如是思惟色無常受想行識無常如實人若想憶想是名無常想云何觀如實人若觀正觀微觀分別解脱是名觀比丘思惟法生無常想善取法相善思惟善解若思惟法不生無常想善取法相善思惟善解若法勝非勝能生無常想善取法相善思惟善解比丘思惟法生無常想善取法相善思惟善解若思惟法不生無常觀善取法相善思惟善解若法勝非勝能生無常觀善取法相善思惟善解比丘思惟法生無常觀出息入息善取法相善思惟善解若思惟法不生無常觀出息入息善取法相善思惟善解若法勝非勝能生無常觀出息入息善取法相善思惟善解比丘思惟法生入息善取法相善思惟善解比丘思惟法生無常觀出息入息覺知善取法相善思惟善解若思惟不生無常觀出息入息覺知善取法相善思惟善解若法勝非勝能生無常觀出息入息覺知善取法相善思惟善解比丘思惟法生無常想思惟法若不生無常觀若不生思惟法親近勝法不親近不勝法比丘生無常觀思惟若不生思惟法親近勝法不親近不勝法比丘思惟生無常觀出息入息

思惟法若不生不思惟法親近勝法不親近不勝法比丘思惟法生無常觀出息入息覺知思惟法若不生不思惟親近勝法不親近不勝法比丘思惟應所修法不思惟不應所修法親近勝法不親近不勝法無常觀出息入息無常觀出息入息覺知得悅喜是謂學無常觀出息學無常觀入息 十三事竟

何謂學離欲觀出息學離欲觀入息何謂離欲想如比丘或在樹下露處如是思惟若愛盡離欲涅槃寂靜妙勝如實人若想憶想是名離欲想何謂觀如實人若觀正觀微觀分別解脫是名觀比丘思惟法生涅槃離欲想善取法相善思惟善解若思惟法不生離欲想善取法相善思惟善解若思惟法不生離欲想善取法相善思惟善解若法勝非勝能生離欲相善取法相善思惟善解比丘思惟法生離欲觀善取法相善思惟善解若思惟法不生離欲觀善取法相善思惟善解若法勝非勝能生離欲觀善取法相善思惟善解比丘思惟法生離欲觀出息入息善取法相善思惟善解若思惟法不生離欲觀出息入息善取法相善思惟善解若法勝非勝能生離欲觀出息入息善取法相善思惟善解比丘思惟法生離欲觀出息入息覺知善取法相善思惟善解若思惟法不生離欲觀出息入息覺知善取法相善思惟善解若法勝非勝能生離欲觀出息入息覺知善取法相善思惟善解比丘思惟法生離欲想思惟法若不生不思惟法親近勝法不親近不勝法比丘思惟法生離欲觀思惟法若不生不思惟

法親近勝法不親近不勝法比丘思惟法生離欲觀出息入息思惟法若不生不思惟法親近勝法不親近不勝法比丘思惟法生離欲觀出息入息覺知思惟法若不生不思惟法親近勝法不親近不勝法比丘思惟應所修法不思惟不應所修法親近勝法不親近不勝法離欲觀出息入息及離欲觀出息入息覺知得悅喜是謂學離欲觀出息學離欲觀入息十四事竟

何謂學滅觀出息學滅觀入息何謂滅想如比丘或在樹下露處如是思惟若愛盡涅槃寂靜妙勝如實人若想憶想是名滅想何謂觀如實人若觀正觀微觀分別解脫是名觀比丘思惟法生滅想善取法相善思惟善解若思惟不生滅想善取法相善思惟善解若法勝非勝能生滅想善取法相善思惟善解比丘思惟法生滅觀善取法相善思惟善解若思惟法不生滅觀善取法相善思惟善解若法勝非勝能生滅觀善取法相善思惟善解比丘思惟法生滅觀出息入息善取法相善思惟善解若思惟法不生滅觀出息入息善取法相善思惟善解若法勝非勝能生滅觀出息入息善取法相善思惟善解比丘思惟法生滅觀出息入息覺知善取法相善思惟善解若思惟法不生滅觀出息入息覺知善取法相善思惟善解若法勝非勝能生滅觀出息入息覺知善取法相善思惟善解比丘思惟法生滅想思惟法若不生不思惟法親近勝法不親近不勝法比丘思惟法生滅觀思惟法若不生不思惟法親近勝法不親

近不勝法比丘思惟法生滅觀出息入息思惟法若不生不思惟法親近勝法不親近不勝法比丘思惟應所修法不思惟不應所修法親近勝法不親近不勝法滅觀出息入息及滅觀出息入息覺知得悅喜是名學滅觀出息學滅觀入息十五事竟

何謂學出世觀出息學出世觀入息何謂出世想如比丘或在樹下露處如是思惟捨一切流愛盡涅槃寂靜妙勝如實人若想憶想是名出世想云何觀如實人若觀正觀微觀分別解脫是名觀比丘思惟法生出世想善取法相善思惟善解若思惟法不生出世想善取法相善思惟善解若法勝非勝能生出世想善取法相善思惟善解比丘思惟法生出世觀善取法相善思惟善解若思惟法不生出世觀出息入息善取法相善思惟善解若法勝非勝能生出世觀出息入息善取法相善思惟善解比丘思惟法生出世觀出息入息覺知善取法相善思惟善解若思惟法不生出世觀出息入息覺知善取法相善思惟善解若法勝非勝能生出世觀出息入息覺知善取法相善思惟善解比丘思惟法生出世相思惟若不生不思惟親近勝法不親近不勝法比丘思惟法生出世觀思惟法若不生不思惟法親近勝法不親近不勝法比丘思惟生出世觀出息入息思惟法若不生不思惟法親近勝法不親近不勝法比丘思惟法生出世觀出息入息覺知思惟法若不生不思惟法親近勝法不親近不勝法比丘思惟應所修法不思惟不應所修法親近勝

法不親近不勝法出世觀出息入息及出世觀出息入息覺知得悅喜是謂學出世觀出息學出世觀入息是名 共念出息入息定何謂共念出息入息出謂出息入謂入息若以出息爲境界念若以入息爲境界念定共住共滅若有繫念於出息繫念於入息心得共住是名共念出息入息 十六事竟

舍利弗阿毗曇論卷第二十一

音釋

摶 度官切揔聚也 陂 比糜切 掉 徒吊切搖也 癰 於容切 燥 蘇到切 窟 苦骨切穴也 勵 力制切勉也 韛 旁卦切吹火韋囊也 榍 先結切

舍利弗阿毗曇論卷第二十二

姚秦天竺三藏曇摩耶舍共曇摩崛多譯

緒分定品第十之餘

何謂共不淨想定如比丘觀察自身從頂至足從足至頂乃至皮膚皆是不淨謂骨齒爪髮薄皮厚皮血肉筋脉脾腎心肺大小便利涕唾膿血膏肪腦膜淚汗骨髓如明眼人觀倉中穀胡麻麥豆種種別異如是比丘觀自身從頂至足皆是不淨如實人若想憶想是謂不淨想若定此想共生共住共滅是名共不淨想定復次比丘思惟骨知骨解骨受骨乃至思惟淚汗知淚汗解淚汗受淚汗如實人若想憶想是名共不淨想定復次比丘觀四大身此身有地水火風大如屠牛師屠師弟子屠牛四分若坐若立觀此四分如是比丘觀四大身有地大水火風大觀此諸大各各相違此身諸大依於外大飲食長養麁劣不堅念念摩滅暫住不久如實人若想憶想乃至是名共不淨想定復次比丘觀身盡空俱空以念遍知解行猶如竹葦盡空俱空如是比丘觀身盡空俱空以念遍知解行如實人若想憶想乃至是名共不淨想定復次比丘觀身如癰瘡身有九瘡津漏門所出津漏皆是不淨津漏是胎始膜是腐敗是臭穢是可惡津漏眼出眵淚膿血津漏耳出結聹膿血津漏鼻出涕唾膿血津漏口出涕唾膿血津漏二處出便利膿血津漏如人癰瘡乾痂久住如是九瘡津漏門所出皆是不淨津漏是胎始膜是腐敗是臭穢是可惡津漏乃至如摩訶迦葉所說四大身是衰耗相違津漏

衆病居處衆苦依處愛護身者如愛護死屍壽命短促如實人若想憶想乃至是名共不淨想定復次比丘若見死屍棄在塚間若一日至三日觀自身如是法如是相未離是法如實人若想憶想乃至是名共不淨想定復次比丘若見死屍棄在塚間若一日二日膖脹青瘀觀自身如是法如是相未離是法如實人若想憶想乃至是名共不淨想定復次比丘若見死屍棄在塚間若一日至三日爲烏鳥虎狼野干諸獸之所食噉觀自身如是法如是相未離是法如實人若想憶想乃至是名共不淨想定復次比丘若見死屍骨節相連青赤爛壞膿血不淨臭穢可惡觀自身如是法如是相未離是法如實人若想憶想乃至是名共不淨想定復次比丘若見死屍骨節相連血肉已離筋脉未斷觀自身如是法如是相未離是法如實人若想憶想乃至是名共不淨想定復次比丘若見死屍骨節已壞未離本處觀自身如是法如是相未離是法如實人若想憶想乃至是名共不淨想定復次比丘若見死屍骨節已壞遠離本處脚髀膞髖脊脇肋手足肩臂項髑髏各各異處觀自身如是法如是相未離是法如實人若想憶想乃至是名共不淨想定復次比丘若見死屍骨節久故色白如貝色青如鴿朽敗碎壞觀自身如是法如是相未離是法如實人若想憶想乃至是名共不淨想定復次比丘觀骨胞膖脹青瘀上有赤爛相離散如實人若想憶想乃至是名共不淨想定復次比丘知骨解骨受骨乃至思惟散知散解散

受散如實人若想憶想乃至是名共不淨想定何謂共不淨想定若比丘從頂至足從足至頂乃至皮膚皆是不淨謂骨齒爪髮薄皮厚皮乃至淚汗骨髓如明眼人觀倉中穀胡麻麥豆種種別異如是比丘觀見自身從頂至足皆是不淨如實人若想憶想是名不淨想以此想調伏心修令柔輭令定心住是名共不淨想定復次比丘觀身四大乃至思惟骨解骨受骨乃至思惟散知散解散受散如實人若想憶想是謂不淨想以此想調伏心修令柔輭得定心住正住是名共不淨想定

何謂入火定如比丘內火大受爲火內地水風大受爲薪比丘以內火大內地水風大思惟烟知烟解烟受烟思惟燄知燄解燄受燄比丘如是不放逸觀烟燄如大火聚若修此定已烟燄如大火聚是名入火定復次比丘內火大受爲火外地水風大草木枝葉受爲薪比丘以內火大外地水風大草木枝葉思惟烟知烟解烟受烟乃至是名入火定復次比丘內火大受爲火內外地水風大草木枝葉受爲薪比丘以內火大內外地水風大草木枝葉思惟烟知烟解烟受烟乃至是名入火定復次比丘外火大受爲火內地水風大受爲薪比丘以外火大內地水風大思惟烟知烟解烟受烟乃至是名入火定復次比丘外火大受爲火外地水風大草木枝葉受爲薪比丘以外火大外地水風大草木枝葉思惟烟知烟解烟受烟乃至是名入火定復次比丘外火大受爲火內外地水風大草木枝葉受爲薪比丘以外火大內外地水風大草

木枝葉思惟烟知烟解烟受烟乃至是名入火定復次比丘内外火大受爲火内地水風大受爲薪比丘以内外火大爲火内地水風大思惟烟知烟解烟受烟乃至是名入火定復次比丘内外火大受爲火外地水風大草木枝葉受爲薪比丘以内外火大外地水風大草木枝葉思惟烟知烟解烟受烟乃至是名入火定復次比丘内外火大受爲火内外地水風大草木枝葉受爲薪比丘以内外火大内外地水風大草木枝葉思惟烟知烟解烟受烟乃至是名入火定

何謂共證知神足定欲定斷行成就修神足精進定心定慧定斷行成就修神足受種種神足震動大地以一為多以多爲一若近若遠高山墻壁徹過無礙如行虛空結跏趺坐陵空如鳥出入地中如出沒水履水如地身出烟燄如大火聚日月威德以手捫摸乃至梵天身得自在云何動地如比丘受少地想受無量水想若欲動地動正動如所欲隨所欲盡所欲如沽酒師沽酒師弟子壓酒已以囊投大水中手執兩角撞舉隨意牽挽自在如所欲隨所欲盡所欲如是比丘受少地想受無量水想若欲動地動正動如所欲盡所欲是名地動定云何以一爲多如比丘定親近多修學已於自身起心化爲餘色身支節具足諸根無缺如陶師陶師弟子治成調泥爲種種器悉能成辦能得財利如是比丘於自身起心化爲餘色身支節具足諸根無缺如是思惟此四大色身所化色身四大色身異所化色身異於此四大色身起心化爲餘

色身支節具足諸根無鈌如人出箱中衣如是思惟此是箱此是衣箱異衣異衣箱故出衣如是比丘思惟此四大色身此所化色身四大色身異所化色身異於此四大色身起化心化爲餘色身支節具足諸根無鈌若化爲二身三身乃至百身千身隨所欲化爲種種身是名以一爲多定云何以多爲一如比丘定親近多修學已以神足化無量身還爲一身如人散種種穀子布地還攝爲一聚如是比丘以神足化作無量身還攝爲一身是名以多爲一定云何徹過無礙如比丘定親近多修學已若近若遠高山墻壁徹過無礙如遊虛空近謂光明來至於眼現在已前不滅不没不除不盡遠謂光明不來至眼不現在前滅没除盡山有二種土山石山巖窟沙石是名山墻壁二種木墻壁土墻壁若近若遠高山墻壁思惟一切高山墻壁皆空如比丘於此地山岸棘刺處幽險深河悉不思惟但思惟平等如地如拕牛皮釘布平地無有攝皺比丘如是不放逸觀故能近物遠物高山墻壁徹過無礙如遊虛空是名徹過無礙定云何結跏趺坐凌虛如鳥如比丘定親近多修學已上升虛空結跏趺坐遊於東方南西北方四維上下猶如飛鳥離地至空如是比丘不放逸觀故結跏趺坐遊空如鳥是名遊空定云何出入地中如出没水如比丘定親近多修學已出入地中如出没水比丘思惟地爲水知水解水受水如是比丘不放逸觀故出入地如水是名出入地如水定云何履水如地如比丘定親近多修學已履水如

地比丘思惟水爲地知地解地受地比丘如是不放逸觀故履水如地是名履水如地定云何身出烟燄如大火聚如比丘定親近多修學已身出烟燄如大火聚比丘受内火大爲火内地水風大爲薪以内火大地水風大思惟出烟知烟解烟受烟思惟出燄知燄解燄受燄比丘如是不放逸觀故身出煙燄如大火聚是名身出烟燄如大火聚定云何日月威德以手捫摸如比丘定親近多修學已日月威德以手捫摸比丘思惟日月爲近知近解近受近比丘住閻浮提能舒右手捫摸日月復次比丘自身起心化爲餘色身支節具足諸根無缺以此化身至四天王上以手捫摸日月又以此四大色身至四天王上以手捫摸日月是名日月威德以手捫摸定云何至梵天身得自在如比丘定親近多修學已乃至梵天身得自在比丘從自身起心化爲餘色身支節具足諸根無缺以此化身至梵天上親近梵天共住共坐共去來共入定知見共言說又以此四大色身飛到梵天親近梵天共住共坐共去來共入定知見共言說是名至梵天身得自在定若比丘定親近多修學已得報定若入定不入定能作種種無量神足謂動地乃至梵天身得自在是名共證知神足定

何謂共證知天耳定如比丘若取野萑荻聲想比丘心離於野麤萑荻聲令心入細野萑荻聲比丘以細野萑荻聲調心柔軟令心入於天耳智證如是不放逸觀得共證知天耳得定心住正住比丘得定已令心向於人聲

人何所論何所説比丘如是不放逸觀得聞人聲如人所論所説悉皆聞之如比丘定親近多修學已令心向於地獄畜生餓鬼天聲天何所論何所説比丘如是不放逸觀得聞天聲如所論所説悉皆聞之如比丘定親近多修學已以天耳清淨過人一時聞二種聲人非人聲若比丘定親近多修學已得報定若入定不入定以天耳清淨過人一時聞二聲人非人聲是名共證知天耳定

何謂共證知他心定如比丘取自心相我心何因生何由滅何親近何遠離比丘如是取自心相已令心向他心證知比丘如是不放逸觀得共證知他心定心住正住比丘得定已欲知人心何所思何所覺何所思惟比丘如是不放逸觀能知人心如所思如所覺如所思惟悉皆知之如比丘定親近多修學已欲知地獄畜生餓鬼天心何所思何所覺何所思惟比丘如是不放逸觀能知地獄餓鬼畜生天心如所思如所覺如所思惟悉皆知之如比丘定親近多修學已能知他人他衆生心有欲心如實知有欲心無欲心如實知無欲心有恚心如實知有恚心無恚心如實知無恚心有癡心如實知有癡心無癡心如實知無癡心沒心如實知沒心散心如實知散心少心如實知少心多心如實知多心不定心如實知不定心定心如實知定心不解脫心如實知不解脫心解脫心如實知解脫心有勝心如實知有勝心無勝心如實知無勝心若比丘定親近多修學已得報定若入定不入定能知他人他衆生心有欲心如實

知有欲心乃至有勝心無勝心如實知有勝心無勝心是名共證知他心定

何謂共證知宿命定如比丘思惟無間心後心前心漸漸無間比丘如是思惟無間心得證知共心無間定心住正住比丘得定已憶念一心二心三心四心五心十心乃至百心千心若過或有母腹中生初識比丘如是思惟何心滅已母腹中生初識比丘念心向宿命證知比丘如是不放逸觀得共宿命證知定心住正住比丘得定憶念不難彼本生本有本居處本所起本我分若欲終心若心滅已母腹中受初識若修此定憶念不難比丘如是思惟我本何名何姓何生何食何壽命何究竟住受何苦樂比丘若修此定知我本如是名如是姓如是生如是食如是壽命如是究竟住如是受苦樂是名共證宿命定如比丘定親近多修學已憶念一生二生乃至百生千生若過或曾在無想天上住知無間心障礙以凡夫未聞故言我本不曾在彼忽然自生以聖人聞故如是思惟我宿命始由心證知有如是天是色無想無受無心住處比丘如是思惟我若憶念宿命色比丘思惟無間色後色前色漸漸無間比丘如是思惟無間色得共證知宿命色無間定心住正住比丘得定已憶念不難是名共證知宿命定如比丘定親近多修學已憶念一生二生乃至百生千生若過或有曾在無色天上以無間色障礙以凡夫未聞故言我本不曾在彼忽然自生以聖人聞故如是思惟我宿命由色證知有如是無色有想有受若無色地比

丘如是思惟我若憶念宿命心比丘思惟後心前心漸漸無間比丘如是思惟無間心得共宿命心無間定心住正住比丘得定已憶念不難是名共證如宿命定如比丘定親近多修學已憶念種種無量宿命若憶念一生二生乃至百生千生若劫成若劫壞若劫成壞我本曾在彼如是名如是姓乃至如是受苦樂我此命終生彼彼命終生此於此成就行憶念種種無量宿命若比丘定親近多修學已得報定若入定不入定憶念種種無量宿命從一生乃至於此成就行是名共證知宿命定

何謂共明想定如比丘取諸明相謂火光日月星宿光摩尼珠光取諸光明相已若樹下露處思惟光明知光明受光明如實人若想憶想是名光明想若定此想共生共住共滅是名共明想定如比丘定親近多修學已若樹下露處以清淨心遍解行有明勝心如實人若想憶想是名明想若定此想共生共住共滅是名共明想定如比丘定親近多修學已若一樹下若二三乃至十樹下以清淨心遍解行有明勝心如實人若想憶想是名明想若定此想共生共住共滅是名共明想定如比丘定親近多修學已若一園以清淨心遍解行有明勝心如實人若想憶想是名明想若定此想共生共住共滅是名共明想定如比丘定親近多修學已若一園二三乃至十園以清淨心遍解行有明勝心如實人若想憶想是名明想若定此想共生共住共滅是名共明想定如比丘定親近多修學已若

一聚落二三乃至十聚落以清淨心遍解行有明勝心如實人若想憶想是名明想若定此想共生共住共滅是名共明想定如比丘定親近多修學已若一園二三乃至十園以清淨心遍解行有明勝心如實人若想憶想是名明想若定此想共生共住共滅是名共明想定如比丘定親近多修學已水陸周帀以清淨心遍解行有明勝心如實人若想憶想是名明想若定此想共生共住共滅是名共明想定如比丘定親近多修學已以天眼清淨過人見衆生生死好色惡色善道惡道卑勝知衆生造業此衆生身惡行成就口意惡行成就謗賢聖邪見造邪見業身壞命終墮地獄畜生餓鬼此衆生身善行成就口意善行成就不謗賢聖正見造正見業身壞命終生天上人中如是以天眼清淨過人見衆生生死好色惡色善道惡道知衆生造業修此定已以天眼清淨過人見衆生生死乃至知所造業是名共明想定若比丘定親近多修學已得報定若入定不入定以天眼清淨過人見衆生生死乃至知衆生所造業是名共明想定

何謂無間定比丘思惟無常苦空無我涅槃寂靜得定心住得定已得初聖五根以得初聖五根故上正決定離凡夫地未得須陀洹果若中命終無有是處若未得須陀洹果墮地獄畜生餓鬼無有是處若比丘定親近多修學已得無間定向須陀洹果若此定無間滅已得須陀洹果是名無間定若比丘定親近多修學已得無間定向斯陀含果若此定

無間滅已得斯陀含果是名無間定若比丘定親近多修學已得無間定向阿那含果若此定無間滅已得阿那含果是名無間定若比丘定親近多修學已得無間定向阿羅漢果若此定無間滅已得阿羅漢果是名無間定

云何定根學人離煩惱聖心入聖道若堅信堅法是名定根云何定根學人離煩惱聖心入聖道若堅信堅法及餘趣人見行過患觀涅槃寂滅若實人觀苦集滅道未得欲得未解欲解未證欲證修道離煩惱見學人若須陀洹斯陀含阿那含觀智具足若智地若觀解脱心若得四沙門果若須陀洹果斯陀含果阿那含果無學人阿羅漢未得聖法欲得修道觀智具足若智地若觀解脱心得阿羅漢果已如實人如趣人若心住正住專住緣住心一定一樂不分散不捨心依意心識處定力定覺正定是名定根

云何謂定力定根是名定力云何覺定力是名覺

云何正定若定善順不逆是名正定云何邪定若定不善不順逆是名邪定

云何聖定若定無漏是名聖定云何非聖定若定有漏是名非聖定

云何有漏定若定有染是名有漏定云何無漏定若定無染是名無漏定

云何有染定若定有求是名有染定云何無染定若定無求是名無染定云何有求定若定當取是名有求定云何無求定若定非當取是名無求定

云何當取定若定有取是名當取定云何非當取定若定無取是名非當取定

云何有取定若定有勝是名有取定云何無取定若定無勝是名無取定

云何有勝定若定有取是名有勝定云何無勝定若定不取是名無勝定復次若定有餘勝定勝妙過是名有勝定若定無餘定勝妙過是名無勝定復次若修定已如來於一切法無礙知見得由力尊勝無上正覺如來十力成就四無所畏大慈大悲轉於法輪自在成就除此定若餘定是名有勝定若上所除定是名無勝定

云何受定若定內是名受定云何非受定若定外是名非受定

云何內定若定受是名內定云何外定若定非受是名外定

云何有報定若定報法是名有報定云何無報定若定報若非報非報法是名無報定

云何共凡夫定若定非凡夫入出凡夫亦入出是名共凡夫定云何不共凡夫定若定非凡夫入出是名不共凡夫定云何非凡夫共定若定凡夫入出非凡夫亦入出是名非凡夫共定云何非凡夫不共定若定凡夫入出非凡夫不入出是名非凡夫不共定

云何共聲聞定若定非聲聞入出聲聞亦入出是名共聲聞定云何不共聲聞定若定非聲聞入出聲聞不入出是名不共聲聞定

云何非聲聞共定若聲聞入出非聲聞亦入出是名非聲聞共定云何非聲聞不共定若定聲聞入出非聲聞不入出是名非聲聞不

共定

云何如電定若定少少住少時住如電少少住少時住定亦如是是名如電定

云何如金剛定若定無量無量無量住無量無量無量時住無量無量住無量時住定亦如是是名如金剛定復次若定修已斷少煩惱分如電從雲中出焰少闇分便速滅定亦如是是名如電定若定修已斷一切煩惱若麤若微無不斷滅如金剛投於珠石無不破壞摧折定亦如是是名如金剛定復次若修定得須陀洹果斯陀含果阿那含果是名如電定若修定得阿羅漢果是名如金剛定復次若修定得須陀洹果乃至阿羅漢果辟支佛道是名如電定若修定若如來所修定於一切法無礙知見得由力尊勝無上正覺如來十力成就四無所畏大慈大悲轉於法輪自在成就是名如金剛定

云何不定得定若定得不定得難得難持是名不定得定云何定得定若定得決定得不難得易持是名定得定

云何有行難持定若定得不定得難得難持無由力尊自在不如所欲不隨所欲不盡所欲有行難入出如船逆水難行定亦如是是名有行難持定云何無行易持定若定得決定得不難得易得由力尊自在如所欲隨所欲盡所欲無行入出如船順水易行定亦如是是名無行易持定

云何一分修定若修定已想有光明但不見色若見色不想有光明是名一分修定云何二分修定若修定已想有光明亦見色是名

二分修定復次若修定已生智但斷煩惱若斷煩惱不生智是名一分修定若修定已智生能斷煩惱是名二分修定復次若修定已盡智生非無生智是名一分修定若修定已盡智生及無生智是名二分修定

云何有想定若定有境界是名有想定云何無想定若定無境界是名無想定復次除無想定滅盡定若餘定是名有想定若無想定滅盡定是名無想定

云何如事定若法如法如狀貌如自性如隨緣所起如相入是名如事定

云何憶想定若法如法想如狀貌如自性如隨緣起若如法相若非如法相入出是名憶想定

云何離色想定若定離色想入若離色想入定是名離色想定云何不離色想定若定不離色想入若不離色想入定是名不離色想定復次若定無色界是名離色想定若定色界及聖是名不離色想定

云何勝入定若八勝入是名勝入定

云何一切入定若十一切入是名一切入定

云何有覺定若定覺相應覺共生共住共滅是名相應覺定云何無覺定若定非覺相應不共覺生不共住不共滅是名無覺定

云何有觀定若定觀相應觀共生共住共滅是名有觀定云何無觀定若定非觀相應不共觀生不共住不共滅是名無觀定

云何有喜定若定喜相應共喜生共住共滅是名有喜定云何無喜定若定非喜相應不共喜生不共住不共滅是名無喜定

云何共味定若定染行相應是名共味定

云何共捨定若定不苦不樂受相應是名共捨定

云何忍相應定若定忍共生共住共滅是名忍相應定云何非忍相應定若定非忍共生共住共滅是名非忍相應定

云何智相應定若定共智生共住共滅是名智相應定云何非智相應定若定非智共生共住共滅是名非智相應定

云何忍始定若定聖無漏堅信堅法所修是名忍始定云何智始定若定聖無漏見道人所修是名智始定

云何欲終定若定最後識相應是名欲終定

云何始生定若定初識相應是名始生定

云何善定若定修是名善定云何不善定若定斷是名不善定云何無記定若定受非報非報法是名無記定

云何學定若定聖非無學是名學定云何無學定若定聖非學是名非學定云何非學非無學定若定非聖是名非學非無學定

云何報定若定受若定善報是名報定云何報法定若定有報是名報法定云何非報非報法定若定無記非我分攝是名非報非報法定

云何見斷定若定不善非思惟斷是名見斷定云何思惟斷定若定不善非見斷是名思惟斷定云何非見斷非思惟斷定若定善無記是名非見斷非思惟斷定

云何見斷因定若定見斷若見斷法報是名見斷因定云何思惟斷因定若定思惟斷若

思惟斷法報是名思惟斷因定云何非見斷非思惟斷因定若定善若善法報若非報非報法是名非見斷非思惟斷因定

云何下定若定不善是名下定云何中定若定無記是名中定云何上定若定善是名上定復次若定不善無記是名下定若定非聖善是名中定若定聖無漏是名上定

云何麤定若定欲界繫是名麤定云何細定若定色界繫若不繫是名細定云何微定若定無色界繫是名微定復次若定欲界繫色界繫是名麤定若定空處繫識處繫不用處繫若不繫是名細定若定非想非非想處繫是名微定復次若定欲界繫色界繫空處繫識處繫不用處繫是名麤定若定不繫是名細定若定非想非非想處繫是名微定

云何有覺有觀定無覺有觀定無覺無觀定空定無相定無作定如道品三支道中廣說

云何三願得定若願果得定若願得定若寂靜願得定若比丘得一二定若空無相無作定比丘如是思惟我應親近多修學此定願欲得四沙門果故比丘定親近多修學願欲得四沙門果故比丘定親近多修學願得四沙門果若如是得定是名願果得定若比丘勤進行或有欲無欲有進無進比丘如是思惟我應修此欲及進親近多修學比丘欲及進親近多修學應勤進定心若如是得定是名願得定若比丘得一二定不得定難得難持比丘如是思惟我應親近多修學此定令我得由力尊自在比丘定親近多修學令我得由力尊自在若如是得定是名寂靜願得

定是名三願得定云何非三願得定不願果得定不願得定不寂靜願得定若比丘得一二定若空無相無作定比丘不如是思惟我應親近多修學此定不願欲得四沙門果故比丘定親近多修學不願欲得沙門果故比丘定親近多修學已得沙門果若如是得定是名不願果得定若比丘勤進行或有欲無欲有進無進比丘不如是思惟我應修欲及進親近多修學比丘欲及進親近多修學應勤進定心若如是得定是名不願得定若比丘得一一定不得定難得難持比丘不如是思惟我應親近多修學此定令我得定由力尊自在比丘定親近多修學令我得定由力尊自在若如是得定是名不寂靜願得定是名非三願得定

云何内身觀内身定若比丘一切内四大色身攝法若一處内四大色身攝法觀無常苦空無我得定心住正住是名内身觀内身定云何外身觀外身定若比丘一切外四大色身攝法若一處外四大色身攝法觀無常苦空無我得定心住正住是名外身觀外身定云何内外身觀内外身定若比丘一切内外四大色身攝法若一處内外四大色身攝法觀無常苦空無我得定心住正住是名内外身觀内外身定

云何内受觀内受定若比丘一切内受若一處内受觀無常苦空無我得定心住正住是名内受觀内受定云何外受觀外受定若比丘一切外受若一處外受觀無常苦空無我得定心住正住是名外受觀外受定云何内

外受觀內外受定若比丘一切內外受若一處內外受觀無常苦空無我得定心住正住是名內外受觀內外受定

云何內心觀內心定若比丘一切內心若一處內心觀無常苦空無我得定心住正住是名內心觀內心定云何外心觀外心定若比丘一切外心若一處外心觀無常苦空無我得定心住正住是名外心觀外心定云何內外心觀內外心定若比丘一切內外心若一處內外心觀無常苦空無我得定心住正住是名內外心觀內外心定

云何內法觀內法定若比丘除四大色身攝法及受心餘一切內法若一處內法觀無常苦空無我得定心住正住是名內法觀內法定云何外法觀外法定若比丘除四大色身攝法及受心餘一切外法若一處外法觀無常苦空無我得定心住正住是名外法觀外法定云何內外法觀內外法定若比丘除四大色身攝法及受心餘一切內外法若一處內外法觀無常苦空無我得定心住正住是名內外法觀內外法定

云何內境界定思惟內法若定生是名內境界定云何外境界定思惟外法若定生是名外境界定云何內外境界定思惟內外法若定生是名內外境界定

云何衆生境界定無衆生境界定復次若以慈悲喜捨思惟衆生若生定是名衆生境界定

云何色境界定思惟色法若定生是名色境界定云何無色境界定思惟無色法若定生

是名無色境界定

云何衆生境界定如上說云何有爲境界定思惟有爲法若定生是名有爲境界定云何無爲境界定思惟無爲法若定生是名無爲境界定

云何衆生境界定如上說云何法境界定思惟法若定生是名法境界定云何無境界定無無境界定復次思惟過去未來法若定生是名無境界定

云何衆生境界定如上說云何少定若定少住少間住是名少定云何中定若定中中住中間住是名中定云何無量定若定無量無量住無量間住是名無量定復次若定少住少輭少境界是名少定若定中住中輭中境界是名中定若定無量住無量勝無量境界是名無量定

云何少境界定若定緣一衆生一法一行故生除如來及涅槃是名少境界定云何中境界定若定緣有量衆生有量法故生除如來及涅槃是名中境界定云何無量境界定若定緣無量衆生無量法如來及涅槃故生是名無量境界定

云何少定少境界若定緣少住少輭一衆生一法一行故生除如來及涅槃是名少定少境界云何少定中境界若定緣少住少輭有量衆生有量法故生除如來及涅槃是名少定中境界云何少定無量境界若定緣少住少輭無量衆生無量法如來及涅槃故生是名少定無量境界云何中定少境界若定緣中住中輭一衆生一法一行故生除如來及

涅槃是名中定少境界云何中定中境界若定緣中住中輭有量衆生有量法故生除如來及涅槃是名中定中境界云何中定無量境界若定緣中住中輭無量衆生無量法如來及涅槃故生是名中定無量境界云何無量定少境界若定緣無量住無量勝一衆生一法一行除如來及涅槃是名無量定少境界云何無量定中境界若定緣無量住無量勝有量衆生有量法故除如來及涅槃是名無量定中境界云何無量定無量境界若定緣無量住無量勝無量衆生無量法如來及涅槃是名無量定無量境界

云何少住定若定少間住如彈指頃或多非如犂牛頃或多是名少住定云何中住定若定中間住如犂牛頃或多非七日或多是名中住定云何無量住定若定無量間住七日或多是名無量住定云何少定少住若定少間住如彈指頃或多非如犂牛頃或多是名少定少住云何少定中住若定少境界少輭若中間住如犂牛頃或多非七日或多是名少定中住云何少定無量住若定少境界少輭若無量間住七日或多是名少定無量住云何中定少住若定中境界中輭若少間住彈指頃或多非如犂牛頃或多是名中定少住云何中定中住若定中境界中輭若中間住如犂牛頃或多非七日或多是名中定中住云何中定無量住若住中境界中輭若無量間住七日或多是名中定無量住云何無量定少住若定無量境界無量勝若少間住如彈指頃或多非如犂牛頃

或多是名無量定少住云何無量定中住若定無量境界無量勝少間住如聲牛項或多非七日或多是名無量定中住云何無量定無量住若定無量境界無量勝無間住七日或多是名無量定無量住

云何過去定若定生已滅是名過去定云何未來定若定未生未出是名未來定云何現在定若定生未滅是名現在定云何過去境界定思惟過去法若定生是名過去境界定云何未來境界定思惟未來法若定生是名未來境界定云何現在境界定思惟現在法若定生是名現在境界定云何非過去非未來非現在境界定思惟非過去非未來非現在法若定生是名非過去非未來非現在境界定

云何欲界繫定若定欲漏有漏是名欲界繫定云何色界繫定若定色漏有漏是名色界繫定云何無色界繫定若定無色漏有漏是無色界繫定云何不繫定若定聖無漏是名不繫定

云何作定非離若定非聖有報是名作定非離云何離定非作若定聖有報能斷煩惱是名離定非作云何作離定無一定若作若離若作定非離若離定非作是名作離定云何非作非離定除作離定若餘定是名非作非離定復次作定非離若定欲界有報是名作定非離若定聖有報能斷煩惱是名離定非作若修定斷欲界煩惱受色無色界有是名作離定若定無報若定聖有報非斷煩惱是名非作非離定取定非出出定非取出取定

非取非出定有染定非離染離染定非有染有染離染定非有染非離染定有輒定非離輒離輒定非有輒有輒離輒定非有輒離輒定亦如是

云何智果定非斷果若修定生智非能斷煩惱是名智果定非斷果云何斷果定非智果若修定斷煩惱不生智是名斷果定非智果云何智果斷果定無一定若智果若斷果若智果定非斷果若斷果定非智果是名智果斷果定云何非智果非斷果定除智果斷果定若餘定是名非智果非斷果定復次智果定非斷果若修定得非聖五通或一或二是名智果定非斷果若修定得斯陀含果是名斷果定非智果若修定得須陀洹果阿那含果阿羅漢果是名智果斷果定若定無報若定有報非生智非能斷煩惱是名非智果非斷果定智果定非得果定得果定非智果智果得果定非智果非得果定亦如是

云何盡定非覺若修定斷煩惱不生智是名盡定非覺云何覺定非盡若修定生智不斷煩惱是名覺定非盡云何盡覺定無一定若盡若覺若盡定非覺若覺定非盡是名盡覺定云何非盡非覺定除盡覺定若餘定是名非盡非覺定復次若修定得斯陀含果是名盡定非覺若修定得非聖五通或一或二是名覺定非盡若修定得須陀洹果阿那含果阿羅漢果是名盡覺定若定非報若定有報非能斷煩惱非生智是名非盡非覺定射定非解脫定非射射解定非射解定亦如是云何退分定若定不善是名退分定云何住分

定若定無記是名住分定云何增長分非定非聖善是名增長分定云何射分定若定聖有報能斷煩惱是名射分定復次若修定退非聖善法非住不增長是名退分定若修定非聖善法住不退不增長是名住分定若定共射相應是名射分定云何退分定非住分若定有退非住是名退分定非住分云何住分定非退分若定住非有退是名住分定非退分云何退分住分定無一定退分住分若退分非住分若住分非退分是名退分住分定云何非退分非住分定除退分住分定若餘定是名非退分非住分定云何退分定非增長分若定有退非增長是名退分定非增長分云何增長分定非退分若定增長非退是名增長分定非退分云何退分增長分定無一定退分增長分若退分非增長分若增長分非退分是名退分增長分定云何非退分非增長分定除退分增長分若餘定是名非退分非增長分定云何退分定非射分若定有退非射是名退分定非射分云何射分定非退分若定有射非退是名射分定非退分云何退分射分定無一定退分射分若退分非射分若射分非退分是名退分射分定云何非退分非射分定除退分射分定若餘定是名非退分非射分定云何住分定非增長分若定有住非增長是名住分定非增長分云何增長分定非住分若定有增長是名增長分定非住分云何住分增長分定無一定住分增長分若住分定非增長分若增長分非住分是名住分增長分定

云何非住分非增長分定除住分增長分定若餘定是名非住分非增長分定云何住分定非射分若定有住非射是名住分定非射分云何射分定非住分定若射非住是名射分定非住分云何住分射分定無一定若住分射分若住分定非射分若射分定非住分是名住分射分定云何非住分非射分定除住分射分定若餘定是名非住分非射分定云何增長分定非射分若定有增長非射是名增長分定非射分云何射分定非增長分若定有射非增長是名射分定非增長分云何增長分射分定無一定若增長分射分若增長分定非射分若射分定非增長分是名增長分射分定云何非增長分非射分定除增長分射分定若餘定是名非增長分非射分定四念處四正勤四神足四禪四無量心四無色定四向四果四修定四斷五根五力五解脫入五出界五觀定五生解脫法六念六空六出界六明分法六悅根法六無喜正覺七覺七想七定所須八聖道八解脫八勝處九滅九次第滅定九想十想十正法十一切入十一解脫入如上道品說

舍利弗阿毗曇論卷第二十二

音釋

脾房脂切土臟也　腎時忍切水臟也　肺芳吠切金臟也　膿奴冬切腫血也　肪敷房切脂也　聹乃定切耳垢也　痂古牙切乾瘍也　䏶膊䏶部禮切股也膊市兗切腨腸也　髖苦官切兩股間也　脇肋脇虛業切腋下也肋歷德切膂骨也　挓陟格切張伸也　襵皺襵陟涉切猶揖也皺側救切縮也　萑胡官切葦也　𣫍古候切取牛羊乳也

阿毗達磨俱舍釋論
陳三藏真諦譯

清刻龍藏佛說法變相圖

阿毗達磨俱舍釋論序

沙門慧愷述

正教本宗文惟三藏梵音所闡諒無異說法相深微名實繁曠若非圓明獨朗孰能通達自日隱頹多之山月翳羅睺之手時移解昧部執競興或以文釋義或以義判文雖復得失參差皆以三藏爲本可謂殊塗同歸一致百慮者也尋十八部師及弟子並各造論解其所執於一部中多有諸論此土先譯薩婆多部止有毗婆沙及雜心四卷毗婆沙明義雖廣而文句來不具足雜心說乃處中止述自部宗致四卷過存省畧旨趣難可尋求此土先譯經部止有成實一論成實乃以經部駮斥餘師其間所用或同餘部又於破立之中亦未皆盡其妙且傳譯參差難可具述佛

滅度後千一百餘年有出家菩薩名婆藪盤豆器度宏曠神才壯逸學窮文字思徹淵源德隆終古名蓋當世造大小乘論凡數十部並盛宣行靡不宗學法師德業具如別傳先於薩婆多部出家仍學彼部所立三藏後見彼法多有乖違故造此論具述彼執隨其謬處以經部破之故此論本宗是薩婆多部其中取捨以經部爲正博綜羣籍妙拔衆師談玄微窮於奥極述事象畧而周徧顯成聖旨備摧異說立不可闕破無能擬義兼數論而深廣愈之詞不繁而義顯義雖深而易入故天竺咸稱爲聰明論於大小乘學悉依此爲本有三藏法師俱羅那他聰敏强記才辯無竭碩學多聞該通内外爲弘法故遠遊此國值梁室將傾時事紛梗法師避地東西垂二十載欲還天竺來至番禺慧愷因請翻講攝大乘等論經涉二年文義方畢法師爾後猶欲旋歸刺史歐陽紇尚仁貴道久申敬事重復請留彌加殊禮慧愷與僧忍等更請翻講此論以陳天嘉四年歲次閼逢龍集涒灘正月二十五日於制旨寺始就開闡或品未畢仍事徙居於南海郡内續更敷說法師遊方既久精解此土音義凡所翻譯不須度語但梵音所目於義易彰今既改變梵音詞理難卒符會故於一句之中循環辯釋翻覆鄭重乃得相應慧愷謹即領受隨定隨書日夜相繼無懈晷刻至其年閏十月十日文義究竟論文二十二卷論偈一卷義疏五十三卷刺史仍請於城内講說既得温故頗識大宗非唯闇弱多有疑滯又恐所翻不免謬失至天

嘉五年歲次柔兆二月二日與僧忍等更請法師重譯論文再解義意至光大元年歲次强圉十二月二十五日治定前本始末究竟長史袁敬識鑒沉深信解明正長史長子元友愛文重法博學多藝並禮事法師備盡經始繼南中翻擇揔賴此貴門方希永傳來世以爲後生模式佛法大海深廣無際若不局一塗能信順求學豈不同食甘露共鼰瞻蔔者哉如或專執非所喻也

阿毗達磨俱舍釋論卷第一

婆藪盤豆造
陳三藏眞諦譯

分別界品第一之一

一切種智滅諸冥　拔出衆生生死泥
頂禮大師如理教　對法俱舍我當說

釋曰若人欲正造論當令他知大師不共功德故說衆德爲先後頂禮大師此偈但依佛世尊說偈曰

一切種智滅諸冥

釋曰滅一切冥由一切種智於一切法無明者能障見眞實義故稱爲冥此無明於佛世尊由得究竟通對治故一切種於一切法永不生爲法故故稱爲滅獨覺及聲聞於一切法雖除無明由有染污無明極不生故不由一切種何以故諸餘聖人於如來不共法及於餘境最久遠時處無邊差別有無染污無明顯自利行究竟讚歎佛已次以利他行圓滿讚歎世尊偈曰

拔出衆生生死泥

釋曰生死是世間躭著處故難可度故故以譬泥衆生於中沉著無救接者唯佛世尊欲憐愍度脫授說正法手應理拔濟是人與自他利益相應偈曰

頂禮大師如理教

釋曰頭面接足名頂禮立教不虛稱大師無倒稱如理得善離惡言稱教說此如理教爲利他方便由如理教從生死泥拔濟衆生不由通慧施恩威德等頂禮如理教師已欲何所作偈曰

對法俱舍我當說

釋曰此法通名滅濟教別名云何阿毗達磨俱舍何法名阿毗達磨偈曰

淨智助伴名對法

釋曰智謂擇法淨謂無垢即無流智助伴謂因緣資粮若爾則說無流五陰名阿毗達磨此即真實阿毗達磨若說假名阿毗達磨偈曰

能得此法諸智論

釋曰即是有流思慧聞慧生得慧及助伴論謂能傳生無流智是無流智資糧故亦名阿毗達磨因何義立此名能持自體相故稱達磨或一切法中真實法涅槃爲相故稱達磨此智對諸法於法現前故稱阿毗達磨此論云何名阿毗達磨俱舍偈曰

由義對法入此攝

釋曰彼文句名阿毗達磨由隨勝義入此論攝是故此論於彼得稱爲藏復次偈曰

論依對法名俱舍

釋曰阿毗達磨是此論依止何以故從彼法中引生此論故彼於此論亦受藏名以是義故此論名爲阿毗達磨俱舍復次此法其用云何何人先說此法而法師恭敬欲解說之偈曰

離簡擇法更不有　爲寂靜惑別方便
世間由惑轉有海　爲此傳佛說對法

釋曰若離擇法覺分無別方便能除滅諸惑諸惑能輪轉世間於生死海由此正因欲令弟子得簡擇法故大師佛世尊先說阿毗達磨若離此正說諸弟子不能如理簡擇真法

故佛世尊處處散說此法大德迦旃延子等
諸弟子撰集安置猶如大德達磨多羅多撰
集優陀那伽他部類聞毗婆沙師傳說如此
何者諸法是所簡擇爲令他簡擇彼法佛世
尊說阿毗達磨偈曰
有流無流法
釋曰畧說一切法謂有流無流此中何者有
流偈曰
有爲除聖道　有流
釋曰除道聖諦所餘有爲法說名有流何以
故偈曰
於中流由隨增眠故
釋曰若有如此義諸流緣滅道二諦爲境起
於中不眠無隨增故是故於中不可立有流
爲反質難是不眠義後分別惑品中當廣說
說有流法已何者無流法偈曰
無流法聖道　及三種無爲
釋曰何者三無爲偈曰
虛空及二滅
釋曰何者二滅擇滅非擇滅如此空等三無
爲及聖道說爲無流法何以故於中諸流不
能眠故畧說三無爲中何者爲空偈曰
此中空無礙
釋曰空以無障無礙爲性故色於中行偈曰
擇滅謂永離
釋曰與有流法永相離說名擇滅各數簡擇
苦等聖諦名擇即智勝類因此所得已利名
爲擇滅具足應言擇所得滅以畧說故但稱
擇滅如車與牛相應名爲牛車一切有流爲
一擇滅爲不一不一云何偈曰

各各對諸結

釋曰如結數量擇滅亦爾若不爾由證見苦所斷惑擇滅則應一時俱證一切惑擇滅若爾修餘對治道則空無果佛經言擇滅無同類此言何義擇滅無同類因亦非他同類因此是經義非無與其同類說擇滅已偈曰

恒遮欲生生　別有非擇滅

釋曰能永遮未來諸法生異於擇滅有別滅說名非擇滅不由簡擇得故云何得因緣不具故譬如有人意識及眼根緣一色塵起是時餘色聲香味觸等悉有即謝五識聚不能緣彼爲境更生何以故五識無有功能緣過去塵爲境是故識等有非擇滅由因緣不具故得依二滅立四句有諸法惟有擇滅謂過去現在定生有爲法皆是有流有諸法惟有非擇滅謂不生爲法無流有爲有諸法具有二滅謂有流定不生爲法有諸法無有二滅謂過去現在定生爲法皆是無流說三無爲已前說有爲法除聖道名有流何者是有爲偈曰

又諸有爲法　謂色等五陰

釋曰色陰受陰想陰行陰識陰此五陰攝一切有爲已至聚集因緣所作故名有爲何以故無有法無緣及一緣所生故是彼種類故於未來無妨譬如獨陀偈曰

說世路言依　有離及有類

釋曰是諸有爲法有已正當行故名世路復次無常所食故言謂方言是言所應義名言依由執有義言故佛經說有爲法名言依若不爾則違分別道理論彼論云何言依入十

八界攝永出名離所謂涅槃一切有爲涅槃永出離故有爲法有離涅槃無離故有爲法名有離有因故名有類類以因義毗婆沙師作如此說如是等是有爲別名復次是有爲法偈曰

有流名取陰

釋曰此何所顯是有取可說名陰有但陰非取謂無流有爲此中以惑爲取陰從取生故名取陰譬如草火糠火復次隨逐取故譬如王人復次諸取從彼生故名取陰譬如華樹果樹是有流諸法偈曰

或說有鬬諍

釋曰諸惑名鬬諍能動諸善法及損害自他故鬬諍所隨眠故故說有鬬諍譬如有流復次偈曰

苦集諦世間

釋曰違聖人意故名苦苦從諸生故名集破壞故名世間有對治故偈曰

見處及三有

釋曰諸見依中住由隨順增長故故是見處但有今有故名有如此說有流法如義別名已前已說色等五陰此中偈曰

色陰謂五根　五塵及無教

釋曰五根謂眼耳鼻舌身五塵是眼等五根境謂色聲香味觸及無教如此量名色陰此中是前說色等五塵偈曰

此識依淨色　說名眼等根

釋曰色聲香味觸識所依止五種淨色類次第應知是眼耳鼻舌身根如佛世尊言比丘眼是內入合四大成是淨色性類如此廣說

復次前已說眼等五根此識依淨色說名眼等根眼根等識依止其義如此若立此義則順分別道理論彼論云何者爲眼根謂眼識依止清淨色說五根已次應說五塵此中偈曰

色二

釋曰一顯色二形色顯色有四種謂青黃赤白餘色是此四色未異形色有八種謂長等耶後是重說色入偈曰

或二十

釋曰謂青黃赤白長短方圓高下正邪雲煙塵霧影光明闇有餘師說空爲一色故有二十一色此中形平等爲正不平等名邪地氣名霧日焰名光月星火藥寶珠電焰名明於中若色顯現名顯翻此名闇餘色易解故今不釋有色入有顯無形謂青黃赤白影光明闇有色入有形無顯謂有長等一分即有教身業爲相有色入有顯有形謂所餘諸色有餘師說有色入無形無顯謂無教色有餘師說惟光及明有顯無形何以故恒見青等諸色有長等差別云何一物二知所緣此二色於一塵中現故是義不然於有教身業則成反質難故說色入已偈曰

聲塵有八種

釋曰有執依非執依四大爲因有衆生名非衆生名是名四聲此聲由可愛非可愛差別故成八種此中有執依爲因者謂言手等聲非執依爲因者謂風樹浪等聲有衆生名者謂有義言聲異此爲非衆生名聲有餘師說有别聲有執依非執依四大爲因謂手鼓合

生譬如一顯色鄰虛不許依二四大生此聲亦應爾說聲已偈曰

味六

釋曰謂甜醋鹹辛苦淡差別故偈曰

香有四

釋曰謂香臭平等不平等差別故阿毗達磨中說香有三種謂香臭平等偈曰

觸塵十一種

釋曰觸有十一種應知謂四大滑澁重輕冷飢渴此中四大後當說柔軟名滑麤燥爲澀可稱名重翻此爲輕熱愛爲冷食愛爲飢飲愛爲渴於因立果名故說如此如佛伽他中說

諸佛生現樂　說正法亦樂　大衆和合樂　聚集出家樂

於色界中無飢渴觸有所餘觸於中彼衣若不可各稱四大集聚所造故亦可得稱於彼無能損冷觸有能益冷觸他說如此前已說色有多種此中有時由一物眼識得生若是時中分別一類有時由多物眼識得生若是時中無所分別譬如軍衆有無量顯形色及遠見衆寶應知耳等識亦爾身識若極多由五觸生謂四大觸諸觸中滑等隨一有師作如此執復有餘師說具足十一觸生身識若爾則總緣塵通境爲塵五識應成不但緣別境五識對入別相爲境故許彼以別相爲境非對物別相斯有何失應思此義身舌二根一時塵至何識先生隨强塵先發識若平等塵至舌識先生食欲所引相續故如此說五根五塵及如取塵已今當說無教色偈曰

亂心無心邪　隨流淨不淨　依止於四大

何無教色說

釋曰異緣名亂心入無想定及滅心定名無心顯非亂心及有心故言邪是似相續或俱或後故名隨流善名淨惡名不淨至得相續亦爾爲簡此異彼故說依止於四大毗婆沙師說依止以因爲義四大爲無教生等五因故欲顯立名因故言何此法雖以有色業爲性不如有教色可令他知故名無教顯是餘師說故言說若畧說有教色三摩提所生善惡性色名無教前說依止四大何者四大偈曰

諸大謂地界　及水火風界

釋曰如此四大能持自相及所造色故名界云何四界名大一切餘色依止故於彼成麤故故名爲大復次極徧滿起地水火風聚中形量大故復次能增廣一切有色物生及於世間能作大事故名大復次此地等界於何業中成何爲自性偈曰

於持等業成

釋曰勝持和攝成熟引長於四業中次第成就地水火風界轉移增益故名引長是名四大業自性者次第偈曰

堅濕熱動性

釋曰地界以堅爲性水界以濕爲性火界以熱爲性風界以動爲性引諸大相續令生異處如吹燈光名動分別道理論云何者風界所謂輕觸經說亦爾或說輕觸爲所造色此法以動爲定性故說動爲風界即以業顯風自性復次地等及地界等異義云何偈曰

說地顯形色　由世立名想　水火亦復然

釋曰若世人示現他地大但示顯形色如示現地大示現水火大亦爾但示顯形色故依世假名想說色入爲地等三大偈曰

惟風界

釋曰是風界世人說爲風偈曰

亦爾

釋曰如世人假說顯形色爲地說風亦爾或說黒風或說團風云何說無教爲後此陰名色顯現變壞故佛世尊說比丘由此法變壞變壞故說色取陰何法能變壞由手等觸故變壞廣說如經有對礙故可變壞復次義部經中說

求得欲塵人　愛渴所染著　若所求不遂　婁波如被刺

復次餘師說此色欲界變壞生對礙故名色若爾鄰虛色應不成色不可變壞故此言非難鄰虛色無獨住不和合故若和合住則可變壞若爾過去未來色不應成色此亦已變壞應變壞變壞性類故如所燒薪若爾無教不應成色此亦由有教變壞故其同變壞如樹動影動是義不然無教無變壞故若爾有教謝滅無教亦應謝滅如樹滅影滅復有餘師說依止變壞故無教亦變壞是義不然若爾眼識等由依止變壞亦應成色是故汝執不平雖然有異何以故無教依四大生如影依樹生光依寶生眼等識不爾依眼等根生諸根一向唯爲眼等識作生因此執非毗婆沙義謂依樹影生依寶光生彼師說影等顯色鄰虛各各依止自四大故若實如此影光

依樹寶生無教不應同此依止何以故無教所依止四大已謝彼師不許無教隨滅是故此執不成救義復有餘師別立救義言眼等諸識依止各有差別有依止變壞如眼等有依止不變壞如意識等無教依止既不爾此難則不平是故此義應然由可變壞故名色陰是法前已說色陰爲性偈曰

此根應復說　十入及十界

釋曰若安立入門屬十入謂眼入色入乃至身入觸入若安立界門屬十界謂眼界色界乃至身界觸界說色陰及安立入界已次當說受等諸陰此中偈曰

受陰領隨觸

釋曰有三種領隨觸說名受陰何者爲三謂能領隨樂苦不樂不苦觸是名三受復次若分別此受則成六受聚謂眼觸所生受乃至意觸所生受偈曰

想陰別執相

釋曰青黃長短男女親怨樂苦等相差別執是名想陰復次若分別此想有六如受偈曰

異四名行陰

釋曰除色受想識四陰餘有爲法名行陰經中佛世尊說六故意聚名行取陰此說由勝故此故意聚是業性故於造作中最勝故佛世尊說能作功用起有爲法故說此爲有行取陰若不爾所餘心法及不相應法非陰攝則不可立爲苦諦集諦於彼亦不可立爲應知應離佛世尊說我不說未見未通一法決定至苦後際未除未滅亦爾是故諸有爲法入行陰攝應信此義偈曰

是受等三陰
釋曰謂受想行三陰若安立爲入及界偈曰
或名法入界　并無教無爲
釋曰此七種法說名法入及法界偈曰
識陰對對視
釋曰對對諸塵意識心是名識陰復次若分
別此識則成六識聚謂眼識乃至意識是所
說識陰若安立入偈曰
或說爲意入
釋曰若安立界偈曰
或說爲七界
釋曰何者爲七偈曰
謂六識意根
釋曰眼識界乃至意識界及意界此中五陰
已說爲十二入及十八界除無教色是色陰

立爲十入十界受想行陰無教無爲立爲法
入法界是識陰即是意入及六識界并意界
爲不如此耶前說惟六爲識陰若爾是此六
識何法名意界無別意界異六識雖然是諸
識中偈曰
六中無間謝　說識名意根
釋曰六識中隨一無間滅此識說名意界譬
如一人先爲子後爲父又如先爲果後成種
子識亦如是先爲六識後成意界若爾實物
惟十七界或十二界何以故六識界及意界
互相攝故若爾云何安立爲十八界雖然偈
曰
爲成第六依　故界成十八
釋曰是五種識界以眼等五界爲依第六意
識界無有別依爲成立此依故說意界由如

此安立依能依境界三六故界成十八若爾阿羅漢最後心應非意界無識在後生爲此無間滅故成意界是義不然何以故此已住意性中故因緣不具故後識不生此中由陰攝一切有爲由取陰攝一切有流由入由界攝一切法盡應知一切諸法復有略攝偈曰

畧攝一切法　由一陰入界

釋曰陰中以色陰入中以意入界中　以法界應知攝一切法盡如來處處說攝其義應知如此偈曰

同自性類故

釋曰此攝由同性類相應故不由異性故何以故偈曰

離餘法性類

釋曰諸法與他性相離則此性與彼不相應是故不由此性得攝他譬如眼根由色陰由眼入眼界苦集二諦等攝以同性故不由餘陰等彼性不相應故若爾有處說由他攝他譬如由四攝類攝一切衆生此攝不恒應知是假名何故不成二十一界何以故眼耳鼻各有二故不應爾何以故偈曰

類境識同故　雖二成一界

釋曰此中同類者此二同眼性類故同境者此二同緣色故同識者此二共爲一眼識依止故是故眼根雖二共成一界於耳鼻應知亦爾偈曰

若爾云何二　爲莊嚴生二

釋曰若實如此眼等一界云何生二爲莊嚴依止故若不爾一眼耳一依處生一鼻一孔生此身則大醜陋是義不然若本來如此及

貓貍鸜鵒等生二眼耳鼻有何莊嚴若爾生二何爲爲助成識故如人閉一眼開一眼或開一眼半閉一眼見色皆不明了爲莊嚴識令成就故三根各須二處說陰入界已應說此義陰入界其義云何偈曰

聚來門性義　陰入界三名

釋曰隨所有色若過去未來現在若内若外若麤若細若鄙若美若遠若近此一切色攝聚一處說名色陰由此經言陰以聚義此義得成此中過去色者由無常已滅未來未生現在已生未滅於自相續爲内異此名外或由入判内外有礙爲麤無礙爲細或由相待判麤細若汝言或由相待則麤細不成是義不然由待異故若此待彼成麤無方便待彼成細譬如父子有染汚爲鄙無染汚爲美過去未來爲遠現在爲近乃至識陰亦爾復有差别五根依止爲麤心依止爲細毗婆沙師依地判麤細有大德說五根所緣爲麤異此名細非可愛名鄙可愛名美不可見處爲遠可見處爲近過去等自名所顯不須别釋應知受等亦爾由隨依止故有遠近麤細義如前入者心及心法來門義或說來增義能增長心及心法來界者别義如一山處多有鐵銅金銀等差别故說名界如此於一依止中或相續中有十八種差别說名十八界此中别以本義本謂同類因此十八法同類相續爲同類因故說名别若爾無爲則非界是義不然此是心及心法同類因故復有餘師說界以種類義諸法種類有十八謂自性故說名界若陰以聚義陰應是假名有多物聚集

故譬如聚及人是義不然一物鄰虛得陰名故若爾不應說陰以聚義何以故一物無聚義故復有餘師說能荷負事是陰義復有師說分分是陰義何以故如有諸說我應轉三陰物此執與經不相應何以故經但說聚是陰義如經言隨所有色若過去未來現在等廣說如經若汝言隨一過去等色陰義於經中應知是故一切過去等色一一皆名色陰不應作如此執是一切色攝聚一處說名爲陰由此說故是故諸陰假名有如聚若爾有色諸入於汝應成假名有何以故多眼等鄰虛成來門故是義不然聚集中一一成因故復次與塵共作故根亦非十二入故毘婆沙中說阿毗達磨師若觀假名陰說則說如此鄰虛者一界一入一陰一分若不觀說則說如此鄰虛者一界一入一陰此中於一分假說具分譬如衣一分被燒說衣被燒復次云何世尊由陰等門作三種正說弟子衆偈曰

癡根樂三故　故說陰入界

釋曰阿毗達磨師說如此衆生癡有三種有諸衆生於心法不明執聚爲我故有諸衆生於色不明有諸衆生於色心不明根亦有三謂利中鈍樂亦有三謂樂略中廣文爲此三人次第說三謂陰入界復有何因一切所餘心法佛世尊安置一行陰中分受想二法別立爲陰偈曰

爭根生死因　立次第因故　心法中受想
分立爲別陰

釋曰爭根有二一貪著欲塵二貪著諸見受想二法次第爲此二爭勝因由衆生著受味

是故執著欲塵由隨顛倒想起執著諸見受想二法是生死勝因何以故衆生貪著受起倒想輪轉生死復有因爲立次第後文當說此中由此次第因分受想二法別立爲陰應知如此此因立次第中當說復次云何於界入中說無爲陰中不說偈曰

陰中除無爲　義不相應故

釋曰若於五陰中說三無爲不可安立令與陰相符何以故義不相應故云何不相應此無爲安色中非色乃至非識不可說爲第六陰何以故不應陰義故陰是聚義前已說無爲無過去未來現在等異如色等由此異一切攝聚一處可立名無爲陰爲顯染汚依止故說取陰爲顯染汚清淨依止故說陰此二義於無爲中無由義不相應故於陰中不立無爲如瓶破壞非瓶如此陰滅壞不可立爲陰餘師說如此若作此執於界入中成反質難說諸陰別義已偈曰

復次第如麁　染器等義界

釋曰色者有礙一切中最麁無色中受行相麁故世間有說我手痛我脚痛想麁於二男女等差別易分別故於識行麁欲瞋等相易分別故於中識最細由自性難分別故是故最麁於前說復次無始生死男女於色互相愛樂由貪著受味此貪由想顛倒此顛倒由煩惱此煩惱從染汚心生如此　如染立次第復次由器等義立次第如器食餚廚人噉者色等五陰亦爾復次或由界立次第欲界欲塵色所顯諸定受所顯三無色界想所顯有頂惟行所顯此四即是識住於四中識能依

住此陰次第爲顯由種子次第義是故惟立五陰不多不少由此立次第因於行中分受及想別立爲陰由此受想最麤染汚次第因受相似食餚能顯二界故別立爲陰入界中眼等六應說次第何以故由隨此塵及識次第易知故此眼等六偈曰

前五現塵故

釋曰眼等五根緣現在塵是故先說意根境界不定有意根緣現在塵有緣三世及非三世塵偈曰

四所造塵故

釋曰前言流至此五中四在前說所造色爲塵故身塵不定或身緣四大或緣所造或復俱緣偈曰

餘遠急明事

釋曰餘者謂前四根此次第前說由遠急明事故眼耳緣遠境於後二前說於前二中眼事最遠遠見江河不聞聲故故眼在前復有急緣事如先見人擊鼓後方聞聲鼻舌無遠事鼻事急故前說如飲食未到舌鼻已知香故又鼻事明了能緣味細香故舌則不爾偈曰

復隨處次第

釋曰復次於身中眼根依止在上耳根在下鼻又下耳舌又下鼻身多下舌意根依止其中無有的處故如處所立彼次第復次何因十入皆色陰所攝於中惟一入名色入一切入皆法爲自性於中惟一入名法入偈曰

爲簡別勝故　攝多勝法故　惟一入名色　及一入名法

釋曰云何爲簡別欲令知如此此十法各得入名由成立爲根塵故不須聚集更由眼等差別是色不得眼等名亦是色性應知是色入故不立此別名復次色入於中勝故何以故有礙强故若手物等觸即便變壞復次體相顯現於此彼處易指示故有似影故復次世間同知說此入爲色非知餘入爲簡別故說一入名法入不說餘入復次於法入中攝受等多法爲說多法故立通名又涅槃是最勝法入此中攝非於餘入故偏受法名復有餘師說二十種品類多餘色故肉天聖慧三眼境故復有餘法陰入界同名於餘經中已顯由此三門攝彼皆盡爲不盡由此攝盡無餘此中偈曰

如來說法陰　其數八十千　此但言及名

色行陰所攝

釋曰有諸師執佛正教言音爲性於彼師入色陰攝復有諸師執文句爲性於彼師入行陰攝此法陰數量云何偈曰

說如法陰量

釋曰有諸師說有一分阿毗達磨名法陰其量有六千偈八十千中一一法陰其量皆爾復有諸師說偈曰

陰等一一教

釋曰陰入界緣生諦食定無量無色解脫制入徧入覺助道解願智無爭等正教隨一一皆名法陰偈曰

實判行對治　隨釋法陰爾

釋曰諸師實判如此衆生有八萬煩惱行類謂欲瞋癡慢等差別故爲對治此行世尊正

說八萬法陰如八萬法陰於五陰中入色行
二陰攝偈曰
如此餘應理　陰入及界等　於前說中攝
熟思彼性類
釋曰若有餘陰入界等於餘經中說是彼如
前所說陰入界中隨彼性類此論中所說應
善簡擇攝入其中此中有別別五陰謂戒陰
定慧解脫解脫知見陰戒陰入色陰攝餘四
入行陰攝復有十徧入前八徧入無貪爲自
性故法入所攝若共伴類五陰爲性故意法
二入所攝制入亦爾空徧入識徧入及空等
四無邊入四陰爲性故意法二入所攝復有
五解脫入智慧爲性故法入所攝若共伴類
聲意法三入所攝復有二入謂無想入非想
非非想入第一入即無想天十入所攝除香
味入故第二入意法二入所攝如此於多界
經中佛說有六十二界此等諸界如理應知
入十八界中攝彼中所說六界謂地界水火
風空識界六中二界未說其相此無爲空爲
應知即是空界耶一切識爲應知即是識界
耶彼說非云何非門風竅鼻口內等偈曰
竅穴名空界
釋曰若說竅穴應知是何法偈曰
彼言謂光闇
釋曰何以故無有竅穴離光闇可見故是故
彼言空界惟光闇爲性晝夜爲位此空界說
名隣礙色彼說礙色者謂聚集中色最易變
壞故光闇與礙色相隣故名隣礙色復有餘
師釋此亦是礙他於此無礙故與餘色相隣
偈曰

識界即是識　有流

釋曰云何不説無流由佛許六界偈曰

生所依

釋曰此六界從初託生心乃至死墮心生所依止若無流法不得如此如此六界中前四徧界攝第五色界攝第六七識界攝説攝義已是前所説十八界於中幾有顯幾無顯偈

曰

於中一有顯　謂色

釋曰此色易可顯如言此色彼色由此言故應知義至所餘非顯幾是有礙幾是無礙偈

曰

十有礙　有色

釋曰此十界色陰所攝是有礙礙是何法相障故名礙此礙有三種一障礙二塵礙三緣

緣礙此中障礙者於自處對障他生如手於手自相對障石於石亦爾塵礙者眼等諸根於色等塵如假名論説有眼於水有礙非於陸地如魚等眼有眼於陸地有礙非於水中從多如人等眼有眼二處有礙謂於水陸如龜鼉蝦蟆鬼捕魚人等眼有眼二處無礙除前三句有眼於夜有礙非於晝時如蝙蝠鵂鶹等眼有眼於晝有礙非於夜時從多如人等眼有眼於晝夜有礙如狗野干馬豹貓貍等眼有眼於二時無礙除前三句塵礙相如此緣緣礙者心及心法於自緣緣境有礙塵礙與緣緣礙異相云何此法於是處有功能説是處爲此法塵名爲塵礙心及心法所取之塵名緣緣礙云何此根於自境相續生及識於緣緣生説名有礙過此於彼不生故復

次此中礙者以到義謂於自境生此中由障礙應知十界有礙互相障故若法由塵礙有礙亦由障礙有礙不有四句第一句謂七心界及法界一分相應心法第二句謂五塵第三句謂五根第四句謂法界一分心不相應法若法由塵礙有礙亦由緣緣礙有礙不除後二句若法由緣緣礙有礙必由塵礙有礙有法由塵礙有礙不由緣緣礙有礙如五根大德鳩摩羅羅多說

是處心欲生　他礙令不起　應知是有礙

異此非有礙

說有礙已十八界中幾善幾惡幾無記偈曰

八無記

釋曰何者爲八前所說十種有礙中偈曰

是諸除色聲

釋曰五根香味觸界是八由善惡差別不可記故故說無記有餘師說約果報不可記故名無記若爾於無流則成反質難偈曰

餘三性

釋曰餘十種界具善惡無記性此中七識界與無貪等相應是善性若與貪等相應是惡性所餘是無記性法界與無貪等善相應及發起擇滅皆是善性與貪等惡相應及發起是惡性所餘是無記性色界聲界善惡心發起是善惡性身口業所攝故若異此是無記性說諸界善等性已十八界中幾於欲界相應幾於色界無色界相應偈曰

欲界　一切有

釋曰相應是有義不相離義於欲界中具足十八偈曰

色界十四

釋曰於色界中不具但有十四何者十四偈曰

除香味　及鼻舌識故

釋曰於色界中無香味此二是段食類故由離欲段食於彼受生故由無此塵鼻舌二識亦不得生無緣緣故若爾於彼不應立有觸界觸亦是段食類故實爾若觸非段食類於彼可有若爾香味亦應然是義不然何以故離食無別用香味如觸觸有別用謂能成根能爲依持及成衣服等故彼處衆生離欲段食是故香味無用觸則不爾有餘師說依止定及三摩跋提或見色聞聲與輕安相應有觸勝類能益彼身是故此三於定生處得相隨生香味不爾若爾於彼不應有鼻舌二根是義不然何以故此二有用若離此二身則醜陋無二根故又言說不成若用如此但須鼻舌依止爲莊嚴身及以言說不須鼻舌二根是義不然無但依止非根如男根依止於彼此不生可然以無用故鼻舌依止於彼有用是故若離根於彼此生則應理若有諸根無用亦生如於胎中定死衆生無用可生非無因可生此諸根從何因生於根有愛所有勝業若人離欲於塵於根決定離欲彼人若已離欲香味二塵鼻舌二根於彼不應得生若生鼻舌二根男根云何不生由生醜陋故若根藏如象王陰云何醜陋不必由有用故生云何生必由因故生雖復醜陋若有因必應生因既無此不生彼云何生是義不然與經相違故經言彼人具足根無關少是義不

然隨彼所有根說無闕少有何相違若不爾於彼亦應有男根彼說如此於彼有鼻舌二根但無香味彼由依內門於六根生貪愛不由外塵門於男根生愛必由婬觸門起是故此義得成故於色界有十四界偈曰

無色界相應　意法意識界

釋曰已離欲色界於彼受生十界色爲性及五識界用彼爲依境是故於無色界不得有幾界有流幾界無流意法識三界前所說偈曰

諸有流無流　是三

釋曰若是三界中道諦無爲所攝是無流異此是有流偈曰

餘有流

釋曰所餘十五界一向定有流幾界有覺有觀幾界無覺有觀幾界無覺無觀偈曰

有覺亦有觀　定是五識界

釋曰是五識界恒與覺觀相應故言定爲簡異餘界故偈曰

後三有三義

釋曰意界法界意識界是十八中最後故言後此具三品意界意識界與心相應法界除覺觀於欲界及初定有覺有觀於中間定無覺惟有觀從第二定以上乃至有頂無覺無觀一切心不相應法界及中間定觀是覺恒無覺惟有觀無第二覺故惟與觀相應故於欲界及初定觀不入三品中說其名應云何無觀惟有覺無第二觀故與覺相應故故說如先有覺觀地有四品法一有覺有觀謂除覺觀所餘心相應法二無覺有觀謂惟是觀

三無覺無觀謂心不相應法四無觀有覺謂惟是覺偈曰

餘界二所離

釋曰十有色界名餘此十界恒無覺觀與心不相應故若五識聚有覺觀云何說無分別偈曰

顯示及憶念　由二無分別

釋曰彼說分別有三一自性分別二顯示分別三憶念分別五識惟有自性分別無餘二分別故說無分別如馬一足說言無足此中自性分別即是覺觀此後明心法中當說後二分別其相云何次第偈曰

二是散心智　諸念惟心地

釋曰此智與意識相應故名心智非寂定故名散此智即是顯示分別一切憶念與意識相應若定若散名憶念分別幾界有緣緣幾界無緣緣偈曰

七識有緣緣

釋曰謂眼耳鼻舌身識意根意識此七識界有緣緣能取塵故偈曰

法界中有半

釋曰此亦有緣緣以心法爲體故餘十有色界及法界一分與心不相應法應知無緣緣幾有執幾無執偈曰

九界非所執

釋曰何者爲九七有緣緣界幷第八中半偈曰

八聲

釋曰此九是非所執謂七識界法界聲界偈曰

餘有二

釋曰餘有二謂或有執或無執此中眼耳鼻舌身若現在則有執色香味觸現在若與根不相離亦有執所餘則無執如除根髮毛爪齒屎尿涕唾血等中及於地水等中有執無執此言何義心及心法攝彼爲自依止由彼損益互相隨故是世間說有覺此名有執故執以覺義所餘名無執幾界四大爲性幾界四大所造爲性偈曰

觸界有二種

釋曰觸有四大及四大所造堅等四觸是四大軟滑等七觸是四大所造依四大生故名所造偈曰

九有色所造

釋曰五根界四塵界此九但是所造偈曰

及法界一分

釋曰法界中無教色彼說亦是所造所餘七識界法界中除無教非二種佛陀提婆說十入唯四大此執不然於經中由決了說四大及堅等四相故此四大唯是觸故此堅等四相非眼等所見色等四塵非身根所覺是故此執不如經中佛世尊說比丘眼根者是內入依四大是四大所造淨色有色無顯有礙乃至身根亦爾比丘色者是外入依四大是四大所造有色有顯有礙比丘聲者是外入依四大是四大所造有色無顯有礙乃至味亦爾比丘觸者是外入是四大或依四大是四大所造有色無顯有礙如此經中由觸一分攝四大皆盡所餘非四大此義明了可知復次經中說眼謂肉丸於中是堅是堅類如

此等經但說肉丸與眼根不相離不說眼根於入胎經中說比丘入者謂唯六界此說爲顯成就衆生根本復於此經由佛說六種觸入故若不爾於汝亦應無受等心法若汝言心法即是心是義不然想受是心法依心生由此經言及說心爲本故故此執不如由說心與欲相應是故如前說諸界四大及四大所造是義得成幾界微聚成幾界非微聚成

偈曰

十有色微聚

釋曰是五根界及五塵界微聚所成隣虛衆所成故

阿毗達磨俱舍釋論卷第一

音釋

鸜鵒 鸜其俱切鵒俞玉切鸜鵒鳥名　餚 何交切凡非穀而食曰餚　噉 徒濫切食也　鼉 唐何切魚名　蝦蟇 蝦何加切蟇謨加切　蝙蝠 蝙音邊蝠音福

阿毗達磨俱舍釋論卷第二

婆藪盤豆造

陳三藏眞諦譯

分別界品第一之二

於十八界中何法能斫何法所斫何法能燒何法所燒何法能稱何法所稱偈曰

能斫及所斫　謂是外四界

釋曰色香味觸名斧名薪即是能斫所斫何法名斫聚流相應生斷隔其生起名斫身根等非所斫若斫則無餘不可令二故何以故諸根若分爲多則不成根所斫諸分非根故亦非能斫如寶光清淨故如能斫所斫惟外四界偈曰

所燒所稱爾

釋曰惟外四界是所燒是所稱非諸根何以故微細清淨故猶如光明聲亦爾自性斷故偈曰

淨能燒所稱

釋曰有諸師說外四界是能燒是所稱有諸師說於中惟火大能燒唯重觸是所稱幾界從果報生幾界從增長生幾界從等流生幾界有實物幾界唯一刹那生偈曰

果報增長生　五內

釋曰五內界謂眼等五根從果報及增長生不從等流生離果報增長無別等流故此中從果報因生名果報生除中間因名故譬如牛車復次是業至果報熟時說名果報正能熟故從此生故說果報生果者名熟復次於因可立果名如果中立因名如經言此六種觸入應知是宿業飲食將養寢卧三摩提等

勝緣所資益名增長生有餘師説由梵行故增長此言不然何以故梵行但不爲損無有益義於果報相續增長相續能爲護持猶如外城防守内城聲界或增長生或等流生偈曰

聲非報

釋曰云何不從果報生隨欲生故若爾於假名論中云何説由永離惡口善修不惡口戒故得梵音大人相生餘師説聲屬第三傳從業生霜佉四大從霜佉四大生聲復有餘師説聲屬第五傳從業生果報四大從果報四大生增長四大從增長四大生等流四大從等流四大生聲若爾身受從業所生四大生不應成果報若受如聲則違道理偈曰

八種無礙界　流生果報生

釋曰何者爲八七識界及法界是等流所生從同類因及遍行因所生故果報生者謂從果報因生此八界無增長生無礙法無增長故偈曰

餘三

釋曰餘四界謂色香味觸或果報生或增長生或等流生偈曰

一有物

釋曰是無爲法有貞實故成物此於法界中有故唯一法界有物偈曰

後三一刹那

釋曰意界法界意識界由文句次第故言後三此三於初無流苦法忍一刹那中非等流生故言一刹那此中苦法忍相應心謂意界意識界與彼共生相應法應簡擇此義若人

不與眼界相應後至得相應爲與眼識界相應不若人與眼識界相應爲與眼界相應不偈曰

眼根與識界　獨俱得復有

釋曰獨得者有與眼界相應不與眼識相應如人於欲界中次第至得眼根或從無色界墮於第一定等中生有與眼識相應不與眼界相應如人已生第二定已引眼識現前從彼退於下界生或俱得者有與眼界眼識界一時相應如人從無色界墮生欲界或生初定或俱不得者除前三句若人與眼界相應爲與眼識界相應不有四句第一句者若人於第二定等中已受生不引眼識令現前第二句者若人於欲界未得眼根及已失眼根第三句者若人於欲界已得眼根不失或生初定二定等中正見色第四句者除前三句眼界與色界眼識界與色界至得句義應如此思量爲引如此思量故言復有幾界爲我依幾界爲我依外偈曰

十二界我依

釋曰何者十二偈曰

除色等

釋曰六識六根此十二界名我依色等六塵界名外我既是無云何說我依及我依外我慢依止故假說心爲我如偈言

我是我善依　異此何勝依　若我好調伏
智人得解脫

有餘處佛世尊說唯調伏心如偈言

調依心最勝　心調引樂故

是心世間說爲我眼等爲此依止及親近故

是故說眼等名我依色等爲境界故稱外若爾六識界應不成我依何以故六識未至意界位不得爲心依是時若作意界即六識作非餘故六識不離意界體若不爾意界唯過去非未來現在彼部許十八界有三世故若未來現在識無意界體相於過去中亦不可立爲意界何以故相於三世無不定義故幾界有等分幾界非等分若一向有等分偈曰

法界　等分

釋曰是塵於識定爲境若識於中已生及定生爲法是塵說名等分無一法界此中無邊意識非已生非應生何以故一切聖人心緣法界必如此生謂一切法無我此心離自性及共有法餘一切法悉爲境界此刹那心於第二刹那心皆成境界於二刹那中一切法皆成境界是故法界恒是等分偈曰

非等分　餘

釋曰除法界所餘界非等分亦有等分何法名非等分偈曰

不作自事

釋曰義至已說若作自事名有等分若眼界已見色正見色當見色說名有等分乃至意界亦爾由於塵自功能立名等分罽賓國師說非等分眼有四種若眼根不見色已滅正滅當滅無生爲法西方諸師說有五種無生爲法分爲二分一與識相應一與識不相應乃至身亦爾意根但無生爲法名非等分色者若已見正見當見名有等分非等分有四種若色非所見已滅正滅當滅無生爲法名非等分乃至觸亦爾由自根功能應知色等

有等分非等分義是一人等分眼於一切人非等分乃至意亦爾色則不爾隨能見者於此人則成等分若不能見於此人則非等分何以故有如此義此色是一人所見亦可得爲多人所見如觀看時中見月儛相攢等色無如此義由一眼根二人見色是故諸根不共得故就一相續分別等分非等分色由共得故不就一相續立等分非等分如色聲香味觸界應知如此聲界可許如此香等三界隨一一人所得餘人不得何以故此三皆至到根故不共得若立似眼等應是道理雖不共得有如此道理可立共得何以故有如此義是香等能生一人鼻等識亦可得生餘人鼻等識眼等則不爾是故香等如色可得例說眼等諸識等分非等分義由定生定不生故猶如意界等分者有何義根塵及識更互相應又共作一切能又同以一觸爲事故非等分者是等分同類雖似彼非彼故名非等分幾界見諦所滅幾界修道所滅幾界非所滅偈曰

十界修道滅　五亦

釋曰色等十界幷五識界一向修道所滅偈曰

後三三

釋曰意界法界意識界此三各有三種八十八隨眠惑與彼共有法是彼至得共彼伴類皆見諦滅所餘有流皆修道滅無流非所滅更有別法是見諦所滅爲不爾何者別法凡夫性能感惡道身口二業與聖道相違故此非見諦滅此中略說見諦滅相偈曰

非汚非見滅　非色非六生

釋曰見諦所滅隨一法無非染汚色亦非見諦滅凡夫性是無記無染汚斷善根凡夫及離欲人與此相應故身口二業是色故是故非見諦滅何以故不能違四諦理故若爾若法忍生時凡夫性應在則成違許難六謂意入若離此於餘處生名非六生謂從五根生此法亦非見諦滅十八界中幾界是見幾界非見偈曰

眼法界一分　名見

釋曰何者爲一分偈曰

有八種

釋曰身見等五見世間正見有學正見無學正見此八是法界一分名見所餘法界非見此中身見等五見分別惑品中時至當廣説

世間正見者意識相應善有流慧有學正見者謂有學無流慧無學亦爾此四如有雲無雲夜晝見色有染汚無染汚世間有學無學見觀諸法亦爾云何説世間正見唯與意識相應由此義偈曰

五識共生智　非見不度故

釋曰見者決度爲體能起簡擇是非故五識相應智則不爾無分別故是故非見若彼有染汚無染汚悉非見若爾眼根亦無決度何故名見由能視色故云何知偈曰

眼見色

釋曰若眼見色與餘識相應人應得見色若非一切眼見色何者能見偈曰

等分

釋曰是時此眼有識是時能見異此則不能

見若爾應許依眼根識能見偈曰
非能依眼識
釋曰不可立眼識能見何以故偈曰
由色非可見　被障彼執爾
釋曰是色壁等所障則不可見若識能見識無礙故於壁等障則不爲妨是故應見被障之色於被障色識旣不生云何能見云何不生若人執唯眼見色於此人由眼有礙於所障色無有功能識不得生與依共一境起故此義應然若爾云何眼不至境猶如身根由不見被障色以有礙故若爾雲母瑠璃水晶淨水所障色云何得見是故不由有礙被障諸色眼不能見若爾何故不見是處光明相通無隔於被障色眼識得生若是處光明被隔不通於中眼識不生由不生故不能見被障色若爾云何經中說由眼見色此中明由依止得見是此經意如說由意根識法意根不能識法以過去故何者能識唯是意識經說由眼見亦爾復次於此所依中說能依事譬如樓叫復次如餘經說眼所識諸色可愛可欲悅心此色非眼所識復次有餘經說婆羅門眼者唯門爲見衆色由此等證故知藉眼爲門以識見色此義是證所顯於能見眼則成門何以故若眼成見爲見諸色是義不然若識能見何法能識此二何異何以故是色識即是色見譬如有解脫名見或名智如此有識或名見或名識復有餘師說若眼能見眼則成作者何法爲別見事有如此過失此言非難如汝許識能識於中不立作者及事差別眼能見色亦爾復有餘師說眼識名

見見依止故說眼能見譬如打依止故說鐘作聲若爾識依止故義至應言眼能識不應至何以故此眼識於世間義立名見云何知此識生時說色是所見不說是所識毗婆沙中自說如此若眼所至眼識所受乃說所見故說眼見不說眼識但由識在故名能識譬如說曰作晝經部說何故共聚破空何以故依眼緣色眼識得生此中何法能見何法所見一切無事但唯有法謂因及果此中爲互相解隨意假說如說眼能見識能識於中不應執著佛世尊說汝等莫執著方言莫隨逐世間所立名字罽賓國毗婆沙師悉檀判如此眼能見耳能聞鼻能嗅舌能甞身能觸意能識爲用一眼見色爲用二眼見色此中無定偈曰

或由二眼見　分明見色故

釋曰亦由二眼根見色阿毗達磨師說如此何以故若開二眼見色最明了若開一眼半閉一眼則見二月由隨一變異見則不明不可由依止處別分識爲二識無住處故不同於色若眼能見耳能聞乃至意能識彼塵爲至爲不至耶偈曰

眼耳及意根　不至塵

釋曰云何如此眼能見遠色若以藥塗眼則不能見耳能聞遠聲若眼耳緣至塵修觀行人天眼天耳不應得成猶如鼻等若爾云何不能見一切不至塵及最遠塵幷所障塵若爾云何磁石不吸一切不至之鐵若能緣至塵此難則齊云何不能見一切至塵謂眼藥及籌等如鼻等緣至塵不緣一切至不能取

香等共有故如此眼塵不至非一切不至皆是眼塵意無色故無有至能故不緣至塵有餘師說耳緣至不至塵由聞耳内聲故所餘鼻舌身偈曰

三異

釋曰以到爲塵云何知鼻緣至塵若斷息則不聞香至是何法生無間爲至鄰虛爲互相觸爲不相觸罽賓國師說不相觸何以故若由一切體相觸諸物則應相雜若由體一分相觸鄰虛則有方分諸鄰虛無方分故若爾云何發聲由無間故若言相觸二手相搕則應相著石投石亦爾若爾微聚相搕云何不散風界所持故何以故有風界能破散如劫末時有風界能合持如劫成時云何今說三根塵由無間至緣於至塵是彼無間義說名爲至謂於中間無有別物復次微聚物有方分故若相觸則無失若作如此執毗婆沙中此文句得成是觸爲以觸爲因生爲非觸爲因生作如此問約因爲答有時以觸爲因非觸得生若物分散有時以非觸爲因觸得生若物增長有時以觸爲因觸得生若聚與聚共合有時以非觸爲因非觸得生如隙中微塵大德婆須密多羅說若鄰虛相觸應得住至後刹那大德說鄰虛不相觸於無間中世間假立觸名大德意可受若不如此鄰虛則有間中間既空何法能斷其行說其有礙是聚不異鄰虛若聚相觸即是鄰虛相觸如可變壞若汝言鄰虛有方分若觸非觸皆成有分過失若無方分於汝不可許之爲色若有觸可立此難眼等諸根取塵爲稱其自量由

事速疾故猶如旋火乃至遍見大山等色爲
能取等不等量塵是前所說緣至到塵偈曰
三根謂鼻等 許取如量塵
釋曰如根量鄰虛塵鄰虛亦爾共合生鼻等
識眼耳則無定有時取最小塵若見毛端有
時取等量塵若見蒲萄子有時取最大塵若
見大山即於聞時耳亦如此或聞蚊聲或聞
雷聲意既無體不可說其形量眼等諸根鄰
虛形相云何可知眼根鄰虛於眼童子中住
如時羅華青色所覆是故不散有餘部說如
聚重累住互不相障清徹如玻瓈珂寶耳根
鄰虛於耳中住如浮休闍皮鼻根鄰虛於鼻
頞中住前三根橫作行度無有高下舌根鄰
虛如半月彼說於舌中央如髮端量非舌根
鄰虛所覆身根鄰虛如身相女根鄰虛如鼓

顙男根鄰虛如大指此中眼根鄰虛或時一
切等分或時一切非等分或時有等分有非
等分乃至舌根鄰虛亦爾身根鄰虛無一切
等分若然焰地獄中所執駐衆生有無量身
鄰虛亦非一切等分何以故若一切皆發身
識則身散壞無唯一鄰虛根一鄰虛塵能生
識五識以微聚爲根塵故是故鄰虛無顯不
可見故是六識界如前所說謂眼識乃至意
識於中五識塵唯現世最後識塵三世彼依
爲如此不說不爾云何不爾偈曰
後界依過去
釋曰意識界無間滅識爲依偈曰
五界依亦共
釋曰亦言顯過去此中眼識依共有同一世
故乃至身識亦爾彼過去依謂意根如此五

識聚依二根生故說如此若法能爲眼識依爲能作彼次第緣不此中有四句第一句謂眼根第二句謂次第已滅心法法界第三句謂次第已滅心第四句除前三句乃至身識自根亦應如此說於意識但無初句若法爲依必爲次第緣故若有法爲次第緣非依謂無間滅心法法界識生隨屬二緣復有何因但說眼等爲彼依不說色等偈曰

隨根異識異　故眼等成依

釋曰由眼等根有差別故諸識亦有差別眼等根若有增損諸識隨之則有明昧不由色等差別諸識變異於識二緣中眼等勝故立爲識依不說色等色等是識所識復有何因說爲眼識乃至意識不說爲色識乃至法識由眼等是彼依故約根說識復次偈曰

由彼不共因　故約根說識

釋曰云何不共因此眼根不得爲餘識依色可得爲意識緣緣及爲他眼識境乃至身亦爾由識依止及由不共因是故約根說識不約色等譬如鼓聲麥芽若人在此身中由眼見色是身眼色識爲是一地爲是別地一切皆異若人生欲界由自地眼見自地色此四種同在自地若此人由初定眼見自地色身及色俱在自地眼及識屬初定若見初定色則三種屬初定若由二定眼見自地色身及色在自地眼屬二定識屬初定若見初定色色及識屬初定身在自地眼屬二定若見二定色眼及色屬二定身在自地識屬初定如此由三定四定眼若見自地及下地色應如理推合若人生在初定地由自地眼見自地

色此四皆屬自地若見下地色則三種在自地若由二定眼見自地色則三種在自地若見欲界色身及識在自地色在下界眼屬二定若見二定色眼及色屬二定餘二在自地由三定等眼亦應如理推合若生二定等地由自地眼若見自他地色亦應如理推合此中是決判偈曰

眼無下身義

釋曰身眼色有五地謂欲界地乃至第四定地眼識有二地謂欲界及初定此中隨身地眼根或等地或上地定無下地隨眼根地色或等地或下地是眼境界偈曰

上色非下境

釋曰未曾有上地色下地眼能見偈曰

識

釋曰識不得在眼上譬如色偈曰

於此色遍　於身二一切

釋曰於此謂於前所說眼識一切色是其境界或上或下或等二謂識及色於身此二一切有如廣說眼根應知如此偈曰

耳亦爾

釋曰耳無下身義上聲非下境識於此聲遍於身二一切如理廣說應知如眼偈曰

餘三　一切屬自地

釋曰鼻舌身界身自塵及識皆屬自地如此已通立無差別後爲簡別更立別言偈曰

身識下自地

釋曰身在欲界觸亦爾此三恒在自地身識有處屬自地如人生欲界及初定有處屬下地如人生二定偈曰

意根地不定

釋曰有時意根與身意識法同在一地有時上下爲地於五地身意等屬一切地謂入觀時及受生時如此道理於分別三摩跋提品中當廣說爲離繁重言故不於此品中說何以故功多用少故前來往復與隨所欲說相開竟今應思量此義於十八界及六識界何界所知何識能知偈曰

五外二所知

釋曰色聲香味觸界如其次第眼耳鼻舌身識所識復爲意識所知此外塵隨一一識所知餘十三界非五識境故唯一意識界所知此是義至所顯十八界中幾界常住幾界無常無一界具足常住雖爾偈曰

常住法無爲

釋曰無爲是法界一分即是常住餘界皆是無常幾界是根幾界非根偈曰

法界半名根　及十二我依

釋曰於經中說根有二十二何者是耶眼根耳根鼻根舌根身根意根女根男根命根樂根苦根喜根憂根捨根信根精進根念根定根慧根未知欲知根知根知已根阿毗達磨師破安立六內入次第次命根後說意根能緣境故此中法界半者命等一一根是三根分法界一分故十二我依者眼等五根如自名所說七心界名意根女根男根是身界一分後當說所餘五界并法界一分成立非根

分別根品第二之一

說二十二根已根義云何最勝自在爲義於自事用中增上自在故復次光飾爲義於身

中最明顯故是故以最勝自在光飾爲義於
中何根何處自在偈曰
於四義五根　增上
釋曰眼耳二根隨一於四義中增上一於光
飾自身增上若人盲聾形相則醜陋故二於
引護自身增上若見若聞能離不安吉處故
三於生眼耳識及共相應法中增上由識及
相應法隨其增損有明昧故四於見色聞聲
不共因增上非意識他識因故鼻舌身根光
飾自身如前二根二於引護自身增上由比
三能用段食故三於生鼻等三識及共相應
法中增上四於嗅香甞味覺觸不共因增上
偈曰
於二二　四根
釋曰女根男根命根意根於一於二隨一增
上女根男根於衆生差別及相貌不同增上
差別謂分别男女相貌不同謂乳等形狀音
聲威儀各異復有餘師説於染污清淨增上
何以故爾自性黄門故作黄門及二根人不
護無間業斷善根等不有守護至果離欲亦
不有此二但於男女有命根於聚同分相應
及執持中增上意根於託後有相應及隨從
自在中增上此中後有相應者如經言是時
乾闥婆於二意中隨一現前或與欲相應或
與瞋相應隨從者如偈言
意引將世間　意轉令變異　是意根一法
一切法隨行
樂受等五根及信等八根增上云何偈曰
五及八　於染污清淨
釋曰次第應知彼增上樂受等五根於染污

增上欲等諸惑於彼隨眠故信等八根於清淨增上何以故一切清淨皆由彼成故有餘師說樂受等於清淨亦有增上由安樂故心則得定佛說信以苦爲資糧復次有六喜等受是出離所依毗婆沙師作如此說復有餘師說不由眼耳二根引護自身由先已知得離不安吉處故此二但於識是增上無有見色聞聲異於識是故眼耳二根於不共因中不應更立增上是故眼等不應有如此增上

若爾彼增上云何偈曰

得自塵增上　得一切六根

釋曰眼等五根於得自塵中增上意根於得一切塵中增上是故比六一一皆立爲根若爾諸塵於此中有增上云何不立爲根無增上何以故爲最勝主故名增上眼於得色中爲主最勝是得一切色通因故由其增損識隨明昧故色則不爾反此二義故如此乃至意根及法應知亦爾偈曰

女男性增上　從身立二根

釋曰復從身根更立女男二根此二與身根不異是身根中有一分於下門處次第得女男根名於女男性爲增上故女男性謂女相聲行欲樂是名女性男相聲行欲樂是名男性由此身分二性得成就及可了別於此二性是增上故立爲根偈曰

住同分染污　於清淨增上　壽命及五受

信等立爲根

釋曰住聚同分中壽命爲增上於染污五受爲增上云何如此於樂受欲隨眠於苦受瞋於不樂不苦受無明經中說如此於清淨信

等五爲增上云何如此諸惑是彼所伏不能
上起聖道由彼引生是故許立彼一一爲根
偈曰
未知欲知知　知已立根爾　至得後後道
涅槃等增上
釋曰三中一一應立爲根爲顯此義故言爾未知欲知於至得知中增上故立爲根知於至得知已中增上知已於至得涅槃增上故立爲根何以故若人心未解脱無得涅槃義等言爲顯别類義何者别義於見諦應除惑滅中未知欲知根爲增上於修道應除惑滅中知根爲增上於現世安樂住中知已爲增上能證受解脱喜樂故若由增上義立根無明等惑亦應立爲根何以故無明等諸分於行等中亦有增上是故應立無明等爲根能言等亦爾謂舌手脚穀道男女陰皆應立爲根於言說執捉離向棄捨戲樂中增上是故應立爲根不可立爲根何以故由根用如此
偈曰
心依此差别　其住及染污　資糧并清淨
如此量立根
釋曰此中心依謂眼等六根衆生類以六入爲根本故此六種依差别由女男二根此一期住由命根此染污由五受根清淨資糧由言等五根實清淨由三無流根是故不許立無明等爲根偈曰
復有生依生　生住生受用　立十四後八
約解脱立根
釋曰復言爲顯諸部别執餘部說生死依者所謂六根此依生由何法由女男二根此住

由命根隨命根相續故受用由五受爲顯此義故立十四根依此四義約解脱所餘亦立爲根信等五是解脱依未知欲知是生知是住知已是受用是故根量如此不增不減是故次第亦爾不可顛倒舌不可於言説中立爲根何以故觀學勝能故手脚不應於執捉及離向中立爲根無異故此物由異相於餘處生説名執捉及離向離手離脚蛇等亦能執捉能離向故手脚於此二不可立爲根轂道不可於棄捨立爲根重物在空中一切處落又由風引故出女男陰不可於戲樂中立爲根女男戲樂不由自陰成互相發起故唯齒眼臉節解於呑嚼開閉屈伸事中增上故應立爲根一切因緣於其自事增上皆應立爲根若不許如此舌等根義此亦不成此中眼根爲初男根爲後前已廣釋命根是不相應行於不相應法中當廣釋信等五根於心法中當廣釋樂受等未知欲知等今當釋之即如次第釋偈曰

苦根非所愛　身受

釋曰非所愛謂能損惱由苦故偈曰

樂根者　所愛

釋曰樂根謂所愛身受能爲利益故偈曰

第三定　心受名樂根

釋曰於第三定是可愛受依心地起名樂根何以故於第三定中無有身愛以無五識故偈曰

此樂於餘處　喜根

釋曰除第三定於餘處謂欲界及初定二定中若在心地立名喜根於第三定由離欲喜

故但成樂根不成喜根何以故喜麤濁故但得喜根名偈曰

心地苦　憂根

釋曰非所愛受若在心地名憂根偈曰

捨根者　中

釋曰非所愛非非所愛謂非樂非苦受故名中立爲捨根此爲是身受爲是心受偈曰

二

釋曰或身受或心受何因爲合此二受立爲一根偈曰

無別故

釋曰心地苦樂多從分別生身受則不爾但隨塵生於阿羅漢生亦如此是故此二爲根有差別捨受者若人不分別由自性生或在身或在心地故合二爲一根身樂利益有異心樂亦爾苦亦如此身苦損害有異心苦亦爾此分別於捨受中無對捨無此分別故是故不分爲二根偈曰

見修無學道　九三

釋曰意樂喜捨信等五是九根於三道中說名三根於見道中說名未知欲知根於修道中名知根於無學道中名知已根云何如此於見道中爲知所未曾知實境是故修行於修道中無境先未曾知即方應知是前所知今重知之爲除所餘煩惱故於無學道中已知如此知復次能護已知故說已知護何以故由已得盡智無生智故苦我已離不應更離若人在此位所得根或名已知根或名已知護根釋體性已根類差別今當說幾根有流幾根無流如是等此中是根無間已說謂

未知欲知等是根偈曰
無垢三
釋曰無流是無垢義垢者是流別名故偈曰
有色命二苦 有流
釋曰有色七根命根苦根憂根一向有流何以故眼等有色七根色陰攝故故是有流偈曰
九二種
釋曰意樂喜捨根及信等五根此九根或有流或無流有餘師說信等一向無流何以故佛世尊說若人一切種無有信等五根我說此人在正法外住凡夫衆類中此經不足爲證依無流說此經云何知佛世尊安立聖人已方說此經若人一切種無信等五根廣說如經凡夫有二種一在正法內不斷善根二在正法外斷善根佛依此人故說此言謂我說此人在正法外住凡夫衆類中於經中佛說有諸衆生生於世間長於世間若利根中根輭根未轉無上法輪時是故知有有流信等五根佛復於經中說乃至我未如實知信等五根集生及滅滋味過失及出離我未能從此世間有天有梵廣說如經若諸法無流無如此簡擇品類幾根是果報幾根非果報一向是果報者偈曰
命果報
釋曰若爾阿羅漢比丘引命行令住此命行亦是命根是何法果報於阿毗達磨藏中說云何引命行令住阿羅漢比丘有聖如意成通慧至得心自在位或於大衆或於一人捨施若鉢若袈裟或隨一沙門命資糧因此發

願入第四定遠際三摩提觀從此定起作如是心說如是言凡是我業應熟感富樂願此業熟生我壽命是時此阿羅漢業應感富樂轉生壽命復有餘師執殘業果報轉熟彼說宿生所作業有殘果報由修習力引取受用云何棄捨命行如此捨施發願入第四定遠際三摩提觀從此定起作如是心說如是言凡是我業應熟感壽命願此業熟生我富樂如彼欲樂如此轉熟大德瞿沙說於自依止中由定力引色界四大令現前能隨順壽命或相違四大由如此方便引命行令住及以棄捨應如此成諸阿羅漢有如此定自在力由此力宿業所生諸根四大引住時量皆悉迴轉先未曾有三摩提引住時量今則引接是故如此壽命非果報異此名果報從問更起別問阿羅漢人何因發願引命行令住或爲利益他或爲令正法久住是諸阿羅漢已見自身壽命將盡於此二中不見他有此能復以何因棄捨壽命於有命時見利益他事少自身疾苦所逼如偈曰

修梵行已竟　聖道已善修　由捨命歡喜
如人病得差

若爾此引壽行令住及棄捨應知何處何人能爲此事於人道中於三洲於男女非時解脫阿羅漢俱解脫人得遠際三摩提何以故此人於諸定有自在其相續非惑所熏經中說世尊願留諸命行捨諸壽行命壽二行差別云何餘師說無有差別云何知經中說何者爲命根謂三界壽復有餘師說宿業果報名壽行現世業果名命行復有師說若由此

得住聚同分中名壽行若由此得暫時住名命行諸言者由願留多壽命行生起故何以故於一刹那生起無願留能故復有餘師說無有一物名壽命得暫時住爲顯此義故有諸言復有餘師說於多行中假立壽命名無別一物名壽命若不爾佛不應說行問云何世尊棄捨壽行願留命行爲顯於死有自在故棄捨爲顯於壽命有自在故願留云何但三月不過受化弟子利益事畢竟故復次世尊建立義言若比丘修習數行四如意足若欲住可得一劫或過一劫爲顯所建立義故留捨命壽毗婆沙師說於五陰及死爲顯自勝能故先於菩提樹下已破煩惱魔及天魔得勝能隨應論且止所依本義今應說偈曰

十二 二種

釋曰何者爲十二偈曰

除後八 及憂根

釋曰又除命根所餘十二有二種有是果報有非果報此中眼等七根若是增長果非果報所餘皆是果報意苦樂喜捨根若善若染汚非果報若威儀工巧變化相應亦非果報所餘是果報除命根及眼十二根所餘非果報此義至得成若憂根非果報此經云何將經言有業於喜受好有業於憂受好有業於捨受好依相應好故說此言若業與憂受相應名於憂受好譬如觸與樂受相應說觸於樂受好若爾業於喜受捨受好亦應成如此如汝所欲我亦許之於相應無失於果報亦無失若爾由無能故皆許如此有何別道理能立憂非果報憂受由分別差別所生及分

別所息果報則不然若爾於喜受亦應然不應立喜爲果報若憂是果報作無間業人因無間業生憂受故此業應熟喜亦應爾若喜是果報作福業人因福業生喜受故是福業應熟是義不然復有別證諸離欲人無憂受故果報則不爾諸離欲人亦無無記喜根若爾果報有何相隨其相若有宿業應位雖復如此喜根可有殘果報憂根則無餘一切種不行起故故毗婆沙師說憂非果報以命根爲第八於善道中善業果報於惡道中惡業果報意根於二道二業果報樂喜捨三根是善業果報苦根是惡業果報於善道二根人由惡業得如此位此論已說所餘應說幾根有果報幾根無果報此中憂根於前無間已說偈曰

一定　有報

釋曰此一憂根有果報定言爲決憂根異於餘法此根無無記亦無無流在散動地故是故憂根無無果報偈曰

十二種

釋曰二種謂有報無報何者爲十偈曰

意餘受信等

釋曰餘受者應知異憂根信精進念定慧根此中意樂喜捨若是惡若善有流則有果報者苦根若善若惡有果報若無記無果報信等五根若有流有果報無流無果報所餘無果報義至自成幾根是善幾根是惡幾根無記此中若一向善偈曰

八根善

釋曰信等五未知欲知等三偈曰

二種　憂
釋曰或善或惡偈曰
意及餘受　三種
釋曰此五根有三種善惡無記偈曰
餘一種
釋曰何者爲餘眼根爲第一命根爲第八此八一向無記何根何界相應於二十二根中
偈曰
欲界有除淨
釋曰於欲界相應根應知除一向無流未知欲知等三根何以故此三決定非三界相應故偈曰
色有除女男　二苦
釋曰如前除無流二苦謂苦憂二根於色界人離欲婬欲法故又令依止非可愛故是故彼無女男二根若爾云何說彼爲丈夫何處說如經言無處無理女人作梵有處有理丈夫作梵於彼別有丈夫相於欲界但是丈夫所得於彼無苦根依止淨妙故又無惡業故亦無憂根奢摩他軟滑相續故又無恨類境界故偈曰
無色有　除二樂及色
釋曰除女男二根除二苦根及無流根所餘幾根意命捨信等五根如此多根應知於無色界相應無餘根幾根見諦滅幾根修道滅幾根非所滅偈曰
意三受三種
釋曰何者三受樂喜捨根偈曰
見修滅憂根
釋曰憂根二道滅見修道所滅故偈曰

九修道滅
釋曰眼根爲第一命根爲第八及苦根由修道滅偈曰
五　或非滅
釋曰信等五根或修道滅或非所滅有有流無流故偈曰
三非
釋曰未知欲知等三根非見道修道所滅以無流故無過失法不可除故説諸根品類差别已諸根至得今當説幾根於何界果報先所得偈曰
欲中初得二　果報
釋曰身根命根是果報故正託胎時先得此二偈曰
非化生
釋曰四生中由除化生胎卵濕三生應知已許云何不説意捨二根正受生時此二根必是染污故若化生初得果報有幾根偈曰
彼得六
釋曰若彼無女男根如劫初生何者爲六根眼耳鼻舌身命根偈曰
七
釋曰若彼生一根如於天等生偈曰
八
釋曰若彼生二根化生人可有二根耶若於惡道可有於欲界初得如此於色界無色界云何偈曰
色中六
釋曰由欲勝故名欲界或但名欲由色勝故名色界或但名色經中説是寂靜解脱過於

色非色於色界中初所得果報有六根彼根同欲界無二根化生所得偈曰

餘一

釋曰無色界異色界故名餘由三摩跋提異故由生勝故此中初得果報但有一命根餘根則非說至得已棄捨今當說於何界正死棄捨幾根偈曰

正死人棄捨　於無色命意　捨根

釋曰若人在無色界正死於最後心棄捨命意捨三根偈曰

於色八

釋曰若人在色界正死於最後心棄捨八根三如前又眼等五根何以故一切化生衆生具根受生具根死墮故偈曰

欲界十九八

釋曰若人在欲界正死於最後心若具二根人棄捨十根八如前又女男根若一根人則棄捨九根若無根人但捨八根若一時死道理則然偈曰

次第死捨四

釋曰若人次第死於最後心一時棄捨四根謂身命意捨根何以故此四無相離盡故若染汚心及無記心死應知道理如此若人於善心死是時偈曰

於善諸處五

釋曰若人於善心死一切處如前說若棄捨根復捨信等五根何以故此信等五根於善心必具足生如此於無色界棄捨八根於色界棄捨十三根如此依前次第應更廣數於根伽蘭陀中簡擇一切根法應如此知復次

何沙門若果由幾根能得偈曰
九得邊二果
釋曰由九根至得前後際沙門若果何者爲邊須陀洹果及阿羅漢果前後際所得故幾果在中際斯陀含果阿那含果此中須陀洹果信等除知已根并意根捨根由此九根得前際果未知欲知根在次第道知根在解脱道由此二根得須陀洹果次第能引擇滅至得及能作彼依止故復有阿羅漢果信等除未知欲知根意根樂喜捨根中隨一由此九根得後際果偈曰
七八九中二
釋曰斯陀含果阿那含果觀前後故名中此二果一一至得由七八九根云何如此斯陀含果若人次第修方得若依世間道此果由七根得信等五根并捨意二根若依出世道此果由八根得七如前知根爲第八若先多離欲人方得此果由九根得如得須陀洹果阿那含果若人次第修方得若依世間道此果由七根得如前所說得斯陀含果若依出世道此果由八根得亦如前所說得斯陀含果若先已離欲人方得此果由九根得亦如前所說得斯陀含果此果與前果有異謂樂喜捨隨一根相應由依止差别故若次第修人於第九解脱道若人根本定依世間道是時由八根得阿那含果何以故於第九解脱道中喜根爲第八於次第道則用捨根定由此二根得阿那含果若人依出世道入第九解脱道是人則由九根得阿那含果此中知根爲第九若爾阿毗達磨藏中云何說如此

彼藏中說由幾根能得阿羅漢果彼中答由十一根云何此中說由九根得定由九根偈曰

十一得羅漢　說依一人成

釋曰有如此道理是一人已退已退由樂喜捨根更得阿羅漢果是故說由十一根無有是處樂受等三根於一時中俱得生云何於阿那含人不論如此義此阿那含不得如此何以故無先已退後時由樂根更證本果故復次若先離欲人無退墮義此人離欲二道所證故此義應當思量與何根共相應有幾根必定共相應此中偈曰

捨命意相應　必與三相應

釋曰若人與捨等根隨一相應此人必與三根相應三根者謂捨命意何以故此三更互無離相應故與餘根相應則不定或相應或不相應此中生無色界人與眼耳鼻舌根不相應於欲界亦爾謂若人未得及已失生無色界人與身根不相應生色無色界人與女根不相應於欲界亦爾謂若未得及已失與男根亦爾若凡夫人生第四定第二定處及無色界與樂根不相應若凡夫生第三定第四定及無色界與喜根不相應若凡夫生色無色界與苦根不相應若離欲人與憂根不相應若斷善根人與信等根不相應凡夫及至得果人與未知欲知根不相應凡夫及見道人無學道人與知根不相應凡夫及有學人與知已根不相應於非遮位中　如前所說應知與餘根相應偈曰

與四有樂身

釋曰若人與樂根相應此人必與四根相應謂捨等三根及樂根若人與身根相應此人必與四根相應三如前并身根偈曰

與五有眼等

釋曰若人與眼根相應此人必與五根相應謂捨命意身及眼根與耳鼻舌相應應知亦爾偈曰

有喜亦

釋曰若人與喜根相應此人必與五根相應謂捨命意樂及喜根若人生第二定未得第三定與何樂根相應與第三定染污樂根相應偈曰

有苦　與七

釋曰若人與苦根相應此人必與七根相應謂身命意及餘四受相應偈曰

有女等　與八

釋曰若人與女根相應此人必與八根相應七如前及女根等言者攝男根憂根及信等根若人得如此根隨一一皆與八根相應七如前男根爲第八若人與憂根相應七如前憂根爲第八若人與信等根相應此人必與信等五根及與捨命意根相應偈曰

與十一　有知知已根

釋曰若人與知根相應此人必與十一根相應謂樂喜捨命意五根又信等五根知根爲第十一與知已根相應亦爾十根如前知已根爲第十一偈曰

未知欲知根　與十三相應

釋曰何者爲十三謂意命身根女男根隨一及三受根信等五根未知欲知根爲第十三

復次若人與極少根相應與幾根相應偈曰
極少無善八　受意身命應
釋曰若人斷善根說名無善極少與八根相應謂五受根及身意命根如斷善根人與極少根相應偈曰
凡夫無色爾
釋曰若凡夫生無色界與八根相應偈曰
捨命意信等
釋曰捨命意三根及信等五根信等一向善故除斷善根人一切處皆通若爾未知欲知等根於彼亦應立此難不然由立八根故依凡夫故若人極多與幾根相應偈曰
極多與十九　離三無流根
釋曰除三無流根若人具女男根及具餘根則與十九根相應復有何別人與極多根相應偈曰
有欲聖
釋曰若未離欲有學聖人若與極多根相應亦與十九根相應偈曰
一根除二淨
釋曰除一根及除二無流根謂除知已根前二隨除一根諸根由分別界差別義所引來
廣分別義已說

阿毗達磨俱舍釋論卷第二

音釋

罽賓梵語也此云賤種罽居刈切　儛罔甫切與舞同　攢方味切相撲也　叫古弔切　磁墻之切吸鐵石　搕烏合切以手蓋搕也　顙寫曩切　嚼疾雀切咀嚼也

阿毗達磨俱舍釋論卷第三

婆藪盤豆造
陳三藏眞諦譯

分別根品第二之二

復次此義應當思量是諸有爲法如彼自相更互不同爲如此彼生亦不同爲有諸法決定俱生亦有何以故一切法有五品一色二心三心法四不相應五無爲此中無爲法無生有色諸法今當決判偈曰

於欲界八物　無聲根鄰虛

釋曰極細色聚說名鄰虛欲令知無餘物細於彼者此鄰虛若在欲界離聲亦非根則八物俱生隨一不減八物謂地等四大及四大所造色香味觸若有根鄰虛無聲則九物俱生或十物俱生此中偈曰

有身根九物

釋曰若身根鄰虛此中有九物八如前身根爲第九偈曰

十物有餘根

釋曰此鄰虛中若有餘根則有十物九如前眼等五根中隨一爲第十此鄰虛若有聲俱生如次第九物十物十一物俱生何以故有聲與根不相離謂執依四大爲因聲若四大不相離云何有聚或見唯堅實或見唯流濕或見唯煖熱或見唯輕動此聚中隨一偏多或功力最勝故見一明了譬如針鋒及綿觸又如麨鹽末味若爾云何於彼應知所餘亦有由事故可知事謂持攝熟引復次餘師說若得別緣堅等成煖濕等故於水中由極冷故或得熱觸雖不相離有冷勝別德如聲及

受有勝別德復有餘師說於聚中由種子彼有不由自體相如經言於木聚中有種種諸界由此言故知由種子故有若爾云何於風知有顯色此義但可信不可比何以故由相離能持香故於風四塵不定故色界香味不有此義於前已說是故由此說於色界有別鄰虛復有由此說鄰虛有六物七物八物此義已顯不須更說此中爲約物說物爲約入說物若爾何爲若約物說物此說則少謂八物九物十物何以故此中必有形色是鄰虛濕長故輕重觸隨一滑澀觸隨一有處有冷觸有處有飢渴觸若約入說物此說則多謂八物等何以故應但說四物四大亦是觸入是義不然此中有處約物說物謂所依止物有處約入說物謂能依止物雖復如此四大物轉成多能依止物隨一依具四大故此中復有執取物類爲物雖別類四大不過自性故何須作此功用爲分別說如此義語言如意生起唯義應思量說色決定俱起已所餘品生起今當說此中偈曰

心心法必俱

釋曰何以故此心及心法更互相離則不得生偈曰

一切共行相

釋曰不必言流不得心及心法必定俱起一切有爲中若有應生或色心及心法等是名一切若起必共有爲相俱起偈曰

與得

釋曰若衆生名是法必與至得俱起餘法不爾是故別立是法所說名心法何者是耶偈

曰
心法五　大地等別故
釋曰心法有五品一大地二善大地三惑大地四惡大地五小分惑地何法名地是所行處若法此法行處是法說爲此法地此中諸法地大故名大地若法於一切心有何法於一切心有偈曰
受作意想欲　觸慧念思惟　相了定十法
徧於一切心
釋曰彼說此十法於一切心刹那皆聚集生此中受謂三種隨領樂苦非樂非苦作意謂心故爲事想謂心執境差別相欲謂求作觸謂根塵識和合所生異法慧謂般若即是擇法念謂不忘所緣境思惟謂心迴向相了謂於所緣相有法能令心明了定謂心一心心

法差別最細難可分別於相續尚難知何況刹那中有色藥草有多種味於中有藥其味差別可以根證亦難分別何況此法無色智慧所了是諸法善爲大地說名善大地若諸法恒於善心中起何者爲諸法偈曰
信不放逸安　捨羞及慙愧　二根非逼惱
精進恒於善
釋曰如是等法恒於善心中起此中信謂心澄淨有餘師說於諦實業果中心決了故名信不放逸謂修習善法有何修習異於善法恒在善法名不放逸於餘部經中說是心護名不放逸安謂心於事有能此義可不如此於餘經說身於事有能名安非不說如身受應知此亦爾若爾云何於助覺立爲分何以故於中是身於事有能說名身安應知若爾

云何說此爲覺分由隨順覺分故得覺分名何以故此身安能引心安覺分令生故於餘處曾見有如此說不曾有猶如經言喜及助喜法世尊說名喜覺分復有別說瞋及瞋因名害蓋復有正見正思惟正精進此三說名般若分此資糧由隨順故得彼名如此身安隨順心安覺分故得彼名捨謂心平等無所偏對今此言云何相應何者前說思惟於心迴向爲體今說捨於心無迴向爲體此言云何相應爲前不說耶謂心法義理難知有難知後方可知此最難可知謂於相違立不相違有餘處迴向有餘處不迴向此中有何相違若爾一切相應法不應共緣一境如此種類所餘諸法此中應求此法道理汝等必應須知差及慙愧後當釋二根謂無貪無瞋二種善根無癡亦是善根此善根以智慧爲體前已立爲大地故於善大地中不復重說非逼惱謂不欲違損他精進謂勇猛說十善大地已是地大故名大地惑是彼大地故說彼爲惑大地是諸法恒於染污心起何者爲諸法偈曰

癡放逸懈怠　無信無安掉　恒在染

釋曰此中癡謂無明無智無顯放逸謂不修習善法此是修習善法對治懈怠謂心無勝能無信謂心無澄淨此是信對治法無安謂身重心重身心於事無能阿毗達磨藏中說無安有二種謂身無安心無安云何心法說名身法如說受爲身受掉謂心不靜如此六法是名染污大地於阿毗達磨藏中不說十法爲惑大地耶彼中亦不說無安何者爲十

無信懈怠忘念心亂無明不了別不正思惟邪相了掉放逸天愛汝知至不知術此中何者爲術忘念心亂不了別不正思惟邪相了此法已屬大地不可重安立爲惑大地如無癡於善大地彼亦如此若念被染污說爲忘念定被染污說爲心亂所餘亦爾是故作如此說是大地可即立爲惑大地不此中有四句第一句謂受想作意欲觸第二句謂無信懈怠無明掉放逸第三句謂念等五法第四句謂除前三句所餘諸法復有諸師欲心亂異邪定於彼所說四句異此有餘師執無安與一切惑相應於惑大地中不說於誰有失彼答應說由隨順定故是故不說何以故若人無安爲行修觀速能得定掉行人不爾以無安爲行非掉爲行此人何相以掉爲行非無安爲行此人何相何以故此二法隨便不捨共生事故雖然此二法於人隨重成此人行是故立六法爲惑大地何以故此六法恒於染污心起餘處則不起偈曰

若惡　及無羞無慚

釋曰於一切惡心無羞及無慚恒生起故立此二法爲惡大地此二法相後當說偈曰

嫌恨諂嫉妬　很覆及慳悋　誑醉并逼惱

是十小惑地

釋曰以小惑爲彼地故說彼爲小惑地惟與修道所滅依心地所起無明相應故此十惑於小分煩惱中當廣釋說五品心法已有餘心法不定謂覺觀惡作睡等於中應說何處心幾心法必定俱起於欲界中有五種心善心有一惡心有二謂獨行及與餘惑相應無

記心有二謂有覆無覆此中欲界心必有覺有觀是故於中偈曰
有覺有觀故　於欲界善心　二十二心法
釋曰必定俱起何者二十二十大地十善大地并覺觀偈曰
惑處長惡作
釋曰非於一切善心皆有惡作是處若有於中爲長則心法成二十三何法名惡作於所作惡心生後燋此心法緣惡作起故名惡作此法即是後燋譬如緣空爲境解脫門說名空解脫門又如無貪觀緣不淨相起說名不淨觀於世間亦曾見此事由處說有處如言一切縣郡來一切土地來此惡作是後燋處或於果假立因名如說六種觸入名宿業若爾此後燋若緣所未作事云何名惡作於未作假立作名如經言若我不作非我好作何者後燋名善由不作善及已作惡故後生燋是善後燋翻此名惡後燋此二各緣二境起偈曰
於獨行惡心　見相應二十
釋曰於獨行欲界惡心有二十心法俱起謂十大地六惑大地二惡大地并覺觀獨行心者此中唯一獨行無明無有欲等餘惑不但獨行惡心若與見相應惡心中亦有二十心法如獨行惡心中諸法若爾由長見故云何不立二十一不然是大地所攝智慧差別說名見故此中與見相應惡心於此心中若有邪見見取戒執取偈曰
與四惑嫌等　惡作二十一
釋曰此惡心與四惑相應謂欲瞋慢疑此心

中有二十一心法此惑隨一并獨行惡心中所說二十若與嫌等小分惑相應心中亦有二十一心法小惑隨一并前二十若與惡作相應心中亦有二十一心法惡作爲一并前二十若略說於獨行惡心及與見相應惡心但有二十若與餘惑及小分惑相應有二十一偈曰

有覆心十八

釋曰於欲界與身見邊見相應名有覆無記此中有十八心法大地十惑大地六并覺觀此二見如前所釋故無長偈曰

餘無記十二

釋曰與有覆無記異即是無覆無記此中有十二心法大地十并覺觀罽賓國外諸師欲惡作無記於此諸師若心與惡作相應有十三心法偈曰

睡徧不違故　若有唯此長

釋曰睡與如前所說一切心法不相違由是善惡無記性故於五品心中隨若有此應知爲長若二十二并睡成二十三若二十三并睡成二十四如此等於欲界中是所說心法定量偈曰

惡作睡諸惡　於初定皆無

釋曰於如前所說中惡作及睡初定一向無諸惡隨一譬如瞋離諂醉誑謂嫌等及無慚無羞悉無所餘一切皆有此諸法於初定不有偈曰

於中定無覺

釋曰此法及覺於中間定亦如此無所餘亦如此有偈曰

過此又無觀

釋曰度中間定以上於第二定等乃至無色界如所遮皆無觀及諂誑亦無所餘皆有何以故此諂曲佛說乃至極大梵處與梵衆相應故上去則無此梵王於自大集中阿輸實比丘問是四大何處滅無餘梵王不解作詭言答我是大梵自在作者化者起者一切所有我爲本因說隨地如心法數量義已如毗婆沙中所立心法及異相今當說無羞與無慙異相云何偈曰

無羞不重德

釋曰於功德及有德人不尊重於他無自在心無敬畏心無隨屬他心說名無羞此心對治尊重偈曰

非讃不見怖　無慙

釋曰非讃謂若事善人所訶是名非讃於中不見怖是名無慙此中怖謂非所愛果能生怖畏故云何得知如此爲不見怖名不見怖爲見不怖名不見怖若爾何爲若不見怖應成無明若見不怖應成智慧不見怖者我不說不見亦不說見何者爲是有小惑爲此二因說名無慙有餘師說觀自身由過失不耻名無羞觀他名無慙若爾二觀一時云何得成不說如此一時觀自觀他何者有非耻類若觀自身生起說名無羞有非耻類若觀他生起說名無慙翻此名慙羞由第一解顯有尊重有自在有敬畏有隨屬名有羞於非讃見有怖名有慙由第二解顯觀自他生起耻心說名慙羞愛樂及信此二異相云何偈曰

樂名信

釋曰愛樂有二種一有染汙一無染汙此中若有染汙名愛樂如於妻子等若無染汙名信如於自師尊長及有德人處有信非愛樂是信緣苦集起有愛樂非信謂有染汙愛樂有是二謂緣滅道生信有非二謂除前三句有餘師說信謂於德決期以此爲先後則生愛故信非愛復有餘師說偈曰

重羞

釋曰如前說以重爲羞此何相不即重名羞於他起自在心名重以此爲先後則生恥說恥爲羞是故尊重異羞偈曰

欲色有

釋曰於無色界無愛樂及尊重此義云何信及羞是善大地故於彼旣有前二云何無羞信有二種一信法二信人尊重亦爾信及羞若緣人起彼處則無此二名愛及重覺與觀異相云何偈曰

覺觀謂麤細

釋曰麤細屬何法謂心麤細心麤名覺心細名觀此二於一心云何俱起此中有餘師說譬如酥浮水上於上爲日光所觸非凝非釋如此由覺觀相應故心不過細亦不過麤是故此二於一心中俱有事用若爾此覺觀但是麤細因非自麤細譬如水及日光是酥凝釋因非自凝釋麤細由觀他成由地品類差別故乃至有頂應有覺觀復次同類生以麤細爲差別此義不應成是故不可由麤細分別覺觀性異有餘師說言語行名覺觀如經言巳覺巳觀方有言說非未覺未觀此中若麤名覺若細名觀若於一心中有別法名麤

有別法名細此有何妨無妨若有種類差別於一生類中下上二品不得俱起種類亦有異若爾汝今應說此不可說是故由上下品種類異則可顯示若爾則不可顯示各各自種類有上下故有餘師說覺觀於一心不並起若爾云何初定說具五分約地說五分不由刹那慢與醉異相云何偈曰

心高說爲慢　醉愛著自法　心起變異亂

釋曰由隨類所分別勝德心高於他說名慢醉者此人於自法起愛著其心亂昧如飲酒昏迷心歡喜差別從貪欲生說名醉餘師說如此說心法與心共別異已如是等法佛世尊假立衆名於正法中由此說教故云何釋異偈曰

心意識一義

釋曰心以增長爲義能解故名意能別故名識善惡諸界所增長故名心或能增長彼故名心此心爲他作依止說名意若能依止說名識如此意識三名一義如此偈曰

心及餘心法　有依境界相　相應

釋曰此四種名亦通一義此心及心法或說有依由依根起故或說有境皆能取境故或說有相是所緣境隨類差別能分別故或說相應平等聚集故云何平等聚集名相應偈曰

義有五

釋曰有五種平等類爲相應義謂依止境界取相時物平等何法爲物平等如心一物如此心法亦各各一物說心及心法廣義及差別義已偈曰

不相應諸行　至非至同分　無想處二定
壽命及諸相　名聚等
釋曰如此等有爲法與心不相應非是色性
説名不相應行偈曰
於中　至得及同隨
釋曰得有二種謂未至得已失得與正得同
隨翻此名非至義至自成此至非至屬何法
偈曰
至非至屬帶　自相續
釋曰若法墮他相續無至非至何以故無衆
生與他法相應及與非墮相續法相應何以
故無有衆生與非衆生數法相應故於有爲
法如此決定若於無爲法至非至云何偈曰
二滅
釋曰一切衆生皆與非擇滅得及同隨相應

是故於阿毗達磨藏説如此言何者與無流
法相應答一切衆生亦與擇滅相應除具縛
及住初刹那人所餘一切聖人及所餘凡夫
皆與擇滅相應無衆生與虛空相應於虛空
何故無非至若法無至非至亦無所謂别法
有别法名至非至此執從何生從經生何以
故於經中説是十種無學法由生由得由同
隨是聖人與五分相離若爾與非衆生數法
至得亦應成何以故由經言比丘轉輪王與
七寶相應謂得同隨此經中説自在名得同
隨何以故是王於寶有自在謂如意作於轉
輪王經汝執自在名得同隨於彼經汝執别
物名得同隨此執何證得成此中何執非道
理是非道理此至非至自性不可知譬如色
聲等又如欲瞋等其事亦不可知譬如眼耳

等離實物法故立此法爲有則非道理若汝執此至是諸法生因於無爲此法應無若法未至及已捨由易地及離欲此法云何更生若汝說共有至得爲生因今立生相復何所作及生生若此即是生因具縛衆生下中上或生差別不應有至無差別故若由此法餘法有差別生可從其起是故至非生因有何人說此言謂至爲生因汝說云何成立差別因何以故此至若無聖人及凡夫若同起世心此人是聖此人是凡此差別不可成立已滅未滅或有差別故聖凡差別自成是義不然何以故此差別云何成此人惑已滅此人惑未滅若信有至如此等事則成由至非至永滅離故此事由依止差別故成諸聖人依止由見道修道勝力故如此迴轉如不應更生二道所滅諸惑譬如火所燋種子依止亦爾不更爲惑種子故說惑已滅惑由世間道損壞惑種子相續中說惑已滅翻此名未滅若法未滅與此法至得相應若此法已滅則無至得相應此言唯是假說善法有二種有不由功力生起有由功力生起是法說名至得及修得此中不由功力所生起善於依止中善種子不破壞故說與至得相應由種子破壞故說無至得相應如斷善根人此人相續中由邪見應知善種子已破壞於彼相續中善法種子非永除滅若善法由功力所生起由彼正生故於彼生中相續自在無礙故說與彼相應是故此種子未拔除非破壞增長自在時此種子得至得名無別物何法名種子是名色於生果有能或現時或當時由

相續轉異類勝故何法名轉異是相續差別謂前後不同何法名相續生成因果三世有爲法何者爲勝類與果無間有生果能有處說如此若人與貪欲同隨則無復能修習四念處此經中安受貪愛說名同隨何以故此人隨安受貪愛時量無有功能修習四念處如此至得同隨一切種皆是假名法非實有物翻此名非至得同隨毗婆沙師說此至非至實是有物何以故我等悉檀說如此彼說此至偈曰

於三世三種

釋曰過去諸法有過去至有未來至有現在至如是未來現在諸法各有三至偈曰

於善等善等

釋曰若法善惡無記性至亦次第隨法同善惡無記性偈曰

隨法界同界

釋曰若法隨與界相應至得與法同界若法在欲色無色界彼至得亦同在欲色無色界偈曰

離三界四種

釋曰離三界法謂一切無流法此無流法至得若畧攝有四種謂三界相應及無流界相應此中非擇滅至得有三界擇滅至得或在色無色界及無流界道諦至得唯是無流故此至得若畧攝成有四種有學法至得是有學無學法至得是無學非學非無學法至得有差別偈曰

非學無學三

釋曰非學非無學法謂有流及無爲由有學

等差別此法至得成三種有流至得謂非學非無學法及非聖人所得非擇滅及擇滅至得是擇滅學無學道所得此至得亦是學無學見修二道所應滅惑至得次第應爲見修二道所破若非二道所滅法至得則有差別

今當說偈曰

非所滅二種

釋曰非所滅法謂無流法此中非擇滅至得唯修道所斷及非聖人所得擇滅至得聖人所得擇滅至得唯是無流故非所滅道諦至得亦如此前說於三世三種此是總說爲簡別此總說故說此偈曰

無記至俱起

釋曰若無覆無記法至得但有現在無過去未來此法力弱故此法若過去至得則過去此法若現在至得則現在一切無覆無記至得皆如此耶偈曰

除二通變化

釋曰二通慧是無記變化亦爾除此三所餘悉同此三勢力强故由加行勝類成就故故此至得通三世工巧處無記及別威儀無記極所數習有餘師欲此至得同三世唯無覆無記至得但現在耶偈曰

有覆無記色

釋曰有覆無記有教色至得但現在何以故若最上品不能起長無教色故是故力弱如無記法至得有差別善惡法至得爲有如此差別不答有偈曰

欲界色無前

釋曰於欲界色過去一向無至得現在及未

來皆有至得如至得非至得亦有如此差別不答無何者偈曰
非至無汚記
釋曰一切非至唯無覆無記約世差別云何偈曰
去來世三種
釋曰現世法非至得但現世若過去未來法非至得各有三世偈曰
欲等無垢有
釋曰亦有三種非至欲界法非至得或在欲界或在色無色界如此色界無色界無流界非至得亦爾無有非至得是無流何故如此偈曰
許聖道非至　凡夫性
釋曰如發慧阿毗達磨藏說何法名凡夫性非至得聖法非至得即是非至若非至聖法是凡夫性凡夫性不應成無流不得何聖法一切聖法不別說故非至得者離實有得若不爾佛世尊與聲聞獨覺性不相應故應不成聖若爾應作決定說定非至得聖法不應說定言何以故是直文句能爲決定譬如說人食水食風有餘師說不得苦法智忍及俱起法名凡夫性亦不可說由捨此還成凡夫何以故此苦法智忍及俱起法非至得永滅除故若爾苦法智忍及俱起法亦有三性非至得何法一切若爾如前難過失更至亦如前救若爾立文句之功此復何用若立如此則爲最勝如經部師所說經部執云何若未曾起聖法相續名凡夫性復次此非至云何滅是法是非至得偈曰

由至　度餘地則捨

釋曰如非至得聖道名凡夫性由至得聖道即捨凡夫性或由度餘地所餘諸法非至應如此思非至非至若生起非至至若斷說捨非至非至及至爲更有至非至不此二各各有二若爾於至非至有無窮過失無無窮過失更互相應故法若生以自體爲第三生第一本法第二本法至得第三至得至得此中由至得生相續與本法相應及與至得至得相應由至得至得生相續但與至得相應若作如此是本法以自體爲第三若善若染污於第二刹那有三至得生復有三同隨至得俱生合成六於第三刹那第一第二刹那所生諸法有九大至得共同隨至得成十八物如此後後增長生故諸至得流一切過去未來大惑小惑刹那一切生得善刹那共相應及俱生法至得無始無終輪轉生死衆生中隨一衆生刹那刹那起成無邊物隨一一諸衆生身相續刹那亦如此令諸至得最大集會希有生起唯有一德謂不相礙故得處所若不爾於一人虛空亦非其器何況第二何法名同分偈曰

同分衆生等

釋曰有物名同分謂衆生等類於阿毗達磨藏說此名謂聚同分此有不異異不異謂一切衆生與衆生同分隨一衆生同分於一切衆生悉有故異謂是一切衆生同分由界地道雜生男女優婆塞比丘有學無學等差別各不相應故亦有法同分由陰入界等故不異如前若無聚同分非別有實物於衆生由

種種別類更互不同此亦衆生彼亦衆生如此同智及同言說不應得成陰等同智及同言說亦爾有退亦生不捨聚同分不得同分不立此成四句第一句者從此退於中更受生第二句者入正定聚何以故此人捨凡夫聚同分得聖人聚同分第三句者由度餘道第四句者除前三句若有實物名凡夫同分何用別立凡夫性何以故若離人同分無別人性可分別復次世間亦不曾見有人同分法以無色故智慧亦不能分別衆生生類不異但許如此衆生同分若實有於中何所能作復次云何不許非衆生有同分如舍利穀麥豆波那婆菴羅鐵金等自性類等故如此等同分更互有異云何可說不異同分若爾鞞世師外道由此執得顯成何以故此執即是鞞世師悉檀彼立六句義中此執是同異句義由此法於不同物中生起同智說名同異毗婆沙師說彼執有異彼謂同異唯是一物偏在多物衆生同分則不爾若顯成若不顯成實有同分由經所證佛世尊說若此人還成此類謂於人聚同分實有如此說非說別有物若爾此經所顯同分是何法是有爲法如此生起於中假說人天等如說舍利穀等同分如此義非毗婆沙師所讚許何法名無想有偈曰

無想於彼天　能滅心心法

釋曰於無想衆生天中受生有法能遮滅彼心及心法此說名無想有由此法心及心法於未來中暫時不起於生無有功能如堰遏江水此法一向偈曰

果報

釋曰此是何業果報無想定業於何處衆生有此無想天偈曰

諸廣果

釋曰有諸天名廣果於彼一處有衆生名無想天如初定中間彼衆生爲一向無想爲或暫一時有想故名無想有時有想謂受衆生時退墮時於長時起想故彼衆生從此處方退墮經言如此於彼衆生如久時熟眠覺起即便退墮必欲界受生更無餘處由宿世定業功能盡故不能生長未曾有業故譬如放箭速疾勢盡故即便墮地若衆生必應生彼天此衆生定有欲界後佛業譬如北鳩婁必有生天後報業阿毗達磨藏説何者爲二三摩跋提無想定及滅想受定何法名無想定

如前所説無想有能滅心心法偈曰

如此無想定

釋曰無想觀行人定名無想定又此定無想名無想定此定能遮滅心及心法是如此言所引此定在何處偈曰

後定

釋曰最後定謂第四定最上品此定於中相應非於餘地何用修此定偈曰

欲解脱

釋曰諸外觀行人執此定爲決定出離是故由求解脱故修習此定無想有是果報故成無記法此定偈曰

善

釋曰此無想定一向是善此定於無想天五陰爲果報若善於三報位中是何位偈曰

必有生報

釋曰此定唯生報非現報及後報亦非不定報若人已生起此定後更退失彼說此人必還更得受無想天生是故若人得此定必不得入正定聚此定但凡夫所得偈曰

非聖

釋曰聖人不得修習此定彼見此定如見深坑何以故若人於此定起解脫心乃修此定聖人於生死不起解脫心聖人若已得第四定爲於過去未來得此定不猶如諸定非聖亦不得何以故此定若已曾數數所習大功用所成故又無心故偈曰

一世得

釋曰但一時得謂現在得如波羅提木叉戒得此定於第二刹那有過去至得乃至未捨此定無心故於未來無修今滅心定其相云何偈曰

滅定亦如此

釋曰如無想定無心定亦如此如此言引何義能滅心及心法此二定異相云何此定偈曰

爲靜住

釋曰寂靜住想爲思惟先故聖人修此定彼定解脫想爲思惟先彼與第四定同地此定偈曰

有頂

釋曰此定以非想非非想爲地此定偈曰

善

釋曰此定必是善無染汙故非無記雖復是善偈曰

二報不定

釋曰此定由二因有二報或生報或後報有時於果報不定有時無果報若得定入般涅槃此定於有頂以四陰爲果報此定云何偈曰

唯聖

釋曰但聖人能得此定非凡夫何以故凡夫不能得修此定怖畏斷絕故又由聖道力所生起故云何如此於中生現世涅槃願樂故此定雖是聖人所得非離欲所得云何得偈曰

由修得

釋曰此定由修習力得非過去得未來不可修由心力強故成若爾於佛世尊亦由修習得耶不爾云何偈曰

菩提得

釋曰諸佛世尊與盡智同時得此定何以故諸佛無有一德由功用得由一切圓德現前皆隨佛欲成故是故一切功德於佛悉是離欲所得若爾先未生滅心定於盡智時佛世尊云何成俱解脫人得成如於已生此中得自在故西國諸師說菩薩在有學位先已生此定後方得菩提云何不許如此若爾與大德優波掘多所造道理足論被順成證彼論說先已起滅想受定後方得盡智應說如來如此偈曰

非前

釋曰罽賓國毗婆沙師說先入無心定後得盡智是義不然何以故偈曰

三十四念得　故

釋曰彼說三十四心刹那中菩薩得無上菩提在四諦觀有十六心刹那於離欲有頂有十八心刹那爲除有頂九分惑由修九品次第道九品解脫道故合此心足三十四刹那菩薩先已離欲無所有處後方入正定聚下地諸惑不復更除滅是故於此中間不同類心不生起故無道理得入滅心定此何所爲若於中間不同類心生起現前有更起心諸菩薩無更起心實如此無更起心不由無流道不更起若爾立不更起云何佛說我未懷金剛座乃至未得諸流盡如此意無改故是故說無更起於一坐時一切事究竟故此義如前是外國諸師所說若此二定多種別異相偈曰

二依欲色

釋曰此二定謂無想定無心定依欲色二界修得若人不許於色界修得無色定是伽蘭他於此人相違或時色有不成有此中有五種判一色界衆生二有想諸天住於不同分心三入無想定四入無心定五無想諸天已得無想天生各是彼有由此文句是故此二定決定依止欲色二界此中是二定差別偈曰

滅定初人道

釋曰此滅心定初於人道中修得已昔經退人後方於色界修得於滅心定爲退不說有若不爾則與大德優陀夷經相違經言淨命有諸比丘在正法内具清淨戒具清淨定具清淨慧是人數數入觀修滅想受定數數出觀則有是處應如實知此人於現法先若不

得知已根及於臨死時由身破滅故過段食諸天隨一意生諸天中或於中受生此人於中生已數數入無心定觀不更出此定無有是處應如實知此中意生天者世尊說是色界是定與有頂相應若人得此定不退云何得於色界受生有餘部執此滅心定以第四定爲地於此部若離退墮是義亦成是義不得成謂無心定以第四定爲地何以故由經言故經說有九種次第定若有如此決定超越定云何得成此定次第決定約初學人若觀行人已至定自在位超越亦得修如此二定約地有差別一以第四定爲地一以有頂爲地復由加行有異謂解脫靜住想爲思惟先所修習故復由相續有異謂生在凡夫聖人相續中故復由果有異謂無想有及有頂爲果故復由受報有異謂定受報不定受報及二受報故復由初生有異謂於二界及於人道初生故云何此二定同滅離心及心法爲自性說第一爲無想定說第二爲滅想受定由違逆想違逆想受故此二修觀得成譬如於他心通中亦知他受等但說名知他心通今云何從久久時滅心後更生心毗婆沙師說雖復過去以是有故是故前滅成後次第緣有餘師說云何於無色界生衆生色久久時斷盡後時更生色此色定從心生不從色生若爾心亦從此有根身更生不從心生何以故此二更互爲種子謂心及有根身宿舊諸師皆說如此大德婆須蜜多羅於問中說若人執滅心定無心此人則有如此失我今執滅心定有心大德瞿沙說此執不然若

識有從三和合有觸佛世尊說依觸生受想作意等是故於此定中想受等法不應滅若汝言佛世尊說緣受生愛今有受於阿羅漢愛不生如此於無心定雖復有觸受想等不生是義不然有簡別故緣無明觸所受則貪愛生起於生受中不簡別觸是故此義不平是故毗婆沙師說滅想受三摩跋提必定無心若無心云何成三摩跋提由成立四大平等義復由三摩跋提心故至此定此二定爲由實物有爲由假名有彼說實有物由能遮礙心相續生故是義不然由三摩跋提心此心相續斷故三摩跋提心與餘心相違生起由此心生起於中間時唯餘心不生起爲相故無有別物此定能引與餘識相違相續爲依止故名三摩跋提此定唯心心法不起爲相若觀行人出定此定先無後無故此定假說名有爲復次此定唯能令依止如此平等故名三摩跋提應知無想有亦如此此定但心於此位中與心生起相違此心唯不起假說爲無想有毗婆沙師不說如此彼執實有物

阿毗達磨俱舍釋論卷第三

音釋

麨 齒沼切乾糧也　掉 徒弔切搖也　很 下懇切聽從也　不鞸 駢迷切　堰 於建切壅水爲埭也　掘 渠勿切

阿毗達磨俱舍釋論卷第四

婆藪盤豆造

陳三藏眞諦譯

分別根品第二之三

說二定已何法爲命偈曰

壽即命

釋曰云何如此阿毗達磨藏中說何者爲命根謂三界壽此非可知此壽是何法偈曰

能持　身暖及意識

釋曰此偈是佛世尊所說壽暖及意識此三捨身時所捨身即眠如枯木無意是故此法能持暖及識爲相續住因說名爲壽若爾有何別法能持此壽此暖及識還持此壽若爾此三法互相持起故於中何法先謝由此法謝餘法後謝若執如此應立三法恒起無謝是義不然此壽以業爲持如業所引相續隨生住故若爾是暖及識何故不許以業爲持勿執諸識從始至終皆是果報若爾此暖應以業爲持此識應以暖爲持如此於無色界識應無持以暖觸無故此識於彼以業爲持若不可隨意作或說暖爲識持或說業爲識持汝前已許何所許勿執諸識從始至終皆是果報若爾是故惟有壽於二爲持我亦說此不無但非別實物若爾汝立壽是何法是三界業所引聚同分住時何以故此聚同分速疾隨宿業所作謂應住如量時是聚同分得如此時住說名爲壽譬如稻等所引熟時又如放箭所引住時若有人執有別德名速疾生在箭上由隨此德故箭行乃至墮時於此人是德由惟一故及無礙故於餘處急緩

至時差別不應成若汝說由風此德有礙是義不然放時即應墮或無墮時風不異故毗婆沙師强說如此此壽有實別物今爲但由壽盡死爲別由餘法死於假名論中說有死由壽盡死由福盡此義有四句第一句者感壽命報業盡故第二句者感富樂報業盡故第三句者二業俱盡故第四句者由不離不平等事故若壽命已盡福業盡於死有何能於福業盡死中壽命盡亦爾是故於二盡死是名俱盡死又於發慧論中說爲應說壽隨相續起爲一起便住彼答欲界衆生不入無想定無心定觀應說壽隨相續起若入二定觀及色無色界衆生應說壽一起便住此答顯何義若由依止傷害壽亦被傷害此壽隨相續起此是第一句義若壽依止不可傷害

如起便住此是第二句義第一句顯有障礙第二句顯無障礙罽賓國師判義如此是故有夭橫死於經中說衆生所得身有四種一有衆生身於中自害得行他害不得行此義有四句惟自害得行者於欲界中如戲忘諸天恨污諸天此二天由重喜恨從此處退墮不由餘緣說諸佛亦爾由自死故惟他害得行者如在胎卵中身二俱害者於欲界多非二害者一切中陰衆生色界無色界欲界隨一如地獄北鳩婁在見諦道慈悲滅心定無想定觀王仙佛使佛所記達寐羅鬱多羅强耆羅長者兒耶舍俱摩羅時婆等人一切後生菩薩母菩薩在胎時轉輪王轉輪王母王在胎時於此中俱非二害復次於經中云何說此言婆檀多於何衆生自害不行他害亦

不行舍利弗非想非非想受生衆生諸師解於餘定及餘無色處自害謂依自地聖道他害謂依上地近分定於中無此二若爾依餘地聖道於彼應成他害若不爾其義云何或由取後兼顯前或由取前兼顯後取前兼顯後者如經言如梵衆天是第一樂生天取後兼顯前者如經言如光曜天是第二樂生天於彼經如言顯譬喻義是故於彼經此義可然謂取前兼後取後兼前何以故是譬喻法由顯一類所餘類例可知此舍利弗問中無有如言是故不可引彼經爲此經證若汝執顯譬喻是如言義則此經中不應有如言經言有諸衆生身有别異想有别異如人及隨一諸天是故應知如言惟爲顯不爲譬勿過多言說壽命已偈曰

復有有爲相　生老住無常

釋曰有爲法惟此四相若於法中有此四相應知此法是有爲與前相翻則是無爲此中生者能生此法住者能安立此法老者能變異此法無常者能滅此法爲不如此耶如經言有三種有爲法有爲相若具言於經中應說第四相此經中不說何相謂住若爾此經中說何法爲住異此住異是老别名譬如起是生别名滅是無常别名住異亦爾是老别名若諸法能起惟爲有爲法行於世此法於經中說是有爲相爲起他厭怖心何以故生者從未來世能引有爲法令入現在世老及無常能損其力從現在世遣入過去世譬如有人在棘稠林中有三怨家一能於稠林中牽令出外二能損其力三能斷其命三相於

有爲亦爾住者攝持有爲法如欲不相離是故不立此住爲有爲相復有無爲法於自相住故住相相濫有餘師執此經中住與老合爲一故說三相何用如此此住於有爲是愛著依止故佛顯此住如吉祥王位與災橫相應爲令他於中不生愛著是故有爲定有四相復有生等四相有爲故更有別生等四相不說有偈曰

生生等彼相

釋曰彼言顯四本相由諸法有本相故成有爲本相亦爾由隨相故成有爲故立本相更有四隨相謂生生住住老老無常無常若爾隨一一相應更有四相則有無窮過失此隨相更立別相故無有無窮過失何以故偈曰

諸八一法事

釋曰如此諸相於八法有事何法名事功能人功生生等諸相惟於一法有事云何如此一切有爲法若生取自體爲第九共本相及隨相八此中生者離自體能生八法生生者惟生本生譬如雌雞有生多子有生一子二生亦爾住者離自體能安立八法住住者惟安立本住如此老及無常如前義應合之是故無有無窮過失經部師說此執即是破虛空事何以故生等諸法非實有物故如汝所分云何得知非實有物無量證故於四相實有物中無隨一量謂證量比量聖言量譬如於色等諸法若爾經中云何說有爲法者若生可知及滅住異可知天愛汝今能誦伽蘭他不解伽蘭他義佛世尊說義是量非文句何者爲義無明所盲凡夫衆生有爲法相續

執爲我及我所於中生愛著世尊爲除彼愛著心欲顯行法相續是有爲相及緣生相故說此經經言有三種有爲法有爲相非爲顯一剎那有爲四相是實有物若法不可知不堪立爲相是故此經中說有爲法若生可知等經說重有爲名爲令他知此相顯有爲性勿如此爲顯有爲法類是有故立四相譬如於水白鷺及於好惡童女相此中相續初起名生終謝名滅此相續流名住前後差別名住異佛世尊顯示此義故約難陀說難陀善男子善知受生善知受住預善知受謝滅盡此中說偈

生謂相續初　斷名滅續住　住異此相續
是前後差別

復次偈曰

非曾有名生　住相續無常　相續斷住異
相續前後異

復次偈曰

若法剎那滅　離住即便滅　此常滅是故
分別住非理

是故定以相續爲住若執如此義是阿毗達磨藏釋言則與道理相應阿毗達磨藏云何者爲住已生有爲法不滅此義云何何以故剎那滅法已生無不滅發慧論中說於一心中何法名生謂初起何法名滅謂死何法名住異謂老此論文中但是聚同分一心於此心中是如前復有別釋於剎那剎那有爲法中此義亦成離分別有別物云何成隨一一剎那未有有名生已有不有名滅前前後後剎那相應名住此彼不相似名住異若爾有

法生不異此義云何雖復如此不無別異云何得知擲不擲强力擲弱力擲金剛等物久速落時有差別故是彼四大變異差別則成諸有爲法不由大差別異雖復別異顯現相似若爾是最後聲及光明刹那於涅槃時是最後六入後刹那無故無有住異相是故立此爲相不偏有爲若不說住爲有爲相何者謂住異若法有住此法必有住異是故立無不偏於此經中若略說此經中世尊所顯有爲法相必如此經云有爲何相若先未有今有有已更不有此法相續名住此相續前後不同名住異於中何用立生等物云何此法是所相即立爲能相大人相與大人不異云何立爲相頡尾領蹄角於牛成相與牛不異復云何立爲相譬如堅實等是地等大相與地不異又如上昇爲烟相由此相故遠處知烟此相與烟不異於有爲相道理亦爾色等有爲法不由有故有爲相可相若人已了別自性乃至未解先無後有相續差別相是故由此相不可相有爲性復次諸相於有爲法非別有實物若强執生等諸相別有實物更何非理義而應劇此何以故是一法於一時正生正住正老正滅云何爲正諸相共起故是義不然由功能差別故生者正在未來世得作功能云何知由法已生不可生故若法生所生已住等正在現世得起功能是時法生非是時中住老無常此義應共思量未來法爲有爲無後能生不能生此義應成若此法有於中生作功能此法云何成未來應說此法未來相功能已謝體已生云何成現在

亦應說現在相住等俱在功能中於一剎那此法住老滅相俱成何以故是時住正安立此法是時老變異此法是時無常滅此法於一時此法為是住為是老為是滅有餘人說住等諸相功能次第不俱於此人則失剎那滅義若汝說我立剎那如此四相功能成名一剎那若爾住與餘二俱起先暫安立法老不變異無常不滅此義云何成由住力強故云何住有強力由無常滅住并本法住已起功能不能更起猶如生生不更起功能此義應理何以故應生法生已引至現在無更引義是義可然此法住所安立可求安立若不能安立則非道理何法為礙老無常是礙若此二有力應在前成若住功能已謝此二亦不住本法亦爾云何作功能何處作功能此二更有何別事可作何以故由住所攝故法惟生則不滅若住所捨必定不住即是此法滅是故此二無事可作此義假設可然是一法已生未滅立名住滅名無常老於一法中一切種不可成何以故老謂前後不同及變異從此法此法異類不應成此中說偈

若如前無老　若異非前法　是故於一法

老相不得成

有餘部說至滅因緣無常能滅本法於彼部此義應至謂服下藥天來令利何用分別無常從此滅因自足立滅心及心法由信剎那滅此心及心法無常相不觀滅因緣故住及無常非於別時俱作功能故一法於一時中應立住滅俱成是故約相續世尊說有為法相若依此義後經善立復次若生在未來能

生應生法云何一切未來法不一時俱起由
此義偈曰
生能生應生　不離因及緣
釋曰若離因緣和合生不能生故未來法不
俱起若爾我等見此是因緣功能若有和合
生有故若無不有故則生不能生應生法是
故應許惟因緣能生若一切有云何可知謂
此法已生此智不應有若生實無復次相應
言亦不應成謂色家生若如汝所執應說色
家色乃至老死如理應次第說若爾是故汝
應許無我義亦爾數量各各離此彼有性如
此等事外道所立言實有物汝等亦應信受
何以故爲成一大小別聚散自他有物等智
故又成就相應言故如說色聚此相應言云
何成是色自性是故此生等惟假名立爲顯
未有有義故假說名生此生先未有今有爲
相有多種類爲簡別種類異故約色說生作
相應言謂色生爲令知此生但色非餘如說
栴檀香等又如石子體如前所論生住等如
理應知亦爾若法離生相得生云何空等無
爲法不生汝解不生者未有有是名生無爲
恒有云何得生若由法爾汝許一切法無生
如此則一切不生云何不執如此如一切有
爲同有生有餘因緣爲生別法無有功能如
此一切因緣爲生無爲無有功能由於生不
同是故毗婆沙師說生等四相實有別物何
以故不可由有難者故棄背諸阿含如爲有
鹿故而不種麥又如爲多蠅附故而不噉果
是故於過失中應起對治如本悉檀隨順修
行說八相已何者爲名聚偈曰

名句及字聚　號言文總集

釋曰此中名謂所立號如色聲等句謂所立言隨量能成就所欲說義如有爲皆無常如是等若由此言事得時相應差別顯現此言稱句如偈言善友一時遇字謂無義文如阿阿伊伊等爲不如此耶字者書類分別名若不爲顯書類分故造立字爲顯字故造立書類分若不聞說字此字由書方便云何應知爲令知故立書類分是故字非書類分名是名等三各總集稱聚此中名聚者如色聲香味觸等句聚者如一切有爲無常一切法無我涅槃寂靜如是等字聚者如迦佉伽伽餓等爲不如此耶此名聚等言說爲體即是音聲性屬色自性云何說是心不相應法此法不以言說爲性何以故音聲即是言說不由惟音聲諸義可解云何可解音聲起於名名能顯示義名不惟音聲稱言若由此音聲義可了知此音聲則稱言由何音聲而義可解若說者於義中已共立定法譬如瞿音聲於九義已立定法如尼六多論偈說

言方地光中　金剛眼天水　於此九種義
智人說瞿名

若人作如此執謂名能顯義此人亦應信受此義若名於義已定顯立若以名顯義由惟立聲於義定立此用得成何用立名實有別法此義不可知云何音聲起於名爲音聲生名說起爲顯名說起若生者言語以音聲爲自性故應生一切名惟音聲爲體復次是音聲差別如汝所許能生起名惟應此能顯義若顯者言語以音聲爲自性故應顯一切名

惟音聲爲體復次是音聲差別如汝所許能顯了名惟應此能顯義何用執名有別法復次諸聲無有聚集一法分分生是義不然若執言語能生名云何能生名云何觀過去教色刹那最後教色刹那能生無教色若爾於最後聲名生故若人但聞最後一聲是人便應能了知此義若汝執如此音聲生字以字生名此中同前立難字無聚集故若說言聲顯字此中亦同前立難是字異音聲聰慧人安靜心約異相亦不能分別是故不可執音聲能生及能顯字復次若汝許名與義必俱相應猶如生等此中過去未來義現世名不應有云何父隨意立子名云何名與無爲法俱起是故此執不成正術佛世尊所說

依名伽他成　工製造伽他

此中於義所立定法音聲稱名別莊飾諸名稱伽他此莊飾即依名莊飾是製置差別無有別物譬如物行及心次第復次惟於字中分別有別物是字等總集說爲名聚句聚字聚此但假說無有正用毗婆沙師說實有不相應行爲性謂名句字聚何以故非一切法皆是覺觀思惟所能通達名聚等不相應行於何界中相應爲是衆生名爲非衆生名爲果報生爲增長生爲等流生爲善爲惡爲無記此問應答偈曰

欲色衆生數　等流無記爾

釋曰名等有欲界相應有色界相應亦有說於無色界相應此不可言說但思惟依上此名等即衆生名若人能顯此此人與其相應非所顯義此名但等流果是無覆無記爾言

者如名聚等衆生名等流果無覆無記如此同分亦爾偈曰

同分亦果報　三界有

釋曰又此亦是果報果不但等流果此通三界有或欲界或色界或無色界有偈曰

至二

釋曰至得有二種或等流果或果報果偈曰

諸相亦

釋曰生等諸相亦有二種如至得偈曰

二定　非至亦等流

釋曰謂無想定無心定及非至得此三一向是等流果於中有所餘應說所餘謂無想有及壽命於前已明故不重說云何說至得爲衆生名由說是衆生相應故云何說諸相有是衆生名有非衆生名與一切有爲法俱起

故說一切非相應法已於前已說偈謂生能生應生不離因及緣此中何法名因何法名緣偈曰

隨造及俱有　同類并相應　徧行與果報

立因有六種

釋曰因有六種一隨造因二俱有因三同類因四相應因五徧行因六果報因此中隨造因相云何偈曰

除自餘隨造

釋曰所生有爲法離自體以一切法爲隨造因對彼生住不爲障礙故爲不如此耶若人不解諸惑當來應生由已知故此惑不得生此智於彼生中能作障礙日光於見星能作障礙云何一切法離自體於有爲法立爲隨造因此中應知正欲起法不能礙生故立爲

隨造因於他生中諸法有能爲礙而不礙故立爲隨造因此亦可然譬如土主有强力不爲逼損土人說言我等由此主故得安樂若土主無力爲礙云何成隨造因又如涅槃及定無生法於一切法生中及地獄等陰於無色界陰生中皆無力爲礙云何成隨造因何以故若彼非有如有不能爲障礙事若土主無力亦有如前說此中是譬此是通說若勝隨造因非但不遮亦有能生力如眼根及色於眼識生中飲食於身田等於芽若有人作如此難一切法由不能礙故於他成因云何一切法生不俱有於殺生中如殺者云何一切不共得同罪此不成難何以故由立一切法不能遮餘法生故名隨造因不由能作故立隨造因有餘師說一切隨造因於一切法有功力譬如涅槃於眼識云何有功力以涅槃爲境界意識得生或善或惡因此次第方生眼識由因緣傳傳涅槃於眼識亦有因緣分故有功力於餘法亦應如此知此是其方說隨造因已俱有因相云何偈曰

俱有互爲果

釋曰若法此彼互爲果此法遞爲俱有因其譬類云何偈曰

如大心心法　隨心相所相

釋曰譬如地等四大此彼更互爲因心於隨心法隨心法於心有爲相於有爲法有爲法於有爲相若立如此義一切有爲如理皆成俱有因若離更互爲果謂法於隨相爲俱有因隨相於法則非應攝如此義何法名隨心偈曰

心法及二護　彼法心諸相　是名隨心法

釋曰隨心法者一切與心相應法定戒及無流戒如是等法生等相此法心寂法故說隨心法云何此法隨心生若畧說偈曰

時果善等故

釋曰約時有四種謂與心俱生俱住俱滅及於三世中隨同一世故隨果者謂同功力果果報果等流果故隨善等者若心是善惡無記心法等隨心亦是善惡無記如此由十種因說名隨心法此中若心極少於五十八法爲俱有因五十八者十大地四十本相自大相隨相八於此心五十四法爲俱有因除四隨相餘師說但有十四十大地法自本四相毗婆沙師不立此義若立如此則違分別道理論云有法以身見爲因不爲身見因除身見及身見相應法生老住滅若有所餘染污苦諦以身見爲因亦作身見因是所除法有餘師除此文句謂與身見相應法生等相罽賓國師說彼師必應讀此文句或由義應憶此文句若法由俱有因故因此法必俱有若法俱有此法或非俱有因謂於法中隨相此隨相於同類隨心法隨相於心此隨相於同類所造有礙色於同類所造色於四大至得俱起於有至得如是等法雖復俱起非俱有因何以故非一果一報一流故此至得與有得法或不俱起謂或在前生或在後生故如此一切今且許之雖然種子等餘法於因果中悉明了未曾見如此道理此義應說云何俱起諸法共一時互爲因果不無此理譬如燈與光互與影此義應共詳辯爲燈是光因

爲先有聚集於燈共光生中成因此義未可然何以故由此道理斯義自現隨有無故了別因果人說此因果相若此法有無彼法隨有無此法定是因彼法定爲果俱有諸法中隨一無所餘皆無隨一有所餘皆有故因果義成俱起因果此義可然互爲因果此義云何由此義若爾所造有礙色定不相離於同類更互義亦然與四大義此又應同心隨相等於心等亦爾如三杖互有相持力故住俱起諸法因果義成亦爾此執須更思量此三杖爲由俱起力故住爲由先聚集力故住此中亦有別物謂繩釘地能持此等有餘因謂同類因等故俱有因成同類因相云何偈曰

同類因相似

釋曰是同類法於同類法爲同類因如善五陰於善五陰爲同類因有染污於染污有無記於無記亦爾色是無記於五陰中四陰非色同類因餘師說如此柯羅邏於柯羅邏等十位是同類因頞浮陀於頞浮陀等如此離前一一於一聚同分中爲同類因於所餘同類中是十位於十位亦爾於外物類亦爾如麥於麥舍利穀於舍利穀如此等應廣思量若有人不許色爲色同類因此文句即違彼人所許意謂前四大是後四大因亦是增上緣一切相似法於相似中悉爲同類因不說非何爲偈曰

自部地

釋曰自部有五種見苦所滅乃至修道所滅地有九種欲界一四定四無色此中見苦所滅法於見苦所滅法中爲同類因非於餘法

乃至修道所滅法亦爾若彼欲界法於欲界法爲同類因初定地於初定地乃至第四定地於第四定地於所餘地亦爾此同類因非一切法何者偈曰

前生

釋曰若同類法前已生於後法已生及未生是同類因若未來定非同類因此義從何來從阿毗達磨藏來彼藏云何者爲同類因前已生善根於後生善根及與彼相應法於自部自界由同類因成因如此若過去於過去現在若過去現在於未來應說如此此亦是阿毗達磨藏文句彼藏云若法於此法成因或時是法於此法不成因不彼答無時非因約俱有因相應因果報因故有此言與前文句不相違若人執如此未來諸法於正生位中定成同類因是故約最後位說此言謂無時非因於此人前執不成救義由此法於正生位前未作同類因後方成因此問中說是法若於此法成次第緣有時是法於此法非次第緣不由前分別可得說如此無時非緣云何說如此若此法不生爲顯二門故說此言如於彼於此亦爾如於此於彼亦爾若爾得何功德若爾此文顯法主非聰慧人是則此中於前救義爲勝復次若爾云何說此文除未來身見及身見相應苦諦所餘染污苦諦此以身見爲因非身見因是所除此以身見爲因亦是身見因除未來身見及身見相應苦諦應作如此文句若不作由義應憶知如此文句若爾此假名論文句云何將彼論云一切法於四義中定四義謂因果依境此

中因謂相應因果謂功力果及增上果依謂眼等根境謂色等塵若爾同類因先未成因後方成因此義自至約位許如此非是約物何以故聚集者是位果非物果若同類因於未來世成因如果報因何所有於發慧阿毗達磨中此因應顯現此執未可然何以故是同類因有功能取果與果此因於阿毗達磨中顯現非餘無如此義何以故此同類因由等流果說有果此果若未來不相似無前後故若已生於未生不應成等流如過去於現世勿以果前因後故無未來同類因若爾果報因於未來亦不成因何以故是果報果若在因前或與因俱非道理故於未來中無前後故是義不然何以故同類因若無前後此法相似於相似法成同類因更互為因故更互等流此執應成更互等流義此不應道理果報因不爾若離前後亦不可立為更互因果因果相異故是故同類因位所成果報因相所成是故若於未來不可遮於前已說同類謂於自地依何法有此決但約有流作此決若無流云何偈曰

更互有九地　道

釋曰同類因義流於非至地於中間定四色定三無色定於此九地道諦更互為同類因何以故此道於九地為客故不屬彼界彼地貪愛不能取此為自境是故若法同類雖不同地得作同類因此同類因生何品果偈曰

於等勝果

釋曰此為等品上品果因非下品果因如苦法智忍為未來苦法智忍同類因或為上品

道乃至無生智同類因若無生智但爲無生智因無餘上品故見修無學道爲三二一同類因此中鈍根道亦爲鈍根道利根道因利根道但爲利根道因如信行信解脱時解脱道或爲六四二因法行見至非時解脱道或爲三二一因云何下地道於上地道或等或勝一由根二由因增長此中見道等下下品等於後後由因增長勝若於一相續中信行法行道不得俱有若已生於未生爲因爲惟道於等勝果作同類因爲更有餘法世間法亦爾偈曰

學得於二爾

釋曰不但無流法爲等勝果同類因學得有流法於二果亦爾或爲等果同類因或爲勝果同類因非下類因此學得是何法偈曰

聞思等諸法

釋曰此法加行所得謂聞德思德修德爲等品勝品果因非下品因如欲界聞慧爲欲界聞思慧因若思慧但爲思慧因無修慧故色界聞慧爲聞慧修慧因無思慧故若修慧但爲修慧因如此等有九品差别故最下下品爲一切下中等八品因道理如此生得善法一切皆有九品前爲後同類因染污法亦爾若無覆無記有四種謂果報生威儀相應工巧處變化心共有此四種次第爲四三二一同類因於欲界變化心是四定果此中是上地定果非下地定果同類因何以故功力所造同類因無道理以下類爲果譬如舍利穀麥等勿作功力無果是故諸師說如此言若無流已生可得非未生無流因不有如已生

苦法智於未生苦法智忍一切勝於劣非同類因先所得無流法定在一相續中於後生無流可非因不有謂未來苦法智忍於苦法智何以故果非前故又未來無同類因故前已生無流法於後已生無流法可非因不有謂勝於下類如已退上果現證下果復次苦法智至得於後後刹那入觀人所得苦法智忍至得下類故說同類因已偈曰

相應因何相　心心法

釋曰一切心及心法共聚名相應因若爾有別相續生心心法更互應成相應因是義不然若一相一境得成相應因若爾則同前過失若爾同一時成相應因若爾於別相續生心心法應成相應因如衆人共見新月等是故偈曰

同依

釋曰若彼互同依止得名相應因同者謂不異如眼根刹那能作眼識依亦作眼識相應受等心法依乃至意根刹那於意識及意識相應法依義亦爾相應因即是俱有因何義立爲俱有因何義立爲相應因譬如同宗互相於有力故得行路俱有因亦爾由五種平等共同所作故立相應因譬如同宗共同食飲資用事是故得行於中若離一則一切不相應是故此二因其勢有異說相應因已徧行因相云何偈曰

徧行染污因　自地前徧行

釋曰於自地先有諸法若徧處能行於後生染污法立爲徧行因此徧行法後分別惑品中當說由爲一切染污法通因故離同類因

别立此因能爲餘部染污因故由彼威力别部諸惑亦得增長聖人染污法亦以徧行爲因不罽賓國師説一切染污法見諦所滅惑爲因何以故於分别道理論説何法以見諦所滅惑爲因諸染污法及見諦所滅法果報何法以無記爲因一切無記有爲法及諸惡有法以苦爲因以身見爲因非身見因不廣説如彼論乃至云除身見及諸餘法生老住滅所有别染污苦諦若爾云何會釋假名論文彼論云有法不善唯不善爲因不有若聖人退離欲欲界染污作意初起現前約未滅因説此言何以故見諦或是此因已滅是故不説説徧行因已果報因相云何偈曰

果報因非善　及以有流善

釋曰一切惡及有流善法是果報因果報爲法故是故無記不能造果報由無功力故譬如陳朽種子若爾云何無流不生果報非貪愛所潤故譬如貞實種子無濕潤故此無流法不繫屬三界云何能生屬三界果報所餘諸法有二種故能生果報譬如貞實種子有潤濕此名云何可知爲是果報家因爲以果報爲因若爾何有若執果報家因故説果報因果報生眼此文不應成若執果報爲因是業果報此文亦不成此二悉得成已如前説復次果報是何義熟不似故名報何以故於欲界有時一陰果報因一果謂至得生等有二陰一果謂身口業生等有四陰一果謂善惡心心法生等於色界有一陰果報因一果謂至得及無想定生等有二陰一果謂初定教色生等有四陰一果謂散善心生等有五

陰一果謂在定心生等於無色界有一陰果報因一果謂至得滅心定生等有四陰一果謂善心心法生等復次有業此業唯一法入爲果報謂壽命爲果報若業感意入果報此業生二入爲果報謂意入法入如此若業感觸入果報亦爾若業感身入果報此業生三入爲果報謂身觸及法入如此色香味亦爾若業感眼根果報此業生四入爲果報謂眼身觸法入如此耳鼻舌亦爾有業感五六七八九十十一入果報何以故業有二種有多業一果報有一業多果報故譬如外種子有多種果有一種果多種果者譬如蓮石榴匿瞿陀等一種果者譬如穀麥等一世業三世果報熟有是處三世業一世果報熟無是處勿果滅因如此一刹那業多刹那果報此義不可倒不得與業同時果報熟亦無無間次第熟何以故次第刹那次第緣所引故果報因觀次第刹那相續終方熟復次此六因定在何世彼定世由義已顯未以文說是故應更立言釋偈曰

徧行及同類　二世

釋曰此二因若在過去現世則成因若未來不成因能證此義道理於前已說偈曰

三世三

釋曰俱有因相應因果報因此三因各有三世隨造因不說定世故是故應知通三世及無世說六因已何法爲彼果約此彼成因偈曰

有爲擇滅果

釋曰何者爲果法一切有爲法及擇滅阿毗

達磨藏文如此若爾無爲法由果故應有因若法以此爲果此法成因故則應感果若法有爲可立因果偈曰

無爲非因果

釋曰無爲法不可立爲因果何以故非六因故非五果故云何不許聖道爲擇滅隨造因由不能遮應起法生故立此爲隨造因無爲無生是故於無爲不成因若爾是何法果云何爲果是道果由道力至得故若爾但至得是道果於至得道有功能故擇滅則非有別義聖道於至得有功能有別義道於擇滅有功能於至得功能云何能令生於擇滅功能云何能令至得是故聖道於擇滅非一向因擇滅於聖道非一向果可是增上果云何無爲成隨造因不遮他生故成隨造因此法無果解脫法無取果與果時由無功能故何以故佛世尊不曾說無爲爲因由別義亦說爲因經部師說如此云何說是因是緣能令色生皆是無常若色依無常因緣生此色云何得常住乃至識亦爾若爾無爲法不應成識所緣境由決能生皆是無常此義自至是因是緣能令識生皆是無常由此定說是識所緣亦是無常不說如此是故識所緣有常無常此義自至

阿毗達磨俱舍釋論卷第四

音釋

頡（音胡牛頸下垂皮也）劇（竭戟切增也）伽他（梵語也此云頌他唐何切）柯羅邏（梵語也此云凝滑邏魯可切）頞浮陀（梵語也此云疱頞何葛切）

阿毗達磨俱舍釋論卷第五

婆藪盤豆造

陳三藏眞諦譯

分別根品第二之四

爲不如此耶是因於他生有分皆是無常由此言此無爲法惟不遮爲能故立爲因此義已撥於餘經中說所緣境不說不能遮爲因於經中無爲法因義不成以不說故雖復不說亦不正撥無量餘經能顯此義皆已磨滅云何決執此義非經所說若爾何法名離滅爲於前不已說耶擇滅謂永離各各對諸結於前問何法爲擇滅答是離滅今問何法爲離滅答是擇滅此釋更互相依終不能顯自性是故應引別義顯其體性諸聖人能自證此法體性若欲說如此等相亦可得說謂常住善有別物若思量即是離滅擇滅經部師說一切無爲法皆是無物何以故此法不如色受等有別體物云何無別物惟無有觸說名虛空何故如此於闇中彼人不得礙逆說爲虛空由簡擇力現在隨眠惑及生離滅後餘集苦不更生說名擇滅離此簡擇由緣不具故諸法不更生說名非擇滅譬如聚同分殘於中間死不更生餘部師說於隨眠惑不更生中般若有功能惟此名擇滅此中後苦不更生由隨眠惑滅壞生緣不具故此法得成於中般若無功能說此滅名非擇滅此法若離簡擇則不得成是故此滅即是擇滅有餘師說若法先已生後滅是自未滅說名非擇滅於此執中非擇滅應成無常若法未滅未有非擇滅故爲不如此耶是汝擇滅同前

難不異以簡擇爲先故若我等不執擇滅在簡擇後何以故非先簡擇後方未生諸法不得生所執云何先時已有諸法無生若離簡擇是法應生簡擇起時後永不生於此中是簡擇功能謂先未有生障今爲生障若汝執惟不生爲涅槃云何會釋此經文句經言若信等五根被事被修被數習爲離滅過去未來現世衆苦故生起離滅即是涅槃不生但約未來於過去現世無不生義實有如此雖然能緣三世惑滅故世尊說名苦滅云何判如此如別經言於色貪愛汝等應除滅若貪愛已滅此色於汝等則滅則離廣說如經乃至識亦爾若爾於三世苦離滅亦爾若有如此執爲除過去未來現世惑故說此經解釋道理悉應如此若有如此執過去惑在過去生現世惑在現世生譬如貪愛行中說十八貪愛行約過去世謂約過去生乃至現世亦爾由此二世惑於今相續中已安立種子爲生未來惑由種子滅故說彼亦滅譬如由果報盡故亦說業盡是未來苦及未來惑無種子故永不更生說名離滅若執果此過去及現世有何可滅於已滅及定向滅是滅功用復有何果若無爲實無有物是佛世尊所說經云所有諸法謂有爲無爲於中說離欲法無等云何於無中無法說無等若我等不說無爲無我說如此有如我所說如說聲有先不有有後不有雖有有言非有物終不成有應知無爲法亦爾有無所有最可稱歎謂一切災橫永不復有此不有於餘不有最勝無等故可稱歎爲令應受化弟子樂求此法若

無爲惟無所有滅離則非聖諦何以故此無所有故若爾諦有何義爲不如此耶無倒爲義此二亦無倒如聖人所見苦如苦苦無所有如無所有若爾於聖諦有何相違若云何無所有成第三聖諦成聖諦義已說第二次無間聖所見所說故成第三若無爲惟無所有緣虛空涅槃爲境識應成無境界此義於過去未來實有思量中當決判若許無爲法實有別物有何所有復何所有毗婆沙本義則便被護諸天應護若彼知此必應可護此執非真實云何非真實此無爲不如色受等自性可證不如眼根等可以事證此離滅是惑苦離滅如此安立云何可成何以故此離滅與惑等不相關因果等義不有故惟遮撥彼是義可然謂某甲某甲不有若執實有別物由惑至得斷至得此離滅故說此是惑離滅復有何因能決定此法至得經中說比丘已至得現法涅槃若無所有云何至得由至得對治故至得煩惱及後生永相違依止故故說至得涅槃諸阿含顯此法惟無所有爲義阿含云是衆苦無餘滅棄捨無際盡離欲離滅寂靜斷没不續餘苦不取不生是法寂靜美妙謂捨一切餘愛盡離欲離滅名涅槃云何不許如此於彼不生故名無生我等見此義與理不相應此文何所顯若與已有相應本來應無生涅槃常住故若與已至得相應從此至得可分別此法已有惑已得汝應許若不生是譬喻最與理相應

譬如光涅槃　心解脫亦爾

如光涅槃非有物世尊心解脫亦爾阿毗達

磨藏亦說如此彼藏云何者無類法答無爲法無類謂無體此言顯無自性毗婆沙師說文句義不如此若爾何義類有五種一自性類如經言若已得此類是人必與其相應二境類如經言一切法如類智慧所知三結類如經言若於此類中與欲結相應即與瞋結相應不四因類如經言何者有類法一切有爲法五攝類如經言田類宅類等此文中是因以類名顯之是故一切無爲實有別物毗婆沙師說如此無爲法無因無果說三無爲已果有五種於中此果何因此因何果偈曰

後因果報果

釋曰果報因最後說故稱後此因以果報果爲果偈曰

前因增上果

釋曰隨造因最初說故稱前此因以增上果爲果此因惟不能遮爲性有何增上即此是增上隨造因復有助功能譬如於五識十入有功能又於器世界諸業有功能耳等諸根於眼識生中傳傳有增上由聞欲見生故如此等應思偈曰

同類及偏行　等流

釋曰此二因果皆似因故悉以等流果爲果偈曰

二功力

釋曰二謂俱有因相應因同以功力果爲果不過丈夫能故名功力此功力即是其果何法名功力此法於餘法所有功能此功力如丈夫能故名功力如世間言鵄足草藥醉象將軍爲餘因亦有功力果爲惟此二餘因亦

有餘果報因由功力果或俱生或無間生果報果不爾此果報因亦有遠功力果譬如農夫所應得稻何法名果報果乃至何法名增上果偈曰

果報無記法

釋曰是無覆無記法此果報爲非衆生名耶偈曰

衆生

釋曰此法惟屬内非共得故稱衆生名此法爲增長爲等流偈曰

有記生

釋曰善惡二法於果報可記故説有記從此後時生非無間生是名果報果報相如此非衆生名法亦從業生云何不名果報共所得故此法餘人亦能如此共用果報無共得何以故是彼所作業果報此得共用無有是處增上果亦是業所生云何共用從共業生故偈曰

等流似自因

釋曰若果與因相似是名等流果如同類偏行因果若同類偏行因果皆同類云何不許皆是同類因由此果約地約染污同本因不由一切類若法由一切類與果相似故許此法是同類因爲此義故立四句若法於此法是同類因於此法亦是偏行因不有四句第一句者非偏行因但是同類因第二句者别部偏行因第三句者一部偏行因第四句者除前三句偈曰

離滅由智盡

釋曰盡謂永離滅智謂三道中三根因此智

苦集次第盡故名永離滅即是擇滅說名離滅果偈曰

若法由力生　是果名功力

釋曰若由此法功能彼法生彼法是此法功力果如下地加行心上地三摩提有流無流定心變化心如是等擇滅者由道功能應但說至得偈曰

先未有有爲　有爲增上果

釋曰從先已生有爲法別生有爲法名增上果功力果與增上果其異云何能作所得果名功力果非能作所得果名增上果如工巧師所得名功力果亦增上果若餘所得但是增上果復次如此六因中何因何時能取果及能與果偈曰

五現世取果

釋曰離隨造因所餘五因在現世能取自果非過去果已取故亦非未來無功力故隨造亦爾此因不定有果是故不說偈曰

二是時與果

釋曰俱有相應二因亦在現世能與果何以故此二因取果與果同在一時故偈曰

二現世過去

釋曰與果同類徧行二因此二因若過去與果此義可然云何此二因於現世與等流果由次第生故若果已生此二因即謝過去若與果已後不更與有同類因但能取果不與果不此中有四句第一句者若人斷善根最後所斷至得第二句者若人還接善根最初所得至得應說如此是人還接前至得第三句者不斷善根人於所餘位第四句者除前

三句若惡同類因第一句者是人正得離欲欲界最後所捨至得第二句者若人退欲界離欲最初所得至得應說如此是退人前至得第三句者不離欲欲界於所餘位第四句者除前三句如此有覆無記同類因至得阿羅漢果及退於中如理應思無覆無記無後句若因能與果必能取果有能取果不能與果如阿羅漢最後陰若約有境界同類因隨剎那判有善同類因但取果不與果不此中有四句第一句者若從善心次第起染污無記心現前第二句者翻前第三句者善心次第起善心第四句者除前三句如善不善等四句亦應如理思偈曰

一過去與果

釋曰果報因在過去能與果何以故果報無俱起無無間起故有餘師說有四種果一依止果譬如水輪爲風輪果乃至草等爲地果二加行果譬如不淨觀無生智三集果譬如眼等眼識等四修習果譬如色界道變化爲果此四種果屬增上果功力果攝說因及果已何者爲法由何因生由幾因生若畧說法有四種一染污法二果報生法三初無流法四前三殘法何者爲殘法離果報所餘無記離初無流所餘善法此四種法偈曰

染污果報餘　初無流次第　除果報偏行

二同類餘生

釋曰染污法除一果報因從餘五因生果報生法除一偏行因從餘五因生所餘法除果報偏行二因從餘四因生初無流法除果報偏行二因又除同類因從餘三因生此四法

是何法偈曰

心及心法

釋曰此四法從餘因生但是心心法若爾非相應法及色此云何偈曰

如　餘相應所離

釋曰除一相應因是染污等餘法如心心法如此生此中染污法從四因生果報生法從四因生所餘法皆從三因生初無法從二因生無一法從一因生廣解因究竟緣是何法有幾種偈曰

說緣有四種

釋曰何處說於經中說經云有四緣類一因緣類二次第緣類三緣緣類四增上緣類此中類者是緣自性此中因緣者偈曰

因緣是五因

釋曰除一隨造因所餘五因說名因緣偈曰

心心法非後　已生次第緣

釋曰除阿羅漢最後心心法已生餘心心法名次第緣云何名次第緣此法等無間緣故名次第緣是故色非次第緣生不等故何以故從欲界色後時次第欲界色界無教色生後時欲界色無流色生後時三種色生是色現前亂過因生次第緣無過亂是緣生義大德婆須蜜多羅說於不相違一相續增長後二生故大德說後從因最少最多生故後時從大色小色生譬如稻穰生灰或從小色大色生譬如具多核中人次第生乃至垂條繁茂轉成尼瞿盧陀樹爲不如此耶心心法有時生多有時生少謂於善惡無記位有覺觀等位於三定有如此約別類不約自類無時

受多生想等亦爾爲約自類立次第緣不無如此義何以故具足一聚於具足二爲次第緣非從少受等法多受等生此義已如前說說相續同類部作如此執自類是次第緣非餘類譬如心爲心次第緣受等亦爾如廣應知若從無染污次第生染污法以先滅染污爲今染污次第緣如入無心定心於出定心今不弘此執非相應行法亦由現前亂過因生故不成次第緣屬三界法及無繫屬法一時現前生故云何不許未來法爲次第緣次第緣雜亂故未來世無前後差别故若爾云何世尊得如此智此未來法應在前生次此法應在後生約一切衆生乃至窮生死際次第皆知由約過去現在比知故彼言佛世尊見過去世從如此類業如此類果報已生從

法法生亦爾今世亦有如此類業從此類業如此類果報來世當生從法法生亦爾得知如此如此是如來願智非比智由過去現世比世尊於未來世衆物散亂相雜證見已生如此智此人作如是業已必應攝如是等未來果報若爾世尊未見前際應不能知後際有餘師說於一切衆生相續中有與心相應有爲差别法爲當來果相世尊觀此知未來果若未現前諸定及通慧若爾如來則是觀相故知不能更證是故世尊一切境界隨欲正徧知經部說如此何以故世尊說諸佛境界不可思議若未來法無次第成立云何世第一法次後苦法智忍生非餘法生乃至金剛譬心次後盡智生非餘法生若法能礙餘法生從此法無間餘法得生譬如從種子等

芽等無次第緣云何阿羅漢最後心非次第緣不與餘心相應故若爾無間滅心爲意不何以故無間後識不生故若不立爲次第緣亦應不立最後心爲意意依止性所顯非功能所顯故有依義由餘緣不具故餘識不生不由彼非依止故識不生次第緣是功能所顯若有法此緣所取爲果此法一切餘法及諸衆生無能遮礙令彼不生若法與心有次第可說與心無間不此中有四句第一句者從無心定出觀心及第二三摩跋提刹那等第二句者初三摩跋提刹那於有心位及生等第三句者初三摩跋提刹那及有心位第四句者第二三摩跋提刹那等及生等於出定心若法與心次第與三摩跋提爲次第不此中有四句前第三第四句即是此中第一第二句前第一第二句即是此中第三第四句出滅定心於前心斷隔極遠時今云何從前心說爲次第無別心隔故說次第緣已緣緣相云何偈曰

緣緣一切法

釋曰一切法即五聚此中如理應知緣緣相譬如眼識及相應法以色爲緣緣耳識聲鼻識香活識味身識觸意識一切法亦爾若法是此法緣緣此法無時非此法緣緣若非所緣亦是緣緣體相一故譬如薪非所燒亦名薪體相一故心及心法由定入物刹那於如自所緣境定爲由依止定爲不定爾定若生心與依止相應未生及已過去與依止相離餘師說若過去亦依止所立說緣緣已偈曰

隨造增上緣

釋曰隨造因即是增上緣故增上緣即是緣緣何以故一切法是緣緣故此二緣何者廣俱有法爲緣緣無有是處有是處得爲增上緣故增上緣爲由緣義廣故名增上此緣於一切有爲法離自性皆是增上緣有法於餘法由四緣成緣不有謂自性於自性他性於他性無爲於有爲無爲於無爲此四緣若起功能於何位法中起功能因緣者已説五種偈曰

於正滅二因　作功能

釋曰正滅者謂現世法何以故現世法已得生今向滅故此位中俱有因及相應因作功能何以故於俱生果中此因有功能偈曰

三因　於正生

釋曰正生者謂未來法何以故未來法未得生今向生故此位中同類因徧行因果報因作功能因緣功能如此偈曰

二緣　翻前有功能

釋曰由功能道理分因緣爲二翻此功能應知即是次第緣緣緣功能位次第緣於正生作功能爲與彼位故緣緣於正滅作功能現世心心法所取故增上緣於一切位由不遮故成緣即是其功能説諸緣及功能已復次何者爲法由幾緣得生偈曰

由四緣心法

釋曰此中心及心法因緣者有五因次第緣者在前心心法非餘心心法所間緣緣者如應色等五塵及一切法增上緣者離自性一切餘法偈曰

二定由三緣

釋曰滅心定無想定無緣緣此二定不緣境起故此中因緣者有二因謂俱有因即生等同類因即先已生同地善法次第緣者謂共相應法三摩跋提心增上緣如前此二定由心功用生故故以心爲次第緣由能遮心生故自外非次第緣偈曰

餘法由二生

釋曰餘法謂與心不相應法及有色法由因緣增上緣生從如前所立六因四緣一切有生法得生一切世間不以自在我勝性等爲一生因此中以何因爲證若汝執一切成立事因緣所作爲不如此耶由此執則乖棄汝所說本義謂一自在等爲一切世間因復次偈曰

非自在次故

釋曰世間不從自在等生次第生故若汝執惟一自在是一切世間生因或執餘因一切世間應一時俱起一切次第生皆明了可見若汝執此次第隨自在欲成願此法於今生願此法於今滅願此法在後生滅由欲有異此義得成謂因不一是欲有異應一時俱起有欲自在非有異故若觀餘因差別故成則非自在爲因是欲次第生中若觀別因則有無窮過失若不觀別因則無次第義是因傳傳無邊差別由信無始故此人樂執自在爲因不過釋迦弟子所顯道理若汝言自在欲雖復俱起世間不俱起隨欲生故是義不然是自在欲於後世無所以故由如此大功用化生世間自在得何利益若汝言常喜樂爲用是義不然此樂若離方便自在則不能得

故於樂自在非自在於餘亦爾復次若自在見地獄等世間多爲枉苦之所逼惱由此故生樂咄哉何用此麤惡自在依自在天世間首盧柯則成善哥

由能燒嶮利　可畏恒苦他　樂食肉血髓令啼稱律他

若汝信受自在等爲世間一因有餘法以所證見人功爲因則被棄捨若汝分別執自在共餘因成因此執但爲愛敬故說何以故離衆因自在功能不可見故諸因必須與餘因和合故能作自在若爾則非自在復次若初化作以自在爲因此不觀餘因故應成立如自在無初於我及勝性等立及破亦爾是故世間無一因義是自所造業於道於雜能生世間不學慧人良足可悲自受自果報果及自受功力果而起邪分別謂自在等爲因此義已去前云餘法由二生此言云何若大於大成因緣偈曰

二種大大因

釋曰若立四大爲四大因則有二種因謂同類因俱有因偈曰

於所造五種

釋曰若四大是所造色因則成五種因云何成一能生故二能爲依止故三能持故四令住故五令增長故是隨造因由此義分爲五種一能生因從此生故二依止因已生隨逐此故三持因爲此所持故譬如畫色與壁四住因此令彼相續不斷故五增長因此令彼圓滿故如此四大於所造色爲生變異持住長因五義得顯偈曰

所造互三種
釋曰若所造色作所造色由三種因謂俱有因同類因果報因隨造因平等起故不恒數之此中俱有更互因者隨心變身口二業非餘所造色同類因者一切前生於後同類果報因者若身口二業感眼等根爲果報偈曰
所造大因一
釋曰若所造色造四大但一因謂果報因若身業口業以四大爲果報前已總說心及心法爲次第緣未說決定何心爲次第緣何心從次第緣生今當說此義此中若略說有十二心云何十二偈曰
欲界心善惡　有覆及無覆
釋曰欲界中心有四種謂善惡有覆無記無覆無記偈曰
於二界除惡　餘有
釋曰於色界無惡有餘三無色界亦爾如此十心皆是有流偈曰
無流二
釋曰謂有學無流無學無流由如此心合成十二此中偈曰
於欲從善九
釋曰次第言後應說於欲界中所有善心從此九心次第得生於自地有四心色無色界有二心若正入觀是善心若託生是有覆無記心無色界但有有覆無記心謂託生時最遠故無善無色界由四遠於欲界最爲遠謂依止取相境界對治遠故及有學無學心偈曰
此善從八生

釋曰復次此欲界善心從八心次第生自地四心色界二心善心謂出定時有覆無記心謂爲有染污定所逼還依下地善心有學無學心謂出觀時偈曰

從十惡心生

釋曰除有學無學心何以故若人於欲界託生從一切欲界色界無色界心次第得生惡心偈曰

從此四

釋曰從欲界惡心但自地四心次第生如說於欲界惡心偈曰

覆爾

釋曰欲界有覆無記心亦從三界十心次第生從欲界有覆無記心亦但自地四心次第生偈曰

從五無覆心

釋曰於欲界所有無覆無記心從五心次第生自地四心色界善心謂生欲界變化心偈曰

復從此七心

釋曰從欲界無覆無記心七心次第生自地四心色界二心善心謂從變化心次第生染污心謂託生時無色界染污心謂託生時偈曰

從色善十一

釋曰從色界所有善心十一心次第生除無色界無覆無記心偈曰

從九此復生

釋曰色界善心從九心次第生除欲界二染污心及無色界無覆無記心偈曰

從八有覆生

釋曰色界有覆無記心從八心次第生除欲界二染污心及有學無學心偈曰

此六

釋曰從色界有覆無記心六心次第生自地三心欲界三心除無覆無記偈曰

三無覆

釋曰色界無覆無記心但從自地三心次第生偈曰

此六

釋曰從色界無覆無記心六心次第生自地三心欲界二染污心無色界染污心如說於色界無覆無記心於無色界道理亦爾偈曰

無色如　是理

釋曰無色界無覆無記心於自地亦但從三心次第生從此六心次第生自地三心下地三染污心偈曰

從善九

釋曰從無色界善心九心次第生除欲界善心及欲界色界無覆無記心所餘心得生偈曰

從六

釋曰無色界善心從六心次第生自地三心色界善心有學無學心偈曰

有覆七

釋曰從無色界有覆無記心七心次第生自地三心色界善心及染污心欲界二染污心偈曰

此爾

釋曰此無色界有覆無記心從七心次第生

除欲界色界染污心及有學無學心從所餘心生偈曰

從此四　有學

釋曰此有學心從四心次第生三界善心及有學心偈曰

從此五

釋曰從此有學心五心次第生即前四及無學心偈曰

無學亦從五

釋曰此無學心從如前所説五心次第生偈曰

從無學四心

釋曰從無學心四心次第生三界善心及無學心説十二心已今復作偈曰

十二作二十

釋曰云何作偈曰

加行及生得　分三界善二

釋曰於三界中善心各分爲二心一加行得二生得偈曰

果報及威儀　工巧并變化　欲界四無記

釋曰欲界無覆無記心分爲四一果報生心二作威儀心三工巧處心四變化心偈曰

色界除工巧

釋曰於色界無覆無記心分爲三除工巧處心於彼無工巧故如此十二心更分成二十心善有六心無覆無記有八心威儀等心於無色界中無威儀等事故色香味觸四塵是三心境界工巧心亦以聲爲境此四心惟是意識是五識於威儀工巧處亦加行心所引餘師說有意識威儀所引起以十二入爲境

界如此二十心中何心爲次第緣何心從次第生欲界八心中從加行心十心次第生於自地有七心除變化心色界加行心及有學無學心此心從八心次第生從自地善心染污心色界加行心染污心有學無學心從生得心九心次第生自地七心除通果心色無色界染污心此心從十一心次第生從自地七心生如前色界加行心及染污心有學無學心從惡心及有覆無記心七心次第生謂自地心如前此二心從十四心次第生自地七心色界四心除加行心及通果心無色界三心除加行心從威儀心果報心八心次第生自地六心除加行心及通果心色無色界二染污心此二心從七心次第生謂自地七心如前從工巧心六心次第生謂自地六心除加行心及通果心此心從七心次第生謂自地七心除通果心從變化心二心次第生謂自地通果心及色界加行心此心亦從二心次第生即前二心今當約色界說六心次第從色界加行心十二心次第生欲界二善心通果心自地六心無色界加行心有學無學心此心從十心次第生欲界加行心通果心自地四心除威儀心果報心無色界加行心染污心有學無學心從生得心八心次第生欲界二染污心自地五心除通果心無色界染污心此心從五心次第生謂自地五心除通果心從染污心九心次第生欲界四心善心染污心自地五心除通果心此心從十一心次第生欲界生得心威儀心果報心自地五心除通果心無色界三心除加行心從

威儀心七心次第生欲界二染污心自地四心除加行心通果心無色界染污心此心從五心次第生自地五心除通果心果報心亦爾從通果心二心次第生謂自地加行心通果心此心亦從二心次第生如前今當約無色界記四心次第從無色界加行心七心次第生色界加行心自地四心有學無學心此心從六心次第生色界加行心自地三心除果報心有學無學心從生得心七心次第生自地四心下地染污心此心從四心次第生謂自地四心從染污心八心次第生自地四心色界加行心染污心欲界二染污心此心從十心次第生自地四心欲界色界生得威儀果報心從果報心六心次第生自地三心除加行心下地染污心此心從四心次第生

謂自地四心從有學心六心次第生三界加行心欲界生得心有學無學心此心從四心次第生三界加行心有學心從無學心五心次第生如有學五心除有學心此心從五心次第生三界加行心有學無學心復有何因從加行心次第生果報威儀工巧心而此心不從彼生由加行力能引威儀工巧故羸弱心相續不能引將加行故是故不隨從加行心出觀心不由功用起從加行心後此生可然若爾從染污心不應得生加行心無德故雖然若人厭極或通行加行心能令相離故從染污心後得生加行心欲界生得心由明了故從有學無學心色界加行心次第得生不由功用起故從此彼心不得生從色界染污心欲界生得心得生由明了故從無色界

染污心色界生得心不得生由不明了故思惟有三種一自相思惟如色以變壞爲相乃至識以了別爲相如是等名自相思惟二通相思惟謂四諦十六行取相相應思惟三欲樂思惟不淨觀無量解脫制入徧入等思惟從三思惟次第能生聖道令現前從聖道生思惟亦爾若爾此言相應不相違謂觀行人修習念覺分與不淨觀相應餘師說通相思惟現前即是聖道從此亦得次第生三思惟若人由不淨觀調伏心已從通相思惟次第生聖道約此傳傳故說此言修習念覺分與不淨觀相應有餘師說從聖道次第但生通相思惟此義亦可然若依止非至等三地入正定聚從三地聖道次第生欲界通相思惟若依止第二定等入正定聚此義云何何以故此欲界心無能應此道以地最遠故欲界地通相思惟非第二定地所得除決擇分能復次聖人更生決擇分能令現前無有是處何以故若人已至得果更令加行果向現前此義亦不相應若爾此言云何相應有別通相思惟與彼同類入聖道後之所修習謂一切有爲無常一切法無我涅槃寂靜必應令此現前毗婆沙師不說此義若人依止非至定得阿羅漢果後出觀心或以非至定爲地或以欲界爲地若依無所有處爲地得阿羅漢果後出觀心或以無所有處爲地或以有頂爲地於所餘地出觀惟依自地於欲界有三種思惟一聞慧思惟二思慧思惟三生得慧思惟於色界亦有三種思惟謂聞修生得無思慧何以故若彼人作功用思惟即入三

摩提於無色界有二種思惟謂修得生得此中從五思惟得次第生聖道令現前除三生得由聖道屬加行故從聖道但得次第生一生得思惟謂欲界生得以明了故前所說十二心於中何心現前應得幾心偈曰

三界染心中　得六六二心

釋曰欲界染污心正起現前應得六心先與六心不相應後還得故欲界善心先已相離由疑惑還接善根故由退還下界更得不善心有覆無記心又得色界染污心由退還故復由退定故又得無色界染污心及退定故又得有學心色界染污心正起現前亦得六心得色界三心又得欲界無覆無記心由退還下界故又得無色界染污心及有學心由退定故無色界染污心正起現前得二心由退定故得染污心及有學心偈曰

於色界善三

釋曰色界善心正起現前得三心得自地善心又得欲界色界無覆無記心偈曰

學四

釋曰有學心正起現前得四心謂有學心欲界色界無覆無記心無色界善心由聖道離欲欲色界時偈曰

餘惟此

釋曰若有處不說得心於中應知惟得此心有餘師說不分別得心如偈言

染污心起時　說得九種心　於善得六心
於無記惟此

此中於善心應說得七心一得欲界善心由正見接善根時得欲界色界無覆無記心由

得離欲故得色界無色界善心由得彼定故得有學無學心由入正定聚及證阿羅漢果時是所餘由此解釋應自思惟爲攝前義故說此偈

託生入觀時　離欲退定時　接善時得心

是非先所得

阿毗達磨俱舍釋論卷第五

音釋

穰 如羊切禾莖也　嶮 虚檢切與險同　羸 倫爲切瘦也

阿毗達磨俱舍釋論卷第六

婆藪盤豆造

陳三藏眞諦譯

分別世間品第三之一

今當說此義由決定欲界色界無色界故已分別心等諸法此中何法名欲界色界無色界爲答此問故偈曰

地獄鬼畜生　人道及六天　名欲界

釋曰四道及六天聚六天者一四天王天二三十三天三唱樂天四善知足天五化樂天六他化自在天是名欲界及器世界此欲界復有幾處偈曰

二十由地獄洲異

釋曰云何十四成二十大地獄有八一更生二黒繩三衆磕四叫喚五大叫喚六燒然七大燒然八無間是名地獄異洲有四一剡浮洲二東勝身三西牛貨四北勝生是名洲異前說有六天合數欲界成二十處若約衆生世從他化自在天乃至無間地獄若兼取器世界乃至風輪從此欲界偈曰

向上十七處　名色界

釋曰云何偈曰

各各定三地

釋曰此中初定二定三定各各有三地偈曰

於中四定有八地

釋曰此中初定三地者一梵衆二梵先行三大梵二定三地者一小光二無量光三遍光三定三地者一小淨二無量淨三遍淨四定八地者一無雲二福生三廣果又一無大求二無熱三善現四善見五無下如此十七處

名色界及於中住衆生罽賓國師說但有十六何以故於梵先行處有處高廣最勝如別層起惟有一主名大梵處非有別地偈曰

無色界無處

釋曰云何無處無色法無有處何以故過去未來有教等無色法不住於處此義決定偈曰

由生有四種

釋曰若無處云何有異由生差別故無色界成立四種一空無邊入二識無邊入三無有無邊入四非想非非想入此四不由處立爲高下差別何以故是處得無色定人死墮即於此中生復從此後死墮於此處中陰即起如有色衆生依色色相續生於無色界何所依彼相續得生偈曰

聚同分及命　依此心相續

釋曰衆生聚同分及命根依此二彼心相續生阿毘達磨師說如此若爾有色衆生云何不依此二心相續生此力弱故彼力云何強從空差別生故何以故此定能伏滅色想若爾由定於最強依定心相續起何用立別依此義應說如有色衆生依色聚同分及壽命得生無色衆生依何法此二法得相續生此二互相依若爾有色衆生此二何故不自相依生由二力弱故若爾於無色二法云何力強從定差別生故此二如前與心相續應同或同心及心法是故無色衆生心相續無別依止經部師說如此復次先所生能引心相續因於色未離愛欲此心相續必與色共起是故此相續依色得生起是先所生能引無

色心相續因於色無復愛欲故心相續不觀色生以棄背色故云何說此三爲欲界色界無色界界以持爲義能持自相故或性爲義如前此界與欲相應故名欲界與色相應故名色界除相應言譬如金剛耳璫及珍黎遮飲於此界中色非有故不可顯現故不可變壞故是故名無色界復次此界是欲界家界能持欲故餘二界應知亦爾何法名欲若畧說與段食相應欲與婬相應欲故於中名欲如偈言

世間希有不名欲　於中分別愛名欲
世間希有住不異　智人於中惟除欲

尼乾子對舍利弗說偈言

世間希有若非欲　汝說分別愛名欲
比丘恒應受塵欲　若起染污塵覺觀

大德舍利弗答

世間希有若非欲　分別愛著若非欲
汝師恒應受塵欲　若見可愛色等塵

若有諸法於欲界色界無色界起行是諸法爲與欲界色界無色界相應不非何者欲界等欲若於法隨眠名欲界等相應何法名欲界等欲是法能隨眠於欲色無色界中是名欲界等欲此答同縛馬答如問縛馬者誰是馬主馬主是誰是能縛此二悉不可解不同縛馬答何以故此三處前已於欲界等中分別顯了於中未離欲人所有欲是名欲界欲若欲界欲隨眠於此法中此法名欲界相應如此色無色界欲若人已離欲下界如理應知復次若欲有色以非寂靜爲地名欲界欲於有色定及無色欲名色界無色界欲餘言

如前於變化心中所起欲云何名欲界欲於中若有欲則名爲信由嗽此味若退墮定隨變化於能變化人心上欲亦是欲界欲復次若變化爲香味即是欲界相應由此二非色界心所變化故爲惟一三界耶三界無邊譬如虛空三界亦爾是故無先末有今有衆生生對對諸佛出世時無量衆生般涅槃無衆生有盡難譬如虛空世界云何住傍住經中說譬如車軸滴天雨時水滴從上空落無間無缺如此於東方世界正壞正成無間無缺亦爾如東方南方西方北方亦爾不說有上下方於別部經言有上有下從阿迦尼吒上更有欲界欲界下更有阿迦尼吒若人離欲一欲界是人即離欲一切欲界色無色界亦爾若人依初定起通慧隨所生處世界起通慧由此通慧得往自世界梵王處非餘處如前所說三界偈曰

於中地獄等　名說有五道

釋曰於三界中說有五道如前所立名謂地獄畜生鬼神天人由此自名說道有五欲界中有四道及第五道一分色界無色界中惟天道一分爲有諸界出此道不由說於界中有諸道說有善染汙器世界中陰爲性是界非道五道者偈曰

是無覆無記　衆生非中陰

釋曰道以無覆無記爲性若不爾道應相雜但衆生名是道亦非中陰爲性假名論中說四生攝五道盡非五道攝四生盡何者非攝即是中陰法陰阿毘達磨說何者眼界依四大及四大所造清淨色是眼眼根眼入眼界

謂地獄畜生鬼神天人修得及中陰於經中說於道却中陰此經何名七有經經云有七有謂地獄有畜生有鬼神有天有人有業有中陰有此經中說五道共因共行是故道定惟無覆無記由却彼因業有出彼外故罽賓國師說經大德舍利弗說淨命是地獄或流現前故即起即長地獄受報業淨命身口意諂曲憎忿麤澁業於地獄色受想行識果報熟果報已起得名地獄衆生淨命此中陰色等法地獄衆生皆不可得是故五道定是無覆無記若爾應救分別道理論彼論云於五道一切隨眠惑緣起託五道心有五種由共前分執道故是故不相違譬如說郊外爲國土餘部說諸道不但無記有善有染汚是汝所說由於道却業有出外故不由別立業有

於道成外譬如於五濁惑濁見濁亦有別說諸見非非惑如此業有亦入道攝亦有別說爲顯道因故於中陰亦應如此論是義不然非道理故衆生往於彼是故彼名道中陰非所往即於死墮處起故若爾無色界不應成道即於死墮處起故若爾由中間有故立中陰非道在二道中間故若此成道不應說爲中有復次大德舍利弗說果報已起得名地獄衆生有說果報已起不說即是果報復說淨命此中除色等法地獄衆生皆不可得此言但撥能行五道人故說除色等陰地獄人不可得不撥餘陰毗婆沙師說五道定是無覆無記果報爲性有餘師說增長爲自性於五道三界中此義次第應知偈曰

身異及想異　身異同一想　翻此身想一

復有三無色　故識住有七

釋曰經中說有有色衆生身異想異如人道及諸餘天是第一識住何者餘天欲界天初定天除刼初生天云何彼身異色相形不同故云何彼想異樂想苦想非樂非苦想不同故有色衆生身異想一如梵衆天刼初受生是第二識住何以故是刼初生一切梵衆同起一想謂我等是大梵所生大梵亦作此想謂彼是我所生由同思想大梵爲一因故故言想一大梵王身量高大異於彼衆相貌威德言語光明衣著等亦異彼衆故言身異於經中說是諸梵衆有如此思想我等見此衆生長壽於久時住乃至起如此心願餘衆生於我同類中生是衆生起如此心願我等即於此處受生是彼云何見此衆生餘師說彼住遍光天處見此衆生何以故是梵衆從彼處墮故梵衆已不得第二定三摩跋提云何能憶第二定地宿住事若得云何緣大梵爲境起戒執取有餘師說諸梵衆在中陰得見是義不然於中陰無道理爲得久住無障礙故云何彼起如此心我等見此衆生長壽久住此中是故諸梵衆在此處憶昔時事昔時已見此衆生長壽久住後時更見是故起如此心有有色衆生身一想異如遍光天是第三識住此中復由執上邊處應知具足取二定若不爾少光無量光何處識住可得安立於彼天色相形不異故身一有樂想不樂不苦想故想異彼說是諸梵於根本定地厭極喜根從方便地引捨根令現前於方便地厭極捨根從根本地更引喜根令現前譬如大

富人厭極欲樂別受法樂厭極法樂更受欲樂若爾於遍淨天爲不同此義耶遍淨天由彼樂不生厭極何以故是樂故最寂靜喜樂非寂靜爲沒重心故經部師說有經顯彼想不一經言有諸衆生於遍光天上新得受生未明了世間壞聚未明了世間成散見下地火光燄怖畏起厭離心謂火光焰勿燒空梵王處已從下至於我處有諸衆生於遍光天上先舊受生已明了世間壞聚已明了世間成散見彼衆生起驚怖心慰喻之言勿畏淨仙勿畏淨仙昔時此光燒空梵處竟自然滅靜是故於火光有來不來想故怖不怖想故故說想異不由樂不樂不苦想有有色衆生身一想一如遍淨天是第四識住想一者同一樂想此中於初定由染污想彼一想於第二定由善想彼不一想於第三定由果報生想彼一想無色界三識住如經所顯是七名識住此中何名識住於七處相應五陰及四陰如理應知是識住所餘何故非識住偈曰

所餘有變異

釋曰所餘是何法謂諸惡道第四定及有頂何以故於中識有諸變異故非識住云何變異於惡道中苦受是變異由損害識故於第四定無想定是變異於有頂滅心定是變異能斷識相續故復說住於餘處衆生是欲住處若住於此處不欲更動說名識住於惡道無此二義於第四定中衆生恒有動求出心若凡夫欲見無想天若聖人欲見五淨居有頂心細昧故彼非識住如所說是七識住偈曰

有頂無想天　衆生居有九
釋曰於九處中衆生如欲得住偈曰
不欲住餘非
釋曰何者爲餘謂惡道何以故於中衆生不欲住業羅刹逼之令住不由自欲住是故非衆生居譬如牢獄於餘經說七種識住復有餘經說偈曰
復有四識住
釋曰何者爲四愛色識住愛受識住愛想識住愛行識住此四體相云何此次第偈曰
謂有流四陰
釋曰是陰偈曰
自地非餘地
釋曰此四陰是自地陰非餘地陰何以故住者定著爲義於不同地陰中識隨貪愛故不能得住云何不說識爲識住由離能住立住故不說識住非能住爲住譬如非王爲王所使復次若識乘策此法此法名識住由船人道理故說諸法爲識住非識自乘策識故不說識爲識住毗婆沙師說如此若爾經中說於識食有愛有欲若於中有愛有欲於中識即乘住此經云何七種識住五陰爲住此經復云何有如此雖然不分別生處所攝五陰中有愛樂識生時亦說識爲識住若如色等各各能起識染汚若單識不能爲如此是故於四識住不說單識爲識住復次佛世尊說四識住爲田一切有取識爲種子不可安立種子爲種子田佛世尊意可了別如此偈曰
住等衆生名
釋曰是法爲共生識好最勝田是法說之爲

識住爲以七識住攝四識住不爲以四識住攝七識住不偈曰

各異

釋曰七不攝四四不攝七偈曰

四句攝

釋曰若思量應知四句相攝有法七所攝非四所攝等第一句者七識住中識第二句者惡道第四定有頂識所離諸陰第三句者謂七識住四陰第四句者除前三句前所說三界有五道等差別於中應知偈曰

於中有四雜　衆生謂卵等

釋曰卵生胎生濕生化生雜者何義雜生爲義於中衆生相雜生由生等故何者卵生是衆生從卵出如鵝鶴孔雀鸚鵡舍利等何者胎生是衆生從胎出如象馬牛驢駝等何者濕生是衆生從四大氣所生如蟲蚊蜻蛉等何者化生是衆生不減具根圓得身及身分一時俱生如天地獄中陰等復次於一一道中有幾種生偈曰

人畜具四生

釋曰人道有四生卵生者如世羅優波世羅二比丘從鶴鳥生又彌伽羅母三十二子又如般遮羅王生五百子胎生者如今世人濕生者如頂生王遮婁優波遮婁王迦富多摩梨尼夫人菴羅夫人等化生者如劫初生人畜生亦有四種可見有三種若化生如龍伽婁羅鳥等偈曰

地獄但化生　中陰及諸天

釋曰一切地獄衆生中陰衆生諸天皆是化生偈曰

鬼神亦胎生

釋曰亦言即顯有化生胎生者如女餓鬼白

淨命目乾連云

我夜生五子　晝時亦生五　生已皆食盡

如此我無飽

何生於一切中最勝化生若爾云何取後生

菩薩已至得生自在惟受胎生若作如此見

大利益利益者由親屬相關故令無量大家

釋迦種得入正法此人是轉輪王種姓但由

此名欲生他恭敬尊重及背邪歸正在於人

道亦得如此希有勝利我等今云何下心爲

起受化衆生正勤心若不爾家姓則不可識

世間應作此計此衆生是何幻惑爲天爲鬼

外道亦說此言一百劫盡如此幻惑人出於

世作幻化事噉食世間爲離此謗故受胎生

有餘師說爲安立身界屍履故受胎生於人

中及餘衆生作供養事竟由此福德過於千

遍恒受天生後得解脫何以故化生衆生無

外種子故若死身不得住如燈光已滅靜無

復餘化生亦爾若是人信世尊有成願通慧

此救不然從別問更生別問若化生衆生屍

骸不可得經中云何說化生伽婁羅取化生

龍爲食不解故無失復有食乃至未死若死

無復飽何生於一切中最多惟化生何以故

此具二道三道中一分一切中間悉化生何

法名中陰偈曰

死有及生有　在中間五陰

釋曰前死有後生有於中間所得身爲至餘

處說此身名中有在二道中間故若身已有

云何非生偈曰

未至應至故　未生名中有

釋曰若至所應至處方得名生此衆生已離本生未至應至處於中間雖有未得名生何處是此衆生應往是處業所引果報明了顯現及究竟是所往處若至此處名生餘部說生有與死有斷絕此執非可許何以故由道理及阿含故此中依道理說偈曰

似穀相續故　無間於後生

釋曰諸法次第相續生由不斷故於餘處生此可證見譬如穀相續是故衆生相續次第無斷絕於餘處生此義可然若爾諸法斷絕於餘處生此可證見譬如於鏡等中從本生影亦可證見如此從死有生有斷絕生此亦可然偈曰

影非成實故　不等故非譬

釋曰影是何法有別物生是色中一類是義不然非成實故若成實有物不相似故亦不堪爲譬云何非成實偈曰

共一處二無

釋曰於餘一處見鏡色及影色此一處中無道理二影俱有依止四大異故復次別方定故於一水處互向自面所有諸色互對生影於一色中二人共看不應有俱時各見此中餘色得生是義不然復次影及光不曾見於一處俱有曾見鏡在影中日光顯然若影是實有光不應得於中生以相違故復次共一處二無者何者爲二謂鏡面及月圓於別處見鏡面於別處見鏡中月圓如井中水此月影若於中生不應見在餘處是故此影實無所有諸法聚集有如此勢力謂非有顯現似

有何以故諸法功能差別難可思議如此不成實故不堪爲譬云何由不相似故不堪爲譬偈曰

無相續

釋曰影非本物相續與鏡相續相應故與本俱有故如生有約死有成相續無間無絕生於餘處故影無如此相續是故影譬不等偈曰

二生

釋曰從二種因影得生謂從本物及鏡依此最勝一因影得生生有不爾從二因生謂從死有及從餘勝法復由此義影譬不等不應說如此有外色無意赤白爲勝因若化生衆生於空中受生復分別何因如此由道理不可許從死陰斷絕無相續生陰得起由此道理是故有中陰偈曰

由經

釋曰由經知有中陰經中說七種有地獄有畜生有鬼神有天有人有業有中有此經非彼受誦復由別經說有中陰偈曰

乾闥婆

釋曰三處現前故於母胎中衆生得受生何者爲三一母四大調適有時二父母互起愛心和合三乾闥婆正至欲託生若除中陰此中何法名乾闥婆若此經非彼所受誦故執如此云何陰壞得至其中復次若汝執無中陰云何會釋阿輸羅耶那經經云汝等能知不是乾闥婆正至於中爲刹帝利爲婆羅門爲鞞舍爲首陀羅爲從東方來南西北方來廣說如經此中何法名乾闥婆五陰破壞云

何得來如此之經汝可不讀耶若汝言我不受此經此義復云何偈曰

說五

釋曰佛世尊說有五種阿那含中滅生滅無行滅有行滅上流滅若無中有云何得名中滅有諸天名中至於彼般涅槃故名中滅若爾亦應有天名生等至於彼般涅槃汝等亦應作如此執是故此非好執復次偈曰

行經故

釋曰於經中說有七種賢聖行於中說中滅人有三由時節處所勝負差別故譬如有鐵小火星纔出即滅初人亦爾譬如有鐵火星出遠方滅第二人亦爾譬如有鐵火星出去最遠墮未至地而滅第三人亦爾如汝所執若有天名中則無如此三品時節處所勝負差別是故此執惟謾分別有餘師說於壽量中間立三人或執近諸天邊中若人滅盡諸惑說名中滅此人或行入界般涅槃或行入想般涅槃或行入覺般涅槃是故成三復次初人於色界中攝聚同分已般涅槃第二人受富樂已般涅槃第三人入誦法藏堂已般涅槃若爾生滅何相此人入多時相應誦法藏堂已方般涅槃多故滅壽命然後般涅槃非初受生即般涅槃如此一切與火星譬皆不相應行處所無勝負差別故若爾於無色界亦應說有中滅人亦於壽量中間般涅槃故由不說故是故此執惟自分別若汝不讀誦如此等經我今何所作大師已般涅槃正教無主已多種分破乃至今時於文於義隨欲分破此猶不息若人受如此等阿含為證

爲量中陰於此人得成若爾云何說頭師魔由現身入大阿毗指獄此魔正生未死地獄火焰已來燒身方捨壽命由中有身乃入地獄經意如此何以故若業最劇圓滿此業不得待捨身是故此魔現報先熟生報後熟復次此義今云何可會釋有五無間業若人已作已長次第無間必至地獄不往餘道此是經意於中爲顯此業必受生報若如文分別但應稱五業不得說餘句應至如此若作業無間命即應斷無暫活義何人不許中有生義雖然從死有無間由中有生於地獄趣向生有故是故不說爲生有若爾云何釋此偈

已度四位至衰老　二生汝今近閻魔
於其中間必無住　路中資粮咄不有

此偈顯於人道中無中間住生滅次第無礙故復次於中有無住爲至生處行無礙故偈意如此若如此是意若如此非意此分判依何道理得成汝亦同此難是故於此二義如前所說經無相違故不可偏以此偈證無中陰義復次證名言者是行無行何道是所應往中有若起有何相偈曰

由一業引此　當先有相貌

釋曰此業能引生諸道此業能引顯中有爲至此道是故此道必所應往於此道中是應來先有相此即中陰相若爾狗等衆生於一胎中應生五道中陰若地獄中陰即燒母腹於先有時地獄衆生火亦不恒然若行於園中何況在中陰設許火燒然如不可見亦不可觸由體性細故是故非難諸中陰於胎中亦互不相觸故爲業遮故故不能燒身量云

何如六七歲小兒而識解聰利於小兒若菩薩在中陰如圓滿少壯人具大小相是故雖在中有正欲入胎而能遍照百俱胝剡浮洲若爾云何菩薩母於夢中見白象子欲入右脅母所見但是夢相不關中有菩薩久已離畜生故譬如柯枳王見十種夢謂象井麨栴檀林小象衣爭瓔珞蓮華於事前得此夢中陰衆生非破腹入胎云何得入從生門入是故雙生若在後生爲大若在前生爲小若爾大德達磨須部叱底說偈云何會釋

變身作白象　六牙四足飾　入母胎卧住

念如仙入林

此言不必須會釋何以故此言非經非律非阿毗達磨但是集言聰慧人欲集義爲論有餘諸法攝爲增益若言必須會釋此是母於夢中見子入胎相大德說偈意如此色界中有身量圓滿有衣共生慙羞最重故諸菩薩中有衣著具足復有叔柯羅比丘尼由本願力故於中有著衣入胎出胎乃至般涅槃後共衣俱燒所餘皆裸欲界衆生無慙羞多故復次何法名先有偈曰

復有先於死　後於生刹那

釋曰有者若次通義謂五取陰此有離爲四分一中有如前說二生有謂於道託生初刹那三從此後除死刹那是別生有此中說名先有四最後刹那名死有從此後有中有若生有色衆生中此中有偈曰

同生淨天眼　可見

釋曰若同生道中陰定互相見若人有天眼最清淨是一通慧類此人亦得見彼若生得

天眼則不能見以最細故餘師說天道中陰能見一切中陰謂人鬼畜生地獄中陰除前除前得見偈曰

業通疾

釋曰通慧者謂行虛空此通從業得此通速疾云何不可及廻故名疾若人應生他方修得通慧人所不能及佛世尊亦不能遮廻由業力最強故偈曰

具根無障礙

釋曰此有具足五根金剛等所不能礙此義應然曾聞破燒赤鐵塊見蟲於中生中有衆生若應生此道中從此道一切方便偈曰

不轉

釋曰云何人道中陰無時可轉令成天道中陰及餘道中陰此衆生若爲此道成中陰決定應生此道中不生餘道復次欲界中陰爲食段食不答爾不食麤段何故偈曰

此食香

釋曰故名乾闥婆若福德小食臭氣若福德大食妙香衆生於此有中得住幾時大德說無定乃至未得生緣聚集此中壽命無別業引之一聚同分攝故若不爾此中由命根盡應別立死有若有肉聚等須彌山此肉聚至夏時一切成蟲彼中陰爲住待夏時不復從何方來此問未曾至經中亦未曾至阿毗達磨中若爾可然微細衆生貪著香味壽命短促無有邊際此衆生聞氣貪著香味於捨命時覺悟先業能感蟲生報由此貪愛受於蟲生復次昔已有業能感彼道是時彼緣最多於生果報得具事能非餘時此義必然何以

故已有宿業能感轉輪王報世間壽八萬歲時或過此壽有多轉輪王生非餘時是故世尊說衆生業報不可思議大德婆須蜜多羅說七日得住若不得生緣和合此中死墮死墮更生復有餘師說七七日住毗婆沙師說但促時住以樂受生故疾行結生若因緣聚集未具若其於此道中必應受生是時宿業自和合衆緣若不定生此處於餘處此道中皆得受生餘師說若於此衆生類中不得生則於餘相似類衆生中受生譬如牛於夏時欲事偏多狗於秋時熊於冬時馬於春時野牛野干豹等欲事無時是時此衆生應生牛中若非夏時則生野牛中若應生狗中非時則生野干中若應生馬中非時則生驢中若應生熊中非時則生豹中爲不如此耶若衆生在別聚同分中陰中於餘聚同分則不得受生一業所引故是故此執有失可訶此中有爲行至應生道處故起偈曰

顛倒心行彼　生處由欲戲

釋曰此中有衆生由宿業勢力所生眼根雖住最遠處能見應生處於中見父母變異事若應成男於母則起男人欲心若應成女於父則起女人欲心倒此心起瞋於分別論中有如此文乾闥婆於二心中隨一心應起現前或欲相應起或瞋相應起此中有衆生由二起顛倒心故求欲戲往至生處是事樂得屬已是時中不淨已至胎處即生歡喜仍託彼生從此剎那是衆生五陰和合堅實中有五陰即滅如此方說受生若胎是男依母右脇面向背蹲坐若胎是女依母左脇面向母

腹住若胎非男非女如欲類託生住亦如此無中有異男女皆具根故是故或女或男託生如處而住後時在胎中增長或作黄門此義應思爲即以赤白四大成胎中衆生根及依止爲由業力故别有四大宿業所生成根等但依止赤白四大有餘師説即是赤白四大何以故此赤白先無根失中陰俱滅有根後生由種子滅互生道理故是時説此名柯羅邏若作如此思則善順此經經云父母不淨和合所生復有經云比丘汝等長夜增長貪愛攝取血滴餘師説别有四大譬如葉蟲依止葉糞蟲依止糞由説柯羅邏依止不淨生是故與柯羅邏經不相違若託胎卵生道理如此於餘生如理應説此中是道理應知

偈曰

餘愛樂香處

釋曰若衆生欲愛濕生由愛樂香故至生處此香或淨或不淨隨宿業故化生由愛樂處所故至生處若爾地獄衆生云何愛樂處所由心顛倒故此衆生見寒風及冷雨觸惱自身見地獄火猛盛可愛欲得暖觸故往入彼復見自身爲熱風熱光及火焰等所炙苦痛難忍見寒地獄清涼愛樂冷觸故往入彼如位造作能感如此生業見自身是如此位見彼衆生亦爾是故往彼先舊諸師作如此説

復次此中天中陰一向上昇如從座起人畜生鬼神中陰如人等偈曰

地獄脚向上

釋曰如偈言

衆生墮地獄　脚上頭向下　誹謗諸仙人

護精進行者
前已說顛倒心行彼爲一切中陰衆生皆有此事入母胎爲不皆爾亦不無此經中說有四種託胎何者爲四偈曰
一正入有覺
釋曰有衆生多善根聚集護持正念死時不失正念故有覺乃至入母胎亦不失正念住時出時則失正念故無覺偈曰
餘住
釋曰有衆生住母胎亦不失正念故有覺先入亦爾偈曰
復餘出
釋曰復有衆生出母胎亦不失正念故有覺先入住亦爾偈曰
餘三位
釋曰有餘衆生在三位中皆失正念故無覺若入無覺住出必無覺是名四種託胎此是逆說由隨順首盧柯結故說偈曰
一切　卵生則無覺
釋曰若卵生衆生恒於三處無覺云何卵生衆生說名託胎此衆生亦先託胎或由當來名說如經言能作有爲是故名行如世人言煮飯磨麨是故無失云何不覺悟入母胎及住出復云何覺悟入住出若衆生小名位正欲入母胎時即起顛倒想欲或見猛雨洪注疾風飄鼓或見大陰寒或見多人沸撓自謂我今入密草稠林草屋葉屋中我今匍行住樹根下壁根下若住亦起顛倒謂我今於此等中住若出亦起顛倒謂我今從此等中出若大名位衆生亦起顛倒想欲我今當入園

入遊戲處登上高樓及大殿堂坐於牀座若住謂住其中若出謂從此出如此不覺悟入住出若覺悟者了解分別謂我今正入母胎正住母胎正出母胎無顛倒想欲此中更分別說偈曰

說託胎有三　輪王及二佛

釋曰轉輪王獨覺大正覺此三人次第應知託胎三義第一託胎謂轉輪王何以故此人正入胎時有覺悟非住出時第二託胎謂獨覺此人入住二時有覺悟非出時第三託胎謂大正覺此人入住出三時皆有覺悟此中三人悉由當來名所顯云何三事不同偈曰

業智慧及二　次第勝能故

釋曰業勝能者能作大福德行人由福德有業勝能故立第一修習多聞多思人由智慧有勝能故立第二能作大福德行及修習多聞多思人由福慧有勝能故立第三是轉輪王等三人如此次第所餘爲第四此義應爾外道本執說我義於此中執我言爭事起彼言若汝立義衆生從別世度餘世我等本義則成謂實有我今破此義偈曰

無我

釋曰此我何相能捨此陰能受彼陰如彼所分別此我實無謂於內作者人何以故非二量境界故如色塵及眼等根佛世尊亦說有業有果報作者不可得由無故故不可說此我能捨此陰受彼陰若離法假名此中法假名者謂若此有彼有由此生彼生廣說十二緣生此我何相謂非所破偈曰

惟諸陰

釋曰若假說惟諸陰名我此我非所破若爾諸陰從此世到餘世此義應至諸陰不度餘世云何此諸陰偈曰

煩惱業生起　由中陰相續　入母胎如燈

釋曰諸陰剎那剎那滅彼於度無能煩惱所攝業所變異故惟有諸陰由中有相續往入母胎譬如燈雖念念滅由相續得至餘處諸陰亦爾是故無失實無有我但煩惱業所引諸陰相續得入母胎此義得成

阿毘達磨俱舍釋論卷第六

音釋

磕克盍切石相築聲　剡浮梵語也此云勝金剡以冊切　璫都郎切充耳珠也　蚊無分切　蜻蛉蜻音精蛉音零蜻蛉蟲名　俱胝梵語也此云百億胝張尼切　枳諸氏切舉綺切　裸郎可切裸露也　撓而沼切亂也　匐蒲北切匍匐也

阿毗達磨俱舍釋論卷第七

婆藪盤豆造

陳三藏眞諦譯

分别世間品第三之二

復次偈曰

如引次第長　相續由惑業　更入於餘世

釋曰一切陰相續牽引不平等能感壽命業有差别故此相續隨能引勢如此次第得增長何者次第如偈言

初名柯羅邏　次生頞浮陀　從此生俾尸
俾尸生伽那　伽那生捨佉　及髮毛爪等
并有色諸根　次第生身分

此五位皆在胎内謂柯羅邏頞浮陀俾尸伽訶那波羅捨佉此胎中刺由時節次第增長至成熟位於母腹中業報所生猛風吹之風轉胎刺安置令向母身門此胎如強糞聚過量難忍次從此處墮是時二苦不可爲譬復次或時母飲食威儀執作過差或由宿業過失於胎内死是時有諸女人善識方便及諸醫師解養嬰兒方温以酥油及睒摩梨滑汁用以塗手手著小利刃於胎内譬如糞坑最劇臭闇不淨之器是無量千蟲類住處穢汁常流恒須對治不淨及血垢膩洟液濕爛臭滑之所染汙鄙惡叵見穿漏薄皮以覆其上宿業所作身大瘡孔手内其中分分斷割牽出於外此胎中子由宿後報業引入餘道趣向難知復次若生無難是時或母愛子或餘女人能瞻視之此兒體似新瘡觸如刀仗及烈灰汁愛此兒身及以洗拭次啥以清酥飲以母乳漸次飴以細麤飲食令稍習之此子

由次第增長由諸根成熟諸惑更起諸業更生及更增長由此惑業捨命之後由中有相續如前更入餘世偈曰
故有輪無初
釋曰由此道理生以惑業爲因惑業以生爲因生復以惑業爲因如是應知生死輪無初何以故若分別執有初此初應成無因若初實無因所餘一切悉自然生皆應無因現見此事於芽等中有種子等功能由處時定故火等諸因於熟等果亦爾是故無生無因說常住爲因於前已破是故生死必定無初是生死終由因盡可然由生屬因故譬如芽屬種子由種子壞故芽滅是陰相續所説三生爲位偈曰
如此緣生法　十二分三節
釋曰此中十二分者一無明二行三識四名色五六入六觸七受八愛九取十有十一生十二老死三節者一前際二後際三中際謂過去未來現世云何於三節安立十二分偈曰
前後際二二　於中八
釋曰無明行在前際生老死在後際所餘八在中際此八分一切衆生於此生爲具有不答非若爾何衆生具八偈曰
具生
釋曰若衆生觸一切位説名具生非於中陰死非託色無色界生何以故於大因緣經中但約欲界衆生説經言阿難若識不託母胎赤白爲得變異成柯羅邏不不得世尊廣説如經有時説緣生有二種有屬前際攝緣生

有屬後際攝緣生於中七分說名前際謂從無明乃至受所餘五分說名後際合前後際因果爲二分故何法名無明等偈曰

宿惑位無明

釋曰於宿世中一切惑位於今名無明與無明共行故由無明力所餘得起故譬如於說王行中說導從行亦名王行偈曰

及宿業名行

釋曰位言次第流於宿世中福等業位於今名行若今有是彼果報偈曰

託生陰名識

釋曰於母胎中初託生刹那所有五陰名識偈曰

此後稱名色　先於六入生

釋曰從託生心後乃至六入未生此位稱名色應說先於四入生云何言六六言者如此量立入故是時四生六圓滿故偈曰

此先三和合

釋曰若六入已生此位說名六入乃至根塵識三和合未起偈曰

觸先樂苦捨　能分別因智

釋曰由三和合名觸此人乃至未能了別三受因果此位名觸若已能了別三受因偈曰

受先婬欲愛

釋曰受位者了別三受因爲體乃至未起婬欲愛偈曰

求婬樂具愛

釋曰於欲塵及情色愛欲生起位名愛乃至未能尋求五塵偈曰

四取謂生具　爲得徧尋覔

釋曰若於此位中著心尋覔五塵爲得故於一切處馳求此位名取如此馳求偈曰

當來有果報　能造業名有

釋曰此人因求得欲塵心馳求能生長感未來有報業此位名有由此業從今生更退於未來世正託生位偈曰

更接有名生

釋曰此位名更接何以故於今生是識分分於未來名生從此後偈曰

老死乃至受

釋曰除生從此後乃至受此位名老死是四分謂名色六入觸受於未來名老死分判十二分如此此緣生餘處說有四種一約刹那說二約多時說三約相應說四約位說云何約刹那說於一刹那中具有十二分譬如有人由隨貪愛染汚斷衆生壽命此人一刹那具有十二分是中癡惑名無明作殺意名行了别塵類名識與識俱起四陰名名色清淨根名六入六入相對和合名觸領觸名受是貪名愛所餘與愛相應上心惑名取彼所生身口二業名有如此等法起名生變異名老滅名死復說約刹那約相應如分别道理論說約位說者十二分皆有五陰無間生相續名多時於四中今說何緣生偈曰

此今約位說

釋曰若分分具有五陰云何惟說無明等爲分不說餘偈曰

由勝說爲分

釋曰若於位中無明爲勝說此位名無明若於中行勝說名行乃至老死勝說名老死是

故無失復云何於經中說緣生有十二分於分別道理論說異彼論云何者為緣生謂一切有為法於經有別意故說十二於阿毗達磨約法相說復有別說緣生有六種謂約位說約刹那說約多時說約相應說約衆生名說約衆生非衆生名說云何於經中但說衆生名偈曰

於前後中際　為除他無明

釋曰是故說三節此中前際無明者從此生疑我於過去為已有為非有何我已有云何我已有後際無明者從此生疑我於未來為更有為不有廣說如前中際無明者從此生疑此何法此法云何今何我當來何我為除此三種無明是故約衆生名三節說為十二緣生於經中如次第說謂無明行乃至生老死云何得知如此由經言比丘若比丘由如實正智能通達緣及緣生所生法是比丘不約疑邪思前際謂我於過去為已有為非有廣說如前復有餘師說愛取有為除後際無明何以故此三是未來果因故此十二緣生應知有三種自性一惑二業三類此中偈曰

三惑

釋曰三分以惑為性謂無明愛取偈曰

二分業

釋曰二分以業為性謂行及有偈曰

七分類為果

釋曰七分以類為性謂識名色六入觸受生老死惑業依故此類或說名果此七分於餘處說名果所餘諸分說名因惑業為性故何因緣於中際說果因廣類有五種差別故離

惑爲二分故於後際說果略離爲二分故於前際說因略說惑一門故偈曰
略果及略因　由中可比二
釋曰由廣說中際前際後際廣因廣果例此可知是故前後際不復廣說若復廣說此言無用若緣生惟十二分由不說無明因生死應至有始不說老死果故生死應至有邊若立無明因老死果應更說別分若說此二別分則有無窮之過若不說別分又不免前難不應別立此中由佛世尊已顯此義故偈曰
從惑惑業生　從業更果類　從類類惑生　有分理如此
釋曰從惑惑生者謂從愛取生從惑業生者謂從取有生從無明行生從業果類生者謂從行識生從有生生從類類生者謂從識名色生乃至從觸受生從生老死生從類惑生者謂從受愛生由世尊安立有分道理如此由無明是煩惱性故惑從類生惑從惑生此義自顯由老死類以受爲邊故從此更生惑是故於中不可增減如此純大苦聚緣和合生由此言若不爾此文有何義相應有餘師說於餘經中說無明以不正思惟爲因不正思惟以無明爲因於此經中不正思惟亦是所說由入取攝故云何不正思惟入四取攝若說由相應故亦應說入愛無明攝與彼相應故若在彼攝此中云何能證謂無明以不正思惟爲因若但由位攝能證因果義愛及無明入取攝故不應立爲別分如不正思惟有餘師說於餘經說不正思惟爲無明因此不正思惟說在觸時如經言依眼根緣色塵

染濁思惟生能起無明於受時無明必生如經言緣無明觸所生受故愛得生由此別經故知不正思惟於觸時起能爲受時所起無明作因緣是故無明無無因義故不須立別分無無窮之過此不正思惟由說復從無明生染濁思惟從癡生此經言爲證於餘經不無此義若汝意欲立如此義此中則應更說彼文句不應說若不說云何知有由道理知有何者爲道理若受無無明不能爲愛因緣譬如於阿羅漢若觸不顛倒不能作染汚受因云何知不正思惟從無明生由於阿羅漢無無明故觸不顛倒若由此道理故不更說則成太甚過失若此義由道理可見不須別說自可得知不但不正思惟所餘諸分不說亦應可知則悉不須說故此執不成救義前所立難亦不成難謂度無明老死不說餘故故生死有初有邊正說非不圓滿何以故受化衆生迷惑於有生云何從宿世現世起復從現世來世起此三世次第相應如來惟欲說如此多義比義於前已說如偈言於前後中際爲除他無明佛世尊說比丘我今爲汝等說緣生及緣生此所生諸法此二句其義何異若依阿毗達磨義此二無別義何以故此二是一切有爲法故云何未來法未生說名所生若爾云何未來未是所作說名有爲由能生故意所引故說名有爲若爾無流云何是彼亦由善故意所引若爾於涅槃約至得亦應有如此義此有爲是所生種類故雖復未生亦說名所生譬如色未變壞亦說名色由是變壞種類故是故無失今當說經正

意偈曰
此中緣生因　所生已名果
釋曰是分正是因說名緣生從此生餘法生故是分正是果說名所生如此一切分皆二種成就由是因果故若爾安立不應成是義不然所觀有差別故若觀此分是分成緣生不即觀此分更成所生譬如因果及父子彼言大德富婁那捨說有法是緣生非緣生所生此有四句第一句謂一切未來法第二句謂過去現世阿羅漢最後心第三句謂過去現世所餘諸法第四句謂無爲法此中經部師曰此執爲是要術爲是經義是經義若說是經義則非經義云何非是前所說緣生約位立十二分一一位皆具五陰此執與經不相應何以故於經中分別十二分有別義故經云何者爲無明謂於前際無知於後際無知於前後際無知廣說如經若經是了義不可引令入不了義攝是故此執非經義若非一切經但由分別故成了義有時諸經如勝分別作義如象迹譬經中說何者地界謂髮毛等於髮毛亦有色等餘物於此經中亦爾隨勝分別義此經不可引爲證何以故於中不由地界分別髮毛等故成不具說於中由髮毛等分別地界非過髮毛等別有地界是故此言是具足說於此經中具說無明等無復所餘爲不如此耶過髮毛等於餘物中如淚洟唾等亦有地界淚等皆是所說如經言於身中若有所餘亦爾名地界我今亦得許如此無明所餘法若爾可得顯現別類諸法引入無明此攝有何義若於此位中必有五

陰若此法有無彼法必定有無立此法爲分若有五陰諸行未必有及識隨福非福不動行乃至愛等是故如經了別乃是經義前所說四句於中若謂未來法非緣生所生此執與此經相違經云何者緣生所生法謂無明乃至老死復次生老死二分勿許未來世攝亦應破安立三節有餘部説緣生是無爲法云何得知若如來出世若不出世此法如常住由此經言此言若如此意判可然若不如此則非云何如此不如此若如此意判若如來出世若不出世恒緣無明等行等得生無時不緣無緣餘法是故常住實爾此執可受若作如此執謂有別法名緣生此法常住此執應撥謂無如此何以故生是有爲法相故不曾見餘常住法應成無常法相生者是未有向有法相此與無明等有何相應而説彼爲緣生句義亦不相應此法亦常住亦緣生本言至行集生此句有何義若合此句所顯義謂諸行法至因及緣由聚集未有成有是義至行集生所顯此句義不相應何以故若一作者於二事中於前事一義成於後事第二義成譬如浴已方食若法在至生前此法則無所有何法前至後生無事不依作者成故此中彼説偈能至先於生無有故不然言俱亦不然由事約前後無如此過失於此義中應問學聲論人此法若生在何位爲在現世爲在未來若爾何有若汝言生在現世云何在現世若未有若已生何用更生若已生更生有無窮過失若汝説於未來位生云何未有法成作者若無作者事云何成是故於

此位若生即於此位至何位得生未來正向生在此位中至於緣聲論師安立作者及事此立不成就能有名作者有名事我今不見離能有法有别事名有是故於名言無復可難前所立名今更顯其義謂若此有彼有由此生彼生此二句義即是至行集生名義此中說偈曰

如不有得生　至於緣亦爾　若巳生得生無窮由巳有

汝論中決判一作者於二事中於前事一義成於後事第二義成此判不定或見於一作者二事俱成譬如燈至闇滅又如開口眠若汝說眠在後云何非閉時若别時作有餘師於此難中分别救義波羅底以重爲義一底也是不住法謂無常三以聚集爲義欝波拖以生爲義此句說如此義對種種因緣無常法由聚集故生故稱波羅底一底也三物波拖如此分别於此經中立於餘處云何成如經言至於眼至於色眼識得生云何世尊約緣生說此二句謂若此法有彼法必有由此法生彼法必生爲决定故令彼生此智故若無明有行必有非餘是故行緣無明生復次或爲顯諸分傳傳故說二句若此分有彼分必有由此分生彼分必生復次或爲顯生傳傳故說二句若前際有中際亦有由中際生後際亦生復次或爲顯證因傳因故說二句何以故有時從無明次第諸行生有時從無明諸行傳傳生有餘師說爲除無因執常住因執故說二句若無因諸有不有亦不從無生生如彼所計常住謂自性我等若執如此

立前句則無用但由此生彼生句破二偏執及說得成就故復次有餘道分別如此若我有爲依止行等諸法必有由無明等生故行等得生爲破此執是故世尊決判此義若由此生彼必生此法若有彼必有非餘謂諸行以無明爲緣乃至云如此純大苦聚得生復有餘師說爲顯不滅及生故說二句若無明不滅諸行不滅由無明生故諸行生復有餘師說爲顯住及生故說二句乃至因緣相續有事相續必隨有由因緣生事必得生世尊正欲顯生說住有何相關云何世尊破次第令顛倒先說住後託生復有餘師說若此有彼有者若事有緣滅必有若爾此事應不由因生是義不然無無因義何以故由此生彼生故若經義如此惟應說前句若此有彼有

復次先應說事生後說此有彼有若作此說文句不倒若不爾正問何者緣生說滅則非次第是故如此等執並非經意云何諸行以無明爲緣乃至老死以生爲緣此中我等應顯惟相應義於世間中諸嬰兒凡夫不知依因緣生惟是有爲更無餘法由不知故我見我慢染污其心爲自我得受樂及不苦不樂由身等作三種業爲得未來樂故作福行爲得受樂及不苦不樂故修不動行爲得現世樂故作非福行此三種業說名緣無明生行由隨業引諸識相續與中陰相應受種種道猶如燈光行說名緣行生識若執如此應知此識已生於分別識分中云何者爲識謂六種識聚以識爲先次於此隨名色生具足五陰於分別中如此說故餘言如前次名色成

熟故次第六入生次於塵起亂心時由識生故從三和合生觸謂於樂受等勝次從此生三受次從此受生愛若人由苦所逼於樂受生欲愛於樂不苦不樂生色愛於不苦不樂生無色愛次由愛所樂受故取欲等四法此中欲者謂五欲塵見者謂六十二見如梵網經說戒者謂離惡戒執者謂心決執猶如執狗牛等行又如尼乾陀行如經言此人裸形不畜著衣廣說如經又如婆羅門波輸波多波立婆等外道執取杖鳥鹿皮辮髮灰囊三杖禿頭等我言者謂身此中有言說謂此是我故說身名我言有餘師說於身中由有我見及我慢說此二名我言云何此二成我言由此二說言有我故有餘師說由我不有故但有言說無實義故稱我言如經言比丘無聞嬰兒凡夫隨逐世間假名言墮於我執於中實無我及我所復次欲者離後三所餘諸法見取戒執取如前釋通三界我言但在色無色界所有諸法離前二於四中取是何法於中貪欲名取何以故此義於一切處世尊皆作此釋如經言何者爲取於中謂貪欲次以取爲緣能引未來有此業生長說名有如經言阿難是業於未來能引後有此中說名有次以有爲緣識更託生是未來生說名生具有五陰次若生已有老死等應知如經中說如此純者謂離我我所故大者無初無邊故苦聚者由有流諸行聚集故緣和合生者無果單因緣所生故此道理是毗婆沙師所顯是故先說復次無明者何義非明是名無明若爾有過量失眼等亦應成無明若爾明

無應是無明若爾應以無所有爲無明此二執不相應故應以別法爲無明別法者偈曰

明翻別無明　如非親實等

釋曰翻親有別人是親對治說名非親非隨餘所有及非親無非實者如言說及不虚有言語能對治此說名非實非法非我非事等能對治法等餘法是名非法等非餘非無無明亦爾有別法能對治明名無明此義云何可知由說爲因緣故復次偈曰

由說爲結等

釋曰有餘經說無明爲結縛隨眠流相應若惟無所有不應說如此等義亦不可立爲眼等故實有別法名無明若爾如世言惡婦說無婦惡子說無子無明亦應爾惡明名無明偈曰

非惡明見故

釋曰若汝言非者可訶義可訶諸明說名無明是義不然何以故若智可訶必有染污此即以見爲性故不應成無明若爾此智應即是無明不可立此智爲無明何以故偈曰

見共相應故

釋曰若無明成惡慧性諸見不應與無明相應二智不得一時相應起故復次偈曰

說能染智故

釋曰經言由欲染污心不解脫由無明染污慧不清淨若此是慧不應成慧染污如心有別染污與心性異謂欲無明於慧亦爾云何不許如此由善慧與染污慧相雜是故不清淨故說此爲彼染污是心欲所染污說不解脫爲決定欲所變異耶由欲所害故不得解

脱若人治轉欲熏修即得解脱如此無明所染汚慧不清淨我等分别由無明害故慧不清淨若欲分别何人相遮諸師説無明與智别類如欲與心若有人執一切惑名無明應以前道理破此執何以故若無明是一切惑性類不應於結等義中立爲别惑若即是見不應説與見相應餘惑與見等互不相攝故亦應説無明染汚心故不解脱若汝言爲分别差别故作此説於慧亦應分别無明差别我許無明是别惑此無明以何爲性不能了别諦實業果爲性此不可解何法名不了别爲非了别爲了别無若爾二皆有失如無明若有别法是了别對治名非了别如此亦不可解是故此何物分别法性如此等類不無如經言何者爲眼根謂清淨色是眼識依止復有法不可分别而不可説無譬如於慈觀中無貪性不淨觀中無瞋性等大德達磨多羅説我有如此計類名無明離我慢有何别法名類是經中所説經云我今由知如此由見如此一切愛一切見一切類一切我執我所執我慢隨眠滅盡故不更生故無影般涅槃有如此類云何決判此是無明由不可説此類爲别惑爲不如此所餘慢瞋等諸惑可非類耶此中若更思量有多言應説是故須止此論復次名色者何義色於前已廣説偈曰

名者無色陰

釋曰云何説爲名隨屬名及根塵於義中轉變故故稱名所隨屬何名是世間所了别能目種種諸義謂牛馬人色聲等此名能目義

云何稱名於種種義由約用轉變故稱名有餘師說於此道中棄捨身已能轉變更作別生說爲名謂無色陰六入於前已說觸今當說偈曰

觸六

釋曰謂眼觸乃至意觸此六觸是何法偈曰

和合生

釋曰從三法和合生謂根塵識此義可然五根與塵及識共和合同時起故意根已謝與未來現世法塵意識云何得和合即是此三和合謂因果成和合義者或成就一事爲義是一切三於生起觸中最有勝能此中諸師智慧種種起不同有諸師說但和合名觸彼亦引經爲證經云是三法相會和合聚集說名觸有餘師說有別法與心相應名觸彼亦引經爲證經云六六法門何者爲法門內入有六外入有六識聚有六觸聚有六受聚有六愛取有六何以故此經中從根塵識別說觸聚故此中若諸師說惟和合名觸彼救義如此若非爲別說故諸法有別類勿從法入受愛等法成有別類無如此失異受愛等法入有故從三成觸無如此別三於中可執餘爲是於中若有根塵無識爲餘無有別識無有根塵爲餘是故若已說三更說觸則無復義有餘師說非一切眼及色是眼識因非一切眼識是眼色事是故於中若有成因成果此經經云是三法相會和合聚集說名觸彼安立是諸爲觸若諸師說觸異和合云何避誦經異復次由因說果名譬如天上樂地獄苦此言由多立破差別故則成漫說須止此

論阿毗達磨師説觸定是别法於六觸中偈曰

五是有礙觸　第六依言觸

釋曰眼耳鼻舌身觸此五名有礙觸依止有礙根故第六意觸稱依言觸何以故依言者謂名此名是意識長境界故意識得依言稱是故意觸稱依言如經言由眼識但識青不能識此是青若由意識識青亦能識此是青第一觸依止所顯第二觸境界所顯有餘師説意識依言於境生起非五識是故惟此一稱依言與此相應觸稱依言觸故第一依止所顯第二相應所顯復次此六觸更立成三觸偈曰

明無明餘觸

釋曰有明觸有無明觸有異於二觸謂非明非無明觸此觸次第應知偈曰

無流染污餘

釋曰若無流説爲明觸若染污説爲無明觸與明無明相應故餘爲非明非無明觸與二不相應故何者爲餘謂有流善及無覆無記復次無明觸由數數起故取一邊成二觸偈曰

瞋恚貪欲觸

釋曰由與瞋恚貪欲相應故復次由攝一切故偈曰

樂苦捨領三

釋曰復有三觸謂樂受所領觸苦受所領觸不苦不樂受所領觸於樂受等好故復次是領復易領説此名受此受於中有故説爲樂受觸如此苦受觸不苦不樂受觸應知亦爾

若爾此觸應成十六說觸已受今當說此中觸前已說六種偈曰

從此生六受

釋曰六受者眼觸所生受耳鼻舌身意觸所生受於中偈曰

五屬身餘心

釋曰此受從眼觸乃至身觸生有五說名身受依止有色根故心觸生受此一名心受惟依止心故復次若受生爲在觸後爲與觸俱毗婆沙師說一時俱起互爲俱有因故云何俱生二法中能生所生差别得成云何不成無能故於已生法餘法無復能此證與立義不異何以故是時說云何俱生二法中能生所生差别得成於此時中此義亦彼說謂於已生法餘法無復能若爾更互能生故有失是所許故有何失俱有因互爲果此實所許於此經中非所許謂觸與受互爲因果曾聞如此緣眼觸眼觸所生受生不曾聞緣眼觸所生受眼觸生復次是義不然由過能生家法故若法能生此法必别時不得俱譬如先有種後生芽先乳後酪先擊後聲先意後識如此等非不成因果前後差别同時因果亦成譬如眼識等與眼色等四大及四大所造色此中先有根塵後方有識從先有四大四大所造色後時所造色生若執如此復有何難若爾如芽影觸受亦然有餘師說從觸後受生何以故先有根塵次有識是三和合爲觸緣觸後受生於第三刹那若爾於一切識不必有受亦非一切識有觸無如此失何以故以前觸爲因於後觸中受生故一切觸

有受今非道理更起此中云何非道理於二觸中各有境界以先觸爲因於後觸受生别類境界觸所生受應緣别境界起此義云何可然復次是心共受相應此受與心不同境界此義復云何成若爾應立此義是時識成觸此識無受從此後識有受無觸因緣不相應故此執何失若爾大地定義即破謂於一切心十大地必俱此大地定義於何處立於阿毗達磨中立若我等以經爲依不以阿毗達磨爲依佛世尊説汝等應依經行大地義不爾於一切心必有若爾大地義云何地有三謂有覺有觀地無覺有觀地無覺無觀地復有三地謂善地惡地無記地復有三地謂有學地無學地非有學非無學地是故於前三初地若有是名大地若法定於善地中有是法説名善大地若法定於染污地中有是法説名惡大地此法如應相代有非一切時俱起餘師説如此善大地等者由應文句是故彼引今説先不説若從觸後受生汝應救此緣經云依眼緣色眼識生三和合有觸俱生受想故意等經中説俱生不説與觸俱生此何所救若俱必應觸此俱言亦曾見於次第中如經云何修習與慈俱起念覺分故俱言非證是義不然何以故於經中説是受是想是故意是識此法並相雜不相離是故無識與受不相雜此義應思量相雜是何義於此經中亦説如此是所受即是所思是所想即是所想即是所識此義未可解爲決四法境界爲決四法刹那壽命及暖觸俱起中由説相雜言決定刹那成復有經説三

和合名觸云何有識非三和合有三和合非觸是故此義必定應然謂一切識中有觸受等與觸俱起前來多種爭論於事已足本所依義今次當說於前已畧說心受偈曰

此復成十八　由心分別行

釋曰此心受更分成十八由分別十八意行故何者十八心分別行有六喜分別行有六憂分別行有六捨分別行此云何成立若由自性應成三謂喜憂捨分別行若由相應應成一與意識相應故若由境界應成以緣色等六塵故若成立十八必依三於中十五名色等分別行非相雜境界決定緣色等起故三名法分別行有二種心分別行此句何義彼說依意識喜等分別境界餘師說於六塵令意分別行由隨受故於境界中意數數分別行故云何身受不說爲意分別此受不依意不能分別由五識無分別故是故不應爲分別行第三定樂云何不入分別行中攝從初於欲界中無心地樂根故能對治此苦分別行無故若彼但依心地起此義云何經言由眼見色已堪爲喜處即分別行如是等依五識所引意故說如此若實判十八皆以意識爲地譬如不淨觀眼識所引在於心地復次見已乃至觸已由此言說故不可爲難若不見乃至不觸起分別行此亦意分別行若不爾於欲界中緣色界於色等中不應有分別行緣欲界香味觸於色界中分別行亦不應成隨明了道理故如此說若人見色於聲分別行此亦是分別行隨不相濫故說由定判根塵故爲有如此色定爲喜處乃至定爲

捨處不有約相續決定非約境界於分別行中幾與欲界相應於中幾種何法爲境界乃至於無色界亦應如此問偈曰

一切緣欲界

釋曰於欲界中俱有十八是五爲一切境界於中偈曰

有色十二境

釋曰色界十二意分別行境界除六香味分別於彼無此二故偈曰

三後

釋曰境界從上流若無色界但三法分別行境界於彼色等無故說欲界相應已與色界相應今當說偈曰

於二定　十二

釋曰除六憂分別行所餘十二與二定相應云何如此偈曰

行欲界

釋曰若彼緣欲界偈曰

自八境

釋曰此色界若爲自分別行境界但八分別行境界除香味四分別行故偈曰

無色　二

釋曰無色界爲二法分別行境界偈曰

於二定六

釋曰於第三第四定但六捨分別行無餘此六境界偈曰

欲界六

釋曰若緣欲界此成六捨分別行境界偈曰

自四

釋曰若緣自界但四捨分別行境界無香味

故偈曰
餘界一境界
釋曰無色界異下二界故稱餘此惟一法分別行境界說色界相應已與無色界相應今當說偈曰
有四於色邊
釋曰空無邊入道說此名色邊於中有四分別行謂色聲觸法分別行偈曰
行色
釋曰此四緣第四定爲境若人執如此則離四爲境界若人執合第四定爲境界於中但一總境界謂法塵分別行偈曰
一行上
釋曰若道分別行緣無色界起但一謂法塵分別行偈曰
一於本
釋曰若於根本無色界但一法塵分別行無餘此行偈曰
自境
釋曰但緣無色界何以故無色根本定不得取下界爲境界故此義後當顯說如此等意分別行偈曰
諸十八有流
釋曰於中無一分別行是無流故言諸有流何人復幾意分別行共相應若人生於欲界未得色界善心與一切欲界分別行相應與初定二定地八分別行相應與三定四定四分別行相應悉有染污除緣香味境故於無色界與一染污分別行相應若人得色界心未得離欲與欲界一切分別行相應與初定

有十分別行相應有四染汚喜分別行除能緣香味境故有六種捨分別行未來定爲地第二第三第四定及無色界分別行相應應知如前由此道理所餘應自隨判若人已生定地於欲界與一捨法分別行相應謂欲界變化心有餘師說有如此意分別行義如毗婆沙師立於經中見分別行義異於此何以故若人從此地離欲此人不得緣此爲境起分別行是故雖復有流非一切喜等是意分別行若爾以何爲分別行若有染汚若意由彼能分別行於境界故彼名分別行云何分別行或愛著於境或憎惡於境或不簡擇捨境爲對治此三故如來說六恒住法門如經言由眼見色不生喜心不生憂心住捨心有念有智乃至由意知諸法亦如此云何知如此諸阿羅漢人不無世間善緣法喜根若有染汚爲分別行應知此法門爲對治復次喜等成三十六寂靜足由依愛著出離差別故此差別是阿毗達磨所說故此中依愛著皆悉染汚依出離皆悉是善如此有分名受應知有無量差別所餘諸分不復更說云何不說由此義故偈曰

由已說當說

釋曰此中有有分於前已說有有分於後當說此中識者前已說如偈言

識陰對對視　或說爲意入　或說爲七界
謂六識意根

六入者前已說如偈言

此識依淨色　說名眼等根

行有於業俱舍中當說愛取於惑俱舍中當

說

阿毗達磨俱舍釋論卷第七

音釋

佉（丘迦切）　睒（失冉切）　膩（女利切）　唅（胡南切與含同）　飴（盈之切）　也　辮（婢免切交也）

阿毗達磨俱舍釋論卷第八

婆藪盤豆造

陳三藏眞諦譯

分別世間品第三之三

行有於業俱舍中當說愛取於惑俱舍中當說如此緣生若略說惟三謂惑業果類此三義前已顯偈曰

於中愛取惑　如種子及龍　如根樹及糠

釋曰此惑與種子等云何相似譬如從種子芽葉等生如此從惑惑業類生又如池是龍所鎭住處恒不枯涸如此惑龍鎭住生池相續不斷又如樹未被拔根斫斫更生如此未拔除惑根諸道滅滅更起又如樹時時生華生子如此諸惑數數生惑業類又如米爲糠所裹於生有功能非單米如此業爲惑至得糠所裹於一切生有功能非單業如此諸惑應知如種子等偈曰

如有糠米業　及如稻并華

釋曰於前已說惑似糠今說業如有糠米又如稻蕉等以果熟位爲邊如此諸業已熟不更生報又如華於生子中是近因如此業於生果報中最爲近因偈曰

如熟飲食類

釋曰如已熟食及飲一向爲受用不可更轉爲生如此果報類不能於別生中更牽別果報若更牽報無得解脫義如此生相續依因依緣生不過四有謂中有生有先時有死有此四於前已釋偈曰

於四種有中　生有必染污

釋曰此中幾有定不定染污若一向染污惟

是生有由何惑偈曰
由自地諸惑
釋曰若生有在此地一切同地惑皆爲染污於三界無有一惑由此衆生不結生阿毗達磨師説如此染污由大惑不由小分惑由自在故若此位最昧鈍隨有惑先數數起惑最近是時於此位中此惑即起爲染污由先疾利故接中有爲必應知如此染污不偈曰
餘三
釋曰所餘三有即中有等各有三種謂善染污無記於諸有中幾有於何界相應偈曰
無色三
釋曰除中有所餘有何以故無色界非隔别處爲至彼故起中陰於欲色界不數故則知皆具四有如衆生依因依緣生此義已廣説

若衆生已生云何得住偈曰
世間以食住
釋曰有一法世尊自通自知爲他正説謂一切衆生以食爲住經言如此此食有幾種有四種偈曰
段食
釋曰段食者有麤有細細者是中有衆生食以香爲食故及諸天劫初衆生食以無變穢流故此食悉入彼身如油於沙復次若細衆生彼食亦細譬如髮汙蝨等觸食第二作意食第三識食第四此中段食者偈曰
於欲界
釋曰此食於色無色界無由離欲此於彼生故偈曰
以三入爲體

釋曰於欲界香味觸入一切皆名段食作段呑故先以口鼻含之後分分呑故影光焰暉此等云何成食由從多故作如此說此等若非所食能令相續住亦入細食數譬如浴塗等云何色入非食若作段食必約於色偈曰

非色入由此　不利自根脫

釋曰食是何法若能利益自根四大色入者於正食時不能利益自根及四大何況能利益餘根及四大非自境界故有時見色即起樂及喜此色亦非食但緣此爲境能生樂受等觸以此爲食非色復次已得解脫人謂阿那含阿羅漢見可愛飲食無利益故偈曰

觸作意及識　三有流通三

釋曰觸者從三和合生作意者是心業識者是意識此三若有流必是食此三通三界有云何不立無流爲食由立食以能滋長諸有爲義無流生起能滅盡諸有毗婆沙師執如此復次於經中說食義食有四種爲令已生衆生得住及爲愈相續又爲利益尋求生衆生無流法不爾是故非食已生者於道中已生衆生此義易解何者尋求生偈曰

意生尋求生　乾闥婆中有　對有

釋曰世尊以此五名說中陰衆生何以故此衆生從意生故故說意生不取不淨及血所有諸外爲生依故尋求生者欲得生未得故處處尋求生乾闥婆者由食香故以香益身行向於道故對有者對向生處起故如經言對起有礙害自體生有礙害世間由此經言故對有名中陰復有別經言有衆生對有結已盡非生有結此經中有四句復次已生者

謂阿羅漢尋求生者謂有愛衆生復次幾種食令已生住幾種食能滋益尋求衆生生毗婆沙師說一切食皆能爲二事何以故段食亦於有愛衆生令得後有佛世尊說有四食爲病根癰刺老死等緣作意食亦曾見令現生位先舊師說如此有一父遭飢餓難以滿囊灰掛置壁上慰喻二子語云是麨二子數思麨囊得多時安住後時有人爲開彼知是灰失先作意即便命終復次於海中有多人船敗見大浡聚思謂是岸隨往趣彼至已觸之方知是浡失先作意即便命終於別誦中說海中有大身衆生從水登岸於沙上生卵以沙覆之還入海中若母於此卵憶念不忘卵則不壞母若於中忘失憶念此卵即壞經部解不爾勿由他食他食得成若釋應如此於中若卵緣母憶念不忘卵則不壞若忘即壞有餘師說此憶在觸位中云何說食惟四爲不如此耶一切有流法必能滋益有雖然由勝故說偈曰

爲益此身心　能依所依二　能引生別有

次第說後二

釋曰所依者謂有根身爲滋益此身段食爲勝能依者謂心及心法爲滋益此法觸食爲勝如此二食於滋益現世已生有中勝餘復立作意食者於引後有爲勝是所引有從業所熏修識種子生如此後二於引生未生有爲勝是前二食如乳母能將養已生故後二食如生母能生未生故由勝餘故惟立四爲一切所吞分段皆是食不有分段是所吞而非段食此有四句第一句者若吞此分段諸

根壞損害四大第二句者謂餘三食第三句者是所呑分段能滋益諸根增長四大第四句者除前三句如此與觸等如理應各立四句爲有緣觸等得諸根滋益及四大增長是諸亦非食不有謂别地及無流餘句應思若人食此食損食者根大此物亦是食由報初至故何以故段食於二時中作食用若正食時對治本病若消時增益身大毗婆沙師說如此於何道有幾食於一切道有一切食於生亦爾於地獄云何有段食有然赤鐵段爲食洋赤鐵汁爲飲若能損害物亦是食則違前四句亦違分别道理論彼論云何者爲段食若緣此分段滋益諸根增長四大相續得愈及識亦爾廣說如論由約能增益食說故無相違損害食於地獄中亦有食相何以故

此食有能爲暫遮飢渴等病復次有别處地獄如人道有段食故是故段食徧五道中有此義應然佛世尊說若有人施一百離欲欲界外仙人食若有人施一凡夫人食此人在剡浮容林中行於此前施後施福德百千倍勝是何凡夫在剡浮容林中行餘師說住於剡浮洲或云是有福凡夫此執不然由說一故此中何所以施一凡夫食福德多勝施多離欲凡夫若施多凡夫食此福德勝施一凡夫是義可然有餘師說是近佛地菩薩餘師不說此義何以故若施此菩薩福德最多不可稱數若施此人所得福德乃至施百俱胝阿羅漢亦所不及毗婆沙師說有凡夫已得四諦觀决擇分能此中說名在剡浮容林中行此名與義不相稱又不曾於餘處但假安

立此名謂經及阿毗達磨藏等中說剡浮窓林中行必得四諦觀決擇分能是故此是自所分別若爾云何必約菩薩正在剡浮窓林中行故說此言何以故此菩薩於是時與凡夫離欲欲界二義相應故於餘仙人分別令異此菩薩於無邊衆生無量倍勝而執百者由隨前所立此義必應爾何以故由除此人於外仙人格量須陀洹故若不爾應以剡浮窓林中行格量須陀洹說衆生依因依緣生及衆生得住義已衆生死墮義亦已說謂由福盡不由命盡等此義今當說爲於何識正起時衆生得死墮及託生偈曰

斷接善離欲　退及死託生

釋曰斷善根更接善根離欲下界退失上界死生如此六法於意識中成非於餘識由說

此事於意識

生故託中有義亦是所說若約受死生云何偈曰

於捨受死生

釋曰捨命及受生此二心在不苦不樂受中此受昧鈍故餘受則明了於明了識中死生不成於此意識中偈曰

非一無心二

釋曰死及生雖復在意識非一心及無心中何以故若人正在定心無死生義地非同分故功用所成故能爲利益故於無心中亦不得死何以故若無心人則無橫害是時依止若欲起變異是時隨屬依止心必定起現前後方捨命非餘若於受生時無心亦不應然心斷因不有故若離上心惑不得受生故是故於中無心不應道理死有有三種於前已

說偈曰

涅槃二無記

釋曰於威儀心及果報心若於欲界中有果報名捨若無於威儀心般涅槃云何但於無記非餘心中此無記隨順心斷絶由力弱故若人正死於何身分中意識斷滅若一時死身根共意識一時俱滅若人次第死此中偈曰

次第死脚臍　於心意識斷　下人天不生

釋曰若人必往惡道受生及人道天道如此等人次第於脚於臍於心意識斷滅不更受生是名不生謂阿羅漢此人於心意識斷絶有餘部說於頭上何以故身根於此等處與意識俱滅故若人正死此身根如熱石上水漸漸縮減於脚等處次第而滅復次若衆生如此次第捨命於中多衆生爲斫末摩苦受所逼方死云何斫末摩偈曰

斫末摩水等

釋曰末摩者於身有別處如偈言

於身有是處　由隨觸令死　若優鉢羅華
鬚微塵所觸

故知身中有別處若於中被損觸能引令死此身分名末摩此末摩水風火中隨一大若起相乖似利刃斫之即便破壞此不如薪等被斫即斷如被斫即無復動覺故說名斫云何不由地大第四病無故風熱痰三病如次第以風火水大爲上首與外器世界三災相似故是故於内身有三災此斫末摩苦受死者多於此人起謂能數數行斫他末摩事此人必由斫末摩苦受死於諸天中無末摩苦

受死雖然若諸天子應有退墮事先有五種小變異相現一衣服及莊嚴具出不可愛聲二身光闇昧三正浴時水滴住身四本心於塵馳動令住一塵五眼有眴動此五或時不定復有五種大變異相現必不免死一衣服染著塵穢二華鬘萎燥三腋下汗出四臭氣入身五於自坐處不得安坐如此衆生世界如此生住退佛世尊安立屬三聚攝衆生聚有三種一正定聚二邪定聚三不定聚於此中偈曰

正定邪定聚　聖人無間作

釋曰何者爲正欲盡無餘瞋盡無餘癡盡無餘一切惑盡無餘故名爲正經說如此聖者若此人相續中無流道已生故名聖云何名聖從惡墮法能遠出離故名聖由至得必定永離滅果故如此等人由於惑盡定故故名正定若人已得解脫分能善根必定涅槃爲法云何不立爲正定此人後當墮於邪定此人不由時定定於正中譬如七勝等何者爲邪地獄畜生鬼神道說此名邪此中作無間業人於地獄道中定故說名邪定若異二定所餘非定此義自成是三聚觀因緣屬二不屬二說衆生世界已器世界今當說偈曰

此中器世界　說於下依住　深十六洛沙風輪廣無數

釋曰三千大千世界諸佛說深廣謂依於空住下底風輪由衆生增上業所生此風輪厚十六洛沙由旬縱廣無復數堅實如此若大諾那力人以金剛杵懸擊擲之金剛碎壞而風輪無損於風輪上偈曰

水輪深十一　復有二十千

釋曰於風輪上由衆生業增上諸雲聚集雨雨滴如大柱此水輪成深十一洛沙二萬由旬云何於中水輪不傍流散由衆生業增上力故譬如所食所飲是諸食飲若未消時不墮熟藏餘師說如此或如食道理故由風所持故不流散餘部說如此復次此水由衆生業勝德所生有別風大吹轉此水於上成金如熟乳上生膏偈曰

水厚八洛沙　所餘皆是金

釋曰所餘有幾許三洛沙二萬由旬是名金地輪在水輪上水輪并金地輪厚量已說偈曰

徑量有三千　復有四百半　有十二洛沙

水金輪廣爾

釋曰此二輪徑量是同偈曰

若周圍三倍

釋曰若以邊量數則成三倍合三十六洛沙一萬三百五十由旬金地輪在水上於此地中偈曰

須彌婁山王　由乾陀羅山　伊沙陀羅山

佉持羅柯山　修騰娑那山　阿輸割那山

毗那多柯山　尼旻陀羅山

釋曰如此等山依金地輪上住八大山中央有須彌婁山所餘山繞須彌婁住一由乾陀羅二伊沙陀羅三佉持羅柯山四修騰娑那五阿輸割那六毗那多柯七尼旻陀羅此須彌婁山七山城所圍最外山城名尼旻陀羅偈曰

於四大洲外　復有輪圍山

釋曰於第七山外有四大洲於四大洲外復有鐵輪圍山由此山故世界相圓如輪於中偈曰

七金此是鐵

釋曰由乾陀羅等七山皆金所成此最外圍山惟鐵所成偈曰

四寶須彌婁

釋曰約四邊次第金銀瑠璃玻瓈柯四寶所成諸邊隨能成寶類光明故於諸方中空色顯現似於本寶對剡浮洲須彌婁邊瑠璃寶所成由此寶光映故見空青色似於瑠璃復次云何如此等寶得生於金地上復有諸雲雨水滴如車軸此水爲種種種子胎藏有種種威德差别風吹變此水轉成種種類寶如此轉變爲生别種類事總别由不先有及不並有道理能作因緣不同僧佉外道所立轉變義僧佉轉變者此物先已住轉成别法若爾有何失此有法不可解此法已住由有於中分别諸餘法何人說如此從法有法異此法類不異惟成異相說名轉變若爾亦非道理云何非道理此物即是即此不是先未曾有此言說道理如此方便金等諸寶已聚集生有别風由業威力所起此風能引取諸寶集在一處即成山成洲所取處成内外海須彌婁等山鐵輪圍爲後偈曰

入水八十千

釋曰於金地上有水深八萬由旬此中諸山次第入中偈曰

此山出水上　亦八萬由旬

釋曰如此須彌婁山高一十六萬由旬偈曰

八山半半下
釋曰由乾陀羅山從水上高四萬由旬半下須彌婁山半沙陀羅山半下由乾陀羅山如此於諸山應知次第半下乃至鐵輪圍山半下尼旻陀羅山高三百一十二半由旬偈曰
髙廣量平等
釋曰如諸山從水上髙量廣量亦爾偈曰
其中間七海
釋曰尼旻陀羅最爲後於彼中間有七海徧滿八功德水此水冷美輕輭清香飲時不噎逆於喉飲已利益内界不損於腹此七海中初海八十千
釋曰由乾陀羅内是第一海廣八萬由旬偈曰

説此名内海
釋曰海有二種一内二外此二山内海偈曰
一一邊三倍
釋曰已説此海廣八萬由旬若約乾陀羅内邊數一一邊三倍此廣合成二洛沙四萬由旬偈曰
餘海半半狹
釋曰由乾陀羅伊沙陀羅此二山中間是第二海半狹初海廣四萬由旬半第二廣爲第三由此半半狹應知餘廣量乃至第七廣一千二百五十由旬長量不説由多量差別出故偈曰
所餘名外海
釋曰何者爲餘尼旻陀羅鐵輪圍二山中間名外大海此海鹹徧滿鹹烈味水此海約由

旬數廣偈曰

三洛沙二萬　及二千

釋曰大海量如此偈曰

於中

釋曰有四大洲對須彌婁四邊偈曰

剡浮洲二千　三邊相如車

釋曰於此海中剡浮洲一邊二千由旬三邊等量其相似車於此洲中央從金地上起金剛座徹剡浮洲地與上際平一切菩薩皆於中坐修習金剛三摩提何以故更無餘依止及處能堪受此三摩提偈曰

一三由旬半

釋曰此第四邊廣量三由旬半是故此洲似車相偈曰

東洲如半月

釋曰從此洲向東對須彌婁邊有洲名弗婆毗提訶出海上其相如半月若約邊量偈曰

三邊如

釋曰此洲三邊如剡浮洲三邊量各二千由旬偈曰

一邊　三百半由旬

釋曰是第四邊廣三百五十由旬偈曰

瞿陀尼相圓　七千半由旬

釋曰從此洲向西對須彌婁邊有洲名阿婆羅瞿陀尼洲邊量七千五百由旬此洲相圓如滿月偈曰

徑量二千半

釋曰中央廣二千五百由旬偈曰

鳩婁八千等

釋曰從此洲向北對須彌婁邊有洲名鬱多

羅鳩婁洲邊量八千由旬四角畟方相似比陀訶四邊量等如一邊二千由旬餘邊亦爾無微毫增減隨諸洲相於中住衆生面相亦爾此四洲中間有諸別洲起諸洲何名何處偈曰

二提訶鳩婁　遮摩羅遮羅　中間有八洲
捨訶北瞞陀

釋曰此中有八洲一提訶二毗提訶屬東毗提訶是彼類故又有二洲一鳩婁二高羅婆屬北鳩婁是彼類故復有二洲一捨陀訶二鬱多羅瞞陀屬西瞿陀尼是彼類故復有二洲一遮摩羅二阿婆羅遮摩羅屬剡浮洲是彼類故此諸洲皆是人所住處惟阿婆羅遮摩羅一洲是羅剎住處偈曰

此中向北地　九山邊雪山

釋曰此剡浮洲中向北地有三黑山度三黑山復有三黑山度三黑山復有三黑山此山悉下故名蟻山九山北邊有雪山從雪山向北地偈曰

香雪二山間　五十由旬池

釋曰雪山北邊香山南邊此處最勝其中有池名阿那婆怛多從此池流出四大河一恒伽二辛頭三私多四薄搜此池縱廣各五十由旬徧滿八功德水非人所行處若有通慧人乃可得行此池南邊山高二十五由旬北邊山高五十由旬此二山雜物所成從香山北邊最勝處有巖名難陀七寶所成縱廣各五十由旬惟是象王所住處從此度六國土及度七重林七重河度第七河更有二林形如半月此林北生剡浮樹此樹高百由旬此

樹子若熟味美無等由此樹最高子味最美故洲因此立剡浮名地獄在何處其數量復云何偈曰

向下二十千　阿毗指廣爾

釋曰於此剡浮洲下二十千由旬有地獄名阿毗指深廣各二十千由旬若從底向上四十千由旬於中苦受無間故名阿毗指何以故於餘地獄苦受有間如更活地獄中衆生身已被斫破及撞擣有冷風吹其還生故名更活地獄阿毗指中無如此事有餘師說於中無樂間苦故名無間何以故於餘地獄雖無樂果報不遮等流果故偈曰

上有七地獄

釋曰從此阿毗指地獄上有七種地獄次第重累一大燒二燒三大叫喚四叫喚五聚磕六黒繩七更活餘部說此七地獄在阿毗指地獄四邊此八地獄偈曰

此八十六園

釋曰此一切地獄各各有十六園佛世尊說

如此八地獄　我說難可度　滿極惡業人
各有十六園　四面有四門　害具及量等
鐵城所圍繞　六方皆鐵板　鐵地悉燋熱
猛火恒洞然　無數百由旬　徧滿焰交徹

何者爲十六園偈曰

熱灰及死屍　刃路等烈江　於彼四方異

釋曰此八地獄四面各各對門有四種園一熱灰園深皆没膝衆生於中若下脚血肉即皆爛盡如蠟滴赤鐵上舉脚血肉還生二死屍園此園死屍徧滿地皆是糞於中有蟲名攘鳩多身白頭黒口利如針破彼衆生皮肉

及骨噉食其髓三刀刃路園有大路徧密有利刀刃衆生於中若下脚血肉皆斷壞舉脚血肉還生復有劒葉林園於中有赤利劒等仗風吹墮落斫刺彼衆生身及身分復有鐵鉆摩利林利刺長十六寸於中衆生或上或下若上刺頭則向下若下刺頭則向上刺彼衆生身血肉皆盡於中復有烏色及駮色狗各取彼衆生食之復有鐵觜烏啄食彼衆生心眼此刀刃路等三衆生同爲仗所害故合爲一園四烈灰汁江園江名鞞多梨尼徧滿極熱烈灰汁水衆生若入其中於兩岸上有人捉劒槊叉等仗遮斷不令得上衆生在中或涌向上或沉入下或傍廻轉被蒸煮熟譬如大鑊滿其中水下然猛火於中有米豆麻麥等被蒸煮熟彼衆生亦爾此江園似大地獄塹此四園由方有異故成十六是最極殺害困苦事處故名園有餘師說從地獄內出入彼更沒於苦故名園從問更生別問此地獄卒爲是衆生爲非衆生說非衆生若爾彼云何行動由衆生業譬如成世界風等若爾云何大德達磨須部吼底說偈曰

恒瞋最麤業　於惡起愛樂　見他苦生樂
必作閻摩卒

是彼獄卒由王教擲衆生於地獄中故說彼爲閻摩王羅剎非前能作殺害事立爲衆生餘部說彼悉是衆生若爾此業復於何處受報當於此處受報何以故彼由宿惡業報故於此處生於中更作惡業即於中受報若爾作無間業衆生所受果報處彼在其中何法遮令不受此報云何彼在火中而不被燒汝

作如此思不業爲彼屬火故不被燒生於此中與餘不異云何爲卒如此八種說名熱地獄偈曰

八寒頞浮等

釋曰復有餘八寒地獄一頞浮陀二尼剌浮陀三阿吒吒四阿波波五漚睺睺六鬱波羅七波頭摩八分陀利柯於此八中衆生極寒所逼由身聲創變異相故立此名此八是剡浮洲下大地獄傍剡浮洲如此廣量云何於中得容阿毗指等地獄處諸洲向下廣譬如穀聚是故大海次第漸深如此十六地獄一切衆生增上業所起有別處地獄由衆生自業所起或多人共聚或二人或一人此別地獄差別多種處所不定或在江邊或在山邊或在曠野或在餘處地獄器本處在下畜生行處有三謂地水空大海爲本處從海行於餘處鬼神以閻摩王處爲本處此王處於剡浮洲向下深五百由旬有大國土縱廣亦五百由旬是鬼神本所住處從此本處散行餘處於鬼神道中有大福德業神通受用富樂如天上所餘諸鬼神如餓鬼本業經說復次日月在於何處在於風中何以故是風於空中由衆生共業增上所生繞須彌婁山轉如水洄洑能制持日月及星從此洲向上日月行高幾由旬偈曰

日月彌婁半

釋曰與由乾陀羅山頂齊彼行如此月日量云何偈曰

五十一由旬

釋曰月輪徑五十由旬日輪徑五十一由旬

諸星輪量若最小徑一俱盧舍若最大徑十六由旬日輪下面外邊玻瓈柯寶所成皆是火珠此寶能炙能照月輪下面外邊月愛寶所成皆是水珠此寶能冷能照由衆生業於眼身果華穀苗草藥等損益中如應有能於四洲中惟一月能作損益事一日亦爾此一日於四洲爲俱能作日所作事不爾云何不爾於中偈曰

夜半日没中　日出同一時

釋曰若於北鳩婁正半夜是時於東毗提訶日正没於剡浮洲日正中於西瞿陁尼日正出於餘處例皆如此於此洲中由日行有差別夜刹那有時增有時減日刹那亦爾此中復偈曰

雨際二後九　夜則漸漸長

釋曰雨時第二月第二半第九日從此去夜漸漸長偈曰

寒際第四月　夜短

釋曰於冬時第四月第二半第九日從此去夜漸短偈曰

日翻此

釋曰是時夜若增是時日即減是時夜若減是時日即增幾量增幾量減偈曰

日夜長羅婆

釋曰夜若增增一羅婆日增亦爾此增次第應知偈曰

日行南北時

釋曰若日行剡浮洲南邊夜則長若日行剡浮洲北邊日則長於白半初云何見月輪不圓此有何因偈曰

由自影近日　故見月不圓

釋曰若月宮殿行近日宮殿是時日光侵照月宮殿由此日影覆月餘邊是影顯月輪不圓分別世經說如此先舊諸師說日月行相應有如此有時見不圓及半復次日等宮殿何衆生於中住四大天王所部天此諸天爲惟住此中更有別處若住宮殿惟住此處若依地住在須彌婁山諸層中住此山有幾層一一層其量云何偈曰

山王層有四　相去各十千

釋曰須彌婁山從水際取初層中間相去十千由旬乃至第四層相去亦爾由此四層山王半量層層所圍繞此四層次第出復有幾量偈曰

十六八四二　千由旬傍出

釋曰初層從須彌婁傍出十六千由旬第二八千第三四千第四二千由旬出何衆生得住此中偈曰

俱盧多波尼　持鬘恒醉神　諸四大王天

釋曰有夜叉神名俱盧多波尼住初層復有諸天神名持鬘住第二層復有天神名恒醉住第三層如此等皆是四大王天軍衆四天王自身及餘眷屬住第四層如於四層中四大王天眷屬住偈曰

於餘山亦爾

釋曰於由乾陀羅等七山小大國土四大天王所餘眷屬住皆徧滿是故四天王天衆皆依地住三十三天住須彌婁頂偈曰

三十三住頂　縱廣二十千

釋曰於須彌婁山上帝釋及三十二天住此

最勝處此處縱廣云何有餘師說一一邊各八萬由旬如下際此名最勝處有餘師說於須彌婁頂中央一一邊各二萬由旬周圍八萬由旬爲最勝處三十三天於其中住偈曰

方角有四峯　金剛神所住

釋曰須彌婁四維各有一峯此峯徑五百由旬高量亦爾有夜叉神名金剛手於此中住守護諸天此須彌婁頂偈曰

中央二千半　高一由旬半　有城名善見

金軟多愛相

釋曰須彌婁山王頂中央有大城名善見縱廣各二千五百由旬高一由旬半皆金所成百一種類寶之所莊飾城地亦爾地觸柔軟猶如綿聚下足即没舉足還滿此城是帝釋所都之處偈曰

一邊二百半　皮闍延多殿

釋曰天帝釋所住宮殿在大城中央名皮闍延多由種種寶類所莊飾故此處最勝能映奪諸天宮殿可愛相貌此殿縱廣各二百五十由旬於大城内有如是等最勝可愛相偈曰

外衆車惡口　雜喜園莊嚴

釋曰城外四面最勝可愛處有四種園是諸天所遊戲處一衆車園二惡口園三相雜園四歡喜園此園於外莊嚴大城偈曰

中二十由旬　四善地四方

釋曰衆車等園四方各有别處名善地中間相去二十由旬是諸天最勝希有遊戲處如互相妬生可愛想餘園所不及大城外邊偈曰

東北波利園　西南善法堂

釋曰天中有樹名波利闍多是三十三天欲塵遊戲最勝處樹徑五由旬高百由旬枝葉至杪四邊各出五十由旬周圍覆三百由旬住此樹華開敷時香順風熏滿百由旬香逆風熏滿五十由旬若順風熏此乃可然說逆風熏云何可信有餘師說不過樹界故說此言何以故無香得逆風熏故有餘師說此一樹華香威德有如此事謂天上調和香風所遮隔此香猶相續不斷餘香若爲風所吹則漸歇薄乃至都盡是故餘香去不得遠相形比勝餘樹故說此言華香相續爲依止自四大能熏餘處爲但熏風不出餘處此中無定諸師許有二種若爾云何世尊說此偈

華香非能逆風熏　根實諸香亦皆爾

善人戒香逆風熏　正行芳流徧國界

依人中香氣故說此偈何以故此香是世間共知無如此能如彌沙塞部說此香順風熏百由旬逆風熏五十由旬有諸天集會堂名善法對大城西南角諸天於中坐論量世間應作不應作事四大天王及三十三天安立器世其相如此偈曰

從此上宮殿　天住

釋曰三十三天上各有宮殿所餘諸天依其中住何者所餘謂夜摩兜率多化樂他化自在梵衆等如前所說合有十六處如此若畧說合二十二部諸天所此等皆有別器世界偈曰

六受欲

釋曰於二十二中有六欲界天能受用塵欲

非餘謂四大王天乃至他化自在天此六天
偈曰
身交抱捉手　笑相視爲婬
釋曰依地住相應故皆二身交爲婬謂四大
王天及三十三天與人道不異是諸天由風
出故心熱即息以無不淨故夜摩天以相抱
爲婬心熱即息兜率陀天以捉手爲婬化樂
天以共笑爲婬他化自在天以相視爲婬一
切欲天同以二身交爲婬後相抱等四從譬
時量得名分别世經說如此向上諸天如欲
塵次第轉勝妙欲樂亦爾向上轉重於男天
膝上及女天膝上若有童男童女天生此童
男童女即是二天之子初生身量云何偈曰
譬五年乃至　譬十年初生　生中
釋曰次第於六欲天處第一天新天子如人
中五歲童子乃至第六天新生天子如人中
十歲童子此新生天子速得身量圓滿成就
偈曰
皆具根　有衣色界爾
釋曰色界諸天具足身量衣裳被服自然著
體以慙羞重故一切天同中國語說婆羅門
言於欲界中此義應知偈曰
於欲生有三　欲界天及人
釋曰云何三有諸衆生自然至得欲塵於自
然得欲塵中作增上自在如諸人及諸餘天
諸餘天者謂前四部天有諸衆生化作欲塵
於化作塵中作增上自在謂化樂天有諸衆
生他化作欲塵於他化作欲塵中作增上自
在謂他化自在天此生由能受用如自然生
塵故由能受用如意自所化作塵故由能受

用如他化作塵故約此欲塵故欲界生有三於色界中偈曰

樂生亦有三　於三定九地

釋曰於三定中有九地是名三種樂生何以故是諸天由離生樂由定生樂由離喜生樂長時安樂住無苦長時樂故故名樂生於初定中間生無喜樂故是樂生應思是諸天二十二處如前所說從下向上相去幾許是一切處不可皆以由旬數量其遠近雖然偈曰

如此至彼量　向上例皆爾

釋曰從剡浮洲等向上處從此處向剡浮洲等如相去量從此處向上相去量亦爾如第四層四大天王所住處四萬由旬從此如向剡浮洲相去量從此向三十三天亦爾從三十三天向剡浮洲相去量從此向夜摩天亦爾從夜摩天向剡浮洲相去量從此向兜率多天亦爾如此一切廣例皆爾乃至從善見向剡浮洲相去量從此向阿迦尼師吒亦爾從阿迦尼師吒向上無復餘處由此義故此處勝於餘處無處勝於此處故名阿迦尼師吒有餘師說此處名阿迦尼師吒色聚集住名阿迦此處究竟名尼師吒復有餘師說此處名阿也尼師吒謂所行究竟生下處衆生爲得往上地見上地宮殿不偈曰

下天無能昇　離通慧依地

釋曰三十三天或由通慧得往夜摩天或由依他故得往謂有通慧人所引接或由上天所引接所餘諸天亦爾若諸天生在上地來下界下地得見上天若往上地則無所見以非其境界故如不能覺上地觸於見色亦爾

是故彼不由自身來雖然由作下地化身故來下地故下地隨意得見上地隨意得見下地餘部說如此

阿毗達磨俱舍釋論卷第八

音釋

浡蒲没切水沫也　臍前西切肚臍也　痰徒甘切病液也　眴舒閏切目動也　鬘莫班切　萎於危切蔫也　噎一結切食窒氣不通也　畟初力切方也　瞞謨官切　鉆知林切與砧同　駮北角切色不純也　槊所角切矛屬　洄洑洄音回洑音伏洄洑水漩流也

阿毗達磨俱舍釋論卷第九

婆藪盤豆造

陳三藏眞諦譯

分別世間品第三之四

復次夜摩等天宮其量云何上四天如須彌婁山量餘部說如此復有餘師說向上倍倍廣復有餘師說初定地量同一四洲世界第二定地量同小千世界第三定地量同二千世界第四定地量同三千世界復有餘師說初定等三地量同一千等世界第四定無復量復次何義名小千世界二千世界三千世界偈曰

四洲及月日　須彌婁欲界　梵處各一千

名小千世界

釋曰一千剡浮洲乃至一千北鳩婁一千月日一千須彌婁山一千四大王天乃至一千他化自在天一千梵處說此名小千世界偈曰

千倍此小千　二千中世界

釋曰更千倍小千世界名二千中世界偈曰

千倍三大千

釋曰更千倍二千中世界名三千大千世界如此一切偈曰

共同一壞成

釋曰如此等世界同有小大三災此大千世界同壞同成此義後當廣說如器世界量不同於中住衆生身量亦有差別不有此中偈曰

剡浮洲人量　四肘三肘半

釋曰剡浮洲人從多身長三肘半或有人長

四肘偈曰
後後倍倍增　東西北洲人
釋曰東毗提訶人身長八肘西瞿陀尼人身長十六肘北鳩婁人身長三十二肘若天云何偈曰
身量四分增　乃至俱盧舍　半欲界
釋曰四天王天身長一俱盧舍四分之一三十三天身長四分之二夜摩天身長四分之三兜率多天身長四分化樂天身長五分他化自在天身長一俱盧舍半偈曰
色界　初長半由旬　次第
釋曰色界諸天於初處梵衆天身長半由旬從此次第偈曰
半半增
釋曰於三處半半增梵先行天身長一由旬大梵天身長一由旬半少光天身長二由旬偈曰
向上從少光　上身倍倍增　唯無雲減三
釋曰無量光天身長四由旬徧光天身長八由旬如此倍增由旬乃至徧淨天身長六十四由旬無雲天倍增減三由旬身長一百二十五由旬從此後福生等天更倍增乃至阿迦尼師吒天身長十六千由旬身量向後有如此差别壽量亦有差别不有偈曰
北鳩婁千年　於二離半半
釋曰北鳩婁人定壽千年於西東二洲壽量半半減西瞿陀尼壽五百年東毗提訶壽二百五十年偈曰
此不定
釋曰於剡浮洲壽量不定有時極多有時極

少多少云何偈曰
最後　十歲
釋曰此壽漸減最後唯有十歲偈曰
初叵量
釋曰劫初生衆生壽命不可量由千等數不能計量故說人壽已今當說天壽若先安日夜方得計諸天壽天日夜云何偈曰
人中五十年　彼天一日夜　欲下天
釋曰人中五十年於欲界最下天謂四大王天是一日一夜偈曰
以此　彼壽五百年
釋曰以此三十日夜立爲一月以十二月立爲一年以此五百年爲彼天壽量偈曰
向上後倍增
釋曰上地諸天倍增爲日夜以此日夜計彼壽量彼壽云何人中一百年是三十三天一日一夜以此日夜一千年爲彼天壽量應知夜摩天等次第如此人中二百四百八百千六百爲彼一日一夜以此日夜二千四千八千十六千天年次第爲上天壽量從由乾陀羅向上無日月諸天云何安立日夜用光明事云何得成由華開合謂俱牟頭華波頭摩華等諸鳥有鳴不鳴睡有來去以此等事判日夜用光明事者身自然光不須外光說欲天壽量已偈曰
色界無日月　由劫判彼壽　劫數如身量
釋曰於色界中若有諸天身量半由旬壽量則半劫若身量一由旬壽量則一劫如此彼身隨由旬數彼壽量劫數皆隨身量乃至阿迦尼師吒天以十六千大劫爲壽量偈曰

無色二十千　劫後二二增

釋曰於空無邊入壽量二十千劫識無邊入更增二十千劫無所有入更增二十千劫有頂更增二十千劫此壽量二十四十六十八十千劫此中應知云何爲劫爲是別劫爲是壞劫爲是成劫爲是大劫偈曰

從少光大劫　從此下半劫

釋曰從少光梵處應知壽量約大劫從此下半大劫說名劫以分別大梵等壽量云何如此是時世間二十別劫成二十別劫成已住二十別劫散集是六十別劫於大梵處說名爲一劫半分別如此已是半劫謂四十別劫立爲一劫說彼壽量說善道壽量已惡道壽量今當說偈曰

與欲界天壽　日夜次第等　於更活等六

壽量如欲天

釋曰如所說六欲天壽量於六地獄日夜應知次第皆等六者謂更活黒繩聚磕叫喚大叫喚燒然於彼由句日夜等六欲天壽量應知於彼壽量亦等六天壽量云何如此所說四天王壽量於更活地獄是一日一夜以此日夜立月立年以此五百年爲其壽量三十三天壽量於黒繩地獄是一日一夜以此日夜於中壽量足一千年如此於餘處次第應知乃至他化自在天壽量於燒然地獄是一日一夜以此日夜於中壽量足十六千年偈曰

於大燒半劫　阿毗指別劫

釋曰於大燒然地獄壽量半別劫於無間地獄壽量足一別劫於畜生壽量無定偈曰

畜生極別劫
釋曰若畜生中最極長壽但一別劫謂諸龍難陀優波難陀阿輸多利等何以故佛世尊說比丘有八部龍名大龍皆一劫住持於地輪廣說如經偈曰
鬼日月五百
釋曰人中一月於鬼神是一日夜以此日夜壽量五百年於寒地獄壽量云何偈曰
從婆訶百年　除麻盡爲壽　頞浮陀二十倍倍後餘壽
釋曰約譬諭佛世尊說寒地獄壽量如經言比丘譬如此中二十佉黎是摩伽陀量一婆訶麻徧滿高出從此有人一百年度除一粒麻比丘如此二十佉黎一婆訶麻由此方便我說速得減盡我未說於頞浮陀生衆生壽量得盡比丘如頞浮陀壽量更二十倍爲尼剌浮陀壽量乃至比丘二十倍波頭摩壽量爲分陀利柯壽量如此等壽量爲有未具足於中間死不一切處有偈曰
除鳩婁中天
釋曰於北鳩婁洲一切人壽量皆定必具壽量盡方得捨命於餘處壽命不定若約別人於中間多不得死謂住兜率多天一生補處菩薩最後生菩薩佛所記佛所使信行法行菩薩母轉輪王母正懷胎如此等由旬量說處所及身量已由年量說壽命量已此二齊量未說如此一切用名分別此名窮量亦應顯說爲說此三是故初立方便偈曰
鄰虛字剎那　色名時最極
釋曰若分分析色極於鄰虛故鄰虛是色極

量時量亦爾極於刹那名量亦爾極於輕字
如伊(短音)復次刹那者何量若因緣已具足隨
時法得一生是時名刹那復次是法若行度
一鄰虛是時名刹那復次若有强力丈夫一
彈指頃經六十五刹那阿毗達磨師說如此
於此中偈曰
七鄰虛阿耨　鐵塵水兎羊　牛隙塵蟣蝨
麥指節應知　後後七倍增
釋曰以鄰虛爲初應知後後皆七倍增七鄰
虛爲一阿耨七阿耨爲一鐵塵七鐵塵爲一
水塵七水塵爲一兎塵七兎塵爲一羊塵七
羊塵爲一牛塵七牛塵爲一隙光中塵七隙
光中塵爲一蟣七蟣爲一蝨七蝨爲一麥七
麥爲指一節三節爲一指是世間所解故偈
中不說若横並指偈曰

二十四指肘　四肘名一弓　五百俱盧舍
此名阿練若
釋曰十二指爲一磔手二十四指爲一肘四
肘名一尋亦名一弓五百弓爲一俱盧舍亦
名村亦名阿練若偈曰
此八一由旬
釋曰此八俱盧舍爲一由旬說由旬量已年
量今當說偈曰
百二十刹那　怛刹那
釋曰一百二十刹那爲一怛刹那偈曰
六十　說名一羅婆
釋曰六十怛刹那說名一羅婆偈曰
後三三十增　是一牟休多　及一日夜月
釋曰三十羅婆爲一牟休多三十牟休多爲
一日夜夜有時長有時短有時等三十日夜

爲一月偈曰

十二月一年　一年共減夜

釋曰寒際有四月熱際有四月雨際有四月如此十二月立爲一年共減夜何以故有六減夜入一年中云何如此

寒熱雨三際　中月半已度　於餘半月中

智人知減夜

說年量已劫量今當說偈曰

說劫有多種

釋曰別劫壞劫成劫大劫此中偈曰

壞劫地獄盡　乃至器世滅

釋曰於諸地獄中從無復衆生乃至器世界滅是名壞劫何以故壞有二種一道壞二界壞復有二種壞一衆生壞二器世界壞有如此時於此時中地獄衆生但死無復受生此時是壞劫之初是時世間二十別劫成已住此住劫應知已度更二十別劫世間應壞是壞此時應知次第復至若是時於地獄中無一衆生爲餘由此時量世間已壞由地獄壞故於此時中若衆生有定業必應於地獄受報未盡業引此衆生於餘世界地獄受報畜生壞劫鬼神壞劫亦應作如此說住大海畜生先壞共人行畜生後壞復有如此時於人道中隨有一人自然無師法爾所得修入初定此人從初定出說如此言善人從離生喜樂最美妙善友從離生喜樂微細寂靜餘人聞此言復各修學此定如此等人捨命後皆生梵處若是時於剡浮洲無一衆生爲餘由此時量世間已壞由剡浮洲壞故如此東毗提訶西瞿陁尼北鳩婁壞亦應作如此說若

是時於人道無一人爲餘由此時量世間已壞由人道壞故北鳩婁人捨命生欲界天於自地中無離欲故如此於四大王天修習初定已生於梵處若是時於四大王天無一天爲餘由此時量世間已壞由四大王天壞故如此乃至他化自在天壞亦應作如此説若是時於欲界天無一天爲餘由此時量世間已壞由欲界壞故於梵處隨一衆生法爾所得修入第二定從此定出説如此言此樂最美妙謂定生喜樂此樂最寂靜謂定生喜樂餘人聞此言復各修學此定如此等天捨命後皆生徧光天處若是時於梵處無一衆生爲餘由此時量世間已壞由衆生壞故是時器世界皆空從此時初定道所起能感器世界業悉已謝滅七日次第出乃至燒大地及諸須彌婁山無復餘從此猛火風吹光燄上燒梵處如此光焰應知是初定地同類何以故若災非同類則不能壞由相應發故説此火能燒何以故是欲界火能接色界火故此義於餘災如理應知亦爾從地獄中由衆生死不更生乃至器世界盡經如此時説名壞劫偈曰

成劫先於風　乃至地獄有

釋曰從初風起乃至於地獄有衆生是名成劫何以故世間如此已壞惟空爲餘於長時住乃至後衆生業壞上故諸世界器先相初起謂於空中有微細風漸漸而動是時世間二十別劫壞已住此壞劫應知已度更二十別劫世間應成此成是時應知次第復至從是時諸風漸漸增大乃至成就如前所説風

輪如前所說次第事一切皆成謂水輪及大地金地輪乃至諸洲須彌婁山等初成大梵天宮殿次第乃至成夜摩天宮殿從此後風輪起由此時量應知世間已成由器世界成故是時隨有衆生應作大梵王從徧光天墮於大梵宮殿受生餘諸衆生從彼次第墮有生梵先行處有生梵衆處有生他化自在處如此次第乃至於北鳩婁西瞿陀尼東毗提訶剡浮洲鬼神道畜生道地獄道處受生此是法爾謂後世間壞先世間成是時若一衆生於地獄處受生由此時量世間二十別劫已成此成劫應知已度更二十別劫世間應住此住是時應知次第復至偈曰

別劫從無量　乃至成十歲

釋曰從世間初成十九別劫於無量壽時中已度此無量壽衆生壽命漸減乃至十歲世間已成及住是住初別劫偈曰

初下一別劫　次上下十八

釋曰從此初住後有十八上十八下爲十八別劫云何如此從此十歲衆生壽命若轉增上乃至八萬歲復轉減下乃至十歲是第二別劫如此乃至十八偈曰

後上一別劫

釋曰最後一上別劫即住劫第二十別劫如此若下從八萬乃至十歲若爾增上至幾量爲究竟偈曰

乃至壽八萬

釋曰過此無復上於十八劫中如一上一下時量初住下劫時量亦爾最後上劫時量亦爾是故一切時量平等偈曰

世間如此成　住經二十劫
釋曰由此別劫道理世間二十別劫成已住
如成住時量於如此等時偈曰
劫成及破壞　壞住皆平等
釋曰二十別劫世間成二十別劫世間壞二
十別劫壞已空住雖於此三時無上下量劫
然此劫量皆平等若筭數平等故此中由一
別劫器世界成由十九別劫此處成所住由
一別劫器世界被離由十九別劫器世界空
無衆生如此別劫有四種二十合成八十偈
曰
八十名大劫
釋曰若大劫其量如此此劫以何法爲自性
五陰爲自性於經中說由劫三阿僧祇諸佛
得無上菩提果此三阿僧祇於四劫中爲是
何劫此中所說是大劫以此偈曰
大劫三僧祇
釋曰由三劫阿僧祇所求佛果方成阿僧祇
既無數邊三數云何成不應如此知若爾云
何雖然有六十數處名一阿僧祇於餘經中
說如此何者爲六十有第一數無第二數是
處名第一十此第一名第二處十第二處名
百十百名千十千名萬十萬名洛沙十洛沙
名阿底洛沙十阿底洛沙名俱胝十俱胝名
末持訶十末持訶名阿由多十阿由多名摩
訶由多十摩訶由多名那由多十那由多名
摩訶那由多十摩訶那由多名波由多十波
由多名摩訶波由多十摩訶波由多名鬱僧
伽十鬱僧伽名摩㓹僧伽十摩㓹僧伽名婆
訶那十婆訶那名摩訶婆訶那十摩訶婆訶

那名知知婆十知知婆名摩訶知知婆十摩訶知知婆名醯兜十醯兜名摩訶醯兜十摩訶醯兜名柯羅婆十柯羅婆名摩訶柯羅婆十摩訶柯羅婆名因陀十因陀名摩顯陀十摩顯陀名婆末多十婆末多名摩訶婆末多十摩訶婆末多名伽知十伽知名摩訶伽知十摩訶伽知名紙婆十紙婆名摩訶紙婆十摩訶紙婆名物陀十物陀名摩訶物陀十摩訶物陀名婆羅十婆羅名摩訶婆羅十摩訶婆羅名社那十社那名摩訶社那十摩訶社那名毗休多十毗休多名摩訶毗休多十摩訶毗休多名婆洛沙十婆洛沙名摩訶婆洛沙十摩訶婆洛沙名阿僧祇中間（八處忘失）如此大劫次第數至第六十處說名一阿僧祇度一更如此數名第二第三亦爾故說三阿僧祇非一切方便所不能數故名阿僧祇衆生先已發願云何復須此最長時修行方得無上菩提如此事云何不應有何以故由大福德智慧資糧行由六波羅蜜百萬難行道於大劫三阿僧祇中無上正覺果諸菩薩方得若由別方便有解脫理何用久修此大難行道爲他故須如此大功用云何我等從大苦流有能爲拔濟他由此意故他久劫修行由他利益於已有何自利是已自利謂他利益是已所樂故若此事今何人能信此事實難可信若人荷負自身爲重於他無慈悲若具智慧慈悲人此事易信譬如於世間有諸餘人恒習惡過失於中雖無自利益欣樂他損惱事衆所共見如此復有餘人恒習大悲於中無自利益欣樂行利益他事是故此事可

比復次譬如世間凡夫由長時數習故於諸行法實非自我不能了別諸行體相於諸行中生起我愛因此我愛恒荷負衆苦如此復有餘人於長時由數習智慧於自相續棄捨自愛於他增長自愛因此愛故爲他荷負衆苦是故應知此義不異復次有別性如此種類起由他苦故苦由他樂故樂不由自身故彼不見他利益事異自利益此中說偈

下人求自樂　作種種方便　中人求滅苦

非樂苦依故　上人由自苦　樂他得安樂

及他苦永滅　他苦自苦故

爲於劫上時諸佛出世爲於劫下時諸佛出世偈曰

成佛於劫下　減八萬至百

釋曰世間人壽八萬歲時壽減正發乃至人壽百歲於此中間諸佛世尊出現於世云何不於劫上時出於此時中衆生難教猒離故云何不於百下時出於此時中五濁熾盛何者爲五濁一命濁二劫濁三惑濁四見濁五衆生濁下劫將末命等五最麤最下已成滓故說名爲濁由前二濁次第損減壽命及損減樂具復由二濁損減助善何以故因此二濁有諸衆生多修習欲塵樂行及自苦行能損在家出家助善由後一濁損減自身身量色無病力智念正勤不動此德壞故獨覺於何時出世偈曰

上下時獨覺

釋曰獨覺於上劫及下劫時皆得出世何以故獨覺有二種一部行二犀角喻此中部行者先是聲聞或名獨勝有餘師說有先是凡

夫後成部行獨覺若此人於前世已修决擇分能善根今生自然覺悟聖道云何得知於本行經中說有一山處有五百外仙修難行苦行乃至有一獮猴與獨覺共住後至外仙所現獨覺威儀莊飾五百外仙皆成獨覺若先是聖人不得修難行苦行犀角喻者謂獨自住二種獨覺中偈曰

犀角喻百劫

釋曰足一百大劫修行菩提資糧方成犀角喻獨覺云何名獨覺離師正教於一自身如理覺悟故名獨覺何以故諸獨覺但調伏一身不調伏他故云何名犀角喻於人天道最勝品中眞實無等故何因不覺悟他諸獨覺非無能爲他說法具得四無礙解故彼亦有能能憶持往昔諸佛所說正教及爲他說故彼亦非無慈悲爲利益他恒現通慧故不由衆生不感聖果故不爲說何以故是時亦有修世道離欲諸仙雖然亦由宿世數習故由喜樂少求故是故不能說正教令他愛甚深法何以故隨愛流行世間難可引濟令其逆流故爲離雜行攝部衆故怖畏散亂雜談說故復次轉輪王於二時中何時出世偈曰

減八萬歲時　無轉輪王生

釋曰人壽無量時乃至壽八萬歲轉輪王生於世間不減八萬時何以故若人壽減八萬是人非此吉祥富樂器故由輪成王位爲法故名轉輪王此王有四種偈曰

金銀銅鐵輪

釋曰若人以金爲輪此人是上上品以銀爲輪是上品以銅爲輪是中品以鐵爲輪是下

品偈曰

四隨下次第 一二三四洲

釋曰若人以鐵爲輪此人爲一洲王以銅爲輪爲二洲王以銀爲輪爲三洲王以金爲輪爲四洲王分別世中說如此於經中由偏顯勝故但說金輪經言若王生刹帝利種已受灌頂位於布薩時白半十五日王從頭次第洗竟持八戒布薩昇上高樓大臣等集皆悉圍繞於東方有輪寶出現千輻具足有轂有輞一切莊嚴無不圓備如善巧工匠所作一切皆金來至王所應知此王必是轉輪王若餘轉輪王生亦爾偈曰

非二俱如佛

釋曰於經中說無處無位謂無前無後二如來阿羅訶三若三佛陀出現世間有處有位若一如二如來二轉輪王亦爾此中是義應思是所許處爲約大三千世界爲約一切世界餘部說諸佛世尊但一處出餘處則無何以故勿許諸佛世尊功能有閡是一世尊於一切處具有能故若於一處一佛不能荷負一切受化弟子餘佛於中亦無有能於經中說云舍利弗若有一人來至汝所問汝言大德於今時爲有沙門婆羅門與瞿曇沙門平等平等於無上菩提不汝若被問當云何答世尊若有一人來至我所作如此問我若被問應如此答於今時無有沙門婆羅門與我世尊平等平等於無上菩提何以故世尊我從世尊吉祥口證聞此言證持此言無處無位謂無前無後二如來阿羅訶三若三佛陀出現世間有處有位若一若爾佛世尊於梵

王經說此義云何經言梵王於三千大千世界中我自在成此言是不了說義說何義不了若如來約自性心不作別故意正說利益他等於此境界皆自然成若如來作別故意境界則隨意無邊有別部說於餘世界各有諸佛如來何以故見多人共俱修菩提資糧有多佛世尊於一處一時出現無如此理若出現餘處則無有礙是故必於餘世界等成正覺若爾此義中前所引經云無處無時謂無前無後二如來出現於世此義今云何將此義今應思量此經爲約一世界說爲約一切世界說若約一切世界說轉輪王不應出餘世界由遮俱生故譬如如來若汝忍如此此義云何不忍諸佛出現世是大吉祥福若多佛出多世界無有過失於世間無量衆生得與大福德已利相應若爾於一佛田云何二如來不俱出世無用故隨本願故故諸菩薩發如此願於盲世間無將導無救無依願我於中成佛爲眼及依爲令恭敬及疾行故何以故若一佛則生他極重恭敬又令他思惟如此餘佛最難可得是故如所立教速疾修行忽大師去已及般涅槃我等無依止復次是四種轉輪王由金輪等制伏天下云何能制伏次第偈曰

他迎自往彼　爭伏勝

釋曰若王得金輪爲具剡浮洲諸國王各自來迎候各云我等國土富樂平安豐壤徧多人衆皆屬天尊願天尊教勑我等皆是天尊翼從若王得銀輪爲具王自往彼土諸王皆下心歸伏若王得銅輪爲具王往近彼土遣

使去還與共討爭然後諸王方下心歸伏若王得鐵輪爲具王自往彼王擐甲捉仗示攻伐相然後諸王方下心歸伏一切轉輪王偈曰

無害

釋曰若捉仗制伏他土尚無殺害何況餘王伏天下已一切衆生住王國土王悉敎令受持十善法是故諸王必定生天經中說由轉輪聖王出現於世世間則有七寶現生何者爲七一輪寶二象寶三馬寶四摩尼寶五女寶六長者寶七大臣寶象等諸寶是衆生類云何由他業生若無一衆生由他業生此人先共造諸業能感互相應報此人若受生餘衆生由自宿業生與此人相應此轉輪王與餘王爲唯七寶有差別爲更有餘差別有餘差別謂此四轉輪王有三十二大人相餘王則無譬如諸佛若爾王與佛何異於中偈曰

處正明了圓　佛相餘無等

釋曰佛三十二相有三德與王相不同三德者一處極正不偏二極明了不隱昧三極圓滿無減闕劫初諸人爲有王爲無王雖然偈曰

初生如色界

釋曰劫初生人如色界衆生各自在住經中說劫初生人有色意生具身身分具根無減色形可愛自然光明能飛行空中喜樂爲食依喜樂於久長時住偈曰

衆生漸貪味　爲懶惰儲蓄　由財顧守田

釋曰衆生已如此成地味漸出其味甘美勝細蜂蜜於中有一人貪愛爲性聞地味香試

取甞之遂便噉食餘人次第隨學此事初發段食在於此時是時諸人由數習此食於身生堅重二觸失先光明從此有黑暗起是時日月出現由貪味故是彼地味次第滅盡地皮乾起以此爲食於中起貪又失此食次生林藤以此爲食於中起貪又失此食次生舍利不由耕種自然而有以此爲食此食最麤變異有殘爲除此殘生大小便道此道與男女根俱生相貌亦異是時彼人互相瞻視由隨先感習氣起邪思惟由邪思惟羅刹所吞婬欲變異於心猛盛即便犯罪是婬欲鬼初發入心在於此時是時彼人晚時爲夜食曉時爲晝食相要共取舍利於中有一人懶惰爲性長取舍利儲宿爲食餘人學之亦各儲宿是時於中即生我所因此我所後取舍利將已即盡不復更生是時彼人即共分田於自分田生重貪惜於他所得作侵損事初發偷盜在於此時爲遣此失皆共集聚其中有一勝人諸人各以所得六分之一共顧此人爲守田主彼說此人爲差(知厠切)多羅莎末(七履切)差多羅沙末故得刹帝利名大人衆所許能染世間心是故初主名摩訶先摩多王一切王相傳此王爲初於中若有人心出家外是人得名婆羅門後時有一王由貪惜財物於民不行分施恩事諸人由貧乏故多行盜事王於此罪人好行刀仗治罰事初發殺害在於此事是時罪人覆藏說言我不作此事初發妄語在於此時偈曰

次由十惡增　壽減至十歲

釋曰次第由此方便業道增長故壽命漸減

於最後時一切人皆壽十歲是故一切災横二法爲根本謂貪味及懶惰是時人壽十歲是别劫出盡云何出盡偈曰

是劫由仗疾　及餓災故出

釋曰别劫有三因縁故出盡一刀仗二疾疫三飢餓别劫出盡時是十歲人非法欲所染不平等貪所逼邪法所偏是人瞋毒轉增上若互相見即起極重瞋殺心譬如今時獵鹿人見野鹿是時諸人隨有所捉或木或草於彼人悉成極利刀仗彼人作是思惟我今必應在前是故更互相殺由此皆死復有别劫出盡時是十歲人由罪過多故鬼神起憎惡心於彼作諸災横是故處處遭阿薩闍病由此皆死復有别劫出盡時是十歲人由罪過多故天神龍起憎惡心不復降雨是故處處飢餓窮困由此皆死是時有三糧一㫋遮糧二白骨糧三籌糧名㫋遮糧者此有二因今時聚集彼時名㫋遮又㢠子名㫋遮是時諸人飢羸所逼聚集聚集皆飢餓死又爲護惜來歲糧及憐愍眷屬於將來時藏畢少糧及種子置㢠子中故名㫋遮糧白骨糧者亦有二因是人身燥澀既久死後少時骨即白色又無食飢餓取此白骨煮汁飲之籌糧者亦有二因是時諸人由次第傳籌家家分張糧食今日家主食明日婦食如此次第復次昔時曾有穀處開坼以籌挑取隨得穀粒以多水煮之飲以爲糧於經中傳說如此若人能於一日護離殺生或能施一訶黎勒或於大衆起恭敬心能施一食是人於刀仗疾疫飢餓劫時不於中生刀仗疾疫飢餓三災起各

幾時偈曰

七日及七月　七年次第盡

釋曰由仗殺害衆生災於七日内起疾疫災於七月七日内起飢餓災於七年七月七日内起是時於二洲人亦有似三災事起瞋恚於彼增長至重黒瘦惡色及身羸弱於彼亦起飢渴亦起是各各所說三災於諸災中應知次第皆有偈曰

散集劫有三　由火水風起

釋曰於一一定處衆生下散上集故名散集劫由七日出故有火災由大雨水故有水災由大風相違故有風災由此三災器世界極細分皆盡無餘此中有餘外道師執說如此鄰虚常住於此時中以此爲餘云何彼樂執此義諸餘大物後更生時勿彼生無種子爲不如此耶是衆生業勢力所生風由功能勝說爲種子復次災頭風亦爲種子因彌嬉沙塞部經中說風從餘現成世界引載彼種子來雖然諸外道師不許芽等從種子生若爾彼執云何從自分生乃至自分從自鄰虚生若爾種子等於芽等中有何功能離安立鄰虚無別功能由芽鄰虚從種子出故何因彼許如此從非同類因果生此不應理云何不應理若爾一切物生別應不定是義不然由功能定故無不定義譬如聲熱等若是義不然何以故求那法種種不同蹋臘脾（骍也切）法不爾若物欲生必從同類物生譬如從竹笪生從縷衣生今不相應義起此中何義不相應引不成就義證不成就義此中何義不成就笪異竹衣異縷此義不成就何以故是竹

是縷如此聚集故得别名譬如蟻行云何得知於一縷和合中不見衣故何以故於中若衣實有何法能障令不顯現若不具有但有衣分此則非衣何以故惟聚集爲衣故復有何一分衣異於此縷若由觀多依和合故衣成惟縷和合中已應見衣時無見有此衣初中後不對根故故知離縷無有别衣若衣分分次第對根不應説由眼由身證得爲有分由次第決證有分故是故衣智但緣分起譬如火輪若縷有别色類事衣無色等故則衣不可得若衣有種種色等别類不生别類此義不成於無種種色等别邊不應見衣或應即於此邊見種種色衣縷有種種事衣應無種種異是故知衣無有别物復次火光燒照等有差别此光於初中後不應有色觸及事等鄰虚雖過根若聚集則可證如彼能作事眼等諸根若生膚瞳等則不見散髮等但見聚髮等何以故一髮等於彼過根故譬如鄰虚是故知汝但於色等假立鄰虚名由此義故色等滅時鄰虚即同滅若鄰虚是物實異色等不應與色同滅若同滅異義則不成隨愚智類不可分别此物是地水火風此物中色聲香味觸是德汝執言諸物是眼耳所證毛吉貝紅華鬱金若被燒彼智即無故知彼智但緣色等起熟所生德起時由形貌相似故瓶智更生譬如色行何以知然若人不見形貌不能知故於嬰兒言何足可重今且止破彼執復次於三災中何災何爲頭偈曰

三定二定等　次第三災頭

釋曰諸災有三火災以第二定爲頭下地燒

然水災以第三定爲頭下地爛壞風災以第四定爲頭下地散滅隨諸災上地説名災頭何因三定地由火水風破壞偈曰

由等彼内災

釋曰於初定地覺觀爲内災此覺觀能起心燋熱與外火同於第二定喜爲内災此喜與輕安觸相應能令依止輭滑與外水同於此定中一切身强違觸滅故説是苦根滅處於第三定出入二息爲内災此即是風於定於三摩跋提若如實有此内災於此定等必有如此外災云何無地災地名器世此地與火水風相違不與地相違若爾於第四定有何災偈曰

四無不動故

釋曰於第四定離内災故佛世尊説彼名不動是故於中諸災不起故彼無災餘部説由淨居天威力故無災何以故彼無復能得入無色界及住餘處受生定於彼般涅槃故於彼無災若爾第四定器應是常住偈曰

無常衆生共　宮殿生滅故

釋曰第四定不共一地相應云何各各地住與他不共譬如衆星於中若有衆生生及死隨宮殿與彼俱生俱滅故此地非常住此三災起次第云何若無間偈曰

七火一水災

釋曰先七災由火起後一災方由水起如此次第更七災由火起隨七火災後各一水災起偈曰

七水災已度　後復七火災

釋曰由此次第七水災已度後復七火災更

次第起偈曰

然後風災起

釋曰從此後一風災起何因如此於彼衆生由定勝德如自身住差别所居處亦爾此住幾時經五十六火災一風災若作如此義分别立世論則被隨順彼論云六十四劫是徧淨天壽量

阿毗達磨俱舍釋論卷第九

音釋

肘陟柳切臂節也 析先的切 羺奴侯切 磔陟革切張申四磔 醯許兮切 紝汝鴆切 滓壯士切濁也 轂古祿切 輞扶紡切 擐胡慣切貫也 儲蓄儲陳如切貯也蓄敕六切聚也 疫營隻切瘟疫也 匳力占切 坼恥格切裂也 嬉虛其切 笪當葛切竹發也 曀烏計切

阿毗達磨俱舍釋論卷第十

婆藪槃豆造

陳三藏真諦譯

分別業品第四之一

前已説衆生世及器世差別有多種不同如此不同何因所作非隨一作者以知爲先所造若爾云何諸衆生偈曰

業生世多異

釋曰若世間多種差別皆從業生云何因衆生業鬱金栴檀等生極勝可愛而彼身不爾是彼業種類如此作雜業衆生彼身有九瘡門甚可厭惡外具生極可愛以對治此身諸天等不造雜業此二悉可愛若爾此業是何法偈曰

故意及所作

釋曰經中説業有二種一故意業二故意所造業此所造但故意所作非身口所作此二業或成三業謂身口意云何安立此三爲由依止爲由自性爲由縁起若由依止但一身業一切依止身故若由自性但一口業於一切中但口是業故若由縁起但一意業一切皆故意所起故次第由此三因安立三業毗婆沙師説如此此中偈曰

故意即心業

釋曰心業者但故意故意何相謂心思已決偈曰

故意生身口

釋曰此故意依身口門起即以身口還顯故意應知此名身口二業偈曰

二有教無教

釋曰是身口業應知一一各有二類謂有教無教爲性此中偈曰

說身有教相

釋曰由隨故意是身如此如此相貌說名有教有餘師說行動名有教若身行動必由業行動故行動是身業對向彼說偈曰

非動刹那故

釋曰一切有爲法與刹那相應何法名刹那得體無間滅是名刹那隨法有如此名刹尼柯譬如有杖人何以故一切有爲法從得體後即不有是時生是時即壞故執此法得度餘處則非道理是故身業非行動此義亦可然若一切有爲皆是刹尼柯汝今應知此義成實謂有爲刹那刹那滅云何知偈曰

最後滅盡故

釋曰諸有爲法滅不由因何以故因緣者爲生有法滅非有法若非有此因何所作此滅既無所有故不須因有法生時次若無滅後時亦應無有法無異故若汝言此法變異方有滅此法即非此變異故是義不然何以故此法自體由自體變異無如此理若證見薪等由火相應故滅不顯現善友爲與火相應薪等滅盡故不可見爲自然滅餘不更生故不可見譬如與風相應故燈滅與手相應故鈴聲滅是故此義由比量得成此中何法爲比量已說由滅非因所作故復次偈曰

無不從因生

釋曰若滅必有因則無滅無因所生故刹那生滅法如智聲光等見此滅無因是故知一切滅皆不觀因若有人執由別智故餘智滅

由別聲故餘聲滅是義不然二智不俱起故疑智及決智無道理得俱起苦樂瞋欲亦爾若明了智及聲生次第不明了智及聲生云何不明了等類法能滅明了等類法若有人執燈光於餘位中無依處故滅或由隨法非法故滅此執不然何以故此無不應成因所執法非法爲生滅因無道理於刹那刹那中起如此功能於一切有爲中可作如此分別餘因且置此諍若言薪等滅以火相應爲因此執中熟所生德少熟中熟最後熟生中偈曰

生因成能滅

釋曰此熟中生因即成滅因何以故由從火相應熟德生從此不異後中熟生時少熟即滅是彼生因即是滅因或此滅由因不異是義不然偈曰

於決無證故

釋曰從如此因彼先得生復從此因敎更成滅偈曰

於地等寧有

釋曰於光差別且得分別彼因有異於灰汁雪酢日水地相應故熟德差別生時於中何所分別是義不然何以故水被煮則減盡於中火相應何所作由此勢力生長火界由火界勢力水聚漸漸減少乃至極減位不更接後相續於中此事是火相應所作是故諸有法滅皆無有因是壞性故自然而滅若生即滅是故彼刹那刹那滅義得成由刹那滅故無行動諸有法於餘處無間生中世間起行動妄執譬如草光等行動旣無相貌爲身業

此義得成經部師說相貌非實有物何以故偈曰

向一方聚生　執色假說此　相貌由比量

約色相決判

釋曰若色多生於一方假說名長觀此色於餘色少假說名短若於四方色多生假說名方若一切處色生等假說名圓所餘亦爾譬如火薪疾向一方於餘處見無間則執爲長若於一切處見則執爲圓是故相貌與色無別類何以故若有別類偈曰

二根取無入　決是意塵故

釋曰若眼見此分別爲長若身觸亦爾是故此相貌應成二根所取無有色入爲二根所取偈曰

由分別堅等　長等智生故

釋曰如於觸中執長等相貌汝於色中應知亦爾於相貌中惟有憶念起與觸相應故無有證取譬如人見火色於火熱觸生念聞華香於華色生念此中是義應理由彼實有不相離故是故互得相比偈曰

於大聚集有　復決定相貌　不同相違故

釋曰無有觸塵於相貌中定因此定故於二中更互得比知決定得成若無定相應取觸比相貌決定成於色比亦定應成或如於色於相貌不定故比不應成此二義悉不成是故由觸比相貌是義不然於有衆多相貌物如氍毹等由見衆多相貌故隨一所見是衆多相貌所成一分若是實物此義不成譬如顯色是故相貌無有實物復次隨有有礙色此色必定有鄰虛相貌色無別鄰虛是故多

色如此聚集假說長等若汝言是相貌鄰虛聚集如此得長等名此執一向墮偏助相貌鄰虛不成就故若彼別相成就彼聚集可然相貌鄰虛如色等鄰虛自性既不成就云何得有聚集若汝言色同不異但見相貌有異謂土器等是義不然前爲不已說耶若色起如此相於中假立爲長等譬如蟻等無有差別而說有行輪等異相貌亦爾復次若汝言於闇中遠不見色如杌等但見長等相故相異色是義不然何以故是所見即是色於此中不明了故分別爲長等譬如行軍等由如此理此義必應然有時不可分別差別惟衆物聚集見不明了若爾汝等經部師除身行動及相貌此中汝立何法爲身業但立相貌爲身有教業不由實有故若汝假說相貌云何立爲身業以身爲依止此業爲身業若故意能引身於種種處即立此故立爲身業如此口意二業如理應知若爾於前已說業有二種一故意業二故意所造業此二有何異分別故意先起謂我等應作如此如此是名故意業故意分別已後引事故意起能引身作種種事是名故意所造業若爾則無有教業是有教業於欲界亦無是故隨此執有大過失起若爾對此過失復有別對治起若無教業從如向所說名身業故意差別生何所有此應隨從故意起譬如定無教此過失不應有由隨本故意差別所引及依事故意差別生故若有教起亦觀本能引故意勢力故此方得生由昧鈍故何況無教毗婆沙師說身相貌實有物身有教業以此爲體偈曰

言教語音聲

釋曰是聲言語爲性是名有教言業無教於前已說經部師說此亦非實有物何以故先已信求惟定不作爲量故彼師依過去四大成立此義故過去四大已無爲性故由執此色爲相故毗婆沙師說此無教實有物云何得知偈曰

三無流色長　不作說道等

釋曰於經中說色有三種有三處能攝諸色有色有顯有礙有色無顯有礙有色無顯無礙有時佛說有無流色如經言何者無流法若色過去現世未來於中欲不起瞋不起乃至於識亦爾說此名無流法若除無教色則無無顯無礙色及無流色經中又說增長如經言若善男子善女人有信根與七種有攝福德業處相應若行若住若卧若覺恒時平等福德增長福德相續與無攝相應亦爾若離無教異緣心人福德業處不應有增長若人自不作但教他作若無無教業道不應成何以故令他教業非是業道非自所作業故若已作此性無差別故亦非佛世尊說比丘諸法是外入非十一入所攝謂無顯無礙不說無色此言則成無用若不見無教色在法入攝若離無教色聖道不成八分若人入觀正語正業正命不相應故若爾此經所說云何經言若人如此知如此見正見至修習圓滿正覺正進正念正定先時正語正業正命已清淨離染汚此言約先修世道離欲故作此說若無無教色波羅提木叉戒亦不應成何以故從受戒後此戒即無謂能成異緣心

人爲比丘比丘尼等於經中說遠離戒爲塘能遮邪戒故若此無不應成塘由此等證故知實有無教色此中經部師說此證甚多種種希有理實不然何以故是汝所說由三種色故有無教色此中先舊觀行師說諸觀行人有定境界色由定威力生起此色非眼境故說無顯不遮處所故說無礙若汝言此云何名色此難於無教亦同是汝所說由說無流色故有無教色此義同前此色由定威力生在無流定中爲境界故觀行人說此爲無流色有餘師說阿羅漢色及外色名無流色非流依止故若爾經中云何說何者有流法謂一切眼一切色廣說如經此色非流對治故說名有流由此别義此色可說有流可說無流若爾何有有相相雜過失由此相此色成有流不由此相更成無流於中有何相雜若色入一向有流此經中云何簡别說經言有流色者若色有取心堅覆藏所依廣說如經是汝所說由福德增長者此中先舊諸師說此是法爾如如施主所施財物受者受用如此如此由受者功德勝劣故由財物利益勝劣故若施主心異緣由先緣施故意所熏修故是時相續至得微細轉異勝類由此於未來時爲生多少果報相續功能約此義故說福德增長福德相續若汝言由别相續勝劣於異緣心人别相續轉異今云何得成此執與無教同由别相續勝劣於别相續中有别法名無教此云何得成於無攝福德業處此云何有由數數修習能緣此爲境故意故於夢時此亦得隨相續並起若人說有教於

無攝福德業處於中既無有教業云何得有無教有餘師說於有攝福德業處由數數修習能緣此爲境故意故無教得生若爾云何於經中說若比丘有戒有善法食施主一食已修無量心定由身證觸依此中住因此生能施施主無量福德無量善流安樂之食應信求如此此中是時有何故意差別是故相續轉異勝類此義如理是汝所說若人教他業道云何成者此中經部師說由此人立教損害他差別成故於能教人相續中微細轉異勝類得生由此轉異於未來中此相續爲生人多少果報則有功能若人自作事果究竟時應知此義如前此相續轉異勝類說名業道於果立因名故說此爲身口業者是身口二業果故譬如說有無教人於無教立身口業名大德說於所取陰中由三時故意起故此人爲殺生罪所觸謂我今必應殺正殺已殺若此故意生由此量業道不得成就何以故勿自父母等未被害由妄分别殺故無間業成若自殺起如此等故意業道則成若作如此意則應道理汝何憎嫉心偏撥無教信受相續轉異勝類二俱非所解無憎嫉心雖然由隨故意身加行業道究竟故若已成若由故意起加行事生究竟因此事相續轉異勝類成此義則生愛樂從心心法相續未來果報生故是汝所說由無有教業故無教則無如此等義於前已答是汝所說由不說法入非色此言已答無顯無礙是定境色即法入攝是汝所說八分聖道不應成者善友

請汝爲說此義若人入觀修道正語正業正命云何此人得如此相無流無教由得此分後時出觀則不更行邪語等事必能恒行正語等分是故由於因立果名說無教爲正語等分若爾此中云何不執如此若人入觀修道離無教得如此相謂故意及依止由得此二後出觀時不更行邪語等事恒行正語等分是故由於因立果名故得安立聖道八分有餘師說此中惟不作爲量說名三分由此聖道勢力此人必得定不更作邪語等此定不作由得無流道爲依止說名無流何以故於一切處不定應數實有體法譬如八世法一得二不得三好聞四惡聞五讃六毀七樂八苦此中不得衣服等非實有別物亦被數於餘處亦爾波羅提木叉戒等亦爾有信求心人由欲意先作受方便於如所遮業護持身口若汝言心異緣時即無復戒是義不然由數習此故意欲犯惡事時是人憶本故意護持即起塘義亦有憶持先不作惡誓起慙羞心故不破禁戒此即塘義是故依師受不作惡若如汝所言惟無教業能遮斷犯戒失則應無人忘念破戒且止廣爭毗婆沙師說有別物色爲性名無教此若有前已說此依止四大生爲依有教四大生爲不爾依別四大生何以故此一和合有細麤二果無如此義無教所依四大與有教四大同時起不一切所造色若現世若未來多依過去四大生此所依云何偈曰

刹那後無教　欲過去大生

釋曰從初刹那後欲界無教依止過去四大

生是四大作此生依止是身現世四大爲相續依止是二四大次第爲此生流因故譬如輪行於地以手轉之以地爲依處所依止四大是何地能依止身口業是何地偈曰

依止自四大　身口業有流

釋曰欲界身口業但依欲界四大生如此乃至第四定身口業依止第四定四大生偈曰

無流隨生處

釋曰若無流身口業隨地受生人所得應知即依此地四大生由不堕於界故無流四大無故由彼力生故此中有教無教二業應知偈曰

無教非心取　流果衆生名　流心取大生

釋曰無教者其相云何非心心法依止等流果似因故衆生法故等流果心心法所取四大依此無教生非定地無教品類如此定地云何偈曰

定生增長果　無取異大生

釋曰定無教無流無教皆從定心生依定所生增長非心所取不異四大生不異者若依止此四大離殺生無殺生即依此四大乃至離無義語無教生云何如此如心四大不異故於波羅提木叉戒中各各依四大七無教戒生有教色等流若屬身是心所取此有教色若生爲破前相貌相續起爲不若爾何有若破前後生果報色巳斷由更相續故則違毗婆沙執若不破而生云何於一四大聚中有二相貌起是時有别等流四大生依此有教色生若爾依隨一身分有教色生此分則應大本彼四大所徧滿故若不徧滿云何由

具分起有教色由身空故故彼有處此業由別義說有二種三種五種此中無教有二種一善二惡偈曰

無無記無教

釋曰云何如此無記心力弱是故不能引生有力業若因已滅此等流果恒相續起偈曰

餘三

釋曰餘業有三種謂善惡無記何者是餘謂有教及故意偈曰

復不善　欲中

釋曰若惡業應知惟於欲界中非餘界三惡根及無慚無羞滅故若善無記一切處有以不遮故偈曰

色無教

釋曰若色界有無教何況欲界於無色界無無四大故若是處有身口生此中有身口護戒若爾若人身在欲色界入四無色定應有無教譬如無流無教是義不然此不隨三界故通無色界無教不應依止不等類四大生背一切色故故無色界定不能引生色制伏色相故持戒爲對治破戒破戒但是欲界法於欲界由四種遠無色界最遠謂依止取相境界對治故是故於中無無教毗婆沙師說如此偈曰

有教有觀二

釋曰是有教色於有觀二地中有謂欲界及初定上去皆無偈曰

欲無無記教

釋曰於欲界無有覆無記有教於梵處則有何以故曾聞大梵王有語從諂曲生此於自

大集中爲避淨命阿輸實難讚歎自身若爾從第二定以上若無言說云何有聲入以外四大爲因故有聲入餘師說於第二定等亦有言語但是無覆無記無善無染汚何以故若人生彼處如此類下地心不能引令現前爲生身口有教業最麤下故已棄捨故前義是彼所說復有何因離梵處於上無有教業於欲界無有覆無記有教業偈曰

緣起無有故

釋曰若有覺觀心能起身口有教業此心於第二定等則無此若起必由修道所滅心起見諦所滅心依内門起故是故於欲界中無有覆無記身口二業爲由隨發起應知諸法善惡性爲不爾非云何由四種因一眞實二自性三相應四發起此中偈曰

解脫眞實善

釋曰涅槃者一切苦寂靜最極平安故是眞實善譬如無病偈曰

自性根慚羞

釋曰根謂三善根慚及羞此法由自性是善不觀別相應發起因故譬如良藥偈曰

相應彼雜故

釋曰與三善根及慚羞相應諸法由相雜故是善若彼不與此相應則無善性譬如良藥雜水偈曰

發起有教等

釋曰身業口業及心不相應諸行與善根等相應法所發起由發起故是善譬如煮良藥汁所成乳諸至得等非同類心所發起云何是善性由此義故善如所說四種善偈曰

業中有故意非於四大若爾入定觀人於無教無故意非寂靜心不能發起無教非同類故云何無教成善天耳天眼應立爲善性於中故意所發起故此中汝應作功力是汝所說見諦所滅心不能發起身口有教業此義若爾云何佛世尊說從邪見邪覺觀生邪語邪業等亦爾如此等此義不相違何以故偈曰

緣起有二種　生因剎那起

釋曰有教無教緣起有二種一生因緣起二共剎那緣起於一剎那共起故偈曰

於二初能生　第二隨彼起

釋曰生因緣起者惟能生能引未有令有故共剎那緣起者惟能隨共生於事時不相離故此心於此事中有何能雖先被引若離此

翻此四名惡

釋曰云何名四惡生死名眞實惡生一切苦爲體最極不平安故譬如有疾三惡根及無慙無羞名自性惡不觀餘因成故譬如惡毒與彼相應諸法由相應故名惡譬如惡毒雜水彼法所發起身口二業生等及至得由發起故名惡譬如煮惡毒汁所成乳若爾無一有流法應成無記或成善皆入生死内故如汝所言實皆如此若有流法於果報不可記說名無記若有流法於可愛果報有記說名善若眞實無記必應尋求偈曰

實無記二常

釋曰二種無爲法非有別方便成無覆無記謂虛空及非擇滅此義應思若身口業由隨發起成善惡性四大云何非善惡性作者於

心事則不起譬如死人若爾若人無心於生無敎戒此心云何有若人有心此身口業則明了起是此心功能此中偈曰

能生見諦滅　意識

釋曰若見諦所應滅心能爲身口業生因何以故能發起彼覺觀生資糧故不能隨起緣外門起心事時此心已無故是色若以見諦心爲緣起生此色亦是見諦滅斯有何失則違阿毗達磨彼藏云與明無明不相違故無色見諦所滅此立未成何以故是四大應成見諦滅同心所起故此失不應有如其非善非惡若成如此復云何此亦不可何以故以此色無道理成見諦滅亦不成非所滅與明無明不相違故是故依生因緣起於經中說無相違偈曰

修道滅　生隨起具能

釋曰若修道所滅意識有二種謂能生及能隨偈曰

五識惟隨起

釋曰五識無分別故但與身口業共一刹那起不能爲引生因此中有四句見諦心但是生因緣起五識但是共刹那緣起修道所滅意識具二種一切無流無二種如能生緣起共刹那緣起亦爾不此義不定偈曰

於能生善等　隨起有三種

釋曰生因緣起若善共刹那緣起或善惡無記生因緣起若惡無記亦爾偈曰

於佛等或善

釋曰於佛世尊一人生因緣起共刹那緣起此二必同若善同善若無記同無記或善者

有時生因緣起無記共刹那緣起或善無時生因緣起是善共刹那緣起是無記何以故諸佛正說無時萎歇餘部師說諸佛世尊無無記心何以故佛世尊相續一向自性是善恒寂靜故於經中說

那伽行寂靜　那伽倚寂靜　那伽卧寂靜
那伽坐寂靜

若不由諸佛意欲餘心不起故故說如此非非有如來無記心謂果報威儀變化心毗婆沙師說如此前已說若修道所滅意識能作生因緣起及作共刹那緣起應知此一切善惡無記偈曰

果報生無二

釋曰若果報心不能作生因緣起亦不能作共刹那緣起不由功用生及起相續故令爲如能生緣起身口業生爲如共刹那緣起若爾何有若如能生於欲界中應有有覆無記有教業身見邊見所生起故若爾一切見諦惑亦無但能生此中應說差別道理若如共刹那若人起惡心或無記心有教波羅提木叉不應成善如能生有教亦爾不如見諦所滅修道所滅心爲隔故若不由隨共刹那緣起判有教善惡等不應說如此於經中佛世尊依生因緣起說非依共刹那緣起說是故於欲界無有覆無記有教業若爾應說如此依別法所攝生因緣起說此諍已竟如前所說有二種無教今說偈曰

無教應知三　護不護異二

釋曰此無教一名護二名不護三異此二謂非護非非護能遮能滅破戒相續故說名護

偈曰
護波羅木叉　定生及無流
釋曰此護有三品波羅提木叉護者若生此界謂欲界戒定護者謂色界戒無流護者謂無流戒偈曰
木叉戒八種
釋曰何者爲八比丘戒比丘尼戒式叉摩那戒沙彌戒沙彌尼戒優婆塞戒優婆夷戒優波婆娑戒此八種護說名波羅提木叉戒由名此護有八若約實物其數云何偈曰
由實物有四
釋曰四者謂比丘戒沙彌戒優婆塞戒優波婆娑戒此波羅提木叉護若約實物惟有此四體相定同故比丘尼戒與比丘戒不異式叉摩那戒沙彌尼戒與沙彌戒不異優婆夷戒與優婆塞戒不異何以知然偈曰
由根名異故
釋曰根者是相能別男女異故由此根故比丘比丘尼等立有別名云何如此若轉根比丘成比丘尼比丘尼成比丘沙彌成沙彌尼沙彌尼式叉摩那成沙彌優婆塞成優婆夷優婆夷成優婆塞於轉根時無有因緣爲捨前戒無有因緣更得新戒是故四種護體性不異於三若人從優婆塞戒受沙彌戒從沙彌戒受比丘戒爲此護由遠離增長故說各各不同譬如五十二十及如陀那羅婆底羅等爲諸護各各具生偈曰
彼各
釋曰此三種戒不相雜各有別相生起於三戒中有三種離殺生護乃至三種離飲酒護

所餘亦爾三種遠離有何差別由緣起異故遠離有差別如如求欲受持多種學處如此如此遠離醉亂放逸處能遠離最多殺生等因緣於遠離緣起恒能得住是故由緣起異遠離有差別若無如此義若人捨比丘戒應即捨三戒前二入第三攝故此義非所許是故三護各有別體偈曰

不相違

釋曰此三共生不由受後護棄捨前護何以故勿由捨比丘所受護即非優婆塞云何成優婆塞云何成優波婆娑乃至云何成 比丘

偈曰

五八十一切　惡處受離故　優婆塞布薩

沙彌及比丘

釋曰此說應知如次第於五種所應遠離法受持遠離故是人即住優婆塞護五所應遠離者謂殺生不與取邪婬行妄語飲酒類醉處於八種所應遠離法受持遠離故是人即住優波婆娑護八所應遠離者謂殺生不與取非梵行妄語令醉飲著香華觀聽儛歌等眠坐高勝卧處非時食於十種所應遠離法受持遠離故是人即住沙彌護十所應遠離者是前所說八又受畜金銀等著香花觀聽儛歌等分爲二故成十一切所應遠離身口二業由受持遠離故是人即住比丘護此波羅提木叉戒偈曰

尸羅善行業　或說守護等

釋曰能平不平等事故名尸羅若依尼六多論由冷故名尸羅 如佛說偈

受持戒最樂　名色無燒熱

聰慧人所稱讚故名善行所造爲性故名業於前爲不說耶無教者稱無作云何名業由善受此有慙羞人約惡法說名無作此故意教業所作故說名業餘師說是業因業果故說名業如此由通義立波羅提木叉護等別名復次偈曰

初有教無教　波羅提業道

釋曰若人正善受戒初刹那有教無教說名波羅提木叉能受者因此解脫衆惡故解脫者棄捨爲義此亦名波羅提木叉護從初乃至後時皆能遮防身口惡業故從第二刹那以去但名波羅提木叉護不得名波羅提木叉根本業名波羅提木叉非後分業業道亦爾復次如此等護何護何人互相應偈曰

應波羅提八

釋曰與波羅提木叉護相應有八部謂比丘比丘尼乃至優波婆娑住爲第八外道爲無所受戒耶有戒非波羅提木叉護何以故彼戒非一向爲解脫衆惡起愛著三有故偈曰

定生護得定

釋曰從定生於定生是護名定生護若人與定相應是人必與定生護相應此中近分定立爲定故說定生譬如郭邑近處亦名郭邑如世言於此郭邑有舍利田有餘穀田偈曰

無流護聖人

釋曰一切聖人與無流護相應聖人謂有學無學於前俱有因中已說二護隨心生滅於彼說何二護於三中偈曰

後二隨心起

釋曰定護無流護隨心生住滅波羅提木叉

護則不爾何以故若異縁心人此亦得生後二不爾復次此二或名滅護此名在何位偈曰

於未來二滅　九次第道生

釋曰於未來定中定護無流護若在九次第道中說名滅護何以故此二能滅破戒及能滅發起破戒諸惑故是故有定護非滅護此有四句第一句者除未來定及無間道有流定護第二句者非至定及無間道無流護第三句者非至定及無間道有流護第四句者除非至定及無間道無流護如此有無流護非滅護亦有四句如理應知若爾佛世尊所說偈

由身護善哉　口護亦善哉　依意護善哉
一切護善哉

復有別說比丘眼根善護所守護住此意護根護自性云何此二非無敎戒性云何偈曰

合善慧正念　各說意根護

釋曰爲顯二護各具二性故合離說欲顯次第意護以善慧正念爲性根護亦爾此義今應思何人與何有教無敎幾時得相應此中偈曰

若住波木叉　與現應至捨　與無敎相應

釋曰若人住波羅提木叉護乃至未捨無敎於中間恒與現世無教相應偈曰

前念後與過

釋曰從初剎那後與過去無敎亦得相應乃至棄捨此句應知一切處如說住波羅提木叉護人偈曰

住不護亦爾

釋曰若人住於不護乃至未捨不護於中恒與現世不護無教相應從初刹那後亦與過去相應偈曰

有定護相應　與過去未來

釋曰若得定生護恒與過去未來無教相應乃至未棄捨何以故若過去生中所棄捨過去定生護於初刹那中即得偈曰

聖初非與過

釋曰若聖人與無流護亦爾此是聖人差別謂若初得無流護則不與過去相應於前世未曾得無流道故偈曰

住定及聖道　與現世相應

釋曰若人與定護無流護相應若入定觀及聖道觀是人次第與現世無教相應若出觀則不爾若人住於護不護此事已說若約中住人云何偈曰

中住若有二　初中

釋曰若人不住於護不護說此人名中住此人不必定有無教若有惡戒及戒分所攝無教於初與中相應此現世在過去未來中故名中偈曰

後二時

釋曰從初刹那後則與過去相應　又與現世相應乃至棄捨若人住於不護爲有時與善無教相應不若人住於護爲有時與惡無教相應不若相應復幾時偈曰

住不護與善　住護復與惡　與無教相應

乃至淨污疾

釋曰若人住於不護由善信心强疾作禮塔等事則生善無教若人住於護由煩惱心强

疾作打縛他等事則生惡無教此二乃至相續未斷無教於此時恒相續生此人於初剎那與現世無教相應於餘剎那與過去亦相應

阿毗達磨俱舍釋論卷第十

音釋

氍毹 氍其俱切毹春朱切氍毹毛席也 杌 五忽切木無枝也

阿毗達磨俱舍釋論卷第十一

婆藪盤豆造

陳三藏真諦譯

釋分別業品第四之二

分別說無教已偈曰

復一切與教　正作與中應

釋曰一切人於護不護及中住乃至造有教業未竟是時中與現世有教相應偈曰

刹那後與過　至捨

釋曰從初刹那後乃至捨與過去有教相應

偈曰

非來應

釋曰無人與未來有教相應偈曰

與有覆無覆　過去不相應

釋曰若有教或有覆或無覆與過去不相應未來亦爾若法勢力弱至得亦弱不得相續此勢力弱何法所作心所作若爾心所作有覆無記勿勢力弱是義不然身口業昧鈍故依他成故心則不爾此無覆有教亦由弱力故意所起是故其力最弱於前已說有人住於不護何法名不護偈曰

不護及惡行　惡戒或業道

釋曰如此等是不護衆名此中不能禁制惡中身口故名不護聰慧人所訶故得非可愛果報故故名惡行善戒對治故故名惡戒身口所造故名業根本所攝故名業道有人與有教相應不與無教相應此義有四句此中偈曰

但與教相應　中住下心作

釋曰若故意弱或作善或作惡此人住於非

護非不護但與有教相應不與無教相應何況作無記除有攝福德業處及業道偈曰

捨未生有教　餘無教聖人

釋曰但與無教相應不與有教相應者若聖人已易生若未作身口業或已捨身口業與二相應者若人住波羅提木叉護起身口業或住非護非非護由最上品故意或作善或作惡與二不相應者除前三句說住護不護及中人安立至得有教無教義已云何能得此護偈曰

定生由定地　得

釋曰是時若得有流定地心或根本定或近分定是時即得定生護以一時俱起故偈曰

由聖依此　無流

釋曰若得此定地無流所依即得無流護此中有六定地或皆無流謂四定非至中間此義後當說偈曰

波木叉　由手令他等

釋曰波羅提木叉護者由令他方得若他令彼彼亦令他此或從大衆得或從一人得從大衆得者謂比丘比丘尼式叉摩那護從一人得者謂所餘諸護有毘那耶毘婆沙師說受大戒有十種爲攝此故說等何者爲十一由自然得大戒如佛婆伽婆及獨覺二由入正定聚得大戒如憍陳如等五比丘得苦法智忍時三由呼善來比丘得大戒如耶舍等四由信受大師得大戒如摩訶迦葉五由答問難得大戒如須陀夷六由信受八尊法得大戒如大瞿躭彌七由遣使得大戒如達摩陳那比丘尼八由能持毘那耶爲第五於邊

地國得大戒九由十部於中國得大戒十由三說三歸得大戒如六十賢部共集受戒是諸人波羅提木叉護非定隨有教此波羅提木叉護若欲受幾時應受偈曰

隨有命善受　正護戒日夜

釋曰七部所持波羅提木叉護隨有命應受優波婆娑護一日一夜受時決定如此護時邊有二種謂壽命邊日夜邊於日夜重說故成半月護何法名時此名顯有爲法義於四洲是光位說名曰闇位說名夜此義可然謂從命終後雖復有受護不得生依止非同分故由此依止於中不能起加行故不能令憶念行故若人一日一夜後或五日或十日受優波婆娑護於多優波婆娑護生中何法能遮應有法能遮由如來於經中說優波婆娑護但一日一夜此義今應思爲如來見一日一夜後優波婆娑護不得生故但說優波婆娑護一日一夜爲爲安立難調伏根衆生正受優波婆娑護止於一日一夜中如此事云何可思度此時護得生與何道理相違此事後不曾見如來爲一人說故毘婆沙師非如來所說則不敢說不護決定時云何偈曰

無日夜不護

釋曰由此人樂一期作惡業是故不護生不得止一日一夜不如優波婆娑護何以故如彼執偈曰

由於受如此

釋曰無人受不護如受優波婆娑護願我一日一夜中受持不護由此業是聰慧人所訶若爾亦無如此受持願我一期中受持不護

是故勿一期得不護雖不受持如此由一向違善故意作此惡事故得不護不由暫時違善故意得是故皆得一生不護優波婆娑護雖心不一向由求受故意力是故一日一夜得隨所求故若有人求得不護暫時受不護必得不護此義非所曾見故不可立如此經部師說如護無教非有實物不護亦爾非有實物此不護以求惡事如意爲體共隨續事因此若人雖起善心猶說有不護以不棄捨此故復次此優波婆娑護若人欲一日一夜受受法云何偈曰

晨朝從他受　下坐隨後說　布薩護具分
離莊飾盡夜

釋曰晨朝者謂日初出時此護時最促唯一日一夜故若人先已作求受意謂我恒於第八日等時必應受優波婆娑護若食已亦得受亦應從他受不得自受由此觀他故若有犯因緣爲不犯故下坐者或蹲或跪下心合掌除病時若人無恭敬心諸善護則不生隨施戒人語後說勿前勿俱若爾可說從他受若不爾受施皆不成若受必須具分受不可減分離莊飾者離非舊莊飾何以故若常所用莊飾不生極醉亂心如親莊飾若受必須盡一日夜至明旦若不如此法受但生善行不得優波婆娑護此善行能感可愛果報若執如此行獵行邪淫人於夜於日受優波婆娑護必有果報不違道理優波婆娑者何義由此護此人近阿羅漢邊住由隨學阿羅漢法故又近隨有命護邊住故或說名布沙他生長單薄善根衆生復淨善根故名布沙他

如偈言

由此能長養　自他淨善心　故佛如來說

此名布沙他

云何受此護必須具八分由此義偈曰

戒分無放逸　分修分次第　前四一後三

釋曰前四名戒分從離殺生乃至離妄語此四離性罪故次一名不放逸分謂離飲酒若人善受具戒由飲酒醉亂能擾動諸學處海由放逸故後三名修分乃至離非時食能隨助厭離心爲功德故若不受無放逸分及修分有何過失偈曰

由此失念醉

釋曰若人飲酒即忘失是事非事念若人受用高勝臥處及舞歌音樂等心醉亂即生於此二中隨用一處破戒不遠若人依時食由離先所習非時食憶持優波婆娑護即起厭離心亦生若無第八此二則不有有餘人說唯離非時食於此八中說名優波婆娑所餘八爲此分開觀聽舞歌著香華等分爲二若執如此則爲經所違經云由離非時食是第八分我今隨學隨行諸聖阿羅漢若爾何別法名優波婆娑以此八爲分是聚處隨一法說名分譬如車分及四分軍五分散應知八分優波婆娑亦爾毘婆沙師說離非時食是優波婆娑亦是優波婆娑分譬如正見是聖道亦是聖道分擇法覺分是覺亦是覺分三摩提是定亦是定分宿舊諸師說不可立正見等爲彼分若前生正見等於後生成分初刹那生聖道不應成八分爲唯優婆塞有優波婆娑護爲餘人亦有亦有偈曰

餘人有布薩　若無三歸無

釋曰若人非優婆塞於一日夜中歸依佛法僧已後受優波婆娑護此人則得此護異此則不得除不知經中說佛言摩訶那摩若人在家白衣丈夫與男根相應歸依佛歸依法歸依僧亦說此言願大德憶持我今是優婆塞摩訶那摩唯由此量此人成優婆塞爲由受三歸即成優婆塞爲不爾外國諸師說非罽賓國師說離五戒則不成優婆塞若爾經中說云何此中無相違由此言五戒發故是故偈曰

由稱優婆塞

釋曰由信受自稱名是優婆塞此人則發優婆塞護是時信受已自稱言大德憶持我是優婆塞從今時隨有命我離命離奪命等事由除中間語故但言離命已得戒人爲令識可持非可持故後爲說戒偈曰

說如比丘護

釋曰已得具戒更令受學處沙彌亦爾爲令識戒相從此從彼汝今應護優婆塞亦爾離五護無別優婆塞偈曰

一切若有護　一處等云何

釋曰若一切優婆塞皆住優婆塞護云何佛婆伽婆說四種優婆塞一持一處二持二處三持多處四持具處偈曰

能持故說爾

釋曰若人能持隨所應持於中說此人爲能持故說一切優婆塞本有護今此執違越經云何違經由信受稱言即得五護謂彼說離命此言云何違經經言不爾經言云何如摩

訶那摩經說於中是明優婆塞相於餘處則無是處說如此文隨有命至於命我今專信願尊憶持於此文中見四諦人顯示見知種類由壽命信受正法若爲救壽命我亦無義更捨正法此文不爲顯優婆塞相如汝所說文句謂爲離命於餘處非所曾見何人能從此不明了文持一處等文若依破戒人說此文句於中問亦不相應何況答何以故何人已解優婆塞護不解如此若人不破此戒是人持此戒若人不識優婆塞護量依能持如此護量人故問此問則應理問言世尊幾量爲優婆塞持一處乃至幾量爲優婆塞持具處毘婆沙師說若離護亦成優婆塞若不具受護亦應成比丘及沙彌猶如優婆塞優婆塞等護分量決定云何隨大師分別所立分別決判立優婆塞等異汝亦應許由隨大師分別所立何以故若未有護如世尊安立優婆塞安立沙彌比丘則不如此罽賓國師不許此義一切護偈曰

下中上如意

釋曰八部所持護有下中上品云何得成由求受故意有差別若作如此執阿羅漢波羅提木叉護應最下劣凡夫應最上品若唯受護不受三歸得成優婆塞不不得除無知若人歸依佛法僧此人歸依何法偈曰

能成佛僧法　無學及二種　歸依及涅槃

歸依佛法僧

釋曰若人歸依佛必歸依能成佛無學諸法何者能成法由彼法勝故此身說爲佛或由得彼法於一切覺中有勝能故說此人爲佛

此法何相盡智等共伴類色身前後無差別故若歸依佛爲歸依一佛爲歸依一切佛若依道理歸依一切佛道相不異故若人歸依僧此人即歸依能成僧有學無學諸法由得彼法八道果人成僧不可破故若歸依僧爲歸依一僧爲歸依一切僧若依道理歸依一切僧道相不異故經中說於未來世中當有名僧此人亦歸依此僧此言爲顯現在僧寶最勝功德若人歸依法此人即歸依涅槃所謂擇滅自他相續中惑及苦寂靜爲一相故若定以無學法爲佛云何於如來邊起惡心出佛身血得無間業由損害依止故彼法亦被損害毘婆沙師說如此阿毘達磨藏不說如此唯無學法是名佛說云何成佛諸法名佛不遮依止爲佛故是故此難不成難若不爾佛在世心則不成佛僧亦應爾唯戒能成比丘是故戒是比丘如人供養比丘則供養能成比丘戒如此若人歸依佛則唯歸依能成佛無學法有餘師說若人歸依佛此人即歸依十八不共法歸依體性云何有教言語爲性歸依者何義救濟爲義由依止此三永解脫一切苦故如佛世尊所說偈

多人求歸依　諸山及叢林　園苑樹支提
怖畏所逼惱　此歸依非勝　此歸依非上
若至此歸依　不解脫衆苦　若人歸依佛
歸依法及僧　四種聖諦義　依慧恒觀察
苦及苦生集　一向過離苦　具八分聖道
趣向苦寂靜　此歸依最勝　此歸依爲上
若至此歸依　則解脫衆苦

是故信受歸依行於一切受護爲入門復有

何因佛於餘護中立遠離姓欲爲學處於優婆塞護中立遠離邪婬爲學處偈曰

邪婬最可訶　易作得不作

釋曰邪婬於世間最可訶爲侵壞他婦故能引惡道業故婬欲不爾若在家人遠離邪婬此事易作遠離婬欲此事難作由不能行難行事故不出家諸聖人於邪婬性得不作護於餘生自性不犯故於婬欲不爾是故於優婆塞護中立離邪婬爲學處勿別轉生聖人犯優婆塞護分何以故決定不作名不作護若人已成優婆塞方取妻妾此人於彼爲得護不說得勿於一處得護云何於彼不破壞護偈曰

如受意得護　非於相續得

釋曰如彼受護故意得護亦爾受護故意云何謂我今永離邪婬非於彼相續謂我今不應作婬欲是故受五戒人以彼爲依止於離邪婬分得護不從於彼離婬欲得是故由成自婦行婬欲不違破護云何唯離妄語於優婆塞護立爲學處不立離兩舌等由前三證謂妄語最可訶易作得不作偈曰

通起妄語故　過一切學處

釋曰於一切違犯學處中若彼撿問妄語即起謂我不作如此由妄語通起墮犯無更起義故大師約此義謂云何犯戒人如實發露顯示自失故立離妄語爲護復有何因於假制罪中護不立爲優婆塞學處彼說立偈曰

假制罪中唯　離酒

釋曰何因唯離酒爲戒不離餘偈曰

爲護餘

釋曰何以故若人飲酒則不能守餘護分云何知飲酒是假制罪無自性罪相故性罪相者若起染汙心方犯此罪是名性罪有時唯作對治病意飲酒如量不令醉若爾此心已成染汙本知此能令醉而故飲非染汙由知如量不令醉故飲一切毘那耶藏師說飲酒是性罪如律文言世尊云何應治病人佛言優波離除性罪何者性罪是我爲優婆塞所立學處復次釋迦病時世尊不許飲酒復次經言比丘若人說我爲師由茅端酒亦不應飲故知飲酒是性罪復次聖人已轉別生本性不犯此故如殺生等復次由說此是身惡行阿毘達磨師說不爾何以故有時爲病人許開假制罪而重遮飲酒此何所以爲離非所許應至故能令醉量不定故是故由茅端飲亦不許非聖人所犯者由諸聖人慙羞失念事因此失念是故一滴亦不許飲以量不定故譬如惡毒說身惡行者放逸依處故是故於中立放逸依處名於餘處不立彼處自性罪故若過量數習世尊說由此入惡道是義云何由愛習此數數惡行相續生故能引感惡道業故得生惡道酒酒類令醉放逸依處此句有何義酒謂飲酒酒類謂餘物酒此二有時未至及已度令醉位不名令醉爲除此故說令醉檳榔子及俱陀婆穀亦能令醉爲除此故說酒及酒類雖是假制罪爲顯因緣令殷重急除故說放逸依處一切惡行所依故是三種戒謂波羅提木叉定生無流從此因若得一戒爲得餘二戒不說非若爾云何偈曰

欲從一切二　現得木叉護
釋曰欲界或謂波羅提木叉護從一切者謂前分根本後分從二者謂衆生名非衆生名
又性罪處假制罪處從現者謂現世五陰十二入十八界從此得波羅提木叉戒何以故
緣衆生爲境起故是故不從過去未來得去來二世非衆生數故偈曰
從根本恒時　得定無流護
釋曰從根本業道得定生護及無流護不從前分及後分生何況從制罪生從一切時陰入界所得謂過去現世未來因此故立四句
有陰入界從彼得波羅提木叉戒不得定生及無流戒應如此廣說第一句者從現世前分後分從制罪處第二句者從過去未來根本業道第三句者從現世根本業第四句者從過去未來前分後分此護不護爲皆從一切境一切分一切因得爲有異若約決定得偈曰
於衆生得護　由分因不定
釋曰護從一切衆生得不從一分衆生得從分不定有人從一切分得護謂受比丘戒有人從四分得護謂受所餘諸戒業道是一切護分由因有義從一切得有義不從一切得若立無貪無瞋無癡爲護生因即從一切得彼不相離故若立下中上故意爲護生因則不從一切得三品不俱起故今定立後因爲生因應論此義有住護人於一切衆生有護不由一切分不由一切因若人由下品或中上品故意受優婆塞及沙彌護有人於一切衆生有護由一切分不由一切因若人由下

品或中上品故意受比丘戒有人於一切衆生一切分一切因得護若人由三品故意受三種護有人於一切衆生由一切因得護不由一切分若人由三品故意受五戒八戒十戒若不從一切衆生如此護則無何以故由此人隨徧一切衆生於善故意中住方得護異此不得故云何如此惡意不絕故若人不作五種定分別乃得波羅提木叉護五定分別者謂衆生分處時緣於某衆生我離殺等是名衆生定分別於某分我持是名分定分別於某處我持是處定分別我於此護乃至一月等是名時定分別除鬭戰事是名緣定分別若人作如此受唯得善行不得護於非所能境云何得護由不損害一切衆生命善故意受得故若從是所能境得護此護則有增減所能非所能互相轉故若爾離得捨護因緣得護捨護此義自成毘婆沙師說如此有餘師說此義不應爾何以故譬如草等未有有時或時枯滅護無增減義於所能非所能衆生互相轉時無增減義亦爾是義不然衆生前後有故草等不有若衆生般涅槃永不有云何護增減義不成是故此救義不可然前言義則爲善若爾於前佛所一切已般涅槃衆生後出世諸佛從彼不得波羅提木叉護故云何後佛戒減前佛戒此義不成從一切衆生得故若彼衆生設在從彼亦應得說能令得護因義已不護云何得偈曰

不護行一切　一切分非因

釋曰不護者從一切衆生得從一切業道得何以故無不護人由不具不護成不護不由

一切因一時下品等不俱起故若人由下品心得不護此人由上品心亦得斷衆生命此人與下品不護相應亦與上品殺生等無教相應由中上品心亦爾此中是人名不護人謂殺羊殺雞殺猪捕鳥捕魚獵鹿偷盜行刑戮人獄卒縛象人煮狗人網捕人主將軍斷事人如此等人約義皆是不護住於不護故名不護人彼有不護故名不護人此義可然謂諸護從一切衆生得於一切衆生由善利故意受持故殺羊等人於毋父妻子等中無損害心爲救自壽命亦不樂損彼云何言從一切衆生得至親等若轉生成羊等彼亦能殺何以故知彼未成彼等是故不殺若至親等成聖人更爲畜生無有是處從彼云何得不護若由觀未來世事從現世相續生不護

羊等於未來應成見等從一向不殺云何於現世相續得不護若人於衆生恒起損害意從彼無不護此執有何義此義於至親等同此人於彼無損害意而從彼得不護此義復云何若有殺羊等人於一生中不與不取於自妻知足於妄語瘖瘂云何由一切分得不護善故意壞故若義應由言語得顯彼能以身顯示若爾有人受學處或二或三此義云何一向無不具分不護及一處不護毘婆沙師說如此隨求受故意不具分及一處皆得不護受護亦爾除八分護經部師說如此由如此量遮防義戒惡戒故說從此得護已云何得不護此義未說今當說偈曰

得不護由二　自作及求受

釋曰不護由二因得若生彼家由自行殺生

等事若生餘家由求受此業謂我等應行此
業爲立資生由此二因故不護得生偈曰
得所餘無教　由田受重行
釋曰有如此相田於中由唯施阿藍摩等生
善無教如有攝福德業處說復次自誓受善
行若未禮佛我誓不食不眠若齋日及半月
一月中我當恒施他食如此等由此受善行
無教恒流有如此故重心行善惡諸業從此
更生無教說由此能得護不護已捨護不護
今當說此中偈曰
捨護木叉調　由捨學處死　由二根轉生
由根斷時盡
釋曰木叉調者謂波羅提木叉護能調伏身
口業故有四因能捨波羅提木叉護除優波
婆娑護一由故意於有解人邊捨所學處二
由捨聚同分捨三由一時二根俱起故捨四
由善根斷故捨優波婆娑護由前四因故捨
復由夜盡故捨合此爲五故說捨因有五何
因由此五故捨由生有教與求受故意相違
故依止不住故依止變異故緣起斷故引如
此量故偈曰
餘記感大燒
釋曰有餘部說有四種感大燒然罪由隨犯
一罪即捨比丘及沙彌護偈曰
或由正法盡
釋曰有餘師說由正法滅盡時一切學處戒
壇羯磨一切捨離偈曰
罽賓師說犯　有二如負財
釋曰罽賓國毘婆沙師執說如此若人犯根
本罪不捨比丘戒何以故由動懷一處捨一

切護此不應然犯別學處餘學處斷無如此義雖然此人有二種有戒有破戒譬如有人有財物而負他債發露顯示此罪已還得具清淨戒無復破戒譬如有人還他債已更具財若爾云何佛世尊說此人非比丘非沙門非釋子從比丘護沙門義斷墮滅退故說名波羅夷約眞實比丘故說此言令不計命大過事起何者不計命大過事是佛世尊立爲了義汝飜此爲不了義於破戒與緣於多煩惱人爲作犯緣云何知此言是了義此言於毘那耶中是決判說毘那耶云比丘有四種一名比丘二自稱比丘三乞者比丘四破煩惱比丘於此義中白四羯磨受戒說爲名比丘此人先是眞實比丘後成非比丘無如此義是汝所言由犯一處所餘不失此中大師已與決判譬如多羅樹於頭被斫更不生葉不應成老不應成長不應成大世尊作如此譬欲顯何義如此由破一分根本故所餘護無更生起義若人犯根本罪最重能破一切比丘行與最重無慙羞相應故此人即斷一切護根本是故捨一切護此義應然何以故於大衆食及住處佛不許此人噉一段食踐一脚跟地此人大師所擯出一切大衆事用外約此人佛復說言汝等應滅除甘蔗栽拔棄空腹樹皺却無實穀汝今應遮斷非比丘自稱爲比丘於此人比丘法何相如相是相雖然不無比丘法何以故佛世尊說准陀沙門但四無有第五四者一道生二說道三道活四汙壞道有如此說此人唯相貌爲餘故說爲沙門譬如燒木枯池鸚鵡巢壞種子火

輪死衆生等若由破戒成非比丘不應成與學比丘我等不説一切犯戒人由犯戒事即成波羅夷若波羅夷人必定非比丘有餘人由相續勝異雖犯而非波羅夷由一心不敢覆藏故法主安立律義如此若波羅夷非比丘云何不更許出家由相續爲最重無慙羞所壞於護不能感生故如燋種子不由觀有比丘法故何以故此人若已捨戒亦不許更出家故於此毀損功用何益若人已成如此猶名比丘勿然此爲比丘義由正法滅盡毗那耶羯磨無故不更得新護若已得不捨

復次定生護及無流護棄捨云何偈曰

由度地及退　棄捨定得善

釋曰一切定得善法由二因緣捨離或由受上地生度餘地或由退上定墮下地或由捨聚同分復次如色界定得善由度餘地退及棄捨偈曰

無色亦爾

釋曰於無色界定得善約度餘地及退亦爾唯無定戒偈曰

聖　得果練根退

釋曰無流善由三因緣故棄捨由得果棄捨前道由練根棄捨下劣根道由退棄捨上品道或果或於果勝道棄捨諸護法如此偈曰

捨不護得護　死二根生故

釋曰有三因緣能斷除不護一由得護謂受持護或得定生護由昔因緣力故得定一切不護皆斷絶對治力大故二由死棄捨不護由依止破滅故三由二根俱起棄捨不護依止變異故若人捨仗綱等由不欲作意故雖

捨離緣起若不受對治護不護無斷義譬如離病緣起不服良藥重病不差前義亦爾是不護人若受優波婆娑護爲從護入不護爲從護入非護非不護有餘師說還入不護以捨意不定故譬如赤鐵更還青色毘婆沙師說是義不然若人更行先事還入不護由此至得隨屬有教故復次異護不護無教云何棄捨偈曰

疾心受行物　命根斷捨中

釋曰由善心强疾或由煩惱心强疾能引無教生此心若斷無教即斷譬如陶師轉輪及放箭等行由受心斷無教亦斷若人捨受心謂勿如此受由行事斷此亦斷如本所作事即若不更行由具物斷此亦斷何者具物謂支提園眠坐具延多羅網等具類由壽命斷

或由善根斷此亦即斷若人作斷善根方便由此六種因即棄捨此中無教偈曰

欲界無色善　根斷上生捨

釋曰若欲界中一切非色性善由二種因棄捨謂善根斷及生色無色界偈曰

由對治生故　捨無色染污

釋曰一切非色性染污由對治故棄捨是惑種類應除是對治種類能滅由此對治生即棄捨染污及伴類不由別方便復次何衆生中有不護有護偈曰

人道不護除　二黃門二根　鳩婁

釋曰唯人道有不護於餘道無於人道中除生成黃門横成黃門二根及北鳩婁偈曰

護亦爾　天亦

釋曰護於人道有除如前所除於天道亦有

護故二道有護云何得知黃門等無護由經及律經言摩訶那摩若人在家白衣丈夫與男根相應歸依佛歸依法歸依僧亦說此言願大德憶持我今是優婆塞摩訶那摩唯由此量此人成優婆塞於律亦有文律言如此等相人汝等必應除復由何因故於彼無護二依止惑過量故正思簡擇相續無能故下品慚羞亦無故是故無護若爾何故無不護於惡中依止不定實故若是處有護是處則有不護二相對治故北鳩婁人求受及定心不有故於惡無欲作故意故是故無護亦無不護於惡道云何無護無不護無極重慚羞故由與此二相應及壞故方得護不護復次彼依止有如此失轉成瘠田謂二黃門二根惡道衆生於此依止護不生不護亦不生譬如於鹹澀瘠田苗稼不生穢草亦不生於經中云何言比丘有卵生龍於半月八日從龍宮出受八分相應優波婆娑此行但是善行於彼無護故是故唯於人天道有護復於中偈曰

人具三

釋曰人道中一切三護皆具有謂波羅提木叉等三護偈曰

生欲色界天　定護

釋曰若諸天生欲色界有定生護於上界則無偈曰

復無流　除中定無想　天及無色界

釋曰無流護生欲色界天有除中間定無想天及無色界若生無色界諸天由至得有定護及無流護不由現前有從此向後由依分

别說業故如經中略說業今當廣分别說業有三種謂善惡無記此中偈曰

平不平異業　善不善異二

釋曰此是善等相若業平安立爲善若果報可愛若能令至涅槃是名平安暫永二時能救濟苦故若不平安說名不善爲對治平安故若業果報非可愛及能障解脫異前二業非平安非非平安不是故應知非善非非善此言何義以無記爲義復次偈曰

福非福不動　苦受等復三

釋曰復有三業謂福德業非福德業不動業復有三業謂有樂受業有苦受業有不樂不苦受業此中偈曰

欲善業福德

釋曰於欲界善業由能清淨故由能數引可愛報故故說名福德偈曰

上界善不動

釋曰色界無色界善業說名不動爲不爾耶佛世尊說三定有動於中是覺是觀所餘諸行諸聖說名動廣說如經約彼定有過失故說如此是三定等於不動經中約能成不動善緣道或說名不動復有何因此定實有動有時說爲不動偈曰

由業於自地　約報不可動

釋曰若欲界業約果報有動義云何動報於處無定故是業已感别道於餘道亦得熟有業已感别天聚同分於餘天聚同分亦得熟何以故是業能感量力色樂欲塵等於天上應熟此業有時由隨别緣於人畜生鬼神道中熟若色無色界業於餘地無因緣得熟由

果報於處定故是故說名不動非福業者於世間明了謂非善若義世間所成於中何須作功用分別說福德等業已有樂受等業今當說偈曰

樂善至三定

釋曰若業是善說於樂受好此業乃至三定何以故樂受地但極於此是故欲界及三定是彼地過此偈曰

向上善非二

釋曰過第三定向上一切善業於不苦不樂好於中無苦樂果報故偈曰

於欲界惡業　立名有苦受

釋曰欲界言爲顯唯於欲界有餘處定無此等業不但受爲果報受資粮亦是果報偈曰

餘說下有中

釋曰有師說是中業能感不苦不樂受從第四定以上有於下地亦有何因知有偈曰

中間定報故

釋曰若不爾中間定業應無果報或於中間定有別類業於中無苦無樂故中間定業於定樂根是其報餘師說如此復有餘師說此業決無受爲報此執與阿毘達磨藏相違何以故於彼藏有如此文言爲有如此不由此業以心法爲體受爲此業熟果報不有謂無覺善業偈曰

無前後報熟　由佛說三業

釋曰於經中由說此文有三業果報熟無前無後不有有樂受業色熟爲果報有業受業心及心法熟爲果報有不苦不樂受業非心相應法熟爲果報是故於下地有不苦不樂

業若離欲界於餘處此三業無一時俱熟此業爲善爲非善是善而體羸弱若爾前說樂善至三定復說若果報可愛若能令至涅槃是名善則與此言相違此說應知從多此業不以受爲性云何說有樂受等於樂受等好故說有樂受等復次是此業樂必應受此受受何法是樂報應受報樂於此業中有故復次由此業應受樂報故說此業有樂受譬如欲散有苦受業有不苦不樂受業應知亦爾

偈曰

自性及相應　境界與果報　或由令現前

受義有五種

釋曰受若約義有五種一自性受謂苦樂等二相應受謂觸如經言應受樂觸三境界受謂六塵如經言由眼見色是人受色不受色欲如此等何以故由受故緣此境界故說受此境四果報受謂業受如經言現法受業生受業後受業不定受業五現前受謂隨與一相應如經言是時受樂受是時中二受皆滅離何以故是時樂受生餘受不得生由彼應受此受若現前可說能受此受是故由應受果報說應受樂業苦等亦爾偈曰

此或定不定

釋曰此應受樂受等三業應知各有定不定由此不亦應受故偈曰

復定受有三　現等受報故

釋曰定業有三謂現法應受生應受後應受此三種定業合不定受業故成四種

阿毗達磨俱舍釋論卷第十一

音釋

婆數槃豆梵語也此云世親藪蘇后切　躭丁含切　蹔昨濫切不久也　蹲祖尊切蹲踞也　跪渠委切兩膝隱地曰跪　罽賓梵語也此云賤種罽居例切　檳榔檳卑民切榔魯當切檳榔木名　瘖瘂瘖於金切瘂烏下切瘖瘂病不能言也　荑杜奚切卉木初生貌　噉徒濫切食也　跟古痕切足踵也　跛補過切踼也　柴即委切與紫同　瘠秦昔切瘦也　澀所立切不滑也

阿毗達磨俱舍釋論卷第十二

婆藪盤豆造

陳三藏眞諦譯

釋分別業品第四之三

偈曰

復有五種業

釋曰復有餘師說業有五種不定受業分爲二謂於報或定於報或不定此中現法應受業者於此生造業即於此生熟生應受業者於此生造業於第二生熟後應受業者於此生造業從第二生後熟有餘師說現法應受業果報於餘生亦有由隨此功力立名故勿最强力業果報劣薄毗婆沙師不許此義何以故彼說有業果報親近果報非勝有業[黹+飛]此譬如外種子葵三月半結實麥等六月結實偈曰

餘師說四句

釋曰譬喩部師說有四句有業於位定於報不定若業現報於報不定有業於報定於位不定有業二處皆定若現報等於報亦定有業於二處皆不定若業不必應受於報亦不定於彼人此業成八種現報有二種定不定乃至定不定亦爾彼說現報等爲定第四不定於一剎那中得引四業俱起不得云何得於三教他自行邪婬此四若一時究竟是四業中偈曰

引聚同分二

釋曰何以故此現報業不能引聚同分現有同分故於何界何道中幾種業可引偈曰

一切處四引

釋曰於三界及一切道中四種業皆有引義此四或善或惡此引如相應此開今更立遮偈曰

地獄引善三

釋曰於地獄中三種善業有引現報無引於中無可愛報故偈曰

凡於離欲處　堅不引生報

釋曰凡夫人若於此地已得離欲若堅住無退失於此下地中不得造生報業能造餘三偈曰

聖不造餘報

釋曰堅言流至此句若聖人於此地已得離欲無復退墮不能造二業謂生報及後報何以故此人不能更感下地生故但能造現報業及不定報業於隨現生處偈曰

欲頂退不造

釋曰若聖人有退墮已離欲欲界及有頂於此二界不得造生報及後報業何以故此人已退果無捨壽義此義後當廣說於中陰有引業義不有偈曰

二十二種業　於欲中陰引

釋曰若欲界中陰能引二十二種業此云何胎位有五謂柯羅邏頞浮陀俾尸伽訶那波羅捨佉已生位有五謂嬰兒童子少壯中老於此位中中陰衆生有時引柯羅邏受業或不定或定乃至老位應受及中陰中應受偈曰

此業但現報

釋曰此中陰所引業定有十一種應知必是現報何以故偈曰

彼是一果報

釋曰此聚同分惟有一一業所引故是中陰聚同分及中陰後類十位是故不説別業感中陰由此二同生報業所引故復有何相應知此業是定偈曰

重惑及淨心　或是恒所行　於功德田定能損自父母

釋曰是業由重惑心所造或由重善心所造或恒時所行或於有功德田所起應知此業必定此中有功德田謂三寶或人差別人差別者若人至果勝類或定勝類此中若無重惑心及重善心此業或善或惡必成定業若恒所行亦爾復次若依自父母以牽爾心造隨類違損業此業亦必定受報餘業則不定復次現法應受業其相云何偈曰

此業成現報　由田意勝異

釋曰現報業者或由田勝異成如傳説有一比丘於大衆中行女人言故現身即轉根成女此傳有文由故意勝異者如傳説有一黄門由解脱牛黄門事故現身即轉根成男復次偈曰

永離欲地故

釋曰若業或善或惡要依此地生由永離欲此地此業則成現報業此業何相偈曰

若業於報定

釋曰若業於果報定於位不定此業是所説現報業若業於餘位中定此業定於餘位中與報有此業人無離欲故若不定云何此業無報由永離欲故此田何相於中所造業必定得現報若總説大比丘衆以佛爲現前上

首若約人差別有五偈曰

滅定無諍慈　見羅漢果起　於彼損益業

果於現法受

釋曰若人出無心定觀即得最極心寂靜由此定似涅槃故此人因此定如往還於涅槃若人出無諍三摩提觀無量衆生無諍利益善意所隨逐最猛盛無量福德熏修所變相續正起若人出無量慈觀無量衆生安樂善意所隨逐最猛盛無量福德熏修所變相續正起若人出四諦觀見諦所破惑滅盡無餘故新得轉依清淨相續即起若人出阿羅漢果觀修道所破惑滅盡無餘故新得轉依清淨相續即起是故於此五人或作善利益事或作惡損惱事此業果報於現世必定應得餘人所修得道未究竟故若出未圓滿自性果觀新得轉依清淨不爾是故彼不及前人福田若果報受爲勝是故此義應思有業但以心受爲果報非身受不有業但以身受爲果報非心受不說有偈曰

若善業無覺　許受爲果報　此受是心法

釋曰無覺業者從中間定乃至有頂此無覺善業惟以心受爲果報云何非身受此身受必與覺觀俱起故偈曰

若惡惟身受

釋曰若惡業定以身受爲果報云何心受非彼報此業以苦受爲報若苦受在心地則成憂根此憂根非果報於前已說若爾衆生有顛狂此顛狂於何心有復由何因生偈曰

心顛於心心

釋曰心心謂意識何以故若人在於五識則

無顛亂事五識無分別故偈曰
此從業報生
釋曰此心顛亂從衆生業報生若人以物呪及增加所作散壞他心或不求欲衆生令飲毒飲酒或恐怖衆生於獵等時或在曠野等處縱火焚燒又以坑穽陷墜衆生或由餘業令衆生失念因此業報此衆生於未來世心則顛亂後有別因偈曰
怖打不平憂
釋曰怖者諸鬼神作可畏形相來逼此人見即驚怖打者諸鬼神因人惡行起憎恚心於此人末摩作打拍事不平者風熱淡互相違反令身四大皆不調適憂者如婆師絺等若意識顛亂此心顛亂從業報生云何言心受非果報我等不說此心是果報何爲四大違損是果報從此心起故說心從果報生由業所生四大不平等故心狂亂不自在失念說此心名顛狂若作如此四句得成有心狂故亂非散故亂廣說應知狂亂非散亂者心不自在無染汙散亂非狂亂者心自在有染汙狂亂亦散亂者心不自在有染汙無狂亂亦無散亂者心自在無染汙何衆生有狂亂心偈曰
欲界除鳩婁
釋曰於欲界中有惟除北鳩婁何以故於天中亦有狂天何況於人畜生鬼神道中地獄衆生皆恒狂亂是彼衆生萬種損惱恚害末摩最重難忍苦受所逼於自身亦不了別何況能識是非等事何心啼天地獄傳此中應說於聖人亦有心狂亂由四大不平等故

除佛世尊若約先定業受報已畢若約不定業則無果報不由怖畏已度五怖畏故不由損害永無惡行能生鬼神憎恚心故不由憂惱證見法如實性故復次於經中說有三曲身曲口曲意曲復有三麤身麤口麤意麤復有三澀身澀口澀意澀此中次第應知偈曰

說曲麤澀業　諂曲瞋欲生

釋曰若身業從諂曲生說名身曲業邪曲性類故口意曲業亦爾若身業從瞋恚生說名身麤業忿怒性類故口意麤業亦爾若身業從貪欲生說名身澀業染汙性類故口意澀業亦爾偈曰

黑白等差別　復說業四種

釋曰有黑業黑果報有白業白果報有黑白業黑白果報有不黑不白業不黑不白果報

生能滅盡諸餘業故偈曰

非善欲色有　善次第應知　黑白有二業能滅彼無流

釋曰非善業者一向名黑本性黑故果報亦黑果報非可愛故此業惟欲界有色界善業一向白非黑所雜故果報亦白果報可愛故云何不說無色界業若是處有二種果報謂中陰生陰有三種業謂身口意此中說黑白業餘處不說有餘師云此亦於餘經中說欲界善業名黑白業非善所雜故果報亦黑白果報相雜故若分別此業須約相續不得約性何以故無一業如此種類及果報此業是黑即是白無如此義互相違故若爾惡業爲善業所雜故應成白黑業惡爲善所雜此義不成於欲界中惡力強故惟善可雜由力弱

故無流業者若起能滅盡此三何以故此業
非黒無染汙故非白無白果報故此不白言
是不了義説有別意故佛世尊於大空經中
依無學法説阿難如此法一向白一向善一
向無訶於阿毗達磨藏中説何者爲白法善
法及無覆無記法無果報者不墮於界故與
生死相違故一切無流業無爲悉能滅白等
三業不不此云何偈曰
於法忍離欲　於八次第道　十二種故意
此能滅黒業
釋曰於見諦道中有四法忍於離欲欲界中
有八次第道於此中是故意有十二種此業
一向能滅黒業偈曰
於第九故意　能滅黒白業
釋曰於第九離欲欲界次第道故意能滅黒
白業及黒業偈曰
白業離欲定　後次第道生
釋曰若人定定作離欲是第九次第道此中
有四種故意一向能滅白業云何但第九次
第道能滅白業不由餘此善非自性滅已滅
可更現前故雖然緣彼爲境惑滅故説彼
滅是故乃至餘一品惑猶以彼爲境未滅未
可説彼已滅偈曰
餘説地獄報　及欲受報二
釋曰有餘師見應受地獄報業離地獄於欲
界餘道應受報業次第應知是黒業是黒白
業何以故惟地獄定是惡業報故説受地獄
報業名黒業離地獄於欲界餘道中有善惡
業報是故受彼報業名黒白業偈曰
餘説見滅黒

釋曰有餘師說見諦所滅業名黒業與善不相雜故偈曰

餘欲業黒白

釋曰欲界業異見諦所滅業名黒白業此異云何謂修道所滅何以故此業有善有惡於經中說有三牟那謂身牟那口牟那意牟那此中偈曰

無學身口業　意應知次第　三牟那

釋曰無學身口二業名身口牟那無學心名意牟那非意業何以故心是真實聖者此由身口故定可比量復次此身口二業離惡爲性意業但思非有教故不能比量爲離故說牟那是故惟心能離故說名牟那云何說無學不說餘阿羅漢是真實聖者故一切或言分別滅故偈曰

三淨

釋曰於經中說有三種清淨謂身清淨口清淨意清淨此三種清淨偈曰

一切三善行

釋曰一切身善行名身清淨一切口意善行名口意清淨能除遮惡行及惑汙故或蹔或永此正說何爲衆生信樂邪牟那及邪清淨爲令思量遠離故經中復說有三種惡行偈曰

惡身口意業　說名三惡行

釋曰身口意業若不善次第應知名身口意惡行偈曰

非業貪瞋等　說意惡行三

釋曰亦有惡行非業性謂三意惡行別類非故意故譬喻部說貪等名意業於故心作經

中説若執如此惑業成一性若爾何有若惑成業無如此義於經中由故意因此門起故大師由彼顯故意毗婆沙師説如此若不爾惑業成一體十二緣生分則不成就故不許如此由此於果報非可愛聰慧人所訶故説身口意行名惡行偈曰

麤此名善行

釋曰由麤惡行應許爲善行謂善身口意業及無貪無瞋正見無利益損惱他事故云何正見邪見得成善惡性爲損益根本故是所説惡行及善行此中偈曰

由攝彼麤品　故説十業道　如理謂善惡

釋曰前所説惡行及善行中由攝明了易知善惡二業是故經中説十業道如理應知若善從善行出若惡從惡行出於中何惡行及善行非所攝於惡業道中是身惡行一分非所攝謂前分後分所餘染汙亦爾此非麤顯故若身惡行能令他失離壽命財物妻妾説名業道欲令他分別離此故於惡行別立意惡行一分名故意於善業道中是身善行一分非所攝謂前後分及離飲酒等布施供養等口善行如愛語等意善行如故意如此業道中偈曰

六惡有無教

釋曰惟六不善業道定以無教爲性謂殺盜妄語兩舌惡口無義語若教他作無根本有教故偈曰

一二種

釋曰邪婬恒以有教無教爲性何以故此自身所成就故若令他作歡喜不如自作故偈

曰
自作
釋曰是六種業道若自作亦各二種謂有教
無教若正起有教時彼即死則具有教無教
若起有教後方死但是無教若善業道偈曰
七二種惟善
釋曰善有色七業道必定二種謂有教無教
受所得戒依屬有教故偈曰
無教從定生
釋曰定所生定無流所攝諸護說名定生彼
惟無教但依屬心故偈曰
近方便有教
釋曰業道前方便必有教爲性偈曰
無教或有無
釋曰若最重上心或所汙或蜜味心清淨作
方便加行則有無教若異此則無偈曰
後分則翻此　前分三根生
釋曰翻前分方便義應知是業道後分何以
故此後分必無教爲性有教或有或無若人
已作業道後更起同類法則有有教異此悉
無復次此業道前分根本後分從何位可得
安立譬如有人欲殺禽獸從牀起捉直行往
彼所揣觸其身即置牽還將入屠所欲就殺
之即便捉杖與一下手或再下手乃至未令
命斷名殺前分是事能令命斷此中是有教
無教身業共一刹那起是名根本業道何以
故由二種因緣是人爲殺生罪所觸由作如
行及果究竟故從此刹那後無教刹那悉是
業道後分乃至治洗販賣或煮自食稱讚其
美如此等有教刹那悉成後分如此於餘六

業道中前分根本後分義如理應知不平貪等三無前後分由現前起即成業道汝今應說此爲是衆生正在死有有教無教成業道爲已死成業道若爾何有若所殺衆生正在死有能殺及令殺人若共一時死應有犯殺生罪悉檀義不爾若已死成業道是悉檀所說謂若由此害事能令彼離壽命是有教身業及共一刹那起無教是名業道此言不應說復次於阿毗達磨藏中說爲有如此義不是衆生已被殺是人未離殺生事有譬如已令此衆生離命根能殺加行未捨未息此中後分由前分名說此文句與毗婆沙義相違是根本此時中未滅故是故如無失道理應許如此云何無失此中用前分名說根本此則無失若爾如此相有教云何成根本業道

云何不成無能故若爾無教云何成業道是故加行果成就時此二成業道業道者有時是餘業道前分或是餘業道後分是殺生事位有時成業道有時成前分譬如有人欲殺怨家作惡方術殺禽獸祠鬼神或由偷他物或於彼婦作邪婬共彼人欲殺怨家或說妄語兩舌惡口軟語破彼親友隨多少能爲救護者或於彼起不平貪或於彼生瞋或爲殺彼增長邪見如此於餘業道如理應思貪等不應成前分何以故若由惟發起心是人正行前分無如此義若離行事經中說比丘殺生有三種一從貪欲生二從瞋恚生三從無明生乃至邪見亦爾此經中如此殺生相云何殺從貪生者若爲得彼身分爲得物爲戲樂等事令他失命或爲救濟自身及自眷屬

從瞋生者如為報怨從癡生者如大祠捨施人由行善法意故又如諸王隨法文句量故行重罰怨家及惡人諸王得生大福德又波尸國人殺業亦從癡生何以故彼說如此言若二親老困及有重疾必應為捨命有頻那柯外道說蛇蜈蚣齧毒等恒能傷害人此必應殺鹿羊鳥牛等為供人庖厨故受生若殺無失若殺生從邪見生亦是從癡生盜從貪生者隨其所求不與而取或為得別利養愛重好名為救濟自身及自眷屬從瞋生者如為報怨從癡生者如諸王由隨法文句量為罰惡人故奪其物又如婆羅門言一切物梵王已捨與婆羅門由婆羅門力弱諸蠻謾取受用是故若婆羅門奪取奪取自物若食食自物若衣衣自物若施施自物於彼無非他財想若盜從邪見生亦是從癡生邪婬從貪生者於他妻妾先起貪愛方行邪婬及為得利養愛重為救濟自身及自眷屬從瞋生者如為報怨從癡生者如波尸國人娶母等事又如於瞿娑婆祠中有餘女吸水齧草是人行著其親及著姑姨姊妹同姓等又如頻那柯外道說女人如臼花果熟食水渚道路等妄語等從貪瞋生如前妄語從癡生者如皮陀言

戲笑及女人　取婦并救命　求財故妄語
梵王說無害

若妄語從邪見生亦是從癡生兩舌等若從邪見生亦是從癡生一切從四皮陀所出邪論言皆是無義語不平貪等云何從貪等生

偈曰

從彼次第生　貪等三根生

釋曰從貪次第生故說彼從貪生從瞋次第生故說彼從瞋生從癡次第生故說彼從癡生說惡業道已善業道云何偈曰

善業道前後　無貪瞋癡生

釋曰共前分後分一切善業道從無貪無瞋無癡生善故意所生故此善故意必定與無貪等三善根相應故前分等三其相云何此中若遠離惡業道前分即是善業道前分若遠離根本即是根本若遠離後分即是後分譬如沙彌欲受大戒入不共住禮拜比丘請優波陀訶乃至說一羯磨及第二羯磨此名前分第三羯磨竟時是有教業共一刹那無教是根本業道從此後乃至說四依依此根本所有有教業及無教業及至相續未斷是名後分是所說言非一切業道由貪等究竟此中何業道由何惡根得究竟偈曰

殺生瞋惡口　成就皆由瞋

釋曰殺生瞋恚惡口必由瞋得究竟捨心澀心現前此三得成故偈曰

邪婬貪欲盜　由貪故究竟

釋曰由貪欲現前故邪婬貪欲偷盜得成就偈曰

邪見由無明

釋曰若人起最重品癡能成就邪見偈曰

許所餘由三

釋曰何者爲餘謂妄語兩舌無義語此三由三惡根隨一成就或由貪或由瞋或由癡是業道約四節所說謂三三一三如此次第應知偈曰

衆生受用依　名色及名聚

釋曰殺等依止衆生起邪婬等依止受用物起邪見依止名色起妄語等依止名聚起若人起定心爲殺彼人或與彼同時死或在彼前死爲有根本業道不偈曰

俱死及前死　無根

釋曰是故顯此問若人行殺生事果亦究竟不犯殺生罪有如此義不有若能殺人或在前死或同時死若爾何因所殺人猶活未死殺者與殺生罪不相應若殺者同時死亦不相應云何不相應偈曰

别依生

釋曰由此依止於彼行殺事此依止已斷滅有别依止生異先聚同分此依止不行殺事故是故無與業道相應義復次若爲殺他故集衆爲軍或掘坑或獵或偷破多人聚集同爲此事於中一人若行殺生事何人得殺生罪偈曰

軍等同事故　悉得如作者

釋曰如作者犯罪如此一切人同犯一罪共一事故若由義此彼更互相殺若人由他勢力所逼引令入中是人亦與此罪相應若人依此誓法謂隨有命爲救自命我亦不殺惟除此人若人自作殺生事此行幾量成業道乃至邪見成業道此相應説偈曰

殺生有故意　他想不亂殺

釋曰若人有故意我必應殺彼於彼有彼想惟殺彼不漫殺事由此三義殺生成業道若爾有人心疑不決而殺生謂此爲是衆生爲非衆生爲是彼爲非彼此人於殺已決方殺

謂若是若非我必須殺此人已作捨心若殺生得殺生罪於刹那刹那滅五陰中云何斷波羅那此名有何義以風爲義此風依身依心起若人斷此風譬如風滅燈光手滅鈴聲斷此風亦爾是名斷波羅那或以命根爲義是一刹那命根正欲生若遮礙此即犯殺生罪異此不犯此命屬何人由命斷彼死說此命屬彼人何物爲彼此義於彼說我中當共思量佛世尊說

命根暖及識　若三棄捨身　彼捨即永眠

如枯木無覺

是故有命根身名活無命根身名死尼乾陀子說若不以知爲先殺生殺者亦得罪譬如不以知爲先觸火亦被燒於彼若遇見他婦及觸此義亦應然拔尼乾陀子髮教彼修苦行彼腹脹死施主應得罪母及胎互爲困苦因故犯罪人由與殺事相應故如火燒自衣若人教他殺不應得罪譬如教他觸火由教故自不被燒無意土木等亦應得罪如屋倒殺生故又於犯死罪理不應但由立譬得成說殺生罪已偈曰

偷盜於他物　力暗取屬已

釋曰不亂言流若人由强力或由暗竊取他財物屬已於他物中若有取意由力由暗除亂取因此量成盜業道若盜藪斗波物從佛得罪何以故一切供養物於般涅槃時佛世尊悉已受有餘師說若人能護此物從此人得罪若掘窖得無主物從國主得罪若人偷迴轉物若已作羯磨從至不共住人得罪若未作羯磨從一切佛弟子得罪偈曰

行非行邪婬　說此有四種

釋曰四種行不應行名邪婬一行不應行謂他所攝若母女父母親二行不應行謂非分若自婦於下道及口三行不應行謂非處若露處支提處修梵行處四行不應行謂非時若自婦有胎時飲兒時受護時若由夫聽許故得護此爲非時餘部說如此不亂言流若往他婦所作自婦想不成業道若作他婦想往餘他婦所餘師說由行於他婦及受用此類故成業道別處欲作於別處行故無業道罪譬如殺生餘師說如此若於比丘尼行此事從何處得罪從國主得罪何以故此事非國主所忍許故若自婦有戒尚不可行何況比丘尼若於童女行此事於父母所許人得罪若未許人於守護人得罪乃至於王得罪

偈曰

別想說此言　於解義妄語

釋曰是其所說義於此義中起別異想說言所依人若解此言義此言成妄語若所依人不解此言義此言云何此言則成無義語所說言者有時多文字成語於此語中何字成業道最後字共無教成業道或隨處彼人已解義前文字但是前分加行說解義者爲得聞已解義爲得聞能解義若爾何有若已解義語義是意識境界故言語與耳識俱滅故應但以無教爲業道若能解義則無此失云何成能解解語人在於耳識此人爲能解如執無失可許如此於經中說言說有十六種不見說見乃至不知說知見說不見乃至知說不知此八非聖言說不見說不見乃至不

知說不知已見說見乃至已知說知此八是
聖言說此中見聞覺知相云何偈曰
眼耳及意識　所證并餘三　此名見聞知
次第或說覺
釋曰若眼識所證爲見耳識所證爲聞意識所證爲知鼻舌身識所證爲覺何以故香味觸本性無記故譬如死屍是故緣彼識說爲覺毗婆沙師說如此此中以何爲證有二種證謂阿含及道理阿含云摩羅枳毋汝意云何是色非汝眼昔所曾見非今正所見非汝作心我當應見汝爲因此色得起欲起愛起喜起著起結起貪不不爾婆檀多是聲非汝耳昔所曾聞乃至是法非汝意昔所曾知廣說乃至不爾婆檀多摩羅枳毋汝意云何爲於此中於見惟有見生於聞惟有聞生於覺惟有覺生於知惟有知生於經中說如此既於三塵說見聞知故知於餘三塵同立覺名若不許如此此三在見等三外故於香等應無言說是名道理此經非證有別義故何以故於此經中非佛世尊欲判四言說相故說此言說何爲佛言摩羅枳毋於六境界中及於見等四種言說中爲但見等言說起爲更增足愛不愛等因於此說中見經義如此若爾何相爲見乃至何相爲知有餘師說五根所證爲見從他傳得爲聞是時所籌量自意所許爲覺自心所證爲知是五塵隨一所見故因此義立見言說若事非自所證但從他傳得說此名聞若事約五塵由自思量所立自所許故說此名覺第六塵異五故但意識所證說此名知是故於香等無無言說是故

汝所立道理不成道理先舊諸師說如此眼根所證說名見從他傳得說名聞是自所思說名覺對自身所受所得說名知勿廣論此更釋此論若人由身顯義異爲有妄語不有是故阿毗達磨藏說爲有不由身行殺生事犯殺生罪不有若由言行爲有不由言行妄語事犯妄語罪不有若由身行爲有不由身口行此事犯殺生妄語罪不有如由仙人心忿責此中引布薩譬如證若由身口不行無欲界無教不以有教爲先故云何此無教成業道汝今於中應作功用說妄語已偈曰

破語有染心　所說壞他愛

釋曰解義言無亂言流若有染汙心爲壞他和合及相喜愛是名破語偈曰

惡語非他愛

釋曰有染汙心解義不亂此三言流此三何義若人有染汙心於解義人是所欲說處是所欲說語即說是名惡語偈曰

諸染非應語

釋曰一切染汙言與義不相應故名非應語亦名散語於義不相攝故偈曰

餘說異三染

釋曰有餘師說從妄語等口業若有染汙口業異彼是名非應語偈曰

佞悲歌舞曲　邪論

釋曰譬如邪命比丘爲得利養作諂佞言復有人爲別離憂所逼作悲思言復有人由欲染心故歌復有舞兒於舞時爲染汙他作諸詞曲復有人執邪論起見弘說此論乃至俗話等言異妄語等三所有染汙言皆名非應

語轉輪王時有歌云何非非應語是時彼人所歌一切與出離義相應不與邪味相應是時有求婦迎婦等語雖是非應語而非業道餘師說如此偈曰

貪欲者　他財不平欲

釋曰於他財物非道理非平等求得爲屬自已作是意願如此等物皆悉屬我或由力或由暗此貪欲名業道有餘師說一切欲界愛欲皆是貪欲業道何以故於五蓋經依愛欲有如此言此人捨於世間貪欲蓋若一切愛皆是貪欲非一切悉是業道由攝重品惡故勿一切轉輪王及北鳩婁人有貪欲業道餘師說如此偈曰

瞋恚捨衆生

釋曰緣衆生過失起害捨心於損傷他事中心强疾故成業道偈曰

於善惡無見　邪見

釋曰於善惡二業撥云無業是名邪見如經言無施無供養無嗅多無善行無惡行於世間無沙門婆羅門是阿羅漢此邪見具足謂撥業撥果撥聖人於經中有多種文句此偈但顯重是十業道體相如此業道是何義偈曰

此後三　惟道七業道

釋曰貪欲等三是業家道故說業道發起故意依彼起故前七亦業亦道能顯本意故是彼種類故是故名業業道如前無貪等及離殺生等應知亦如此前後二分云何非業道由彼生爲成此及依止此爲根本故如麤攝爲業道故此如前說復次由彼增減於世間

一切内外物勝劣顯現故立彼爲業道若爾譬喻部師執但貪愛等是意業此三於彼云何成業道汝應問彼師此亦可答彼是業亦是惡趣道故彼名業道復次更互相乘故皆名業道是所説十惡業道此一切與善法行相違故故説名惡偈曰

斷根由邪見

釋曰於十惡中由何惡斷善根由最上上品圓滿邪見若爾於阿毗達磨藏中云何説言何者最上上品惡根是彼能斷滅善根若人正至離欲欲界位最初所除由邪見爲惡根所引起故於惡根中立邪見事譬如火能燒國土劫能引火令起故説國土爲劫所燒何者是所滅善根偈曰

欲界生得善

釋曰惟欲界中善根被斷與色無色界善根不相應故若爾假名分別論云何將彼論云惟由此量是人已斷三界善根上界善根至得依最遠相離義故説此言由令相續非彼器故惟生得善根被斷滅是一切加行得善已退失故此邪見能斷善根緣何境界偈曰

謂撥無因果

釋曰此邪見若能撥因謂無善惡行若撥果謂無善惡行業所有果報此二邪見似次第道及解脱道餘部師説如此緣有流爲境不緣無流緣同分界不緣非同分界惟由相應隨眠故故彼力弱偈曰

一切次

釋曰諸師分別説如此一切邪見九品善根一時能斷譬如見諦滅惑復有餘師説次第

斷由九品邪見九品善根被斷譬如修道滅惑乃至最上上品邪見斷最下下品善根若執如此毗婆沙伽蘭他則被守護伽蘭他言何者善根最細恒隨是斷善根人最後所斷由彼斷滅此人得斷善根名若爾此伽蘭他義云何將伽蘭他言何者最上上品惡根若是惡根能除滅善根名最上上品約圓滿事故說此言何以故由此滅無餘故無一品類在不被斷爲彼作生因如見諦道中間不出觀斷善根亦爾復有餘師說此事有二種復有餘師說先斷除護類善根後斷自性善根復有餘師說若護是心果由捨此心護亦被捨於何處善根可斷滅偈曰

人道

釋曰於人道中非惡道有染無染智不堅牢故於天道證見業果報故於三洲非北鳩婁彼本來無惡意故餘師說惟剡浮洲人若執如此與伽蘭他相違伽蘭他云剡浮洲人若與最少根相應惟與八根相應東毗提訶西瞿耶尼亦爾此善根偈曰

能斷惟男女

釋曰若斷善根惟男女能斷餘師說智根精進根昧鈍故女人不斷若爾此執與伽蘭他則相違伽蘭他云若人與女根相應此人必定與八根相應於男女中貪愛行不能斷善根意地動弱故若爾何行人能斷偈曰

見行

釋曰此人惡意甚深堅牢故是故黄門等不能斷是貪愛行部類故猶如惡道此斷善根體相云何偈曰

此非得

釋曰是時善根至得斷不更生非至得生於非至得生時說善根已斷此善根已斷云何更相續偈曰

接善疑有見

釋曰此人於因果中若生疑心或生有見此名正見是時正見至得更起故說接善根昔時九品已斷今一時相接由次第現前譬如得無病及力是彼人接善根偈曰

今非作無間

釋曰餘斷善根人於今生有接善根義若作無間業人今生無接善根義依此人故經中說此人不應今生得接善根此人或從地獄正退正生是時應接善根正生謂住中陰正退謂將死此中若由因力斷善根是退時接善根若由緣力斷善根是正生時接善根由自力由他力亦爾復次若人由自意壞斷善根此人於現世得接善根若人由自意壞及他教壞斷善根此人於捨身後得接善根若人由見壞由見戒壞亦爾有斷善根不墮邪定聚此義有四句第一句者如富樓那等第二句者如未生怨王等第三句者如提婆達多等第四句者除前三句

阿毗達磨俱舍釋論卷第十二

音釋

柯羅邏 梵語也此云凝滑邏郎佐切　頞浮陀 梵語也此云疱頞烏葛切　穽 疾政切陷坑也　揣 初委切揣摩也　齧 五結切噬也　庖 薄交切廚也　蠻 莫還切　掘 其月切穿也　脹 知亮切肨脹也　竊 千結切盜也　窖 古孝切地藏也　枳 諸市切　諂佞 諂丑琰切佞言曰諂佞乃定切巧諂也　剡 以冉切

阿毗達磨俱舍釋論卷第十三

婆藪盤豆造

陳三藏眞諦譯

釋分別業品第四之四

由分別安立業道此中是義應說幾種業道故意與彼相應俱起偈曰

故意俱乃至　與八惡業道

釋曰有時故意與一惡業道俱起離餘業道若貪欲等起現前若人無染汙心由先教他作有色業道隨一成就時與二俱起者若人起瞋恚心殺生時或貪欲所染心行盜及邪婬時或說非應語與三俱起者若人起瞋恚心於他衆生俱時殺盜若爾是時偷盜不由貪欲成就若人心不異成就業道時應知前決義若人貪欲等所染由教他有色二業道成就時如此等與三與四俱起者若有人欲破他和合意說妄語惡語此中意業道隨一口業道有三有時貪欲等所染由教他別三成就時餘五六七應知合如此義與八俱起者於六教他自行邪婬若彼共一時俱成由惡業道義極於此偈曰

若善乃至十

釋曰若論故意與善業道相應不相應乃至得與十業道相應已作如此通說爲簡擇此故更作別說偈曰

不共一八五

釋曰故意無與一八五業道相應義此中與二相應者於善五識起時入無色定盡智無生智起時與三相應者與正見相應意識起時與四相應者惡心無記心起時正受優婆

塞護及沙彌護與六相應者善五識起時受前二護與七相應者善意識起時受前二護或惡心或無記心起時受比丘護與九相應者善五識起時受比丘護若意識與盡智無生智相應是盡智無生智相應心與定相應與十相應者異此於餘處善意識起時受比丘護一切定護無流護相應故意離盡智無生智若與非護所攝亦得與一相應若人異心受一遠離分亦得與五八相應若人善意識起時一時受二遠離分或受五遠離分復於何道幾業道或惡或善由現前及至得俱起偈曰

非應語惡語　瞋於地獄二

釋曰是三種業道於地獄由二種義有一由現前有二由至得有由悲泣有非應語由互相罵有惡語由相續惱互相憎故有瞋恚偈曰

由至得貪欲　邪見

釋曰若由至得有貪愛邪見不由現前有無可愛塵故證知業果故由業盡死故無殺生不攝財及婦故無偷盜邪婬無用故無妄語恒自無和合故無破語偈曰

北洲三

釋曰由至得言流貪欲瞋恚邪見不由現前有無我所無攝故相續軟滑故瞋恚類境無故無惡意故偈曰

第七彼自有

釋曰非應語於彼現前有何以故彼人有時起染汙心歌無惡意故無殺生等壽命定故不攝財及婦故無用故彼人云何作非梵行

彼人若欲共此女人和合戲即執彼手俱往樹下此女若堪行樹即密覆便與交通若不堪行樹則不覆即相背去偈曰

於餘欲十惡

釋曰自有言流除地獄及北洲於餘處十種惡業道由現前亦有於畜生鬼神天道中有非不護業道於人道中不護所攝業道亦有若天不能殺餘天能殺餘道衆生諸天若斬首斬腰即便捨命説惡業道已偈曰

彼三一切有　現前至得故

釋曰於五道及三界一切處無貪無瞋正見由現前及至得皆有偈曰

無色無想天　由至得七

釋曰身口七善業道於無色界及無想天中但由至得有聖人已生無色界與過去未來無流護至得相應故無想天與定護至得相應隨所依止地聖人所生及所捨無流護若生無色界與此過去護相應與依五地未來護亦相應偈曰

餘　由現前亦有　除地獄北洲

釋曰餘者謂别界别道於餘界餘道中是七種善業道由現前亦有除地獄及北洲是餘者謂畜生鬼神於中惟有非護於色界但護所攝於餘處具有二種復次是十種惡業道及善業道偈曰

一切皆能與　增上流報果

釋曰今且論惡由一切十惡所事修習數起故生於地獄是名果報果若受地獄報竟得如此類謂人道等聚同分由斷命故壽命短促由偷盜故有財物障難由邪婬故多怨憎

於妻妾有障礙由妄語故多被誹謗由破語故親友不和穆由惡語故恒聞不可愛聲由非應語故有理實言人不信受由貪欲故多重貪欲由瞋恚故多重瞋恚由邪見故暗鈍多癡此見多無明故是名十惡等流果於人道中壽命若短促亦是善業果此云何是殺生等流果不說人壽命是等流果何者由惡業令壽命減少殺生是人道壽命障礙因此義應知增上果者由殺生所事修習數起一切外資生具無復勢味由偷盜故多霹靂多塵由邪婬故多塵垢由妄語故多臭穢由破語故外器有高深由惡語故其地惡味高燥相違不宜一切由非應語故時節不調適四大變異不平等由貪欲故一切所種果實少弱由瞋恚故一切所生皆悉蕟苦由邪見故一切資生或少果或無果是名十惡增上果爲由此業今生壽命短促爲由別業有餘師說即是此業何以故昔時此業果報果已成今時是其等流果有餘師說昔時由前分今時由根本由執共伴類故是所說殺生等等流果者非等流種類由相似差別故說如此復次云何十業道有三種果生若人作殺生事生被殺者苦故斷彼命故除彼勢味故是故彼偈曰

由困苦除命　滅勢味果三

釋曰由困苦他故有果報果故於地獄受害困苦由行殺故故有等流果今生可愛壽命短促由滅他勢味故有增上果外草藥等勢味或無或弱所餘業道三果應知亦爾善業道三果應知亦如此佛世尊所說有邪語邪

業邪命有何邪命異於此二無異此二偈曰
貪生身口業　別立爲邪命
釋曰若於衆生從瞋癡生身口二業名邪語邪業異此二別立爲邪命偈曰
難治
釋曰貪欲法通引衆生是故從彼所生業中心難可禁護是故正命不易可治於中爲生他般重心故分此二立爲第三此中說偈
在家見難治　恒執種種見　比丘命難治資生屬他故
偈曰
資貪生　若執
釋曰若有人執命資粮貪欲所生身口二業名邪命非餘何以故爲自身遊戲於舞歌等不立爲命資粮偈曰
非經故
釋曰是義不然何以故由經言於戒聚經中看象鬬等事佛世尊安立於邪命中何以故由邪受用塵故此義已竟先於前所說五種果於中何業由幾果有果偈曰
於滅道有垢　業有果由五
釋曰爲得滅故修此道復由此道故惑滅故說名滅道謂次第道此道若有流於中所有業有五種果爲果何以故此業於自地中所得可愛果是名果報果後時或等或勝相似法是等流果相離果者謂擇滅心離諸結功力果者是道所引生諸法謂解脫道及俱起諸法未來應得餘法及此擇滅增上果者離自性所餘有爲法除前生偈曰
於無垢由四

釋曰於無流滅道中業由四果有果除果報果偈曰

有流餘善惡

釋曰若善有流業異於滅道及惡業此二由四果有果除相離果偈曰

所餘無流業　由三無記爾

釋曰所有無流業若異滅道及無記業由三果有果除果報果及相離果偈曰

四二及餘三　善業善等果

釋曰此義應知次第後當說之有時善業以善法爲果則有四果除果報果若以惡法爲果則有二果謂功力果增上果若以無記法爲果則有三果除等流果及相離果偈曰

若惡善等二　三四如次第

釋曰此義應知次第若惡業以善法爲果則有二果謂功力果增上果若以惡法爲果則有三果除果報果及相離果若以無記法爲果則有四果除相離果等流果云何謂無記身見邊見是見苦諦所滅不善徧行或等流果偈曰

無記有二三　三復於善等

釋曰若無記業以善法爲果則有二果謂功力果及增上果若以惡法爲果則有三果除果報果及相離果云何如此見苦諦所滅不善或是無記二見等流果若以無記法爲果則有三果偈曰

過去一切四

釋曰一切謂三世法此法若爲過去業果各有四果除相離果偈曰

中業來果爾

釋曰若現世業以未來法爲果則有四果如前偈曰
中果二
釋曰若現世法爲現世業果但有二果謂功力果及增上果偈曰
來業　未來果有三
釋曰若未來業以未來法爲果則有三果除等流果及相離果偈曰
同地法有四
釋曰除相離果所餘皆有偈曰
三二若異地
釋曰異地業若無流則有三果除果報果及相離果由不墮界故若有流則有二果謂功力果及增上果偈曰
有學三學等
釋曰若有學業以有學法爲果則有三果除果報果及相離果若以無學法爲果亦爾若以非學非非學法爲果則有三果除果報果及等流果偈曰
無學業學等　諸法但一果　或三果及二
釋曰若無學業以有學法爲果則有一果謂增上果若以無學法爲果則有三果除果報果及相離果若以非學非非學法爲果則有二果謂功力果及增上果偈曰
異此二學等　二二及五果
釋曰異學無學業謂非學非無學業若以有學法爲果則有二果謂功力果及增上果以無學法爲果亦爾若以非學非無學法爲果則有五果偈曰
三四果及一　見滅業彼等

釋曰若見諦所滅業以見諦所滅法爲果則有三果除果報果及相離果若以修道所滅法爲果則有四果除相離果若以非所滅法爲果則有一果謂增上果偈曰

二果四及三　修道所滅業

釋曰若修道所滅業以見諦所滅法爲果則有一果謂功力果及增上果若以修道所滅法爲果則有四果除相離果若以非所滅法爲果則有三果除果報果及等流果偈曰

非滅業彼一　二四果次第

釋曰非所滅業若以見諦所滅法爲果則有一果謂增上果若以修道所滅法爲果則有二果謂功力果及增上果若以非所滅法爲果則有四果除果報果更說次第言者應知於前中後爲顯因果重說諸義由分別業相應義故此業體相亦應問於阿毗達磨藏中說有三業謂非理作如理作非理非非理作此業其相云何偈曰

非理作有染　餘說非方次

釋曰若業有染汙說名非理作從不正思生故餘師說如此或有師說失方便次第名非理作若人應如此行應如此住應如此噉食應如此著衣如此等事若作不如此名非理作此業由非應理所造故悉名非理作一切善業名如理作及不失方便次第亦名如理作與此二名非理非非理作業爲一業引一生爲一業引多生復次爲多業引一生爲一業引一生若約此悉檀應說如此偈曰

一業引一生

釋曰但一生惟一業能引不能引多生生者

是聚同分名若得彼説名生若爾大德阿尼婁馱云何説言我今由昔時所施一食果報故七反生三十三天七反作轉輪王已乃至今猶於大富釋迦家生由此業果報得大富果及得憶持宿住事更生別業欲顯功能故説此言譬如有人由一金錢作功力得千金錢方説此言我今由一金錢故得大富復説此人以此時施食爲依止諸故意相續最長大起於中有諸故意能引攝果報不得多業感一生勿分分所引聚同分成此聚同分由一業所引許餘業偈曰

多業能圓滿

釋曰譬如畫師由一色畫人形貌以多色圓滿何以故於世間中有衆生同人聚同分有具足根身及身分色形貌量力端正等相圓滿故於人聚中最分明可愛有餘人於中不具分不但惟業能引生何爲所餘有果報法若一切種偈曰

二定非能引　無心及至得

釋曰二無心定亦有果報不能引聚同分與業不俱起故至得亦爾與業不同果故佛世尊説障有三種謂業障煩惱障果報障此三障體性云何偈曰

無間等重業　染住惑惡道　北洲無想天

説此名三障

釋曰有五無間業等是名業障謂殺母殺父殺阿羅漢破僧和合於如來身有害意出血是名業障染住惑名煩惱障惑有二種一染住謂恒行二强利謂重品此中染住惑名煩惱障譬如黄門等或强利或非障何以故若

惑由重品故强利此惑有時起不恒故有時可滅非輕品惑恒起何以故若惑恒起爲滅此不得人功時此惑依輕品成中品依中品成上品故此惑是正障三種惡道名果報障善道一分亦爾謂北洲人及無想天此三障障何法能障聖道及障聖道加行善根復有餘業於惡道等報定謂於卵生濕生生女人身生第八有中定亦應說爲業障若業由五種因可了可說立此業爲障何者爲五一由依二由果三由道四由生五由人故但說五於中惑障最麤業障次麤何以故由此二於第二生是人不可治毗婆沙師說後後能乘故故次第說無間者何義於生果報中無別業及別生果能遮礙復次作此業人若捨壽命無間生地獄果無法能礙是人由與此決相應於生地獄中無間故說爲無間譬如沙門復次此三種障應知於何道中有若決定者偈曰

於三洲無間

釋曰於北洲及餘道皆無何況餘界於人道中男女二人能作此業偈曰

黄門等不許

釋曰何因是彼無護因即是此因復有別因偈曰

少恩少慙羞

釋曰次第父母於某某於父母父母於其恩少由不具身分爲增上故愛念少故其於父母不起重品慙羞由破此慙羞爲無間罪所觸由此因故畜生鬼神道中不許有無間業大德說若智慧明了有五無間譬如聰慧馬

故若人殺非人父母無無間業説業障已偈曰

餘障於五道

釋曰何者爲餘謂惑障果報障果報障者於人道中北洲人於天道中無想天此無間業體性云何四身業爲體一口業爲體三殺生爲性一妄語爲性一殺生前分爲性諸佛如來不可殺害爲法於因立果名故説僧和合破爲無間業僧由此因破故因得破名此破其義云何偈曰

僧破非和合　性非相應法　無染無記法

釋曰和合者謂與心不相應行無覆無記僧破亦爾此云何成無間業能破人與此不相應何爲偈曰

衆與此相應

釋曰何以故是破屬所破不屬能破若爾能破與何法相應偈曰

依此妄語罪　能破與相應

釋曰能破人與破僧和合罪相應此罪謂妄語復次此妄語與僧和合破俱起有教無教能破與此罪相應偈曰

毗指一劫熟

釋曰一別劫果報於阿毗指大地獄熟所餘無間業不決定於阿毗指大地獄熟若人作多無間業此多業悉無間熟由此業是人何所得偈曰

如增苦受增

釋曰此人由多無間業熟於阿毗指地獄得最大最厚柔輭依止是苦惱事最多種最難忍起由此二因所受苦受二三四五分增何

人能破僧和合偈曰
比丘見好行　破
釋曰在家不能破比丘尼等亦不能破是比丘多見行非貪愛行住於正行由行不可訶邪行不能破何以故此人教不可信受故何處得破偈曰
餘處
釋曰若世尊在此處異此處故得破不得親對世尊諸佛如來不可輕逼故言教最可信受故若破何人偈曰
凡夫
釋曰但破凡夫僧和合不能破聖人自證見正理法故是凡夫未得忍前餘師說如此由幾量僧得破偈曰
別師道忍時　已破
釋曰是時彼僧忍受別師異如來及信受別道異如來所說正道由此量應說僧已破破已幾時得住此夜偈曰
不宿住
釋曰大衆已破不度此夜必定更和合是所說破僧和合偈曰
說此名破輪
釋曰何以故是時佛世尊法輪已破能障礙聖道生起故故名輪破或說僧破此輪破何處得成偈曰
剡浮洲
釋曰但於剡浮洲破餘處則無由幾人得破偈曰
九等
釋曰定取九爲初過此無定八比丘是名僧

第九爲能破何以故僧必定應於二聚二助中住若爾得破别有僧破從羯磨破成若於一别住不和合作羯磨是名羯磨破此破偈曰

三洲有破業

釋曰於三洲等若有如來正教此由幾比丘成偈曰

此由八及餘

釋曰此中但作羯磨不立十四破類法故以八爲定是破輪於六時不得成偈曰

初後頞浮前　雙前師滅時　未結别住時　破輪不得成

釋曰初者轉法輪未久後者世尊將般涅槃時此二時中大衆恭敬修同一味故無破於中間在頞浮陀前僧不破於正法中乃至戒頞浮陀見頞浮陀未起時於雙前亦不破乃至二弟子奢摩他毗鉢舍那雙未起時由已破不經宿故由二更和合故若大師已般涅槃時無相對立故無破乃至未結别住時亦無破何以故若共一别住安立二助則名僧破於此六時破輪不成非一切佛皆有此破輪此事依業成故云何殺母等事中有無間業於餘處無偈曰

有恩功德田　由捨離除故

釋曰於殺父母中由捨有恩人云何彼有恩是自身生本故云何捨彼謂除彼命根功德田者謂阿羅漢阿羅漢身是三界惑擇滅及戒等陰器故故名功德田由除此身故故成無間業若父母轉根於此一依止中偈曰

别根障亦有

釋曰是故經中說云爲有如此不令男人離命根非父非阿羅漢而爲無間罪所觸不有若毋轉根令女人離命根非毋非阿羅漢而爲無間罪所觸不有若父轉根有女人柯羅邏墮有別女人即取安置產門中此人以何女爲毋若殺於何女成無間業偈曰

從血生是毋

釋曰若從此女人血成此人身此女是其生毋於第二女人一切事中皆應問聽何以故此女能飲此兒及能長養教訓是非若人於毋行殺害方便設殺餘人無無間業不於自毋行殺害方便設殺自毋亦無無間業因子欲殺方便毋隱牀中父走餘處故死此人成無間業若人行一害事殺毋及殺餘人二無殺業並起有教惟無間業由此無間業力强故大德瞿沙說隣虛所成故有教亦有二種若不想是阿羅漢殺阿羅漢有無間業我今必殺於此依止意決定故若人殺父父是阿羅漢此人但得一無間業由依止一故若爾此阿婆陀那經云何將經云汝去語始看持汝今造二無間業由汝今父離命根亦令阿羅漢離命根顯此無間業由二因緣所成故說此言復次由此二門訶責彼人故說此言爲決定於如來邊起惡心出血故有無間業爲不若由殺意故有無間業偈曰

於佛打意無

釋曰若人惟有打故意出佛血則無無間業若人於非阿羅漢行殺害事害後成阿羅漢得無間業不偈曰

害後無學無

釋曰於此人無無間業何以故此殺方便不於阿羅漢起故若人已作無間方便未轉方便時爲先得離欲及聖果不偈曰

行無間前人　無離欲及果

釋曰若人作無間業方便必定應成是方便時中無離欲及得聖果若不定則不如若人於餘業道作前方便道生時得離欲及聖果後業道不生何以故是令依止與彼業一向相違故於五無間中何無間業罪最重偈曰

破和合妄語　許最大重罪

釋曰了別法非法人妄語是僧和合破因顯翻倒理故於一切邪行是最大重罪何以故能害諸如來法身故能障礙世間天道及涅槃道故何以故大衆正破時世間入正定聚證果離欲流盡等悉皆被遮修定讀誦一切正思事並不得起一切世間及人天皆紛擾生憂惱亂心此事乃至僧未更和合復次由此業報於阿毗指地獄熟具滿一劫故言大重所餘無間業次第應知第五第三第一爲重一切中第二最輕若爾佛世尊說於三種治罰中意治罰最重復說一切罪中邪見最勝於無間業中定判破僧爲最重罪此言云何若約無間一劫果報無勝破僧妄語若決判三業意治罰最重餘治罰隨此故若決判諸見邪見最重非撥彼境界故復次依大果報依殺害多衆生依斷除善根故說此言次第應知於善行中何善行果報最大偈曰

世有頂故意　善中最大果

釋曰於善業中非想非非想故意果報最大何以故於八萬大劫微妙寂靜是其果報故

此言約果報果說若約相離果金剛三摩提故意於一切中爲最大果一切結滅盡爲果故是故說於世間爲由無間業於地獄得無間生爲亦由無間同類由二種有餘師說惟由無間業必定得無間生由同類不定何者爲無間同類偈曰

汙毋阿羅漢　殺定地菩薩　及有學聖人
奪僧和合緣　是無間同類　五破佛支提

釋曰如此五業與五無間業應知次第同類若人汙壞自毋阿羅漢由行非梵行故若人殺至住定地菩薩若殺有學聖人若奪大衆和合因緣若起佛支提想破佛藪斗波此業說名無間同類有餘業若有果報於三時中最急起障何者三時偈曰

忍那含羅漢　位中業起障

釋曰若人從頂思想忍是時一切引惡道果報業悉起爲障由應過彼果報地故譬如有人應捨離自國土一切債主皆起諸業亦爾若人應至阿那含果一切欲界離業悉起爲障惟除現報業若人應至阿羅漢果一切色界無色界業悉起爲障於前已說若人殺定地菩薩偈曰

菩薩從何位

釋曰取何位應說此是菩薩偈曰

從作相業時

釋曰從修行能感三十二相八十隨相果報業時何以故此人於此時中已入菩薩正定位云何如此此人從此時向後恒爾偈曰

善道貴家具　男憶宿不退

釋曰善道者最勝可讚故名善道由生於人

天道中故復於善道中生刹帝利種姓婆羅門種姓大長者種姓於中生摩訶婆羅家此人已生貴家有貴家人具根有不具根此根有二種謂色根法根若不具此是從明向暗若具此是從明向明恒得丈夫身非女人身何况作黄門等此人憶一切生中一切宿住事由聞思二慧圓滿故於安樂利益衆生事中由一切苦品類由一切他違逆惡事不厭極故是世間所説非直買得陀婆應知是菩薩何以故是諸大士已至一切勝德最上上品位無餘因緣惟由繫屬大悲故於一切衆生安立自身似彼僕使由無憍慢故於一切衆生能忍受一切最難求欲恒荷負一切苦行事由礙他故不立自事是故説非直買得是所説能感相果報業者偈曰

剡浮洲丈夫　對佛佛故意　思慧類百劫
於餘得引此

釋曰惟於剡浮洲菩薩修引相報業非餘洲何以故剡浮洲人智根最利故惟　又夫非女人過女人位故此修於何時大師在現前時由緣佛爲境故意故此業思慧爲類非聞修慧於餘時謂百大劫量非於多餘一切佛皆爾惟釋迦牟尼世尊正勤最熾盛故能起九劫於九十一劫引所餘相業是故如來説士主我從此生前所經九十一劫不憶不見昔時於一家生中因施一熟食有閒有損何況大事從此時自性念宿住故已出初阿僧祇菩薩除滅四種過失恒得二種最勝德宿舊師説如此於菩薩諸相中偈曰

一一百福生

釋曰此福量云何除近行菩薩一切十方衆生能感富樂業爲量餘師說如此如衆生業增上緣能感三千大千世界生如此量毗婆沙師說如此有餘師說惟諸佛能知此業數量復次今世尊昔在菩薩位中事幾諸佛於初阿僧祇事七十五千佛於第二阿僧祇事七十六千佛於第三阿僧祇事七十七千佛一一阿僧祇最後時何佛世尊出由逆時應知次第偈曰

三僧祇後出　毗婆尸然燈　寶光

釋曰於剌那尸棄佛世尊第一阿僧祇究竟於然燈佛世尊第二阿僧祇究竟於毗婆尸佛世尊第三阿僧祇究竟於一切佛偈曰

先釋迦

釋曰有佛世尊號釋迦牟尼昔已出世於此世尊所今佛世尊求修菩薩行初發菩提願願我成佛皆同如此相昔時世尊如今末世時生乃至世尊正法住惟一千年内菩薩在於何位圓滿何波羅蜜偈曰

徧處施一切　由大悲施滿

釋曰是時於一切衆生平等一切所應施類若施財乃至眼及骨髓若施法無師祕密若施無畏現在未來二世救濟惟有大悲無所求爲由此量施波羅蜜得圓滿偈曰

分斫身無恡　有欲戒忍成

釋曰若是時菩薩未得離欲法若被斬斫身分分斷於自他無愛憎故最輕恡心亦不起是時戒忍波羅蜜二俱圓滿偈曰

讚底沙精進

釋曰昔有如來號底沙於寶山巖中入火界

定令佛世尊昔在菩薩位以別意行過見此如來一脚著地一脚未下於七日七夜誦一偈讚歎已方坐偈曰

地天梵靜處皆無　三世十方未曾有
徧行尋此地山林　何人等尊由二德

是時精進波羅蜜已圓滿九大劫已超究竟偈曰

定慧覺無間

釋曰先無上菩提持訶那波羅蜜般若波羅蜜已圓滿於金剛三摩提位此六云何名波羅蜜多由至自圓德際故復次波羅摩者謂菩薩最上品故是彼正行名波羅美眠履切是彼正行聚名波羅美多互不相離故經中說有三福業類一施性福業類二戒性福業類三修性福業類此三云何名福業類偈曰

福業福業類　此三如業道

釋曰此施等三亦福亦業亦類如應次第譬如業道彼亦業亦道但業家道非業故說業道此三亦爾於施性福業類中身口業有三種能發起故意有二亦福亦業餘諸法共彼俱起但福非業非類於戒性中但身口業故惟有三種於修性中慈無量修但福亦是福業類與此相應故意由慈門所生起故與此觀俱起故意是戒亦福亦業所餘信等相應法但福非餘復次造作福名福業謂福前分行此三是前分依止類爲成就此三是故作福眞實福業惟是故意此三是故意所緣福業類餘師說如此施者是何法或說所施名

施此三中偈曰

由此施是施

釋曰若由此因施事得成說此因爲施由怖畏求得愛欲等施事亦成此中不許彼爲施因爲簡别彼故說此言偈曰

欲供養利意

釋曰於他由欲作供養及利益事故施是故此二是施因若爾則施但因非業雖然若正由此法起故施成此正是施此法何相偈曰

身口及緣起

釋曰緣起是何法是法聚能生起身口業名緣起此中說偈

慧人由善心　若捨財施他　此利那善陰
說此名施業

偈曰

此大富爲果

釋曰是施性福業類能得大富樂果報此施復何爲偈曰

爲利自他二　不爲二故施

釋曰此中若未離欲聖人及未離欲凡夫於支提施物此施惟利益自身不爲利他他由此無利益故若已離欲聖人以物施他衆生除現報業此施但爲利他他由此得利益故不爲自身此業果報地求已過故若未離欲聖人及未離欲凡夫以物施他衆生此施爲二利謂自他若已離欲聖人於支提施物除現報業此業不爲二利謂自他此施惟爲恭敬知恩故施若約通義說此施以大富樂爲果報偈曰

勝别由能施　施類由勝故

釋曰此中能施勝者偈曰

由信等人勝

釋曰由信戒聞等德相應故爲勝此人所行施由施主有勝德於與果最勝若施主有如此德偈曰

以敬重等施

釋曰若敬重心行施自手行施應時行施不損惱行施是故偈曰

得尊重大樂　應時及難奪

釋曰若施主能行四德施次第得四種可愛勝果謂得他恭敬尊重於大勝可愛塵起受用意樂應受用時即得財物不過受用時所得財物不可侵奪謂怨親水火等說施主勝德義已由施主有勝德故施有勝類復次所施物有勝德云何偈曰

色等德物勝

釋曰若所施物色香味觸等德隨一相應此物由此德勝若施如此有德物此施何有次第應知偈曰

妙色好名聞　可愛相輭滑　隨時樂觸身

釋曰若施有色德物得端正可愛色報若施有香德物得大好名聞如香於四方名聞徧覆若施有味德物得報如美味爲一切世間所愛若施有觸德物得柔輭細滑身復得隨時安樂觸身譬如寶女身田何德爲勝偈曰

由道苦恩德　施田有勝德

釋曰如世尊說若施物於畜生應受百倍果報若施物於人道破戒衆生應受千倍果報由苦差別田有勝德者如有攝福業類中說一於病人行施二於看治病人行施三於寒時行施說如此等施復說若與此有攝七種福業類相應有信善男子善女人所得福德

不可校量由恩差別田有勝德者如父母及餘有恩人譬如熊鹿本生經說由德差別田有勝德者如經言若施物於有戒人應受百千倍果報如此等於一切施中偈曰

脫人施脫勝

釋曰若離欲人施物於離欲人此施於一切財施中佛世尊說最勝偈曰

菩薩

釋曰菩薩所行施此施是一切衆生安樂利益事因故此施於非離欲人所行及不於離欲人施此施於一切施最勝除菩薩施是佛世尊所說八種施於中偈曰

及第八

釋曰最勝何者爲八一已至施二怖畏施三已施我施四當施我施五昔已施施謂父及先亡等六爲得天道施七爲得好名聞施八爲莊嚴心施爲心資粮施爲應衆理施爲得最上品已利施已至施者先舊師解於已至及親近人所行施怖畏施者此人見財物現前向滅壞若施勝自滅壞由此意故行施所餘易解故不分別若施物於須陀洹向人此施果報不可稱量若施物於須陀洹百倍無量如此廣說應知如經復次偈曰

父母病說法　人後生菩薩　雖凡夫中施
果報無數量

釋曰此五人若皆是凡夫於彼行施約果報無數無量於中最後生菩薩說法人於四種勝田中安立在何田入恩田攝何以故此人是善知識世間無明所暗能施慧眼能顯示平等不平等能生起無流法身若略說此人

能作佛所應作事若人欲知諸業輕重相略說應知有六種因偈曰

後分田及依　前分故意願　此下上品故
故業有下上

釋曰後分者若作此業已復更數數隨作田者是處行損行益依者謂業道前分者爲得業道身口故意若由此業道究竟故意者如此如此我應作如比如此我正作願者謂求當來用有人由屬後分故成重品業定安立果報故復有人由屬田故業成重品於田由屬依止此業成重品不由餘因依止謂業道譬如父母及餘衆生由殺生依止重不由偷盜等重所餘應知亦爾若人作業此六因一切皆是上品應知此業是最重品若人作業此六因一切皆是下品應知此業是最輕品

經中說業有二種一所作二所長云何業是所長由五種因偈曰

故意作圓滿　無憂悔對治　由伴類果報
說業所增長

釋曰云何由故意作此業故意所作非無意爲先非忽促所作熟研尋簡擇然後方作云何由圓滿有人由一邪行墮惡道有人乃至由三有人由一業道墮惡道乃至有人由十墮惡道此中若人由此業量應墮惡道此量未圓滿此業但是所作未是所長若已圓滿方是所長云何由無憂悔對治若人作業於中無憂悔心不受善行爲對治云何由伴類或作惡以惡爲伴類云何由果報此業已定能與果報善業亦應如此思若異此相所作業但作非長前已說未離欲人於支提施物

此施但爲自利不爲利他此中若無能受用施物云何此業成福福業有二種一棄捨爲類若由捨物此福業生二受用爲類若由受用所施物此福業生此中偈曰

支提捨類福

釋曰於中無受用類福彼若不受云何有福何因爲證若有能受必有福若無能受則無福隨一無利益故此因不成證何以故若福由利他故成修慈等無量及正見應無福是故應許此義於支提福惟捨爲類偈曰

如慈雖不受

釋曰譬如於慈悲等觀中雖無能受及利益他事有無量福生從自心起如此若有德人已滅敬事心所作從自心起福若爾施恭敬等業應成無果是義不然何以故業生緣敬事心最勝故譬如有人欲殺怨家怨家先已死此人猶想怨家起故意造身口業生多非福不但由欲殺意如此大師已去世若人由敬事心起恭敬施等事最生多福不但由敬事心若於善田行施及起恭敬等業種子得可愛報若於惡田應得不可愛報偈曰

惡田有好果　果種不倒故

釋曰於惡田見果從種子無倒謂從蒲桃種子惟蒲桃子生其味甘美從絍婆種子惟絍婆子生其味蘞苦如此於惡田由安樂利益他意所生施業種子惟可愛果報生非不可愛惡行亦爾由田過失此種子或少果或無果說施性福業類及有立破已戒性今當說偈曰

邪戒謂惡色　正戒離此二

釋曰惡性色謂身口業說名惡戒遠離此業說名善戒此遠離戒有二種有教身口業能遠離惡說名有教戒但是遠離性類說名無教戒不但遠離惡戒名善戒何者偈曰

及是佛遮制

釋曰此業雖非自性惡戒爲守人及正法故佛世尊立遮制戒如非時食等遠離所遮制名善戒此戒有二種謂有教無教若人受此戒由犯事故得破戒罪若由略義戒性已說

偈曰

此清淨四德

釋曰若具四德名清淨戒若翻四德名染汙戒云何具四德偈曰

非邪戒因汙　依對治寂滅

釋曰非邪戒所汙者如前所說破戒相隨一所不毀犯貪等諸煩惱及利等染汙皆所不觸此戒依止破戒對治謂依念處等故此戒依止寂滅起不依止善道生勝類起爲得涅槃所迴向故有餘師說由五因故得清淨一由根本業道清淨二由前分清淨三非邪覺觀所侵觸四四念處所攝持五於涅槃所迴向有餘師說戒有四種一怖畏戒由無資粮憂惱重罰惡道怖畏所得二望得戒謂生死樂具及他恭敬利養好名貪欲所得三順覺分戒謂能引解脫有正見人猒患生死求出離所得四無流戒能對治諸惑是無垢清淨

說戒性已修性福業類今當說偈曰

寂靜地善業　修

釋曰寂靜者何法業與定地自性法俱起云何說此法名修偈曰

能熏心故

釋曰云何熏習此寂靜地善業最極能熏習心能令心與德成一性故及相續亦爾譬如以華熏麻前已說此施以大富樂爲果報戒修云何偈曰

由勝戒感天　修感相離果

釋曰施亦能感天道戒由勝能能感天道亦能感相離果等修由勝能能感相離果亦能感天道等經中說有四人能生梵福業何法名梵福毗婆沙師說爲校量能感相起業故說梵福業隨一業菩薩所修能令得諸相中一相此業量說名梵福先舊諸師說偈曰

四業名梵福　劫生天樂故

釋曰隨福業量能感一劫天道生及樂報此業名梵福說此業有四種何者爲四一若此地處未經建立如來支提於中造立如來馱斗波二若此地處未經建立僧伽藍於中造立僧伽藍三世尊弟子衆已破能更引攝令和合四於十方衆生修四無量心觀此四種人如梵先行壽量於天道中生受喜樂報梵先行天壽量一劫故佛說此人業同彼福業於別部中彼師說此偈

有信正見人　若修十勝行　即生梵福業
劫生天樂故

說財施已法施今當說偈曰

法施如實理　無染說經等

釋曰修多羅等十二部正教如實道理無染汙心顯釋文義是名法施是故此人自作最廣大自福減失及損他福若人顛倒說法或有染汙心爲求利養恭敬名聞故說法此人

亦爾說福業類差別已復有三種業類差別
偈曰
福解脫決擇　能感善有三
釋曰復有別三種業類差別一福德分能若
此業能感人天可愛報二解脫分能若業已
起此人後時必定以涅槃爲法若人聽聞生
死過失諸法無我涅槃功德諸佛恩德相應
正說毛竪淚落悲讚等事起此人昔已有解
脫分能善根應如此次譬如於夏月由見芽
生知地坎圻中先有種子三決擇分能於暖
等位有四種後當說是世間所說謂字印算
量文章數此五體相云何偈曰
如理所成業　若緣起有三　字印及算量
文章數次第
釋曰如理所成者正方便所生有三者謂身
口意業此中字印若勝方便所作屬身業此
共緣起算量文章若勝方便所作屬口業亦
共緣起此四五陰爲性數若勝方便所作屬
意業亦共緣起四陰爲性此數即是心思諸
法衆名令當說偈曰
有訶覆下性　染汙
釋曰若法有染汙有時說名有訶或說爲有
覆或說爲下劣性偈曰
善無流　美妙
釋曰若善無流說名美妙與下性及美妙法
應知此名中偈曰
有爲善　應事
釋曰若善有爲說此名應事所餘不應事此
義自成云何無爲不應事不可數習增長故
又無果故一切事皆爲得果一切餘法皆有

上何法獨無上偈曰

脫無上

釋曰涅槃是出離一切生死法故名解脫此法於一切法無等何以故善眞實常住故尚無法等涅槃何況有上

阿毗達磨俱舍釋論卷第十三

音釋

蘞廉斂二音　逼筆力切迫也　輭而兗切與軟同柔也　紝汝鴆切　坎苦感切陷也　坼坼丑厄切裂也　算蘇貫切

阿毗達磨俱舍釋論卷第十四

婆藪　槃豆　造

陳 二 藏 眞 諦 譯

釋分別惑品第五之一

前已說世間多種異從業生諸業由隨屬惑故至得生長若離隨眠惑於生諸有諸業無復功能是故應知彼偈曰

隨眠惑有本

釋曰云何爲有本若惑現在正起能作十種事一堅固根本二安立相續三數治自田四生起等流五能引生業有六圓滿自資粮七令迷境界八引將識相續九令離淨品善法類十成就縛義由不得過自界故彼隨眠惑有幾種若略說有偈曰

六

釋曰何者爲六偈曰

謂如欲瞋　高慢無明見　心疑

釋曰如欲者顯餘惑與欲同由境界隨眠故此義後當說偈曰

復說彼　六由欲別七

釋曰於前偈中所說六隨眠惑於中分欲爲二更說彼爲七謂欲欲隨眠瞋隨眠有欲隨眠憍慢隨眠無明隨眠見隨眠心疑隨眠此義云何應知爲隨眠即是欲欲爲隨眠異欲欲譬如石子體及提婆達多依若爾何有若欲欲即是隨眠則違佛經經云世間有人非欲欲上心惑所染心數數長時住如實見知是欲欲上心惑出離義於此人是欲欲上心惑由根由力正所斷除及與隨眠永得滅離若汝執別欲別隨眠由立隨眠與欲不相應

則與阿毗達磨藏相違彼藏云欲欲隨眠與三根相應毗婆沙師說欲欲即是隨眠乃至疑即是隨眠前不說與經相違耶無相違何以故經云及與隨眠求得滅離者與隨從法求得滅離復次於經中隨眠言是方便語或至得語譬如地獄苦天上樂及說火苦阿毗達磨藏言皆依直相起隨眠即是惑故一切隨眠皆與受相應云何得知由隨眠起心染汙故能爲障故與善相違故由心爲隨眠惑所染汙未生善不得生從已生善亦退故故知隨眠惑與心不相離若由不相應此義得成無時善法可得由彼恒在故由善法有時可得故知隨眠與心相應經部師說此義非證若人執隨眠惑不與心相應此三義彼不執爲隨眠所作但是上心所作若作如此執

則無過失如經部執隨眠者是欲欲隨眠此隨眠不與心相應亦不與心相離由非別類故若惑眠說名隨眠若惑覺說名上心此惑眠何相不在現前種子隨逐惑覺何相正現前起何者惑種子是身相續功能從惑生能生惑說名種子譬如芽等從舍利子生能生舍利子若人執諸惑種子是別法謂隨眠不相應此人應立別法爲念種子若說隨眠非相應非非相應於六六經中此義云何經言此惑於此人樂受成欲隨眠由此等言此惑是時未得隨眠若爾於何時眠時是時或於因說果名故稱隨眠且置此論應更顯本義於經中所說欲差別謂欲欲有欲此有欲是何法偈曰

有欲二界生

釋曰色界無色界中生欲說名有欲爲何因作如此名偈曰

内門起故說　斷彼解脫想

釋曰於彼二界人多起三摩跋提欲此欲依内門起故說名有欲復次於此二界中有餘人起涅槃想爲除彼涅槃想故說此欲名有欲有者謂身體即是五陰於彼衆生噉三摩跋提及依止味離欲欲界故是故此欲名有欲此六種隨眠於阿毗達磨藏中復分爲十云何爲十偈曰

見五謂身見　邊見及邪見　見取戒執取

由此復成十

釋曰本立六爲隨眠惑於中分見爲五故成十於中五以見爲自性謂身見邊見邪見見取戒執取五以非見爲性謂欲瞋慢無明疑

復次此十隨眠惑於阿毗達磨藏中更立爲九十八於欲界中有三十六色界中有三十一無色界中有三十一若略說此隨眠惑名三界惑或說名見修所滅惑於中欲界見諦所滅有三十二何者三十二偈曰

彼十七七八　三二見所離　次第俱斷滅

見欲苦等故

釋曰是所說十惑於欲界其十見苦所滅於中七見集所滅七見滅所滅除身見邊見戒執取故八見道所滅除身見邊見故如此欲界三十二惑說名見諦所滅由惟見諦除滅故偈曰

四惑名修滅

釋曰四惑者謂欲瞋慢無明彼云何是修所滅若人先已見四諦後由數修習道方能滅

除如此身見於中但一品見苦所滅邊見亦爾邪見有四品見苦集滅道所滅見取疑亦爾戒執取有二品見苦道所滅欲瞋慢無明有五品見四諦及修道所滅於中彼何相見苦所滅乃至何相修道所滅由見諦相彼滅及能緣彼故說見諦滅所餘名修道所滅若立如此見成十二疑成四欲五瞋五慢五無明五如此欲界惑合成三十六種偈曰

合彼惟除瞋　色惑

釋曰除五品瞋如此名色界惑合三十一如色界惑偈曰

無色爾

釋曰無色界惑亦三十一偈曰

故立九十八

釋曰如此六隨眠惑所緣法相及對治并界差別故阿毗達磨師立爲九十八隨眠惑是見諦所滅隨眠惑爲決定惟由見四諦滅爲非說非云何偈曰

有頂忍所滅　定見滅

釋曰此隨眠惑於有頂生類忍所滅是彼必定見諦所滅非修道所滅偈曰

餘生　見修滅

釋曰忍所滅此言流於所餘地如理法忍類忍所滅隨眠惑於聖人是見諦所滅於凡夫是修道所滅偈曰

非忍　滅必修道滅

釋曰於一切地中惑凡是智所滅於二人恒修道所滅有餘師說見諦所滅惑非外凡夫所滅何以故於大分別業經中說分別前際人說常住或說隨一常住或說不由因生此

三離欲人緣欲界起諸見說有通行若色界惑不能以欲界法爲境由離欲界欲故是故知欲界相應諸見不得滅同諸見生時彼已退定猶如提婆達多毗婆沙師說如此此五見由名已說不由自性彼自性云何偈曰

我我所常斷　無於下勝見　非因道此見

是名五見性

釋曰我及我所見名身見由刹那刹那壞故說滅由聚集故名身以陰爲義此法亦壞亦聚故名滅身謂五取陰爲除彼計常想及於聚執一想故說如此何以故彼我見於五陰以此想爲先於滅及身不如執說名身見一切見能緣有流法爲境悉緣滅身而但立我我所見名滅身見者欲令彼知此見惟於滅於身起非於我我所如經言世間若有沙門婆羅門起見謂有我是彼一切惟於五陰起我見是類彼所許爲我或執見爲常或執見爲斷是名邊見由執常邊斷邊故於實有苦等諦執見爲無故名邪見一切見皆乖違理起悉是邪見但說一見爲邪見者由此見最惡能斷善根故故說爲邪見譬如臭蘇及惡旃陀羅此一向非撥故所餘諸見但有增益於下品法執爲最勝說名見取何法名下品謂一切有流法聖人所棄捨故執此法爲最勝是名見取應說見等勝取見此中除等見言非因中因見非道中道見名戒執取見譬如摩醯首羅非世間因彼觀爲因世主天等所餘諸物亦爾入火水等非生天因彼觀爲因惟執僧佉踰伽智等非解脫道彼觀爲道此中應知除等見言如此五見性應知若非

因中起因見云何此見非見集所滅若有人見自在及世主爲因此人必執此爲常爲一我作者是故此偈曰

於自在等處　從常我倒生　因等虛妄執
是故見苦滅

釋曰由見苦諦於自在等處常執我執俱滅非因執是二倒所作是故與此見共滅若人由入火水等方便起生天執由戒及執計得清淨此執亦見苦所滅阿毗達磨藏文言如此復言若有人執說如此是時善男子受持牛戒行鹿戒狗戒由此行清淨解脫出離過度苦樂得至過苦樂處若信非因爲因戒執取見見苦所滅廣說如彼藏云何此執見苦所滅於苦乖違故此執太過爲失一切緣有流境或於苦乖違與非因執同復有何相別戒執取見道所滅緣見道所滅法爲境此於苦亦乖違若人緣道起邪見及疑或謂無解脫道或思此道爲是解脫道爲非依此二云何分別觀爲清淨苦彼執別有解脫道故撥無此解脫道是人由別解脫道執計爲清淨不由邪見是故此執不成緣見道所滅或爲境若人由見集滅二諦所滅邪見計爲清淨云何此戒執取非見集滅諦所滅是故汝所執義更須簡擇是前所說有常倒我倒爲惟此名倒爲更有餘說顛倒有四謂於無常常顛倒於苦樂顛倒於不淨淨顛倒於無我我顛倒此四種顛倒體相云何偈曰

從二見半生　四倒

釋曰從邊見中取常見爲常顛倒從見取立樂顛倒淨顛倒從身見立我見爲我顛倒餘

師說具取云何以我所爲倒彼見我於是處自在故於是處起我所見是故此見皆是身見由二門起若汝計我是第一執我所是第二執若我與帶物稱我此二文應成別執云何不立餘惑爲顛倒由以三因成立顛倒義故何者爲三偈曰

顛倒故　決度增益故

釋曰此二見半一向顛倒故於境界決定度故增益義故斷見邪見不能增益非有門起故戒執取非一向倒隨分量清淨爲境界故所餘諸惑不能決度是故不立爲顛倒若爾於經中說於無常執常是名想倒心倒見倒此中云何惟見爲倒偈曰

想心隨見故

釋曰由隨屬見倒與見倒相應想及心亦說爲倒云何不說受等爲倒由世間成故於世間說此人顛倒想顛倒心此義明了不說顛倒受如此顛倒於須陀洹人一切皆滅由諸見見諦所滅故餘相應法亦同滅顛倒有十二種於無常計常是想心見顛倒乃至於無我計我是想心見顛倒於中八倒見諦所滅四倒修道所滅謂於苦計樂是想心倒於不淨計淨是想心倒餘部說如此若不爾離樂想倒及淨想倒未離欲聖人云何婬欲欲得起毗婆沙師不許此義何以故彼言若由樂淨想心生起故於聖人立此二爲顛倒衆生想心生起故云何不立此二爲我顛倒何以故於女人及自身若離衆生想婬欲欲不應成復於經中說由多聞聖弟子是苦聖諦如實已見已知乃至此聖弟子於此時中於無

常計常想倒心倒見倒皆悉永滅廣說如經是故若從見生想心則成顛倒非餘由蹔時心亂故譬如於火輪心亂及夜叉心亂若爾大德阿難依婆耆舍大德說言

由起想顛倒　故汝心燋熱

此言云何將是故一切八想倒及心倒於聖人未滅餘部說如此若爾云何不違佛經是八終由如實見知四諦方皆滅盡離四諦觀無得滅義由說滅方便故故不相違爲惟見倒有差別爲餘惑亦有慢亦有云何有差別偈曰

七慢

釋曰何者爲七一慢二過慢三過過慢四我慢五增上慢六下慢七邪慢若不分別但以心高爲慢此心高由生起差別故成七種於下計自勝或與等計自同若人如此分別起高心名慢於等計自勝名過慢於上品計自勝名過過慢於五取陰分別計是我及我所名我慢未至勝德計自已得名增上慢於多量勝計自少量劣名下慢實自無德計自有德名邪慢若爾於阿毗達磨藏中說慢類有九種一我勝慢類二我等慢類三我下慢類四有勝我慢類五有等我慢類六有劣我慢類七無勝我慢類八無等我慢類九無下我慢類此義云何此九從前七慢生偈曰

九慢類　從三

釋曰何者爲三謂從過慢慢下慢此中第一三慢依止見起即是三慢謂過慢慢下慢下慢慢過慢即是第二三慢慢過慢下慢即是第三三慢此義相應於多量爲勝計自少量

爲劣立爲慢有高處故計無他下劣於自此中何爲高處有如此高處於自所樂最下劣衆生聚中知自最下於自起尊重心復次於發慧論中分明説此事如言我是王旃陀羅若依分別道理論説計我勝此慢或慢或過慢或過過慢由觀下等勝品人故復次此七種慢何法所滅故説偈曰

見修滅

釋曰由見及修故説彼滅一切七見諦修道所滅是修道所滅於聖人未滅爲必定於聖人現前起爲不起不定譬如偈曰

殺等上心惑　修滅如彼爾

釋曰有上心惑能起故意爲作殺生乃至説妄語此皆修道所滅緣修道所滅法爲境界故復次偈曰

非有愛聖人不起

釋曰非有貪愛亦修道所滅此非有是何法謂於三界不有於中起愛樂名非有愛如言願有愛一分謂彼願我生成伊羅槃那象王等偈曰

慢煩等

釋曰九慢類中有慢類修道所破我慢亦爾如此等於聖人不見前起九慢類非我慢由等言乃至攝非有愛何因如此等法未滅非現前起偈曰

無見所圓故

釋曰由見圓滿故故彼不起此義云何九慢類及我慢身見所圓滿由背折故不能更起殺生等上心惑邪見所圓滿故非有愛斷見所圓滿故有愛一分常見所圓滿故偈曰

惡性憂亦無

釋曰憂悔心若是惡性亦是修道所滅於聖人亦不得現前起疑惑所圓滿故復次於九十八惑中幾惑遍行幾惑非遍行偈曰

遍行見苦集　滅惑謂諸見　疑共彼無明
及獨行無明

釋曰見苦集所滅諸見及疑惑與彼共相應起無明及獨行無明皆見苦集所滅此十一惑於非同類部界中說名遍行七見二疑二無明故成十一緣具自界生起故有何人以具欲界計執爲清淨以非因緣計執爲因緣不說具由緣具自界及一時起雖不然能緣一切五品自界故說能緣具自界若爾不可惟立十一爲遍行惑是處有我見必有我愛是處有勝見清淨見此中必有樂得由此等起高心是故愛及慢應成遍行惑若爾此二惑緣見滅修所滅爲境界此二何道所滅修道所滅雜亂境界故復次或執見諦所滅由見力所生立故此二是別相惑非通相惑是故非遍行毗婆沙師說如此於非同類部界是所說遍行惑有十一種於中偈曰

九惑上地境　於彼除二見

釋曰於十一中除身見邊見所餘九惑說名遍行非同類界或有時能緣一不同類界爲境或緣二界如阿毗達磨藏云是惑於欲界相應有時能緣色界相應法爲境是惑於欲界相應有時能緣無色界相應法爲境是惑於欲界相應有時能緣色界無色界相應法爲境由此文句應知此義若人生在欲界於梵王起衆生見及常見云何身見及邊見不

立緣不同類上界爲境由不執爲自我及自我所故邊見從此起故此是何見此二執非見但是邪智爲一切遍行皆是惑邪説非偈曰

離至得與彼　俱起亦遍行

釋曰與遍行惑俱起所餘諸法皆是遍行至得不爾果不一故是故説四句有遍行惑不由遍行因成因此中應立四句初句者謂未來世遍行惑第二句者過去現世俱起餘法第三第四應自思立於九十八惑中幾惑緣有流法爲境幾惑緣無流法爲境偈曰

邪見疑與二　應無明獨行　見滅道所滅　六無流爲境

釋曰見滅所滅三惑謂邪見疑與二相應無明及獨行無明見道所滅亦是此三如此六惑緣無流法爲境所餘諸惑緣有流爲境此義自成復次此中偈曰

自地滅及道　六地及九地　緣無流惑境　由道互爲因

釋曰邪見等諸惑能緣滅諦爲境自地滅是其境若行欲界欲界滅乃至行有頂有頂滅緣道爲境行欲界惑一切六地法智類道爲境若色無色界對治緣道爲境行色界無色界八地惑一切九地類智類道爲境何以故由道互相因故雖復法智類智更互相因類智非欲界對治故緣道爲境行欲界惑不能緣類智類道爲境若爾法智是色無色界對治故緣道爲境行色無色界惑應成所緣境此法智類道非具對治苦集法智非色無色界對治故又非見色無色界惑對治故前後

無故是故非境復次云何欲瞋慢見取戒執取不許彼緣無流爲境偈曰

非欲所離故

釋曰欲者必應捨離若此緣無流爲境則不應可離譬如欲樂善法偈曰

非瞋非過故

釋曰瞋者若起緣他過失起滅道諦旣非過失故瞋不緣此起偈曰

非慢非二取　靜淨勝性故

釋曰滅道二諦寂靜爲性故必不由此二起於高心由此二是自已眞實清淨故於二清淨執不成戒執取此二法於一切法中最勝於下劣法中起勝執說名見取是故如此等惑不應緣無流法爲境於九十八隨眠惑中幾惑由緣境隨眠幾惑由相應隨眠偈曰

遍行隨眠惑　具自地隨眠　惟由緣緣故

釋曰遍行諸惑於自地緣自部及他部得生起增長偈曰

非遍行自部

釋曰所餘非遍行惑於自地中但緣自部隨眠譬如見苦所滅惑緣見苦所滅惑部隨眠乃至修道所滅惑緣修道所滅惑部隨眠不緣餘部作通說已今更簡別偈曰

非無流上境

釋曰此惑若緣無流爲境不由所緣境故隨眠緣上地爲境亦爾何因如此是彼所緣法偈曰

非自取對故

釋曰若是法類我見我愛執取爲自依於此中餘惑亦能緣彼隨眠譬如於濕衣埃塵及

於濕由種子無流法不爾上地亦不爾是故緣彼爲境或於彼無隨眠義若人在下界求得上地此是善法欲非惑涅槃及道是能緣諸惑對治上地亦是下地惑對治是故彼惑於此三境不得依住譬如於熱石蹠下不得住隨眠言者隨長爲義雖可緣於中無有隨長不如風病服麤澀藥若惑由緣境隨眠已說偈曰

若彼與相應　於此由相應

釋曰隨眠言流若惑與此法相應彼惑於此法由相應故得隨眠乃至未滅有諸惑不緣無流爲境非徧行不同分界此惑但由相應得隨眠不由緣境不有謂徧行非同分地惑九十八惑中幾惑惡性幾惑無記性偈曰

上界惑無記

釋曰一切色界無色界惑無記爲性何以故一切惡性染汙有苦受果報此苦報於彼無非他逼惱因故偈曰

於欲界身見　邊見共無明

釋曰於欲界中身見邊見及與二相應無明此三無記爲性何因如此與施等不相違故謂我於未來世必應受樂故今世行善持戒修定邊見既隨順解脫是故世尊說於外五見中此見最勝謂我不有我所不有我當不有我所亦爾此二執無苦果報迷於自體故不逼惱他生起故若爾貪愛天上及我慢應同此義生得身見是無記若於禽獸等有若有分別則成惡先舊諸師說如此偈曰

所餘惑惡性

釋曰於欲界異此二諸惑皆不善幾惑非善

根幾惑非非善根偈曰

於欲界惡根　貪欲瞋無明

釋曰於欲界中一切欲一切瞋一切無明除與身見邊見相應餘惑次第說爲三不善根謂貪欲不善根瞋恚不善根無明不善根若惑非善又爲非善法根許此法爲不善根所餘諸惑非非善根此義自成幾法爲無記根幾法非偈曰

無記根有二

釋曰何者爲三偈曰

愛無明及慧

釋曰隨有無記貪愛無明及果報生慧如此等一切是無記根罽賓國師說如此偈曰

二緣高生故　餘非

釋曰彼說疑者由二緣生不應成根以轉動故慢以高生爲相由高生故非根異根法故何以故根者堅著下生此義世間所了疑慢無此義故不立爲根偈曰

外師說　四

釋曰罽賓國外諸師說無記根有四謂偈曰

愛見慢癡

釋曰此四但無記謂無記愛無記見無記慢無記無明何因此四成無記根偈曰

三觀人由癡

釋曰由修定人有三謂由愛見慢修上觀行此三人由依無明故得成三於經中所說有十四種無記類爲彼無記故說無記爲由別義非云何若問應遮斷說名無記問有四種一應一向記二應分別記三應反問記四應置記此中次第應知偈曰

一向記分別　反問及置記　譬如死生勝
及我異等義
釋曰若問一切衆生皆應死不應一向記定皆應死若問已死一切更生不應分別記若有惑則更生無惑則不生若問人道爲勝爲劣應反問記汝今依何問此若彼答依天應記人劣若彼答依惡道應記人勝若問衆生與五陰爲一爲異此應置記衆生非實有故譬如石女兒黑白等色云何此置成記此不可記有此記故復有餘師說此義亦一向應記謂非一切應生若有人問若衆生當死彼爲更生不此應分別記於人道中有二種謂有劣有勝此二各有所觀是故此二一向應記譬如識亦因亦果若人一向問由不一向記應成分別記衆生與五陰爲異不說非所記此非記不應成記此應置記問由置如此應記此云何不成記阿毗達磨師說多他阿伽覩婆伽婆阿羅訶三若三佛陀此法正說弟子衆正行色無常乃至識說苦乃至說道如此等應一向記由與利他相應故分別記者若有人言請尊說法此人應問彼諸法多或過去現世未來何法我所應說若彼言應說過去法應問彼過去法多謂色乃至識若彼言應說色應問彼色有多種謂善惡無記若彼言應說善色應問彼善色有七種謂離殺生乃至離無義語若彼言應說離殺生應問彼離殺生有三種謂從無貪無瞋無癡生若彼言應說無貪應問彼從無貪生有二種謂有教無教差別故如此名分別記若諂曲心人作如此問應如此分別記對彼應言諸

法多不應自分别乃至彼默然住及彼自記此二人無所問一向互請説此二人無一有記一向互相問云何彼成問此成記此中二義皆成何以故若人言請爲説道此人爲不問道耶由問彼故記彼問若爾此云何非及問記耶置記者謂世間有邊及無邊等復次依經應見有四問記相大德摩訶僧祇説經言比丘記問有四種何者爲四比丘有問應一向記乃至有問應置記比丘何者問應一向記一切有爲無常比丘何者問應分别記若人問若故意造業受何果報此問應分别記比丘何者問應反問記若人問想爲即是我爲想異我若彼此問應反問彼長老汝依何我作如此問若答問麤我應記我異想異比丘是名反問記比丘何者問應置記謂十四非記類世間常非常亦常非常非常非非常世間有邊無邊亦有邊無邊非有邊非無邊如來異死不異死亦異死不異死非異死非非異死命者即是身命者異於身若人隨眠惑於境界中生起此人由此惑於此境界相應此義應説由過去惑於何境相應乃至由現世惑於何境相應若略説諸惑有二種一别相惑謂欲瞋慢二通相惑謂見疑無明於中偈曰

由欲瞋高慢　過去及現世　是處起未滅
於此類相應

釋曰過去現世欲瞋慢是處已起乃至未滅於此處中三界衆生與彼相應何以故此三是别相惑非必一切一切處起偈曰

一切中由當　心地

釋曰已起未滅此言流由未來欲瞋慢依心地起一切類中相應謂於三世偈曰

餘自世

釋曰欲瞋慢異心地惑在未來世但於未來境相應云何爲餘依五識起故定生爲法由彼惑偈曰

不生一切中

釋曰此三惑若不生爲法依五識起尚於一切類相應謂三世偈曰

一切餘中應

釋曰何者爲餘謂見疑無明此三若三世於一切境及一切世中與彼相應彼是通相惑故乃至未滅此言流過去未來爲實有物爲假名有若實有於一切時有故一切有爲法應成常住若無於無中由無物云何相應及解脫毗婆沙師成立一切有爲法非常住由與行相相應故彼成立此義分明謂偈曰

三世有

釋曰何因爲證偈曰

說故

釋曰佛世尊說比丘過去色若不有多聞聖弟子於過去色不應成無所觀惜由過去色有是故多聞聖弟子於過去色成不觀惜未來色若不有多聞聖弟子於未來色不應成無所求欲由未來色有是故多聞聖弟子於未來色成無所求欲復次偈曰

由二

釋曰依二識生此義是經所說何者爲二謂眼及色乃至意及法彼經云過去未來若無能緣彼識不由二生如此由阿含證得知過

去未來是有若以道理爲證偈曰

有境

釋曰若有塵識得生非無塵過去未來塵若無應有緣無爲境識是故因此義識亦不應有所緣境無故復次偈曰

果

釋曰過去法若無善惡二業於未來云何有果何以故於果報生時果報因必不在是故知過去未來是有毗婆沙師立如此若人自説我是薩婆多部同學此義必應信受何以故偈曰

由執説一切　有許

釋曰若人説一切有謂過去未來現世虛空擇滅非擇滅許彼爲説一切有部復有餘人説現世法必有過去業若未與果是有若過去業已與果及未來無果此皆是無若如此分別故説三世有此人非説一切有部攝是説分別部所攝説一切有部中有幾種人偈曰

彼四種　彼師有相位　異異分別名

釋曰大德達磨多羅分別有異故安立三世彼説若法行於世惟有有異非物類異譬如打破金器作別莊嚴具有別形相故有異不由物類異故異色等同故復次譬如乳變異成酪捨味力熟等不捨色法亦如此此從未來世正行現世捨未來有相不捨自物類從現世正行過去世捨現世有相不捨自物類大德瞿沙説由相別異故立三世彼説若法行於世若過去與過去相相應與未來現世相亦不相離若未來與未來相相應與過去

現世相亦不相離若現世與現世相相應與過去未來相亦不相離譬如有人愛著一婦於餘亦不離欲諸法亦爾大德婆須蜜多羅說由位別異故立三世彼說若法行於世至位位說爲異異由位異故異不由物異故異譬如一畫安置一處說爲一若安置十印位說爲十若安置百印位說爲百若安置千印位說爲千法於三世亦爾大德佛陀提婆說由異異故立三世彼說若法行於世觀前觀後說異異譬如一女或說爲子或說爲毋法於三世亦爾是薩婆多部師中第一由說變異立世故引置僧佉義中於第二三世義相雜一切世與一切相相應故彼立人爲譬謂此人於一婦起欲心於餘婦惟有至得此中何義爲同於第四一世中三世俱至於過去世有前後刹那名過去未來中刹那名現世餘世亦爾是故於四師中偈曰

第三可

釋曰若師以位異立世於此人偈曰

諸世　由功能立故

釋曰若是時諸法未作功能說爲未來是時正作功能說爲現在是時作功能已謝說爲過去此師於功能執勝於法體與彼同彼執不過此義此義汝今應說若法已過去由物類實有未來亦爾云何說名過去未來爲前不已說耶謂諸世由功能所安立若爾正現世非等分明根有何功能感果與果復次是未來同類等因由正感果故巳立有功能或立半功能是故立世相相雜復次此義應說謂此法由自體恒有應恒作功能偈曰

何礙

釋曰何法爲礙由此礙故是法有時作功能有時不作偈曰

緣不具　非常

釋曰若汝言因緣不具故是義不然由汝執彼體恒有故復次偈曰

此云何

釋曰由功能爲因故說此法過去未來現世此功能於汝云何爲更別有功能爲無偈曰

壞悉檀理故

釋曰若汝言此功能非過去未來現世而有若爾此功能由非有爲故義至恒有是故不應說此言謂是時諸法未作功能說爲未來是時正作功能說爲現世是時作功能已謝說爲過去偈曰

非能不異故

釋曰無如此失若功能與法異可有此失由功能與法不異故無此失若爾終不免本失謂偈曰

世義則不成

釋曰若汝言法即是功能此法由體恒有云何有時說爲過去有時說爲未來是故安立三世不成此中何世義不成若法未生是名未來世若法已生未滅是名現在世若法已謝滅是名過去世此中是義汝必應說若如現世法是實有物過去未來亦爾者偈曰

未生滅云何

釋曰若法由自體實有此言云何成謂此法未生此法已滅於前世何法先不有由此故說此法未生復由何法後不有由此故說此

法已滅是故三世義一切種皆不成就若不信受此義謂未有有已有方無是汝所言由行相相應故是法不應成常住此言一向但有言與生滅不相應故此法恒有而非常住此言及理所未曾有此中說偈

法體性恒有　而不許法常　有法不異性
是眞自在事

是汝等所說由佛說故三世是有我等亦說過去未來有過去者若法昔曾有未來者若有因法當有若如此立義可得說有不由實有故說何人說如此如現世有過去未來亦爾若異此云何有偈曰

由去來體故

釋曰由過去未來體故有此言今復來云何說名過去未來是故先曾有因當應有果爲令他解欲除彼撥因果邪見故佛世尊說有過去有未來如說有燈先無有燈後無於世間中有如此言復有世言如說有燈已滅非我所滅說過去未來有言亦如此若不爾過去未來義則不得成是汝所言佛世尊爲根勝外道說若業已謝滅盡過壞此業亦有爲彼不許此業先時已有故說是有爲已許若爾佛何故爲彼更說有此中佛世尊依自相續有宿業功能能與今後二世果報故說此言若不爾此業由自體性有則不成過去此義汝必應然由佛世尊於眞實空經中說眼根若生無所從來若滅無所增集比丘如此眼根先未有有已後無若未來眼根是有則無此說謂未有有等若汝執此言謂於現世中未有有是義不然何以故世與法義不

異故若汝執於自體未有有此義自成謂未來眼根無是汝所說因緣二識生故此言令應思依意根緣法塵是所生意識爲如意根於此識作生緣法塵亦爾爲但作所緣境若諸法爲識作生緣是未來法當來千劫應有或不有彼法云何能生今識復次涅槃能違一切生云何可立爲意識生緣若執諸法但是所緣境我等亦說未來諸法惟是所緣境若無云何作境界此中我說如成境界如此有云何成境界已有當有何以故無有人憶念過去色受等覯此爲有何爲已有如人正受現世色若過去憶念亦如此如彼於現世應有諸佛如來見彼亦爾若彼法如今有應成現世若不如今有是故有緣無法爲境識此義應成若汝執此法已散是義不然何以故已散不可知故若汝執彼色由隣虚分散若爾隣虚應成常住惟有隣虚和合及分散無有一物能生能滅汝今便信受裸形外道執而棄捨佛經經言是眼根若生無所從來廣說如經受等非隣虚聚成云何分散是彼如正生所受如此憶念若彼如昔今有義至應成常住若不有緣無法爲境此義自成若無所有亦是識境界應立爲第十三入以攝此境若無第十三入此識以何入爲境如此名即是境界若爾此智應緣名於名作無解若人緣聲先無爲境於此人以何法爲境聲爲境若爾若人求得無聲此人必應作聲若汝言此境在未來位是義不然何以故此是有於中云何作無解若汝執未來無現世是義不然何以故此境一故復次是未來境差

別未有有則成是故識境界成有二種謂有及無若爾菩薩所說經云何言若法於世間無我應知我應見無有是處此證不然非經意故經說諸外道起增上慢定相實未有彼見已有我今不爾若定相實有我則見有此是經意若不爾一切智以實有法爲境故疑及簡擇云何成復有何差別復次此義由此證必定應爾於餘經中佛世尊說善來比丘爲我弟子若我朝教汝暮至證勝得若暮教汝朝至證勝得若有汝應知有若無汝應知無若有上汝應知有上若無上汝應知無上是故此言非證謂由識必有境故是汝所言由業有果報故過去世不無者此中今共論之何以故諸經部師不說從過去業果報得生此云何從昔相續轉異勝類生此義於破說我品中當顯示若人執過去未來實有物於此人果報恒有於此果報業有何能若汝說於生有能若爾生者以未有有義是故本無今有此義自成若如汝所執一切皆有今於何法何處應有功能若執如此波沙乾若義則被隨順彼言若有必有若無必無若無不生若有不滅令成現世因有功能令成現世是何法引至於餘處若爾此法應成常住若無色於中云何是因引功能未有有此義自成若汝執自性差別是因功能未有有此義亦自然成是故於說一切有部法中此義不如道理謂一切過去未來有若如經中說一切有義若執如此此執最勝云何經中說一切有如經言婆羅門若說一切有惟十二入或惟三世若如道理應有必如此有若過

去未來無有實物云何衆生由此於此相應從彼生以彼爲因或生故緣彼爲境或隨眠生故故說於此二世類相應是故毗婆沙師說實有過去未來世若義證此聖言可得了達自愛人於中必應信受若不爾自愛人於中應作如此知是法如最甚深非必定由自思量之所能解是故不應非撥有别義是生即是滅謂色生色滅有别義别生别滅謂未來生現世滅有别義世生正生世所攝故從世生未來世不同刹那故未來世應有未有從應有至現有

阿毗達磨俱舍釋論卷第十四

音釋

乖（公懷切性也）　蹠（之石切脚掌也）　裸（郎果切赤體也）

阿毗達磨俱舍釋論卷第十五

婆　藪　盤　豆　造

陳　三　藏　眞　諦　譯

釋分別惑品第五之二

說世義已由相應故來今應思此義是類已滅衆生於中得相離不復次衆生於此類處已得相離此類爲已滅不於中苦已相離此類於此人必定已滅若類已滅於中衆生或已相離或未相離譬如偈曰

滅苦下或中　由餘遍行應　於前類已滅

餘同境或應

釋曰苦智已生集智未生見苦所滅類聚皆已滅盡由見集諦所滅緣彼爲境餘徧行惑於彼相應於修道所滅類聚中有九品惑於先以滅品中由餘惑緣彼爲境於彼相應此義應知於何類中幾惑能緣彼類生若句答此問應說無數法是故先舊師造略集毗婆沙彼云云何由少功力我等應度最大問流若略說有十六種法謂欲色無色界相應各有五品及無流心亦有十六同此類於中何法爲何心境界若人已了知如此於中如此多惑緣彼得生此義方可思量此中偈曰

見苦集修滅　是欲相應法　自界三一色

無垢識境界

釋曰此法是自界法有三部故說自界三此法一部是色界法故說一色於欲界相應行法見苦集所滅及修道所滅皆是五識境於自界有三識謂是前三色界心一謂修道所滅及無流心偈曰

自界下界三　上一淨識境

釋曰於色界相應行如前三部法是八心所緣境謂自界心三如前下界心三亦如前上界心一謂修道所滅心及無流心偈曰

無色三界三　無流識境界

釋曰於無色界相應行三部法是十心所緣境謂三界心各三如前無流心一說三界見苦集所滅及修道所滅已偈曰

見滅道所滅　一切自長境

釋曰見滅道所滅法中是自心謂見滅道所滅心此心爲長應知彼法是此心境云何如此欲界相應見滅所滅法惟六識境界謂前所說五識及自長識見道所滅法亦爾謂前所說五識及自長識如此色無色界見滅道所滅法是見滅道所滅自長識境界故是故爲九識及十一識境說三界五部法已偈曰

無流三界後　三無流心境

釋曰若無流法爲十心境界謂三界後三部心即見滅道修所滅心及無流心復次爲攝此義故造一偈半

見苦集修滅　於三界無流　五八及十識
十識所緣境　見滅道所滅　一切自長境

已解安立如此十六心於十六境隨眠正事於中云何思量我等爲安立此義故顯惟方於緣樂根爲境識中幾隨眠惑依彼得生若有如此問來應自思量樂根有七種於欲界中惟有修道所滅於色界五部及無流此樂根若略說是十二心境界欲界四心除見滅所滅心色界心有五無色有二心謂見道修道所滅心及無流心如此十二識能緣樂根爲境於中如理欲界部惑色界部惑緣有爲

境無色界二部并徧行諸識惑於中隨眠生應知如此於緣能緣樂根爲境心中幾隨眠惑依彼得生所說能緣樂根爲境十二識復爲何識境界即是前所說十二識類復次無色界有二部謂見苦集所滅心是十四心應知緣能緣受識爲境此中更增無色界見苦集所滅心欲界有四心緣有爲境色界有五心緣有爲境依此十四心隨眠惑得生此義應知由此方所餘亦應知若由此惑心則有縛此諸惑於此心中皆隨眠不得隨眠若惑與心相應不滅及能緣彼爲境亦不滅有不能隨眠若惑與心相應已滅若作如此義偈曰

有縛心二種　染無染由眠

釋曰若心有染汙由惑能隨眠是故心有縛及由與心相應緣彼爲境惑由不能隨眠惑與彼相應未滅互相應故若無染汙心但由能隨眠惑及能緣彼爲境惑不滅爲縛復次十種惑生起云何從初者由癡相應故迷暗於諦境彼人不樂觀苦苦相於彼人不顯現乃至道亦爾是故偈曰

從癡疑

釋曰若人已癡暗二義起疑惑謂此爲是苦此爲非苦乃至道亦爾偈曰

邪見

釋曰從疑惑起邪見若人有疑心由邪聞邪思故決定邪智起乃至撥無苦等偈曰

從身見

釋曰彼說從邪見身見生由苦除五陰由我我所執故偈曰

邊見
釋曰從身見邊見生由執我斷常二邊故偈曰
從此戒執取
釋曰從邊見戒執取見生何以故若人隨執一邊由此邊計執清淨故偈曰
次見取
釋曰從戒執取見見取生何以故若由此法計執清淨必執此法爲最勝於下執勝爲見取故偈曰
自見　欲慢
釋曰於自見愛著心起故由自見高心起故是故從自見欲起慢起偈曰
於他見　瞋起
釋曰若人愛著自見於他見能對治自見則起瞋恚有餘師說於自見已取已捨中起瞋恚偈曰
如次第
釋曰見諦所滅欲等諸惑緣依自相續見起故生起次第如此若惑欲生起必由三因緣得起能起因緣者偈曰
從未滅隨眠　及對根現塵　由不正思惟惑起
釋曰惑者譬如欲隨眠此未滅未永離欲惑相應塵對根顯現於中起不正思惟由具三故欲惑得起此三次第謂因緣加行力偈曰
具因緣
釋曰若餘惑有具因生應知亦如此彼說有時由塵力惑亦生起不由因力譬如退法阿羅漢是隨眠惑於經中世尊說爲三流謂欲

流有流無明流或說爲四暴河謂欲暴河有暴河見暴河無明暴河或說爲四繫即是四河或說爲四取謂欲取見取戒執取我言取於中偈曰

欲界共倒起　煩惱名欲流　離癡

釋曰除無明所餘欲界行惑共諸倒起惑應知名欲流有四十一物三十一隨眠惑除五種無明并十倒起惑此但惑非隨眠偈曰

惟隨眠　色無色有流

釋曰除無明言流一切色無色界行隨眠惑除無明名有流有五十二物色界惑二十六除五部無明無色界亦爾於上界爲不有疲弱掉起二種倒起惑耶如分別道理論說何者爲有流除無明是所餘諸惑與色無色界相應謂結縛隨眠小惑倒起惑此中云何不攝罽賓國師云由不自在故復有何因緣色無色界合說一有流偈曰

無記内門起　依寂靜地生　故合一

釋曰是二界惑同無記性依内門起依定地生由此三法等是故合立爲一由此因立有欲義更由此因立有流義今三界無明立爲無明流此義自成有十五物云何別立此無明爲流一切流偈曰

爲根　立無明別流

釋曰一切流無明爲根是故別立無明爲流如說流應知餘亦爾偈曰

暴河繫亦爾　別立見明故

釋曰是所說欲流即是欲暴河及欲繫是所說有流即是有暴河及有繫除諸見彼言由了別故於暴河及繫立見爲別品偈曰

非於流無伴　由非順流故

釋曰能令流故名流流等名後當釋彼說若見獨無伴不隨順流由明了故是故於流不立爲別品合立爲流品是欲暴河有二十九物謂欲瞋慢有十五疑有四并十倒起惑有暴河有二十八物謂欲慢有二十疑八見暴河有三十六物無明暴河有十五物如暴河應知繫亦爾偈曰

如所說共癡　有二分見故　名取

釋曰是欲繫共無明立爲欲取有三十四物謂欲瞋慢無明有二十疑有四并十倒起惑是有繫共無明立爲我言取有三十八物謂欲慢無明有三十疑有八是見繫除戒執取立爲見取有三十物是戒執取有六物云何從諸見中離戒執取立爲別取由對治聖道故由欺誑二部故在家部由此惑遭誑計執自餓爲大道故出家部由捨離可愛塵修習苦澀爲道計應得解脫故欲取及見取者是在家出家二部鬪諍因故故立爲二取在家由取五塵故與在家起鬪諍出家由取諸見各不同故與出家起鬪諍此二部取定及定果爲解脫道及解脫果故故立二界惑爲我言取云何合無明說取不別爲取由能取生死故云爲取偈曰

由無明　非能取故合

釋曰無明以不了爲相故昧鈍故故不能取是故共惑合爲取於經中佛世尊說何者爲欲繫廣說如經乃至於欲塵衆生欲染汙欲求欲愛欲喜欲欲亂欲著欲徧著欲樂欲定欲貪此欲變異衆生心住說此名欲繫乃

至有繫等亦如此於餘經中說愛欲亦名取是故知欲等取於欲等中惟愛欲爲取此義已說於經中惟隨眠惑說名流暴河繫取復次隨眠名有何義乃至取名有何義偈曰

微細隨逐故　二種隨眠故　非功用恒故　故說彼隨眠

釋曰此中微細者行相最細故故非他可知隨逐者由至得恒有故二種隨眠者隨流行衆生相續中能作二種縛謂境界縛相應縛非功用恒故者若不作功用爲生彼若作對治爲遮彼數數現前故由此三義故說彼惑名隨眠偈曰

令住及令流　能牽及能合　能取故說彼　名流暴河等

釋曰令住不護中從六門漏能流生死從有頂至阿毗指故名流能牽引衆生令入苦海故名暴河能合衆生令不離苦故名繫因此衆生取欲等及生生具故說名取又若如此解是爲最勝由彼故相續於六塵中流故說彼名流如經言長老譬如船由大功用牽引逆流若捨功用此船隨流而去則無復難諸惑亦爾由隨經文句應知流義過量猛疾故說此惑名暴河何以故由此惑衆生漂逝惟得隨順不可違逆故若非過量行名繫能令與種種苦和合故或數數相應故能取欲等故取所生故能生取故故名爲取由如此義故說彼名流乃至名取偈曰

由結等差別　復說彼五種

釋曰是隨眠惑由結縛隨眠染汙倒起差別更說五種此中結有九種謂隨順結違逆結

慢結無明結見結取結疑結嫉妬結慳悋結此中隨順結者謂三界欲所餘諸結應如理思見結者謂三見取結者謂二見是故説此言爲有此義不與見相應法中但由隨順結相應不由見結於中見結隨眠非非隨眠説有集智已生滅智未生於見滅道所滅法中與見取戒執取相應何以故彼法與隨順結相應與見結不相應徧行已滅故非徧行以彼爲境界故相應見結無有故見隨眠於彼隨眠謂二取見但由相應故復有何因於結中合三見立爲別見結復以二見別立爲取結偈曰

物取平等故　立見爲別結

釋曰三見惟十八物二取亦惟十八物是故彼言由物等故離見立爲二結此二見以能取爲性所餘不爾但是所取由能取所取差別故立爲二結云何嫉妬慳悋於諸結中立爲二結不立餘倒起偈曰

由一向不善　由二自在故　於中或妬悋
別立爲二結

釋曰無餘倒起惑如此種性若二在於此處此處則一向不善此二又自在起不隨屬他若人執惟八是倒起於此人可有如此答若人立十爲倒起於此人忿恨及覆藏亦有此二種性是故此救不成救難偈曰

無貴重富財　因故徧相故　能損二部故
別立妬悋結

釋曰有餘師説於倒起中妬悋有三重失由嫉妬得輕賤報由慳悋得貧窮報如偈言

無貴重乏財　非自親所敬

由憂喜相起故能顯示諸惑相由嫉妬能損他部由慳悋能損自部他得利益事不能忍故自不能爲他作利益事故是故立妬悋爲二結復有餘處佛世尊說結偈曰

五種下分結

釋曰何者爲五謂身見戒執取疑貪欲瞋恚云何說彼爲下分結於下分好故下分者謂欲界此五惑於欲界隨順事故好云何爲好偈曰

由二不過欲　由三更還下

釋曰由貪欲瞋恚衆生不能出離欲界由身見等三若已出離更還欲界譬如守門及尋叛復由三不得過下分衆生所謂凡夫衆生由二不得過下分界所謂欲界故說此五爲下分結若須陀洹人由三結滅盡故六煩惱已滅何因除三見但說滅三結謂身見戒執取疑若欲說應說一切今何爲偈曰

由執門根三

釋曰諸惑有三類謂一種二種四種一切惑門此三能執復次邊見由身見生見取由戒執取生邪見由疑惑生是故彼爲能執根有餘師說偈曰

不欲去亂道　疑道是三事　是障解脫行

故說滅三結

釋曰若人欲行於餘處有三種障一不欲去二迷亂路由取異路故三於路心有疑若人欲行求解脫即有如此三障此中由身見於解脫生怖畏心故不欲去由戒執取捨聖道取餘道故於道生迷亂由疑惑於世出世道起二道心故不得進由滅三解脫行障故得

進至解脫道成須陀洹佛世尊爲顯須陀洹德故說滅三結如世尊已說五種下分結復如此說偈曰

上分結有五

釋曰復有五結於上分好云何爲五偈曰

二色非色欲　掉起慢無明

釋曰應知此五是隨順上分結謂色界欲無色界欲掉起慢無明由未滅此五不能得出離上界故說此五於上界好分別結義已何者爲縛縛有三一欲縛謂一切欲二瞋縛三無明縛謂一切無明云何說此三名縛偈曰

因受說三縛

釋曰由隨屬三受故說三縛何以故於樂受欲縛隨眠由緣緣及由相應故於苦受瞋於不苦不樂受無明隨眠欲瞋不爾復次以自相續爲境界故定如此隨眠義於前已釋小分惑今當說是大分惑應說名煩惱能染汚心故小分惑亦爾何者爲小分惑偈曰

餘染汚心法　說名爲行陰　於煩惱小分　說彼非煩惱

釋曰有染汚餘法異大煩惱是行陰所攝是心相應法說名小分惑非是大惑是彼於麤類中所說此中倒起煩惱垢所攝我今當說何法爲倒起煩惱亦名倒起由經中說欲欲倒起所變心於分別道理論說偈曰

無羞及無慙　妬悋及掉起　憂悔疲弱睡　倒起惑有八　及忿覆

釋曰若隨毗婆沙道理說有十種倒起八如前并忿恨及覆藏爲十此中無羞無慙於前已釋於他圓德心不安喜名嫉妬與法財施

聰解相違心執名慳悋心散不靜名掉起憂悔疲弱於前已釋於持身無能心細眛名睡安立彼必有染汚憂悔亦爾除瞋恚及逼惱於衆生非衆生心逆名忿恨隱秘可訶名覆藏是十種倒起惑偈曰

欲生　無羞掉起悋

釋曰此三小分惑是貪欲等流偈曰

於覆諍

釋曰有餘師說覆藏是愛欲等流有餘師說是無明等流有餘師說是欲癡等流次第已知未知偈曰

癡生　疲弱睡無慙

釋曰此三小惑是無明等流偈曰

憂悔從疑生

釋曰若人於義不了故疑必生憂悔心偈曰

忿妬瞋恚流

釋曰此二小惑從瞋恚生如此十種由大惑流故說名小惑偈曰

復餘六惑垢

釋曰復有六種小惑說名惑垢謂偈曰

誑諂醉如前　不捨及結過　逼惱

釋曰此中於他假僞名誑心邪曲名諂曲此惑不能如實顯自意作方便爲避不分明信受於前已釋醉亦如前釋堅執有何類說名不捨由此惑如實所教不受正教數思忿心所緣事名結過損辱他意名逼惱由此惑故行打罵等事困苦於他此六種惑垢中偈曰

從欲生　誑醉

釋曰此二小惑由自愛故欺誑及不計他故是欲等流垢偈曰

瞋恚生　結過及逼惱

釋曰此二小惑於他損心所生故故是瞋恚

等流垢偈曰

從見取不捨　從見諂曲生

釋曰若人於戒執取起見取此人有二僻執

如理教捨由此二見不能捨此僻執故是二

見等流垢如偈曰

何法名邪曲　謂邪見等見

是故諂曲是諸見等流垢於中何惑何道所

滅前所說十倒起惑偈曰

此中無羞慚　疲弱睡掉起　有二

釋曰是五法有二種或見諦所滅或修道所

滅與二部惑相應故此惑隨與見諦所滅相

應即由見此諦滅偈曰

餘修滅

釋曰餘倒起惑異此五必定修道所滅謂嫉

妬慳悋憂悔忿恨覆藏偈曰

及自在惑垢

釋曰此五小分惑惟與無明相應故如嫉妬

等五小分惑修道所滅自在惑垢亦爾是六

種惑垢由自在故修道所滅如前所說一切

小惑偈曰

於欲惡

釋曰若在欲界皆悉是惡偈曰

三二

釋曰疲弱掉起睡或惡或無記偈曰

上界彼無記

釋曰從欲界上隨所有小分惑皆是無記於

中幾惑於何界有應知偈曰

誑諂從欲界　初定

釋曰此二惑於欲界及初定有云何知於梵處有欺誑偈曰

梵誑故

釋曰於色界大梵王由不如顯示自體故欺誑淨命阿輸實於前已說諂曲由義相應今更說於中亦說有諂曲由相應至故偈曰

疲掉醉三界

釋曰此三小惑於三界皆有偈曰

餘惑惟欲界

釋曰於十六中除五惑所餘十一小惑但行於欲界說惑及小惑已於中幾惑依意識地起幾惑依六識地起若略說偈曰

見滅及慢睡　依意識地生

釋曰一切見諦所滅惑皆依意地起慢睡亦爾若此二修道所滅何以故此具起於心地偈曰

自在小分惑

釋曰隨有小分惑自在起若是修道所滅應知亦依心地起偈曰

餘依六識起

釋曰所餘大惑及小惑應知依六識地起何者爲餘修道所滅欲瞋無明及餘小分惑與欲等相應又無羞無慚疲弱掉起及餘於惑大地所說是前所說樂受等五根於中與何根有何惑及小惑相應偈曰

欲與喜樂應

釋曰如理應知欲與樂喜二根相應偈曰

瞋與憂苦應

釋曰瞋與苦憂二根相應何以故此二惑由歡喜憂惱相起故由六識爲地故偈曰

無明一切應

釋曰無明與一切惑相應故是故與五根相應偈曰

邪見憂喜應

釋曰邪見依心地起故是故與愛喜相應如次第於有福行無福行人偈曰

疑憂應

釋曰若人有疑心求得決知是故由疑生憂偈曰

餘惑　與喜應

釋曰所餘諸惑與喜相應何者爲餘謂四見慢由歡喜相故如此分判已諸惑與何界相應偈曰

欲生

釋曰於欲界生諸惑應如此判說決定相應

惑已通相應今當說偈曰

一切與捨應

釋曰一切隨眠惑與捨根相應相續斷時彼說諸惑必定依捨受起若爾上地惑云何判偈曰

隨自自如地　上地惑相應

釋曰上地諸惑與自受根相應若於彼地隨根量多少如於彼地若惑依四識地起如理應知與四識地受相應說隨眠惑與根相應

已小惑相應今當說偈曰

憂根應憂悔　嫉姤忿逼惱　結過不捨邪

釋曰如此等惑與憂根相應緣憂惱相起故依意地起故偈曰

慳恪翻此義

釋曰此惑與喜根相應由是貪愛等類故緣

歡喜相生故偈曰
欺誑及諂曲　覆藏睡二種
釋曰此四惑與喜憂二根相應何以故有時心歡喜欺誑他有時憂惱心乃至睡亦爾偈曰
醉喜樂
釋曰若醉在第三定與樂根相應若在下地與喜根相應若在上地與捨根相應何以故偈曰
捨徧
釋曰一切小分惑與捨受相應何以故捨根無遮處譬如無明偈曰
餘四五根應
釋曰無羞無慚疲弱掉起此四惑與五根相應屬惡大地故屬惑大地故經中所說五蓋謂貪欲瞋恚睡弱掉悔疑於此中爲並取三界所攝睡弱掉悔疑爲但取欲界所攝是無難圓滿惡聚是五蓋由經中說彼一向惡故偈曰
欲界中五蓋
釋曰於餘界不立五蓋故惟欲界中有五蓋復有何因立睡弱二小惑爲一蓋合掉悔亦爾偈曰
一對治食事　合二一
釋曰此二雙同一對治故同食故同一事故故合爲一經中說睡弱一食一非食何法是睡弱蓋食有五種法謂惓不安頻伸不節食心沉下何法非睡弱蓋食謂光明想彼事亦一謂此二小惑能令心沉下掉悔二小惑亦說同一食同一非食何法是掉悔蓋食有四

法親屬覺國土覺不死覺數憶昔所更事謂遊戲安樂給侍何法非掉悔蓋食謂奢摩他此二亦同一事何以故此二同能令心不寂靜是故同一對治食事故合二立一蓋若一切惑皆是蓋云何惟說五爲蓋偈曰

能破　法聚起疑故

釋曰由貪欲瞋恚蓋戒法聚破壞由睡弱蓋慧法聚破壞由掉悔蓋定法聚破壞若定慧無則於四諦起疑惑心故解脫解脫知見破壞由此義故說五爲蓋於此執中與定法聚相違掉悔蓋應在慧障前是故餘師說如其次第能破定聚及慧聚何以故經中說若人修行定觀怖畏睡弱若人修行簡擇法怖畏掉悔有餘師釋蓋義有異云何釋若人在六識行位於可愛可憎相塵中由執相故若在住位是貪欲瞋恚以彼爲先因故起障初正欲入定相心次若已入定不如理修奢摩他毗鉢舍那故起睡弱掉悔疑如次第障奢摩他毗鉢舍那故解脫解脫知見不得成是故說五爲蓋今當思此義是遍行不同分界惑見滅道所滅緣有流法爲境諸惑是時若觀察彼境是時彼不滅是彼滅時彼境不可觀察由此義彼云何可滅非必定惟由了別境界諸惑得滅何爲由四種因諸惑得滅何者爲四若約見諦所滅惑由三因偈曰

由了別彼境　能緣境滅故　境界惑滅故

釋曰此中由了別彼境者謂見苦集所滅惑能緣自地起及緣無流法爲境能緣境滅故者謂遍行不同分界惑何以故遍行同分界惑是彼境若所緣爲境惑滅能緣亦同滅境

界惑滅故彼滅者謂見滅道所滅惑緣有流境起何以故緣無流境起惑是彼境界此惑若滅彼亦同滅修道所滅惑云何得滅偈曰

對治起故盡

釋曰此惑品若是對治道起此惑即滅何惑是所對治何道是能對治最上上品惑是所對治最下下品道是能對治此義後當廣説此對治有幾種偈曰

滅持能遠離　猒惡對治四　説次異

釋曰一滅對治謂無間道二持對治謂次此後道由此道能持前道所得滅三遠離對治謂解脱道後所有諸道能令已斷滅惑至得遠相離故有餘師説此即是解脱此道能令惑至得最遠相離四猒惡對治謂由此道觀察餘界所有過患於中起猒離心復次四對治應如此次第一猒惡對治謂緣苦集所修方便道一滅對治即是前無間道三持對治即是解脱道四遠離對治謂勝德道若惑正滅何處可滅偈曰

應除　惑於自境界

釋曰何以故諸惑若正滅不可令與相續相離相應處不可知故可令與境界相離由此惑不能更緣境生若爾未來煩惱可令與境相離若已過去云何可令與境相離若汝言由了别境界此惑可令相離此義不必可定是故應説此義有幾量應説此惑已滅若惑依自相續生由至得斷絶若惑依他相續生一切色及一切無染汙法能緣彼等爲境自相續惑滅故説彼永所遠離若爾遠義有幾種偈曰

相異對治故　各處别時故　四大戒處所
世二如遠義

釋曰相遠者譬如四大由相不同故雖共生説互相遠對治遠者譬如戒於破戒破戒於戒亦爾處遠者最相去遠法由處各别故説名遠譬如東西海時遠者譬如説過去未來爲遠此二於何世遠於現世若無間已滅及向生於現世云何遠由世别異故遠不由久已滅及久方生若爾亦應立現世爲遠不爾由約功能故説遠若爾無爲近義云何成於一切世中有至得故若爾於過去未來亦應如此虚空復云何若爾過去未來更互遠現世所隔故現世於二近故成近無爲法無隔故近若爾過去未來於現世近故應具二義若作此執是義可然於法自體相未來世遠未得至故過去已謝滅故遠由急恒修故進勝道諸惑滅亦漸漸轉勝爲不爾無如此何以故偈曰

諸惑同一滅

釋曰彼惑若應滅此道若是彼滅道由此道彼則同一滅偈曰

重得彼永離

釋曰有幾時中重得説於六時何者爲六偈曰

對治生得果　練根六時中

釋曰對治生者此義中謂解脱道得果者謂四沙門果練根者謂修增勝根道於此六時中數得諸惑永離此得應如理知有餘人於六時得有餘人乃至二時得此永離於别别位中得永斷智名永斷有二種一智永斷二

滅永斷智永斷謂無流智滅永斷惟滅合此名永斷智於果説因故爲一切滅悉是永斷智不説不何爲偈曰

永斷九

釋曰云何九此中偈曰

欲界　初一部惑滅　一

釋曰於欲界中初二部惑滅離謂見苦集諦所滅惑爲一永斷智偈曰

後二滅離　三

釋曰於欲界見滅所滅惑滅離爲二見道所滅惑滅離爲三如欲界相應見諦所滅惑有三永斷智偈曰

上三亦爾

釋曰色無色界相應見諦所滅惑滅離立三永斷智亦如此見苦集所滅惑滅離爲一見滅所滅惑滅離爲二見道所滅惑滅離爲三如此三界見諦惑滅離成六永斷智偈曰

所餘下分色　一切惑滅盡　更三永斷智

釋曰下分惑滅離爲一色流滅離爲二謂色欲永斷一切流滅離爲三謂一切結滅盡永斷云何色無色界修道所滅惑滅離立爲别永斷智見諦所滅不爾修道所滅惑對治不同故如此九永斷智於前偈曰

六忍

釋曰見諦所滅惑滅離爲性是六忍果偈曰

餘智果

釋曰下分惑滅離等三永斷智是修道果故説名智果若爾云何説爲忍果由忍是智伴類故是故約忍説智事譬如於王伴類説王事復次與智同果故偈曰

未來果一切　本定五或八
釋曰若約毗婆沙意判一切九品永斷智是未來定果何以故依此地能滅三界見修所滅二部惑故若論根本定果有五謂色無色界相應惑滅離爲性一切欲界惑滅離是未來定果故大德瞿沙意云八永斷智是根本定果何以故此師意明已離欲人若入四諦觀一切欲界見諦惑滅離是見道果依此定成因此定得無流相離果故此永斷智屬此地果下分惑滅離但是未來定果中間定應知如定若約無色定偈曰
無色定果一
釋曰空遍入道果是一永斷智謂離欲色界永斷智偈曰
本三無色一
釋曰根本三無色定惟一永斷智爲果謂一切結滅盡爲果偈曰
聖道果一切
釋曰九永斷智皆是聖道果偈曰
世道二
釋曰若約世道論下分惑及色界惑滅離此二永斷智但是世道果偈曰
類爾
釋曰類智果亦有三謂最後三偈曰
法智三
釋曰法智由通能對治三界修道所滅惑故以最後三永斷智爲果偈曰
二類　六五永斷智
釋曰法智類道以六永斷智爲果謂法忍法智果類智類道以五爲果謂類忍類智果由

說類故通攝忍及智云何不立一滅離爲未斷智由安立忍果爲滅故是故偈曰

得無流離故　損有頂分故　拔除二因故斷智

釋曰若於滅中具有三因可說爲永斷智凡夫無有由無流得滅離亦無損有頂分是故凡夫所得滅不名永斷智若聖人有忍滅果於此滅中乃至在苦類忍有無流永離至得未有損有頂分於苦類智具有此二義無拔除二因義見集所滅遍行因未滅故於餘法類智中具有三義是故於此滅中所有滅離得永斷智名此滅是智果由前三因及第四因說名永斷智偈曰

過界故

釋曰若人出離界由離欲一切界故得二結相離彼說是第五因若於中與能緣彼爲境別惑相離此義可然此出離界不異拔除二因故是故不須立出離界義爲第五因何人得幾永斷智相應偈曰

無與一至五　在見位相應

釋曰凡夫人與永斷智無相應若聖人在見諦道中乃至在集法忍亦不與此相應於集法智與一相應於集類智與二相應於滅法智與三相應於滅類智與四相應於道法智與五相應於道類忍亦與五相應未離見位故偈曰

位修復與六　乃至與一二

釋曰若聖人在修位中謂道類智等與六相應乃至未離欲欲界及已退次從此位若至離欲欲界位或前或後與一下分惑滅離永

斷智相應若至阿羅漢果更與一相應謂一切結永斷智相應若退由色界上心惑但與一下分惑永斷智相應若至離欲色界位與二相應謂與下分惑及色界惑永斷智相應若退由無色界上心惑亦但與此二相應何因惟阿那含及阿羅漢安立與一一永斷智相應不立與多相應由此義偈曰

筭彼由離界　及至沙門果

釋曰由二種因計筭永斷智安立爲一何者爲二由離欲諸界及得沙門果此二位中具有二因是故合一切滅離立爲一一永斷智

復次何人捨幾永斷智及得亦爾偈曰

有人捨一二　五六無得五

釋曰捨一者若從阿羅漢果退及從離欲欲界退捨二者阿那含人離欲色界已後退離欲欲界捨五者若人先已離欲欲界後在道類智位何以故此人得下分惑滅離時捨前五永斷智捨六者若人次第修由離欲欲界如捨得亦爾有人得一若人得未曾得有得二若人退無色界離欲有得六若人退阿那含果無退六還得五論永斷智竟

阿毗達磨俱舍釋論卷第十五

音釋

悋惗　並良刃切靳惜也　掉　徒弔切搖動也　疲　符羈切倦也　練　郎甸切習熟也